AF311972

FAMI L

ÉDITION ILLUSTRÉE DE VIGNETTES SUR BOIS

PRIX : 1 Fr. 50 centimes.

PARIS

VICTOR BENOIST ET C°, ÉDITEURS, RUE GIT-LE-CŒUR, 10, A PARIS
ANCIENNE MAISON CHARLIEU ET HUILLERY.

LA FAMILLE GOGO.

I.

LA FORÊT DE FONTAINE-BLEAU.
UNE SOCIÉTÉ.

Connaissez-vous la forêt de Fontainebleau ? c'est probable, surtout si vous êtes de Paris. Les Français, et surtout les Parisiens, qui en général ne sont pas de grands touristes (peut-être parce qu'ils pensent avec raison qu'ils ne trouveront jamais autant de plaisir ailleurs que chez eux), les Parisiens voyagent peu ; ils n'éprouvent pas, comme les Anglais et les Allemands, le besoin de faire le tour du monde, pour étudier l'esprit et les mœurs des nations civilisées ; ils ne désirent point, comme les Espagnols, découvrir de nouvelles contrées, de nouveaux peuples ; ils n'ont pas, comme les Russes, l'habitude de faire pendant des années de longs séjours à l'étranger ; enfin ils trouvent leur pays assez beau, leur sol assez bon, leurs femmes assez jolies, et leur cuisine assez bonne pour s'en contenter. Il est bien avéré qu'ils ont raison, puisqu'on vient bien plus chez eux qu'ils ne vont chez les autres.

• Cependant il y a deux choses que les Parisiens tiennent à avoir vues, sans quoi ils se regardent comme par trop ignorants. Ces deux choses sont : la mer et la forêt de Fontainebleau.

La mer d'abord ; il faut se donner ce spectacle magnifique ; il faut pouvoir le soir, dans une réunion d'amis, ou avec ses voisins, ou dans son ar-

Les dames sont juchées chacune sur un âne, et les hommes sont à pied. — Page 8

rière-bou...que, ou devant son feu en se grillant les mollets (quand on en a), il faut, dis-je, être en état de causer de l'effet produit par la vue de l'Océan; il faut avoir vu les vagues, la marée haute, la marée basse; s'être promené sur la côte, avoir marché sur les galets; ce qui fait très-mal aux pieds quand on n'en a pas l'habitude, et avoir ramassé par là, quelques coquillages, souvent fort laids, que l'on a rapportés, et que l'on montre avec fierté, en disant: « Je les ai ramassés moi-même sur « le bord de la mer. » Puis si l'on a vu une tempête, si l'on a été témoin de ce tableau plein d'horreurs et de beautés que vous donnent les vagues en furie, on en a bien plus à raconter, et enfin, si l'on a eu l'avantage de se trouver en mer par un gros temps, et en faisant, dans un canot, une petite promenade le long des côtes, on s'est senti ballotté, enlevé, caressé par les vagues, oh! alors, on devient un personnage important; les voisins et connaissances vous écoutent d'un air respectueux pendant que vous leur faites la description de vos maux de cœur, et de ce qui s'en est suivi. Vous êtes pour eux un Cook, un La Peyrouse, un Christophe Colomb. Il y en a même qui ne veulent plus manger d'huitres sans vous consulter... Voyez comme c'est heureux!

Ensuite, il faut connaître une forêt, une véritable forêt, profonde, vaste, épaisse, sombre; enfin de ces forêts dans lesquelles on puisse avoir peur de se perdre. Si vous n'avez pas peur de vous perdre, vous ne savez pas ce que c'est qu'une forêt. Or, comme la forêt de Fontainebleau est incontestablement une des plus belles qui soient à la portée des Parisiens, c'est encore le point de mire des habitants de la capitale; c'est le petit voyage que l'on veut faire ou avoir fait. Le Havre, et la forêt de Fontainebleau! quand ils ont été jusque-là, les habitants de Paris trouvent qu'ils ont bien assez voyagé, et ils se demandent ce qu'ils pourraient voir de plus beau et de plus curieux que la mer, et une forêt sombre avec ses arbres séculaires; une forêt enfin, dans laquelle il y a des rochers, de véritables rochers bien noirs, bien escarpés, bien menaçants; des plantes rares, sauvages, touffues, médicales et mortelles; enfin jusqu'à des serpents d'une dimension très-honnête et dont la morsure est quelquefois fort dangereuse. Vous voyez que la forêt de Fontainebleau est pourvue de tous les petits agréments que peut désirer un voyageur.

Je ne vous parle pas des voleurs, on en trouve partout, et, de ce côté, Paris n'a rien à envier aux étrangers.

Or, si le voyage du Havre, si celui de Fontainebleau, étaient autrefois les excursions lointaines que se permettaient les habitants de Paris, qui voulaient passer pour touristes, jugez s'ils réalisent ce désir, de voir ces deux choses indispensables: la mer et une forêt, maintenant qu'ils ont des chemins de fer; maintenant qu'en quelques heures on peut se transporter d'un endroit à un autre; que l'on peut, après avoir déjeuné chez soi, près de son foyer domestique, être en quatre heures à Rouen, d'où l'on ne tardera pas, grâce à la vapeur, à se rendre au Havre; puis, revenant par les mêmes véhicules, se trouver à Paris, chez soi, le soir, devant ce même foyer que l'on a quitté le matin. Et pour aller à Fontainebleau il faut moins de temps, quoique le chemin de fer ne vous mène pas encore jusqu'à la forêt.

Tout cela est admirable, c'est presque magique; et celui qui eût accompli en quelques heures ces voyages, il y a un ou deux siècles, aurait à coup sûr été regardé comme un magicien de première classe; on l'aurait peut-être dénoncé, arrêté, jugé et brûlé, comme on fit de la maréchale d'*Ancre*, de *Gaufridi*, curé à Marseille, de *Jeanne d'Arc* et de tant d'autres qui avaient eu seulement le malheur d'arriver trop tôt, et de devancer l'esprit et les facultés de leurs contemporains.

Celui qui le premier comprit tout ce que l'on pouvait faire de la vapeur, le malheureux *Fulton*, fut aussi bien mal récompensé de sa découverte. En toutes choses, nous voyons que ce ne sont pas les inventeurs qui profitent: *sic vos, non vobis.* Virgile a toujours raison.

Ainsi, vous connaissez la forêt de Fontainebleau, il n'y a pas à en douter. Mais l'avez-vous parcourue pendant le mois de juillet, pendant ces jours longs et chauds que vous offre l'été dans toute sa vigueur, dans tout son éclat?

Les uns préfèrent le printemps, avec sa verdure fraîche et son soleil dont on n'est pas encore fatigué; beaucoup d'autres, les peintres surtout, n'admirent une forêt qu'en automne, parce qu'alors les feuillages sont plus variés; parce que des teintes jaunes, rougeâtres, se mêlent au vert foncé des chênes, l'aspect noir et sévère des sapins. Que chacun suive son goût; moi, j'admire la nature dans toute sa force; je ne veux trouver dans le feuillage, ni la mesquinerie du printemps, ni les dégradations de l'automne; j'aime cette verdure fraîche, ces feuilles larges et belles, ces branches touffues, cette mousse qui ne crie pas encore sous les pieds qui la foulent. Eh! que m'importe l'ardeur du soleil!... il ne fait jamais trop chaud dans les bois.

Ah! qu'elles sont belles alors, ces allées à perte de vue que l'on a ouvertes dans cette superbe forêt pour les promeneurs qui n'osent point s'engager dans les taillis! Avec quel plaisir l'œil se repose sur ces arbres majestueux dont le tronc est tapissé d'une mousse épaisse! De tous côtés des branches qui forment des berceaux; un gazon qui vous invite à vous asseoir; des cabinets de verdure qui vous promettent le secret et le mystère. Il est impossible que l'aspect de cette nature vigoureuse n'échauffe votre imagination.

Pour les Parisiens qui viennent se promener sous cet épais feuillage, la forêt offre mille charmes. L'un y aperçoit un endroit ravissant pour lire, pour méditer, pour travailler; celui-ci y voit des places très-bonnes pour manger et boire sans être dérangé; celui-là se dit que l'on y dormirait délicieusement; beaucoup d'autres trouvent que c'est un séjour qui invite à l'amour!... chacun pense et voit selon ce qu'il éprouve; il en est toujours ainsi dans la vie: les objets ne sont pas jugés par nous ce qu'ils sont réellement, mais suivant ce que nos passions, notre âge, notre position nous font voir, comprendre et sentir.

Une société vient de déboucher par un chemin qui conduit à Moret, et elle se dirige vers une route qui la ramène à Fontainebleau. Cette société se compose de cinq personnes, deux dames et trois hommes. Les dames sont juchées chacune sur un âne, et les hommes sont à pied. Pour un œil un peu expérimenté il est bien facile de reconnaître sur-le-champ que ce sont des habitants de Paris qui viennent visiter la forêt de Fontainebleau.

L'une des dames, qui semble avoir de vingt-sept à vingt-huit ans, est bien faite. Sa tournure, à laquelle on pourrait reprocher un peu trop d'abandon et de laisser-aller, ne manque cependant ni de charme, ni de grâce: d'ailleurs, cette dame est jolie; c'est une blonde pur sang, ou si vous aimez mieux, c'est une femme dont la couleur ne saurait être équivoque; car vous voyez beaucoup de personnes que l'on trouve blondes, et dont les cheveux approchent du rouge ou du roux, ou qui ont un reflet puce ou jaune; puis enfin de ces teintes châtain clair, que l'on classe encore quelquefois parmi les blondes; mais la personne dont nous faisons le portrait a de ces beaux cheveux dont la couleur pure et bien tranchée n'emprunte rien à toutes celles que nous venons de nommer.

Ordinairement une femme véritablement blonde a la peau fort blanche; les yeux d'un bleu clair, le teint pâle ou rosé, les sourcils légèrement dessinés, et l'expression de son regard, comme de son sourire, est douce et tendre. Mme Mondigo avait tout cela, et de plus, de fort belles dents que sa bouche, un peu grande, laissait voir très-fréquemment. C'est donc une très-jolie femme, et voilà pourquoi on trouvait encore du charme à la nonchalance de sa démarche, tandis que si elle eût été laide, on n'eût pas manqué de dire qu'elle s tenait horriblement mal, qu'elle ne savait pas marcher.

L'autre dame était à peu près du même âge que la grande blonde; mais c'était un tout autre genre de femme: celle-ci était jolie, ou plutôt agréable. C'était une petite personne pourvue d'un embonpoint modéré, ce qui ne faisait que donner plus de relief à sa taille, qui n'était pas positivement de celles qui tiennent dans les deux mains (avantage que les hommes prisent beaucoup moins que les dames ne le pensent), mais qui était suffisamment marquée, pour faire apprécier toutes les formes environnantes. Par exemple, en valsant avec cette dame, un monsieur n'aurait pas eu peur de la casser, de la voir se briser entre ses mains; il n'aurait pas gémi tout bas sur les souffrances qu'elle devait éprouver pour respirer; et c'est ce qui arrive lorsqu'on se trouve enlacer, enlever, ou faire galoper une de ces dames ou demoiselles dont la taille est quelquefois moins forte que celle d'une poupée. Au lieu d'admirer le merveilleux de leur corps, on a pitié des tourments qu'elles doivent endurer dans leur corset; et il y a une vieille chanson qui dit:

« La pitié n'est pas de l'amour. »

Cette dame n'avait donc pas l'air d'être gênée dans son corset, et sa tournure s'en ressentait: elle était leste, vive, dégagée, sautillante, et répondait parfaitement à l'expression rieuse et maligne de sa physionomie, qui se composait d'un front un peu bombé, de deux yeux bruns, pas bien grands, d'un petit nez d'un genre indéterminé, d'une bouche fraîche et toujours riante, de cheveux châtain foncé, et enfin d'un air de gaieté et de vivacité, qui donnait de l'attrait à tout cela.

Telle était madame Marmodin, qui ne pouvait se tenir un instant tranquille sur son âne, et à tout instant le frappait et le piquait, ce qui mettait quelquefois le pauvre animal de mauvaise humeur: alors il se permettait des ruades, des gambades, ou il faisait mine de vouloir se coucher, et la petite dame mêlait de grands cris à ses éclats de rire, ce qui achevait d'étourdir l'âne et d'effrayer la société.

Monsieur Marmodin, le mari de la petite dame, était un homme de quarante-cinq ans bien sonnés. Il était grand, jaune et fort maigre; sa figure était anguleuse, son nez formait trois courbes très-prononcées, d'où il s'ensuivait naturellement que la pointe revenait en dessous, ce qui donnait à ce personnage une extrême ressemblance avec un oiseau de proie, ou tout au moins avec celui qu'on appelle le gros-bec, et qui est fort commun dans les environs de Paris. Des yeux ronds et verts ombragés d'épais sourcils, des lèvres minces, une bouche rentrée et des pommettes fort saillantes, achevaient de faire de monsieur Marmodin un homme parfaitement laid. Par exemple, on ne pouvait lui refuser un air assez distingué, car sa laideur était poussée à un point qui n'était pas commun.

M. Mondigo, le mari de la jolie blonde, était de ces ...mmes dont on ne dit rien. Il avait trente-neuf ans et commençait à prendre du ventre, ce qui le contrariait beaucoup. Il avait été assez bien à vingt ans, et n'était pas encore mal, autant que l'on pouvait juger de sa figure enfouie sous une barbe, des favoris, des moustaches et une chevelure naturelle qui ressemblait à une perruque à la Louis XIV. Cherchez donc des traits sous tout cela, on n'apercevait de toutes parts que des poils menaçants, que des boucles voltigeantes : heureusement ce bel homme à tous crins était blond, ce qui adoucissait ce que son aspect capillaire aurait eu de trop sévère.

Un troisième monsieur complétait la société de cinq personnes qui se promenait alors dans la forêt de Fontainebleau ; c'était un de ces hommes que l'on veut bien trouver entre deux âges, ce qui signifie qu'ils sont plutôt vieux que jeunes. C'était un personnage d'une petite taille, dont la figure moutonne aurait pu paraître agréable, si ses yeux avaient voulu être d'accord entre eux, mais c'est ce qui ne leur arrivait jamais ; lorsque l'un regardait à droite, l'autre s'obstinait à fixer à gauche ; quand d'un côté il examinait le ciel, de l'autre il avait l'air de chercher quelque chose à terre. Enfin, monsieur Roquet louchait de la façon la plus franche qu'il soit permis à quelqu'un de le faire ; vainement, pour masquer cette divagation de son regard, ce monsieur portait continuellement des besicles : sous le verre, ses yeux se livraient aux mêmes écarts.

Tout cela n'empêchait pas monsieur Roquet d'être très-content de sa personne et de se croire capable de faire des passions ; à son parler lent et mielleux, à la manière dont il s'écoutait chercher ses phrases, il était facile de reconnaître dans ce personnage un grand fond de prétentions et un vif désir de faire des conquêtes. Sa mise était toujours soignée, il affectait de suivre les modes les plus nouvelles et même de les exagérer, de crainte peut-être qu'on ne s'aperçût point qu'il les portait ; mais sa toilette moderne, ses bottes vernies et ses gants toujours bien frais, n'empêchaient point monsieur Roquet d'avoir l'air lourd, empesé et gauche ; si bien que l'on se moquait fort souvent dans le monde de ce monsieur, et pour son infirmité visuelle, et pour sa mise, et pour ses prétentions.

Promenons-nous maintenant avec cette société, afin d'achever de faire connaissance avec les cinq personnages qui la composent.

Un cri vient de partir ; M. Roquet, qui était un peu en avant, a fait un mouvement d'effroi, puis il s'est retourné en balbutiant :

« — Qu'est-ce qu'il y a ? »

De bruyants éclats de rire qui ne tardent pas à suivre le cri, lui apprennent qu'il aurait tort de s'alarmer.

En effet, c'est l'âne de Mme Marmodin qui vient encore de faire mine de vouloir se coucher, et la petite femme, suivant son habitude, a commencé par s'effrayer, puis a fini par rire.

« — Mon Dieu, Francine, que vous êtes cruelle avec vos cris ! » dit en s'approchant de sa femme le monsieur qui ressemble à un gros bec. « Je vous croyais plus brave que cela !... vous me demandez fort
» souvent à aller à cheval, et vous ne savez pas vous tenir sur
» un âne...

» — Je ne sais pas me tenir, est fort joli !... je voudrais vous y voir
» vous, monsieur, sur ce vilain têtu qui ne veut pas m'obéir... qui
» rue... qui s'arrête quand je veux avancer... tourne à droite quand
» je voudrais aller à gauche... Et tenez, regardez-le en ce moment...
» qu'est-ce qu'il cherche par terre?... ne dirait-on pas qu'il veut ra-
» masser une épingle avec ses dents... Oui, je le répète, un cheval est
» beaucoup plus facile à mener...

» — Voyez Mme Mondigo ! comme elle conduit bien le sien, comme
» il est docile avec elle...

» — Il est certain, » dit le monsieur aux longs cheveux, « que ma
» femme a presque l'air sur son âne d'une écuyère de Franconi... elle
» se penche... elle se couche dessus comme si elle était dans une
» chauffeuse... Dis donc, Clémence, il paraît que tu te trouves bien
» sur ton âne ? »

La dame blonde se retourne à demi et répond en souriant :

« — Mais oui... pas mal... il est fort doux cet animal... il a l'air
» très-bon enfant !

» — Oh ! Mme Mondigo est heureuse! » reprend la petite femme d'un ton moqueur. « Il semble qu'on lui fasse toujours des bêtes exprès
» pour elle. C'est comme l'autre jour, quand nous sommes allés à Mont-
» morency... mon cheval s'est abattu deux fois en galopant... et le
» sien n'a pas butté une seule fois... à la vérité elle n'allait qu'au pas,
» et moi, j'aime à aller vite... Allons, bourriquet, allons, mon ami, un
» peu d'ardeur... voilà cependant un bien joli chemin pour trotter ou
» galoper... oh ! tu as beau regimber... je vais jouer de l'épingle, je
» t'en avertis... et je t'attaquerai dans un endroit très-sensible !... ah !
» ah ! ah !... Bon, voilà qu'il me mène dans le fourré à présent ?

» — Belle forêt !... superbe forêt !... » dit M. Mondigo en regardant autour de lui. « Si je demeurais à Fontainebleau, je viendrais souvent
» travailler par ici !...

» — Ah ! vous autres auteurs... hommes de lettres !... vous pouvez
» travailler partout, » dit M. Marmodin ; « avec un cahier de papier et
» une écritoire dans votre poche, vous vous installez où cela vous
» plaît... le gazon, la mousse, les bords d'un ruisseau deviennent votre
» bureau... c'est fort commode. Moi qui m'occupe d'ouvrages scienti-
» fiques... et qui ai souvent besoin de consulter un tas de volumes,

» comme je ne pourrais pas emporter ma bibliothèque avec moi, je ne
» puis travailler que dans mon cabinet. »

Le monsieur à la longue crinière, après avoir laissé échapper un sourire équivoque, lorsque M. Marmodin a dit qu'il s'occupait d'ouvrages scientifiques, répond d'un air content de lui :

« — Oui, j'ai fait deux de mes drames à Saint-Cloud, dans le parc,
» sur l'herbe ; nous avions alors loué un petit pied-à-terre à Bellevue.

» — Comment vous placez-vous pour écrire à terre ? » demande M. Roquet qui vient de se rapprocher de l'homme de lettres. « Il me semble
» à moi que ce doit être difficile.

» — Je me couche tout de mon long sur le ventre, je
» m'appuie sur mes coudes, mon papier sous mes yeux, et je vous as-
» sure qu'on est fort bien comme cela pour écrire et composer.

» — Ah, bah !... sur le ventre... ah ! c'est fort drôle... et vous avez
» fait plusieurs pièces sur le ventre? et cela vous inspire ?

» — Je ne vous dis pas que ce soit précisément cette position-là qui
» m'inspire, mais je vous dis que je me trouve très-bien pour écrire
» dans la campagne...

» — Diable ! et vous n'étendez rien sur l'herbe pour vous asseoir ?...

» — Ma foi, non. »

M. Marmodin, après s'être mouché et avoir aspiré une prise de tabac, dit du ton d'un professeur qui fait sa classe :

« — Les Romains n'avaient pas, je crois, pour coutume d'écrire éten-
» dus sur le ventre, quoiqu'ils se tinssent presque couchés pour prendre
» leurs repas... mais s'ils l'eussent fait, je pense qu'ils auraient étendu
» à terre leur *pallium*, long manteau semblable à ceux des Grecs et
» que portait particulièrement le philosophe... Le *palliolum*, beau-
» coup plus petit, ressemblait à ce que nos dames appellent maintenant
» des crispins... les Romaines portaient le *palla*, manteau fort court
» imité des Gaulois ; il y avait ensuite la *tarentina* qui venait...

» — Ah ! de grâce, mon cher ami, n'allez pas plus avant ! » dit Mme Marmodin en essayant de faire reculer son âne. « Si vous allez
» vous mettre dans vos Romains, vous n'en sortirez pas !... je vous
» connais !... mais nous avons dit que nous voulions nous amuser et
» votre science m'effraye ; c'est beaucoup trop sérieux pour moi.

» — Cependant, Francine, je parlais des costumes que portaient les
» Romains, et je croyais que tout ce qui touche à la toilette intéres-
» sait les dames.

» — La toilette moderne, les modes nouvelles à la bonne heure ;
» mais qu'est-ce que cela me fait, à moi, que vos Romains aient porté
» des manteaux longs ou courts ? Comme c'est ridicule à M. Frédéric
» de ne pas être venu nous retrouver ainsi qu'il l'avait promis... mais
» il nous cherche peut-être dans une autre partie de la forêt tandis
» que nous sommes par ici. »

Mme Mondigo, qui vient d'arrêter son âne, dit à son tour :

« — C'est vrai, Frédéric avait promis d'être ce matin à Fontaine-
» bleau de très-bonne heure... il devait même venir avec M. Dernesty,
» c'était convenu.

» — Ah parbleu ! madame, » reprend l'homme de lettres, « si vous
» comptez sur ce que disent ces messieurs, vous êtes bien bonne.
» D'abord mon neveu a toujours tant de choses à faire, tant de par-
» ties de plaisirs en train, qu'il ne doit jamais savoir au juste la veille
» ce qu'il fera le lendemain !... Frédéric est l'être le plus étourdi qui
» soit au monde... il vous promet quelque chose, mais l'instant d'après,
» demandez-lui ce qu'il vous a dit, il sera bien embarrassé pour vous
» répondre.

» — S'il est comme cela en tout ! » s'écrie Mme Marmodin, « cela ne
» doit pas être rassurant pour les femmes auxquelles il fait des ser-
» ments d'amour. »

Le monsieur au nez crochu fait une grimace fort prononcée en écoutant cette réflexion de son épouse. L'homme de lettres continue :

« — Quant à monsieur Dernesty, quoiqu'il soit plus âgé que mon
» neveu, je ne le crois pas plus raisonnable. C'est encore un coureur
» un joueur, un viveur déterminé.

» — Ah ! ah ! monsieur Mondigo, comme vous arrangez ces pauvres
» jeunes gens ! » reprend la petite dame en riant. « Allons, bourriquet
» tiens-toi tranquille... le voilà qui veut marcher à présent, parce q[ue]
» je veux qu'il s'arrête. Clémence, voulez-vous changer d'âne ave[c]
» moi ? »

La belle blonde se tourne en souriant vers la petite femme, et après avoir jeté autour d'elle un regard qui enveloppait beaucoup de monde, répond :

« — Oh ! ce n'est pas la peine ! je crois que nous ferons aussi bien
» de rester comme nous sommes !

» — Restons-y donc ! » répond la vive Francine en poussant un soupir d'un sérieux comique.

« — Mesdames, » reprend monsieur Mondigo, « je vous assure que
» je n'ai nullement l'intention de blâmer la conduite de mon neveu et
» de son ami... Eh ! mon Dieu, ils s'amusent... c'est de leur âge...
» c'est même de tous les âges... et je crois seulement que lorsqu'on ne
» le fait plus, c'est beaucoup moins par sagesse que par cause de santé..
» Voilà des rochers, mesdames... voilà de fort beaux rochers... c'est
» de là que Paris tire une partie de ses pavés ; on assure que cette
» forêt en fournit tous les ans huit cent mille environ.

» — Si nous montions par là... si nous gravissions ces rocs escar-

» pès ? » dit la vive Francine en retenant son âne par une oreille.
« Voyons , monsieur Roquet , que pensez-vous de ma proposition...
» êtes-vous d'avis de grimper là-haut ? »

Monsieur Roquet regarde en même temps les rochers et madame Mar-
nodin en répondant :

« — Ce matin, en allant à Moret, nous avons déjà gravi beaucoup
» de choses... je ne vois pas trop la nécessité de nous fatiguer encore...
» et puis tout cela nous retardera... nous voulons cependant dîner à
« Fontainebleau avant de remonter dans ces espèces d'omnibus qui
» vous ramènent à Corbeil.

» — Ah ! c'est cela ! vous pensez à dîner ! Que les hommes sont
» gourmands... ils ne songent qu'à la table !

» — Près de vous, belle dame, je vous assure que je songe à autre
» chose encore !... »

Monsieur Roquet a prononcé ces derniers mots à demi-voix , afin
de ne pas être entendu par monsieur Marmodin, car le mari de Francine est connu pour être extrêmement jaloux.

La petite femme n'a pas eu l'air d'entendre ce que vient de dire
monsieur Roquet ; elle reprend :

» — Ah ! si monsieur Frédéric était avec nous, je suis sûre qu'il se-
» rait déjà au sommet de ces rochers... je lui aurais dit : je veux une
» de ces petites fleurs jaunâtres que je vois là-haut sur ces buissons...
» et il aurait couru m'en chercher... mais vous, messieurs, ah ! vous
» n'êtes pas galants du tout !...

» — Ma chère amie, » dit monsieur Marmodin, « pour monter là-
» haut, il faudrait avoir une chaussure faite exprès... les Romains
» avaient des chaussures particulières qui distinguaient leur rang, leur
» état, leur position dans le monde ; nous autres Français, nous ne
» connaissons que les souliers et les bottes ; nous ne nous servons pas
» de la *caliga*, de la *crepida*, de la *gallica*, de la *baxea* ; nous met-
» tons le *calceus* et quelquefois le *soccus*, mais...

» — Oh ! assez !... assez, monsieur, je vous en supplie... je ne mon-
» terai pas sur ces rochers, à la bonne heure... mais ce n'est pas une
» raison pour m'assommer de vos Romains pendant une heure... Ah !
» c'est égal !... c'eût été bien gentil de faire grimper mon âne sur tout
» cela !... »

Et la petite femme tâche de rapprocher son âne de celui de la jolie
blonde, et elle reprend, en parlant de manière à n'être entendue que
de celle-ci :

« — Dites donc, Clémence, est-ce que vous appelez cela une partie
» de plaisir, vous ? de suivre des allées bien droites de peur de se perdre ;
» de ne s'arrêter que quand cela plaît à ces messieurs ; de ne point
» courir , sauter , faire des folies... Il me semblait, à moi, que quand
» on venait à la campagne, ce n'était que pour cela !... Nos maris sont
» étonnants , parce que ça leur convient de cheminer gravement, il
» faut que nous en fassions autant, et que cela nous amuse !... Ah !
» que les hommes sont despotes !... Du reste, si monsieur votre neveu
» et son ami étaient venus avec nous, comme ils l'avaient promis, c'eût
» été beaucoup plus gai... Est-ce que vous n'êtes pas de mon avis ?

» — Mais sans doute... C'est la faute de mon mari. Il n'a dit qu'hier
» à son neveu que nous voulions aller en chemin de fer à Corbeil, et
» de là à Fontainebleau.

» — Ah ! comme c'est adroit ! dire cela aux personnes le jour même
» où l'on fait la partie !

» — Frédéric a dit : Je ne puis vous accompagner maintenant, mais
» que je sais matin , de bonne heure, je partirai avec Dernesty. Si vous
» êtes dans la forêt, dites seulement à l'endroit où l'on descend de
» voiture, quelle route vous suivrez, et nous vous rejoindrons.

» — Quand on fait une partie et que l'on ne part pas tous ensemble,
» on ne se rejoint jamais !... Ces messieurs n'auront pas pu venir,
» peut-être, et nous avons pour nous divertir monsieur Roquet !...
» l'homme le plus ennuyeux de Paris !... et qui se permet de venir
» soupirer près de moi en touchant !...

» — C'est peut-être pour votre âne qu'il soupire.

» — Oh ! si je savais cela, je le laisserais bien vite monter dessus,
» parce que j'aurais le plaisir de le voir bientôt par terre.

» — Que vous êtes mauvaise !...

» — C'est qu'il est stupide, cet homme... Et puis, il vous regarde
» toujours dans deux endroits à la fois, c'est indécent !... Ah !... si
» nos jeunes gens étaient venus !... je vous assure que j'aurais couru
» et ri avec eux sans écouter mon mari.

» — Monsieur Marmodin est cependant fort jaloux, à ce qu'on dit ?

» — Ça m'est bien égal... Au contraire, c'est une raison de plus pour
» que je le fasse endêver... Vous êtes bien heureuse, vous ; monsieur
» Mondigo n'est pas jaloux !...

» — Oh ! il n'y songe pas !... Il est vrai que je ne lui ai jamais donné
» lieu de l'être.

» — Vraiment ? je trouve votre réflexion charmante ; vous pensez
» donc que je me conduis , moi, de façon à rendre mon mari jaloux ?

» — Mon Dieu ! mais je n'ai pas eu l'intention de dire cela ! Seule-
» ment, comme vous êtes très-rieuse... quelquefois il y a des personnes
» qui pourraient penser que cela plaît quand... quand on vous
» fait la cour...

» — Ces personnes-là auraient raison, j'aime beaucoup à être cou-
» rtisée... je voudrais que tous les hommes fussent amoureux de moi. .

» Oh ! cela m'amuserait infiniment... et d'autant plus, que cela ferait
» enrager tant d'autres femmes... Allons, bourriquet, veux-tu bien re-
» lever la tête ?... Est-ce que tu cherches encore des simples ?... Ah !
» mon pauvre âne , tu n'as pas besoin de flairer si bas pour en
» trouver.

» — Cette forêt est immense ! » dit monsieur Roquet, en regardant
d'un air effaré autour de lui, « savez-vous que l'on pourrait s'y égarer...

» — On est libre de s'égarer, » s'écrie madame Marmodin en riant.

« — C'était anciennement la forêt de Bière, » dit le monsieur au nez
crochu ; « elle a près de trente-trois mille arpents... Les Romains,
» quand ils visitaient les forêts sacrées, se mettaient sur la tête...

» — Ah ! mon bon ami !... vous m'aviez tant promis que vous me
» feriez grâce des Romains dans cette partie de campagne... Tâchez
» donc d'être gentil, une fois par hasard !... Savez-vous, messieurs, à
» quoi cette belle forêt me fait penser ?... A Robin des Bois... Ah !...
» il me semble que ce serait bien ici qu'il devrait se montrer !...

» — Comment !... le grand chasseur ? » dit monsieur Roquet en
souriant d'une manière assez triste , et en jetant des regards croisés
sur la profondeur de la forêt. « Ah ! quelle idée... Ce chemin me sem-
» ble bien long... j'ai peur que nous ne nous soyons trompés de
» route... Nous n'aurons pas le temps de dîner.

» — Ah ! madame Marmodin ! vous voudriez voir le *grand ve-
» neur !* » dit monsieur Mondigo, en s'approchant de la petite dame,
« Eh ! mais, vous croyez plaisanter , et je vous certifie qu'il n'y a pas
» longtemps encore que les habitants de Fontainebleau croyaient à la
» chasse du grand veneur, qui était soi-disant un grand fantôme noir.
« Lorsqu'il chassait dans la forêt, il y faisait un bruit épouvantable ;
» on l'entendait souvent, mais on ne le voyait jamais. Au reste, voulez-
» vous que je vous raconte ce que dit là-dessus un vieil historien,
» *Pierre Mathieu ?*

» — Oh ! oui, racontez ! » répond Francine en retenant son âne ;
» les histoires qui font peur, c'est si amusant !... Et dans une forêt
» on s'effraye si facilement !... »

Monsieur Roquet murmure entre ses dents :

« — Au lieu de raconter des histoires ridicules... nous devrions
» nous orienter... ça ne serait pas du tout amusant de s'éloigner du
» dîner au lieu de s'en rapprocher. »

L'homme de lettres appuie une de ses mains sur la croupe de l'âne
rétif et commence son récit :

« — Vous saurez donc, belle dame, que le roi Henri IV chassant
» un jour dans la forêt de Fontainebleau, entendit le son du cor, les
» cris des chasseurs, les jappements des chiens ; ce bruit, qui d'abord
» était assez éloigné, ne tarda pas à se rapprocher et à devenir très-
» distinct. Le roi, désirant en connaître la cause, pria le comte de
» Soissons, qui l'accompagnait, d'aller à la découverte. Celui-ci par-
» courut quelque temps la forêt, et, ne voyant rien, allait retourner
» près du roi, lorsqu'un grand homme noir, se présentant tout à coup
» dans l'épaisseur des broussailles, lui cria : *m'entendez-vous ?* et
» disparut. Saisi de frayeur, le comte s'enfuit, et les pâtres des envi-
» rons ne manquèrent pas de dire que c'était la chasse de saint Hubert
» ou du roi Arthur qui venait de traverser la forêt.

» — Oh ! c'est bien amusant, votre récit... car cela fait peur...
» Allons, bourriquet, en avant... Oh ! je vais te piquer ferme, car il
» me semble que le grand homme noir me poursuit. »

Madame Marmodin se remet à piquer sa monture, et, cette fois,
elle le fait avec tant de vigueur, que son âne se décide à prendre le
galop, et il emporte sa cavalière, qui pousse d'abord des cris de joie,
mais qui bientôt s'effraye de se voir emporter si vite, et, ne pouvant
plus arrêter son âne, craint de tomber ; et tout en se tenant d'une
main à la crinière de l'animal et de l'autre à sa queue, appelle à son
aide les personnes qu'elle a laissées derrière elle.

Madame Mondigo pousse aussi sa monture pour tâcher de rejoindre
son amie. Les deux maris se mettent à courir pour rattraper leurs
femmes ; et monsieur Roquet, qui justement s'était arrêté contre un
arbre pour une cause très-naturelle, demeure tout saisi lorsqu'en se
retournant il n'aperçoit plus personne au bout du sentier, qui se
terminait alors à une espèce de carrefour où plusieurs routes se croi-
saient.

II. — UN ACCIDENT. — UNE RENCONTRE.

« Comment, je suis seul !... Ils m'ont abandonné dans la forêt... »
se dit monsieur Roquet, en marchant à pas précipités et en regardant
de plusieurs côtés en même temps, avantage qu'il avait sur beaucoup
de gens, et qu'il prisait fort en ce moment.

« J'ai beau regarder... je ne les aperçois pas... Hohé !... les autres !...
» Mondigo !... monsieur Marmodin !... Si c'est une plaisanterie, je la
» trouve très-mauvaise... Est-ce pas que je sois effrayé de me trouver
» seul dans cette forêt... il ne fait pas nuit !... et je rencontrerai du
» monde pour me mettre dans mon chemin. Mais c'est égal... c'est
» fort bête !... Quand on va ensemble, ce n'est pas pour se perdre.
» Quand ils m'y reprendront , de faire des parties de campagne avec

» eux!... Hohé!... mondigo!... Avec ça que ce n'est pas déjà si amu-
» sant!... L'un se croit un homme de lettres! un auteur célèbre, parce
» qu'il a fait quelques pièces qui ont passé dans la foule... Quand je
» dis la foule, il n'y a jamais personne quand on les joue... L'autre se
» croit un savant parce qu'il a été à Rome... il parle des Romains à
» tout propos!... Pauvre Marmodin, au lieu de s'occuper de ce que
» faisaient ces fiers républicains, il ferait beaucoup mieux de tâcher
» que sa femme n'ajoute rien à sa coiffure, à lui... Elle est bien gaie...
» bien coquette, la petite femme... Mon Dieu! que c'est bête, de m'a-
» voir perdu... comme le *Petit-Poucet!*... Voilà plusieurs sentiers
» devant moi... lequel prendre ?... Hohé!... les autres... Bon! voilà
» que je m'enroue, à présent, à force de crier... Si la nuit me sur-
» prenait ici... Voyons l'heure... Pas encore deux heures, et nous
» sommes au mois de juillet, où les jours sont longs, j'ai du temps
» devant moi, heureusement!... Je suis très-las... j'ai faim! Quelle
» infernale partie de plaisir... Je n'ose pas m'asseoir, il y a des ser-
» pents, par ici, et j'ai horreur de ces animaux-là!... Ça m'apprendra
» à venir visiter des forêts... Je connaissais le bois de Romainville...
» c'était bien assez; des arbres sont toujours des arbres !... Je don-
» nerais de bon cœur vingt francs pour être à présent au Palais-
» Royal, chez Véfour !... »

Monsieur Roquet s'est arrêté, il est en nage; il regarde de nouveau
de tous côtés, mais il n'aperçoit personne; seulement, la forêt lui
semble plus sombre, plus épaisse; elle prend à ses yeux un aspect té-
nébreux qui lui serre le cœur, et répand sur ses traits une profonde
tristesse. Il s'approche d'un arbre fort élevé, l'entoure de ses bras, et
essaye de grimper, parce qu'il pense que du haut d'un arbre il aper-
cevrait Fontainebleau, et pourrait alors avancer avec la certitude de
ne point s'égarer. Mais comme monsieur Roquet ne s'est jamais exercé
à la gymnastique, comme sa jeunesse a été paisible, prudente, et privée de toute espèce de mât de cocagne, il ne parvient pas à s'élever à
plus d'un pied de terre, et ses efforts malheureux n'aboutissent qu'à
fendre son pantalon par devant entre les jambes, absolument comme on
ouvre ceux des petits garçons, afin qu'étant en promenade il ne soit
pas nécessaire de leur mettre culotte bas, lorsqu'ils éprouvent le besoin de s'arrêter.

« Ah! sapristi! j'ai fait là un beau coup ! » s'écrie monsieur Roquet en examinant son pantalon. « Me voilà bien... fendu !... absolu-
» ment fendu comme un caleçon... Que le diable emporte les arbres et
» les forêts !... C'est qu'il n'y a pas à dire ici que je vais en mettre
» un autre... Et même à Fontainebleau, je n'en ai pas d'autres... je
» n'ai pas apporté ma garderobe avec moi... Il me faudra reparaître
» devant ces dames en cet état... ce sera bien scabreux... les maris
» feront des nez d'une aune... Mais, après tout, je m'en fiche ! c'est
» leur faute si j'ai déchiré mon pantalon, on n'avait qu'à ne point me
» perdre... C'est toujours très-désagréable... un pantalon tout neuf,
» c'est la seconde fois que je le mets... Mais ce gredin de tailleur a la
» fureur de me les faire trop étroits... Je lui avais bien dit : « Quand je
» veux m'asseoir, ça me serre, ça me gêne. » Il m'a répondu : « Ça se
» fera !.... c'est du croisé de laine, ça prête... c'est élastique... » C'est
» étonnant, comme il a prêté... A Fontainebleau, je tâcherai de me
» faire recoudre... car je n'ai pas envie de mettre des épingles par
» là... Diable !... pour me blesser... c'est trop dangereux. Allons, re-
» mettons-nous en marche... Oh ! je ne serai pas du tout gêné pour
» marcher, maintenant. »

Monsieur Roquet avance de nouveau dans le sentier qui est devant
lui ; il marche cette fois à grands pas et avec une espèce de fureur, regardant alternativement la route et son pantalon. Mais tout à coup il
s'arrête.

A une centaine de pas devant lui, il vient de voir remuer quelque
chose dans le fourré, mais fort près du chemin qu'il suit. Il ne dis-
tingue pas bien ce que c'est ; seulement, l'objet qui remue s'élève à
deux pieds au-dessus du sol, lui semble brun et est d'une assez large
dimension.

Monsieur Roquet, qui sent une sueur froide lui glacer le front,
demeure immobile, tremblant, et n'ose ni avancer ni reculer ; sa vue
se trouble, et il se dit :

« Qu'est-ce qu'il y a là-bas ?... Est-ce un voleur qui me guette ?...
» Est-ce un serpent énorme ?... Je n'ose plus regarder... Mais je crains
» bien que ce ne soit un serpent... Je crois que je préférerais un vo-
» leur... Que faire ?... Ah ! quelle chose affreuse que les voyages !... »

Monsieur Roquet est assez longtemps indécis, les yeux baissés, n'o-
sant pas même s'enfuir, parce qu'il sent que ses jambes lui feront
défaut. Enfin, dans un moment de désespoir, il se décide à risquer
encore un regard vers l'objet qui l'a effrayé.

Peignez-vous, s'il se peut, sa surprise, son ravissement : cet objet
brun qu'il avait entrevu qu'à travers des broussailles, était le dos
d'une jeune fille penchée alors à terre pour cueillir des fleurs ; mais
elle vient de se relever, elle regagne le chemin, et, au lieu d'un serpent, monsieur Roquet voit la plus charmante figure que l'imagination
puisse se créer.

C'est une jeune fille de dix-sept ans à peine, dont le costume n'est
ni celui d'une paysanne, ni celui d'une demoiselle de la ville ; c'est
une délicieuse figure ronde, brillante de fraîcheur, de grâce, de beauté ;
une brune, aux yeux doux et veloutés, à la bouche petite et pure ; il

y a dans les traits de cette jeune fille de la pudeur et de la finesse, de
l'éclat et de la douceur. Elle vous rappelle ces têtes charmantes dont
les peintres se plaisent à embellir leurs tableaux, et que vous regrettez
de ne jamais retrouver dans le monde aussi parfaits que sur la toile.

Celle qui vient d'apparaître à monsieur Roquet est vêtue d'une robe
de toile brune bien simple et bien décente, un fichu de couleur est
passé autour de son cou, un tablier de soie noire serre sa taille, et
ses beaux cheveux noirs sont emprisonnés dans un petit bonnet qui
n'a pas la lourdeur de ceux des paysannes, et qui encadre fort agréablement ses joues rondes et roses.

Monsieur Roquet éprouve un bien-être qui se change bientôt en
admiration, car il a toujours été grand amateur du beau sexe. Il s'a-
vance vers la jeune fille en lui faisant un profond salut, qu'il accompagne d'une infinité de petites mines, qu'il tâche de rendre fort agréables, puis il s'arrête devant elle, en lui disant :

« — Ah ! ma foi, mademoiselle... je ne m'attendais pas à faire une
» rencontre aussi agréable... J'avais vu quelque chose dans les brous-
» sailles... je me disais : Qu'est-ce que ce peut être ?... Mais je pensais
» à tout autre chose qu'à une jeune fille... Il est vrai que ce n'est pas
» votre tête que j'avais vue d'abord... »

La jeune fille sourit en répondant d'un ton modeste :

« — Je cueillais un bouquet... Il y a de la violette, du muguet, de
» la jacinthe par ici...

» — Ah! il y a de tout cela !... je n'avais pas remarqué ; il est vrai
» que je cherche mon chemin... ce qui m'empêchait de chercher de
» la violette... Ce doit être bien agréable d'en cueillir avec vous, made-
» moiselle... car alors... car alors... »

» — Vous cherchez votre chemin, monsieur? et où voulez-vous
» aller?

» — Mais à Fontainebleau, mademoiselle, je tâchais de m'orienter...
» C'est difficile quand on ne connaît pas le pays, et puis je viens de
» passer à un carrefour où aboutissaient au moins six sentiers...
» Lequel prendre ? je vous le demande, lequel prendre ?... C'est très-
» embarrassant.

» — Mais non, monsieur : car devant chaque sentier il y un po-
» teau sur lequel est écrit : Route de Moret, ou route de Fontaine-
» bleau... ou route d'Avon... enfin cela vous indique à quel endroit le
» sentier vous conduit.

» — Comment, il y a des poteaux !... et je ne les ai pas vus... j'en
» suis un moi-même, alors ! Au reste, je m'en repens moins, puisque
» cela m'a procuré le bonheur... le bonheur...

» — Monsieur, si vous désirez vous rendre à Fontainebleau, il faut
» prendre ce sentier que vous voyez... là-bas à gauche, puis la pre-
» mière route encore à gauche, et vous serez à la ville dans une
» demi-heure...

» — Je vous remercie infiniment... Oh! je n'étais pas très inquiet !...
» je me disais : J'arriverai toujours quelque part. C'est que j'étais avec
» une société... deux dames et deux messieurs... montés sur des
» ânes... pas les messieurs, les dames, et qui ne voulaient pas avan-
» cer... pas les dames, les ânes... et je les ai perdus... je ne sais pas
» comment.

» — Je les ai rencontrés, monsieur ; deux jolies dames sur des ânes :
» il y en avait une qui riait beaucoup ; et deux messieurs... bien plus
» âgés, marchaient derrière. — C'est cela, c'est cela même... ce sont
» les maris, vous les avez trouvés vilains, n'est-ce pas?... Le fait est
» que l'un a beaucoup de ressemblance avec un hibou, et l'autre, avec
» sa longue crinière, a l'air d'un lion...

» — Je n'ai pas remarqué tout cela, monsieur ; mais j'ai vu cette
» société dans la route que je viens de vous indiquer... ils doivent
» être bien près de Fontainebleau maintenant; et si vous voulez les
» rejoindre, je vous conseille de courir.

» — Ah ! ma foi, non... ils m'attendront... Tant pis ! je n'ai pas en-
» vie de me mettre encore en nage !... Est-ce que vous êtes de Fon-
» tainebleau, jolie enfant ?

» — Non, monsieur, je suis du village d'Avon, où mon père est cul-
» tivateur ; mais quand j'étais petite on m'envoyait à l'école à Fon-
» tainebleau.

» — Ah ! vous avez été à l'école !... cela fait l'éloge de..... votre
» éducation ; et maintenant vous venez vous promener seule dans la
» forêt, et vous ne craignez pas... d'y être filoutée... eh! eh! eh !... »

Monsieur Roquet, qui a retrouvé toute sa gaieté depuis qu'il sait son
chemin et qu'il est près d'une jolie fille, veut alors lui prendre la main,
mais celle-ci la retire vivement, en répondant :

» — Non, monsieur, je ne crains rien... D'abord, je ne vais jamais
» bien avant dans la forêt... ensuite, je suis forte, moi, et si quelqu'un
» voulait m'insulter... oh! je saurais bien me défendre...

» — Certainement, mademoiselle, je n'ai pas voulu dire... mais
» quand on est jolie comme vous...

» — Je vous salue, monsieur.

» — Comment, vous vous éloignez si vite... »

Et monsieur Roquet se met devant la jeune fille, comme s'il voulait
lui barrer le passage ; mais, dans ce mouvement, il s'aperçoit que sa
chemise sort entre ses jambes, par suite de l'accident arrivé à son
pantalon, accident qu'il avait oublié depuis sa rencontre avec la jolie
brune. Monsieur Roquet met aussitôt une de ses mains sur sa che-

mise qu'il essaye de renfourrer dans sa culotte, tout en s'écriant :

« — Ah ! mademoiselle, je vous demande mille excuses ; je vous
» prie de croire que c'est involontaire... et qu'il n'y a aucune inten-
» tion malhonnête de ma part... je vous jure que je ne l'ai pas fait
» sortir exprès ! »

La jolie brune regarde le monsieur d'un air surpris, en lui disant :

« — Quoi donc, monsieur?... et pour quelle chose voulez-vous que
» je vous excuse?...

» — C'est un accident, mademoiselle ; c'est tout à l'heure en es-
» sayant de grimper à un arbre... J'avais cru voir un nid, et il m'é-
» tait venu l'envie de le prendre... alors j'ai déchiré mon pantalon...
» voilà comment il se fait que vous avez pu apercevoir un petit peu
» de ma chemise. »

La jeune fille rougit jusqu'au blanc des yeux, en balbutiant :

« Je ne m'en étais pas aperçue, monsieur. »

Puis, comme l'exercice auquel se livre monsieur Roquet, en essayant
de faire rentrer sa chemise dans son pantalon, a quelque chose de
très-décolleté qui blesse les regards chastes de la charmante enfant,
elle se hâte de s'éloigner, en disant :

« — Je vous ai montré votre chemin, monsieur : le premier sentier
» à gauche, puis à gauche encore... et vous verrez la ville devant vous.

» — Merci, mademoiselle... Comment ! vous vous éloignez si vite,
» adorable brune... Ça ne peut pas rentrer à présent... Sapristi ! que
» c'est impatientant!... mademoiselle, je me serais cependant estimé
» bien heureux de faire votre connaissance... de faire... Bon ! je crois
» que je la déchire aussi... Quand une fois la percale est mûre, ça
» devient de l'amadou... mademoiselle !... j'aurais eu encore beau-
» coup de choses à vous dire... j'aurais été même jusqu'à votre
» village, afin de... Ah ! bah ! elle ne m'écoute pas... elle est déjà loin...
» Ah ! bigre, tout est rentré enfin !... c'est bien heureux... Oui, mais
» en marchant, ça va peut-être ressortir... et madame Marmodin qui
» est si moqueuse...Ah!... tant pis!... ah! je m'en moque !...D'ailleurs,
» j'aurai soin de tenir ma main dessus !... Cette jeune fille était ra-
» vissante... et si je n'avais pas si faim, je crois que je l'aurais suivie !
» elle me donnait des idées... champêtres... la forêt me semblait beau-
» coup plus gaie ! »

M. Roquet jette encore quelques regards sur le sentier que vient de
prendre la jolie brune ; mais bientôt, craignant que l'on ne se soit mis
à table sans lui, il se décide à marcher au pas redoublé, par le chemin qu'on lui a indiqué, et arrive à Fontainebleau, en regardant à
chaque instant si sa chemise ne s'est point encore échappée de son
pantalon.

III. — LE FILS DU PEINTRE.

Laissons M. Roquet courir après sa société, et rejoignons Rose-
Marie : c'est ainsi que l'on nommait la charmante enfant que nous
venons de rencontrer dans la forêt.

Après avoir quitté le monsieur aux besicles, dont les manières com-
mençaient à lui paraître peu convenables, la jeune fille, qui semble
connaître parfaitement tous les détours de la forêt, a pris un petit
sentier à peine tracé dans l'épaisseur du taillis, mais dans lequel elle
marche sans hésiter, sans regarder même devant elle, et comme une
personne qui est bien sûre de son chemin.

En effet, au bout de cinq minutes d'une marche interrompue souvent pour cueillir des fleurs et grossir le bouquet qu'elle tient dans
une ses mains, la jeune fille se trouve hors du taillis, dans une
grande clairière ; devant elle sont des rochers bien noirs, bien sévères ;
des blocs de grès entassés au hasard, et dont une partie est à moitié
exploitée pour l'écarrissement des pavés ; puis d'un côté, des hêtres
magnifiques, qui semblent vouloir atteindre les cieux, tandis qu'à
quelques pas, d'autres, frappés par la foudre, sont étendus sur la terre.
Cet endroit de la forêt a un aspect sauvage et majestueux qui doit inspirer le respect et une sorte de terreur aux personnes qui n'ont pas
l'habitude de la visiter.

Mais Rose-Marie poursuit sa marche légère ; ses yeux parcourent
l'espace ; ils ont bien vite aperçu un jeune homme en petite blouse
d'artiste, et les cheveux flottants au gré du vent, qui est assis au pied
d'un vieux chêne, ayant devant lui une petite toile carrée, posée sur
un pupitre, et à son côté une boîte à couleurs. Le jeune homme peint,
ou plutôt il fait des études, comme disent les peintres. En ce moment,
il retrace sur la toile l'aspect pittoresque des rochers qui sont devant
lui, et, tout à son travail, il n'a pas entendu venir la jeune fille, qui
est depuis un moment derrière lui et le regarde peindre sans bouger,
presque sans respirer même, pour qu'il ne se doute pas qu'elle
est là.

Mais tout à coup le sentiment de l'admiration l'emporte :

« — Oh! que c'est bien cela ! » s'écrie Rose-Marie.

Aussitôt le peintre se retourne, et jette un tendre regard sur la
jeune fille, en s'écriant :

« — Comment vous étiez là !... et je ne le savais pas... Ah ! c'est
» bien mal à vous !

» — Pourquoi ?... quel mal faisais-je derrière vous?...

» — Vous me priviez du bonheur de vous voir, de jouir de votre
» présence... et ce bonheur-là est si court, il passe si vite que je dois
» en être avare ! »

Rose-Marie rougit, baisse les yeux et balbutie :

« — Monsieur Léopold, vous oubliez toujours nos conventions et
» ce que vous m'avez promis... Je fais peut-être ce que je ne devrais
» pas, en venant tous les jours vous voir peindre dans cette forêt...
» car enfin... il n'y a que trois semaines que je vous connais... je vous
» ai rencontré par hasard ici... Vous étiez en train de peindre... comme
» à présent ; je me suis approchée pour regarder... parce que je suis
» un peu curieuse... mais vous m'avez dit que cela ne vous gênait
» nullement que l'on vous vît travailler... J'ai trouvé cela si joli !...
» si bien fait ! que vous avez eu l'honnêteté de me dire que vous
» viendriez peindre ici pendant quelque temps, et que si cela m'amu-
» sait, je pouvais venir vous regarder travailler, tant que cela me
» ferait plaisir. Je suis revenue... Ah ! c'est un si beau talent de ren-
» dre sur la toile ce que la nature a fait !...

» — Oui, charmante Rose, c'est ainsi que nous avons fait connais-
» sance, et je bénis le hasard qui avait conduit vos pas de ce côté,
» pendant que j'y travaillais. Dans tout cela, il me semble qu'il n'y
» a aucun mal, et je ne vois pas quel reproche vous pourriez vous
» adresser...

» — Oh! pardonnez-moi... parce que... j'aurais peut-être dû me
» tenir toujours derrière vous, comme à présent... Mais un jour vous
» m'avez priée de me placer de l'autre côté de votre petite toile...
» Moi, j'ai cru d'abord que le soleil vous gênait et que c'était pour
» vous en garantir ; je me suis assise sur un tronc d'arbre, et je n'ai
» pas bougé ; mais alors vous avez pris une autre toile, et quand j'ai
» voulu regarder ce que vous faisiez, vous l'avez caché bien vite...
» Puis le lendemain, vous m'avez encore priée de m'asseoir devant
» vous... j'y ai consenti... quoiqu'il ne fît plus de soleil, mais à con-
» dition que vous me montreriez ce que vous faisiez sur l'autre toile.

» — Eh bien ! je vous l'ai montré, Rose...

» — Oui... et je suis restée toute saisie... c'était moi... c'est-à-dire
» c'était mon portrait... Assise là sur un tronc d'arbre... dans ce
» simple costume... et déjà si ressemblant... oh ! c'est-à-dire non...
» je ne suis pas si bien que vous m'avez faite.

» — Vous êtes cent fois mieux encore, aimable Rose, car la pein-
» ture ne rendra jamais toutes ces sensations, tous ces gracieux sen-
» timents qui animent à chaque instant votre visage... Je puis bien
» vous faire un sourire, un regard... mais je ne puis pas y mettre
» toutes les nuances charmantes qui passent si rapidement sur votre
» physionomie mobile, qui animent vos yeux à la fois doux et riants...
» qui font enfin que l'on ne peut vous voir sans...

» — Ah ! monsieur Léopold, vous oubliez encore vos promesses...
» Lorsqu'une fois déjà vous m'avez tenu de ces discours... qu'une
» jeune fille sage ne doit pas écouter, j'ai voulu m'en aller, et je ne
» serais plus revenue, si vous ne m'aviez bien promis... juré même...
» oui, je crois que vous m'avez juré qu'à l'avenir vous ne me parle-
» riez plus de ces choses-là... mais de temps en temps vous recom-
» mencez, et je reviens toujours, vous voyez bien que j'ai raison de
» vous faire des reproches, et mon père qui est si bon ! mon père
» qui a tant de confiance en moi ! que dirait-il, s'il savait que je laisse
» faire mon portrait par un monsieur que je ne connais presque pas?»

Le jeune peintre pose sur le gazon ses pinceaux et sa palette, puis,
se tournant vers Rose-Marie, lui répond d'un ton sérieux et presque
grave :

« — Je vous ai dit mon nom... et vous savez quelle est ma profes-
» sion, mademoiselle ; je voudrais que vous fussiez à même de vous
» assurer que je ne chercherai jamais à vous tromper en aucune façon.
» Je vais en peu de mots vous faire connaître ma famille, car je tiens,
» moi, à n'être pas un étranger, un inconnu pour vous. Je me nomme
» Léopold Bercourt, mon père était peintre de genre, et avait assez
» de talent pour vivre dans une certaine aisance ; il s'était marié fort
» jeune à une femme qu'il adorait et qui ne lui avait apporté aucune
» fortune, mais il était du petit nombre de ceux qui croient que
» l'amour et la bonne conduite doivent suffire pour être heureux, et,
» en effet, il le fut au sein de son ménage. Ma mère l'aimait tant !
» elle avait les mêmes goûts, les mêmes sentiments que lui ; il sem-
» blait qu'un seul esprit, un seul cœur animât ces deux époux, car
» sovent il arrivait à l'un et à l'autre d'exprimer en même temps la
» même pensée, le même désir, de faire la même réflexion. Et pen-
» dant vingt années ils ne s'étaient pas quittés, ils n'avaient point été
» une journée entière sans se voir. Ah ! mademoiselle, c'est une bien
» belle chose qu'un bon ménage !... c'est le bonheur le plus vrai
» qu'il soit donné aux hommes de goûter ici-bas, et s'il y a tant de
» gens qui tournent l'hymen en ridicule ou qui ont l'air de croire
» qu'il n'apporte avec lui que des ennuis et des regrets, c'est que
» comme le renard de la fable, ils n'ont jamais pu apprécier, connaître
» ou mériter cette félicité qu'ils trouvent si facile de dénigrer. »

Rose-Marie, qui s'était assise sur le gazon pour écouter le jeune
artiste, se rapproche alors de lui, en s'écriant :

» — Vous parlez comme mon père, car lui aussi a été bien heureux
» dans son ménage !... seulement il ne l'a pas été longtemps !... Con-
» tinuez, monsieur Léopold...

» — Un fils et une fille vinrent augmenter encore le bonheur de
» mes parents, car tous deux s'aimaient trop pour ne pas désirer pos-
» séder des gages de leur tendresse... et d'ailleurs, quels sont les
» gens qui n'aiment pas les enfants ? les coquettes et les égoïstes :
» mon père et ma mère n'étaient ni l'un ni l'autre. J'étais venu au
» monde huit années avant ma sœur ; j'avais vingt et un ans, ma sœur
» en avait treize... Il y a deux ans de cela... et nous étions alors par-
» faitement heureux. Ma mère, vive, gaie, aimable, semblait toujours
» être jeune ; pour son mari, c'était une maîtresse ; pour ses enfants,
» c'était une sœur. Quoique sensible et impressionnable, elle savait,
» par un mot spirituel, par un trait piquant, égayer et animer toutes
» les réunions. Ma sœur, mignonne et délicate, s'élevait sous les yeux
» de ma mère, qui était aussi du nombre de celles qui ne conçoivent
» point que l'on aille prier des étrangères de vouloir bien se charger
» de former le cœur, le caractère et l'esprit de sa fille, comme si la
» nature ne devait pas faire d'une mère la meilleure des institutrices.
» Peut-être, à la vérité, une jeune fille y perd-elle quelque chose du
» côté de la science, mais à coup sûr elle y gagne des qualités. Et
» puis, si l'on voulait bien se donner la peine de chercher chez ces
» demoiselles devenues dames, ce qu'il reste de cette science, apprise
» à grands frais dans leurs pensionnats, chez les unes cinq ou six mots
» d'italien et d'anglais qu'elles prononcent mal, et avec lesquels je les
» défierais de se faire entendre à l'étranger ; chez d'autres, quelques
» notions de géographie, d'histoire ancienne et nouvelle, qu'elles ont
» l'habitude de mêler ensemble et de citer mal à propos ; puis le talent
» de dessiner un profil, une tête, une étude, qu'elles ne manquent point
» de négliger entièrement dans le monde. Je vous le demande encore,
» est-ce la peine, pour tout cela, de se priver des caresses, des baisers
» de sa fille ?... Ah ! pardon, mademoiselle Rose... je me laisse aller
» à parler... je suis un bavard, n'est-ce pas ?...
» — Dites toujours, monsieur Léopold ; oh ! cela ne m'ennuie pas de
» vous écouter, au contraire !
» — Moi, je voulais aussi être peintre. Je suivais les cours d'un
» maître fameux. J'allais à l'Académie, et pour être plus libre de tra-
» vailler, de sortir, de rentrer sans gêner mes parents... peut-être
» aussi pour jouir de cette liberté que les jeunes gens sont si empressés
» de connaître et dont ils se font un Dieu ! j'avais loué un petit appar-
» tement pour moi seul ; mais j'allais presque tous les jours manger
» chez mes parents, qui du reste avaient trouvé tout naturel qu'à vingt
» ans et avec les goûts d'un artiste je voulusse être mon maître. Excu-
» sez-moi de m'appesantir sur des détails intimes et sur cette époque
» de ma vie... C'est qu'elle fut la plus belle pour moi !... et je ne pen-
» sais pas que rien pût troubler mon bonheur et cette félicité domes-
» tique que je retrouvais toujours au foyer de mes parents... Je ne
» savais pas que c'est alors qu'on est le plus heureux, qu'il faudrait
» trembler et craindre les coups du sort... Mais aucun homme ne pense
» à cela... et la Providence a voulu que cela fût ainsi !... Car, s'il
» nous était donné de deviner l'avenir, nous ne jouirions jamais du
» présent.
» Mes parents aimaient la campagne. L'air pur des champs était bon
» pour ma mère, qui, sans être altée, sans faire de maladie, éprou-
» vait cependant assez souvent des oppressions, des étouffements, mais
» qui ne causaient point d'inquiétude chez une femme mince, légère,
» et douée d'une vivacité qui allait presque jusqu'à la pétulance ;
» d'ailleurs ma mère avait aussi vite oublié une indisposition, une
» souffrance, qu'elle avait été prompte à s'en alarmer. Les médecins
» attribuaient à ses nerfs tout ce qu'elle éprouvait. Avait-elle des op-
» pressions, c'était nerveux ; se sentait-elle par moments étourdie au
» point d'être prête à tomber, c'était nerveux ; éprouvait-elle parfois
» de violentes douleurs dans la tête, c'était nerveux. Et comme par
» malheur les maladies nerveuses sont du nombre de celles que l'on
» connaît le moins, on s'en rapporte presque toujours au temps pour
» les guérir. Aussi disait-on à ma mère : ce n'est pas dangereux, cela
» se passera.
» Mon père avait loué une petite maison de campagne à Saint-Mandé.
» J'y allais fort souvent, mais je n'y couchais pas tous les soirs.
» Quant à mon père, il était rare qu'il vînt coucher à Paris sans sa
» femme ; quelquefois pourtant, lorsqu'un dîner d'ami, une pièce nou-
» velle à voir, quelques affaires devaient le retenir tard à la ville, ma
» mère était la première à lui conseiller d'y coucher, craignant qu'il
» ne courût quelque danger en revenant la nuit à Saint-Mandé, et
» mon père laissait avec sécurité sa femme et sa fille avec leur bonne,
» dans sa maison de campagne, parce que cette habitation était en-
» tourée de maisons et de nombreux voisins.
» Il y a deux ans bientôt, c'était dans le mois de septembre, vers la
» fin de la belle saison, j'étais à Paris et je n'avais pas vu mes parents
» depuis deux jours. Mon père, après avoir dîné avec sa femme et sa
» fille, s'était rappelé qu'il avait pour le soir une invitation à Paris ;
» cependant il ne se sentait point ce jour-là disposé à se déranger et
» à quitter sa famille ; mais ma mère, présumant qu'il s'amuserait dans
» la réunion à laquelle il était convié, et craignant toujours que
» pour elle il ne se privât de quelque plaisir, avait été la première à
» l'engager à se rendre où il était attendu. Mon père s'était donc dé-
» cidé à aller à Paris, où naturellement il devait coucher, puisque la
» réunion où il se rendait devait se prolonger un peu tard. Après avoir

» embrassé sa femme et sa fille, il était parti gaiement, et en chanton-
» nant comme c'était son habitude ; puis, après avoir passé une agréable
» soirée avec des artistes de ses amis, il était rentré chez lui, à Paris,
» vers minuit et demi, et n'avait pas tardé à s'endormir tranquille-
» ment !... Ah ! mademoiselle !... il ne faut donc pas dire que l'on a
» toujours des pressentiments.
» Sur les deux heures du matin, mon père est éveillé par un violent
» coup de sonnette ; il se lève à la hâte, il se demande s'il ne rêve
» pas... Cependant déjà son cœur s'est serré, il éprouve une inquiétude
» mortelle, car il est loin de sa femme et de ses enfants, et pour qu'on
» vienne l'éveiller au milieu de la nuit, il faut qu'un accident soit ar-
» rivé à l'un d'eux. Il court ouvrir et son concierge lui dit :
» — On vient vous chercher... de Saint-Mandé... c'est un voisin...
» il paraît que madame votre épouse est malade.
» Mon père descend, à peine vêtu ; il aperçoit un habitant du village,
» brave cultivateur, dont la demeure touchait à la nôtre, et cet homme
» lui dit :
» — Mam'zelle votre fille est venue frapper à ma porte en me disant
» que sa maman était bien malade, et qu'elle me priait de venir vous
» chercher bien vite... Je me suis habillé tout de suite, et j'ai toujours
» couru depuis Saint-Mandé jusqu'ici.
» Mon père ne se donne pas le temps de remercier son voisin ; en
» peu d'instants il s'est habillé, il part avec lui. Lorsqu'il est dehors,
» il pense que son médecin ne demeure qu'à quelques pas et qu'il
» fera bien de l'emmener sur-le-champ avec lui. Il court chez son
» docteur, l'éveille, lui annonce ce qui l'amène ; en quelques minutes
» celui-ci est levé, prêt, il descend rejoindre mon père... Tous les
» trois se mettent en route. Le hasard leur fait rencontrer un cabrio-
» let vide, ils montent dedans, le cocher se place sur le tablier, on part.
» — Grâce au ciel nous arriverons bientôt ! disait mon père, et le
» docteur, qui ne partageait pas ses inquiétudes, lui répondait :
» — C'est sans doute quelque crise nerveuse, comme madame votre
» épouse en a souvent ; mademoiselle votre fille se trouvant seule avec
» sa bonne pour la secourir, se sera effrayée et aura pensé qu'il fal-
» lait vous envoyer chercher ; mais tout cela ne doit pas vous inquié-
» ter... est-ce qu'elle était malade hier dans la journée ?
» — Pas du tout, Monsieur ; j'ai dîné hier avec elle, je ne suis des-
» cendu à Paris que vers sept heures du soir, et ma femme était
» gaie, bien portante et elle ne se plaignait de rien.
» — Je vous le répète, cela ne peut être dangereux ; mais les per-
» sonnes nerveuses paraissent tout de suite fort malades... Quand
» nous allons arriver ce sera peut-être passé et Madame sera fâchée
» que l'on vous ait causé cette alarme.
» Enfin, ils arrivent devant notre maison, dont la porte donnait sur
» la grande route. Mon père sonne. Bientôt sa fille vient lui ouvrir
» suivie de sa bonne.
» — Eh bien... ta maman ? s'écrie mon père.
» — Je crois que cela va un peu mieux ; elle dort en ce moment,
» répond ma sœur, encore toute pâle, toute tremblante par suite des
» émotions qu'elle a éprouvées.
» Mon père se sent renaître, il marche à grands pas dans le sentier
» qui conduit à la maison et le médecin le suit en répétant :
» — Je vous l'avais bien dit ! c'était une crise nerveuse et il ne
» fallait pas vous effrayer.
» Enfin ils arrivent dans la maison ; puis dans la chambre à cou-
» cher de ma mère. Elle était dans son lit, étendue sur le dos, les
» yeux à moitié fermés. Mon père est frappé de la couleur livide de
» son visage ; puis le médecin murmure ces mots terribles :
» — O mon Dieu ! mais ce n'est pas du sommeil cela !
» Mon père croit comprendre, mais il ne veut pas que cela soit
» vrai, il ne veut pas que cela soit possible. Le médecin veut l'éloigner,
» lui faire quitter la chambre.
» — Non, non, je ne m'éloignerai pas, s'écrie-t-il en courant enla-
» cer sa femme dans ses bras, en appuyant sa tête contre sa poitrine,
» en appelant à grands cris celle qu'il chérissait... Non... je ne la
» quitterai pas... Oh ! mais elle ne peut pas être morte... tenez, Mon-
» sieur... ses mains... ses bras ont encore de la chaleur... ses yeux
» brillent encore... C'est un évanouissement sans doute... Oh ! Mon-
» sieur... elle vit... on ne peut pas mourir comme cela... Secourez-la,
» Monsieur... vite, vite... il doit être encore temps...
» Le médecin se connaissait trop à la mort pour s'y méprendre.
» Cependant il s'empressa de faire tout ce que la science a trouvé
» pour rappeler à la vie ceux chez qui elle n'est pas éteinte entière-
» ment. Pendant qu'il essayait de divers moyens, mon père tenait
» dans ses mains la tête de sa femme, il tâtait ses joues, son front ; il
» la suppliait de lui parler encore. Et dans la pièce voisine, ma pau-
» vre sœur, assise sur son lit et soutenue par sa bonne, pleurait et
» priait le ciel de lui conserver sa mère ; car elle aussi ne pouvait pas
» croire qu'elle fût morte ! Vous pleurez, mademoiselle... Ah ! par-
» don... je m'arrête... mais j'ai besoin de pleurer aussi ! »
Au bout de quelques instants, le jeune peintre reprend son récit :
« Ma mère était morte, Mademoiselle, morte en quelques heures,
» après s'être éveillée vers minuit avec d'horribles douleurs de tête
» que sa pauvre fille avait essayé de soulager en donnant à sa mère
» tout ce qu'elle lui avait vu prendre en pareil cas ; elle était morte

» loin de son époux et de son fils!.. sans les embrasser, sans pouvoir leur
» dire adieu!... Ah! Mademoiselle! une mort prompte est douce,
» dit-on, pour ceux qu'elle frappe, parce qu'ils n'ont le temps ni de la
» prévoir, ni de la craindre. Mais combien elle est cruelle pour les
» personnes qui nous aiment et que nous laissons après nous! pour
» ceux qui, se croyant bien sûrs de leur bonheur, en jouissaient sans
» l'apprécier assez peut-être. Un tel coup est affreux... car rien ne
» vous a préparé à le recevoir, rien ne vous a fait pressentir que
» votre félicité était fragile!... Lorsque la foudre vous frappe,
» vous avez vu du moins les nuages s'amonceler, vous avez entendu
» gronder l'orage... et vous avez compris qu'un danger vous mena-
» çait... Mais quitter sa femme, sa mère en bonne santé, et quelques
» heures après la re-
» trouver morte... ne
» pas avoir reçu son
» dernier soupir, en-
» tendu ses dernières
» paroles... Oh! c'est
» affreux, voyez-vous,
» et ce sont de ces
» douleurs dont on ne
» guérit jamais... Le
» temps, je le sais,
» adoucit toutes les
» souffrances! s'il en
» était autrement, nous
» succomberions avec
» tous ceux que nous
» aimons! Mais je le
» répète, le temps ne
» peut empêcher que
» nos regrets ne soient
» bien amers, lorsque
» nous nous rappelons
» la perte d'un objet
» chéri, accompagné
» de circonstances aus-
» si cruelles.
» Quelle nuit, mon
» Dieu! quelle nuit
» pour mon père et ma
» pauvre sœur... si dé-
» licate, si enfant en-
» core, mais dont le
» cœur comprenait
» toute l'étendue de la
» perte qu'il venait de
» faire! Et pourtant
» cette enfant si jeune,
» si désolée, eut la
» force de maîtriser sa
» douleur pour calmer
» celle de son père.
» Lorsqu'elle entendait
» ses sanglots, elle
» courait se jeter dans
» ses bras, en lui di-
» sant:
» Ma mère nous
» voit toujours! elle
» veut que tu aies du
» courage et que tu
» vives pour tes en-
» fants.
» Je n'ai pas besoin
» de vous dire quel fut
» mon désespoir, lors-
» qu'averti par un ami
» qu'il fallait me ren-

Le jeune peintre reprend ses pinceaux et se remet aussitôt à l'ouvrage. — Page 9.

» cela ne se recommence pas. Mais il lui restait deux enfants, et sur-
» tout une fille si jeune, si intéressante et qui avait tant aimé sa
» mère!...
» Maintenant que près de deux années se sont écoulées depuis cet
» événement, notre peine s'est changée en regrets. Nous parlons sou-
» vent de ma mère, car au lieu de renouveler notre chagrin, il nous
» semble que cela l'adoucit. Et mon père me répète quelquefois une
» chose bien juste: Quand la mort frappe une de nos connaissances,
» nous recevons cette nouvelle avec chagrin peut-être, mais comme
» un de ces événements qui doivent arriver et qui sont dans l'ordre
» de la nature; mais si nous perdons un objet adoré... nous ne pou-
» vons croire à notre malheur, et il nous semble qu'un tel événement
» ne devait jamais ar-
» river.
» Voilà l'histoire de
» ma famille, aimable
» Rose; je vous ai fait
» verser des larmes...
» mais je ne sais pas
» encore être bref
» quand je parle de
» celle que j'aimais
» tant... Je vous avoue-
» rai aussi, que la mort
» de ma mère changea
» subitement mon ca-
» ractère. Ces folies,
» ces parties de plai-
» sirs de jeunes gens
» qui autrefois faisaient
» mon bonheur, ont
» cessé de me plaire.
» Je me suis adonné
» avec plus d'ardeur à
» l'étude; j'ai senti le
» désir d'acquérir du
» talent... Il me semble
» que celle qui n'est
» plus avec nous, voit
» de là-haut tout ce que
» je fais... qu'elle m'en-
» courage... qu'elle
» sourit à mes succès...
» Et puis, je dois con-
» soler mon père...
» protéger ma sœur...
» Pour cela il faut se
» faire un nom, ac-
» quérir par son talent
» une noble indépen-
» dance!... Oh! j'y
» parviendrai, je l'es-
» père!... je le sens à
» l'ardeur qui m'a-
» nime.
Les yeux du jeune
artiste brillaient, son
front semblait rayon-
ner et attendre une
couronne... En ce mo-
ment il ne voyait plus
la jolie fille qui était
immobile devant lui,
l'amour de son art seul
l'occupait. Mais reve-
nant bientôt à d'autres
sentiments, il sourit à
Rose-Marie, en lui di-
sant:

» dre à Saint-Mandé, j'y appris la fatale nouvelle. Ainsi que mon
» père, je ne voulais pas y croire. J'allai avec lui embrasser encore
» celle que nous avions perdue. Sa figure aimable et jolie n'était
» aucunement changée!... elle était pâle seulement! Mon père, qui
» se rappelait que quelquefois une profonde léthargie avait été prise
» pour la mort, essayait encore à chaque instant de ranimer celle
» qu'il allait contempler, et dont il ne pouvait se résoudre à se
» séparer, alors même qu'elle n'était plus! Et il y a des gens qui
» s'éloignent bien vite de l'objet de leur affection quand la mort les a
» frappés!... ils ont donc bien peu de courage... ou plutôt ils ont eu
» bien peu d'amour!
» Je ne vous peindrai pas la douleur de mon père!... qui perdait
» en quelques heures celle avec qui il avait passé sa vie... Car, vingt
» ans de nos plus belles années... vingt ans marqués par les jouis-
» sances du cœur, par toutes ces vicissitudes qui nous attendent pour
» arriver à la gloire et à la fortune... Ah! c'est tout une carrière, et

» — Maintenant je ne suis plus un étranger pour vous. Êtes-vous
» fâchée de m'avoir laissé faire votre portrait;
» — Non... mais qu'en ferez-vous?
» — Je le garderai toujours... il m'est doublement cher... D'abord
» c'est une étude où j'ai bien mieux réussi que je ne l'espérais... En-
» suite ce sont vos traits... et je serai si heureux de les regarder quand
» je ne vous verrai plus.
» — Est-ce que vous retournez bientôt à Paris?
» — Ce soir, mademoiselle, ce soir même... »
Rose-Marie pâlit et détourne la tête, puis elle balbutie:
« — Pourquoi donc si vite... hier vous ne pensiez pas y retourner
» avant cinq ou six jours.
» — C'est que j'ai reçu, ce matin, une lettre de mon père. Il s'en-
» nuie d'être si longtemps sans me voir... il est un peu indisposé...
» — Oh! vous avez raison, monsieur Léopold, il faut partir bien
» vite... Alors nous nous voyons aujourd'hui pour la dernière fois...

» — Si j'avais cette pensée-là, mademoiselle, je serais trop mal-
» heureux. Oh ! je reviendrai... je reviendrai le plus tôt possible... mais
» tenant qu'il y a des chemins de fer, c'est si commode !

» — Oui, mais... moi, je ne serai pas toujours dans la forêt... Si
» je suis venue comme cela depuis quelques jours, c'est que j'allais
» travailler, aider une dame de nos amies, qui demeure à Fontaine-
» bleau... Elle avait des chemises à faire... moi, je sais très-bien
» coudre, travailler en linge... et elle avait prié mon père de me
» laisser aller chez elle. Comme j'aime beaucoup à me promener, à
» cueillir des fleurs... et que je connais très-bien les sentiers de la
» forêt, je me détournais un peu... et puis je vous ai regardé peindre...
» il me semble que j'aurais bien mieux fait de ne pas m'arrêter. »

La voix de la jeune fille s'est altérée, elle baisse les yeux, elle chiffonne son tablier, elle se mord les lèvres et fait son possible pour que le jeune peintre ne voie pas qu'elle a envie de pleurer.

Beaucoup de jeunes gens auraient profité de l'émotion de la jolie enfant pour lui ravir quelques faveurs; car lorsqu'une jeune fille est vivement émue, elle a bien peu de force pour se défendre. Mais, heureusement pour Rose-Marie, le jeune peintre éprouvait pour elle autant de respect que d'amour; il avait compris cette âme innocente et naïve, qui avait eu foi en ses promesses; il aurait rougi d'avoir une pensée qu'il ne pût pas lui avouer. Puis, Léopold n'était plus comme la plupart des jeunes gens qui ne pensent qu'au plaisir et le saisissent dans toutes les occasions qui se présentent. L'amour de son art avait élevé ses pensées, ses penchants. Ces amourettes de passage, qui à vingt ans lui offraient tant de charmes, étaient maintenant sans attraits pour lui. En amour, comme en peinture, il cherchait le beau, le vrai, le naturel, et en rencontrant Rose-Marie quelque chose lui avait dit qu'elle possédait tout cela.

« — Mademoiselle, » dit Léopold en allant à la jeune fille et prenant une de ses mains qu'il presse tendrement dans la sienne, « vous m'avez dit que vous demeuriez au village
» d'Avo n... vous serez assez bonne pour me donner l'adresse de
» m onsieur votre père. Quand je reviendrai, je prendrai la liberté
» d'aller vous voir..... vous me le permettrez, n'est-ce pas... et puis-
» que votre père vous aime tant, je suis sûr qu'il me recevra
» bien... car vous lui direz que ma conduite avec vous fut toujours
» respectueuse, et telle enfin qu'elle devait être.

» — Ah ! quand vous serez retourné à Paris, vous ne penserez plus
» à la jeune fille de la forêt de Fontainebleau... on dit que les jeunes
» gens s'amusent tant à Paris !

» — Avez-vous déjà oublié la triste histoire que je vous ai ra-
» contée ?... depuis que j'ai eu le malheur de perdre ma mère, je vous
» assure que je ne suis plus étourdi, léger, volage comme autrefois !...
» alors je ressemblais à tous les jeunes gens qui ne veulent que s'a-
» muser. Maintenant je suis sage, raisonnable... quelquefois même
» mon père me gronde, parce qu'il craint que je ne le sois trop. Je

» ne vous oublierai pas, charmante Rose..... lors même que je n'aurais
» pas le bonheur de posséder votre portrait... Oh ! mais pendant que
» vous êtes là... si vous étiez assez bonne pour me donner une der-
» nière séance... seulement une petite demi-heure... pour quelque
» chose que je ne trouve pas assez bien. »

Rose-Marie fait une petite moue bien gentille et va se placer sur le tronc d'arbre habituel, en murmurant

— « Puisque cela vous fait plaisir.... et que c'est la dernière fois...
» je ne veux pas vous refuser... mais si vous refaites mon visage, ce
» ne sera pas bien... j'ai les yeux rouges, et puis je suis de mauvaise
» humeur.

» — Non, non, ce n'est pas le visage.... là, vous êtes très-bien
» comme cela..... oh !
» ce sera vite fait. »

Le jeune peintre place sur son chevalet le portrait de la jeune fille, il reprend ses pinceaux et se remet aussitôt à l'ouvrage. Le charmant modèle garde d'abord son air sérieux, mais bientôt un aimable sourire revient animer sa physionomie, et Rose dit :

« — Est-ce que vous
» me permettez de par-
» ler ?

» — Oh ! tant que
» vous voudrez !... je
» n'en serai que plus
» content... vous voir
» et vous entendre c'est
» deux plaisirs au lieu
» d'un.

» — Et cela ne vous
» empêchera pas de
» peindre ?

» — Nullement, et
» lors même que je
» ferais en ce moment
» votre visage, cela ne
» me gênerait pas du
» tout; j'ai assisté quel-
» quefois à des séances
» de modèles chez des
» hommes de grand
» talent. Je vous cer-
» tifie que ceux-là ne
» sont pas du nombre
» des peintres qui re-
» commandent à leur
» modèle une immobi-
» lité complète ! bien
» loin de là, ils les font
» causer pendant tout
» le courant de la séan-
» ce, et c'est de cette
» manière qu'ils saisis-
» sent l'esprit de leur
» physionomie, qu'ils
» la jugent, la com-
» prennent, par un re-
» gard, un sourire, un
» sentiment. Tandis
» qu'en recommandant
» à la personne que
» l'on peint de garder

» une immobilité parfaite, qu'obtient-on ? une figure froide, en-
» nuyée, sans expression, ce qui fait que le portrait n'a jamais
» le charme, la vie, le caractère que l'on doit justement cher-
» cher à lui donner. Parlez donc, mademoiselle Rose... je vous
» écoute.

» — Vous m'avez raconté l'histoire de vos parents; moi, je vais vous
» dire ce que je sais des miens.... oh ! ce ne sera pas long. D'abord
» mon père se nomme Jérôme Gogo, il a deux frères... ce sont mes
» oncles naturellement, mais je ne les connais pas, il paraît qu'ils ont
» de bonne heure quitté leur pays... ils sont des environs d'Orléans,
» et leur père était un simple cultivateur comme le mien. Il y avait
» aussi une sœur, mais elle est morte depuis longtemps... je crois
» qu'elle a laissé un fils... qui est mon cousin, alors; moi je ne con-
» nais pas toute cette famille-là. Vous allez bien comprendre pourquoi :
» mon père est resté cultivateur..... paysan, comme on dit à la ville;
» tandis que ses frères... ah ! dame, il paraît qu'ils ont fait fortune...

— Ton portefeuille.. bien vite, ou tu es mort !... — Page 14.

» ou du moins qu'ils font... une grande figure dans le monde... ça fait
» que nous les voyons pas

» — Comment ? est-ce que vos oncles sont fiers... est-ce qu'ils au-
» raient la sottise de rougir de leur origine ?

» — Je ne sais pas... je ne puis pas affirmer cela... il est possible
» qu'ils aiment toujours mon père et que leurs occupations, leurs affai-
» res les retiennent à Paris et les empêchent de venir nous voir.
» Tout ce que je sais, c'est que mon père les aime bien, lui !... sou-
» vent il me parle de ses deux frères Eustache et Nicolas, et il s'écrie :
« Ah ! si j'avais le temps ! j'irais les voir, les embrasser... te présen-
» ter à eux !.. ,

» — Et que font-ils à Paris, vos oncles ?

» — Ce qu'ils font... mais dame, ils font fortune à ce qu'il paraît.

» — Ce n'est pas là positivement un état... je vous demandais quelle
» était leur profession ?

» — Leur profession... attendez.... Il y a l'aîné... Nicolas Gogo, qui
» est dans le commerce... négociant ou banquier... je ne sais pas au
» juste, il parait que celui-là est le plus riche ; l'autre, Eustache
» Gogo... il fait... mon Dieu, comment donc vous expliquer cela... il
» fait de l'esprit... c'est son état... il paraît qu'il en a beaucoup, puis-
» qu'il en vend.

» — Vendre de l'esprit... je ne comprends pas bien... à moins qu'il
» ne soit marchand de liqueurs.

» — Non, ce n'est pas cela ; il écrit, voyez-vous, il écrit des choses
» qui se lisent... et puis il fait des ouvrages... qu'on donne dans les
» salles de comédie.

» — Ah ! j'y suis maintenant, celui-là est auteur, ou homme de
» lettres.

» — C'est cela, monsieur Léopold, homme de lettres... oui... il
» faut avoir bien du génie pour être homme de lettres, n'est-il pas
» vrai ?

» — Cela devrait être, mademoiselle, mais malheureusement il n'en
» est plus ainsi ! on a profané, prostitué ce titre comme beaucoup d'au-
» tres !... un homme qui dans sa vie a fait deux tiers de vaudeville,
» ou qui a mis quelques petites réclames dans les journaux , ou qui
» broche de temps à autre un mauvais feuilleton dont il a pris le sujet
» dans plusieurs livres, cet homme-là se fait aussi nommer homme de
» lettres , de même que le rapin qui fait des enseignes prend le titre
» de peintre ! mais enfin le public finit toujours par faire justice de
» tout cela et juge chacun d'après ses œuvres. Il est possible que mon-
» sieur votre oncle ait beaucoup de mérite ; vous dites qu'il s'appelle ?

» — Mais comme mon père, naturellement , puisqu'ils sont frères
» de père. C'est Eustache Gogo, lui.

» — Eustache Gogo !... c'est singulier !... je connais infiniment d'au-
» teurs... je lis beaucoup... je vais très-souvent au spectacle, et jamais
» ce nom n'a frappé mes oreilles, ni mes yeux...

» — Il est pourtant original notre nom. Enfin, mes oncles sont heu-
» reux à Paris, et mon père, qui n'avait pas d'ambition, est resté culti-
» vateur. Il se maria et vint alors habiter avec sa femme au petit vil-
» lage d'Avon, où ma mère était née. Mes parents s'aimaient aussi
» tendrement que les vôtres ! et ils étaient bien heureux dans leur
» ménage. Mais ma mère mourut lorsque je n'avais encore que cinq
» ans ; je ne puis pas me la rappeler comme vous vous souvenez de la
» vôtre... mais cependant j'en ai conservé une image vague, confuse,
» que souvent dans mes rêveries je cherche à me rendre plus pré-
» sente... je me souviens qu'elle me souriait... qu'elle était belle...
» que sa voix était douce... qu'elle était toujours bonne pour moi...
» puis je rassemble tout cela, et j'en fais mon bon ange... qui me re-
» garde quand je dors, qui veille sur moi quand je suis éveillée !... ah !
» n'est-ce pas ainsi qu'on doit toujours se figurer sa mère ? »

Léopold ne peignait plus, il regardait Rose-Marie et l'écoutait avec
recueillement.

Après quelques moments de silence, la jeune fille reprend :

« — Maintenant , vous nous connaissez aussi. Mon père se nomme
» Jérôme Gogo , et tout le monde dans le village vous indiquera sa
» demeure. Mon père est tout simple, tout rustique, car il n'a pas reçu
» d'éducation , lui, mais c'est un honnête homme ! oh ! de ce côté-là
» personne ne pourrait l'emporter sur lui ; ensuite il est bon , sen-
» sible... un peu emporté, un peu vif quelquefois, mais jamais me-
» chant ni rancunier. Je n'ai pas besoin de vous dire qu'il m'aime
» tendrement ! je suis son unique enfant, je suis tout ce qui lui reste
» de la femme qu'il chérissait ; aussi mon père, qui vent mon bonheur
» et qui a rêvé pour moi un avenir qui sans doute ne se réalisera ja-
» mais !... m'a fait donner de l'éducation, il m'a envoyée à l'école à
» Fontainebleau ; je ne suis pas bien savante, mais enfin je sais assez
» bien écrire et compter, et l'on dit que je ne fais pas trop de fautes
» en parlant. Il me semble que c'est bien assez pour quelqu'un qui
» probablement est destinée à vivre et à mourir dans un village. Mais
» mon père a d'autres pensées ; plusieurs fois il m'a dit : J'ai eu tort
» de ne pas faire comme mes frères, de ne pas abandonner la charrue
» pour aller m'établir à la ville ; je me serais peut-être enrichi comme
» eux, et toi, ma fille, tu aurais pu faire un bon mariage et être plus
» heureuse.

» — Ah ! monsieur votre père vous a dit cela ?...

» — Oui, mais moi je lui réponds toujours que je n'ai point d'am-
» bition, que je me trouve bien heureuse comme je suis , et que je ne
» suis point née pour habiter la ville.

» — Comment, mademoiselle Rose, est-ce que cela vous contrarie-
» rait de vivre à Paris ?

» — Oui... c'est-à-dire... il y a quelque temps cela m'aurait effrayée...
» à présent... il me semble que je pourrais peut-être m'y plaire...
» avec des personnes... enfin... Mais j'ai assez posé, n'est-ce pas ?...

» — Si vous êtes fatiguée.

» — Oh ! ce n'est pas cela, mais il faut que je retourne chez nous,
» car je craindrais que mon père ne fût inquiet.

» — En cas, je n'ose pas vous retenir... et cependant... je ne vous
» verrai pas demain... tous les jours, comme j'en avais pris la douce
» habitude...

» — Vous avez dit que vous reviendriez... est-ce vrai ?... »

Le jeune peintre s'approche de Rose-Marie, et repose sur elle ses
yeux qui répondent plus éloquemment peut-être qu'il n'eût pu le faire
car la jolie fille lui tend la main, en lui disant :

« — Alors... je m'ennuierai moins... je penserai... à votre retour
» j'attendrai...

» — Vous penserez donc à moi ? »

Rose-Marie n'ose pas répondre, mais ses yeux sont bien aussi ex
pressifs que ceux de Léopold ; en sorte que sans s'être dit ni l'un ni
l'autre qu'ils s'aimaient, les deux jeunes gens savaient déjà qu'il n'y
avait plus pour eux de bonheur sur la terre tant qu'ils seraient éloi-
gnés l'un de l'autre.

« — Allons, je m'en vais ! » dit Rose-Marie. « Ah ! voulez-vous me
» laisser voir mon portrait avant ?...

» — Certainement, mademoiselle. »

Le peintre présente à la jeune fille la toile sur laquelle elle était représentée. Rose-Marie rougit en se voyant si jolie, et balbutie :

« — Mais est-ce que vous le trouvez... bien ressemblant ?

» — Oh ! oui, mademoiselle !... jamais je n'ai si bien réussi !... je
» suis fier d'avoir si fidèlement rendu vos traits, votre physionomie...
» je vous jure même qu'il n'est pas flatté... c'est vous, c'est vous telle
» que vous êtes.

» — Dame, c'est possible... vous savez que soi-même on ne se con-
» naît pas... et vous allez l'emporter à Paris ?

» — Oh ! certainement.

» — Et... où le mettrez-vous à Paris ?

» — Mais dans ma... dans mon atelier.

» — Et... le regarderez-vous... tous les jours ? »

Léopold prend la main de la jeune fille et la presse contre son
cœur.

« — Allons, je m'en vais alors... Adieu, monsieur Léopold.

» — Adieu, mademoiselle Rose.

» — Et dans combien de temps... pensez-vous revenir ?

» — Dans trois semaines... un mois au plus tard...

» — N'attendez pas que l'été se passe... que le temps devienne
» sombre, triste.

» — Quand bien même le temps devrait changer... je ne ferai pas
» comme lui, moi.

» — Au revoir... donc.

» — Vous ne voulez pas que je vous reconduise jusqu'à la sortie
» de la forêt...

» — Non... on pourrait nous rencontrer... il n'est pas encore tard ;
» d'ailleurs je connais bien les chemins et j'aurai bientôt regagné le
» village... Allons... je m'en vais. Adieu, monsieur Léopold.

» — Non pas adieu, chère Rose... mais au revoir.

» — Ah ! oui, au revoir, c'est moins triste... Allons... je m'en
» vais... ah ! c'est pour tout de bon cette fois. »

Et la jolie fille, faisant un effort sur elle-même, fait de la main un
dernier signe d'adieu au jeune peintre, et s'élance dans un des sentiers
de la forêt.

IV. — LES VOLEURS.

Rose-Marie marchait très-vite et ne cherchait point son chemin ;
mais toute préoccupée de la personne qu'elle venait de quitter, le
cœur plein de son image, la tête remplie de ses paroles ; croyant encore voir, entendre Léopold, lui répondant même par la pensée, ses
yeux ne voyaient plus le chemin qu'elle suivait, ils n'apercevaient
plus les sentiers, les arbres de la forêt ; et quand notre esprit et
notre âme sont ailleurs que notre corps, il est rare que celui-ci se dirige bien tout seul.

Après avoir marché assez longtemps, surprise enfin de ne point se
trouver hors de la forêt, Rose-Marie porte ses regards autour d'elle,
et les fixant cette fois sur les objets qui l'environnent, elle s'aperçoit
qu'elle n'a pas suivi la bonne route, et qu'au lieu de retourner vers
son village, elle s'est davantage enfoncée dans la forêt.

La jeune fille est contrariée de ce retard, mais comme elle connaît
heureusement presque tous les chemins de la forêt, elle voit fort bien
où elle est et sait par quelle route elle doit se trouver bientôt au
terme de sa course.

Rose-Marie était alors dans une partie assez sauvage de la forêt, et dans un sentier qui la menait sur une route qui de Tomery conduisait à Fontainebleau. C'est par ce chemin que la jeune fille sait qu'elle rejoindra le sien ; elle se hâte donc de suivre le sentier et va en atteindre l'extrémité, lorsque des pas précipités se font entendre à ses oreilles.

Rose-Marie s'arrête, écoute : les pas se rapprochent. Pour la première fois peut-être, la jeune fille éprouve un sentiment de frayeur, car jamais encore elle ne s'était trouvée seule dans une partie aussi reculée de la forêt. Elle avance la tête, regarde à travers le feuillage, et aperçoit deux hommes vêtus de blouses bleues, coiffés de casquettes dont la visière leur cache presque entièrement les yeux, ayant le bas du visage tout noirci comme des charbonniers, et qui viennent de son côté.

La vue de ces deux hommes, qui marchent avec une précipitation que n'ont point ordinairement des voyageurs, augmente encore l'effroi de Rose-Marie ; par un mouvement presque machinal, elle se baisse et se tapit dans un épais buisson qui se trouve près d'elle. Puis là, ne remuant pas, osant à peine respirer, elle tâche seulement, à travers le feuillage, de suivre des yeux les deux hommes, et de savoir s'ils vont continuer leur chemin.

Il n'y a pas une minute que la jeune fille est cachée, lorsque les deux individus qu'elle a vus, arrivent à l'entrée du sentier. Au lieu de suivre la route, ils entrent alors dans le taillis, et s'arrêtent à vingt pas au plus de Rose-Marie, qui se sent prête à défaillir, croyant que les deux hommes vont l'apercevoir. Mais ils ne soupçonnent pas qu'il y a du monde près d'eux, et la jeune fille, qui a remarqué avec étonnement que sous leurs blouses communes, ces hommes avaient des pantalons à sous-pieds à la mode, avec des bottes vernies, entend alors toute leur conversation.

« — Il ne tardera pas à passer... es-tu prêt ?

» — Oui... mais je tremble... je n'aurai jamais le courage... je ne » pourrai pas...

» — Allons !... Il n'y a plus à reculer... tu as adopté mon idée il y » a une heure, à présent il faut agir. D'ailleurs, je ne vois pas qu'il » soit nécessaire d'avoir beaucoup de courage pour arrêter à nous » deux un vieux bonhomme qui n'aura nullement l'envie de se » défendre...

» — Oh ! mais s'il se défendait, nous le laisserions aller... nous ne » lui ferions pas le moindre mal... au moins !

» — Parbleu... avec quoi lui en ferions-nous... nous avons bien » chacun une paire de pistolets, mais ils ne sont pas chargés. Il ne » s'agit donc que d'effrayer notre voyageur...

» — Ah ! n'importe... c'est bien mal ce que nous faisons là !...

» — Oui ; mais soixante mille francs en billets de banque, cela re- » mettra joliment nos affaires qui sont furieusement dérangées... et » le cher homme a cette somme en portefeuille, il a eu la bêtise de le » dire à l'aubergiste là-bas... il causait dans la cour, et moi, caché » derrière les volets de nos fenêtres au rez-de-chaussée, j'entendais » la conversation.

» — Mais si quelque jour cet homme nous reconnaissait...

» — Est-ce que nous nous retrouverons jamais avec lui... ce n'est » pas probable ! Ce bonhomme ne doit pas aller dans le monde que » nous voyons... c'est un personnage qui ne fréquente pas les salons... » quelque artisan enrichi, quelque petit marchand qui aura été toucher » un héritage... ensuite, songe donc que nous sommes bien déguisés, » ces blouses, ces casquettes... et puis du charbon sur notre visage... » Je te réponds qu'à notre mine on ne devinerait jamais qui nous » sommes.

» — C'est bien heureux !

» — Mais j'entends le trot d'un cheval... c'est notre homme.

» — Ah ! mon Dieu !...

» — Allons, ne faisons pas la bête ici... as-tu tes pistolets dans ta main ?...

» — Oui... oui... je les ai.

» — Je vais me mettre de l'autre côté de la route... toi, tu garde- » ras celui-ci. Dès qu'il passera, je sauterai à la bride de son cheval ; » fais-en autant. Ne dis pas un mot, montre seulement le canon de » tes pistolets, je me charge de tout... Je te réponds que ce sera vite » fait. Une fois le portefeuille entre nos mains, je donne moi-même » une bonne claque au cheval qui repartira avec le cavalier, lequel, » j'en suis sûr, ne regardera pas derrière lui.

» — Ah ! je tremble...

» — Tu me fais pitié... le voyageur approche... je vais me mettre » là-bas.

En achevant ces mots, celui qui vient de parler le dernier et qui montre le plus de résolution sort du taillis, traverse comme un éclair la route qui est en face, et va se mettre en observation derrière un arbre. Son compagnon est resté dans le taillis ; cependant il fait quelques pas en se rapprochant de la route, tournant à chaque instant la tête et regardant avec terreur autour de lui.

Rose-Marie a tout entendu, et sa frayeur n'a fait que s'accroître, car elle a bien compris que les deux hommes qui sont à quelques pas d'elle, ont l'intention de commettre une mauvaise action, de voler quelqu'un, et s'ils savaient qu'ils ont tout près d'eux un témoin de leur crime, qui sait si la crainte d'être reconnus ne les pousserait pas à commettre un attentat plus horrible encore ?

Aussi la pauvre jeune fille ose à peine respirer ; mais pourtant la curiosité, qui chez les femmes a de tout temps été plus forte encore que la peur, à en juger du moins par les traditions les plus anciennes, en commençant par la femme de Loth et en finissant par madame Barbe-Bleue ; la curiosité soutient les forces de Rose-Marie, et lui fait écarter bien doucement le feuillage, afin d'apercevoir ce qui va se passer... puis, tout en regardant, elle prie, elle implore le ciel avec ferveur, afin qu'il envoie du monde, des paysans ou des promeneurs de leur côté, et que les deux voleurs soient obligés de renoncer à leur infâme projet.

Le trot d'un cheval retentit sur la route de Tomery. Bientôt un voyageur paraît, monté sur un modeste coursier qui baisse humblement la tête vers la terre. Le cavalier est un homme de soixante et quelques années, mais frais, dispos, bien portant, et dont la figure ronde, joyeuse, épanouie, annonce la santé et la bonne humeur. Son costume est celui d'un bon bourgeois ou d'un riche paysan. Il a une espèce de veste de chasse en drap vert, sur laquelle brillent des boutons de métal blancs, un pantalon de coutil sans aucune espèce de sous-pied, que le mouvement du cheval a fait remonter, ce qui fait que l'on voit alors jusqu'au haut de ses bottes ; enfin, une cravate de couleur entoure son col, et un chapeau rond à larges bords et à forme basse couvre sa tête, et garantit parfaitement son visage du soleil. Tel est le personnage qui s'avance en trottant, ayant en croupe une valise et un sac de nuit, et tenant dans sa main droite une petite branche de chêne qui lui sert de houssine et semble avoir été fraîchement coupée dans la forêt.

« — Allons donc, Mouton, allons donc... nous ne sommes plus très- » loin de Fontainebleau, et là tu te reposeras... tu mangeras l'avoine... » tu n'as donc pas faim, mon vieux Mouton ?... »

En disant cela, le voyageur frappait de sa houssine sur le cheval, mais si doucement, qu'il semblait que son intention fût plutôt de caresser son coursier et de le garantir des mouches, que de chercher à lui faire hâter le pas.

A peine le vieux cheval est-il arrivé devant l'entrée du sentier, que celui qui est monté dessus, pousse un cri d'effroi... C'est que les deux hommes qui le guettaient, viennent de sortir du taillis, et de s'élancer comme la foudre à la tête de son coursier... Ils n'ont pas besoin de l'arrêter ; le pauvre animal, qui semble avoir aussi peur que son maître, s'est arrêté de lui-même.

Le voyageur veut murmurer quelques mots, quelques supplications, l'un des deux hommes ne lui en donne pas le temps, plaçant le canon d'un de ses pistolets devant la poitrine du vieillard, il lui dit :

« — Ton portefeuille... bien vite, ou tu es mort !... »

Le voyageur ne songe pas à faire la moindre résistance, il se hâte de fouiller dans sa poche de côté, en tire un portefeuille et le présente d'une main tremblante à l'un de ses voleurs, en balbutiant :

« — Ne me faites pas de mal, au moins... vous voyez que je ne » suis pas récalcitrant. »

Celui auquel ces paroles s'adressent, s'empresse d'ouvrir le portefeuille pour s'assurer qu'il renferme la somme dont il sait que le vieillard est porteur. Un coup d'œil lui a suffi pour apercevoir une liasse de billets de banque. Aussitôt faisant deux pas en arrière, il applique une forte claque sur le derrière du cheval, celui-ci reprend son trot et emmène son maître qui fouillait alors dans sa poche, et se disposait à donner aussi sa bourse aux voleurs.

» — C'est fini... l'affaire est faite... » dit celui des hommes en blouse qui a menacé le voyageur. « Le pauvre cher homme nous » aurait donné jusqu'à son sac de nuit, si nous le lui avions demandé... » mais ce que nous avons là est le meilleur... Allons, viens... hâtons- » nous d'aller reprendre nos habits et de nous débarbouiller... Viens » donc... comme tu es pâle !...

» — Ah ! il me semble que je vais me trouver mal...

» — Allons ! allons !... ce n'est pas le moment... ne restons pas » ici... »

En disant ces mots, le voleur a pris le bras de son compagnon ; il l'emmène ou plutôt l'entraîne avec lui ; ils s'enfoncent dans un sentier étroit en marchant dans une direction positivement opposée à celle qu'a suivie le voyageur qu'ils viennent de voler, puis bientôt ils disparaissent dans l'épaisseur de la forêt, et le bruit de leurs pas se perd dans l'éloignement.

Alors seulement, Rose-Marie, qui est restée toujours immobile et l'oreille au guet, se lève doucement et se hasarde à sortir de l'épais buisson dans lequel elle s'était cachée. Pâle, tremblante, la jeune fille éprouve un moment la crainte de ne pas avoir assez de force pour sortir de la forêt ; car ses jambes chancellent, elle est obligée de s'appuyer à des branches pour se soutenir. L'attentat dont elle vient d'être témoin semble avoir paralysé ses sens ; au moindre bruissement qui se fait dans le feuillage, elle s'imagine que ce sont les deux hommes en blouses qui reviennent, et elle se croit perdue.

Enfin, passant à plusieurs reprises sa main sur son front, la pauvre petite s'efforce de rappeler son courage, en se disant :

« — Oh ! ces hommes ne reviendront pas, ils ont trop d'intérêt à » s'éloigner... Pauvre vieillard !... le dépouiller de toute sa fortune.

» peut-être... et il n'a rien dit... Il ne s'est pas défendu... Ah ! c'est
» bien heureux, car ils l'auraient tué, les brigands !... quoiqu'ils aient
» dit que leurs pistolets n'étaient pas chargés... et moi... je n'ai pu
» le secourir, ce pauvre homme. Hélas ! à peine si je puis encore me
» soutenir moi-même... Oh ! allons-nous-en bien vite... je ne revien-
» drai plus jamais seule dans cette forêt... Quand monsieur Léopold
» reviendra peindre dans ce pays, je lui défendrai bien de venir par
» ici... Partons !... mon Dieu... mais mon chemin est justement du
» côté par où ont fui ces deux hommes...Si j'allais les rencontrer...oh !
» non... ils se sont sauvés... Oh ! ce n'étaient pas des voleurs ordi-
» naires... j'ai bien vu cela... et ils ne demeurent pas dans les bois
» ceux-là... »

Rose-Marie a quitté le taillis, elle traverse la route qui est devant
elle, et après avoir regardé au loin pour s'assurer si elle n'aperçoit
pas encore les hommes qui ont volé, elle s'avance et fait quelques
pas dans le sentier qu'ils ont pris, mais bientôt ses pieds rencontrent
un objet qui les fait trébucher.

La jeune fille regarde à terre, et voit sur le gazon un joli petit pistolet à balles forcées, enrichi d'incrustations fort originales et très-
élégantes, et dont la poignée est sculptée d'une façon toute particulière.

« — Oh ! c'était à un de ces vilains hommes sans doute, » se dit
Rose-Marie en examinant le pistolet qui est à ses pieds. Et pendant
quelques instants elle hésite, ne sachant pas si elle doit ramasser et
emporter cette arme. Mais tout à coup et comme frappée d'une inspiration subite, elle se baisse, prend le pistolet et le met dans la poche
de son tablier, en se disant :

« — Oh ! oui, oui... puisque le hasard m'a fait trouver cette arme,
» c'est que peut-être avec cela je pourrai reconnaître ceux qui ont
» dépouillé ce vieillard qui avait l'air si bon et si joyeux avant d'être
» arrêté... Ah ! je serais bien heureuse si je pouvais l'aider un jour à
» ravoir ce qu'on lui a pris... Emportons ce pistolet, et courons
» jusqu'à ce que je sois de retour près de mon père. »

Et la jeune fille s'élançant alors dans le sentier, aussi leste, aussi
légère que la biche qui fuit le chasseur, ne cesse de courir que lorsqu'elle est sortie de la forêt.

V. — JÉRÔME GOGO.

Jérôme Gogo est un homme de quarante-six ans, sa physionomie est
franche et ouverte, ses yeux bleus se fixent hardiment sur la personne
à laquelle il parle, tous les yeux ne se conduisent pas comme cela ;
sa bouche souvent entr'ouverte et ses grosses lèvres, n'annoncent point
la finesse, mais ne dénotent pas non plus la duplicité ; enfin si ses
traits ne sont pas distingués, ils ont une expression de bonté et de
bienveillance qui prévient en sa faveur. Sa taille est moyenne, mais
ses formes prononcées et musculaires annoncent un gaillard dont le
poignet doit serrer fortement. Jérôme Gogo est en effet doué d'une
très-grande force physique, mais il ne tire nullement vanité de cet
avantage, car la bonté de son caractère et son humeur pacifique ne lui
donnent point souvent occasion de s'en servir. Du reste, lorsque le
moment est venu où Jérôme se décide à faire usage de sa force, malheur à celui qui s'est exposé à en ressentir les effets ! il apprend presque
toujours à ses dépens, que les hommes du commerce habituellement
le plus doux, sont aussi les plus redoutables lorsqu'on les fait sortir
de leur caractère.

Jérôme n'a pas reçu d'éducation, il a cependant appris à lire, à écrire
et à compter, mais étant resté cultivateur, il n'a pas eu souvent occasion d'écrire ; il ne lit plus, parce que cela l'endort, et il a pris l'habitude de ne jamais calculer autrement qu'avec ses doigts. Il s'ensuit de
tout cela, que le père de Rose-Marie ne sait presque plus écrire, qu'il
ânonne au lieu de lire, et qu'il parle fort mal sa langue ; mais comme
cela ne l'empêche pas de savoir labourer, semer, cultiver et planter,
il se trouve assez savant pour sa profession.

Si Jérôme n'a pas eu d'ambition, s'il se trouve assez instruit pour
un paysan, il n'a pas pensé de même quand il s'est agi de sa fille.
Rose-Marie est l'idole de son père, elle est son bonheur, sa joie, sa
gloire, son espérance, et il a cru qu'il serait coupable, en ne donnant
point à sa fille cette éducation qui lui manquait à lui. Il s'est dit que
le hasard, les circonstances, pouvaient pousser son enfant vers ce
monde qu'il ne fréquentait pas, et il a voulu, si cela arrivait, que sa
chère Rose-Marie pût s'y montrer sans redouter le ridicule, sans y être
ignorante et embarrassée. Voilà pourquoi il a envoyé sa fille à l'école
à Fontainebleau, puis ensuite chez des femmes estimables qui avaient
bien voulu achever son éducation en lui enseignant tous ces petits ouvrages de femme, ces travaux d'aiguille que personne dans son village n'aurait pu lui montrer.

Rose-Marie avait appris avec facilité. Elle avait une jolie écriture ;
elle parlait mieux que les paysannes, brodait, festonnait avec goût :
aussi son père la regardait avec autant d'admiration que d'amour. A
ses yeux, sa fille était plutôt faite pour briller à la ville que pour rester au village, et il lui disait souvent, en la pressant entre ses bras :

« — Ma chère amie, j'ai regret de te garder avec moi, dans notre
» maisonnette... n'ayant pour société que la basse-cour, et nos voi-
» sins, qui ne sont guère plus spirituels que mes dindons. Je suis un
» égoïste de te garder ici, car tu as de l'esprit plus gros que nous
» tous ; tu es savante, tu parles ben... tu travailles comme une vraie
» fée à des ouvrages mignons comme tout !... et certainement tu es
» faite pour vivre dans le grand monde, avec les huppés de la ville, et
» tu trouverais par là un bon parti, parce que, outre tes talents, tu
» es ben jolie... et puis le mieux encore, c'est que tu es bonne, sen-
» sible, enfin que tu as des qualités qu'on ne rencontre pas toujours
» avec de la beauté. »

Alors Rose-Marie s'empressait d'embrasser tendrement son père et
lui répondait :

« — Vous êtes trop bon pour moi, mon père, et vous me voyez avec
» trop d'indulgence. Vous me croyez savante... vous me croyez des
» talents ! mais si j'étais à la ville, tout cela ne serait que fort peu de
» chose auprès de ce que savent les belles demoiselles qui l'habitent,
» et qui la plupart ont été élevées dans les pensionnats, où on leur
» donne à toutes la même éducation qu'à des princesses. Laissez-moi
» vivre avec vous dans ce village ; j'y suis heureuse, d'abord parce que
» je suis avec vous, ensuite parce que je n'ai jamais eu le désir de
» connaître les plaisirs de la ville. Je n'ai pas plus d'ambition que vous
» n'en avez eu ; mais à Paris il m'en viendrait peut-être ; j'envierais
» les toilettes, les belles parures des dames, et alors je ne serais plus
» contente et joyeuse comme ici, où tout le monde me trouve bien. »

Jérôme Gogo ne trouvait rien à répondre à cela, et d'ailleurs il eût
été bien malheureux s'il lui eût fallu se séparer de sa fille ; mais il se
serait soumis sans murmurer, s'il avait pensé que loin de lui elle dût
être plus heureuse.

La maisonnette du père de Rose-Marie était celle d'un paysan aisé,
et, ce qui est plus rare, d'un paysan chez lequel tout était aussi propre
et aussi bien rangé que chez un bourgeois. C'était Rose qui, s'étant
aperçue de la différence qu'il y avait entre une chambre de la ville et
une chambre du village, alors même que la fortune était égale des deux
côtés, était parvenue à rendre la demeure de son père aussi bien tenue
que celle d'un habitant de Fontainebleau. La jeune fille avait eu beaucoup de peine à y arriver, parce qu'en général les villageois vivent
dans un désordre et une malpropreté qui ne fait point honneur à la
nature et qui est tout à l'avantage des hommes policés.

Dans la maison d'un paysan, il est bien rare que l'on connaisse la
cire et la brosse à frotter, les grands plumeaux et les petits pour épous-
seter ; un balai y dure ordinairement plusieurs années ; quelquefois il
passe à plusieurs générations ; les carreaux y sont des objets de luxe
que l'on ne trouve pas dans toutes les pièces de la maison, et le papier même n'est pas prodigué sur les murailles, et manque presque
toujours aux cloisons.

Mais, grâce à Rose-Marie, l'intérieur de la maison de son père était
rangé et tenu avec une propreté qui, aux yeux des paysans, passait
pour de l'élégance. En entrant dans une chambre on trouvait où poser
son pied, et l'on ne craignait pas de se salir en se plaçant sur un
siège. La vieille servante, qui composait tout leur domestique, avait
eu beaucoup de peine à s'habituer à nettoyer, à frotter les meubles ;
elle avait même commencé par murmurer contre les fantaisies de la
jeune fille, qui voulait que l'on essuyât les objets couverts de poussière,
ce qui lui avait paru très-inutile, « car, » disait-elle, « à quoi que ça
» sert d'ôter cette poussière aujourd'hui ? il y en aura autant demain. »
Mais Rose-Marie lui avait donné l'exemple, et petit à petit la paysanne
avait compris la propreté et senti que ce n'est pas superflu de se débarbouiller tous les jours.

Cinq heures venaient de sonner à un coucou placé dans la grande
salle basse du rez-de-chaussée, où l'on a coutume de prendre les repas
dans la demeure de Jérôme Gogo. Cinq heures de l'après-midi, et
Rose-Marie était sortie à huit heures, aussitôt après le déjeuner, pour
se rendre à Fontainebleau, et ordinairement elle est toujours rentrée
pour le moment du dîner qui se sert à trois heures quand son père revient de son champ.

Jérôme ne peut tenir en place : à chaque instant il sort de la salle
basse et va se mettre sur la porte de la maisonnette ; il regarde au
loin sur la route, rentre, puis sort de nouveau, et tout cela en s'é-
criant :

« — Qui peut retenir Rose si longtemps ?... elle sait que notre dîner
» est toujours prêt à trois heures... que je reviens alors de travailler...
» que je suis bien aise de manger en jasant avec elle.

» — Si Monsieur voulait dîner en attendant mam'zelle...

» — Dîner... sans ma fille... oh ! je n'ai plus faim... C'est bien sin-
» gulier, voilà la première fois qu'elle n'est pas rentrée avant mon re-
» tour des champs. »

La vieille servante tâche de calmer l'inquiétude de son maître, en
lui disant :

« — Mam'zelle aura été retenue plus tard à Fontainebleau par cette
» dame chez laquelle elle a si bien appris à coudre, à se faire des
» robes... il y aura eu peut-être quelque chose qu'on aura voulu finir
» aujourd'hui... mam'zelle est si complaisante qu'elle n'aura pas osé
» refuser.

» — Oui... oui... je sais bien que cela peut être ainsi... cependant

» ma fille sait aussi que j'aime à la trouver en revenant de travailler....
» que je suis heureux alors de l'embrasser, de lui donner une petite
» tape sur la joue... elle sait que je puis m'inquiéter, me tourmenter
» en ne la voyant pas revenir... et elle qui est si bonne, si prévenante
» pour son père... comment se fait-il qu'elle me laisse deux heures à
» l'attendre... à me demander ce qui peut lui être arrivé... Ah, mor-
» gué! depuis quelque temps elle va tous les jours à la ville!... j'ai
» peur qu'elle ne finisse par faire quelque mauvaise rencontre... avec ça
» qu'elle est ben jolie, ma petite Rose.. si des mauvais sujets l'avaient
» guettée... suivie...

» — Eh! mon Dieu, Monsieur, ne vous mettez donc pas de ces idées
» là en tête... est-ce que mam'zelle écouterait les discours d'un premier
» venu... elle si sage, si modeste?

» — Oh! je sais que ma fille est sage, Manon; mais la vertu ne ga-
» rantit pas des attaques d'un godelureau, d'un polisson!

» — Encore une fois, not' maître, gnia pas danger d'ici à Fontaine-
» bleau, on rencontre toujours du monde... des habitations sur la route.

SUITE DU PRÉCÉDENT

» — Oui, quand on ne prend pas par la forêt.. J'ai bien prié Rose
» de ne jamais prendre par là,... mais une jeune fille aime à courir...
» à chercher des fleurs... puis, quand il fait chaud comme aujourd'hui,
» on préfère l'ombrage à la grande route. Mon Dieu! si Rose avait pris
» par là et fait quelque mauvaise rencontre...

» — Pourquoi vous imaginer ça, Monsieur?

» — Pourquoi? mais ne vois-tu pas que l'heure se passe et que ma
» fille ne revient pas. Oh! je n'y tiens plus... je vais courir à Fontaine-
» bleau chez madame Durant... m'informer si Rose y est encore...
» demander à quelle heure elle est partie, et puis... oh! c'est qu'il faut
» que je retrouve mon enfant, que je sache ce qu'elle est devenue... »

Et, sans écouter davantage sa servante, Jérôme a pris son chapeau,
son bâton, il sort de chez lui; il va se diriger du côté de Fontainebleu,
mais il n'a pas fait vingt pas qu'il aperçoit une jeune fille qui accourt
vers lui. Il pousse un cri de joie, car il a reconnu Rose-Marie.

La jeune fille s'élance dans les bras de son père en lui disant :

« — Ah! vous étiez inquiet de moi, n'est-ce pas?

» — Oui, oui, mon enfant... revenir si tard, méchante fille!... mais
» te v'là, je ne veux plus te gronder.

» — Mon bon père!

» — Ah çà, mais... tu es toute pâle... tes traits sont altérés.. il t'est
» donc arrivé queuque chose? j'avais donc raison d'être inquiet...

» — Oui, mon père, oui... oh! j'ai eu bien peur, allez...

» — Peur? pauvre enfant... Viens, viens te reposer et me conter
» tout cela. »

Jérôme rentre dans sa maisonnette avec sa fille, il la fait asseoir,
la force à boire un peu de vin, puis il se place devant elle, lui prend
les mains et attend avec anxiété qu'elle lui dise ce qui lui est arrivé.
Rose-Marie fait alors à son père le récit de l'attentat dont elle vient
d'être témoin, en lui rapportant exactement l'entretien des deux hommes qui ont volé le voyageur.

Jérôme respirait à peine tant que sa fille parlait; lorsque Rose-
Marie a terminé son récit, il lui prend la tête et la baise sur le front
à plusieurs reprises, en s'écriant :

» — Pauvre petite!... mais s'ils t'avaient vue, ces deux miséra-
» bles!...Oh! mon Dieu! je vous remercie d'avoir veillé sur ma fille...
» Tu vois pourtant à quoi tu t'exposais en passant par la forêt!

» — Oh! oui, mon père, j'ai eu tort... mais je n'irai plus jamais,
» je vous le promets... car le souvenir de cette aventure ne sortira
» pas de ma mémoire...

» — Je le crois! tu dois avoir en ben peur... Ah! tiens, rien que
» de penser à ta situation... tout près de ces voleurs... n'osant bou-
» ger... pouvant être tuée s'ils t'avaient aperçue... ça me fait mal! ça
» m'étouffe...

» — Calmez-vous, mon père, me voilà de retour près de vous...

» — Et tu n'iras plus dans la forêt?

» — Oh! je vous le jure encore.

» — A la bonne heure... Ah! si j'avais pu passer par là en ce mo-
» ment, comme j'aurais défendu ce voyageur qu'ils ont dépouillé...
» comme d'un revers de mon bras je vous aurais étendu ces gaillards-
» là sur la route!

» — Oh! oui, vous l'auriez fait... mais moi, mon père, je n'étais
» pas assez forte pour le défendre... et la peur m'aurait même empê-
» chée de crier.

» — Et tu as bien fait de te taire... pauvre petite, ils t'auraient
» tuée, te dis-je! car, vois-tu, voilà comme le voleur on devient assas-
» sin... Quand on se voit surpris par un témoin et qu'on pense qu'il
» pourra tout dire... Et ces hommes, tu crois que ce n'étaient pas
» des vagabonds, des voleurs de profession ?

» — Oh! non, mon père. D'abord ils parlaient fort bien... il y avait
» même dans leur manière de causer ce ton distingué... enfin comme

» des jeunes gens de la ville... ensuite sous leurs blouses ils avaient
» de beaux pantalons à sous-pieds avec des bottes bien luisantes...

» — En vérité!...

» — D'ailleurs eux-mêmes ont bien dit : Nous sommes déguisés,
» barbouillés de charbon, on ne pourrait jamais deviner ce que nous
» sommes.

» — Des escrocs du grand monde, apparemment, et qui auront
» voulu s'essayer sur la grand'route... et l'un des deux avait, dis-tu,
» moins de résolution que son camarade?

» — Oh! bien moins... puisqu'il était fâché de faire cela... et qu'à
» près il était prêt à se trouver mal.

» — C'étaient des jeunes gens?

» — Oui, jeunes tous les deux.

» — Si tu les rencontrais quelque jour, penses-tu que tu pourrais
» les reconnaître ?

» — Ce serait impossible! je n'ai pas vu du tout leurs traits. D'abord
» quand je les ai aperçus de loin qui marchaient à grands pas sur la
» route et se dirigeaient de mon côté, j'ai eu peur, je me suis vite
» baissée et fourrée dans un buisson. Ensuite quand ils se sont arrêtés
» dans le taillis, à travers le feuillage je voyais bien leurs blouses,
» leurs casquettes, puis un peu parfois leur menton noirci, mais
» c'était tout.

» — Et leur voix? crois-tu que si tu les entendais parler quelque
» jour cela te frapperait ?

» — Oh! tenez, mon père, je ne sais pas... j'étais si effrayée... ce
» qu'ils disaient arrivait à mon oreille comme un son sourd... comme
» un bourdonnement... j'entendais, et j'aurais voulu ne pas entendre...
» Mais j'oubliais! je ne vous ai pas tout conté... voilà ce que l'un de
» ces deux hommes a laissé tomber sans doute, et que j'ai trouvé à
» mes pieds en revenant et en marchant à l'endroit où ils avaient
» passé. »

Rose-Marie tire de la poche de son tablier le petit pistolet et le
présente à son père. Jérôme examine l'arme, en disant :

« — Ah! mais c'est superbe ça... ces enjolivements, ces moulures..
» Oh! tu as raison, ma petite, une arme comme ça ne peut appartenir
» qu'à quelqu'un du grand monde... car c'est un bijou que ce pis-
» tolet... c'est riche tout plein !

» — Ai-je bien fait de ramasser cette arme, mon père?

» — Certainement, ma petite; car vois-tu ben, tout se tient, tout
» s'enchaîne dans les événements de la vie : il y a là-haut quelqu'un
» qui sait toujours ben ce qu'il prépare!... et en te faisant trouver
» cette arme, à toi, jeune fille, que le hasard avait rendue témoin de
» l'attentat, il a peut-être vou't qu'un jour cela te fit reconnaître les
» coupables !

» — C'est aussi ce que je me suis dit, mon père. Et maintenant que
» croyez-vous que nous devions faire? faut-il aller chez monsieur le
» maire raconter tout ce dont j'ai été témoin dans la forêt? »

Jérôme passe sa main sur son front; il reste quelques minutes à réfléchir, puis il répond à sa fille :

« — Tiens, mon enfant, tout bien calculé, il me semble qu'il vaut
» mieux ne rien dire... Oh! si ta déposition pouvait faire arrêter les
» voleurs, je te dirais : oui, certainement faut la faire! Mais je ne crois
» pas qu'elle pourra servir à mettre sur leurs traces; car, enfin, ces
» deux hommes, tu ne pourrais pas donner leur signalement...

» — Mon Dieu! non, mon père, cela me serait impossible... je ne
» saurais même pas dire de quelle couleur étaient leurs blouses... j'é-
» tais si troublée! j'avais comme un voile devant les yeux.

» — J'ai donc raison de penser que ta déposition ne servirait à rien...
» c'est-à-dire si, elle pourrait te faire courir des dangers, à toi, car si
» ceux qui ont fait le coup, apprenaient qu'une jeune fille a été témoin
» de leur crime, que cette jeune fille est mon enfant, qu'elle demeure
» dans ce village... qui sait si pour se débarrasser d'un témoin dan-
» gereux... si dans la crainte que tu ne les reconnaisses un jour, ils ne
» chercheraient pas à t'attirer dans quelque piège... à commettre un
» nouveau forfait peut-être... Oh! jarni! je n'entendons pas ça... je
» ne voulons pas que ma fille coure des dangers... je n'oserais plus
» te laisser sortir seule un moment... je tremblerais sans cesse quand
» tu ne serais pas près de moi. Ainsi, c'est ben décidé, il ne faut rien
» dire, ma petite! rien du tout! ne parler à personne de cette aven-
» ture.

» — Non, mon père, non, à personne! Oh! vous avez raison, je ne
» dirai rien.

» Et d'ailleurs, j'ai mon idée, moi, et je crois que tu découvriras
» ben plus tôt les voleurs en n'allant pas raconter ce que tu sais, que
» si tu bavardais ça à tout le monde. Ainsi mutus, comme dit le maître
» d'école de la ville, quand il parle à ses élèves. ça veut dire, sans
» doute : Ne faites pas tant de bruit. Mais je t'en supplie encore, ma
» petite Rose, ne va plus seule dans la forêt... D'abord c'est pas la
» place d'une jeune fille... car, outre les voleurs, tu pourrais y rencon-
» trer encore des gens qui... des gens que... enfin des gens qui vou-
» draient te dire des bêtises... sous prétexte de te faire des compli-
» ments... eh, dame! ce serait aussi dangereux pour toi que des vo-
» leurs... Mais tu m'as juré que tu n'y passerais plus toute seule dans
» la forêt, et tu ne voudrais pas manquer à ta promesse?

» — Non, mon père, je la tiendrai, je vous le jure encore.

» — Alors c'est fini, me v'là tranquille. Serre ce beau petit pistolet
» dans un coin, ne le montre à personne et attends ce qu'il plaira au
» bon Dieu de faire pour que les gredins soient punis, et que le pauvre
» voyageur retrouve son argent. »

Rose-Marie obéit à son père, elle serre avec soin l'arme qu'elle a
trouvée et se dit en elle-même :

« — Oh ! non, je n'irai plus dans la forêt!... si mon père savait que
» j'y ai fait connaissance avec un jeune peintre, il serait bien plus mé-
» content, peut-être... Je n'ai jamais osé lui parler de monsieur Léo-
» pold... et à présent j'oserai bien moins encore; car il est déjà si
» inquiet ! cela n'aurait qu'à le tourmenter davantage... il sera toujours
» assez temps de lui raconter comment j'ai fait connaissance avec ce
» jeune homme quand il viendra nous voir ici. Mais je tiendrai mon
» serment... et certainement je n'irai plus dans la forêt. »

La jeune fille, en se faisant mentalement cette promesse, ne s'avouait
pas qu'elle lui coûtait fort peu à tenir en ce moment, parce qu'elle savait que le jeune peintre était retourné à Paris.

VI. — LE COUSIN BROUILLARD.

Huit jours se sont écoulés depuis que Rose-Marie ne va plus dans
la forêt; et pendant ce temps, la jeune fille est presque toujours restée
au village et sans sortir de la maisonnette de son père. Une seule fois
elle s'est rendue à Fontainebleau pour porter de la broderie et en rapporter d'autre ; mais à peine si elle s'est donné le temps de se reposer
à la ville; elle est bien vite revenue s'installer dans sa petite chambre,
dont la fenêtre donne sur la route, et son père a été étonné de la promptitude de son retour.

Cependant, Jérôme Gogo croit s'apercevoir que sa fille chante moins
qu'autrefois, que, sans être triste, elle semble souvent rêveuse, préoccupée ; que par moments elle ne l'entend pas quand il lui parle, ou
qu'elle répond de travers à ce qu'il vient de lui dire. Le brave laboureur ne fait pas toutes ces remarques sans en éprouver de l'inquiétude.
Et un matin, après avoir tourné et retourné plusieurs fois autour de
sa fille, qui ne voit pas les allées et les venues de son père, Jérôme
dit à son enfant :

« — Ah çà ! écoute donc, ma fille, je t'ai dit que j'étais ben content
» quand tu étais là... C'est vrai... J'aimons ben à te voir... à te trouver
» dans not' maisonnette quand je rentrons... à pouvoir t'embrasser
» tout de suite quand je revenons des champs !... Mais tout ça, c'est
» pas une raison pour que tu n'oses plus bouger de cheux nous...
» pour que tu n'ailles plus voir tes connaissances, tes bonnes amies
» de la ville, ou ben que tu te dépêches tant quand tu vas jusqu'à
» Fontainebleau, que tu sois de retour aussi vite que la petite poste...
» au risque de t'enfler la rate ou de te donner une fluxion de poitrine...
» Ah mais, c'est que je ne voulons pas de cela non plus !... »

Rose-Marie regarde son père d'un air surpris et lui répond :

» — Pourquoi donc me dites-vous tout cela, mon bon père ?... Est-
» ce que cela vous déplait de me voir travailler ici ?

» — Non, non ! Eh saprédié ! tu sais ben que je ne peux jamais
» trop te voir... mais je ne suis pas un égoïste... Ce que je veux avant
» tout, c'est que tu sois heureuse, gaie, contente comme autrefois...
» Eh ben, depuis queuque temps, je m'aperçois que tu n'es plus la
» même, mon enfant. »

La jeune fille se trouble et baisse les yeux en balbutiant :

« — Moi, mon père... oh ! par exemple, vous vous trompez...
» Qu'est-ce que j'ai donc de changé?...

» — De changé... mon Dieu, ta figure est toujours la même, je le
» sais ben ; tu es toujours aussi douce, aussi prévenante pour moi...
» mais c'est égal... t'as queuque chose... Tiens, dans les yeux... dans
» le regard... c'est je ne sais quoi... Mais je te dis que tu n'as plus
» l'air gai qu'tu me rendait si heureux, parce que ça me faisait penser
» que tu l'étais, toi. Enfin, je crains que tu n'aies de l'ennui depuis
» que tu ne vas presque plus à la ville. Je t'ai priée de ne plus te pro-
» mener seule dans la forêt, mais ce n'est pas une raison pour que tu
» n'oses plus sortir de chez nous.

» — Mais, mon père, je vous assure que vous vous trompez en
» croyant que j'ai de l'ennui... Si j'éprouvais le désir d'aller plus sou-
» vent à la ville, je vous le dirais, car je sais bien que vous ne vous
» en fâcheriez pas... Je me plais ici. Je vais moins souvent à Fontai-
» nebleau, c'est vrai, parce que ces dames, pour qui je travaille, sont
» moins pressées à présent ; mais je vous répète que cela ne me prive
» nullement... Je suis contente ici... je m'y plais... Je suis heureuse,
» mon père, oh ! je suis bien heureuse chez nous. »

Jérôme parait satisfait de cette réponse ; cependant, il y a dans la
manière même dont sa fille lui a dit qu'elle était bien heureuse, quelque chose qui ne lui persuade pas que ce soit bien la vérité ; et le laboureur est toujours poursuivi par l'idée que Rose-Marie s'ennuie au
village, et qu'elle a trop d'esprit et d'instruction pour passer sa vie
avec des paysans.

Le lendemain de cette conversation, vers le milieu de la journée,
un monsieur qui a passé la cinquantaine, mais qui se tient fort droit

et qui marche encore avec toute la légèreté d'un jeune homme, s'arrête
devant la demeure de Jérôme Gogo.

Ce nouveau personnage est d'une taille assez élevée et d'un embonpoint raisonnable : ses traits, qui ne manquent pas de finesse, ont
quelque chose du renard ; ses yeux d'un brun roux, petits et perçants ;
son nez, qui se termine en pointe assez allongée, forme avec sa bouche pincée et son menton qui fuit, comme une espèce de museau qui
semble chercher sans cesse à flairer autour de lui. Ses cheveux, à peu
près absents sur le sommet de la tête, sont encore assez touffus au-
dessus des oreilles et vont rejoindre des favoris coupés à angle droit au
niveau de la bouche. Toute cette chevelure est d'un brun roux mêlé
de gris et de blanc. La physionomie de ce monsieur est assez agréable
au premier aspect, car il a presque toujours un commencement de
sourire sur les lèvres et un ton de bonhomie dans le langage. C'est un
renard qui cherche à contrefaire le mouton.

Quant à la mise, c'est celle d'un habitant de la ville qui a de l'aisance, mais qui n'apporte plus aucune prétention dans sa toilette.

» — C'est ici, oui, ce doit être ici, » dit le monsieur en s'arrêtant
et en examinant l'habitation de Jérôme. « Il me semble pourtant que
» la maison n'était pas aussi propre que cela en dehors... mais depuis
» cinq ans que je ne suis venu, on l'aura nettoyée... il est possible
» aussi qu'elle soit plus sale en dedans... Mais il n'y avait pas de
» persiennes au premier, autrefois... pour cela, j'en suis certain. Des
» persiennes peintes en vert, à la maison d'un paysan... Quel luxe...
» Est-ce que celui-là a fait fortune aussi, par hasard... Hum ! ce n'est
» pas probable ! Et puis, s'il avait fait fortune, ses frères s'occuperaient
» de lui... le recevraient et viendraient le voir... Voyons, y a-t-il une
» sonnette à cette porte... Non, un marteau ! Ça ne va pas avec les
» persiennes vertes, cela !... Frappons, il faut espérer qu'il y aura du
» monde et que je ne serai pas venu pour rien. »

Le monsieur a frappé. Manon, la vieille servante, vient ouvrir et
regarde d'un air surpris ce personnage qu'elle n'a jamais vu. De son
côté, le monsieur examine la paysanne, et fait un petit mouvement de
lèvres qui signifie : Elle est bien laide, la domestique.

» — Que demande Monsieur ?

» — Je ne pense pas me tromper ? c'est ici la demeure de monsieur
» Jérôme Gogo ?

» — Oui, monsieur, c'est bien ici.

» — Est-il chez lui ?

» — Not' maître est encore aux champs... il ne tardera pas à re-
» venir pour dîner... mais mam'zelle y est... Si monsieur a queuque
» chose à dire à son père... mam'zelle c'est la même chose.

» — Ah ! Mademoiselle est en état de répondre aux personnes... Eh !
» mais, au fait, depuis que je ne suis venu, elle a pu grandir... Il y a
» cinq ans passés... près de cinq ans et demi, la petite fille de Jérôme
» Gogo avait alors de onze à douze ans environ.

» — Pardi, Monsieur, si mam'zelle n'avait pas grandi depuis, ça
» serait ben malheureux !...

» — Oui, elle doit avoir maintenant... dans les environs de dix-sept
» ans...

» — Mam'zelle a eu dix-sept ans au mois de mai dernier, et c'est
» un beau brin de fille, allez !

» — Vraiment... Est-ce qu'elle est jolie ?... Elle est donc bien
» changée, alors ? car étant petite, elle avait une figure chiffonnée qui
» ne promettait rien de merveilleux.

» — Eh ben ! Monsieur, je vous assure que mam'zelle est à présent
» une des plus jolies filles des environs, et même de Fontainebleau.

» — Ah ! diable !... elle ne ressemble pas à son père, en ce cas, car
» Jérôme n'a rien de beau...

» — M'est avis que not' maître a une ben bonne figure aussi !

» — C'est possible !... hom !... oui, c'est possible !... Et puis au
» village on n'est pas difficile... Enfin, vous dites donc que Rose...
» car c'est Rose qu'elle se nomme, je crois...

» — Rose-Marie, Monsieur.

» — Oui, encore une habitude de la campagne d'appeler les per-
» sonnes par deux noms accolés ensemble... C'est Jean-Louis !... c'est
» Pierre-Jean !... c'est Marie-Jeanne !... Comme si ce n'était pas ass...
» d'avoir un seul nom.

» — Ah çà ! mais quoi qu'il a donc, ce Monsieur ? » se dit la vieil'
» Manon en regardant de travers l'individu qui lui parle. Il trouve tou...
» mauvais... tout mal... Est-ce qu'il est venu ici pour se gausser de
» nous ?

Et la paysanne reprend en élevant la voix :

« — Dites donc, Monsieur, si vous habitiez dans un village où vous
» seriez cinq à six Jean, une douzaine de Pierre et autant de Paul,
» comment donc que vous feriez pour savoir duquel on vous parle, si
» on ne leur donnait pas deux noms pour les distinguer les uns des
» autres ?

Le monsieur semble fort étonné de cette réflexion de la paysanne ;
mais comme tous les gens qui ne veulent jamais convenir qu'ils ont dit
une bêtise, il ne répond pas à ce qu'on lui dit, et reprend :

» — Rose-Marie... elle n'a donc plus de taches de
» rousseur ? Étant petite, je crois me rappeler qu'elle en était criblée.

» — Ça s'en va avec l'âge, ça, Monsieur... C'est pas comme les mar-
» ques de petite vérole.

» — Hum !... ça ne s'en va pas toujours ! Je connais bien des dames
» qui ont employé je ne sais combien de cosmétiques pour effacer ces
» taches-là de leur visage, et qui n'ont pu y parvenir. Du reste, je suis
» charmé que ma petite cousine soit aussi bien que vous le dites...

» Ah ! Monsieur est un cousin ?
» — Oui, je suis le cousin Brouillard, cousin par les femmes...
» Voilà pourquoi je ne m'appelle pas Gogo, moi... Il y a tant de gens
» qui sont vexés de s'appeler Gogo !... Eh ! eh !... j'en connais plus d'un
» qui... Mais il n'est pas question de cela... où est ma petite cou-
» sine?...

» — Là-haut dans sa chambre... Si Monsieur veut entrer, je vais
» aller chercher mam'zelle.

» — Oui, certainement, conduisez-moi... Vous êtes la domestique ?
» — Oui, monsieur.
» — Il n'y a pas longtemps que vous êtes au service de Jérôme Gogo ?
» — Mais, monsieur, v'là trois ans et demi.
» — Il me semble que lors de ma dernière visite... il y a cinq ans,
il avait une bonne jeune... et fort gentille... Est-ce qu'il ne l'a plus ?
» — Pisque c'est moi qui suis la servante, pourquoi faire que l'autre
serait ici ?

» — Ah ! ce n'est pas une raison. Pourquoi Jérôme a-t-il renvoyé
sa jeune bonne ?... Savez-vous?... Il y a peut-être eu des propos...
des cancans... hein ?

» — Queux propos donc, monsieur !... Pourquoi donc qu'on en aurait fait ?

» — Oh ! quelquefois... quand un homme veuf et encore vert a une
» bonne gentille... vous savez... le monde est si méchant...
» — Je ne comprends pas, monsieur. Tout ce que je sais, c'est que
» la bonne, qui était ici avant moi, a quitté pour se marier ; c'est ben
» naturel.

» — Ah ! elle est mariée... Oh ! avoir servi, ça n'empêche jamais de
» se marier !... »

La vieille Manon a conduit le cousin Brouillard dans la salle à manger, qui sert de salon chez Jérôme. Le monsieur au museau de renard
regarde ou plutôt flaire autour de lui, en murmurant :

« — Eh ! mais... c'est bien tenu ici... C'est presque aussi propre
» que chez moi, à Paris... Il me semble que quand je suis venu il y a
» cinq ans, il n'y avait pas un joli papier dans cette pièce... Ce n'était
» pas ciré, frotté... mis en couleur...

» — Ah ! c'est mam'zelle qui a fait faire tout ça... Elle a dit à son
» père qu'on pouvait être aussi bien au village qu'à la ville... Dam',
» dans les commencements j'avons un peu crié, quand elle a dit qu'il
» fallait frotter les carreaux tous les jours... Mais j' m'y sommes faite...
» Et à présent, je trouvons que mam'zelle a eu raison, car c'est pus
» gentil cheux nous que cheux nos voisins.

» — La vanité !... toujours la vanité... Il me paraît que la petite
» cousine tient à briller, et qu'elle est la maîtresse ici... Est-ce qu'elle
» mène son père par le bout du nez?

» — Comment que vous dites, monsieur ?
» — A-t-elle un bon caractère, cette jeune fille?... Vous fait-elle
» enrager toute la journée?... Cela doit vous ennuyer, à votre âge,
» d'être obligée d'obéir aux ordres d'une enfant... de dix-sept ans.

» — Eh ! pourquoi donc que ça m'ennuierait... monsieur; est-ce
» que les domestiques ne doivent pas obéir à leurs maîtres?... Est-ce
» que le monde est retourné à c't'heure?... Je vas chercher mam'zelle...

» — Allez, dites-lui que c'est son cousin Brouillard, ci-devant em-
» ployé au ministère des finances... autrement dit au trésor, aujour-
» d'hui retraité et rentier à Paris, qui vient lui faire visite.

» — Ah ! bon, monsieur... je vas lui dire... Le trésor Brouillard,
» rentier aux... Enfin, je vas lui dire. »

Et tandis que monsieur Brouillard s'occupe à inspecter la salle dans
laquelle il se trouve, regardant chaque meuble, touchant à chaque objet, ouvrant même les armoires et les tiroirs pour voir ce qu'il y a dedans, la vieille Manon monte trouver sa jeune maîtresse, et lui annonce la visite de son cousin Brouillard, en lui disant :

« — Ça m'a l'air d'un drôle d'original, ce monsieur-là !... Il est
» fièrement curieux et bavard... il s'informe de tout... et puis il trouve
» à dire du mal de chaque chose... Et tout ça avec l'air de ne pas y
» toucher !... Mais je gagerais qu'il n'est pas bon ! »

Rose-Marie ne se rappelle que confusément ce monsieur, qu'elle n'a
vu que rarement étant enfant, et qui ne lui a jamais fait de ces caresses qui, même dans l'âge le plus tendre, se gravent dans notre
souvenir. Avec son simple bon sens, la vieille Manon avait bien jugé
le nouveau venu. Monsieur Brouillard avait un esprit caustique et
méchant qu'il tâchait de cacher sous les apparences de l'obligeance et
de la franchise; comme le chat, il vous griffait en ayant l'air de vous
caresser. Son bonheur était de dire des choses désagréables, et de
vous apprendre de mauvaises nouvelles. Il y a des gens qui se met-
traient en quatre, qui feraient une lieue en courant pour annoncer à
un ami une chose heureuse ; le cousin Brouillard se donnait autant
de peine pour aller vous instruire d'un événement fâcheux, et tout
cela avec un air de bonhomie, et comme si c'était dans l'intention de
vous obliger.

Le monde est plein de gens de l'espèce de monsieur Brouillard : ils
vous font mille avances, mille amitiés, ils cherchent à obtenir votre
confiance, à surprendre vos secrets les plus intimes, et c'est afin de
saisir toutes les occasions de vous blesser dans vos affections les plus
chères; tout en se disant vos amis, ils n'ont jamais entendu dire que
du mal de vous, et s'empressent de venir vous le répéter ; mais quant
au bien, quant aux éloges que l'on aura pu faire de votre talent, de
votre personne ou de votre caractère, ils n'entendront jamais cela :
leurs oreilles sont bouchées pour les choses agréables, tandis qu'elles
ne laissent point passer une seule petite méchanceté.

Puis ces mêmes gens auront l'air de prendre le plus vif intérêt à ce
qui vous touche; c'est par amitié qu'ils viendront vous dire tout bas :
que votre femme cause depuis fort longtemps dans un coin du salon
avec un jeune homme qui l'a fait danser trois fois de suite pendant
que vous êtes à une table de jeu ; c'est par amitié qu'ils vous appren-
dront que tel journal, que vous ne lisez jamais, a dit des horreurs de
votre talent si vous êtes artiste, de vos ouvrages si vous êtes homme
de lettres, de vos tableaux si vous êtes peintre ; c'est par amitié qu'ils
s'écrieront en vous voyant entrer dans une réunion : « Est-ce que vous
» êtes malade?... je vous trouve changé!... Soignez-vous, mon cher,
» vous avez bien mauvaise mine, cela m'a effrayé quand je vous ai vu
» paraître tout à l'heure; » c'est par amitié qu'ils vous disent : « Votre
» habit vous va mal ; votre tailleur vous a horriblement fagotté. »
C'est toujours par amitié qu'ils dénigrent le quartier dans lequel vous
demeurez et le pays dans lequel vous possédez une maison de campagne;
qu'ils accourent vous annoncer que l'on a sifflé votre pièce, ou un acteur qui jouait dedans un jour où vous n'étiez pas au théâtre; qu'ils
trouvent que vous payez trop cher tout ce que vous achetez; qu'ils
viennent vous raconter que l'on s'est moqué de votre bal, de votre
concert ou de votre soirée ; et enfin, qu'ils critiquent vos productions,
tournent en ridicule vos moindres actions et vous dénigrent dès que
vous avez le dos tourné. Le ciel vous préserve de tels amis ! mais si
par hasard vous en possédez , croyez-moi, ne les ménagez pas; à la
plus petite méchanceté qu'ils vous diront, ripostez par quelque chose
de bien fort, qui les terrasse, qui les humilie, qui leur fasse voir qu'ils
ont trouvé leur maître ; vous les verrez bientôt tourner au mouton, à
la colombe, et devenir aussi plats qu'ils étaient mordants.

Mais il n'est pas donné à tout le monde d'avoir la réplique prompte,
la repartie vive et de savoir décocher une méchanceté, un sarcasme à
bout portant. Les gens qui ont le plus de mérite, de génie et de talent,
sont même généralement les moins caustiques ; dans la conversation
ils trouveront plutôt une chose aimable à dire, qu'une méchanceté à
répondre, parce que le véritable talent n'étant jaloux de personne, à
beaucoup d'indulgence pour tout le monde. Tandis que ces myrmidons
qui ne peuvent parvenir à se faire un nom, tâchent, en faisant beaucoup de bruit, d'attirer au moins les regards, et s'exercent continuellement à trouver quelques méchancetés, quelques petits traits piquants
qu'ils lancent contre ceux qu'ils ne peuvent atteindre, ce qui, dans ce
genre d'esprit qu'on a décoré du nom de blague, leur donne une espèce de supériorité.

Au portrait que nous avons fait de M. Brouillard, il nous reste à
ajouter qu'il était économe jusqu'à la ladrerie, tout en voulant paraître riche et généreux. Sa vanité le poussait sans cesse à faire des
invitations et des offres que son avarice l'empêchait toujours de tenir ;
ce qui le mettait assez souvent dans les positions embarrassantes.

Rose-Marie s'est hâtée de descendre pour recevoir ce cousin qu'elle
n'a pas vu depuis si longtemps.

A l'aspect de la jeune fille, qui se présente avec décence et grâce,
M. Brouillard demeure frappé de surprise. C'est qu'ici la beauté était
trop évidente pour pouvoir la nier, et qu'il y a des personnes devant
lesquelles l'envie même est forcée de s'incliner.

« — Comment, mademoiselle, c'est vous qui êtes la fille de Jérôme...
» vous que j'ai vue si petite, si pâlotte, si... »

Monsieur Brouillard s'arrête, il n'ose plus dire : si laide.

« — Oui, monsieur, » répond Rose en souriant. « Mais il y a fort
» longtemps que vous n'étiez venu nous voir et...

» — Oui, c'est juste ! vous étiez alors une enfant ! vous êtes aujour-
» d'hui une jeune fille... une fort jolie demoiselle... Ah ! malgré cela
» je me remets vos traits à présent... vous avez encore des taches de
» rousseur, mais beaucoup moins. Et votre père, ce bon Jérôme, com-
» ment va-t-il...

» — Mon père se porte très-bien, monsieur.
» — Tant mieux ! Ah ! c'était un gaillard robuste... mais quelque-
» fois ces gens si forts, la plus petite maladie les emporte... Car l'on
» n'a pas seulement le temps de les croire malades. Boit-il toujours
» son petit coup le dimanche ?

» — Comment, monsieur?... je ne comprends pas...
» — Je veux dire, aime-t-il toujours à siroter... car il n'allait pas
» mal, il me semble... mais au reste, il faut bien se distraire un peu, et
» dans ce village... où vous vivez comme des brutes... je veux dire où
» vous ne savez comment vous amuser... la bouteille est une distrac-
» tion... »

La jeune fille fixe sur le cousin Brouillard des yeux dont la candeur embarrasse sa figure de renard, et elle lui répond avec un ton
d'aisance qu'il ne s'attendait pas à trouver dans la fille d'un laboureur.

« — Nous ne sommes peut-être pas aussi brutes dans ce village,

» que vous semblez le croire, mon cousin. Quant à mon père, je pense
» que vous faites erreur en disant qu'il aimait autrefois à boire ; moi,
» je ne lui connais que des qualités, que des vertus ! et je ne croi-
» rais pas ceux qui me diraient le contraire.

— » C'est gentil chez vous ; c'est mieux tenu qu'autrefois ! » dit
M. Brouillard qui paraît avoir envie d'entrer dans chaque pièce de la
maison. « Vous avez fait des embellissements... et votre jardin... il
» faudra me faire voir cela... avez-vous des fruits?

» — Beaucoup, mon cousin...

» — Allons donc faire un tour dans le jardin... Ah çà, je dîne avec
vous... si toutefois vous n'avez pas encore dîné, car vous autres
campagnards, vous n'avez pas les habitudes de la ville.

» — Nous n'avons
» pas encore dîné et
» mon père sera bien
» flatté de l'honneur
» que vous nous faites
» en acceptant notre
» modeste repas.

» — Oh ! je suis
» tout à fait simple,
» moi !... je suis tout
» rond... aussi point
» de façons pour moi,
» je vous en prie !...
» Qu'est-ce que vous
» avez pour dîner ?

» — J'avons le po[t]
» au feu et des petits
» pois, » dit Manon.
« Monsieur tombe ben,
» un pot au feu tout
» frais !... et vous ver-
» rez comme la soupe
» est soignée !

» — Eh bien, c'est
» suffisant !... avec ce-
» la, cassez le cou à
» un ou deux poulets...
» dénichez quelques
» œufs bien frais pour
» manger à la coque...
» faites une petite sa-
» lade... et ce sera
» assez... Je ne vous
» demande pas un pet[it]
» plat sucré pour le des-
» sert, parce que vous
» ne savez pas faire
» cela, vous autres.

» — Mais pardonnez-
» moi, mon cousin, j'ai
» appris chez une dame
» à Fontainebleau à
» faire des crèmes, des
» tartes, des gâteaux..
» et j'ai montré à Ma-
» non qui fait tout cela
» fort bien à présent.

» — Ah ! vous avez
» été apprendre la cui-
» sine à Fontaine-
» bleau... est-ce que
» votre père voulait
» vous mettre cuisi-
» nière ? »

Rose-Marie rougit,
mais elle répond avec
la même douceur :

« — Non, mon cousin, mais mon père voulait me donner de l'édu-
» cation, il voulait que je fusse bonne à quelque chose ; et nous au-
» tres paysannes nous pensons que tous les petits détails du ménage
» ne doivent pas être étrangers à une jeune fille, et qu'ils doivent faire
» partie de son éducation, afin qu'en se mariant elle puisse savoir con-
» duire sa maison.

» — Allons donc voir le jardin ! » s'écrie monsieur Brouillard,
en ouvrant une porte vitrée qui donne sur le derrière de la
maison.

« — Mam'zelle ! je ne voulons pas faire de gâteaux pour c't'homme-
» là ! » dit à demi-voix la vieille Manon, « car il est mauvais comme
» un âne rouge !...

» — C'est égal, Manon, c'est un parent qui vient nous trouver,
» nous devons bien le recevoir... Fais un gâteau, et tâche au con-
» traire qu'il soit bien bon, pour prouver à ce Monsieur que tu vaux
» bien une cuisinière de Paris ..

Jérôme Gogo. — Page 18.

» — Ah ! oui ! j'aurai beau le faire bon ! je vous gage ben qu'il
» saura y trouver queuque chose de mauvais, lui ! »

Le jardin qui est derrière la maison de Jérôme peut avoir un demi-
arpent de grandeur. Il est rempli d'arbres, de fleurs, de légumes, pas
un pouce de terrain n'est perdu, on a tout mis à profit, et, comme il
est parfaitement bien soigné, les fleurs y sont belles, les fruits y sont
gros, les légumes y sont bons. Derrière un bosquet de noisetiers et
de chèvrefeuille vous apercevez un carré de haricots et de pois, et au
milieu de ce carré un beau cerisier, ou un vieux prunier tout chargé
de fruits. Sur les murs, de beaux pêchers forment parfaitement l'éventail, et entre eux la vigne monte, se glisse, puis se courbe en berceaux,
appuyée sur de grands échalas, autour desquels elle festonne encore.

De tous côtés, l'œil est frappé par une végétation forte, vigoureuse, et par tous ces présents dont la terre récompense ceux qui savent la cultiver.

Rose-Marie trouve son jardin charmant, car elle y voit de l'ombrage, des fleurs et des fruits ; mais le cousin Brouillard se promène au milieu de tout cela, en disant :

« — C'est un ver-
» ger... un potager...
» vous autres, vous
» appelez ça un jar-
» din... C'est mal des-
» siné... Ah ! si vous
» voyiez le jardin de
» ma maison de cam-
» pagne à Auteuil !...
» c'est cela, qui est
» joli, qui est bien
» tenu !...

« — Mais, mon cou-
» sin, voyez donc ce
» bosquet de lilas, de
» chèvrefeuille, comme
» il est touffu... et
» comme cela sent bon
» là-dessous...

» — J'ai un bosquet
» de roses sauvages qui
» est bien autre chose
» que cela... Ah ! déjà
» des poires... c'est de
» l'épargne, elles doi-
» vent être mûres. »

Monsieur Brouillard cueille une poire et la mange pour s'assurer de sa maturité.

« — Comment les
» trouvez-vous ? » dit
Rose.

« — Hom ! c'est une
» triste poire... voyons
» les prunes. »

Et monsieur Brouil-
lard cueille une prune,
puis une seconde, et
en mange ainsi une
demi-douzaine en di-
sant :

« — Je voudrais que vous vissiez mes prunes de monsieur ! elles
» sont deux fois plus grosses que cela !... Et mes poires ! j'ai tout ce
» qu'il y a de plus beau... Oh ! si vous venez jamais à Auteuil, vous
» en goûterez, et alors vous pourrez dire. J'ai mangé des poires. Vos
» abricots ne sont pas encore mûrs... c'est fâcheux ! »

Et, pour se dédommager. M. Brouillard va cueillir des cerises anglaises superbes, qu'il avale en vantant continuellement celles d'une
autre espèce qu'il possède dans son jardin.

La jeune fille n'ose plus montrer ses belles fleurs, ses belles treilles,
parce qu'elle craint que ce monsieur n'y trouve encore quelque chose à
critiquer, et elle se dit en elle-même :

« — Je crois que Manon avait raison !... Le gâteau aura beau être
» bien fait... notre cousin le trouvera mauvais. »

L'arrivée de Jérôme vient délivrer Rose-Marie de l'ennui que l'on
éprouve toujours avec ces gens qui critiquent tout ce que nous aimons,

et qui, en voulant nous faire entendre que nous avons mauvais goût et que nous ne nous connaissons à rien, ne s'aperçoivent pas qu'ils manquent, eux, aux premières règles du savoir-vivre et de la politesse; qu'ils se conduisent comme des sots, et qu'ils mettent tout de suite à nu leur envie et leur vanité.

« — Qu'est-ce que j'ai appris ? » s'écrie le laboureur en accourant d'un » air joyeux; comment! mon cousin Brouillard est ici... Ah ! sapredié, » en v'là une surprise aimable... Bonjour, cousin ! comment ça va ?... » Vous vous êtes donc souvenu de moi ?... C'est gentil, ça... seulement, » la mémoire ne vous revient pas assez souvent... Mais c'est égal... » touchez là... vous serez toujours le bien venu. »

Et Jérôme a pris la-main de M. Brouillard, et il la serre si fort, que celui-ci la retire vivement, en disant :

« — Holà, mon cher » Gogo! prenez garde! » je ne suis pas un » bœuf ! serrez moins » fort, s'il vous plaît. » Eh, eh... vous êtes » un peu vieilli, depuis » que je ne vous ai vu, » mon cher !

» — Dam', il me » semble que nous » avons tous les deux » cinq ans de plus à » peu près.

» — Oui... mais il y » a des personnes chez » lesquelles ça ne pa- » raît pas !...

» — Vous avez vu » ma fille, ma Rose... » Ah ! c'en est une » aussi... c'est celle- » là, que vous avez dû » trouver changée ?

» — C'est vrai... car » elle n'était pas belle » étant petite...

» — Pas belle... Ma » foi, je l'ai toujours » trouvée jolie, moi.

» — Il n'y a pas de » plus mauvais yeux » que ceux d'un père, » mon pauvre Jérôme !

» — Vous croyez ?... » je suis cependant » bien sûr de ne point » me tromper mainte- » nant en la trouvant » une des mieux du » pays et des envi- » rons.

» — Elle est fort » bien certainement... » Elle ne vous ressem- » ble pas du tout, par » exemple !

» — C'est drôle, il » y a beaucoup de per- » sonnes qui m'ont dit » le contraire.

» — Pour vous faire » plaisir, par politesse ; » mais, moi, je suis » toujours la franchise » même ! Avec ses amis, il me semble que cela doit être ainsi.

» — Ce cher cousin Brouillard !... je ne m'attendais guère à votre » visite ! depuis si longtemps. Ah ça, vous allez me donner des nou- » velles de mes frères, car je pense que vous les voyez, vous qui ha- » bitez Paris.

» — Oui, sans doute, je les vois... Pas très-souvent, mais quelque- » fois. Vous ne les voyez donc pas, vous... ils ne viennent donc ja- » mais vous faire de petites visites 'ci ? »

Jérôme laisse échapper un léger soupir, et sa figure perd de sa gaieté tandis qu'il répond :

« Non, mes frères m'ont tout fait oublié, car ils ne me donnent ja- » mais de leurs nouvelles... Et pourtant, moi, je leur ai écrit plusieurs » fois, ou fait écrire par ma fille... car elle écrit fièrement bien, ma » Rose !... Mais je n'ai reçu aucune réponse, ni de Nicolas, ni d'Eus- » tache ! »

Le cousin Brouillard al'onge son nez et sa bouche tout en disant :

La vieille servante vient ouvrir et reste là d'un air surpris ce personnage qu'elle n'a jamais vu. — Page 14.

» — Ah !... c'est que... vos frères sont lancés dans le grand monde, » maintenant.... L'un est riche, l'autre est.... homme de lettres... et » vous êtes resté laboureur... Ils trouvent qu'il y a maintenant une » énorme distance qui vous sépare !...

» — Vous croyez ? » répond Jérôme avec naïveté, ; « mais est-ce » que nous en sommes moins frères ?... Que m'importe à moi qu'ils » soient dans la richesse ou les honneurs ?... je ne leur demande » rien que leur amitié... que leur bon souvenir... Parce que je » suis resté au village et que je ne me suis senti de vocation que » pour planter des arbres et faire pousser des légumes, tandis » qu'eux ils ont été s'instruire et s'établir à la ville, est-ce que » c'est une raison pour qu'ils ne m'aiment plus ? »

Rose-Marie qui est à quelques pas et qui a entendu la fin de la conversation, s'empresse d'aller à son père, en lui disant :

» — Mais, mon bon » petit père, pourquoi » vous imaginer que » vos frères ne vous » aiment plus, pour- » quoi vous arrêter à » une pensée qui vous » cause du chagrin? Si » mes oncles ne vien- » nent pas vous voir, » c'est que probable- » ment ils n'ont pas le » temps... à Paris on » dit que l'on n'a ja- » mais le temps de » s'occuper de ses pa- » rents... S'ils n'ont » pas répondu à nos » lettres, leurs affaires » les auront encore » empêchés de vous » écrire : et puis, qui » sait s'ils les ont re- » çues vos lettres... si » les adresses étaient » bien mises... il se » perd tant de choses » dans une grande ville. » Oh! moi, je suis sûre » que vos frères vous » aiment toujours, » qu'ils pensent à vous, » qu'ils s'informent » même de vous aux » personnes qui vien- » nent de ce pays, et » qu'un jour, au mo- » ment où vous y pen- » serez le moins, ils » arriveront ici, tout » comme Monsieur no- » tre cousin y est ar- » rivé aujourd'hui. »

Jérôme embrasse sa fille ; la gaieté renaît sur son visage, et il s'écrie :

« Tu as raison, ma » petite ; oui, il vaut » mieux croire le bien » que le mal; d'abord » ça rend plus heureux ; et j'aime mieux penser que mes frèr[es] » m'aiment toujours, que de croire à leur indifférence et à le[ur] » oubli. »

Monsieur Brouillard, qui tournait sa bouche d'un air moqueur, tandis que Rose parlait, semble se disposer à lâcher quelque obser- vation insidieuse; mais en ce moment, la vieille Manon paraît à la porte de la salle à manger, et se met à crier :

« Holà ! la soupe !

» — Allons dîner, » dit Jérôme. Tenez, cousin, allez toujours vous » mettre à table avec ma fille ; je vous rejoins tout de suite ; je vas cher- » cher pour not' dessert, une vieille bouteille de dessous les fagots, » comme on dit !... Dam'! je ne reçois pas souvent des personnes de » ma famille, c'est ben naturel que je veuille les traiter de mon » mieux. »

Monsieur Brouillard va prendre la main que la jeune fille lui tend gracieusement, et il se rend avec elle dans la salle à manger, où la table est dressée. Le cousin examine avec curiosité les assiettes, le linge, les couteaux, et surtout les couverts qu'il fait sonner l'un contre l'autre, pour s'assurer si c'est bien de l'argenterie, puis il s'assied à côté de Rose-Marie, qui le sert avec une aisance qu'un autre serait agréablement surpris de rencontrer dans une paysanne ; mais monsieur Brouillard se contente de dire en lui-même :

« Où diable cette jeune fille a-t-elle appris à se tenir en société ? il
» faut qu'elle fréquente d'autres personnes que son père ! »

Jérôme revient, tenant une bouteille couverte d'une épaisse couche de poussière ; il la pose avec précaution sur un meuble, tandis que le cousin Brouillard le suit des yeux avec un sourire de renard. Le laboureur se met à table, et s'occupe surtout de servir son convive, qui mange et boit comme quatre, tout en disant :

« — Votre bouillon est bien léger !... c'est que vous prenez sans
» doute de la basse viande ?

» — Mais non, cousin ; je prends ce qu'il y a de mieux.

» — Ah ! quelquefois je pensais... pour la payer moins cher !

» — Buvez donc, cousin.

» — C'est du vin que vous faites, cela ?

» — Non, mais c'est du petit vin du pays.

» — Ah ! oui, du piqueton... ça gratte diablement le gosier.

» — Ah ! dam', nous autres, je ne sommes pas difficiles... c'est
» bon, ça rafraîchit !

» — Oui, j'ai peur même que ça ne rafraîchisse trop.

» — Couchez-vous ici, cousin ? nous avons un lit à votre service,
» et qui n'est pas trop mauvais !...

» — Je vous remercie ; mais je ne puis pas rester ; je retournerai
» après dîner à Fontainebleau. J'y loge chez un ami... un homme fort
» à son aise ; il m'attendra ce soir ; je lui ai promis de revenir, et
» demain matin, je retourne à Paris. »

Une légère expression de satisfaction perce dans les traits de la jeune fille, lorsqu'elle entend monsieur Brouillard annoncer qu'il ne restera pas, et la vieille servante marmotte entre ses dents :

» — Ah ! Dieu merci ! nous en serons plus tôt débarrassés ! S'il avait
» fallu le coucher, il n'aurait jamais trouvé le lit assez mollet pour lui. »

» — Mangez donc, cousin, » dit le paysan en couvrant l'assiette de monsieur Brouillard, qui se laisse faire, en ayant l'air de regarder ailleurs. « C'est un de nos poulets que Manon a fricassé... Ah ! elle
» fricotte joliment ça, Manon !... Tenez, ce plat-là, c'est son triom-
» phe !... »

Monsieur Brouillard avale tout ce qu'on lui a servi, sans prononcer un mot ; ce n'est que lorsqu'il n'a plus rien sur son assiette, qu'il dit :

» — Vous croyez que c'est une fricassée de poulet cela ?

» — Mais dam'!... qu'est-ce que ce serait donc alors ?

» — Cela n'y ressemble pas plus que je ne ressemble à un veau.
'» Ah ! quand vous dînerez chez moi... à ma campagne d'Auteuil, je
» veux vous faire manger une véritable fricassée de poulet... vous
» verrez la différence.

» — Est-ce que monsieur croit que c'est un chat que j'avais fri-
» cassé ? » dit Manon avec dépit.

» — Non pas ! oh ! je ne nie point que l'animal mis là dedans ne
» soit un poulet... un poulet un peu maigre, par exemple ; mais je
» parle de la manière dont il est préparé... Ceci est un ragoût... un
» salmis... une matelotte de poulet, plutôt qu'une fricassée.

» — Cet homme-là me ferait tourner en bourrique, » murmure la vieille servante.

Rose-Marie se hâte de servir des petits pois pour faire oublier la fricassée, qui cependant était bonne, et Jérôme emplit le verre de monsieur Brouillard, en lui disant :

» — Buvez donc... il faut boire mieux que ça !

» — Ah ! mais, c'est que votre piqueton... il faut se retenir après
» la table quand on le boit.

» — V'là des pois de mon jardin... comment les trouvez-vous ? »

Les pois étaient excellents ; mais monsieur Brouillard ne pouvant se résoudre à le dire, se contente de répondre :

» — Moi, je préfère les haricots ! »

Ce qui ne l'empêche pas de reprendre deux fois des p is.

» — Je crois qu'il est temps de dire un mot à la fine bouteille ! »
dit Jérôme en allant chercher ce qu'il a rapporté de sa cave. « Ah !
» dam', ça !... c'est du fameux... je vais le déboucher avec précaution...
» Faut que je vous dise l'histoire de ce vin-là, cousin ; c'est un quar-
» taut de beaune... que j'avais partagé, et alors...

» — Je ne tiens pas à connaître son histoire... du reste, personne
» ne se connaît en vin mieux que moi ; j'ai une cave excellente... je
» suis très-gourmet. »

Pendant que Jérôme débouchait la bouteille, en prenant beaucoup de précautions, Manon était sur le seuil de la porte de sa cuisine, tenant un plat sur lequel était un gâteau bien jaune, bien doré, et qu'elle regardait avec complaisance, tout en murmurant :

« — Je gage qu'il va aussi lui trouver quelque chose de travers, à
» ce gâteau !... Hem ! si ce n'était pas pour obéir à mam' elle, je ne le
» servirais pas à présent... Je le garderais pour ce soir... Régalez donc
» des gens qui trouvent tout mauvais... et j'ai bien id à que chez lui,
» il ne s'empiffre pas comme ici, ce vieux délicat ! »

Enfin Jérôme a débouché sa bouteille ; il a versé à son convive, puis à lui, et il boit, et il regarde boire monsieur Brouillard, qui, après avoir avalé, replace son verre sur la table sans rien dire, et examine attentivement le gâteau que la vieille Manon s'est décidée à servir.

Cette indifférence, pour un vin sur lequel il espérait recevoir des compliments de son hôte, impatiente le laboureur, qui s'écrie :

» — Ah çà ! mais... vous ne dites rien... est-ce que vous ne le trou-
» vez pas bon ?

» — Quoi donc ? dit monsieur Brouillard, en mettant son nez au
» vent.

» — Comment quoi ?... mais ce vin que vous venez de boire...
» mon vieux beaune... qui a plus de dix ans de bouteille...

» — Ah ! votre vin... je ne l'ai pas bien goûté... voyons... »

Jérôme se hâte d'emplir de nouveau le verre de son convive, qui flaire, puis avale, et fait un petit mouvement de tête, en disant :

» — Ce n'est pas du beaune...

» — Comment que vous dites ça ?...

» — Je dis que ce n'est pas du beaune...

» — C'est bien singulier ; toutes les personnes qui en ont bu m'ont
» dit que c'en était... jusqu'à not' maire qui est un malin pour les
» vins...

» — Votre maire ne s'y connaît pas...

» — Quoi que c'est donc alors ?

» — C'est un mâcon... il y a de tant de sortes de mâcon... mais en
» fait de beaune, voyez-vous, mon cher Jérôme, c'est chez moi qu'il
» faut en boire... ah ! c'est que j'en ai du fameux.

» — Chez vous ! chez vous ! mais je n'y ai jamais été chez vous...
» vous ne m'avez jamais invité.

» — Vous l'avez oublié probablement... Ah ! je ne vous parle pas de
» venir dîner chez moi à Paris... je n'y ai qu'un petit pied-à-terre...
» mais à ma maison de campagne d'Auteuil ! ah ! là je vous ferai faire
» bonne cuisine... j'ai une jeune cuisinière... qui est un cordon bleu...
» Ah çà ! qu'est-ce que ce gâteau ? est-ce que nous ne le goûtons pas ?

» — Mon Dieu ! mon cousin, répond Rose avec un sourire moqueur,
» c'est que j'ai peur qu'il ne soit manqué comme tout le reste du dî-
» ner, et je ne voudrais pas encore vous faire manger quelque chose
» de mauvais !

» — Goûtons-le toujours, » répond monsieur Brouillard en tendant son assiette.

Et la jeune fille sert à son cousin une portion extrêmement minime de gâteau, tandis que Jérôme, vexé de l'accueil fait à son vin, remplit son verre sans verser à son convive, et place ensuite la bouteille contre lui hors de la portée de monsieur Brouillard.

Le monsieur au museau de renard s'est aperçu de cette manœuvre, et après avoir lestement avalé sa part de gâteau, il se décide à tendre son verre à Jérôme, en disant :

» — Versez donc, cousin Gogo ; quoique cela ne soit pas du beaune,
» il se laisse boire, ce vin.

» — Ah ! c'est différent, cousin !... C'est que je pensais que vous
» n'en vouliez plus, moi. »

Après que Manon a placé sur la table les plus beaux fruits du jardin, Jérôme emplit de nouveau le verre de monsieur Brouillard, en s'écriant :

» — Voyons, sapredié, causons donc un peu de mes frères. Si je ne
» les vois pas, au moins ça me fait plaisir de parler d'eux, et surtout
» de savoir qu'ils sont heureux !... il y a si longtemps que nous nous
» sommes quittés !... Vingt-quatre ans bientôt... C'était après la mort
» de notre père... ils firent les comptes de l'héritage... c'est-à-dire, ce
» fut Nicolas qui arrangea tout ça... c'était l'aîné, c'était bien juste !
» Il fit la part à chacun. Je m'en suis entièrement rapporté à lui. Notre
» sœur était déjà mariée, établie à Paris.

» — Ah ! oui, la sœur Thérèse... Son mari ne fit pas de bonnes
» affaires.

» — Et il mourut, laissant ma sœur avec un fils ! Ma pauvre Thérèse
» mourut aussi, il y a une douzaine d'années ; mais faut rendre justice
» à mes frères, ils ont pris soin de leur neveu... et il paraît que main-
» tenant c'est un gentil garçon que Frédéric Reyval.

» — Il ne vient donc pas vous voir non plus, celui-là ?

» — Non... mais je l'excuse ; il ne me connaît pas, ce garçon ; il ne
» m'a jamais vu... on ne lui aura pas souvent parlé de son oncle Jé-
» rôme !... Cependant, quand ma sœur mourut sans rien laisser à son
» fils... on sut bien m'écrire... C'est Nicolas qui m'envoya un homme
» avec une lettre dans laquelle il me disait que not' neveu leur tom-
» bait sur les bras, mais que ce n'était pas juste qu'ils fissent tout pour
» lui, et moi rien... bref, il finissait en me disant de remettre à son
» envoyé une somme de six à huit cents francs. Dam'! ça me gênait un
» peu ; mais c'est égal, je donnai sept cent cinquante francs !...

» — Ah ! vous avez donné de l'argent pour l'éducation de votre
» neveu... Tiens ! tiens ! ils ne m'ont jamais parlé de ça !

» — Ils auront pensé que c'était une chose si naturelle.

» — Mais je ne crois pas que ce jeune homme leur ait coûté beau-
» coup. Votre frère Nicolas, qui était déjà lancé dans les affaires alors,
» l'a pris tout jeune dans ses bureaux où il le fit travailler ; il n'y a
» guère que deux ans que ce jeune homme a quitté la maison de son
» oncle pour faire des affaires pour son compte... des affaires de cour-

» tage... de marronnage... car il n'est pas courtier. Je ne sais pas s'il
» gagne beaucoup d'argent, mais je sais qu'il fait lestement sauter les
» écus... Oh ! c'est un merveilleux... un lion, comme on dit à présent
» en parlant d'un petit-maître, et de plus un viveur... un bambocheur
» fini ; il est sans cesse en parties de plaisirs, de jeu, de mangeaille !...
» si celui-là travaille, je ne devine pas à quel moment !

» — Bah ! vraiment !... Comment ! ce jeune homme se dérangerait ?
» — Je ne vous dis pas qu'il se dérange, je vous dis seulement qu'il
» s'amuse beaucoup ; du reste, il est fort recherché dans le monde...
» par les dames surtout !... on le trouve très-aimable... parce qu'il
» est très-blagueur... ça veut dire moqueur... moi je n'admets pas que
» cela prouve de l'esprit.

» — Ah ça, mais j'ai encore un neveu. Nicolas s'est marié à Paris,
» j'ai vu sa femme une seule fois que je suis allé le voir dans tous les
» commencements de son mariage... il y a plus de vingt ans; je ne
» lui ai pas trouvé un air... ben aimable !... Quelle différence d'avec
» ma bonne Suzette que j'ai perdue... je les ai engagés à venir nous
» voir... mais ils ne sont pas venus !

» — Ah ! oui, et il me semble qu'ils ne vous avaient pas invité à
» leur noce ?

» — Non... ni Eustache non plus !

» — Ah ! Eustache !... son mariage est plus récent, il ne date que
» de sept ans environ... il a épousé une jolie femme, Eustache... c'est-
» à-dire jolie... il y a bien mieux ! mais c'est une femme extrêmement
» coquette... une blonde... un peu fadasse, beaucoup plus jeune que
» lui ; elle doit dépenser diablement d'argent pour sa toilette, cette
» femme-là !

» — Et le fils de Nicolas, est-ce un bon sujet ?

» — Le fils de Gogo l'aîné, ah ! c'est Julien qu'il se nomme....
» Celui-là ne ressemble pas du tout à Frédéric, il ne court pas les
» plaisirs, il est sage, rangé... à ce qu'on dit du moins ! mais ensuite
» ce ne serait pas encore une raison pour s'y fier... vous savez le pro-
» verbe : rien de pire que l'eau qui dort !... du reste, il n'est pas
» beau, Julien... il est même laid... un nez plat, une bouche rentrée,
» tout le portrait de Nicolas enfin ; et Nicolas est laid... sa fortune ne
» l'a pas embelli... Versez donc, cousin Jérôme !

Le laboureur emplit le verre de monsieur Brouillard ; celui-ci boit
très-lestement le vin qu'il a eu l'air de trouver indigne de ses éloges,
et mange les plus beaux fruits qui sont sur la table, en s'écriant
encore :

« — C'est moi qui en ai, des prunes, et des cerises !... ah !... c'est
» autre chose que tout ça !... Mais vous, Jérôme, comment vont les
» terres, la culture ? vous arrondissez-vous un peu ?

» — Oh ! moi, cousin, je n'avons pas grande variation dans nos
» affaires... je ne faisons pas de commerce ; du reste je ne me plains
» pas, en travaillant queuques heures de plus tous les jours, je sommes
» parvenu à amasser un petit magot... qui sera la dot de ma Rose.

» — Ah ! vous avez amassé une somme... est-elle forte... cela
» peut-il s'appeler une dot ?...

» — Pas autant que je voudrais... mais enfin c'est toujours de quoi
» s'établir...

» — Et vous avez placé cet argent à intérêts.. à combien pour
» cent ? à dix... à douze... à quinze ?... »

Jérôme sourit et reprend :

« — Suffit que je soyons content, cousin, et que l'argent soit ben
» où il est... il me semble que le reste ne doit inquiéter personne. »

Monsieur Brouillard avance ses lèvres au niveau du bout de son
nez, en murmurant :

» — Oh ! certainement ! ... mais je vous disais cela... dans votre
» intérêt... parce que je connais des personnes qui prennent de l'ar-
» gent à un taux très-avantageux.

» — Ma foi ! » reprend Jérôme après avoir choqué son verre contre
celui de son cousin, « je suis ben content de savoir que mes frères
» ont prospéré à Paris... Nicolas est donc ben riche ? »

Monsieur Brouillard fait différentes grimaces et tâche de se fixer à
un air bonhomme en répondant :

» — Oh ! je ne sais pas, moi !... D'abord je ne suis pas de ces gens
» qui cherchent à savoir les affaires des autres !... je ne suis nulle-
» ment curieux... Qu'est-ce que ça me fait à moi que les uns en aient
» beaucoup... que ceux-ci fassent des dettes pour briller, que ceux-là
» tirent la langue après avoir tout mangé !... ça ne me regarde pas !...
» je ne demande rien à personne... j'ai ce qu'il me faut... je suis à
» mon aise, je puis offrir à dîner et une bouteille de vrai beaune à un
» ami quand il vient me voir... eh bien, qu'est-ce oue vous voulez de
» plus ?... »

Jérôme aurait voulu que monsieur Brouillard ne revint pas sans
cesse sur lui quand on lui parlait d'un autre, et il s'écrie :

» — Eh, mon Dieu ! je ne sommes pas curieux non plus, mais quand
» il s'agit de sa famille, de ses frères, il me semble qu'il est ben na-
» turel de désirer connaître leur position !... cela ne s'appelle plus
» de la curiosité.

» — Je ne vous blâme pas, mon cher Gogo; oh! je suis loin de vous
» blâmer. Du reste je puis vous dire... à peu près, la situation de votre
» frère Nicolas... il a fait des spéculations à la Bourse, il a fait de la
» banque avec l'argent que sa femme lui avait apporté en dot... Ce

» n'est pas le Pérou...douze mille francs... et encore il n'a reçu que huit
» mille francs comptant, le reste lui a été soldé en bas de laine, en
» gilets de flanelle, en caleçons de tricot et autres objets de bonneterie
» (sa femme était fille d'un bonnetier), que du reste il a très-bien re-
» vendus... Je sais même qu'une personne lui a payé jusqu'à seize francs
» un gilet de flanelle qui n'en valait pas dix... mais il ne donne pas
» ses coquilles, Nicolas !... il est même très-juif dans les affaires...
» c'est du moins sa réputation sur la place...

» — Tiens, cousin, comment que vous savez tout ça, vous qui ne
» vous mêlez pas des affaires des autres ?

» — Je l'ai entendu dire, je ne peux pas empêcher qu'on ne parle
» à mes oreilles. Gogo l'aîné a été heureux dans ses spéculations... il
» a fait alors d'autres affaires... il a escompté, prêté de l'argent... à
» très-gros intérêts... je crois même qu'il se faisait donner des nan-
» tissements... qu'il prêtait sur des effets... des bijoux... sur gage
» enfin... on l'a dit... mais je ne l'affirmerais pas !... on est si mé-
» chant dans le monde !... bref il a gagné beaucoup d'argent, et main
» tenant il doit avoir une vingtaine de mille francs de rente... peut-être
» plus, peut-être moins... je l'ignore... et je n'ai pas envie de m'en infor-
» mer ! qu'est-ce que ça me fait !... je ne lui demande rien, moi !

» — Vingt mille francs de rente !... s'écrie Jérôme... c'est une
» grande fortune ça...

» — Une fortune !... c'est selon! cela dépend de ce qu'on dépense.
» Mais Nicolas fait beaucoup d'embarras !... il se donne des airs... à
» pouffer de rire... ah ! dame, voilà ce que c'est que les parvenus, vous avez
» croit cacher son origine sous un air impertinent ! ah ! ah ! c'est trop
» plaisant. Après cela, mon Dieu ! il faut laisser les gens avec leurs
» petits ridicules! tout le monde en a !...

» — Et Eustache, il s'est donc enrichi aussi, lui ? .

» — Ah ! Eustache, c'est autre chose... il est devenu homme de
» génie !... qui est-ce qui s'en serait douté, hein ?... c'est pourtant
» comme cela, mon pauvre Jérôme, vous ne saviez pas que vous aviez
» un aigle dans votre famille!...

» — Un aigle !... » répond Jérôme en ouvrant de grands yeux...
« Ah bah !... comment il y a un oiseau dans la famille !...

» — Je veux dire un personnage qui aspire à l'immortalité... ce
» qui ne veut pas dire qu'il y arrivera, par exemple. Enfin, votre
» frère Eustache s'est fait homme de lettres... ou auteur si vous ai-
» mez mieux.

» — Auteur... ah ! oui... gens de lettres... on m'avait déjà dit ça...
» quel état est-ce donc que celui-là ?

» — Ce n'est pas un état !... c'est... c'est... je ne sais pas trop
» comment vous expliquer cela...

» — N'est-ce pas une personne qui fait des pièces de théâtre ? »
dit Rose-Marie en baissant les yeux.

» — Justement, ma petite cousine, c'est cela même... Diable, mais
» vous n'ignorez de rien, à ce que je vois... Cousin Gogo, vous avez
» donc fait soigner l'éducation de votre fille, puisqu'elle sait ce que
» c'est que des pièces de théâtre ?

» — Pardi, est-ce que vous n'aviez pas encore remarqué que ma
» Rose parle ben... qu'elle a des manières. . une façon... enfin qu'elle
» n'a pas les allures d'une paysanne.

» — Je n'y avais pas fait attention... Vous voulez donc aussi faire
» une dame de votre fille ? vous avez donc de grands projets sur elle...
» ah ! ah ! Jérôme... je vois que la vanité vous chatouille comme les
» autres !

» — La vanité !... l'ambition ! oh! ma foi, non ! mais j'ai pensé que
» ça ne pourrait pas nuire à mon enfant d'avoir plus d'instruction que
» son père... que peut-être même cela lui ferait trouver querque parti
» avantageux.

» — Hum !... mon cher ami ! voilà comme on se prépare des cha-
» grins, des humiliations !... quand nos enfants en savent plus que
» nous et qu'ils peuvent avoir dans le monde une position un peu plus
» élevée, ils nous ont bien vite oubliés, ils sont vexés quand ils nous
» voient, et ils rougissent quand on leur parle de nous. »

Rose-Marie quitte vivement sa place et court enlacer son père de
ses bras, en s'écriant d'une voix altérée par l'émotion qu'elle éprouve :

« — Que dites-vous là, monsieur !... moi, je rougirais jamais de
» mon père... je l'oublierais, je cesserais de l'aimer parce qu'il a bien
» voulu me faire donner quelque instruction... oh ! mais ce serait af-
» freux, cela !... ce serait indigne... est-ce qu'il peut y avoir des
» enfants qui cessent d'aimer leur père, de l'honorer, de penser à lui
» avec joie, avec reconnaissance... oh ! non, cela n'est pas possible...
» n'est-ce pas, mon bon père, tu ne crois pas que je deviendrai une
» ingrate... et lors même que le ciel m'enverrait une grande fortune
» que je pourrais jamais cesser de t'aimer ?

» — Non... non, mon enfant !... oh ! je sommes ben certain du
» contraire ! » répond le laboureur, que l'élan de sa fille a tout attendri et dont les yeux sont déjà mouillés de larmes. « Je te connais, ma
» Rose, je sommes sûr de ton cœur !... va ! c'est pas pour toi que je
» cousin a dit ça. »

Monsieur Brouillard, qui ne s'attendait pas à ce mouvement de la
jeune fille, balbutie, en jouant avec son couteau :

« — Non, sans doute ! je ne voulais pas dire... d'ailleurs, il n'y a
» pas de règle sans exception... Voyons encore de votre vieux vin.

» cousin ; après tout... il est assez agréable... il se pourrait même que
» ce fût du beaune de troisième qualité. »

Rose-Marie, après avoir encore embrassé son père, est allée se mettre
à travailler à l'aiguille près d'une fenêtre ; les deux hommes continuent
de rester à table, et Jérôme remet la conversation sur son frère Eustache.

« — Vous dites donc, cousin, que mon frère, le plus jeune, est un
» homme qui fait des ouvrages... des écritures... des choses qu'on
» imprime ?

» — Oui, vraiment ; il a eu quelques pièces qui ont eu de la vogue...
» ce qui ne prouve pas qu'elles étaient bonnes... il en a fait aussi qui
» sont tombées !... il écrit quelquefois dans les journaux... il fait des
» nouvelles... des historiettes pour les feuilletons... on appelle ça
» maintenant de la littérature ; jadis, il fallait produire autre chose
» pour se dire homme de lettres !... *autres temps, autres soins*

» — Et on gagne beaucoup d'argent à vendre de l'esprit ?

» — Si on ne vendait véritablement que de l'esprit, on gagnerait
» assurément beaucoup... mais comme c'est toujours de la marchan-
» dise mêlée, on baisse quelquefois... Du reste, Eustache se croit un
» Voltaire !... un Molière !... eh ! eh !... c'est à mourir de rire !... quand
» il a un succès il se gonfle, se rengorge... il ne peut plus passer par
» les boulevards... il n'y a pas assez de place pour lui !...

» — Il est donc bien engraissé ? ce pauvre Eustache !

» — Nullement !... je veux dire par là que la vanité gonfle le poëte !
» Pourvu qu'il ne fasse pas comme la grenouille de la fable !

» — Et est-il heureux en ménage, mon frère, l'homme auteur ?

» — Mais... hum !... eh !... ces choses-là, vous savez qu'il est plus
» sage de n'en point parler... les dehors sont convenables... c'est l'in-
» térieur qu'il faudrait voir... votre frère Eustache a passé la quaran-
» taine... sa femme n'a pas encore trente ans... hum... c'est dange-
» reux !... on la dit coquette !... mais moi je ne dis rien... je déteste
» les cancans... j'aurais vu des choses répréhensibles... que je n'en
» parlerais pas, je les garderais pour moi. Mais, parbleu, mon cher
» Jérôme, puisque vous avez tant d'amitié pour vos frères, pourquoi
» donc n'iriez-vous pas les voir à Paris... les surprendre tous les deux
» un beau matin ?

» — Ah ! j'en avais eu plus d'une fois l'envie ! » répond le paysan
en secouant la tête... « mais j'avons pas osé ; car je me sommes dit :
» puisque mes frères ne me donnent jamais de leurs nouvelles, puis-
» qu'ils n'ont même pas répondu à mes lettres, c'est qu'apparemment
» ils ne veulent plus me voir, c'est qu'ils ne se soucient pas d'en-
» tendre parler de moi, et en allant chez eux je les contrarierais peut-
» être, au lieu de leur faire plaisir. Voilà pourquoi je ne suis pas allé
» les trouver à Paris. »

Monsieur Brouillard achève son verre et tâche de se donner une
physionomie tout à fait débonnaire ; puis il dit avec une petite voix
flûtée :

« — Oh ! il ne faut point penser cela !... moi, je me range à l'opinion
» de votre fille ; sans doute leurs affaires les auront empêchés de vous
» répondre ; à Paris, on est continuellement occupé... il ne faut pas
» leur en vouloir !...

» — Je ne leur en veux pas du tout... Mais tout à l'heure, vous-
» même me disiez que la fortune les avait rendus fiers.

» — Hum !... fier n'est pas le mot... Le fond est bon... je suis cer-
» tain que votre présence les enchantera... ça leur produira un effet
» étourdissant.

» — Vraiment !... Oh ! ben, ma fine, j'irai les voir, les surprendre
» un de ces jours.

» — Voulez-vous que je vous donne leur adresse ?

» — Oh ! oui, car ils doivent être... je ne suis pas où à c't'heure, et
» quand on ne sait pas, trouvez donc quelqu'un dans Paris.

» — Votre frère aîné, Nicolas, demeure rue Saint-Lazare, n° 62.

» — Écris ça, ma petite Rose, afin que nous sachions ben où logent
» les oncles. »

La jeune fille écrit ce que M. Brouillard vient de dire. Le cousin se
caresse le menton et continue :

« — Vous avez mis Nicolas Gogo, rue Saint-Lazare, 62 ?

» — Oui, mon cousin.

» — Très-bien. Quant à Eustache, c'est dans un autre quartier ; il
» demeure rue de Vendôme, 18... Vous avez mis...

» — Oui, mon cousin.

» — Maintenant, croyez-moi, allez les voir, allez leur demander à
» dîner sans façon... comme j'ai fait, moi, en venant ici ; et ils vous
» traiteront parfaitement, j'en suis sûr.

» — Nous irons, cousin ; et puis pendant que nous serons en train,
» nous pousserons jusqu'à votre campagne à Auteuil, et nous irons
» passer un jour avec vous... Seulement il faudrait nous bien donner
» l'adresse aussi. »

M. Brouillard fait une drôle de figure, et répond en se levant, et allant prendre sa canne et son chapeau.

« — Ah ! oui... Ah ! oui... Certainement, ça me... Ah ça, mais j'a-
» vais une canne, pourtant...

» — Vous la tenez dans votre main, cousin.

» — Oh ! c'est parbleu vrai !... et je la cherchais. J'ai des moments
» où je suis fort distrait. »

» — Et votre adresse à Auteuil ?

» — Tout le monde vous l'indiquera ; je suis très-connu. Vous de-
» manderez dans la première maison venue : Monsieur Brouillard ? Et
» on vous dira : C'est par là. Mais pardon, je vais vous souhaiter le
» bonsoir... Je veux arriver à Fontainebleau avant la nuit.

» — Pardi, cousin, vous avez ben le temps ; il n'est pas encore six
» heures.

» — C'est égal... je marche en flânant, moi... Je m'arrête pour ad-
» mirer les points de vue, et je ne vais pas vite.

» — Si vous ne savez pas bien le chemin, voulez-vous que je vous
» reconduise jusqu'à la ville ?

» — Ne prenez pas cette peine, mon bon Jérôme ; c'est inutile, je
» sais parfaitement quelle route je dois suivre ; ce n'est pas difficile,
» d'ailleurs. Adieu donc, mon cher ami ; je suis bien charmé de vous
» savoir dans un état de santé et de prospérité si florissant !... Adieu,
» ma charmante petite cousine... Voulez-vous permettre !... »

Et M. Brouillard s'avance pour embrasser la jolie fille. Celle-ci ne
se sent pas flattée de cette politesse ; mais elle n'ose reculer, et le museau du cousin s'appuie sur le duvet de sa joue fraîche et rosée. Le
renard, qui est probablement alléché par ce qu'il vient de cueillir, se
dispose à prendre un second baiser sur l'autre joue ; mais la jeune
fille a fait une légère pirouette, et elle est déjà contre la porte, d'où
elle s'écrie :

« — Dépêchez-vous, mon cousin, on dirait que le temps veut chan-
» ger, et qu'il va y avoir de l'orage.

» — Vraiment !... Je me sauve, alors...

» — Adieu, cousin... Nous irons vous voir quelque jour à Auteuil...

» — Oui, mes amis... Et je n'ai pas de parapluie.. Adieu... Bonne
» santé... Allez voir les Gogo de Paris ; allez, ça leur fera bien plaisir. »

M. Brouillard est déjà dehors, et bientôt on le perd de vue ; Jérôme
rentre alors avec Rose, à laquelle il dit :

« — Où diable as-tu vu, mon enfant, que le temps voulait changer,
» et que nous allions avoir de l'orage ?... Il n'a jamais fait si beau
» que ce soir ! »

La jeune fille ne peut s'empêcher de rire en répondant :

« — Tenez, mon père, c'est que j'avais peur d'être encore embrassée
» par notre cousin Brouillard ; et s'il faut vous l'avouer, ça ne me
» plaisait guère... car je ne l'aime pas du tout, cet homme-là !...

» — Oh ! je suis ben comme mam'zelle ! » s'écrie la vieille servante,
qui reprend sa bonne humeur aussitôt que le monsieur de Paris est
parti. « Savez-vous ben, not' maître, qu'il n'a rien trouvé de beau,
» de bien, ni de bon chez vous... Vos fruits, vos fleurs... vot' jardin...
» vot' dîner... jusqu'à vot' vieux vin !... il a dit du mal de tout !...

» — C'est vrai, » répond Jérôme en souriant ; « mais j'ai vu avec
» plaisir que cela ne l'empêchait ni de manger, ni de boire !

» — Pardi !... est-ce qu'il croit que je donnons dans ses vanteries ?...
» Il a tout plus beau et meilleur chez lui !... On connaît ça !... Ces gens
» si difficiles, si délicats chez les autres, vivent chez eux avec du pain
» ben rassis et des haricots sans beurre !... Ils vous disent : Ah !
» quand vous viendrez chez moi, vous verrez comme je vous régale-
» rai ! comme vous mangerez de bonnes choses ! Mais d'abord ils ont
» soin de ne jamais y être quand vous allez chez eux ; ou ben, s'ils
» se trouvent par hasard une fois forcés de vous recevoir, ils vous
» font faire si mauvaise chère, que vous jurez de n'y jamais retourner.
» Oui, monsieur, oui, je l'avons entendu dire cent fois, les gens qui
» font tant d'embarras chez les autres, et pour qui il n'y a jamais rien
» d'assez bon, sont chez eux des ladres et des fesse-mathieu ! »

Jérôme ne peut s'empêcher de rire de la colère que Manon éprouve
encore au souvenir de tout ce qu'a dit son cousin, et Rose reprend :

« — Moi, j'aurais bien pardonné à ce monsieur ses réflexions peu
» aimables sur notre jardin, sur notre dîner... mais je lui en veux
» de ce qu'il a dit en apprenant que mon père m'a fait donner
» plus d'éducation que l'on n'en reçoit ordinairement au village.
» Pour supposer chez les autres de l'ingratitude et un mauvais
» cœur, il me semble qu'il faut être méchant soi-même !

» — Allons, décidément je vois que le cousin Brouillard n'a
» fait vot' conquête ni à l'une, ni à l'autre... J'avoue que je le
» trouvons aussi un tantinet gouailleur et bigrement difficile à
» nourrir... J'aimons mieux les gens tout ronds, tout sans façon.
» Mais, après tout, il est de la famille, et nous devons encore
» lui savoir gré d'être venu nous voir, et de ne pas nous avoir
» oublié tout à fait.

» — Oui, » dit Manon en regagnant sa cuisine ; « mais moi j'ons
» ben dans l'idée que s'il est venu ici, ça n'a été que pour y dîner
» et y faire queuque méchanceté. »

VII. — CHANGEMENT DE POSITION.

Un mois se passe après la visite du cousin Brouillard chez le père
de Rose-Marie. Dans la maisonnette du cultivateur, la venue d'un habitant de Paris était un événement qui rompait la simplicité habituelle
de la vie ; maintenant le laboureur vaque comme de coutume à ses
travaux ; la vieille Manon fait sa besogne, Rose-Marie travaille à l'aiguille et soigne les fleurs du jardin ; chaque jour qui s'écoule est employé comme celui qui l'a précédé et comme celui qui le suivra. Cette

existence monotone pour les uns, semble douce pour les autres. Tout est habitude dans la vie, il ne s'agit que de tâcher de se trouver heureux par ce qu'on fait; et quand on fait toujours la même chose, vous concevez qu'alors on est extrêmement heureux.

Rose-Marie va quelquefois à Fontainebleau pour chercher ou rapporter de la broderie; mais elle reste le moins possible à la ville; elle ne s'arrête plus en chemin, elle ne passe plus par la forêt, et elle revient vite chez son père.

Cependant la jeune fille a presque entièrement oublié sa rencontre avec les deux voleurs, et elle n'éprouve aucun effroi en passant devant la forêt. Quand l'amour se glisse dans notre cœur, il en a bien vite chassé la frayeur. De tous les sentiments, l'amour est le plus audacieux; ne nous fait-il pas chaque jour braver en riant les plus grands périls, jouer notre vie, risquer notre réputation, notre fortune, et notre santé? Combien de folies, d'entreprises téméraires, d'actions audacieuses que, certes, vous n'auriez pas accomplies si votre cœur n'eût pas été pris, mais que vous n'avez pas balancé à faire pour de beaux yeux... un doux baiser, et l'espoir d'un tendre tête-à-tête !...

C'est surtout aux femmes que l'amour donne un courage, une audace, une témérité digne de nos anciens preux ! Combien de volumes ne ferait-on pas, si l'on pouvait citer toutes les circonstances où ces dames ont montré une bravoure, un sang-froid et une présence d'esprit que les hommes ne possèdent jamais à un si haut degré. Les trois quarts du temps c'est sans y penser, sans y réfléchir, qu'elles exposent leur réputation, leur tranquillité, leur avenir, quelquefois même leur existence, pour un moment de bonheur, pour jouir de la présence de celui qui a su les charmer. Presque toujours imprudentes, ou déraisonnables, il faut que l'homme qu'elles aiment montre plus de sagesse qu'elles et les arrête en leur faisant voir le danger. Mais alors, loin de lui savoir gré d'avoir veillé sur elles, ces dames lui reprochent d'avoir peu d'amour puisqu'il écoute la raison.

Toutes ces belles choses sont sans gloire, bien au contraire il faut que des dames en fassent mystère, car c'est assez souvent pour satisfaire un sentiment caché que le sexe réputé si faussement le plus faible se montre si fort et si téméraire.

Or donc, Rose-Marie, jeune fille aux yeux si doux, à la tournure modeste, aurait bien probablement bravé les voleurs et se serait sans frissonner risquée de nouveau dans les plus sombres sentiers de la forêt, si elle avait espéré y rencontrer le jeune peintre qui avait fait son portrait. Mais elle sait qu'il n'y est pas, Léopold lui a plusieurs fois répété qu'en revenant dans le pays, son premier soin sera de se rendre au village d'Avon, et de se présenter à son père.

Et puis Rose-Marie avait aussi bien promis à son père de ne plus aller seule dans la forêt; et nous devons croire qu'elle aurait tenu sa promesse, lors même que le jeune Léopold eût été encore peindre au pied des rochers.

Mais le temps s'écoulait sans amener cette visite que Rose-Marie désirait si vivement au fond de son cœur. Plus d'une fois la jeune fille avait eu la pensée de parler à Jérôme de la connaissance qu'elle avait faite dans la forêt; elle se disait qu'un enfant ne doit pas avoir de secrets pour son père, surtout quand celui-ci est bon et indulgent. Mais au moment de parler du jeune peintre, une émotion, un embarras dont elle ne pouvait se rendre compte, arrêtait les paroles sur le bord de ses lèvres, et Rose retardait encore cet aveu qu'elle désirait et qu'elle craignait de faire.

Léopold avait annoncé à Rose-Marie qu'il ne serait pas plus d'un mois sans revenir à Fontainebleau; ce terme était passé cependant sans que l'artiste fût venu au village.

Celle dont il avait fait le portrait passait une grande partie de son temps assise contre la fenêtre, car cette fenêtre donnait sur la route qui conduisait à Fontainebleau et la vue s'étendait fort loin. On pouvait donc apercevoir le voyageur qui se dirigeait vers Avon, bien longtemps avant qu'il se fût arrêté aux premières maisons du village. Rose-Marie travaillait, mais ses yeux quittaient bien souvent son ouvrage et plongeaient sur la route... puis ils se baissaient tristement sur son aiguille; de gros soupirs s'échappaient de sa poitrine; elle se disait :

« — Il ne reviendra pas !... Peut-être m'a-t-il déjà oubliée... peut-être ne regarde-t-il plus mon portrait ! Ah ! j'l'oublierai aussi, moi, c'est fini: je ne veux plus penser à lui. »

Et la minute ne s'écoulait pas sans que la jeune fille regardât de nouveau sur la route et aussi loin que sa vue pouvait s'étendre.

Jérôme voyait que sa fille n'était plus aussi gaie, aussi rieuse; qu'elle parlait moins, qu'elle réfléchissait beaucoup plus qu'autrefois; mais il n'osait plus rien dire, parce qu'il avait cru remarquer que ses questions lui avaient causé de l'embarras, de la peine. D'ailleurs, le laboureur avait toujours la même pensée; il était persuadé que sa fille avait de l'ennui de vivre au village, et qu'elle l'aimait trop peu; le lui avouer.

Rose n'avait pas d'ennui, car on n'éprouve jamais ce sentiment lorsqu'on a le cœur rempli d'amour, et c'est même le dédommagement le plus positif que cette passion nous donne en échange de toutes les peines qu'elle nous cause; mais la fille de Jérôme sentait chaque jour diminuer son espoir de revoir ce jeune homme dont les regards et le langage avaient touché son cœur : l'amour sans espérance est un poison lent qui mine et qui dévore. Pour soulager son âme, la jeune fille n'avait pas même cette ressource ordinaire des amoureux; elle ne pouvait point parler de ses tourments, personne n'était dans sa confidence. À dix-sept ans ! garder pour soi seule son amour et son secret ! c'est un lourd fardeau ! Une amie eût été pour Rose un bien si précieux !... Elle eût partagé ses peines, ranimé ses espérances; elle eût compris pourquoi la pauvre enfant soupirait, sans avoir même besoin de la questionner : car c'est surtout pour adoucir les chagrins de l'amour que la Providence a créé l'amitié.

Mais la fille de Jérôme n'avait point d'amies dans le village. Les jeunes filles de son âge, qui étaient restées ignorantes ou rustiques, avaient vu d'un œil jaloux ses grâces et ses manières gentilles se développer en même temps que son esprit. Au lieu de chercher à l'imiter, au lieu de prendre exemple sur elle, les paysannes avaient trouvé plus simple de s'éloigner de celle qu'elles regardaient avec envie. On n'est pas meilleur aux champs qu'à la ville, au contraire, comme on est moins éclairé, la méchanceté y est plus dangereuse.

Si bien que la jolie Rose-Marie devenait de plus en plus rêveuse, que les roses de son teint disparaissaient et que le sourire ne venait plus se placer sur ses lèvres, excepté lorsqu'elle apercevait son père, devant lequel elle voulait cacher sa tristesse.

Telle était la situation de la fille du bon laboureur, lorsqu'une nuit, pendant que les habitants d'Avon étaient encore plongés dans un profond sommeil, une lueur vive, scintillante vint tout à coup éclairer une partie du village.

Bientôt quelques cris se font entendre, puis le bruit augmente, des voix appellent au secours, les paysans se réveillent, les fenêtres s'ouvrent, et au milieu de la nuit on aperçoit avec effroi un ciel resplendissant de clarté, et les maisons éclairées par le reflet des flammes.

« — C'est le feu ! le feu ! » crie-t-on de tous côtés. Et à ce cri sinistre chacun quitte sa couchette: déjà la terreur a chassé le repos. Jérôme est un des premiers levés, il descend, il s'informe.

« — Où donc est le feu ?
» — On croit que c'est chez le père Thomassin, à cette belle ferme qu'il a fait reconstruire il y a un an... et justement tous ses blés, tous ses foins étaient rentrés. »

Jérôme n'en écoute pas davantage. Il a bien vite passé sa veste, sa blouse. Rose et la vieille Manon accourent à lui avec effroi.

« — Qu'y a-t-il donc, mon père ?
» — Que se passe-t-il donc, monsieur ?
» — Ce qu'il y a !... le feu à la ferme de Thomassin, de mon vieil ami...
» — Oh ! mon Dieu !
» — Et vous y allez, mon père ?
» — Crois-tu donc, mon enfant, que je resterai tranquillement dans mon lit pendant que la maison de mon ami brûle... je serais donc un lâche ou un mauvais cœur... Je cours aider les autres; vous, restez ici, on n'a pas besoin vous; toi, Rose, tu es trop jeune; toi, Manon, tu es trop vieille... d'ailleurs les bras ne manqueront pas !
» — Ne vous exposez pas, mon père.
» — Ne crains rien. »

Déjà Jérôme est sorti de sa demeure et il se dirige en courant vers le théâtre de l'incendie, où, du reste, il est accompagné par presque tous les hommes du village. Dans un cas pareil, les voisins ne se font jamais attendre pour porter secours. Est-ce par suite de leur humanité ? est-ce par crainte qu'en se propageant l'incendie ne gagne aussi leur demeure ? Il vaut mieux penser que c'est par humanité.

Rose et Manon sont restées devant la porte de leur maison; elles suivent avec inquiétude les progrès de la flamme qui monte parfois avec une effrayante rapidité et colore le ciel d'une lueur rougeâtre, elles prient Dieu afin qu'il arrête l'incendie, et pour que Jérôme, dont elles connaissent l'intrépidité, ne soit pas victime de son zèle et de son dévouement pour le fermier Thomassin.

Pendant près de deux heures, la flamme, loin de perdre de sa force, semble s'étendre davantage. Quelques enfants, quelques paysannes qui ont approché du feu, reviennent en s'écriant :

« — Toute la grange est brûlée ! Ah ! jarni, queu malheur !...
» — Et déjà une bonne partie de la ferme...
» — V'là le père Thomassin ruiné ! Il a du guignon, celui-là !
» — Y a-t-il du monde de péri ?
» — Deux vaches la bonne, Marie-Jeanne.
» — Moi, on m'a dit trois veaux en tout.
» — Bah ! on ne sait pas encore... d'ailleurs ça brûle toujours !... les pompiers sont arrivés de Fontainebleau... mais ils ont dit qu'il n'y avait plus moyen de sauver la ferme.
» — Moi, on m'a dit que tout le village allait brûler... nous ferons bien de faire nos paquets. »

Rose-Marie écoute tout cela en frémissant. Mais la vieille Manon lui dit tout bas :

« — Ne croyez pas ce qu'ils disent, mam'zelle; je gagerais qu'ils n'en savent pas plus que nous... mais le monde est terrible pour aimer à grossir les malheurs !... »

Enfin le jour commence à poindre et en même temps les flammes semblent perdre de leur intensité.

« — L'incendie diminue ! » s'écrie Rose avec joie.

« — En effet, » dit une paysanne; « mais comme le jour paraît, la
» flamme se voit moins, v'là tout! »

Cependant Rose ne s'était pas trompée, l'incendie touchait à sa fin;
bientôt à la flamme a succédé une épaisse fumée, puis cette fumée se
dissipe et cesse d'obscurcir le ciel. Alors seulement Jérôme reparaît
devant sa fille, trempé d'eau, les vêtements brûlés dans plusieurs endroits, et ayant une assez forte cicatrice au front. Son premier soin
est de courir embrasser son enfant.

» — Mon bon père!... ah! vous voilà enfin! » s'écrie Rose en pressant son père dans ses bras. « Ah! je craignais pour vous... Mais
» vous êtes blessé au front?

» — Rien, ma petite, une égratignure, ça ne vaut pas la peine d'en
» parler...

» — Et chez Thomassin?

» — Personne n'a péri, heureusement. J'ai retiré Marie-Jeanne
» assez à temps, elle en est quitte pour quelques mèches roussies...

» — Ah! quel bonheur!

» — Le désastre est donc moins grand qu'on ne le disait, not'
» maître?

» — Le désastre? » répond Jérôme en poussant un profond soupir,
« il est déjà bien assez grand comme ça... Mais j'ai besoin d'un peu
» de repos... je vas me jeter sur mon lit, et à mon réveil nous cause-
» rons, ma petite Rose, entends-tu, nous causerons; car cet événe-
» ment-là... Allons, je vais tâcher de dormir un petit brin; le sommeil
» donne quenquefois de bons conseils, à ce qu'on dit... Va aussi te
» reposer, mon enfant, tu en as besoin. »

Rose obéit, mais de retour dans sa chambre, elle sent qu'elle cher-
cherait en vain le repos; elle a été frappée de l'expression de tristesse
qui obscurcissait le front de son père lorsqu'il lui a dit : « A mon
réveil nous causerons. » Elle comprend qu'il prenne part au malheur
arrivé à son vieil ami; mais cependant, lorsque par son courage, on
a contribué à arrêter un désastre; lorsque, en exposant sa vie, on a
sauvé celle d'autrui, on doit être content de soi, et ce n'est pas de la
tristesse qui doit se lire alors sur notre front.

Ces réflexions préoccupent la jeune fille, qui attend avec impatience
le réveil de son père. Enfin Jérôme paraît, il ne songe plus à ses fatigues de la nuit, mais ses yeux n'ont pas repris leur gaieté habituelle,
et c'est sans dire un mot qu'il va s'asseoir à côté de sa fille et qu'il la
regarde en soupirant.

« — Mon Dieu! qu'avez-vous donc, mon père! » s'écrie Rose
alarmée. « Jamais je ne vous ai vu un air aussi chagrin... Il vous
» est donc arrivé quelque malheur?

» — Oui à moi... et à toi encore plus, ma petite!...

» — A moi... je ne comprends pas...

» — J'vas tout te conter, mon enfant, car aussi ben... il faut tou-
» jours que tu le saches... pour... ensuite... Tiens... je m'embrouil-
» lerais!... Je vas 'tout de suite au fait : à force de travail, d'écono-
» mies, j'étais parvenu à amasser une somme assez gentille... dix mille
» francs... oui, ma fille, dix mille francs qui ne devaient rien à per-
» sonne... ah! dame, c'était le fruit de quinze années de travaux... et
» cet argent-là, c'est pour toi que je l'avais amassé...

» — Pour moi, mon père?

» — Oui, mon enfant, c'était ta dot... c' n'était pas une fortune!
» mais avec un mari rangé, travailleur, dix mille francs c'était déjà
» de quoi former un établissement. Eh bien, ma pauvre fille, cette
» somme... ah! je n'avais pas songé à la placer à intérêt... moi, je
» n'entends rien aux affaires; je la gardais dans un coin, c'était
» ainsi qu'elle s'était arrondie... car ben loin d'y toucher... je me
» disais : c'est la dot de ma fille, il faut que ça augmente, mais jamais
» que ça diminue...

» — Mon bon petit père!...

» — Laisse-moi achever, mon enfant. Il y a un an, tu dois te sou-
» venir que Thomassin éprouva un grand malheur... un incendie...
» plus fort encore que celui de cette nuit, brûla toute sa ferme... sans
» lui laisser un toit pour s'abriter, lui et ses enfants; il fallait de l'ar-
» gent à ces braves gens pour faire reconstruire leur habitation, pour
» reprendre leurs travaux... et personne ne leur en prêtait... parce
» qu'on les trouvait trop malheureux!... Ma foi, il me vint alors à
» l'idée de les secourir... et je leur portai l'argent de ta dot pour
» faire rebâtir leur maison...

» — Oh! vous avez bien fait! mon père...

» — Tu m'approuves! tant mieux... oh! je pense ben que tu au-
» rais fait comme moi!... Je savais que Thomassin était un honnête
» homme, et qu'il s'empresserait de me rembourser aussitôt que ses
» affaires iraient bien... Et tiens, justement, cette année avait été très-
» belle, la récolte des blés magnifique!... Thomassin m'avait dit il y
» a quelques jours : « Voisin, dans quelques semaines, je pourrai déjà
» te rendre mille écus... » Le pauvre cher homme!... il ne prévoyait
» pas les événements... Tu sais ce qui est arrivé cette nuit, ma fille?...
» Thomassin est de nouveau tombé dans la détresse! et tu sens ben
» qu'il ne faut plus penser à la somme qu'il me doit!... Irais-je de-
» mander quelque chose à ces gens que le malheur accable?... bien
» loin de là, si j'avais encore de l'argent, il me semble que je serais
» disposé à les secourir de nouveau. Mais dans tout ça, tu n'as plus
» de dot, ma pauvre enfant, et voilà ce qui me fait tant de chagrin!...

» — Comment! mon père, c'est pour cela que vous êtes si triste? »
dit Rose en prenant les mains de Jérôme.

« — Dam'! ma petite, il y a ben de quoi!...

» — S'affliger pour de l'argent?... oh! je vous assure, mon père,
» que cela n'en vaut pas la peine... Cela m'est bien égal de n'avoir pas
» de dot!... si quelqu'un m'aimait assez pour désirer m'épouser...
» est-ce que vous pensez qu'il s'informerait si j'ai de l'argent?... oh!
» je suis bien sûre que non... Il ne vous demanderait pas cela... »

Jérôme ne remarque pas avec quelle persuasion sa fille vient de
parler de ce il qu'elle est censée ne pas connaître; mais il sourit en
répondant à Rose :

« Ma petite, tu parles comme une jeunesse de dix-sept ans, qui ne
» connaît pas le monde! Moi, vois-tu, quoique je n'aie guère quitté ma
» charrue et mon village, j'ai assez vécu pour savoir que l'argent est
» ce que les hommes prisent ic' plus, que l'argent est une chose fort
» nécessaire, et qui ajoute presque toujours au bonheur. C'est donc
» ben fâcheux que la dot soit flambée, car j'avais mis quinze ans à
» amasser cette somme, et tu ne peux plus attendre encore quinze ans
» pour te marier. Or donc, voilà ce que je me sommes dit : Puisque
» je ne peux plus rien faire pour établir ma fille, et qu'en la gardant
» près de moi sans dot, elle ne pourra trouver qu'un mauvais parti,
» épouser un rustaud indigne d'elle!... eh ben! il faut avoir le courage
» de me séparer de ma fille... il faut l'envoyer à Paris près de ses
» oncles! Ceux-là sont en position de lui faire du bien, de lui trouver
» un mari à sa convenance, et surpredié quand ils verront leur nièce,
» qui est si gentille, si bien tournée, et qui s'exprime si bien, ils se-
» ront fiers d'elle... ils me remercieront de la leur avoir envoyée, et
» ils s'occuperont avec joie de son bonheur. »

Rose-Marie est restée toute saisie en écoutant son père; lorsqu'il
a cessé de parler, elle le regarde avec inquiétude, en balbutiant :

« — Comment! vous voulez m'éloigner de vous?... vous voulez que
» je vous quitte?...

» — C'est pour ton bonheur, mon enfant; oh! je n'ai pas besoin
» de te dire tout ce que ça me coûte... tu le sais aussi ben que moi.
» Mais il faut avoir du courage!... J'y avons réfléchi depuis mon
» retour de chez Thomassin... car je n'ai pas dormi non plus, va!...
» et j'ai bien senti qu'il n'y avait pas à barguigner!...

» — Mais mon père... je m'ennuierai loin de vous.

» — Pardi! je m'ennuierai ben plus, moi!... il s'agit de se faire
» une raison; d'ailleurs cette séparation n'est pas éternelle!... Nous
» ne serons pas à deux cents lieues l'un de l'autre... et pour te voir
» quelquefois, j'irai à Paris, alors...

» — Mais si mes oncles ne me recevaient pas bien... s'ils ne dési-
» raient pas me garder avec eux...

» — C'est pas possible!... mais après tout, la maison de ton père
» est toujours là, et tu sais ben qu'elle est à toi, celle-là!

» — Et vous ne me conduirez pas vous-même chez vos frères?

» — Non : d'abord, mon enfant, ma présence est ben nécessaire
» ici... je ne gagnons que de quoi vivre honnêtement... Mais c'est pas
» le cas de flâner à présent; ensuite, ce pauvre Thomassin aura peut-
» être aussi besoin qu'on lui donne un coup-de-main, qu'on travaille
» un peu pour lui... Parce qu'il est ruiné, est-ce qu'il faut l'abandon-
» ner?... Enfin, il me semble qu'en te voyant arriver seule chez eux,
» tes oncles ne pourront pas te renvoyer... oh! ils n'auraient pas ce
» cœur-là... et quand ils te connaîtront un peu, ils t'aimeront ben
» vite!... Qui est-ce qui pourrait ne pas t'aimer? Ainsi c'est arrangé,
» c'est convenu, et comme il faut montrer du caractère ici, tu vas faire
» aujourd'hui tes apprêts... une malle... que tu rempliras de tes ef-
» fets... et demain tu iras à Paris.

» — Demain!...

» — Oui... je te ferai la conduite jusqu'à Fontainebleau; là, je te
» mettrai dans la voiture qui te mènera jusqu'à Corbeil, où tu pren-
» dras le chemin de fer, et en une heure tu seras à Paris. Justement
» nous avons les adresses exactes de mes deux frères, que le cousin
» Brouillard nous a données... tu emporteras le papier sur lequel
» as écrit cela... tu ne le perdras pas surtout... mais, au reste, tu
» n'es pas gauche... tu sais bien parler, et tout le monde à Paris t'in-
» diquera ton chemin. »

Jérôme embrasse sa fille en lui disant de nouveau que sa résolution
est irrévocable, puis il se rend à son travail le cœur satisfait; car il
est persuadé que le parti auquel il vient de s'arrêter doit assurer le
bonheur de sa fille, et que les plaisirs de Paris auront bientôt rendu
à Rose sa gaieté et ses belles couleurs d'autrefois.

Quant à la jeune fille, elle ne sait peut-être pas bien elle-même ce
qui se passe au fond de son cœur; elle éprouve un vif chagrin de
quitter son père, mais au milieu de ses peines, il y a une idée qui
présente de temps à autre à son esprit; c'est que ce jeune homme
qui a fait son portrait habite Paris, et qu'en demeurant dans la même
ville que lui, elle pourra le rencontrer. Sans doute, c'est assez mal
de songer à ce jeune peintre au moment de se séparer de son père;
mais que voulez-vous? l'humanité est faite ainsi, et il est probable
que sans le souvenir de Léopold, Rose-Marie ressentirait bien plus
de chagrin de partir pour Paris.

Le lendemain la jeune fille avait terminé ses apprêts; elle avait mis
sur sa tête un petit chapeau de paille qui avançait sur son front et

cachait en partie sa jolie figure ; sa toilette était modeste, mais convenable et décente. Jérôme avait passé sa blouse neuve, et coiffé son chapeau à larges bords. Il regardait sa fille avec orgueil, et s'écriait :

« — Oh ! mes frères me remercieront de la leur avoir envoyée. »

Dans un coin de la salle basse, la vieille Manon pleurait et ne disait rien.

« — Voyons, Manon, dit le laboureur en s'approchant de la vieille
» servante, je ne pleure pas, moi, et tu dois bien penser cependant
» qu'il m'en coûte beaucoup de me séparer de ma fille...

« — Oh ! vous êtes un homme, vous ! » dit Manon, « d'ailleurs
» vous faites le courageux à présent ! mais quand vous reviendrez, je
» suis ben sûre que vous pleurerez comme moi.

» — C'est pas vrai ! je me dirai : C'est pour le bonheur de ma fille,
» et ça fortifiera mon cœur.

» — Eh ben, moi, je suis une égoïste, car je ne voudrais jamais
» me séparer de ceux avec qui je me trouve bien !... Allons, adieu,
» mam'zelle ; revenez bien vite si vous ne vous plaisez pas à Paris...
» et si tous vos parents ressemblent au cousin Brouillard, qui est
» venu le mois dernier, ce ne sera pas déjà une société si agr'able.

» — Mais sapredié, Manon, tais-toi donc ! Voyons, ma fille, as-tu
» ben pris tout ce qu'il te fallait ?...

» — Oui, mon père... Ah ! mon Dieu... j'y pense à présent... oh !
» mais ce n'est pas la peine sans doute...

» — Quoi donc, mon enfant?

» — C'est que je songe... à ce petit pistolet... que j'ai trouvé...
» vous savez bien, mon père?

» — Oui... est-ce que tu ne l'as pas emporté?

» — Non... il me semble que ça ne pourra guère me servir à Paris.

» — Au contraire, mon enfant, au contraire : d'après tout ce que
» tu m'as conté, c'est plutôt à Paris qu'ailleurs que tu pourras en
» découvrir le propriétaire !

» — Vous croyez... mon Dieu, mais si je le découvrais en effet...
» que faudrait-il faire ?...

» — Agir avec prudence et consulter d'abord ou tes oncles ou quel-
» qu'un qui pourrait te guider pour ce que tu aurais à faire... En at-
» tendant, va prendre cette arme, ma chère amie... et serre-la avec
» soin dans ta malle. Mais surtout rappelle-toi ben ce que j'ai dit ! ne
» parle à personne de ton aventure de la forêt, afin que, si par hasard
» tu te trouvais être en présence d'un des voleurs, il ne sût pas que
» tu as été témoin de son crime ! c'est ben important ça, mon enfant !..

» — Je serai discrète, mon père, je vous le promets. »

La jeune fille va prendre le pistolet dans l'endroit où elle l'avait placé, et le met au fond de la malle, que son père donne à porter à un petit paysan qui doit les accompagner jusqu'à Fontainebleau.

Puis Rose-Marie embrasse la vieille servante, elle jette encore un regard sur sa fenêtre, sur son jardin, sur ses fleurs, et elle passe son bras sous celui de son père, qui vient de dire d'une voix émue :

« — Il est temps de partir, mon enfant. »

Le père et la fille se mettent en route suivis du jeune garçon qui porte la malle. Chemin faisant, Jérôme serre souvent avec tendresse le bras qui est passé sous le sien, et Rose en fait autant sans avoir la force de parler ; mais ils se comprennent bien ainsi.

La route leur paraît courte, quoiqu'ils l'aient faite presque sans parler. Arrivés à Fontainebleau, ils se rendent sur-le-champ à l'endroit où se tient la voiture qui va à Corbeil. Jérôme s'aperçoit avec joie que le conducteur ne lui est pas inconnu. Tout en faisant placer la malle, il recommande sa fille, puis il revient près de Rose-Marie, en lui disant :

« — C'est Bertrand qui conduit la voiture qui te mène à Corbeil ;
» je le connais, c'est un brave homme, il veillera sur toi, et il se char-
» gera de remettre ta malle au chemin de fer. Je suis plus tranquille,
» mon enfant ; car je sommes sûr à présent que tu arriveras à Paris
» sans anicroches, et une fois là, tu sauras ben trouver la demeure
» d'un de tes oncles... Va d'abord chez Nicolas... c'est l'aîné, c'est à
» lui que tu dois la première visite, et si tu t'y trouves bien, tu y
» resteras. Tiens, v'là de l'argent... vingt-cinq francs... mets ça dans
» ta pochette.

» — Pourquoi faire, mon père?

» — Faut toujours avoir de l'argent, ma petite ; on ne sait pas ce
» qui peut arriver. D'ailleurs, il faut payer ta place au chemin de fer,
» et tu prendras une des meilleures, entends-tu... je ne veux pas que
» tu sois dans un wagon... je veux que tu sois dans une voiture rem-
» bourrée. Puis à Paris, si tu voulais aussi prendre une voiture...

» — Oh ! je puis bien marcher, mon père.

» — Ah ! morgué... et c'te lettre que j'ai écrite pour mes frères e
» que j'allais oublier de te donner ! »

Jérôme tire une lettre de sa poche et la remet à sa fille, en lui disant :

« — Tiens, mon enfant, tu leur remettras ça... Ah ! dame !... j'écris
» pas comme toi ; mais mes frères connaissent mon écriture, et ils
» savent bien que je suis pas un savant. Le principal, c'est que je
» leur dis que je leur envoie ma fille, honnête, sage, travailleuse... un
» vrai trésor enfin, et que je leur recommande d'en avoir soin. Quant
» à toi, Rose, je n'ai pas de conseils à te donner, car je connais ton
» cœur... ton esprit... tes principes... je sais que tu ne broncheras

» jamais dans le chemin de la vertu, et c'est pour ça que je n'ai pas
» d'inquiétude en te laissant aller à Paris. »

Pour toute réponse, Rose-Marie embrasse son père, en lui disant avec cet accent qui part du cœur :

« — Je veux être toujours digne de vous !... et ne jamais avoir à
» rougir devant mon père.

» — Allons, en voiture, mam'zelle, nous allons partir tout de suite. »

A la voix du cocher, le bon laboureur éprouve comme un frémissement, car elle annonçait que le moment de la séparation était venu.
« Déjà ! » murmure la jeune fille en regardant son père, et deux grosses larmes s'échappent de ses yeux. Mais Jérôme ne veut pas s'attendrir ; il conduit Rose-Marie à la voiture, la fait lui-même monter dedans, puis s'éloigne en lui criant :

« — Tu m'écriras, mon enfant, tu m'écriras, et tu viendras me voir
» si tu t'ennuies trop !... sois raisonnable et tu seras heureuse !... »

Bientôt le fouet se fait entendre, les pieds des chevaux frappent le pavé, et la voiture roule vers Corbeil, emmenant celle qui faisait tout le bonheur, tout l'orgueil de Jérôme.

Alors seulement le père de Rose passe sa main sur ses yeux et pousse un profond soupir en se disant :

« Je vais être bien seul maintenant.. mais c'est pour son bonheur..
» oui... car elle devenait triste... elle perdait sa santé et sa gaieté...
» c'est donc qu'elle s'ennuyait au village... et j'ai bien fait de l'envoyer
» à Paris... elle sera plus heureuse... je me dirai ça pour me con-
» soler. »

Et Jérôme reprend tristement le chemin de son village.

VIII. — VOYAGE EN CHEMIN DE FER.

Transportons-nous sur la voie de fer qui va d'Orléans à Paris, dans une des voitures des diligences, où les voyageurs sont assis sur des coussins suffisamment moelleux, et à l'abri des intempéries de la saison.

La voiture, dans laquelle il y a dix places, est alors occupée par neuf personnes.

A l'un des coins, on aperçoit d'abord une grande et forte femme de quarante-cinq ans, qui a l'avantage d'en paraître cinquante. Son teint un peu bistré et son nez gros et aplati lui donnent assez l'apparence d'une Bédouine ; cependant ses yeux sont noirs et assez vifs, sa bouche n'est pas trop dégarnie, et au total on ne remarquerait pas sa laideur, si elle n'était pas coiffée et mise avec beaucoup de prétention, et n'affectait pas, dans ses manières et son parler, de vouloir attirer sur elle les regards et les hommages.

Auprès de cette dame est un monsieur de cinquante ans, de petite taille, mais fort large des épaules ; tête carrée, front bas et rétréci, de cheveux qui lui descendent presque jusqu'aux sourcils ; des yeux saillants et sots, un nez fort court et fort pincé, des pommettes très-animées, une bouche bête, enfin une physionomie commune, et malgré cela, un air d'assurance et presque d'impertinence, quand il croit qu'on le regarde ; tel est ce personnage que la dame, sa voisine, appelle indifféremment :

« — Monsieur Saint-Godibert... » ou, « mon bon chéri... » ou, « mon petit homme... » ou, « mon époux... » le tout suivant la disposition d'humeur dans laquelle cette dame se trouve ; mais en voiture, c'était presque toujours de : « Monsieur Saint-Godibert » que la grande femme se servait pour interpeller son mari.

Après ce monsieur est un jeune homme de vingt et quelques années, mis comme tous les jeunes gens de Paris, qui ont de l'aisance et qui se mettent bien. Celui-ci n'est pas un joli garçon, quoique ses traits n'offrent rien de disgracieux, mais son nez aquilin, sa bouche serrée, ses yeux bleu-faïence et la couleur de ses cheveux châtain clair, qui sont irréprochables, pris en particulier, forment un ensemble insignifiant qui manque de charme ; enfin ce jeune homme n'a pas l'air ouvert, et ses yeux un peu patelins semblent avoir pris l'habitude de ne regarder qu'en côté ; peut-être doit-on mettre la réserve de ses manières sur le compte de la timidité qu'il semble toujours éprouver en présence de monsieur Saint-Godibert, son père, et surtout de sa mère, qui paraît vouloir exiger de son fils beaucoup de soumission et de respect.

La personne qui vient ensuite et qui occupe l'autre coin, parce qu'il reste une place vacante de son côté, est un homme âgé, presque caché sous un paletot, une lévite, un bonnet de soie noire, une énorme perruque et une casquette de voyage bordée de fourrure ; car, quoique l'on soit à la fin d'août, ce monsieur est couvert comme s'il gelait. En entrant dans la voiture, il tenait sous son bras plusieurs de ces ronds en cuir vert que l'on a l'habitude de mettre sur son fauteuil ou sa chaise lorsque l'on est affecté d'une certaine maladie qui gêne beaucoup pour s'asseoir. Ce monsieur a commencé par mettre à sa place deux de ces ronds, qu'il a posés l'un sur l'autre ; après s'être consulté pour savoir s'il mettrait encore le troisième qu'il tenait sous son bras, il s'est décidé à s'asseoir sur deux ronds seulement, ce qu'il a fait en poussant des gémissements accompagnés de jurons et de grimaces horribles ; et pendant tout le voyage, il conserve l'air rechigné et presque colère qu'il a pris en s'asseyant.

' Un tel compagnon de route n'est pas de ceux qu'on recherche ; mais comme sous les fourrures et doubles gilets de ce vieux monsieur, on apercevait une épingle en diamant magnifique, comme à ses doigts brillaient deux solitaires de la plus grande beauté, les époux Saint-Godibert le regardaient avec un air de considération, et plus d'une fois même, le mari avait poussé l'attention jusqu'à dire à son fils :

« — Julien, prenez garde de gêner monsieur... laissez-lui beaucoup » de place... il paraît incommodé... ne vous approchez pas trop de » lui !... »

Le jeune homme ne tenait nullement à s'approcher du monsieur posé sur des ronds de cuir, et celui-ci ne répondait aux politesses de monsieur Saint-Godibert que par des espèces de groguements dans lesquels on distinguait ces mots : « — Ah ! bigre... » ah ! oui... ah ! de la » place !... j'en ai as- » sez !... Ah ! sacre- » dié !... s'ils avaient ce » que j'ai !... ils ne se re- » mueraient pas tant. »

Sur l'autre banquette, on voyait d'abord devant madame Saint-Godibert, un monsieur bien frisé qui avait l'air enchanté de lui, enchanté de se trouver en chemin de fer, enchanté de sa compagne de voyage ; ce monsieur au teint frais, aux lèvres vermeilles, et qui ressemblait à ces figures de cire que l'on voit si bien coiffées dans la boutique d'un artiste en cheveux, n'était pas deux minutes sans regarder les bouts de sa cravate de satin, et sans caresser ses favoris. Ce personnage embaumait les parfums, c'était un mélange de vanille, de jasmin, de rose et de patchouli, dans lequel il était difficile de se retrouver, mais qui vous montait sur-le-champ au nez, et vous donnait mal à la tête.

Près de ce monsieur, était une femme jeune et jolie, figure piquante, éveillée, provoquante même, de beaux yeux bleus foncés, qu'on ne baissait pas souvent, une bouche fraîche et bien garnie, sourire malin, les cheveux bruns, enfin un ensemble fort agréable auquel un embonpoint modéré, en faisant valoir des formes et une taille ravissante, donnait encore plus de charmes.

Le personnage aux odeurs ne devait pas être le mari de cette jolie femme, cela se voyait sur-le-champ à la manière dont il lui parlait, et à la crainte qu'il témoignait de la chiffonner ou de cogner son chapeau. De son côté, la dame, tout en répondant à son compagnon de route, paraissait beaucoup plus occupée de faire la coquette, et surtout de répondre aux œillades très-expressives que lui lançait son voisin de droite.

Ce voisin était un jeune homme fort élégant, assez beau garçon, et ayant surtout cet air parfaitement mauvais sujet, qui suffit souvent pour séduire une femme. C'était un brun à l'œil hardi, au sourire moqueur. Son front large et un peu bombé était ombragé par une forêt de cheveux d'un noir irréprochable ; ses moustaches et le collier qui frisait en encadrant le bas de sa figure, étaient de même couleur. Le jeune homme était grand, bien fait, bien tourné, et paraissait connaître parfaitement tous ses avantages.

Après ce beau brun, était encore un jeune homme qui semblait être plus âgé que son voisin, et qui du reste formait un contraste frappant avec lui, non pas par la mise, car chacun de ces messieurs était fort bien et fort élégamment habillé, mais par la taille et la figure.

Ce dernier était de taille moyenne, et assez bien prise, mais son visage horriblement mutilé par la petite-vérole, était d'une excessive laideur. Ses yeux cachés par des bouffissures de chair, ressemblaient à deux petits trous éclairés au fond par une mauvaise veilleuse ; sa bouche avancée ne s'ouvrait que pour laisser voir une absence presque totale de dents, et son nez, victime aussi de la petite-vérole, avait une narine infiniment plus ouverte que l'autre.

Tout cela formait un ensemble peu flatteur pour ses vis-à-vis, et l'expression de la physionomie de ce jeune homme, qui semblait annoncer l'envie, la méchanceté, le dépit d'être laid, n'était pas de nature à diminuer ce que ses traits avaient de désagréable.

Enfin la cinquième place, qui se trouvait

Le père et la fille se mettent en route suivis du jeune garçon qui porte la malle. — Page 23.

La mise de cette jeune femme était coquette, calculée pour faire valoir ses avantages, et annonçait enfin plutôt la femme de plaisir que la dame comme il faut. Le petit chapeau à la glaneuse qu'elle portait, était fort avancé sur ses yeux, et ne faisait voir sa figure mutine que lorsqu'elle le voulait bien ; mais ceci était encore une manière de provoquer les regards et les désirs ; les hommes sont toujours bien plus amoureux de ce qu'ils ont de la difficulté à voir que de ce qui s'offre sur-le-champ à leurs yeux.

Les chapeaux qui avancent seront toujours appréciés par les femmes qui comprennent leurs intérêts ; voulez-vous en avoir la preuve ? allez dans un endroit public avec plusieurs dames, qu'une seule ait un chapeau qui laisse à peine voir ses traits, tandis que les autres seront coiffées de façon à ne rien cacher de leur jolie figure, les hommes feront beaucoup moins attention à la beauté qui se montre qu'à la femme qui semble éviter les regards, et c'est sur celle-ci qu'ils braqueront presque continuellement leurs prunelles et leurs lorgnons.

être l'autre coin, était remplie ou plutôt occupée par un homme fort maigre, qui pouvait avoir une quarantaine d'années et était parfaitement sale, depuis les pieds jusqu'à la tête. Ce monsieur avait une vieille redingote noir râpée, tachée, reprisée en plusieurs endroits, et qui lui descendait à peine jusqu'au milieu de la cuisse; venait ensuite un pantalon en drap olive, ou jaunâtre, il était difficile d'être certain de la couleur. Le susdit pantalon, également taché à plusieurs endroits, avait de plus à chaque genou une grande pièce carrée, qui étant beaucoup plus neuve que le reste de l'étoffe, jouissait encor d'un certain brillant qui tranchait parfaitement avec tout le corps du vêtement. Ce pantalon, quoique ne descendant qu'à la cheville, était revêtu d'un sous-pied à la jambe gauche, l'autre en était privée, probablement par suite de quelque accident imprévu ; de grosses bottes éculées, qui paraissaient avoir fait beaucoup de chemin sans que jamais on les eût décrottées, terminaient par le bas le costume de ce personnage.

Le haut répondait au reste. Un petit bout d'étoffe noire, éraillée et effiloquée, indiquait un gilet ; un mouchoir de couleur roulé en corde, servait de cravate ; il était tellement serré autour du cou, qu'on aurait pu croire que ce voyageur avait voulu essayer de s'étrangler pendant la route. Mais le plus curieux du costume était un petit collet, en vieux drap noir, qui était adapté sur la redingote, servant de crispin, de manteau ou de balandras, à la volonté du propriétaire, mais, par le fait, ne servant pas même à le garantir du froid ou de la pluie, parce qu'il descendait à peine jusqu'au milieu de l'avant-bras,

Un chapeau rond, qui n'était ni en castor, ni en soie, complétait la toilette de ce monsieur. Ce chapeau, unique dans son genre, et qui certes valait la peine d'être vu, paraissait avoir été fait avec un morceau de mérinos. La forme en était fort basse, les bords très-exigus, et tout autour de la forme, l'étoffe formait des plis peu amples mais fort inégaux.

Sous ce singulier chapeau, représentez-vous une tête de cosaque, une absence presque totale de nez, ce qui en tenait lieu étant tellement rentré par le milieu qu'on n'apercevait que deux ouvertures menaçant le ciel. Voilà le personnage qui se trouve, en face du monsieur qui trône sur les ronds de cuir, avoir une des places du coin, et semble peu habitué à se trouver assis mollement en si belle compagnie ; il passe son temps à tâter avec ses mains, entièrement dépourvues de gants, l'étoffe du coussin sur lequel il est assis, murmurant ensuite entre ses dents :

« C'est beau.... c'est bon... ça doit coûter cher... belles voitures... on est fièrement bien ici... mais si je n'avais pas été pressé d'arriver, ah ! merci... le plus souvent que je me serais mis là dedans !... ils vous disent que les wagons sont complets... qu'il n'y en a plus...c'est pour vous forcer à payer plus cher.. heureusement, c'est Bichart qui paiera le voyage ! »

Ces monologues avaient commencé dès le moment où le monsieur en chapeau de mérinos était entré dans la voiture, et il y était entré le premier, ce qui lui avait permis de prendre un des coins.

Il aperçoit la jeune fille qui vide le reste de sa bourse dans la main d'une pauvre femme. — Page 34.

les mêmes salutations. La brune piquante avait d'abord pris la place du coin, mais lorsque le beau brun était entré dans la berline, cette dame avait donné sa place à son monsieur, sous prétexte que la vue de la campagne lui faisait mal aux yeux quand on allait si vite.

Quant au vieux monsieur assis sur des ronds de cuir, il n'avait répondu aux politesses de son vis-à-vis que par des grognements sourds accompagnés de jurons assez distincts, et il avait regardé l'homme au chapeau de mérinos d'un air de si mauvaise humeur, que celui-ci n'avait plus osé ni lui sourire ni le saluer.

Le grand jeune homme brun a poussé une exclamation de surprise en apercevant, dans la voiture, la famille Saint-Godibert, et il s'est écrié : « — Comment, ma tante !... mon oncle !... et Julien en chemin » de fer... Ah ! cette » rencontre... Par quel » hasard !... Ma tante » qui avait peur de » voyager de cette manière...

» — C'est-à-dire, » répond la grande dame, « que c'est votre oncle » qui redoutait les chemins de fer et non » pas moi... Je lui avais » cent fois témoigné le » désir d'aller ainsi à » Rouen... Oui, Frédéric... oh ! vous » avez beau rire... Ah ! » c'est M. Richard qui » est avec vous, je » crois... »

Ces paroles s'adressaient au voisin de M. Frédéric, le jeune homme qui avait une narine plus ouverte que l'autre. Il s'empresse de faire un profond salut à Mme Saint-Godibert et à son mari, puis il tend la main à leur fils, en lui disant :

« — Bonjour, Julien... ça va bien ? » — Très-bien, je » vous remercie, » répond le jeune Saint-Godibert qui vient déjà d'échanger une poignée de main avec son cousin Frédéric.

Cependant, M. Saint-Godibert, qui était en train de se moucher et n'avait pas encore répondu à sa femme, dit alors d'un air important :

« — Je n'ai jamais » eu la moindre frayeur » des chemins de fer, » ma bien bonne !... » Mais je ne voulais » pas vous contrarier... » et que par complaisance pour moi vous » fissiez ce qui ne vous » aurait pas plu...

A chaque personne qui était venue après lui dans la voiture, le Monsieur sale ôtait son chapeau et murmurait :

« Salut, monsieur, madame, et la compagnie. »

Cette politesse était peu appréciée par les voyageurs, la plupart n'y répondaient pas ; souvent, après avoir regardé celui qui leur faisait ce salut, plus d'un détournait la tête, d'un air dédaigneux, comme ne se souciant pas de lui adresser la parole.

La famille Saint-Godibert s'était d'abord placée en face de l'homme au chapeau de mérinos ; mais celui-ci s'obstinant à les saluer et à leur sourire, la dame avait brusquement changé de coin, son mari et son fils s'étaient rangés près d'elle, et tous les trois avaient tourné la tête vers la portière opposée, espérant que cela mettrait fin aux agaceries que le voyageur se permettait pour entrer en conversation avec eux ; tentative qu'ils trouvaient fort inconvenante de la part d'un homme aussi mal couvert.

Le particulier bien frisé et la dame qui l'accompagnait recevaient

» — Il me semble, monsieur, que ce n'est pas mon habitude... » Pourquoi avez-vous absolument voulu aller à Orléans, quand je désirais voir Rouen ?

» — A cause des tonnelles, ma bien bonne...

» — Des *Tunnels*, mon oncle ! » s'écrie le grand jeune homme en riant et en lançant un regard à la jolie brune sa voisine, laquelle y répond sur-le-champ par un sourire fort encourageant.

» — *Tunnel* !... oui, je savais bien que je me trompais... enfin, ce » sont toujours des souterrains... Tu ne les aimes pas, Angélique ; tu » détestes l'obscurité, puisqu'il te faut même de la lumière pour » dormir...

» — C'est vrai, j'avoue que voyager sous terre... cela me semble » bien hardi... Mais puisque j'y étais décidée...

» — A quoi bon te faire du mal ?... Je t'ai menée d'abord à Orléans » parce qu'il n'y a point de longs souterrains à passer ; nous irons à » Rouen plus tard.

» — Décidément ils ont peur tous les deux... » dit le jeune nommé grêlé en se penchant à l'oreille de son voisin, et celui-ci, qu'on appelle Frédéric, reprend en poussant doucement le genou de la séduisante brune :

» — Moi, j'adore les *tunnels*, je ne trouve rien d'amusant comme de
» voyager dans l'obscurité avec des personnes que l'on ne connaît
» pas !...

» — On a des lampes... On m'a dit qu'il y avait des veilleuses allu-
» mées dans les voitures... sans ça... dame !... Ah ! ah !... on en
» ferait de ces bêtises ! »

Ces paroles viennent d'être prononcées par la tête de cosaque coiffée du chapeau à plis. Personne ne répond à ce monsieur. Les Saint-Godibert prennent leurs grands airs, la jolie brune arrange ses cheveux, son monsieur caresse ses favoris, et le vieux qui a des diamants geint et jure entre ses dents :

« — Ah ! sapré nom !... Ah !... voyagez donc avec ça... Qu'est-ce
» que ça me fiche qu'on voie clair ou non !... Ouf !...

» — Comme cela, » reprend le grand jeune homme brun, « c'est
» une partie de plaisir que vous avez faite à l'impromptu... n'est-ce
» pas, cher oncle... et seulement à vous trois ?

» — Nous avions proposé à mon frère, l'homme de lettres, d'en
» être ainsi que sa femme, mais ils nous ont refusés sous prétexte
» qu'ils ont déjà été à Fontainebleau cet été.

» — Ah ! en effet... je me rappelle que... Il y a six semaines envi-
» ron, mon oncle Mondigo me proposa de l'accompagner dans une
» partie de campagne... J'avais même bien promis à ma jolie tante
» que je les rejoindrais avec Dernesty... mais je n'ai pas pu... Et puis
» je me souviens aussi que les Marmodin et monsieur Roquet devaient
» se trouver de la partie, et franchement cela ne m'avait pas trop
» engagé à en être... Oh ! s'il n'y avait eu que madame Marmodin, à
» la bonne heure ; elle est aimable, elle cause bien... elle est fort gaie
» même, mais son mari ! ah ! grand Dieu ! cet homme est vraiment
» assommant avec sa manie de vous parler sans cesse des Romains...
» de la chaussure, du manteau, de la tunique qu'ils portaient... Je
» vous demande un peu ce que cela me fait à moi... que le patricien
» ait eu d'autre chaussure que le plébéien !... Je ne suis pas du tout
» amateur des anciens... J'aime mille fois mieux contempler un petit
» bonnet... une charmante capote sur la tête d'une jolie femme, que
» de connaître toutes les modes anciennes...

» — Et d'ailleurs, » reprend monsieur Richard en poussant du coude Frédéric et lui montrant la tête de cosaque placée à sa droite, « nous avons aussi maintenant des coiffures fort curieuses !... »

Le grand jeune homme, tout occupé jusqu'alors de sa voisine, n'avait pas fait attention au monsieur qui n'avait qu'un sous-pied, mais en apercevant ce chapeau en mérinos et à plis, en examinant le personnage qui est dessous, Frédéric part d'un éclat de rire prolongé, et sa gaieté se communique à monsieur Richard et à sa voisine ; le monsieur qui est avec la jolie brune croit devoir rire aussi, quoiqu'il ne sache pas pourquoi.

« — Ah ! vraiment c'est délicieux !... c'est impayable ! » s'écrie Frédéric en riant aux larmes... « Voilà qui vaut tout le voyage d'Or-
» léans... on ne voit pas toutes ces choses-là à l'exposition des pro-
» duits de l'industrie !...

» — Cela mériterait cependant un brevet d'invention ! » dit le jeune homme grêlé.

« — D'autant plus que cela doit être à l'épreuve du renfoncement...
» Ah ! ah ! j'ai bien envie d'en faire l'essai !... »

Un regard sévère de sa tante empêche monsieur Frédéric de risquer cette folie, qu'il serait, sans cela, très-capable de faire. La jolie voisine partage sa gaieté, et lui lance des regards de côté, tout en se couvrant la figure de son mouchoir pour rire plus à son aise. Les époux Saint-Godibert croient qu'il n'est pas de leur dignité de rire, mais leur fils fait comme son cousin et le monsieur aux odeurs se penche vers sa dame et lui dit, tout en ricanant :

« — Ma chère Irma... qu'est ce qu'il y a donc de drôle... Je n'ai
» pas bien entendu. »

La jeune femme fait un petit mouvement d'épaules en répondant :

« — Ah ! ma foi ! si vous ne devinez pas ce qui saute aux yeux
» de tout le monde, que voulez-vous que je vous dise, moi !...

» — Ah ! bon !... ah ! si... Ah ! j'y suis ! » s'écrie ce monsieur qui veut avoir l'air d'être aussi malin que les autres, mais qui ne comprend pas davantage.

Le vieux Monsieur aux diamants est le seul qui jure, geint et fait des grimaces pendant cet accès de gaieté. Quant à celui qui l'a fait naître, il est bien loin de le croire que c'est de lui que l'on rit, et il regarde par les deux portières en disant :

« — Qu'est-ce qu'on a vu... Je n'ai rien vu, moi...ça passe si vite...
» Bichart m'avait écrit : Tu me raconteras ce que tu auras remarqué
» en chemin... Mais prout!... remarquez donc quelque chose quand on
» file comme un oiseau. »

Frédéric, qui a examiné du haut en bas l'homme au chapeau de mérinos, dit à demi-voix :

« — Mais c'est que tout répond à la coiffure !... Le petit collet, le
» pantalon, toute la tenue enfin !... Oh ! il faut absolument que je
» sache ce que c'est que ce Monsieur. »

Et au bout d'un moment, monsieur Frédéric se penche vers le voisin de son ami Richard, et lui dit :

« — Monsieur, vous ne vous êtes peut-être pas aperçu qu'il vous
» est arrivé un accident en route et que vous avez perdu quelque chose?

» — Moi ? » répond le particulier, « j'ai perdu quelque chose... En
» tout cas ce n'est ni ma montre ni mon mouchoir, car je n'en ai pas !..
» je n'en ai jamais. »

Tout le monde se regarde, et monsieur Richard s'éloigne de son voisin en murmurant :

« — Il n'a pas de mouchoir... comment fait-il donc quand il éter-
» nue?... ça devient effrayant.

» — Monsieur, » reprend Frédéric avec un grand sang-froid, « je
» ne voulais pas parler de ces deux objets; j'ignorais d'ailleurs que
» vous professiez le plus profond mépris pour les montres et les mou-
» choirs.

» — Je ne les méprise pas! un instant ! » répond le voyageur en
souriant; « mais les montres! c'est trop cher pour ma bourse !...
» Quant aux mouchoirs... je m'en sers si peu... et puis on a la four-
» chette du père Adam... eh ! eh ! »

Monsieur Richard se serre encore plus contre Frédéric. Madame Saint-Godibert dit entre ses dents : « Comment un homme comme cela
» n'est-il pas dans les wagons ? »

Le monsieur parfumé affecte de tirer son mouchoir qui est au pat-chouli, et se mouche à plusieurs reprises, afin sans doute qu'on ne croie pas qu'il professe les mêmes principes que l'individu qui est si mal mis.

Monsieur Saint-Godibert dit en secouant la tête d'un air capable :

« — Ah ! je suis bien fâché que mon frère l'homme de lettres ne
» soit pas avec nous!... lui, qui est très-observateur!... et qui aime
» les choses... que... C'est qu'il a diablement d'esprit, Mondigo!...

» — Sans que cela paraisse, » murmure monsieur Richard.

Frédéric s'adresse de nouveau à l'homme du coin :

« — Monsieur, la perte que vous avez faite n'est pas bien consi-
» rable... cependant elle doit vous gêner... il vous manque un sous-
» pied... votre pantalon en est privé à votre jambe droite. »

L'homme au visage cosaque se tape sur la cuisse droite et répond en riant : « — Ah ben... mon dessous de pied!... Ah! il y a plus de six
» mois que je n'en ai plus de ce côté-là!... je voulais toujours en re-
» mettre un... mais ils veulent encore vous vendre deux ronds un
» petit morceau de cuir... j'ai dit : bah ! c'est pas la peine, je finirai
» le pantalon comme ça.

» — Il me semble, » murmure monsieur Richard avec un grand
sérieux, « que le pantalon méritait bien encore qu'on fit pour lui
» cette dépense-là.

» — Vous trouvez?... Hum! il se fait mûr pourtant... mais il faut
» qu'il aille, il n'est pas d'autre !...

» — Nous voilà déjà fixés sur une partie de la garde-robe de ce
» monsieur, » dit Frédéric à demi-voix.

« — J'ai peur qu'il ne professe pour les chemises le même mépris
» que pour les mouchoirs! » répondit Richard à son ami.

» — Aïe!... aïe!... ah!... bigre!... ah!... cré coquin!...

» — Qu'est-ce qu'il y a ? » dit madame Saint-Godibert... « est-ce
» qu'il est arrivé un accident à la machine?...

» Non, non, ma tante, rassurez-vous; vous voyez bien que nous
» fonctionnons toujours; c'est monsieur... ce vieux monsieur qui est
» dans le coin là-bas, et qui paraît souffrir.

» — C'est vrai, » dit monsieur Saint-Godibert en jetant un regard respectueux sur le monsieur aux diamants. « Ce monsieur semble in-
» commodé... et quand on voyage... c'est gênant d'être malade...

» — Mais nous sommes dans une voiture qui ne secoue pas... »
murmure le monsieur parfumé, « on pourrait jouer aux dominos ici. »

Et, comme s'il était enchanté de ce qu'il vient de dire, ce monsieur regarde tout le monde en souriant, et ne remarque pas que la main droite de sa compagne de voyage et la main gauche du grand jeune homme brun ont disparu toutes les deux, probablement pour se rencontrer à l'abri des regards indiscrets.

« — Heureusement, » reprend monsieur Saint-Godibert, « nous ne
» sommes que quatre de ce côté... ce qui nous permet d'être plus
» à l'aise... J'en suis enchanté pour ce vieux monsieur indisposé...
» qui a l'air très comme il faut.

» — A quoi voyez-vous cela, mon oncle ? » répond Frédéric à demi-
voix ; » est-ce aux ronds de cuir que ce monsieur a placés sous son
» derrière? »

Monsieur Saint-Godibert fronce le sourcil en grommelant : « Vous
» êtes toujours le même, mon neveu !... toujours moqueur... étourdi !...
» et parlant à tort et à travers !

» — Oui, » dit à son tour la grande dame d'un air courroucé, « et
» oubliant le respect que vous devez à des parents qui vous ont élevé
» à leurs frais !... et aussi bien que leur fils ! C'est presque toujours
» ainsi que l'on est récompensé du bien que l'on fait !...

» — Ah ! ma chère tante, comment, vous allez vous fâcher pour une
» plaisanterie... Allons, Julien, intercède donc pour moi... dis à ta
» mère que je ne suis pas un ingrat... et la preuve, c'est que je vante
» partout la générosité, la bienfaisance, la grandeur d'âme de mes
» chers parents.

» — Ma mère ne t'en veut pas, » répond le jeune Julien en se hâtant d'interrompre son cousin, qui, tout en faisant l'énumération des qualités nombreuses de son oncle et de sa tante, avait encore l'air de se moquer d'eux.

La route se fait pendant quelque temps en silence; mais, sans se parler, monsieur Frédéric et sa voisine semblaient s'entendre fort bien.

Bientôt, cependant, le grand jeune homme, qui n'est pas ami du silence, s'adresse de nouveau à la figure de cosaque :

« — Monsieur, vous allez me trouver bien curieux, et ma question » vous semblera peut-être indiscrète, mais je ne puis m'empêcher de » vous la faire. Vous avez un chapeau qui cause mon admiration, je » n'ai encore vu son pareil nulle part... voudriez-vous bien me dire » où l'on peut se procurer de ces chapeaux-là ?

» — Mon chapeau?... Ah ! ma foi, c'est moi qui l'ai fait avec un » morceau de merinos qui me restait d'une robe de ma défunte, dont » j'avais déjà tiré deux gilets.

» — Vous avez tiré deux gilets de votre défunte ?

» — Oui, monsieur, de sa robe. J'ai arrangé ça moi-même sur la » forme de mon vieux feutre... Dame ! c'est à la bonne flanquette !...

» — Ah ! vous appelez cela un chapeau à la bonne flanquette ?... » C'est fort gracieux... je donnerais quelque chose pour avoir une » flanquette comme cela... c'est infiniment préférable au gibus !... A » coup sûr vous êtes chapelier, monsieur, sans quoi vous n'auriez pas » aussi bien réussi dans cette coiffure.

» — Moi ! pas du tout ! je suis boutonnier.

» — Boutonnier... quel est cet état ?

» — Je fais des boutons d'os.

» — Ah ! vous faites des boutons... très-bien... Mais il paraît que » vous ne travaillez pas pour vous, car il en manque plusieurs à votre » redingote.

» — Ah ! vous connaissez le proverbe : les cordonniers sont les » plus mal chaussés. Au reste, c'est un fichu état que le mien... en- » core si je faisais les queues, je gagnerais bien plus.

» — Vous faites des boutons sans queue ?...

» — J'ai déjà essayé plusieurs états... j'ai été culottier pendant » longtemps... j'ai été gabelou... rat de cave... un tas de choses !... » Je n'ai pas de chance.

» — C'est que vous n'avez pas su trouver votre véritable vocation. » Je vous assure, monsieur, que vous devriez vous faire chapelier.

» — Vous croyez? Ma foi, je vais à Paris, je ne sais pas pourquoi » faire, mais Bichat m'a écrit : Viens tout de suite, j'ai quelque chose » de bon à te proposer... prends le chemin de fer, je paierai ton » voyage... Alors, vous entendez bien que je suis parti aussitôt.

» — Bichat est un de vos parents?

» — C'est mon ami, mon compère... Quand ma défunte est morte, » j'ai tiré de son armoire six paires de bas dont j'ai fait cadeau à Bichat.

» — Vous avez tiré une foule de choses de madame votre épouse... » Ses bas auraient sans doute été trop petits pour vous, et votre ami » Bichat a un petit pied.

» — Ah ! ouiche ! un bœuf ! mais ma défunte était deux fois grosse » comme madame ici... Jugez du volume. »

Et le particulier sale désignait madame Saint-Godibert, qui détourne la tête d'un air courroucé, en murmurant :

« Je ne comprends pas quel plaisir mon neveu peut trouver à cau- » ser avec cet individu ! »

Mais, pendant la conversation précédente, la jolie brune et les jeunes voisins de Frédéric laissaient de temps à autre échapper des éclats de rire qui prouvaient qu'ils ne partageaient pas l'avis de madame Saint-Godibert. Et le grand jeune homme brun, qui semble s'inquiéter assez peu de contrarier son oncle et sa tante, continue sa conversation avec le boutonnier.

« — Il paraîtrait, monsieur, d'après ce que vous venez de dire, que madame votre épouse était fort belle?

» — Oh ! un muid !... une tour... J'ai tiré ce petit collet d'un de ses spencers... quant aux bas, j'en ai fait cadeau à Bichat, parce que je n'en porte jamais. »

Monsieur Richard fait encore un mouvement pour s'éloigner du boutonnier, la jolie brune éclate de rire dans son mouchoir, et Frédéric reprend :

« — Ah ! vous ne portez point de bas... vous préférez les chaus- » settes?

» — Non, monsieur... rien du tout !... A quoi que ça sert d'avoir » de tout ça dans ses chaussures...

» — Je vois que vous êtes comme les Écossais qui vont les jambes » nues.

» — Et puis tout ça coûte de l'argent... Ah ! si on ne m'avait pas » dit qu'il n'y avait plus de places dans les wagons, vous pensez bien » que je ne me serais pas mis ici... mais c'est peut-être une frime des » employés pour qu'on prenne des places qui coûtent plus cher.

» — L'administration est bien coupable ! » dit monsieur Saint-Go- dibert en fronçant son petit nez. « Elle expose les gens riches... à se » trouver... à... enfin je me plaindrai aussi... moi !...

» — Eh ! mon Dieu, mon cher oncle, que voulez-vous y faire... » vous n'allez pas dans les omnibus... alors !... »

En ce moment la conversation est interrompue par une secousse assez forte, que l'on ressent dans la voiture, et qui est bientôt suivie d'un temps d'arrêt.

La terreur se peint sur beaucoup de visages. Madame Saint-Godi- bert et son époux poussent des cris affreux !... la jolie femme devient pâle et tremblante, et son monsieur s'écrie :

« — Il est arrivé quelque chose au convoi !... nous allons tous » périr !... »

Le vieux monsieur geint et s'agite sur ses ronds comme s'il voulait essayer de se lever... Frédéric tâche de rassurer sa voisine, et s'ou- blie alors jusqu'à passer son bras derrière elle, de manière à lui pren- dre la taille ; mais le compagnon de cette dame est alors trop effrayé pour faire attention à cela. Pendant ce temps, le boutonnier a passé sa tête en dehors de la portière, et bientôt il rentre dans la voiture, en disant :

« — C'est rien du tout !... un petit éboulement de terrain qui ve- » nait de se faire, et qu'on n'avait pas eu le temps de signaler... » mais voilà que la route est nettoyée, et nous allons rouler comme » de plus belle. »

En effet, au bout de quelques minutes, le convoi se remet en mar- che, alors la sérénité reparaît sur les visages.

« — C'est égal ! » dit M. Saint-Godibert, « si cela était arrivé sous » une tonnelle... turnell... dans un souterrain enfin, c'eût été bien » effrayant et peut-être fort dangereux.

» — Décidément je n'irai pas à Rouen, » s'écrie Mme Saint-Godi- bert.

» — Mais, ma tante, il n'y a pas de danger, et vous comprendrez » facilement qu'il n'y a point d'éboulement de terrain à craindre dans » un tunnel, puisqu'alors l'endroit où l'on est se trouve maçonné de » tous côtés.

» — C'est égal, mon neveu, je n'irai à Rouen que quand les sou- » terrains seront à ciel ouvert. »

Quelques moments après cette conversation, une odeur infiniment désagréable se fait sentir dans la voiture, et prend au nez de chaque voyageur; mais c'est surtout du côté du vieux monsieur aux ronds de cuir qu'elle semble avoir le plus d'intensité.

« — Ah ! mon Dieu, qu'est-ce que cela? » s'écria la grande dame, « Frédéric, ouvrez les portières... Ah ! quelle horreur !... mon Dieu ! » que se passe-t-il donc dans cette voiture?

» — C'est probablement une suite des effets de la peur, » dit Fré- déric en riant.

» — Le fait est que ça sent fièrement mauvais ! » dit le boutonnier.

» — Je donnerais cent sous d'une prise de tabac, » reprend M. Saint- Godibert.

Le vieux monsieur est le seul qui ne dit rien, et semble fort indif- férent à l'odeur; il a même l'air plus satisfait, et gémit beaucoup moins qu'auparavant.

Le monsieur frisé a tiré une tabatière de sa poche, il s'empresse de l'ouvrir et de la présenter à la compagnie, en disant :

« — Voilà du tabac ! en voilà... Je prise fort peu... mais en voyage » c'est quelquefois d'un grand secours..... comme maintenant, par » exemple. »

M. Saint-Godibert, son épouse et les trois jeunes gens se sont em- pressés de puiser dans la tabatière qu'on leur présente. Le boutonnier va en faire autant, déjà il penche son corps et avance sa main pour saisir une prise, lorsque le jeune homme grêlé l'arrête et repousse brusquement sa main, en lui disant :

« — Oh ! non, monsieur... non pas, s'il vous plaît !... Vous ne pou » vez pas priser, vous... cela vous est défendu.

» — Et pourquoi donc ça ? » s'écrie l'homme au chapeau à plis, en regardant son voisin d'un air surpris. « Puisque Monsieur offre des » prises à tout le monde, pourquoi n'en aurais-je pas comme les » autres?

» — Comment, pourquoi... parce que vous n'avez pas de mouchoir » monsieur. Vous nous avez dit vous-même que vous ne vous en ser- » viez jamais, et quand on n'a pas de mouchoir, on ne prise pas, » parce que cela expose à éternuer et à une foule de choses qui se- » raient fort désagréables pour vos voisins.

» — Qu'est-ce que vous me chantez !... j'éternuerai si je veux... ça » ne vous regarde pas...

» — Mais, au contraire, cela me regarde beaucoup, vu ma positio n.

» — Je vous dis que je prendrai une prise, et que ce n'est pas vo u » qui m'en empêcherez...

» — Moi, je vous dis que vous n'en prendrez pas !... »

La querelle semble s'animer. Le monsieur frisé tient toujours sa ta- batière ouverte, et a l'air de ne pas savoir ce qu'il doit faire; mais sa jolie partner trouve sur-le-champ moyen de terminer la dispute : d'un revers de main, elle fait tomber la boîte et tout ce qui est dedans.

« — Voilà la question jugée ! » s'écrie Frédéric.

» — Ah ! Irma ! » dit le monsieur parfumé en se baissant pour chercher sa tabatière, «vous me faites perdre là du tabac délicieux... » du pur Robillard !

» — Je l'ai bien fait exprès, » dit à demi-voix la jolie brune en se tournant vers Frédéric, qui profite de la position du monsieur pour répondre.

« — On n'a pas plus d'esprit, on ne saurait être plus séduisante...
» Est-ce que vous ne me permettrez pas de vous revoir? Vous êtes de
» ces personnes dont la rencontre est un bonheur... mais si on ne
» vous revoyait pas, ce serait à donner des regrets éternels.
» — Vraiment !...
» — C'est singulier, je ne la trouve pas !... » murmure le monsieur
frisé qui s'est mis presque à quatre pattes dans la voiture. « Pardon,
» messieurs, voudriez-vous un peu déranger vos pieds...
» — Il ne la retrouvera que quand je le voudrai !.. » dit Mlle Irma
en souriant à Frédéric. « J'ai eu soin de mettre mon pied dessus.
» — Oh ! répondez-moi, de grâce.. où vous reverrai-je à Paris...
» peut-on aller chez vous?
» — C'est impossible... je demeure avec lui !...
» — Irma, ma chère amie, dérange donc un peu ton pied, que je
» cherche sous ta robe.
» — C'est inutile, monsieur, la boîte n'a pas roulé par là.
» — Alors donnez-moi un rendez-vous... Ah ! je vous en supplie,
» ne me refusez pas...
» — Eh bien !... demain... à midi... dans la cité Bergère...
» — Demain, à midi !... oh ! vous êtes charmante !
» — Ah ! la voilà.. la voilà qui roule !... je la tiens ! »
Et le monsieur montre sa tête et se remet à sa place, en s'écriant :
« — J'ai mon affaire !... la voilà... Ah ! par exemple, il n'y a plus
» une seule pincée de tabac dedans.
» — Alors, mon ami, tenez-vous un peu tranquille maintenant.
» — Oui, ma chère Irma. »
Et pendant que tout ceci s'est passé, le boutonnier s'est renfoncé
dans son coin, d'un air très-vexé, en murmurant :
« — Ah ! c'est bien dommage que la tabatière soit tombée ! sans ça
» on aurait vu !... M'empêcher de prendre une prise... en v'là une sé-
» vère !... Qu'est-ce que ça lui fait que je n'aie pas de mouchoir ?...
» est-ce que nous n'avons plus la liberté... est-ce que la charte or-
» donne à chaque Français d'avoir un mouchoir dans sa poche? Ça
» fait de l'embarras ! il n'a peut-être pas payé ceux qu'il a, lui ! ce
» monsieur ! »
Le convoi s'arrête; on est à la station de Corbeil. Bientôt la portière de la voiture, s'ouvre, et une jeune fille paraît sur le marchepied ;
elle regarde timidement à droite et à gauche en disant :
« — Mais je ne vois pas de place ici... »
Un des employés paraît et fait entrer la nouvelle venue dans l'intérieur de la voiture, en disant :
« — Pardonnez-moi, mademoiselle... Tenez, de ce côté, on n'est que
» quatre ; il y a une place... on tient cinq... vous le voyez bien... »
Le jeune Julien s'est rapproché de son père ; mais le vieux monsieur
reste immobile sur ses ronds de cuir, et a l'air de défier qu'on le
fasse bouger. Il faut donc que Rose-Marie se contente de la petite
place que lui fait le jeune homme ; car c'est la fille de Jérôme, qui
vient de quitter la voiture de Fontainebleau, et s'est hâtée de se rendre au chemin de fer, afin d'avoir une place au passage du premier
convoi se rendant à Paris.
L'arrivée d'un nouveau personnage cause toujours dans une voiture publique un mouvement de curiosité. Quand la personne qui va
faire route avec nous se trouve être une femme jeune et jolie, alors
la curiosité se change; elle prend chez les uns l'aspect de l'intérêt,
chez les autres celui de la bienveillance ou de la jalousie. La présence
de Rose-Marie devait nécessairement faire sensation dans un petit
espace où les hommes étaient en majorité. La jeune fille est trop bien
pour que l'on ne fasse pas attention à sa beauté; puis son air décent,
honnête et modeste achève de prévenir en sa faveur; car ces airs-là
plaisent toujours, et ceux mêmes qui ne peuvent plus les avoir ne peuvent s'empêcher de leur rendre justice.
Le jeune Saint-Godibert, tout en ne regardant que de côté, a vu
tout de suite quelle charmante voisine le hasard venait de lui envoyer,
et tout en serrant son père pour qu'elle ait plus de place, il n'est cependant pas fâché de se sentir frôlé et pressé par elle.
Monsieur Richard lance sur la jeune fille des regards dévorants; il
voudrait sans doute la fasciner, il ne parvient qu'à lui faire baisser
les yeux.
Frédéric, quoique très-occupé de sa voisine, ne peut cacher son
admiration pour Rose-Marie, et il regarde beaucoup moins souvent à
sa gauche ; le monsieur parfumé murmure entre ses dents :
« — Voilà une bien jolie fille. »
Monsieur Saint-Godibert répond par un signe affirmatif; il n'est
pas jusqu'au monsieur dépourvu de bas et de mouchoirs, qui, en regardant la jeune fille, ne roule ses yeux comme s'il voulait tâcher de
leur donner du brillant, et ne s'avise de rajuster son petit collet sur
ses épaules.
Quant aux femmes, il est fort rare qu'elles soient satisfaites en
voyant arriver une personne qui peut leur disputer et leur enlever la
palme de la beauté. La grosse dame, à la figure de bédouine, aurait
dû ne plus avoir de prétentions; mais il est si rare que l'on se juge
avec impartialité! Madame Saint-Godibert, qui se croit fort belle femme, toise la jeune personne du haut en bas, et se redresse d'un air
satisfait qui voulait dire :
« Cela n'approche pas de moi ! »

Et, en effet, il n'y avait pas la moindre comparaison à établir.
La piquante Irma commence par donner un grand coup de pied à
son compagnon, pour lui apprendre à faire tout haut des réflexions
sur les voyageuses, puis elle jette un regard de dépit sur la jeune fille,
un autre sur Frédéric, et chaque fois que le jeune homme regarde
Rose-Marie, elle lui applique un coup de coude dans les côtes.
Celle qui causait tout ce mouvement et faisait travailler toutes le.
imaginations était bien loin de s'en apercevoir; intimidée en se voyant
renfermée avec tant de monde, et surtout avec des personnes qui lui
semblent appartenir au grand monde, elle n'ose porter ses regards ni
devant ni autour d'elle, elle se tient sans bouger à sa place, et tâche
d'en prendre le moins possible pour ne point gêner ses voisins.
Et pourtant le jeune Julien lui disait de temps à autre avec une
voix mielleuse :
« — Approchez-vous, mademoiselle, n'ayez pas peur... je serai toujours bien, moi. »
Enfin le vieux monsieur aux ronds de cuir, voyant toutes les précautions que prend la jeune fille pour ne point être trop contre lui,
tourne la tête de son côté, sans faire la grimace, puis il marronne entre
ses dents :
« — Ah !... bigre !... ah ! si j'avais moins mal... sapristi... je vous
» en ferais de la place... Aïe... je vous aurais prise sur mes genoux
» autrefois !
» — La petite qui vient d'arriver est fièrement bien ! » dit monsieur
Richard en se penchant contre l'oreille de son ami Frédéric ; « ceci
» est autre chose que ce qui est à ta gauche.
» — Oui, » répond tout bas le grand brun, « cette jeune fille est
» ravissante ; mais cela n'empêche pas que ma voisine de gauche ne
» soit très-gentille et très-agaçante.
» — Agaçante, c'est possible... mais on en trouve cent dans son
» genre contre une pareille à celle-ci... Ton cousin Julien n'est pas
» fâché de l'avoir près de lui.
» — Julien !... oh ! est-ce qu'il pense aux femmes?... il a si peur de
» fâcher son père et sa mère!...
» — Tu crois cela, parce qu'il a un petit air tout patelin; mais c'est
» un gaillard qui fait ses coups à la sourdine.
» — Oh! ma foi, si celui-là fait ses farces, cela m'étonnera bien.
» — Tu es occupé avec ta voisine de gauche; Julien n'osera pas
» quitter ses parents ; mais moi, qui suis libre comme l'air, j'aurai soin
» de faire connaissance avec ce petit trésor-là.
» — Vraiment !... ah ! Richard, vous êtes un scélérat ! Le fait est
» qu'elle est bien jolie cette jeune fille... quels yeux !... quels beaux
» cils !... et les contours de ce visage sont si bien le... »
Un grand coup de coude interrompt monsieur Frédéric dans son énumération des charmes de Rose-Marie, il se mord les lèvres en souriant
et porte ses regards ailleurs.
Tout à coup l'homme au chapeau de merinos se penche vers Rose-
Marie, en s'écriant :
« — Mam'zelle, il me semble que vous n'êtes pas très-bien là... vous
» êtes un tas de grosses personnes sur votre banquette... Prenez ma
» place... dans le coin , vous serez mieux, et moi, ça m'est égal...
» d'ailleurs, je suis bien partout, moi. »
Et le boutonnier se levait déjà pour changer de place ; mais la jeune
fille lui répond avec un doux sourire :
« — Je vous remercie, monsieur , mais je ne veux déranger per-
» sonne ; d'ailleurs, je me trouve très-bien.
» — Mais ça ne me dérangera pas... prenez donc ma place... pas
» de façon...
» — Vous êtes trop bon, monsieur, mais je suis fort bien... je vous
» remercie. »
Le boutonnier se laisse retomber dans un coin, en disant :
« — A votre aise!... mais c'est de bon cœur que je vous offrais ça...
» parce que pour être poli, il n'y a pas besoin d'avoir un mouchoir
» dans sa poche!... »
Ces mots sont accompagnés d'un regard de colère adressé à M. Richard, qui se contente de rire en répondant, mais bien bas :
« — Où la galanterie va-t-elle se nicher!... »
Puis le voyage se fait assez silencieusement. Depuis l'arrivée de la
dixième personne, la physionomie intérieure de la voiture avait changé.
Les femmes avaient de l'humeur, les hommes semblaient très-préoc-
cupés, et le brillant Frédéric lui-même avait perdu son jargon, tout
occupé qu'il était d'admirer en face de lui et d'être aimable de côté.
Et comme on arrive très-vite en chemin de fer, même lorsque la
route se fait sans causer, les voyageurs s'aperçurent bientôt avec surprise que leur voiture s'arrêtait : ils étaient arrivés ; ils se trouvaient
au débarcadère qui est sur les boulevards neufs, près du Jardin des
Plantes.
« — Tiens!... déjà !... » dit le boutonnier en se précipitant vers la
la portière. « Ah bien ! on va joliment!... c'est une justice à rendre
» aux chemins de fer... et pas cahoté du tout... Tiens, nous sommes
» contre le Jardin de l'histoire naturelle... avant d'aller voir Bichat.
» je vais entrer regarder les ours. »
La famille Saint-Godibert est montée dans un fiacre. Le jeune Julien a plus d'une fois tourné la tête pour regarder encore la jolie personne qui était assise près de lui, mais son père et sa mère l'appel-

rent ; il monte en fiacre d'un air fort contrarié de ne pas être maître de faire ses volontés.

Quant à Frédéric, il a déjà dit adieu à son oncle et à sa tante, puis après avoir regardé en souriant Rose-Marie et fait un signe d'intelligence à son ami Richard, il s'est mis à marcher sur les pas du monsieur frisé, qui s'éloigne par le pont d'Austerlitz en donnant le bras à la séduisante Irma ; et celle-ci, tout en retroussant sa robe de manière à faire voir une très-jolie jambe, tourne souvent la tête en arrière comme pour s'assurer que Frédéric la suit, et lui lance alors des regards qui disent fort clairement :

« — Si vous ne venez pas de mon côté, et si vous restez près de
» cette jeune fille qui était avec nous en chemin de fer, vous pourrez
» bien m'attendre inutilement demain dans la cité Bergère ! »

Vous voyez qu'avec leurs yeux les dames vont encore plus vite que les sténographes avec leurs signes !... quelle que soit la dextérité et la science de ces derniers, je les défie de suivre le langage de certains yeux dans certains moments.

IX. — ROSE-MARIE A PARIS.

Tous les voyageurs avaient quitté les voitures ou les diligences, ou les wagons, excepté pourtant le vieux monsieur aux ronds de cuir, qui ne se déplaçait pas facilement, et attendait d'ailleurs que son domestique, qu'il avait fait mettre dans un wagon, vint lui donner le bras et l'aider à se mettre en marche.

Rose-Marie se voit dans le vaste embarcadère où l'arrivée ainsi que le départ d'un convoi produisent toujours un mouvement, une agitation qui étonne et surprend les personnes qui n'ont pas l'habitude des voyages en chemin de fer.

Puis de tous côtés ce sont des voyageurs qui causent, s'arrêtent, appellent des commissionnaires ; ce sont d'anciens amis qui ne s'étaient pas vus depuis longtemps, quoiqu'ils habitent chacun à Paris, mais dans des quartiers différents, et qui se retrouvent à l'embarcadère, parce que là tous les quartiers viennent se rejoindre ; que le Marais, le faubourg Saint-Germain et la Chaussée-d'Antin s'y confondent, et que vous y rencontrerez souvent des personnes que vous chercheriez en vain pendant plusieurs années dans les rues ou dans les promenades de la ville.

Rose-Marie s'est d'abord informée de sa malle. On lui dit qu'elle est à sa disposition ; mais la jeune fille pense qu'il ne sera pas fort commode de se promener dans Paris avec une malle et un commissionnaire en cherchant la demeure de ses oncles ; ensuite, il lui semble que se présenter sur-le-champ avec son bagage chez des parents qu'elle ne connaît pas, c'est en quelque sorte leur dire : « Je viens
» m'installer chez vous, et il faut que vous me gardiez quand même
» cela ne vous plairait pas. »

Rose-Marie, qui ne partage pas entièrement l'opinion de son père, et n'est pas bien persuadée que ses oncles lui feront l'accueil que Jérôme espère pour elle, a trop de fierté dans le caractère pour vouloir s'installer chez des personnes qui ne la recevraient pas avec joie. Déjà la jeune fille s'est dit en elle-même qu'il vaudrait mieux travailler, se mettre dans quelque magasin et utiliser ses petits talents en couture et en broderie, que de vivre chez des parents auxquels elle serait à charge. Le résultat de toutes ces réflexions est de s'informer si elle peut laisser sa malle au bureau des chemins de fer. Après avoir reçu une réponse affirmative, elle donne son nom, afin qu'on ne remette sa malle qu'à quelqu'un qui viendrait de sa part, puis elle se met en route pour la demeure de son oncle Nicolas Gogo, tout en se disant :

« Si par hasard je pouvait rencontrer M. Léopold... il serais bien
» surpris de me voir à Paris... cela lui serait bien égal sans doute...
» oh ! je ne lui parlerais pas... mais je le prierais seulement de me
» dire ce qu'il a fait de mon portrait... car enfin, quand on ne pense
» plus aux personnes, il est bien probable qu'on ne garde pas leur
» portrait ! »

Pendant que la jolie voyageuse va et vient dans l'embarcadère, se trompant toujours de chemin, s'égarant dans les salles, et se perdant dans les vastes galeries, il y a un homme qui ne la perd pas de vue, et, sans en avoir l'air, la suit de loin et observe tous ses mouvements.

Vous savez déjà que c'est le jeune homme qui est fort laid et que l'on nomme Richard. Ce monsieur qui ne séduit jamais au premier coup d'œil et déplaît souvent au second, n'en a pas moins la prétention de triompher des femmes qui lui plaisent. S'il avait de l'esprit et était aimable, cela pourrait encore se concevoir ; mais sans être une bête, M. Richard n'a point d'esprit, car on ne doit pas donner ce nom à cette habitude de se moquer et de tourner en ridicule tout ce que font les autres ; son seul avantage est d'avoir de la mémoire, et comme il a lu beaucoup, cela lui est d'un grand secours dans la conversation, où il tâche de se donner l'air d'un homme fort lettré ; mais il n'est pas aimable, parce qu'il est envieux, et que chez lui le dépit d'être laid et de n'avoir point de fortune, perce continuellement dans ses discours. Quels sont donc ses moyens de séduction ?... l'obstination, la persévérance et la calomnie ; il obsède, il fatigue une femme de ses hommages, de ses déclarations ; il est sans cesse sur ses pas, il fait son

possible pour la compromettre ; il y parvient quelquefois, et ne consent à discontinuer ses poursuites que si l'on couronne ses feux.

Et il y a quelques femmes assez faibles pour céder à de pareils hommes ! Mais hâtons-nous d'ajouter aussi qu'il y en a bien plus qui les font repentir de leur insolence, et que les séducteurs de la trempe de M. Richard reçoivent souvent des corrections dont ils n'ont garde de se vanter.

Rose-Marie s'arrête dans la grande cour qui donne sur le bord de l'eau ; elle tire de sa poche le papier sur lequel elle a écrit les adresses des deux frères de son père. Nicolas Gogo demeure rue Saint-Lazare. C'est donc là qu'elle doit se rendre d'abord ; elle s'approche d'un cocher de fiacre et lui demande quel chemin elle doit prendre pour aller rue Saint-Lazare.

« Prenez le pont d'Austerlitz, que vous voyez là-bas, suivez alors
» les boulevards tout droit devant vous, passez la Porte-Saint-Martin,
» la Porte-Saint-Denis, et puis quand vous serez à la rue du Mont-
» Blanc, prenez-la, et au bout vous êtes dans la rue Saint-Lazare ;
» mais c'est fort loin, mam'zelle, et vous feriez bien de prendre une
» voiture pour vous y conduire ; surtout si vous ne connaissez pas
» Paris. »

Mais la jeune fille n'est pas fatiguée, elle aime mieux faire le chemin à pied. Il n'est pas tard, elle est arrivée à Paris à quatre heures. Le temps est superbe, et elle n'est pas fâchée de faire un peu connaissance avec cette ville dont on parle tant, et qui, dit-on, n'a pas sa pareille dans l'univers.

Peut-être y a-t-il encore une autre raison qui fait que Rose-Marie préfère aller à pied. Est-il besoin de vous la dire ? non, vous devinez ce qui se passe dans le cœur de cette jeune fille, qui ne sait pas encore que Paris est une ville immense et très-peuplée, sans cesse encombrée par une foule qui va, vient, court, se remue, s'agite, se pousse, se presse, et dans laquelle ou peut se promener bien longtemps sans rencontrer les personnes que l'on connaît.

M. Richard a vu la jeune fille tirer un papier de sa poche, le consulter et s'adresser à un cocher de fiacre ; il a facilement deviné qu'elle demandait une adresse, et s'il s'était trouvé plus près d'elle, il se serait empressé d'offrir ses services ; mais il n'est plus temps. Après avoir remercié le cocher, la jeune voyageuse s'est mise en marche, M. Richard la suit, en se disant :

« Attendons une occasion pour l'aborder, il est probable qu'elle ne
» tardera pas à se présenter. »

Rose-Marie traverse le pont d'Austerlitz, puis elle suit les boulevards qui longent le canal ; de temps à autre elle regarde autour d'elle avec curiosité, mais elle n'a encore rien vu qui fixe son attention. Le boulevard Bourdon est peu fréquenté : d'un côté, les Greniers d'abondance, puis le vieux quartier de l'Arsenal, la vieille Bibliothèque ; de l'autre, un grand fossé plein d'eau, voilà tout ce que cette promenade offre aux regards des promeneurs, qui pour ce motif sans doute ne se portent pas en foule de ce côté. Et la jolie fille d'Avon, jugeant déjà Paris par ce qu'elle en aperçoit, se dit en marchant :

« Attendons une demi-heure il fait bien tout cela... je ne rencontre pas beau-
» coup de monde... les boutiques sont bien rares à ce qu'il paraît !
» et on m'avait dit que Paris est si gai ! si bruyant, si peuplé !...
» je ne trouve pas cela ; moi... et il me semble que... on peut très-
» bien se rencontrer... se voir dans les rues... certainement, si
» M. Léopold passait par ici je le verrais, tout de suite. »

Mais Rose-Marie ne remarquait pas ce monsieur qui marchait à quelques pas d'elle et semblait modérer ou hâter le pas suivant qu'elle pressait le sien ; à la vérité, M. Richard se tenait encore à une distance respectueuse, souvent même il restait en arrière, car alors il pouvait plus à son aise examiner la taille de la jeune fille, remarquer son pied, sa jambe, sa taille. Le résultat de cet examen était tout à l'avantage de la charmante Rose, et ne faisait qu'affermir le vilain jeune homme dans ses desseins.

Arrivé à la place de la Bastille, la fille de Jérôme commence à trouver Paris plus gai. C'est qu'alors seulement la grande ville lui apparaît avec ses habitants, ses marchands, ses promeneurs, ses voitures, ses boutiques, son bruit, son mouvement, sa vie enfin. Alors elle s'arrête indécise, elle regarde autour d'elle, elle admire cette belle colonne, puis cette longue avenue qui se présente devant elle ; mais bientôt se rappelant tout ce qu'on lui a conté sur cette belle promenade de Paris appelée les boulevards, elle se dit :

« Oh ! les voilà... à la bonne heure... voilà bien comme on me les
» avait dépeints... Ce cocher m'a dit que c'était mon chemin...
» Allons... que de monde à présent !... ah ! s'il passait, il ne m'aperce-
» vrait peut-être pas. »

Rose traverse la place et s'avance sur le boulevard Beaumarchais ; mais maintenant elle marche avec moins d'assurance. Tout ce monde qui passe l'intimide, le bruit des voitures l'étourdit, les cris des marchands ambulants l'étonnent, et les regards que l'on arrête sur elle lui font souvent monter le rouge au visage. C'est qu'à Paris il y a des hommes qui ont une singulière façon de regarder une jolie personne, et qui, pour lui faire comprendre qu'ils la trouvent à leur gré, ne voient rien de mieux que de lui faire des mines fort indécentes ou de lui adresser de sales paroles.

Déjà Rose-Marie a reçu plusieurs de ces grossiers compliments lancés à brûle-pourpoint par des gens qui passaient près d'elle. Loin d'en être flattée, elle se sent confuse et regrette que son chapeau ne la cache pas davantage aux regards. Elle voudrait marcher plus vite, mais pour quelqu'un qui n'a pas l'habitude de parcourir Paris, il est souvent difficile d'avancer au milieu de tout ce monde qui va, vient et se croise sans cesse autour de vous. Plus la jeune fille avançait, plus elle rencontrait de monde sur son chemin; parvenue sur le boulevart du Temple et rencontrant toujours plus de monde, Rose s'arrête effrayée, et se disant :

« — Mon Dieu !... mais si cela continue, je ne pourrai plus avancer tout à l'heure... et moi qui croyais qu'il me serait facile de le rencontrer !... ah ! comme je me trompais. C'est effrayant tant de monde !... »

Cependant, malgré son effroi, la charmante Rose s'arrête devant une petite fille qui n'a pas encore cinq ans et qui lui présente un petit éventaire qui est attaché devant elle, en lui disant:

« — Mam'zelle, achetez-moi des allumettes chimiques... c'est pour maman... nous sommes six enfants... Maman est malade... elle n'a pas d'ouvrage depuis longtemps, et il n'y a pas de pain à la maison.

» — Pauvre enfant ! » s'écrie Rose en cherchant vivement sa bourse. » Si jeune... et déjà connaître le malheur ! la misère... Oh ! que je » suis contente que mon père m'ait donné de l'argent ! »

Et aussitôt la jeune fille tire deux pièces de cinq francs de sa bourse et les met dans les mains de la petite marchande d'allumettes chimiques, en lui disant:

« — Tiens, ma pauvre petite, va porter cela à ta mère, et pendant » quelque temps au moins vous serez à l'abri du besoin. »

L'enfant regarde d'un air tout surpris les deux pièces de cent sous qui sont dans sa main; puis, sans même remercier celle qui vient de les lui donner, elle s'éloigne en courant, en poussant des cris de joie et en laissant tomber sur le boulevard une partie de ses paquets d'allumettes.

Mais Rose est heureuse du bonheur de la petite fille; elle pense qu'elle n'est si empressée de s'éloigner qu'afin de courir plus vite porter à sa mère l'argent qu'elle a reçu, et la fille de Jérôme regrette de ne pas lui avoir donné davantage. Cependant il ne lui reste plus dans sa bourse que douze francs, mais elle espère n'avoir pas besoin d'argent à Paris.

Rose voudrait savoir si elle approche de la demeure de son oncle, car il lui semble qu'elle a déjà beaucoup marché. Elle s'arrête et regarde autour d'elle, décidée à demander encore son chemin. En ce moment, monsieur Richard qui juge l'occasion favorable, s'approche de la jeune fille et lui dit :

« — Vous semblez chercher votre chemin, mademoiselle; peut-être » ne connaissez-vous pas bien Paris, car si je ne me trompe, nous » avons voyagé ensemble sur le chemin de fer; vous êtes montée en » voiture à Corbeil ? »

Rose-Marie regarde le Monsieur qui lui parle, et le reconnaît; car monsieur Richard avait une figure très-reconnaissable; elle lui répond en inclinant la tête.

« — C'est vrai, monsieur, je suis venue par le chemin de fer; je viens » de Fontainebleau... de plus loin même, car je suis du village d'Avon, » et je me rends chez des oncles que j'ai à Paris. J'ai donc leur adresse, » mais je suis embarrassée pour trouver leur rue. Je vais d'abord rue » Saint-Lazare... est-ce encore loin, monsieur ?

» — Oui, mademoiselle; mais je vais justement de ce côté, et si » vous me le permettez, je me ferai un plaisir d'être votre guide. »

Rose-Marie ne se sent pas une grande confiance dans ce Monsieur qui lui fait cette offre; la figure de monsieur Richard ne lui plaît point, non pas tant parce qu'elle est laide, mais à cause de l'expression hardie de son regard. Cependant, en plein jour et au milieu de tant de monde, Rose ne redoute pas le moindre danger ; aussi répond-elle en baissant les yeux :

« — Vous êtes bien honnête, monsieur. »

Monsieur Richard, très-satisfait de ce consentement, se met à marcher auprès de la jeune voyageuse, en se disant:

« — Allons doucement, ne l'effarouchons pas ; d'abord ce n'est point » une grisette de Paris... Tout à l'heure je lui offrirai un bras qu'elle » sera très-flattée d'accepter. »

Puis monsieur Richard reprend la conversation dans laquelle il se promet d'éblouir la provinciale par son savoir et ses saillies.

« — Étiez-vous déjà venue à Paris, mademoiselle ?

» — Non, monsieur, jamais.

» — Je n'en suis que plus enchanté d'être votre cicerone... Nous » sommes sur les boulevards; c'est une promenade de Paris qui n'a » sa rivale dans aucune autre ville de l'Europe. Elle commence » à cette colonne que vous avez aperçue tout à l'heure, et s'étend jus-» qu'à la place de la Madeleine que vous verrez plus tard. Cette lon-» gue suite de boulevards qui traverse une partie de Paris, fait l'admi-» ration des étrangers et le délassement des habitants de cette capi-» tale. Il y a bien ensuite les boulevards neufs qui tournent autour de » la ville, mais ils sont encore déserts; et lorsqu'on cite la prome-» nade des boulevards de Paris, il ne s'agit jamais de ceux-là. Tout » cet espace, aujourd'hui si peuplé, si brillant, si commerçant, n'était » cependant, dans l'origine, que des fossés creusés pour défendre Pa-

» ris contre les attaques des Anglais. En mil cinq cent trente-six, on » fit des tranchées et l'on creusa depuis la porte Saint-Honoré jusqu'à » la porte Saint-Antoine. Ces fortifications furent heureusement inu-» tiles; petit à petit les fossés furent comblés, et vers l'année 1671, » on commença cette promenade en y plantant des arbres. Aujourd'hui » les boulevards de Paris n'ont plus rien qui rappelle les fossés, n'est-» ce pas, mademoiselle? »

Rose-Marie n'écoutait pas M. Richard ; elle venait de voir passer un jeune homme qui avait la tournure de Léopold, elle avait senti son cœur battre avec violence, et même après avoir acquis la certitude que ce n'était pas celui auquel elle pensait, ses yeux avaient suivi long-temps la personne qui le lui rappelait.

M. Richard ne recevant pas de réponse à sa question, se dit :

« — Je ne vous parlerai pas du boulevard Bourdon sur lequel vous » avez passé en quittant le pont d'Austerlitz... il est si triste, si désert » que je ne le compte pas. Le boulevard Beaumarchais que vous avez » parcouru le premier, n'est pas encore très-vivant : bordé d'un côté par » une rue basse avec des chantiers de bois, de l'autre il n'a encore » que fort peu de boutique... Son seul avantage pour le moment con-» siste dans de vieux arbres assez touffus qui ombragent des bancs de » pierre placés dans les contre-allées. C'est là où se rendent le soir » les couples qui recherchent la solitude ; et il est certain que lors-» qu'on se promène avec une jolie femme, la solitude a bien son prix... » Eh ! eh !... »

Monsieur Richard rit tout seul, Rose-Marie se contente de détourner la tête pour regarder un joueur d'orgue et une femme qui chante en s'accompagnant avec un violon.

Le monsieur, s'apercevant que ce qu'il appelle une saillie n'a point produit d'effet et que son rire n'est point communicatif, se décide à reprendre la parole :

« — Vous avez vu ensuite, mademoiselle, le boulevard des Filles-» du-Calvaire, dans le quartier du Marais, quartier assez calme où » l'on se promène sans prétention, sans toilette. L'habitant du Marais » sort pour prendre l'air ; le vieux rentier s'appuie sur le bras de sa » femme de charge; la respectable bourgeoise de la rue du Pas-de-la » Mule vient sur le boulevard faire jouer ses enfants... Oh ! c'est tout » à fait rococo !... Si l'on n'y rencontrait pas quelquefois de jolies » grisettes, ce serait à ne jamais passer par là !... Du reste, je défie » que l'on y voie une figure plus charmante que la vôtre !... Oh! si » elle y existait je le saurais... Je connais tous les jolis minois de » Paris !... J'ose m'en flatter ! »

Rose-Marie vient de s'arrêter devant un petit garçon qui est à peine vêtu et lui présente une petite boîte remplie de paquets de cu-re-dents, en lui disant à voix basse :

« — Achetez-moi des cure-dents, mademoiselle... Je n'ai pas mangé » depuis deux jours... mon père est à l'hôpital, il s'est blessé en tom-» bant d'un bâtiment... je suis tout seul pour nourrir ma petite sœur. »

La jeune fille met une pièce de cent sous dans la main du petit garçon, en se disant :

« — Allons ! j'ai bien fait de ne pas tout donner à la petite fille, » car je puis au moins secourir aussi celui-ci. »

Le petit marchand de cure-dents s'éloigne en remerciant Rose, et monsieur Richard se rapproche de celle-ci, en lui disant :

« — Mademoiselle, je vois que vous êtes très-charitable et je vous » en fais mon compliment ; mais croyez-moi, cependant, défiez-vous » de ces petits misérables qui, sous le prétexte de vous vendre de » objets fort minimes, tâchent d'émouvoir votre cœur par le récit de » peines chimériques, de malheurs qu'ils ont inventés. Tenez, par » exemple, ce petit drôle auquel vous venez de donner cinq francs » est allé, sur-le-champ, chez le pâtissier voisin ; il va se bourrer de » gâteaux, de galette, ensuite il jouera avec des gamins de son espèce » ce qui lui restera de monnaie, et voilà à quoi aura servi votre cha-» rité. »

Rose porte sur monsieur Richard des regards incrédules, en murmurant :

« — Ah ! monsieur ! quelle pensée... Il faudrait donc repousser tous » les malheureux... ne jamais croire à leurs prières, à leurs larmes » même.

» — Ce serait le meilleur moyen pour n'être jamais dupe.

» — J'aime mieux être dupe quelquefois, qu'insensible à la prière » de celui qui souffre réellement.

» — Vous en avez le droit, mademoiselle... Au fait, avec des yeux » comme les vôtres, ce serait fort mal de se montrer insensible... » et...

» — Et le boulevard où nous sommes, monsieur, comment l'appe-» lez-vous?

» — Le boulevard du Temple, mademoiselle. Oh ! celui-ci mérite » votre attention, surtout si vous aimez la gaieté populaire, les spec-» tacles en plein vent. Ce boulevard tient une foire perpétuelle, il n'a » pas son pareil parmi les autres... Il a son passage, son jardin pu-» blic... le seul, hélas ! qui restent maintenant de ce genre à Paris,

» où les jardins disparaissent pour faire place aux moellons... Veuil-
» lez vous arrêter un instant, mademoiselle, et regarder en face de
» vous sur le côté du soleil, je vous assure que cela est curieux. D'a-
» bord, un café immense avec des billards à tous les étages, on en
» placera bientôt sur les toits, et la bille jouée avec trop de force sau-
» tera dans le tuyau d'une cheminée et redescendra ainsi au billard
» du premier où elle amènera un carambolage. Après ce café, un trai-
» teur où l'on fait une grande consommation de noces ; vous ne
» passerez point un samedi soir devant ce traiteur sans voir les salons
» illuminés, sans entendre le son de la musique, sans apercevoir au
» travers des carreaux une société plus ou moins élégante qui saute,
» se balance, se trémousse et se livre à toutes les douceurs de la pas-
» tourelle et de la queue du chat !... C'est une noce ! il y a des sa-
» ments où l'on en tête jusqu'à quatre dans les salons de ce traiteur,
» et il n'est pas rare alors que les personnes invitées au bal com-
» mettent quelques méprises, et se trompent de noces ; vous croyez
» être en face de la personne avec qui l'avocat que vous connaissez
» vient de se marier, et vous saluez la nouvelle épouse d'un épicier, en
» lui disant : Madame, je n'en doute pas que désormais M. votre mari ne ga-
» gne toutes ses causes ! Et la mariée vous répond en faisant la révé-
» rence : Nous tâcherons, monsieur, de contenter toutes nos prati-
» ques !... Vous trouvez le mot fort joli, vous vous éloignez persuadé
» que cette dame est pleine d'esprit, jusqu'à ce que la vue du marié
» vous apprenne enfin votre quiproquo. Après ce traiteur, un autre
» café, fréquenté particulièrement par les plébéiens ; puis un autre café
» d'un genre bourgeois ; puis un spectacle de curiosité, un nain, ou
» un géant, ou une femme velue comme un ours, ou des animaux bi-
» deux, ou n'importe quoi !... mais toujours des choses curieuses.
» Puis, à la porte, la parade ! la ravissante parade ! qui a fait le bon-
» heur de nos pères, qui firent la nôtre et celui de nos enfants. Ce n'est
» plus le célèbre Bobèche et le facétieux Galimafré ! mais d'autres
» artistes les ont remplacés ; à Paris, les paillasses ne sont pas rares
» et la parade ne mourra jamais ! Après ce spectacle encore un café,
» encore un café ; puis un théâtre, le Cirque Olympique ! puis un
» autre café suivi d'un autre théâtre, celui des Folies-Dramatiques.
» Après cela, pour varier, vous trouverez un café et toujours un théâ-
» tre, celui de la Gaîté ; puis encore un spectacle, les Funambules ;
» puis encore un théâtre, les Délassements ; puis un petit spectacle,
» Lazary ; et tout cela flanqué d'autres cafés, d'autres curiosités et
» d'une foule de pâtissiers. Vous voyez, mademoiselle, que j'avais
» raison en vous disant que ce boulevard n'avait pas son pareil ? »

Rose-Marie, qui avait bien voulu s'arrêter un moment pour regarder ce que ce monsieur lui montrait, se remet en marche en disant :
« Mais, monsieur, pourquoi donc, à mesure que j'avance sur les
» boulevards, rencontré-je toujours plus de monde ?

» — Ah ! mademoiselle, c'est que vous vous rapprochez du centre
» de Paris, du quartier marchand, commerçant. Nous voici
» sur le boulevard Saint-Martin... Ceci est le Château-d'eau, qui est
» presque sans cesse entouré de tourlourous, de bonnes d'enfants, de
» gamins et de personnes qui se promènent seules en attendant quel-
» qu'un. Par ici les dandys, les petits maîtres sont encore rares ; vous
» rencontrez peu de bottes vernies et de gants jaunes ; mais en revan-
» che beaucoup d'actrices des boulevards ; pas encore d'équipages, de
» cavaliers sur des chevaux fringants, mais beaucoup de cabriolets
» milords et de petites citadines dont les stores sont fermés... Eh ! eh !...

» — Sommes-nous encore loin de la rue Saint-Lazare, monsieur ?
» — Oh ! certainement, mademoiselle... vous pourrez, avant d'y ar-
» river, voir à peu près tous les boulevards... Mais si vous êtes fati-
» guée, je vous offre une voiture... voulez-vous ?...

» — Je vous remercie, monsieur, je veux aller à pied. »
Et la jeune fille se met à doubler le pas, car la conversation de
M. Richard ne l'intéresse pas, ce n'est pas par cet homme qui lui est
inconnu qu'elle désire connaître Paris ; elle espérait dans le fond de
son âme que le jeune peintre se ferait un plaisir de lui faire voir tout
ce que cette capitale renferme de curieux. Mais plus elle avance dans
cette ville immense, plus elle sent cet espoir s'évanouir.

Monsieur Richard est presque obligé de courir pour suivre la jeune
fille ; enfin il est de nouveau à côté d'elle et lui dit :
« — Voici la porte Saint-Martin... là-bas c'est la porte Saint-Denis...
» quartier marchand, quartier populeux... Mais vous allez bien vite,
» mademoiselle.

» — Ah ! c'est que je voudrais être arrivée, monsieur.
» — Ceci est le boulevard Bonne-Nouvelle... Les bonnes d'enfants,
» les ouvriers, les gens mal vêtus commencent à devenir plus rares.
» Les dames élégantes apparaissent... bientôt elles seront en majo-
» rité, nous approchons du beau quartier. Sur le boulevard Poisson-
» nière, que nous allons prendre, cela devient tout à fait bon genre.
» Les lingères ont des boutiques ravissantes... les chemisiers, les mo-
» distes et les magasins de chocolat sont du meilleur goût... A pro-
» pos... si j'osais vous offrir un petit gâteau, quelque chose enfin...
» — Je vous remercie, monsieur, je n'ai pas faim... je ne veux
» rien prendre.

» — Elle ne veut rien prendre ! » se dit Richard. « J'avais bien
» raison ! ce n'est pas une grisette de Paris ! mais ce sera une con-
» naissance fort agréable ! »

Rose-Marie marche toujours très-vite. Monsieur Richard est essoufflé ; mais il n'ose pas le laisser paraître. Ils sont sur le boulevard
Montmartre, et le monsieur s'écrie :
« — Ah ! mademoiselle, vous êtes maintenant dans le centre !...
» dans le beau quartier. Voyez cette rue large, droite, spacieuse...
» où une partie des maisons ont des grillages dorés... c'est la rue
» Neuve-Vivienne... Tenez, admirez ces tilburys, ces landaus, ces
» chevaux qui caracolent... et ces cafés ! quelle richesse ! quelle ma-
» gnificence !... ah ! nous sommes bien loin du Marais !... Et toutes
» ces femmes... quelles tournures coquettes... quelles toilettes !... Je
» suis sûr que vous êtes dans l'admiration de ce que vous voyez ?...

» — Et la rue Saint-Lazare, monsieur... c'est donc à l'autre bout
» de Paris ?

» — Nous approchons... un peu de patience. Nous voilà sur le
» boulevard des Italiens. C'est la Chaussée-d'Antin ! c'est la patrie des
» agents de change, des dames de l'Opéra, des jeunes gens qui ont de
» la fortune à dissiper, des artistes excentriques, des lorettes, des
» banquiers, des carrossiers et des marchands de pastilles du sérail.
» Ah ! sentez, mademoiselle... respirez un peu... ne trouvez-vous pas
» que l'air est embaumé ?... D'abord, toutes ces dames qui passent par
» ici sont parfumées de la tête aux pieds. Ah ! nous sommes au sein
» de l'opulence et des grandeurs. »

Rose-Marie, au lieu de répondre, s'arrête devant un vieillard aveugle qui est assis au pied d'un arbre, ayant devant lui son chien qui
tient une sébile dans sa gueule. L'aveugle joue d'une espèce de séri-
nette, afin d'attirer sur lui les regards des passants.

La jeune fille s'approche du vieillard ; ses cheveux blancs, son front
sillonné de rides, son infirmité et les haillons qui le couvrent, arrachent
un soupir à la jolie Rose, et fouillant bien vite à sa poche, elle y prend
la dernière pièce de cinq francs qui lui reste, et la place dans la sé-
bille en s'écriant :
« — Pauvre homme ! à votre âge... aveugle et sans pain peut-
» être !... »

Puis Rose-Marie se remet en route, sans écouter les bénédictions
du vieillard, et dit au monsieur qui marche à côté d'elle :
« — Il paraît, monsieur, que dans le quartier de l'opulence et des
» grandeurs, on peut aussi trouver des malheureux !

» — Ah ! vous voulez parler de cet aveugle, répond Richard en rica-
» nant ; mais vous ne savez pas que cet homme fait des journées de
» cent sous, six francs ! et quelquefois plus. »

La fille de Jérôme éprouve un sentiment de répulsion pour cet
homme qui ne veut pas faire la charité, et qui, de peur d'être dupe,
trouve plus commode de nier l'infortune.
« — Mais, monsieur, répond Rose, cet homme est très-âgé, et il
» est privé de la vue ; il me semble qu'on ne peut pas douter de son
» malheur, à lui !

» — Il est âgé... oui... cela prouve que jusqu'à présent il a eu de
» quoi vivre, aveugle, c'est possible... mais ce n'est pas prouvé !...
» il y a tant de Guzman d'Alfarache à Paris !... Voici les bains
» Chinois, mademoiselle... nous touchons à la rue d'Antin, que nous
» allons prendre, et qui vous conduira rue Saint-Lazare. Excepté le
» boulevard de la Madeleine, vous aurez parcouru toute cette prome-
» nade qui vous a fait connaître Paris sous différents aspects : élégant,
» commerçant, populeux. Depuis que l'on a dallé et bitumé les bou-
» levards, depuis surtout qu'ils sont magnifiquement éclairés au gaz,
» par ces candélabres que vous voyez de chaque côté de la chaussée,
» à des distances fort rapprochées, cette promenade est aussi agréable
» et aussi sûre la nuit que le jour. Il y a cependant des gens qui regret-
» tent l'obscurité et la crotte... Eh bien !... où donc est-elle passée
» cette petite ?... »

Monsieur Richard s'arrête, se retourne... Il aperçoit la jeune femme
qui vide le reste de sa bourse dans la main d'une pauvre femme qui
allaite un enfant, en tient un autre sur son bras, et donne la main
à un troisième. Cette femme ne mendie pas, mais elle est si pâle, si
mal vêtue, elle jette sur ses petits enfants des regards si tristes, qu'il
est difficile de ne point se sentir ému en la regardant.

Aussi Rose revient vers monsieur Richard, avec des larmes dans
les yeux, et elle se remet en marche, en murmurant :
« — Ah ! dussé-je toujours être dupe des apparences, je ne verrai
» jamais sans en être attendri un tableau aussi triste et aussi touchant.

» — Décidément cette jeune fille n'a rien à elle ! » se dit en lui-
même Richard ; « elle est sensible à l'excès ; ce sera une conquête très-
» facile. »

X. — LES DEUX ADRESSES.

En entrant dans la rue d'Antin, monsieur Richard se rapproche
de Rose et lui dit du ton d'un homme qui est certain de causer un
grand plaisir :
« — Il me semble, jolie voyageuse, que vous devez être fatiguée
» du jardin des Plantes ici, il y a fort loin ; tenez, prenez mon bras
» sans façon, et nous cheminerons ensemble en faisant plus ample con-
» naissance... »

» Et le jeune homme présentait son bras; mais au lieu de passer bien vite le sien dessous, comme il pensait que la jeune fille allait le faire, celle-ci se recule, en répondant :

« — Je vous remercie, monsieur, mais je ne suis pas fatiguée, et je » préfère aller seule. »

Monsieur Richard fronce le sourcil et se dit .

« — Hum !... elle fait plus de façons que je ne croyais ; je ne veux » pas cependant en être pour ma course !... »

Il se rapproche de Rose en reprenant :

« — Comme il vous fera plaisir, mademoiselle; mais je vous prie » de croire que je n'offre pas mon bras à tout le monde !... J'occupe à » Paris une très-belle position, je suis fort riche... fort recherché dans » le monde... et sur- » tout très-généreux » avec les femmes !... » Vous avez un pied » charmant... vous fe- » rez de nombreuses » conquêtes à Paris !... » vous avez déjà fait la » mienne. »

Rose-Marie n'écoute plus, elle marche encore plus vite. M. Richard la rejoint, en se disant : « Cette petite » est dératée... il n'est » pas possible autre- » ment. »

On était au bout de la rue d'Antin ; la jeune fille s'arrête alors.

» — Et la rue Saint- » Lazare, monsieur ?

» — Vous y êtes, » mademoiselle ; la » voilà devant vous à » droite et à gauche.

» — Ah ! quel bon- » heur !...

» — Mais ça n'est » pas tout, mademoi- » selle , il s'agit de » savoir à quel numéro » vous avez affaire... » Ne courez pas ainsi... » prenez donc garde » aux voitures. »

Rose-Marie n'écou- tait plus M. Richard, elle savait que c'était au numéro 62 qu'elle devait trouver son on- cle Nicolas. Elle a déjà regardé les chiffres des maisons, elle voit avec joie qu'elle n'est pas loin de celui qu'elle cherche ; elle court, elle arrive, elle entre dans une belle maison, et s'adresse, tout es- soufflée, au concierge, en s'écriant : « — Mon- sieur, mon oncle » Nicolas, s'il vous » plaît... Nicolas Go- » go... à quel étage ? »

» — Tiens, Mouton, prends cela... et ne te bats pas avec Turc sur- » tout... Allons... donnez la patte ! la patte tout de suite ! »

Rose-Marie attendait avec anxiété que le concierge répondît ; mais celui-ci, tout occupé de ses animaux, n'a plus l'air de s'apercevoir que la jeune fille lui parle. Elle reprend avec impatience :

« — Monsieur, répondez-moi donc... vous voyez que j'attends.

» — Comment ! qu'est-ce... Ah ! vous êtes encore là... Qu'est-ce » que vous voulez donc encore ?

» — Mon oncle, monsieur ?

» — Quoi ! votre oncle ! est-ce que je connais votre oncle ? est-ce » que je suis obligé de savoir où sont vos parents ?... Ici, Turc, ici... » tu vas à la pâtée de Mouton, gourmand ; mais je te vois, et si je me » lève, tu recevras » des coups de bous- » sine. »

La fille de Jérôme est toujours à l'entrée de la loge du con- cierge ; elle tient à la main le papier sur le- quel elle a écrit l'a- dresse de son oncle, elle le présente au ré- barbatif portier en re- prenant :

« — Tenez, mon- » sieur, c'est cependant » ici que l'on m'a dit » que demeurait mon » oncle Gogo... vous » voyez bien que je ne » me trompe pas. »

Le ci-devant suisse se lève d'un air cour- roucé, et repousse la jeune fille en criant comme s'il parlait à des chevaux :

« — Savez-vous que » vous commencez à » m'ennuyer avec votre » oncle Gogo !... Est- » ce que vous n'allez » pas me laisser tran- » quille, mademoisel- » le... A bas, Turc, à » bas ! Combien de fois » faudra-t-il vous dire » que je ne connais » pas cela... qu'il n'y » a point de Gogo dans » la maison... il me » semble pourtant que » je parle français. »

Rose-Marie, presque effrayée par le ton in- solent du concierge, se retire en murmu- rant :

« — Pardon, mon- » sieur... alors... c'est » que notre cousin se » sera trompé. »

Et la jeune fille s'en retourne dans la rue, toute triste, toute cha- grine, et M. Richard, qui était resté à la porte de la maison

Le concierge auquel la jeune fille vient de s'adresser a été jadis suisse dans une grande maison et en a conservé tout le décorum. En- veloppé dans une redingote qui traîne presque à terre, et coiffé d'une casquette dont les côtés sont rabattus sur ses oreilles, il trône dans sa loge entre son chien et son chat, et semble vous faire une grâce en vous répondant. Il commence par toiser la jeune fille d'un air impertinent, se mouche, passe sa main sur le dos de son chat et murmure ;

« — Hein... de quoi... qu'est-ce que vous demandez ?

» — Je demande à quel étage je dois aller pour trouver mon oncle » Nicolas Gogo ?...

» — Gogo !... est-ce que je connais ça... est-ce que nous avons » cela dans la maison !...

» — Comment ! monsieur, vous ne connaissez pas mon oncle Gogo ? » mais pourtant je ne me trompe pas, je suis bien à l'adresse qu'on » m'a donnée, rue Saint-Lazare, numéro 62.

dans laquelle il avait vu pénétrer celle qu'il poursuivait, s'empresse d'aller à elle en lui disant :

« — Eh bien, qu'avez-vous donc, mademoiselle ? vous semblez tout » attristée... est-ce que votre parent est malade... est-ce qu'on vient » de vous apprendre une mauvaise nouvelle ?

» — Non, monsieur, non... ce n'est pas cela... mais... je n'y com- » prends rien... mon oncle Gogo ne demeure pas dans cette maison... » c'est pourtant notre cousin qui m'avait donné son adresse... et il » n'y a pas bien longtemps... Qu'est-ce que cela veut dire ?... com- » ment se fait-il qu'il se soit trompé ?... je n'y comprends rien ! »

Monsieur Richard est enchanté de l'événement parce qu'il pense que l'embarras de la jeune fille la mettra à sa discrétion, et il se frotte les mains en répondant :

« — Ah ! mademoiselle ! si vous avez cru qu'à Paris une jeune fille » pouvait se passer de guide, de protecteur, vous vous êtes bien trom-

» éel!... Même pour les personnes qui habitent cette ville depuis long-
» temps, il est quelquefois fort difficile de découvrir ceux qu'elles ont
» besoin de voir; comment donc voulez-vous qu'une jeune fille qui
» vient à Paris pour la première fois, puisse tout de suite savoir s'y
» diriger ? Vous voyez bien que sans un appui, un ami, vous ne trou-
» verez jamais votre oncle Gogo!... mais, quoique vous ayez refusé
» mon bras tout à l'heure, et que vous n'ayez pas répondu à mes dé-
» clarations, je veux bien encore me charger de vous faire trouver
» votre famille. Allons, petite méchante, prenez mon bras ; je n'ai pas
» de rancune, moi, et je vous trouve toujours adorable ! »

Rose-Marie se recule encore du bras qui se présente à elle, et se contente de répondre en faisant une révérence : « — Je vous remer-
» cie, monsieur, mais
» je me passerai de
» conducteur. Grâce au
» ciel, j'ai un autre
» oncle à Paris... celui-
» là, il faut espérer
» que l'on ne se sera
» pas trompé en me
» donnant son adresse,
» et je vais sur-le-
» champ me rendre
» chez lui.
» — Ah! vous avez
» un autre oncle à Pa-
» ris ! » répond Ri-
chard, qui est fort vexé
de ce que la jeune fille
s'obstine à refuser son
bras. « Diable ! mais
» vous avez donc une
» foule d'oncles ?... ce-
» la commence à me
» paraître équivoque!...
» — Oui, monsieur,
» j'ai deux oncles ici,
» et même plusieurs
» cousins, et comme je
» suis assez grande
» pour demander mon
» chemin, ne prenez
» pas la peine de venir
» de mon côté, mon-
» sieur.
» — Ah ! vraiment!
» ah! vous le prenez
» comme cela, petite!..
» mais vous avez beau
» faire, j'irai du même
» côté que vous si cela
» me plaît, parce qu'à
» Paris, chacun est li-
» bre d'aller où bon
» lui semble; et avant
» peu, peut-être, serez-
» vous trop heureuse
» de me trouver pour
» vous protéger. »
La fille de Jérôme
n'écoute pas davantage
les discours de mon-
sieur Richard. Elle re-
garde le morceau de
papier qu'elle tient à
la main, et entrant dans
la première boutique
qu'elle aperçoit, elle
demande son chemin

N'ayez pas peur, mamselle vous êtes en pays de connaissance... — Page 42.

out en cherchant à se trouver des forces, se dit : « — Dieu me don-
» nera du courage ; il ne peut pas vouloir me punir d'avoir fait un peu
» de bien.
» — Est-ce qu'elle va me faire arpenter encore tous les boule-
» vards? » se dit monsieur Richard en suivant Rose-Marie. « C'est un
» cerf que cette petite... si je ne craignais de la perdre de vue, j'au-
» rais déjà acheté des gâteaux chez un pâtissier... Ah ! grâce au ciel,
» elle quitte le boulevard, nous approchons, j'espère. »

En effet, Rose qui a bien retenu le nom qu'on lui a indiqué, tourne et entre dans la rue du Temple, puis dans la première à sa gauche, elle est rue de Vendôme, et elle trouve bientôt le numéro 14. Alors elle s'adresse de nouveau au concierge, qui, cette fois, est représenté par une vieille femme qui a des lunettes sur le nez, et un vieux livre bien sale dans la main.
« — Madame, vou-
» lez-vous bien me dire
» à quel étage demeure
» monsieur Eustache
» Gogo ? » demande Rose d'un ton bien doux, car elle craint d'irriter encore la co-cierge.
La portière était un peu sourde, cependant elle voit quelqu'un en-trer dans sa loge, et elle pose son livre sur ses genoux, en criant;
« — Hein ?... de
» quoi, que voulez-
» vous, ma petite ?...
» J'en étais à un en-
» droit ben intéres-
» sant... quand ce bri-
» gand de Roger veut
» détourner du bon
» chemin son fils *Vic-*
» *tor,* qui est *l'Enfant*
» *de la Forêt...* Ah !
» en voilà un ouvrage
» qui donne des fris-
» sons... je n'en ai pas
» pu dîner, ma parole
» d'honneur... Je m'in-
» téresse tant à Victor
» et à sa Clémence !...
» — Madame, je suis
» bien fâchée de vous
» interrompre, » re-
prend Rose, « mais
» mon oncle Gogo... à
» quel étage ?...
» — Vous avez lu
» l'ouvrage... n'est-ce
» pas que c'est su-
» perbe ?... et c'te pau-
» vre Clémence, com-
» ment donc que vous
» pensez qu'elle finira?
» donnez-moi votre
» opinion pour que je
» la corrobore avec la
» mienne. »
La jeune fille se rap-proche de la vieille femme, et parle plus

pour aller rue de Vendôme. Puis, sur l'indication qui lui est donnée, descend la rue d'Antin pour regagner les boulevards et reprendre le chemin par lequel elle est venue.

Monsieur Richard se remet alors à suivre la jeune fille, en se disant : « — On voit bien que cela arrive de son village... refuser mon
» bras!... petite sotte!... Je devrais la dédaigner... mais elle est si
» jolie!... Diable! si elle allait trouver son autre oncle... j'en serais
» pour mes courses, et elle me fait terriblement trotter, cette petite
» fille... Je n'ai pas dîné... je meurs de faim... mais c'est égal, je
» n'en aurai pas le démenti, il faut que je sache où elle va... Je sau-
» rai ce que fait l'oncle, c'est sans doute un boutiquier, j'irai tous
» les jours acheter ou marchander chez lui. »

Le jour commençait à tomber, et la jeune fille ne pouvant plus marcher aussi vite, car elle était épuisée de fatigue. Elle se rappelle alors qu'elle a donné tout l'argent qu'elle possédait, sans avoir rien gardé pour elle; mais elle ne se repent pas d'avoir fait la charité, et

haut : « — Madame, je demande monsieur Eustache Gogo...
» — Ah! oui que c'est beau... vous êtes de mon avis... mais ce
» gueusard de Roger! queu chenapan !... et dire qu'il y a des brigands
» de cette force-là... comme je suis une honnête femme. »

Rose est au supplice; heureusement elle aperçoit un cornet de fer-blanc sur un poêle, elle se hâte de le prendre et l'applique à l'oreille de la portière en renouvelant sa question.

La vieille femme ôte ses lunettes, considère la jeune fille, et répond :
« — Monsieur Gogo, mon enfant. Ah! c'est monsieur Eustache
» Gogo que vous demandez... Excusez... c'est ce roman qui me trotte
» toujours dans la tête; encore l'autre nuit, est-ce que je n'ai pas
» renversé mon vase nocturne dans mes draps, parce que je le prenais
» pour ce brigand de Roger, et que je croyais qu'il allait me violenter?
» — Mais, madame, mon oncle... dans quel escalier ?...
» — Votre oncle... ah! c'est donc votre oncle, monsieur Gogo?... je
» ne connais pas ça, ma chère amie... Gogo! drôle de nom !... si nous

» avions un Gogo dans la maison, j'en aurais été *souvenante*, mais je
» n'ai aucun locataire de ce nom-là.

Rose-Marie reste anéantie en perdant cette dernière espérance qui
la soutenait ; elle comprend tout ce que sa position a de terrible. Elle
regarde la portière avec des yeux pleins de larmes, mais déjà la vieille
femme a remis ses lunettes, et elle reprend son livre, en murmurant :

« — Il faut que je sorte de l'endroit *ous'que* j'en étais... je ne peux
» pas laisser Victor en l'air avec sa Clémence !... Voulez-vous que je
» vous lise quelques pages, mon enfant...

» — Ainsi, madame, vous êtes bien sûre... Mon oncle Eustache
» Gogo ne demeure pas ici...

» — Jamais il n'y a logé, chère amie... Pardi ! je le saurais, voilà
» trente-quatre ans que je suis à cette porte... c'est pourquoi on me
» garde malgré ma surdité... mais le soir quand je me couche, j'ai
» soin d'attacher mon cornet à mon oreille... et je dors sur l'autre...
» Ah ! le brigand de Roger, va... je ne me coucherai pas que tu n'aies
» ton compte !... »

Rose-Marie sort de la loge, car elle voit bien que la portière ne lui
en dira pas davantage. Elle retourne dans la rue, il est nuit alors ; la
jeune fille ne sait plus de quel côté porter ses pas. Elle pleure, et elle
porte son mouchoir sur ses yeux, en murmurant :

« — Mon Dieu ! mon Dieu ! que vais-je donc devenir ?... »

Un jeune homme s'approche d'elle, et lui prend le bras en lui disant :

« — Eh bien, ma petite cruelle... nous pleurons à présent ; il me
» paraît que l'oncle du Marais est introuvable comme celui de la
» Chaussée-d'Antin. »

Rose a reconnu le monsieur si laid qui la poursuit depuis son arrivée à Paris ; mais en ce moment elle est tellement abattue, qu'elle
n'a pas la force de repousser le jeune homme, elle se contente de répondre, en pleurant :

« — Mais qu'est-ce que cela veut dire... comment se fait-il que
» mon cousin nous ait donné de fausses adresses ?... pourquoi aurait-
» il voulu se moquer de nous ?... O mon pauvre père ! vous qui m'avez
» envoyée à Paris dans l'espérance que mes oncles m'accueilleraient
» bien... que je serais heureuse ici... Ah ! si vous saviez que votre
» fille ne sait plus où aller, ni que devenir dans ce Paris où elle ne
» connaît personne, combien vous seriez malheureux !... Oh ! je retour-
» nerai à Avon près de mon père... dès demain... tout de suite, si
» cela est possible... Monsieur, veuillez me dire comment je dois faire
» pour retourner ce soir à Fontainebleau... de là, j'irai bien à pied
» jusque chez nous... je serais si contente si je me voyais seulement
» à Fontainebleau ! »

Monsieur Richard se met à rire en répondant :

« — Retourner ce soir à Fontainebleau ! mais vous n'y pensez pas,
» jolie tigresse !... c'est absolument impossible... il est nuit, et il est
» déjà tard...

» — Est-ce que le chemin de fer ne part pas la nuit, monsieur ?

» — Non !... d'ailleurs nous sommes extrêmement loin de l'embar-
» cadère. Je vous répète qu'il ne faut pas songer à retourner ce soir
» dans votre pays.

» Mais, monsieur... il le faut pourtant... que vais-je devenir à
» Paris... où passerai-je la nuit... et je n'ai plus d'argent pour entrer
» dans une auberge... oh ! mais on me ferait bien crédit pour jusqu'à
» demain, j'espère, alors je courrai chercher ma malle... j'offrirai en
» paiement quelques-uns de mes effets... n'est-ce pas, monsieur ?...
» Ah ! veuillez m'indiquer une auberge, monsieur.

» — Ma petite, vous parlez comme un enfant... D'abord il n'y a pas
» d'auberge à Paris, il n'y a que des hôtels et des garnis ; les pre-
» miers sont fort chers, les seconds fort suspects... ensuite on ne loge
» pas à crédit, surtout une jeune fille qui se présente toute seule...
» on aura de vous une fort mauvaise opinion, et franchement, si je
» n'avais pas fait avec vous le voyage en chemin de fer, je n'ajouterais
» aucune foi à l'histoire de vos oncles et du cousin qui donne de
» fausses adresses.

» — Que pensez-vous donc de moi, monsieur ? » s'écrie Rose en
retirant sa main que monsieur Richard vient de prendre.

« — Rien que de fort aimable, je vous le jure ! Allons, ne nous
» fâchons plus : acceptez mon bras... je vais vous conduire dans un
» endroit où vous pourrez passer la nuit à l'abri de tous dangers...

» — Où cela, monsieur ?...

» — Ayez donc confiance en moi : que diable ! vous ne pouvez pas
» coucher à la belle étoile... risquer de vous faire ramasser par la
» patrouille grise.

» — La patrouille grise... Quelle est donc cette patrouille-là, mon-
» sieur ?

» — Oh ! c'est quelque chose de très-effrayant pour les jeunes filles
» qui courent seules la nuit dans Paris. Elle vous conduirait à la salle
» Saint-Martin...

» — Qu'est-ce que cette salle-là, monsieur ?

» — Un endroit où l'on dépose provisoirement tous les voleurs et
» les filles de mauvaise vie que l'on prend le soir dans Paris. »

Rose-Marie pousse un cri d'effroi ; monsieur Richard profite de cet
instant où la jeune fille est tremblante pour passer son bras sous le
sien, en lui disant :

« — Calmez-vous ! ne tremblez donc pas ainsi ! Avec moi vous
» n'avez aucun danger à courir... je vais vous mener chez... ma tante.
» C'est une femme respectable qui se fera un plaisir de vous traiter
» comme sa fille. »

Rose lève des yeux suppliants sur le jeune homme, en balbutiant :

« — Monsieur, vous ne voudriez pas me tromper... oh ! vous ne
» voudriez pas abuser de la confiance d'une pauvre jeune fille qui ne
» sait où trouver sa famille, et qui regrette tant à présent d'être venue
» à Paris... Je ne vous mens pas, monsieur, vous le savez bien...
» mais, vous ?...

» — Moi, vous mentir !.. mon Dieu que vous êtes méfiante !.. Allons,
» venez et appuyez-vous sur moi... mademoiselle... Ah ! pardon, je
» ne sais pas votre nom ?

» — Rose-Marie, monsieur.

» — Eh bien ! mademoiselle Rose... Rose-Fleurie... voilà un nom
» qui a été fait pour vous... prenez mon bras. »

La jeune fille ne sait plus ce qu'elle doit faire, car en se rappelant
les propos que lui a tenus le monsieur qui lui offre son appui, elle
redoute de se confier à lui ; mais elle est accablée de fatigue, elle se
laisse donc conduire et s'appuie même assez fortement sur monsieur
Richard, qui se dit à lui-même :

« — Enfin ! elle est à moi ! je savais bien que j'arriverais à mon
» but !... en toutes choses il ne faut que de la persévérance. »

Richard ramène la jeune fille sur les boulevards ; mais comme il
était aussi fatigué qu'elle, et que, de plus, il se mourait de faim, il se
dirige vers un restaurateur. Le jeune homme est alors en fonds, ce
qui ne lui était pas habituel, et il dit à Rose :

« — Avant de nous rendre chez ma tante, ma belle enfant, il me
» semble que nous ne ferons pas mal de dîner... je pourrais même
» dire de souper, car il est assez tard pour cela.

» — Oh ! je vous remercie, monsieur, mais je n'ai pas faim.

» — Mais moi, mademoiselle, qui n'ai rien pris depuis ce matin,
» je sens des tiraillements d'estomac, ce qui, joint à la fatigue, m'a-
» vertit qu'il faut réparer mes forces.

» — Mais, monsieur, est-ce que vous ne pourrez pas manger chez
» madame votre tante ?

» — J'ai peur qu'il n'y ait rien dans le buffet, d'autant plus qu'elle
» ne nous attend pas. Voilà un traiteur très-convenable, mademoiselle,
» et du meilleur genre... Si vous ne mangez pas, vous me regarderez ;
» mais au moins vous vous reposerez pendant ce temps-là : et certai-
» nement vous ne nierez pas que vous êtes fatiguée.

» — En effet, monsieur... je suis bien lasse.

» — Venez donc, et ne tremblez pas ainsi. Les dames et les demoi-
» selles de Paris vont très souvent dîner chez les traiteurs, et cela ne
» les effraie pas du tout, au contraire, elles aiment beaucoup cela. »

Richard entre avec Rose-Marie dans un restaurant du boulevard. Il
n'y a plus personne dans les salons : cependant le jeune homme demande un cabinet ; et un garçon se dispose à les conduire, lorsque
Rose, qui a jeté un coup d'œil sur le salon qui est encore éclairé et
dont les portes vitrées donnent sur le péristyle, entre dedans, en disant :

« — Pourquoi ne dîneriez-vous pas là, monsieur ?... voilà des tables
» toutes préparées.

» — Parce qu'on est beaucoup mieux dans un cabinet, mademoi-
» selle. Venez donc ; quand on n'est que deux, ce n'est pas l'usage de
» se mettre dans un salon... d'ailleurs on va éteindre ici. N'est-ce
» pas, garçon ? »

Le garçon hésite à répondre, car l'air décent et inquiet de la jeune
fille donne alors à ses traits une expression à laquelle il est difficile
de résister ; et puis le monsieur qui est avec elle est si laid, que le
garçon traiteur, qui a nécessairement l'habitude des tête-à-tête, a deviné sur-le-champ qu'il n'y avait pas d'accord dans celui-là.

Mais Rose s'est déjà assise dans le salon, et elle dit à son conducteur d'un ton très-décidé :

« — Allez où cela vous plaira, monsieur, mais moi je reste ici : j'y
» attendrai que vous ayez dîné.

» — Voyez-vous ! ce petit caractère ! » se dit Richard. « Ah ! comme

, tu me paieras cela plus tard , bégueule ! comme je te ferai aller
» quand je t'aurai soumise... mais maintenant je puis bien en passer
» par là, puisqu'elle viendra coucher chez moi ; je puis bien me pas-
» ser maintenant d'un cabinet... Et après tout, cela vaut mieux : j'au-
» rais pensé à des bêtises, au lieu qu'ici je ne songerai qu'à bien
» souper. »

Monsieur Richard se décide donc à entrer dans le salon : il dit au
garçon de mettre deux couverts, puis il va à Rose et veut l'emmener
à la table que l'on sert ; mais la jeune fille résiste et reste sur la chaise
où elle s'est placée, en disant :

« — Je vous ai dit que je n'avais pas faim , monsieur ; il est inutile
» que je me mette à table, je ne veux pas manger.

» — Ah ça ! mais, vous vivez donc de l'air du temps, chère amie...
» pardon, mademoiselle... à ma connaissance, vous n'avez rien pris de-
» puis fort longtemps...

» — J'ai trop de chagrin, d'inquiétude pour songer à manger, mon-
» sieur.

» — Vous ne devez plus avoir d'inquiétude au moment que je vous
» protége, que je suis votre chevalier... et que ma tante vous donnera
» l'hospitalité... Allons... mettez-vous en face de moi... à distance res-
» pectable : nous aurons l'air de deux époux du Marais...

» — Cela est inutile, puisque je ne veux rien prendre.

» — Comme il vous plaira, alors ; mais, moi, j'ai très-bon appétit
» et je vous préviens que je n'aime pas à me presser quand je suis à
» table.

» — Je vous attendrai, monsieur... »

Monsieur Richard se met devant le couvert qui l'attend : il demande
du vin de Pomard , puis il se fait servir des côtelettes, du poulet, du
poisson. Le chemin qu'il a fait à pied depuis qu'il a quitté l'embarcadère, lui a donné un appétit de chasseur, et il arrose très-fréquemment
ses morceaux. Enfin il est très-content de sa soirée et il se promet
une nuit délicieuse. Tout cela le met de très-belle humeur ; sa bouteille de pomard est bientôt vide, et il demande du champagne en s'é-
criant :

« — Ah ! ma foi ! je ne veux rien me refuser aujourd'hui !... je suis
» trop content de ma journée !... Un verre de champagne, ma jolie
» brunette... Rosette... vous ne me refuserez pas cela ? »

Mais Rose refuse encore ; elle ne se sent nullement disposée à accepter, car depuis que le vilain jeune homme a avalé sa bouteille de pomard, ses yeux sont devenus comme des charbons ardents, et à chaque
instant il les reporte sur la jeune fille ; et alors son regard a une expression que la pauvre petite ne peut supporter. Aussi frémit-elle en
voyant monsieur Richard déboucher une autre bouteille, se verser à
plein verre et se reverser encore.

« — Mon Dieu ! monsieur, est-ce que vous allez boire encore cette
» bouteille-là ? » dit Rose d'un air inquiet.

» — Et pourquoi pas, mon bijou ? il faut bien que je la boive seul,
» puisque vous ne voulez pas me tenir compagnie ; mais cela ne me
» fait pas peur ! j'en bois quatre comme cela sans être seulement
» étourdi ! »

Monsieur Richard se vante, car il se grise au contraire très-facilement ; mais, ainsi que ces faux braves qui ne crient jamais si haut que
lorsqu'ils ont peur, le jeune homme croit retrouver son aplomb en ava-
lant force champagne, plus il s'étourdit et plus il boit et bavarde, en
répétant que le vin n'a aucun pouvoir sur sa raison.

Onze heures ont sonné. Déjà plusieurs fois la jeune fille a murmuré
timidement :

« — Mais votre tante sera couchée.

» — Ma tante !... ma tante !... ne vous en inquiétez pas ! » répond
Richard, dont la langue commence à devenir très-épaisse... « ça me
» regarde cela... je vous réponds de tout !... c'est mon affaire. »

Cependant, Rose-Marie se lève et Richard se décide à en faire autant. Ses yeux semblent vouloir sortir de sa tête ; il tâche de prendre
un air grave en payant le garçon , mais il n'est pas solide sur ses
jambes. Il s'avance vers la jeune fille et lui présente son bras, en balbutiant : « — En route, maintenant. »

Et le garçon traiteur s'approchant de Rose, lui dit alors à l'oreille :

« — Prenez garde, mademoiselle... ne vous fiez pas à ce mon-
» sieur. »

Rose-Marie regarde le garçon avec effroi, elle ne sait ce qu'elle
doit faire... mais monsieur Richard l'entraîne et elle se retrouve sur
le boulevard avec lui. Il est tard et il ne passe plus que peu de monde.
Le jeune homme, qui sent qu'il a quelque peine à se diriger, serre
très-fortement le bras de Rose et veut marcher vite ; il tâche d'allonger le pas en fredonnant :

« *En avant, marchons ! contre leurs canons !...* Ah ! ma foi j'ai
» bien soupé ! j'ai très-bien soupé !...

» — Votre tante demeure-t-elle loin, monsieur ?

» Ma tante ?... ah ! fichtre, il y a des endroits glissants sur le bou-
» levard... il me semble que le gaz n'éclaire pas aussi bien que de cou-
» tume... Tenez bien mon bras... n'ayez pas peur... je suis solide !... »

Loin d'être solide, monsieur Richard trébuche à chaque instant :
chez le traiteur il n'était qu'étourdi, mais depuis qu'il a pris l'air il
est gris tout à fait et commence à ne plus savoir ce qu'il dit, ou du
moins à oublier que pour tromper la jolie personne qui est à son bras
il faut qu'il ait soin de lui cacher ses desseins.

Il n'y a pas cinq minutes qu'ils sont sortis de chez le traiteur,
lorsque monsieur Richard cherche à passer son bras autour de la
taille de Rose, en lui disant :

« — Eh bien, chère amie !... nous allons donc nous aimer tendre-
» ment !... nous ferons un petit couple adorable !... mais d'abord je
» voudrais bien un baiser... un tout petit baiser... »

Rose-Marie repousse le monsieur et cherche à se dégager de ses
bras, en lui répondant :

« — Finissez, monsieur, laissez-moi !... que signifient ces dis
» cours ?...

» — Comment ! encore des façons ! de la rigueur ! tiens, mon ange
» tout ça, c'est des bêtises et pas autre chose...

» — Oh ! mon Dieu !... mais vous deviez me protéger... j'ai donc eu
» tort de vous croire !

» — Au contraire, il faut toujours me croire... allons, encore un
» caillou qui m'a fait tourner le pied.... Appuyez-vous donc sur moi ,
» ma mignonne...

» — Non, monsieur, non, je ne veux pas aller davantage avec vous
» avant que vous ne m'ayez dit où demeure votre tante... et je vous
» préviens d'avance que je n'entrerai dans la maison où vous me
» menez que lorsque j'aurai la certitude que je vais chez une personne
» respectable...

» — Ah ! ah ! ah ! une personne respectable !... c'est un calem-
» bour... Il n'est pas question de tout ça ! vous me plaisez... je vous
» plais !... tu viens chez moi !... les tantes sont dans mon œil !...
» Tiens, petite, guettons une voiture et nous monterons dedans, afin
» d'être plus tôt chez moi... rue des Jeûneurs... numéro.... Allons,
» je ne sais plus mon numéro..... qu'est-ce que j'ai donc ce soir ?...

» — Quelle horreur !... tromper ainsi une jeune fille qui n'a per-
» sonne pour la défendre, la secourir... Laissez-moi, monsieur,
» laissez-moi »

Rose a retiré son bras, que tenait Richard ; celui-ci se précipite sur
elle, et l'étreint de ses deux bras, en s'écriant :

« — Nous voulons nous en aller... le plus souvent !... je te dis que
» je ferai ton bonheur... j'ai encore de l'argent sur moi, prenons une
» voiture... je crois que nous arriverons plus vite, et je suis impatient
» de te prouver ma tendresse ! le champagne me rend très-amou-
» reux. »

Et le jeune homme qui a passé ses bras autour du corps de la pauvre petite, approche sa vilaine figure de son visage frais et virginal,
il va flétrir ses charmes en leur donnant un baiser, lorsque Rose-
Marie, à laquelle l'indignation et la colère ont rendu des forces, parvient à se dégager des bras qui l'enlacent, et repoussant avec vigueur
Richard, au moment où il essayait de nouveau de la saisir, l'envoie
rouler à quelques pas sur les dalles du boulevard.

Richard jure comme un forcené en cherchant à se relever, ce qui
ne lui est pas facile, parce qu'il perd toujours l'équilibre ; mais
tandis qu'il s'épuise et retombe sans cesse sur ses mains, celle qu'il
a poursuivie toute la journée a pris la fuite, et lorsqu'enfin le jeune
homme est parvenu à se remettre sur ses jambes, il regarde en vain
de tous côtés. Rose-Marie a disparu.

XI. — LA PATROUILLE GRISE.

En s'éloignant de monsieur Richard, Rose a couru pendant fort
longtemps sans s'arrêter ; elle ne sait pas où elle va, ni dans quel
quartier elle se trouve, mais peu lui importe ; l'essentiel pour elle
est de ne pas être rattrapée par cet homme dont les infâmes projets
viennent de se dévoiler à ses yeux.

Enfin la jeune fille s'arrête, car la respiration lui manque ; elle est
dans une rue sombre et étroite ; elle aperçoit une borne et va s'asseoir
dessus : elle regarde en frémissant autour d'elle ; au moindre bruit
elle devient tremblante, puis le courage l'abandonne, de grosses lar-

mes tombent de ses yeux, et en ce moment elle pense toujours à son père.

— Mon Dieu ! se dit Rose en levant ses regards vers le ciel ; que vais-je devenir, si vous m'abandonnez... seule, la nuit, dans une ville que je ne connais pas, et que l'on dit si dangereuse !... Ah ! je n'aurais pas dû consentir à quitter mon père... si je lui avais dit : Je me trouve bien heureuse près de vous, je veux passer ma vie dans notre village, il n'aurait pas songé à m'envoyer à Paris !... mais depuis long-temps je n'étais plus gaie chez nous... parce que... je rêvais à quelqu'un... Mon bon père a pensé que je m'ennuyais près de lui, et voilà pourquoi il a cru devoir m'envoyer chez mes oncles... Ah ! c'est le ciel qui me punit ; si j'avais eu plus de confiance en mon père, si je lui avais parlé de monsieur Léopold, je suis sûre qu'il m'aurait gardée près de lui, et maintenant je ne serais pas ici... sans asile et au milieu de la nuit.

L'horloge d'une église voisine vient de sonner minuit. Bientôt des pas sourds se font entendre. La jeune fille se lève précipitamment, en se disant :

— Si c'était cette patrouille grise dont ce vilain monsieur m'a parlé... et qu'elle m'arrêtât... Il vaut mieux marcher que de rester là sur cette borne... au moins j'aurai l'air de suivre mon chemin ; si on me demande où je vais, je dirai que je rentre chez moi.

Les pas que Rose-Marie avait entendus étaient en effet ceux de cette mystérieuse patrouille qui sort à minuit, et fait ses rondes dans Paris jusqu'au moment où les paysans arrivent pour approvisionner les marchés, et où le jour commence à poindre, car alors les voleurs sont obligés de battre en retraite et le danger cesse.

Ce que l'on nomme patrouille grise est une escouade composée d'agents de police, de sergents de ville, vêtus en bourgeois, et parfois de quelques-uns qui ont conservé leur uniforme. Ces hommes, habitués aux ruses des voleurs, sont plus adroits pour les surprendre que les patrouilles ordinaires, faites par la troupe de ligne ou la garde nationale.

La patrouille grise s'avance en silence ; on ne cause point dans les rangs ; tous ceux qui en font partie semblent avoir le talent de marcher sans faire de bruit. Souvent, en entrant dans une rue, la patrouille se sépare en deux parties : les uns prennent la droite, les autres la gauche ; puis ces hommes se tiennent à quinze ou vingt pas de distance les uns des autres, et se glissant ainsi le long des maisons, dont leur capote a la couleur, ils ressemblent à des ombres dont la présence n'est pas bien certaine et qui souvent échappent aux regards d'un passant un peu préoccupé. Aussi, en traversant Paris, à deux ou trois heures de la nuit, vous avez quelquefois rencontré plusieurs patrouilles grises et vous ne les avez pas vues ; mais elles n'auront pas manqué de vous apercevoir.

Cette patrouille connaît son monde : elle n'arrêtera jamais le jeune homme qui sort du bal, le viveur qui s'est attardé à table avec des amis, le galant qui a oublié l'heure auprès de sa maîtresse. Elle reconnaît ces gens-là rien qu'à leur tournure, et elle ne s'y trompe pas ; mais elle avertit les personnes qui habitent un rez-de-chaussée ou un entresol bas, lorsqu'elles ont oublié de fermer une de leurs fenêtres donnant sur la rue ; elle tâche de surprendre les voleurs qui essayent de forcer une porte, de crocheter, de crier les volets d'une boutique. Elle réveille l'ivrogne qui s'est endormi au coin d'une borne, et le ramène à son logis si son ivresse est bien réelle ; enfin, elle fait une rafle sur tous ces vagabonds, ces gens sans asile qu'elle trouve sur son passage, et qui, pour la plupart, ne sont aussi que des voleurs, ou du moins aspirent à le devenir.

Autrefois les auvents des boutiques, les balustrades qui étaient en dehors des cafés, servaient à cacher ces malheureux qui n'ont point de domicile, qui ne possèdent pas même de quoi payer leur place dans le plus misérable garni, ou qui, par goût, aiment à passer la nuit à la belle étoile.

N'ayant plus ces cachettes que l'autorité a fait détruire, il leur reste les maisons en construction ; l'entrée des théâtres qui ont des péristyles, ou les arches des ponts ; c'est là qu'ils vont se blottir ; aussi on en ramasse souvent sur les marches du théâtre de l'Odéon, sous le péristyle du théâtre de l'Ambigu-Comique. Une nuit, la patrouille grise, découvrit un petit vagabond de douze à treize ans, blotti dans l'intérieur d'un tuyau de fonte, laissé sur la voie publique, près d'un endroit où l'on réparait un égout.

Les gens qui vivent à Paris en état de vagabondage, emploient toutes les ruses imaginables pour tromper la patrouille lorsqu'ils sont surpris par elle. Une des plus communes est de faire semblant d'être gris, ou d'avoir été attaqué et battu par des voleurs, ou de s'être trouvé mal d'inanition... Mais la patrouille grise est peu crédule ; elle conduit à la préfecture tous ceux qui ne peuvent pas justifier d'un domicile.

Elle est encore fort gênante pour les locataires qui essaient de déménager la nuit et jettent par une fenêtre tous leurs effets à quelques amis qui servent de commissionnaires ; le tout afin de partir le lendemain sans payer de terme.

Il est près de deux heures du matin ; les rues de Paris sont désertes, la patrouille grise fait ses rondes. Un homme mal vêtu se glisse dans l'ombre, arpentant le haut de la rue du Temple ; cet homme porte sur son dos un sac assez gros et qui semble fort lourd, car de temps à autre il est obligé de s'arrêter pour le changer d'épaule. Cependant cet individu s'efforce de hâter le pas et va tourner la rue des Gravilliers, lorsque tout à coup plusieurs hommes l'entourent... il espère que ce sont des camarades... mais il frémit en reconnaissant la patrouille grise.

Le chef l'arrête.

— Un moment, l'ami, tu marches bien vite, et pourtant ce que tu portes paraît devoir être lourd.

— Ah ! monsieur... c'est que... à l'heure qu'il est, on est bien aise d'être rentré chez soi. Je me suis un peu attardé en buvant avec un ami, et j'ai peur d'être grondé par ma femme. Bonsoir, messieurs.

— Tu es bien pressé ; que portes-tu dans ce sac ?

— Ça, messieurs, ce sont des pommes de terre, des provisions pour ma famille.

— Tu t'y prends un peu tard pour acheter des pommes de terre.

— Je les ai achetées dans la soirée, c'est que j'avais oublié mon sac chez le marchand de vin.

— Voyons tes pommes de terre.

L'individu qui prétend porter des provisions à sa famille, veut en vain s'opposer à ce que l'on visite son sac ; quand il s'aperçoit qu'il n'y a pas moyen d'éviter cette inspection, il essaie de fuir en abandonnant ce qu'il portait ; mais on a prévu son intention et on l'empêche de s'échapper.

On ouvre le sac. Les pommes de terre se trouvent changées en débris de plomb provenant de gouttières.

— Où as-tu volé cela ? demande le chef de la patrouille. Alors ce monsieur, renonçant à son système de prévoyance pour sa famille, répond d'un air penaud :

— Je n'ai rien volé ! j'ai trouvé ce sac dans la rue, je l'ai ramassé.

— Où l'as-tu trouvé, ce sac ?

— Là-bas, au coin du boulevard.

— Tu mens. Tu as volé cela, rue de la Corderie, où l'on vient de surprendre ton camarade qui était encore en train de couper des plombs.

— Tiens ! il s'est laissé pincer !... Ah ! le vieux pingre !...

— Ce n'est pas là ton coup d'essai. Il y a huit jours, on a volé tout le zinc d'une maison de la rue des Blancs-Manteaux, est-ce toi ?

— Oui.

— Qu'as-tu fait de ce zinc ?

— Je l'ai vendu.

— Et quand tu as eu de l'argent ?

— J'ai marché.

— Où couchais-tu ?

— Dans les carrières, sous les buttes Saint-Chaumont.

— Et dans la journée, que faisais-tu ?

— Tiens ! j'allais à la Cour d'assises voir juger... faut ben faire son droit !

La patrouille emmène cet habitué du Palais. Dans une rue voisine, elle aperçoit quelque chose de roulé contre une maison et une borne. Cela ressemble de loin à un tas d'ordure ; mais les agents ne s'y laissent pas tromper. L'un d'eux s'approche, et pousse avec son pied cette espèce de paquet qui geint et se déroule. C'est un homme.

— Hohé !... que faites-vous là...

— Hem... de quoi !...

— Que faites-vous là ? répondez.

— Vous le voyez bien, je dors.

— On ne doit pas dormir la nuit dans la rue.

— Tiens, pourquoi donc ça ? est-ce que le pavé n'est pas à tout le monde ?

— Pourquoi ne rentrez-vous pas chez vous ?

— J'étais si bien là !

— Allons, ne faites pas l'ivrogne, c'est inutile. Avez-vous un domicile ?

— Pas si bête ! pourquoi donc que je paierais un loyer ? je préfère le coin de la borne.

— Nous allons vous en donner un, alors.

— Où donc que vous me logerez ?

— Au dépôt de Saint-Denis.

— J'y resterai pas longtemps à votre dépôt !

— Allons, marche !...

— Minute !...

Le vagabond se baisse, et ramasse un chien mort, en disant .

— Attendez ! que je prenne mon traversin.

Un peu plus loin, la patrouille aperçoit un particulier arrêté devant les contrevents d'une boutique de faïencier, et cherchant à ouvrir une porte ; mais l'individu est revêtu du costume de la garde citoyenne, et loin de paraître se cacher, il chante tout en essayant d'ouvrir sa porte :

— *Ah ! quel plaisir d'être soldat !...* Sapristi, je suis bien content de rentrer me coucher, quoiqu'ça... J'ai dit au lieutenant que j'avais des coliques atroces... il s'est laissé attendrir... *Ah ! quel plaisir d'être soldat !...* Pourquoi donc que mon passe-partout n'ouvre pas ce soir... il y a donc des ordures dans ma serrure... *On sert et son prince et l'État...* Comme Égérie sera contente de voir son petit homme revenir coucher avec elle... comme elle le réchauffera son petit... *Et gaîment, gaîment on s'élance !...* Mais sacredié on a donc abîmé ma serrure... ça ne peut pas tourner à présent... Ah ! si, elle tourne. *Et gaîment, gaîment on s'élance !* Bon, elle tourne et ça n'ouvre pas !... Dieu ! que je fais de mauvais sang !... je serai obligé d'appeler Égérie, moi qui voulais la surprendre dans son dodo...

En ce moment le faïencier se retourne, il aperçoit la patrouille grise qui l'entoure et l'examine, il s'écrie :

— Messieurs, vous voyez un membre de l'ordre public qui rentre se coucher, avec la permission de ses chefs... C'est moi qui suis le maître de cette boutique... et marié depuis un an seulement, à une femme très-jolie et remplie de moyens pour le commerce... Depuis que je l'ai épousée, mon fonds est un des meilleurs du quartier ; j'ai des pratiques par-dessus la tête. Tous les jeunes gens de la rue se fournissent chez moi... il y en a un entre autres qui m'achète tous les matins une soucoupe, il paraît qu'il en casse beaucoup ! J'ai pris pour enseigne : *A la Faïence imperméable !...* c'est une idée de moi... Mais je ne sais pas ce qui est arrivé à mon passe-partout... je ne peux pas ouvrir ma porte... je crains d'être obligé de réveiller ma femme... mon Egérie.

— Voyons, dit le chef de la patrouille en s'avançant, je serai peut-être plus adroit que vous... je ferai peut-être aller la clef, moi...

— Ah ! ma foi, vous me rendriez un grand service... monsieur le commandant.

L'agent de police a fait tourner la clef, et il dit au faïencier :

— Votre clef va très-bien, mais vous resteriez là bien inutilement ; comment voulez-vous ouvrir votre porte ? on a mis la barre de fer en dedans.

— Vous croyez, monsieur le commandant ?

— J'en suis sûr.

— C'est singulier, car je dis toujours à mon épouse quand je suis de garde : Ne mets pas la barre de fer à la porte, car si par hasard je puis revenir me coucher, je reviendrai. Mais elle aura eu peur apparemment, et elle s'est barrée pour qu'on ne puisse pénétrer chez elle... Pauvre petite chatte ! il faut que je la réveille.

Le faïencier se recule un peu, et tout en regardant à l'entresol, se met à crier :

— Egérie !... c'est moi !... Egérie !... c'est ton petit mari... Hum !... hum !... *Ah ! quel plaisir d'être soldat !...* Il paraît qu'elle dort profondément !... Mais avec le bout de mon fusil, je vais cogner au volet...

Le faïencier cogne ses volets de l'entresol, en criant de nouveau.

— C'est moi ! Egérie, n'aie pas peur... tu as mis·une barre, ma biche, et cela m'empêche d'entrer... Ote ce que tu as mis, Egérie, tu me feras plaisir... Ah ! elle ouvre la fenêtre... elle est éveillée.

En effet, on entr'ouvre bien doucement un volet de l'entresol, et une voix de femme qui semble fort émue, balbutie :

— Qu'est-ce qui est là ?

— C'est moi ! Egérie... c'est Joseph, ton époux... Je reviens coucher... ôte le boulon, chère amie... ôte ce qui m'empêche de rentrer.

— Ce n'est pas vrai !... vous n'êtes pas Joseph, mon mari est de garde... Laissez-moi dormir, je n'aime pas ces plaisanteries-là.

Et le volet se referme. Le garde national se retourne vers la patrouille grise, en s'écriant :

— En voilà une sévère, par exemple !... Je ne suis pas son mari... elle ne reconnaît pas ma voix... ce que c'est que la peur et le som-

meil... Mais je veux me coucher, je n'ai pas envie de retourner au poste, on se moquerait de moi !... Holà ! Egérie... ah ! sacrebleu, éveille-toi donc tout à fait... C'est moi, ton Joseph... Mon passe-partout ouvre... mais la porte est barrée en dedans...

Le volet de l'entresol s'entr'ouvre de nouveau.

— Comment, c'est toi, mon ami...

— Eh ! oui... c'est moi... Ah ! elle me reconnaît enfin... je savais bien que ce n'était que l'effet du sommeil.

— Je croyais rêver, mon ami, je ne comprenais rien à tout bruit.

— Débarre-toi, chère amie, descends m'ouvrir, que je puisse rentrer... mais prends de la lumière, ne va pas tomber, te cogner.

— Oh ! je n'ai pas besoin de lumière, je vais descendre.

Le faïencier se frotte les mains, en disant :

— Maintenant je suis sûr de ne point passer la nuit à la porte ; messieurs, je vous souhaite bien le bonsoir... *Ah ! quel plaisir d'être soldat !...* Voilà ma femme qui descend... *Et gaîment on s'élance !...* *Ah ! quel plaisir, ah ! quel plaisir, ah !* comme je vais la réchauffer... ah !...

La patrouille s'éloigne ; mais à une centaine de pas, le chef fait signe à ses hommes de s'arrêter... puis tous restent immobiles et en silence, les yeux fixés sur la fenêtre de l'entresol du faïencier, ils attendent le dénoûment de la scène qui vient de se passer.

Ce dénoûment ne tarde pas à arriver ainsi que la patrouille l'avait prévu. A peine le mari est-il rentré dans sa boutique, et s'occupe-t-il à remettre les boulons et les barres de fer à sa porte, que les volets de l'entresol s'ouvrent davantage, puis un jeune homme paraît à la fenêtre, d'où il s'élance dans la rue au risque de se briser sur le pavé. Mais l'étage est bas, le jeune homme est tombé sur ses pieds et ses mains, il est aussitôt relevé, et se met à courir à toutes jambes. Il passe au milieu de la patrouille qui peut voir que ce monsieur n'est qu'à demi vêtu, car qu'il tient sa redingote sur son bras ; mais la patrouille grise n'a garde de l'arrêter, elle le laisse courir, car elle sait fort bien que ce n'est pas un voleur.

Puis, dans une rue voisine, les agents de police rencontrent une jeune fille qui marche très-vite, mais qui s'arrête et devient toute tremblante, en se voyant tout à coup entourée d'hommes qui ont eu l'air de sortir de dessous les pavés, et l'ont cernée avant même qu'elle ne les ait vus venir.

— Où allez-vous si tard, jeune fille ? demande un des hommes en approchant une lanterne sourde du visage de Rose-Marie, car c'est elle que la patrouille grise vient de rencontrer.

— Messieurs... je vais... chez mon oncle... monsieur Eustache Gogo.

— Et où demeure-t-il, votre oncle ?

— Il demeure... rue de Vendôme, numéro 14.

— Et comment se fait-il que vous soyez seule à cette heure, dans les rues ?

— Monsieur... c'est que... je suis restée à causer avec quelqu'un...

— Avec votre amoureux, n'est-ce pas ? mais il aurait bien dû vous reconduire alors, on ne laisse pas une jeune fille... comme vous, revenir seule, la nuit, dans Paris.

Rose-Marie baisse les yeux, et ne répond pas. Les agents la regardent, puis ils se regardent entre eux, et bientôt le chef de la patrouille reprend :

— Voulez-vous que l'un de nous vous escorte jusque chez vous ?

— Oh ! je vous remercie, messieurs, mais j'irai bien toute seule...

En disant ces mots, la jeune fille se remet en marche et s'éloigne rapidement. La patrouille grise la laisse aller après l'avoir examinée. Les hommes de l'escouade l'auraient escortée, mais il ne l'auraient point arrêtée.

XII. — LE CAFÉ AUX PIEDS HUMIDES.

Rose-Marie a marché longtemps en se félicitant de ne pas avoir été emmenée par la patrouille : la peur qu'elle a éprouvée alors lui a rendu des forces ; pendant quelque temps, elle a pu encore parcourir diverses rues, et elle se dit :

— Si le jour pouvait venir... oh ! alors, je demanderais le chemin de l'embarcadère ; je m'y rendrais, et aussitôt que les employés seraient arrivés, je demanderais à partir pour Corbeil.

Mais le jour n'était pas encore prêt à paraître ; la jeune fille trouvait cette nuit éternelle. Les nuits semblent toujours bien longues à ceux qui souffrent moralement ou physiquement.

Cependant la pauvre Rose ne pouvait toujours marcher. Elle est arrivée à l'entrée d'un pont ; elle sent la fraîcheur de la rivière, elle se demande si elle doit encore avancer, lorsque ses yeux distinguent à une centaine de pas, à peu près au milieu du pont, une lumière rougeâtre dont la clarté incertaine ne se projette que sur un cercle fort restreint. Puis de temps à autre, cette lumière disparaît, comme si quelqu'un venait de la masquer en se plaçant devant.

La jeune fille ne tarde pas à entendre plusieurs voix, elle croit même distinguer comme des chants, puis des éclats de rire. Il est évident que plusieurs personnes sont rassemblées autour de cette lumière placée au milieu du pont; mais que font-elles là ? Rose ne sait si elle doit avancer ou reculer, mais l'un et l'autre lui seraient également difficiles, elle est entièrement épuisée de fatigue, un banc de pierre s'offre à sa vue, elle s'assoit dessus, en murmurant :

— Je ne puis aller plus loin... cela m'est impossible... mais ces gens qui sont là-bas ne doivent pas être des malfaiteurs, puisqu'ils ont de la lumière et que je les entends rire et chanter. D'ailleurs, le ciel qui m'a protégée contre la patrouille grise, veillera encore sur moi . et puis le jour va venir, et alors...

La jeune fille n'a plus la force de penser davantage , elle se laisse aller sur le banc de pierre, ses yeux se ferment, elle s'endort.

Rose-Marie se trouvait, sans le savoir, à l'entrée du pont Notre-me , et elle venait de s'endormir tout près du *Café aux pieds mides*.

Il n'est pas inutile de faire connaître ce café ; les habitués de la Rotonde, des Provençaux, du Café de Paris, ne connaissent probablement pas cet établissement. Les personnes qui fréquentent les cafés plus modestes de la capitale, et même les habitués d'estaminet, peuvent fort bien aussi n'avoir jamais entendu parler du *Café aux pieds humides*, qui cependant existe déjà depuis longtemps dans Paris. Mais quoique l'on ait beaucoup parlé des choses curieuses, secrètes ou mystérieuses de cette grande ville, on n'a pas tout dit , il en est encore beaucoup d'oubliées, et d'autres que l'on ne dévoiler . peut-être jamais.

C'est au milieu du pont Notre-Dame, que toutes les nuits, quand minuit a sonné à l'horloge de la cathédrale, une femme qui tient sous ses bras une table et deux ou trois chaises à peu près dépaillées, vient dresser son établissement et commencer son commerce. Cette femme allume une chandelle qui est entourée de papier pour la garantir du vent; elle la pose sur la table, et sortant ensuite d'un vaste panier plusieurs tasses de faïence, avec ou sans anses, et toujours plus ou moins ébréchées, elle les place sur la table autour de la chandelle. Ensuite elle allume du charbon dans un grand fourneau de terre, puis elle met dessus une énorme cafetière de fonte ou de fer-blanc. Là dedans est une boisson, composée en grande partie d'eau, puis de lait, puis de marc de café et de marc de chicorée, et dans laquelle on a fait fondre quelques morceaux de cassonnade bise. Voilà ce que la débitante appelle du café à la crème ; quelquefois il y en a aussi sans lait pour les véritables amateurs ; c'est cette boisson qu'elle vend dans des tasses pour un ou pour deux sous. Enfin, elle place avec une certaine liberté sur sa table, deux ou trois journaux du jour qu'elle a rachetés à bas prix de quelques cafés borgnes, à l'heure où ils ferment, elle attend la pratique qui ne tarde pas à arriver, et qui prend son café debout autour de la table; les consommateurs seuls ont le droit de *lire les journaux*.

Voilà ce que l'on appelle le *Café aux pieds humides*, fort bien nommé, puisque les habitués sont obligés, tel temps qu'il fasse, de se tenir sur le pavé qui est bien rarement sec sur le pont Notre-Dame. Il s'ouvre, ou plutôt commence à minuit pour durer jusqu'au jour.

Vous devez deviner quelle espèce de société se trouve ordinairement à ce café en plein vent. D'abord beaucoup de ces messieurs qui n'ont pas de gîte, ou qui se trouvent aussi bien dans la rue que chez eux ; puis les paysans qui vont ou qui reviennent de porter leurs légumes, leurs fruits au marché; mais ceux-là, après avoir pris leur jatte de café, continuent leur chemin, et s'arrêtent rarement pour causer. Ensuite viennent les charretiers, les chiffonniers, les balayeurs, tous ceux qui travaillent la nuit; puis les ivrognes qui ne peuvent plus rentrer chez eux ; puis enfin les flâneurs, les goinfres, et tous ces hommes qui ne savent où passer la nuit, et qui esquivent souvent la patrouille, en allant au *Café aux pieds humides*, où on lit les journaux et où l'on parle politique. Les pratiques de cet établissement se renouvellent souvent pendant la nuit; que dans les véritables cafés, vous y voyez des habitués, des hommes qui arrivent après que la chandelle a paru, qui s'emparant de la chaise dont la *limonadière* ne fait point

usage, et qui restent là jusqu'au jour ; lisant tous les journaux qui sont sur la table, et les retenant tous en arrivant.

En ce moment le *Café aux pieds humides* est dans toute sa splendeur : une dizaine d'hommes y sont réunis; la plupart en blouse ou en bourgerons, quelques-uns en vestes, la plupart ayant des trous, des accrocs ou des pièces à leurs vêtements; on y aperçoit aussi plusieurs chiffonniers portant leur *cabriolet* sur leur dos.

La débitante distribue le café tout sucré aux consommateurs. Quelques-uns ont apporté un énorme morceau de pain, et se mettent à faire la trempette dans leur tasse. Mais alors l'attention de toute la société est fixée sur un petit homme à grosse tête, vêtu d'un mauvais pantalon de velours olive et d'un bourgeron bleu, qu'une ceinture rouge fixe autour de son corps. Cet individu, qui a la taille d'un nain et des membres d'une grosseur prodigieuse, est monté debout sur la table, et fait tout haut la lecture d'un journal à ces messieurs qui l'entourent, s'interrompant seulement pour fourrer sa main sous sa casquette, et gratter avec une espèce de fureur dans ses cheveux roux et crépus.

L'homme-nain a une voix aigre et aiguë qui ne fait pas perdre un seul mot de ce qu'il dit à ses auditeurs; c'est pourquoi ceux-ci le chargent souvent de leur faire la lecture des journaux, que beaucoup d'autres, d'ailleurs, ne seraient pas en état d'épeler.

— Une tasse de deux sous, mère Chicorée ! dit un jeune homme pâle et blême qui vient de s'approcher de la réunion, et dont la blouse grisâtre est toute couverte de boue depuis le bas jusqu'en haut.

— Tiens, c'est Féroce!... v'là Féroce!... s'écrient plusieurs voix en tendant la main au nouveau-venu; tu viens bien tard cette nuit... est-ce que tu as noce?

— Ah! dans quoi donc t'es-tu baigné? tu as l'air d'un caniche qui a fait les quatre coins de Paris ventre à terre...

— Ça... ah! c'est rien... c'est que j'ai eu quelques difficultés avec ma maîtresse, et nous nous sommes un peu roulés dans le ruisseau tous les deux !... Je ne veux pas qu'elle boive de l'eau-de-vie, moi !... quoi, c'est mon idée... du vin tant qu'elle voudra ! mais du *sacré-chien*, jamais !... parce que je la connais; quand elle a bu des spiritueux, elle saute au cou du premier homme qui passe.... Merci !... menez donc c'te femme-là dîner avec des amis !... vous serez coiffé avant le dessert !... il est guère sucré le lolo ce soir, mère Chicorée !

— Comme à l'ordinaire! toujours le même poids de cassonnade! mais vous êtes friand, vous! il vous faudrait du caramel!

— Silence donc, les autres! est-ce que vous ne voyez pas que Ratmort nous lit le journal?

— Ah! tiens, c'est vrai!... il est si grand, Ratmort! qu'on ne le voit pas même quand il est monté sur une table.

Cette saillie fait hurler de rire toute la société, excepté celui qui l'a fait naître. Le gros nain, après avoir labouré sa crinière avec ses doigts, tourne sur le jeune homme, qu'on nomme Féroce, ses petits yeux vert ardent, en s'écriant :

— Dis donc, toi !... méchant blanc-bec, si je n'ai pas la taille d'un grenadier, apprends que j'en ai la force et la valeur!... Quand tu voudras en avoir la preuve, tu n'auras qu'à le dire... si tu veux, je vas faire ton affaire tout de suite!... Qu'est-ce qui veut parier un litre avec moi que je le fiche à l'eau!...

— Est-il rageur, ce petit Ratmort!... il se fâche tout de suite !... Me jeter à l'eau !... merci!... parce qu'il nage comme une carpe qu'il est !...

— Ne m'ennuie pas, Féroce . je vas t'égruger, méchant grain de sel !...

— Allons, messieurs, est-ce que vous n'avez pas fini ! dit d'un ton important un vieux chiffonnier, en s'appuyant d'un air fier sur son crochet. Nous en étions à un article très-intéressant du journal, il s'agissait des intérêts du pays... et de l'économie politique qu'on se propose de faire... sur les vins falsifiés!... Quand on aime sa patrie, on doit s'intéresser à cet article. Je demande que Ratmort continue la lecture du journal.

— Oui! oui! la lecture du journal ! crient plusieurs voix.

— Je vas poursuivre, dit le petit homme qui est monté sur la table; mais s'il y a encore queuque z'un qui s'avisent de me vexer sur le plus ou moins de centimètres que j'ai reçus de la nature, je demande le combat à outrance, tout de suite, sans délai... et... immédiatement.

Après avoir dit ces mots, le petit être qu'on nomme Ratmort reprend la lecture du journal.

— Hum!... hum!... où en étais-je... « Le ministre de l'intérieur » ne recevra pas aujourd'hui... mais il recevra la...

— Queuque ça nous fiche à nous ! s'écrie un grand homme d'une maigreur effrayante, qui a la tête couverte d'un énorme chapeau doublé de cuir et porte des bottes qui lui montent jusqu'à la cuisse. Est-ce que tu crois que nous voulons aller au milieu de la soirée du ministre?...

— Silence, Blairot!... si on m'interrompt à chaque instants, je perds mon fil et je ne me retrouve plus...

— Où en sommes-nous avec les puissances étrangères? demande un monsieur à la figure animée, et dont le nez est enjolivé d'une foule de reietons. Ce monsieur porte un habit qui n'a qu'un pan ; il a des bottes tellement éculées qu'on est toujours tenté de croire qu'il est en train de les ôter. Enfin, sa tête est couverte d'un vieux bas noir, dont le pied retombe en guise de gland sur son oreille gauche ; ce loin cela joue le bonnet de police.

— Ah! voilà Ladouille qui vient parler politique, dit le jeune Féroce en ricanant.

— Eh ben, pourquoi pas!... on se doit à son pays... à ses institutions... ma patrie, voilà mon Dieu... Qui est-ce qui me prête une chique?... ne parlez pas tous à la fois!... Ah! sont-ils cancres... pas un pauvre petit bout de chique pour l'amitié!...

— Sacré nom d'une pipe! s'écrie Ratmort en frappant avec violence de son pied sur la table; vous ne voulez donc pas que je vous lise le journal!... Vous jacassez tous comme des pies... et on dit que les femmes sont bavardes... je contredis ce proverbe... les hommes parlent plus que les femmes... quand ils ne s'arrêtent pas... Je quitte la tribune.

— Non, non!...
— Reste, Ratmort...
— Lis, nous écoutons.
— Nous attendons! dit le chiffonnier qui se donne un air important en s'appuyant sur son crochet.

« — Le champ de foire à Rouen a été encore hier le lieu de l'exé-
» cution capitale d'un marchand de vin frauduleur... cent vingt-huit
» litres de vin falsifiés ont été répandus en présence du monsieur le
» commissaire de police. Le liquide fraudé coulait par ruisseaux...

— Ah! nom d'un nom, que j'aurais voulu barbotter par là! s'écrie l'individu coiffé d'un bas noir, comme je me serais débarbouillé dans le liquide!...

— Mais pisqu'on te dit, Ladouille, que c'était du falsifié!... du vin faux, quoi!...

— Faux ou non, zut! je lippe à mort! Et, d'ailleurs, est-ce que nous buvons autre chose chez tous les cabaretiers où nous allons d'habitude! Pour boire du bon, du vrai, du pur, faut aller hors barrière, c'est connu...

— Ah! ouiche! dit l'homme aux grandes bottes; c'est pour ça que ces jours derniers, à la Courtille et à Vaugirard, on a fait aussi défoncer un tas de pièces dans les ruisseaux!...

— Silence, citoyens! s'écrie le vieux chiffonnier... laissez continuer la lecture du journal.

Ratmort gratte sa tête, tousse, crache au hasard sur la société, puis reprend :

« — Par ordonnance royale... a été nommé avoué près le tribunal
» de première instance...

— Après... après... c'est aucun de nous, ça ne nous touche pas...

— » L'état de la colonie d'Alger devient de plus en plus satisfai-
» sant... les colons arrivent en masse. Abd-el-Kader s'est retiré dans
» le désert... on lui a pris cent chameaux... »

— Après... après... va plus bas!...

— Du tout! crie le vieux chiffonnier; je demande la continuation de cet article... ça m'intéresse... j'ai intention d'aller me coloniser avec ma famille... et mes neveux qui justement parlent marocain...

— Au fait!... dit monsieur Ladouille en balançant agréablement le pied de son bas sur sa tête, ce serait peut-être une bonne spéculation à faire... Vous arrivez là... on vous donne du terrain... des vivres... de l'argent... des lions tout apprivoisés ; vous vous faites bâtir une maison par les Bédouins; vous vous formez un petit sérail avec cinq ou six Bédouines et autant d'Arabesques, et vous n'avez pas autre chose à faire qu'à fumer et à vous faire tatouer... Je pars avec toi, vieux Crochet!

— Toi, je ne veux pas t'emmener, tu serais capable de boire la mer et les poissons en route.

— Eh ben, tant mieux, on irait à Alger à pied *sèche* alors.

— Silence! vous autres. Lis, Ratmort!

« — Souscription pour le chemin de fer de Belgique... » Qui est-ce qui souscrit... Ohé!... allez donc porter vos fonds...

— J'offre ma culotte, qui n'en a pas.

— Moi, j'ai dix sous... j'ai envie de les risquer...

— T'as dix sous vieux muffle!.. comment! tu es farci de numéraire à ce point-là! J'espère bien que tu les mangeras ce matin avec les amis...

— Et si je ne veux pas...
— Je te les *grinche* alors!...
— Je t'en défie!.. je les ai mis dans un endroit *ousque* tu n'iras pas les chercher!
— Je parie que si!..
— Mais silence! donc! sacredié ; c'est embêtant, quand on veut entendre le journal, d'être entouré de bavards comme ça... Va, mon petit Ratmort... lis, mon bonhomme!

Mais au lieu de lire, l'espèce de nain se met à danser sur la table en faisant des poses grotesques, puis il chante à tue-tête en battant la mesure sur ses fesses :

> Ah! ciboul, cibouli, ciboula!...
> Trala, zig la, trou la la!...
> Ce sont les enfants d'Parisl...
> Qui sont bleus quand ils sont gris!...
> Le rendez-vous des amis
> Et des buveurs intrépides
> C'est l' Café des pieds humides!

Aussitôt la société se met à hurler en chœur le refrain de cette espèce de bacchanale, et plusieurs de ces messieurs terminent par un pas de cancan dont la dernière figure consiste à se mettre à plat ventre sur le pavé, en faisant aller ses pieds et ses jambes comme si l'on nageait.

Le vieux chiffonnier est le seul qui n'ait pas pris part à la danse. Il est resté impassible sur son crochet, et après le chœur, il crie d'une voix forte :

— Je demande la continuation du journal et de l'article sur Alger.

— Moi, je demande le second couplet de la ronde.

— Le journal!

— La chanson!... il nous embête avec son Alger, ce vieux-là!...

Pour toute réponse, Ratmort se tape de nouveau sur le derrière en levant une cuisse à la manière des chiens qui s'arrêtent contre une borne, puis il se remet à chanter :

> Trala! zig la! trou la la!...
> La plus grande société
> Tient dans la localité.
> Où prend-on en liberté
> Les demi-tasses les plus splendides?
> Au café des pieds humides!

La danse a recommencé; monsieur Ladouille vient d'enlever la limonadière de dessus sa chaise ; et il commence avec madame Chicorée une valse qui tient de la savoyarde et de la cachucha et pendant laquelle le jeune homme appelé Féroce parvient à arracher au danseur le dernier pan qui restait à son habit, et à le fourrer sous sa blouse, probablement pour en faire un fond à son pantalon.

Déjà plusieurs fois, le monsieur coiffé du bas noir a manqué de faire tomber sa valseuse sur le pavé, et il est probable que la danse se terminera ainsi, lorsqu'un nouveau personnage se présente. Il perce le cercle qui s'est formé autour des danseurs, se met à rire aux éclats, et frappe dans ses mains, en criant:

— Bravo!... Tiens, on s'amuse ici... Bien le bonsoir, messieurs mesdames et la compagnie, est-ce qu'il n'y aurait pas moyen d'avoir une tasse de café au lait bien chaud? on m'a dit qu'on en tenait ici.

La mère Chicorée lâche son valseur qui va terminer une figure dans les pieds du chiffonnier, et pendant qu'elle se hâte de servir la nouvelle pratique, tous les habitués du café regardent d'un air méfiant et presque inquiet le particulier qui vient d'arriver, et qu'ils voient pour la première fois dans leur société. Ces hommes ont presque tous des raisons pour craindre qu'un mouchard ne se glisse parmi eux.

Mais le particulier qui vient d'arriver ne prend pas garde aux regards qu'on attache sur lui; tout occupé de la tasse qu'on vient de lui présenter, il semble avaler avec délices le liquide fumant qu'elle contient, et s'écrie seulement de temps à autre:

— Tiens, c'est bon!... c'est vraiment du café... C'est guère sucré, mais c'est très-chaud, ce qui revient au même.

Pendant ce temps, les habitués font à demi-voix leurs observations.

— Ah! c'te tête...

— C'est un cosaque déguisé.

— Il a l'air fièrement dégommé, toujours!

— Pantalon arlequin... et ce collet à son habit !

— En v'là un drôle d'uniforme !

— Ah !... et ce chapeau !... regardez donc, vous autres... ce chapeau à plis !... c'est une nouvelle mode apparemment...

— Faut que je m'en donne un comme ça pour Longchamp ; j'aurai l'air d'un lion de Florence.

— Ma foi, j'aime encore mieux le bonnet de police de Ladouille · au moins on voit ce que c'est.

Au portrait que ces messieurs viennent de faire du nouveau venu, on doit déjà avoir reconnu le boutonnier qui a voyagé en chemin de fer avec Rose-Marie ; c'est lui, en effet, qui vient de se présenter au Café des pieds humides. Il savoure la consommation.

Le petit Ratmort qui s'est assis sur la table, d'où il considère d'un air goguenard le particulier coiffé du chapeau de mérinos à plis , lui dit bientôt :

— Il paraît que vous êtes friand sur le café, dites donc... vous, eh ?

— Mais oui... je l'aime beaucoup... Au reste, j'aime tout ce qui se boit !

— Ah ! il n'est pas dégoûté, le paroissien ! Dites donc, il me semble que c'est la première fois que l'on vous voit par ici.

— D'où donc que vous sortez comme ça, cosaque ? dit monsieur Féroce.

Ce mot est couvert de rires et de trépignements de joie. Celui auquel il s'adresse prend très-bien la chose, et après avoir avalé ce qui restait dans sa tasse, il répond d'un air aimable :

— C'est en effet la première fois que je viens ici, messieurs, et c'est pas étonnant, je suis arrivé à Paris d'hier... par le chemin de fer ; je viens d'Orléans ; c'est Bichat, mon compère, qui m'a écrit : Viens vite, j'ai une bonne place pour toi. Je suis parti tout de suite, car je gagnais si peu là-bas dans mon état de boutonnier... ma foi j'ai bien fait. Je suis content d'être venu. J'ai bien fait de me presser ; il y avait tant de concurrents pour cette place... si j'avais tardé d'un jour elle m'échappait !... mais je suis arrivé à temps.

Nicolas Gogo. — Page 43.

Bichat m'a présenté, je suis reçu... j'entre en fonctions ce matin.

— Quelle place avez-vous donc ?

— Inspecteur du balayage ! rien que ça... et trente francs par mois... c'est gentil ! et le service est presque toujours fini à trois ou quatre heures, et on a toute sa soirée à soi... je pourrai encore travailler à mes boutons si je veux !

— Diable ! dit monsieur Ladouille en cherchant le pan de son habit ; mais c'est un joli poste, en effet... Qui est-ce qui m'a chippé mon pan ?... on n'est donc pas en sûreté ici ? les amis se volent donc entre eux ?...

— Par exemple, reprend le boutonnier, il faut se lever de bonne heure. A trois heures du matin, l'été comme l'hiver, on m'a dit qu'il fallait être sur pied... et, ma foi, comme j'avais peur de ne pas me réveiller assez tôt aujourd'hui, je ne me suis pas couché du tout. Et Bichat m'a dit : Va-t-en au Café des pieds humides, sur le pont de Notre-Dame, tu y attendras le moment d'entrer en fonctions. Je me suis mis en route ; mais je ne m'attendais pas que le café était en plein air... Farceur de Bichat, qui me dit qu'il est ouvert tout la nuit !... j'crois bien, et comment donc qu'on ferait pour le fermer ?...

— On emporterait la table, les tasses, la chandelle, et n, i, ni, plus personne, l'établissement disparait !...

— C'est juste, au fait. Alors on ne dîne pas ici ?

— Non, mon fiston, s'écrie le jeune Féroce en allant frapper sur l'épaule du boutonnier ; mais si tu veux payer ta bienvenue avec es amis, je te mènerai tantôt dans un restaurant un peu soigné. C'est à l'entrée de la rue de Crussol, dans une échoppe, où l'on peut tenir jusqu'à cinq personnes à la fois, *au Petit Véry* enfin ! Pardi, c'est connu ! tout le monde t'enseignera ça ! et pour dix sous par tête nous dînerons comme des députés du centre !

— Ça va, je veux bien... Bichat m'a avancé trois jours d'appointements, et ma foi je serai bien aise de connaître les bons endroits de Paris.

— Eh bien, viens, tu ne pouvais pas mieux tomber, gnia pas un lieu public un peu chouette que Féroce ne connaisse... demande plutôt aux amis.

— Féroce ?

— C'est mon nom... mon sobriquet, si tu veux... parce que je suis un peu brutal avec le sexe... c'est ma manière de me faire adorer.

— En revanche, dit Ratmort d'un ton moqueur, il ne l'est pas du tout avec les hommes, va !...

— Et toi, inspecteur du balayage, comment que tu t'appelles ?

— Moi, je me nomme Glureau... Désiré Glureau.

— Ah ! ce nom !... je t'appellerai Cosaque, c'est plus gentil, et ça va mieux à la frimousse.

— Cosaque... ah ! ah !... ça m'est égal, pourvu que je sois toujours Glureau.

En ce moment, le vieux chiffonnier se rapproche de la table, et il tape plusieurs fois dessus avec son crochet, en criant :

— Je demande la continuation du journal... je paie assez souvent des petits verres à Ratmort, c'est pour qu'il me tienne au courant des affaires de l'Etat. L'arrivée de l'inspecteur au balayage ne doit pas interrompre nos récréations.

— Ah ! quelle scie, que ce chiffonnier avec son journal ! dit Féroce en faisant une pirouette.

— J'appuie la motion du vieux père Crochet ! dit l'individu aux grandes bottes. J'ai plusieurs égouts à nettoyer aujourd'hui, et, tout en travaillant avec les confrères, je tiens à être au courant de notre situation politique sur la surface *quelqueconque* du globe !...

— Mais pourquoi ne les lisez-vous pas vous-même, puisque vous tenez tant à savoir ce qu'ils chantent ?

— Parce que je ne savons pas lire, apparemment, jeune serin.

— Ça ne sait pas lire, et ça veut raisonner sur les affaires du gouvernement.

— Tout de même, mon petit ! ça n'empêche nullement. Il y a mieux : je veux fonder un nouveau journal ; je veux l'être directeur d'une feuille qui servira au peuple dans ses besoins... je l'intitulerai : la Gazette des Chiffonniers...

— Pourquoi pas des *récureurs?*

— Et pourquoi pas des paveurs ?

— Et pourquoi pas des charretiers?

— Et pourquoi pas des regratteurs?

— Tiens, après tout, il devrait y avoir un journal pour chaque profession !

— Allons, allons, ne vous disputez pas, mes enfants ! crie la mère Chicorée, faut appeler votre journal : la Gazette des Floueurs ; si tous ceux qui le sont s'y abonnent, je vous réponds que vous ferez de bonnes affaires !...

— Ah ! ah ! bravo ! la mère Chicorée !... C'est meilleur que son café, ça !...

— Allons, la lecture, Ratmort !... le journal.

Le nain s'est remis debout sur la table et il lit :

« L'année mil huit » cent quarante-quatre » verra probablement » disparaître des rues » de Paris le dernier » réverbère. L'admi- » nistration va mettre » en adjudication la » fourniture de mille » lanternes à bec de » gaz pour éclairer la » voie publique. »

— Ils sont stupides avec leur gaz ! dit un petit homme dégue- nillé, et dont la figure hétéroclite a quelque chose du singe et du chat, vouloir illuminer Paris toutes les nuits... Qu'est-ce qu'ils feront donc les jours de fêtes, alors ?...

— Et puis, t'aimes pas la lumière, toi, Flairon, n'est-ce pas ? dit M. Féroce en sou- riant ; tu préfères l'ob- scurité.

— Dame ! c'est le seul moment de la journée où l'on peut s'amuser, faire ses farces, rire un brin !... Je les casserai tous leurs becs de gaz... ils me font mal aux yeux...

— Est-ce qu'il n'y a point une séance de la chambre? demande le vieux chiffonnier en s'appuyant sur son ca- briolet, voilà ce qui m'intéresse le plus, moi...

— Mais non, vieux, il n'y a pas de chambre maintenant. Comment ! tu ne sais pas ça, toi, profond politique, qui veux fonder un jour- nal... voilà le procès de trente-six voleurs, toute une bande qu'on a pincée d'un coup de filet... voulez-vous que je vous lise ça?

— Non, non, c'est inutile.

— Nous connaissons l'affaire aussi bien que ceux qui la jugent.

— Peut-être mieux, ajoute monsieur Flairon en tirant de sa poche une poignée de tabac à chiquer, qu'il mastique longtemps dans sa main avant de le fourrer dans sa bouche.

— Alors, voulez-vous que je vous lise les annonces?...

— Oui, oui ; c'est quelquefois bon à savoir... ça peut servir.

— Et puis, on connaît les propriétés qui sont à vendre, dit le chif- fonnier, et on a le droit d'aller les visiter.

— Pour les acheter, vieux Crochet?

— Non ; mais pour ramasser les chiffons qui sont dedans...

« — *Association mutuelle d'assurances sur la vie des hommes.* »

— Ah ! c'est pas bête ça, les amis ; je propose de nous assurer mu- tuellement ! s'écrie Ladouille ; ça vous va-t-il ?

— Oui, dit Féroce, à condition que l'on ne paiera que si on meurt.

— C'est pas ça... nous mettrons chacun autant, nous formerons une masse...

— Vois-tu cela... moi, qui suis jeune et gaillard, j'irai payer autant que le père Crochet, qui flotte sur son déclin !...

— Je vivrai plus longtemps que toi, répond le chiffonnier d'une voix rauque ; il est frais, le gaillard !... j'en enterrerai dix comme toi !...

« — *Médaille d'honneur, cafetières à flotteur, compteur et filtres* » *mobiles...* » Ah ! mère Chicorée, ça vous regarde, ça, vous devriez bien vous faire cadeau d'une cafetière comme ça... Nous boirions du nanan, alors !

— Vraiment ! ce que je vous vends n'est peut-être pas bon ?... Vous n'êtes jamais con- tents !... Pour un sou qu'ils me donnent, ne voudraient-ils pas avoir du pur moka avec de la crème double !

« — A vendre : *usi-* » *nes, tannerie,* avec » toutes sortes de fa- » cilités pour le paie- » ment... » Ah ! v'là ton affaire, père Cro- chet, tu peux acheter cela, tu donneras quinze sous par se- maine...

— Fi donc ! une tan- nerie !... ça pue trop !... quand je prendrai un établissement, je veux quelque chose de plus huppé que ça !

« — *On demande* » *des courtiers et cor-* » *respondants en pro-* » *vince,* pour un su- » perbe ouvrage d'un » placement facile ; il » sera fait une remise » très - forte sur la » vente... »

— Tiens ! ça me va ! s'écrie Ladouille, le courtage, c'est mon élément... Si j'avais pas perdu les pans de mon habit, je me se- rais présenté demain... C'est égal, donne-moi l'adresse, Ratmort, je me présenterai comme commissionnaire.

— « Rue des Mau- » vaises-Paroles, 13 ; » demander monsieur » P. T. »

— Ah ! quel fichu anonyme !... j'irai pas.

« — *Eau hygiéni-* » *que pour la toilette.* » Cette eau réparative, » et d'un effet magique, » fait disparaître à l'in- » stant les taches de » rousseurs, rougeurs, » boutons, callosités, » et rend à la peau sa

DEGHAUT

Elle le trouve s'exerçant à sauter à pieds joints par-dessus son pot de chambre. — Page 33.

» fraîcheur et son velouté... » Tiens ! tiens ! mais ça m'irait, ça, à moi !...

— Combien le flacon? demande le monsieur aux grandes bottes, en passant sa manche sous son nez...

— Ah ! le récureur qui veut de l'eau *réparatoire* pour la toilette.

— C'est pas pour moi ! mais j'ai ma femme qui a depuis trois mois deux grosses lentilles sur le nez que ça pousse, et que c'est pas joli du tout ; si cette eau-là fait tout disparaître, je lui en ferai cadeau.

— Cinq francs le flacon.

— Merci ! je sors d'en prendre... je croyais que ça valait six sous. Mon épouse gardera ses lentilles.

« — *Bandoline pour lisser et embellir les cheveux...* »

— Oh ! bandoline, quéque c'est que cette drogue-là... s'écrie le jeune Féroce en riant.

— On te dit que c'est pour les cheveux...

— Ah! ouiche!... compris!... si j'avais de l'argent, j'en ferais une fameuse provision, de bandoline?...

« — Col... cold... cré... cream... » Nom d'une pipe, je crois que c'est du latin!...

— Non, dit monsieur Flairon, c'est de l'anglais, ça signifie corne et crème.

— Oh! mes enfants, que ça doit être bon! s'écrie Ladouille en se léchant les lèvres ; si j'étais en fonds, je vous en paierais un pot, que nous mangerions entre nous... ça doit être parfait étalé sur des tartines de pain... Ces poussahs d'Anglais, ils sont très-gourmands. Je suis sûr que c'est une friandise qu'ils ont inventée pour prendre avec le thé.

— Ah çà! eh! chose! là-haut! dit un grand homme sec et barbouillé de suie, qui n'a pas encore parlé, est-ce qu'il n'y a pas un feuilleton, à ton journal?... Lis-nous donc le feuilleton, ce sera plus amusant que les annonces...

— Mais c'est qu'il n'y en a pas de feuilleton, l'enfumé.

— Ah! ben! v'là un joli journal, alors!... Pas de feuilleton!... j'en veux pas, de ce journal-là!... Mère Chicorée, il faut nous en avoir un autre...

Monsieur Ratmort se dispose à continuer la lecture des annonces, lorsque le jeune Féroce, qui s'était écarté un moment de la société, revient à pas précipités en disant à voix basse :

— Ho hé, les amis!... laissez là le journal... je viens de faire une découverte... nous avons là tout près de nous quelque chose de plus intéressant que toutes les bamboches qu'on nous lit...

— Quoi donc?

— Qu'est-ce qu'il y a?...

— Je viens d'apercevoir une femme couchée et endormie... là-bas, sur le banc de pierre...

— Ah! pardi! ne voilà-t-il pas quelque chose de bien intéressant, dit le chiffonnier, quelque coureuse... quelque voleuse, peut-être, qui couche là parce qu'elle ne peut pas aller ailleurs...

— Non, non; autant que j'ai pu voir, c'est beaucoup mieux que ça...

— Allons voir.

— Allons voir.

— Mère Chicorée, prêtez-nous pour un moment votre lampion, que nous sachions à qui nous avons affaire.

— Oui, car c'est peut-être un portefaix... un maraîcher qu'il a pris pour une femme.

Monsieur Ladouille a enlevé la chandelle de dessus la table, et il marche à côté de Féroce et suivi de toutes les pratiques du Café aux pieds humides. Ces messieurs se dirigent vers le banc de pierre sur lequel Rose-Marie est endormie. Ils sont bientôt devant la jeune fille; Ladouille approche la chandelle de sa figure, et tous ces hommes poussent une exclamation de surprise à l'aspect du charmant visage qui s'offre à leurs regards.

— Eh ben! dit Féroce, quand je disais que c'était une trouvaille!... Est-ce que ce n'est pas du coquet, ça?...

— Ah! bigre!... c'est tout à fait soigné, ceci.

— Un vrai bouton de rose! dit monsieur Ladouille en approchant encore la chandelle.

— Et joliment vêtue... regardez-moi toutes ces nippes...

— C'est propre du bas en haut.

— Et pas une mise bambocheuse!...

— C'est pas une fille de Paris, ça.

— Ça vient pour le moins de la banlieue. Prends donc garde, Ladouille, tu lui mets le lampion sous le nez, tu vas l'éveiller.

— Comme elle dort profondément! faut qu'elle soit fièrement fatiguée, pour dormir ainsi sur cette pierre, et pourtant elle n'a pas l'air d'être accoutumée à coucher dans la rue.

— Messieurs! dit le jeune Féroce, que cette jeune fille ou femme soit ce qu'elle voudra, je m'en accommode et je la prends pour mon épouse.

— Ah! part à nous deux, Féroce! s'écrie le petit homme déguenillé, en s'approchant du banc de pierre.

Mais monsieur Désiré Glureau, le boutonnier, qui jusque-là s'est contenté d'examiner en silence la jeune fille endormie, dit alors :

— Minute, Messieurs, un instant!... je la reconnais, moi, cette jeune fille... oui! Oh! je ne me trompe pas, elle était avec moi en chemin de fer... elle est montée à la station de Corbeil... elle venait seule à Paris... elle se sera égarée, perdue... elle n'aura plus retrouvé la demeure des personnes chez lesquelles elle allait.

— Eh ben! balayeur, mon ami, quéque ça nous fait que tu aies

trimé en chemin de fer avec ce bijou contrôlé? que prétends-tu dire par là?

— Je veux dire que cette jeune personne est honnête, ça se voit tout de suite dans la voiture, elle n'osait pas lever les yeux, pas souffler mot... Je lui ai offert ma place, j'avais le coin, elle n'a pas voulu accepter, de peur de me déranger...

— Eh ben, tant mieux, si c'est une fille honnête! je les prends comme ça, d'autant plus que ce sera de la nouveauté pour moi.

— Moi, je vous dis que cette demoiselle n'ira pas avec vous!

— Vois-tu ça, Grigou! Père Crochet, tu vas me prêter ton cabriolet je vais mettre ma trouvaille dedans et je l'emporte sur mon dos, pas plus gêné que ça!

Le vieux chiffonnier ne semblait nullement disposé à prêter sa hotte, et Désiré Glureau regardait le jeune Féroce comme pour voir ce qu'il oserait faire, lorsque Rose-Marie, éveillée par le bruit que ces messieurs font autour d'elle, ouvre les yeux, puis les referme aussitôt, en poussant un cri de terreur.

— Ah! la petite souris est éveillée, dit monsieur Flairon.

— Elle a une voix qui vibre comme une cornemuse.

— Pourquoi donc qu'elle referme ses jolis quinquets?.. est-ce que nous lui ferions peur?

Toutes ces figures qu'elle venait de voir étaient bien faites pour inspirer de l'effroi à Rose, et sa situation, la nuit, endormie sur un banc de pierre dans une rue de Paris, lui revenant à l'idée, elle comprend tout ce que l'on peut penser d'elle, et balbutie d'une voix que la peur rend tremblante:

— Oh! messieurs, ne me faites pas de mal, je vous en prie... Je suis une pauvre fille... arrivée d'hier à Paris... je me suis perdue dans cette ville... et accablée de fatigue, je me suis assise et endormie sur ce banc de pierre, en priant le ciel de veiller sur moi!...

— Fichtre! dit Ladouille, faut que vous ayez bien de la confiance en lui, pour dormir ainsi dans la rue!... avec une petite frimousse comme ça...

— N'ayez pas peur, bel ange, ouvrez les yeux, vous n'êtes entourée que de gens aimables! Et moi, pour ma part, je vous offre ma chambre!... un cabinet superbe dans un garni... qui ne l'est guère, et mon cœur, ma personne par-dessus le marché!

Rose-Marie se recule vivement en voyant celui qui vient de lui parler s'avancer vers elle comme pour lui prendre la main. Mais, presque aussitôt, le boutonnier, repoussant monsieur Féroce, avec une vigueur dont on ne l'aurait pas cru capable, se place devant la jeune fille et lui dit:

— N'ayez pas peur, mamzelle, vous êtes en pays de connaissance... J'ai fait route avec vous en chemin de fer... c'est moi qui étais dans le coin, qui vous ai offert ma place... Oh! je suis un honnête homme, vous pouvez vous fier à moi... Quoique, dans la voiture, le jeune homme assis à côté de moi ait voulu me vexer, parce que j'ai dit que je n'avais pas de mouchoir... ça n'empêche pas que je vaux peut-être mieux que lui!

Rose regarde la tête de cosaque, elle reconnaît celui qui lui parle et balbutie:

— Ah! oui... en effet, je me souviens... j'étais avec vous sur le chemin de fer.

— Eh ben, vous voyez que nous nous connaissons... Tenez, mamzelle, vous m'intéressez... car quoique vous dormiez au coin de la borne, je suis bien sûr que ce n'est pas votre faute et que vous êtes honnête. Mais le plus pressé est de ne pas vous laisser là. Vous tremblez... vous avez froid... ça n'est pas bon de coucher dans la rue. Venez avec moi, je vais vous conduire tout de suite chez Bichat, mon compère, rue de la Huchette, c'est un homme marié, établi... Il demeure tout près d'ici... sa femme aura soin de vous... et quand il fera grand jour, vous verrez ce que vous aurez à faire.

La jeune fille ne connaissait de l'homme qui lui parlait que pour avoir fait route avec lui. Mais tous les individus qui sont groupés autour d'elle ont dans leur figure une expression sinistre qui est si peu rassurante, qu'elle n'hésite pas un moment à se confier au boutonnier, qui malgré sa laideur, n'annonçait ni la perfidie ni la méchanceté. Elle se lève donc et prend le bras que Désiré Glureau lui présente en répondant:

— Eh bien, j'accepte, monsieur... je vais aller avec vous chez les personnes que vous connaissez.

— Tiens! tiens! a-t-il de la chance l'inspecteur au balayage! s'écrie le petit homme déguenillé. C'est lui qui a fait la conquête de la belle!

— Dis donc, toi, l'ami! s'écrie Féroce, en faisant mine de vouloir empêcher le boutonnier d'avancer. Sais-tu que tu agis trop librement !... En a-t-il du toupet, ce vilain cosaque ! de quel droit que tu m'emmènes cette petite, pisque c'est moi qui l'ai trouvée ?... C'est avec moi qu'elle doit aller et pas avec toi !... Je veux pas que tu l'emmènes, je m'y oppose !...

Mais sans avoir l'air d'écouter le jeune homme en blouse, le boutonnier continue d'avancer avec la jeune fille qu'il tient sous son bras, en disant :

— Laissez-nous donc tranquilles, est-ce que mamz'elle est faite pour aller avec vous...

— Pourquoi donc pas...

— Ah ! il l'emmène, Féroce ! il te la souffle tout de même ! dit monsieur Ladouille en allant reporter la chandelle à la limonadière.

Le jeune homme en blouse essaye d'arrêter l'homme au chapeau plissé en lui prenant le bras ; mais le boutonnier repousse monsieur Féroce, en lui donnant dans l'estomac un coup de coude qui l'étend sur le pavé, et poursuit ensuite son chemin avec Rose-Marie.

Tous les autres hommes, témoins de cette scène, voient avec dépit la jeune fille leur échapper, et, peut-être se seraient-ils déjà jetés sur Glurcau, pour l'empêcher de l'emmener, si en ce moment le jour n'avait commencé à poindre.

Mais déjà les rues étaient moins désertes ; les paysans passaient, les épiciers, les débits de consolations ouvraient leur boutique, et tous ces hommes si entreprenants, si audacieux, si tapageurs pendant la nuit, devenaient inquiets et prudents à l'approche du jour.

Quelques instants après le *Café aux pieds humides* n'existait plus.

XIII. — LA FAMILLE GOGO.

Tout est en l'air dans un fort bel appartement de la rue Saint-Lazare, situé dans la maison où Rose-Marie a en vain demandé son oncle, Nicolas Gogo.

Et pourtant son oncle demeure bien réellement dans cette maison où s'est adressée la jeune fille. Pourquoi donc le concierge l'a-t-il renvoyée en lui disant qu'il ne connaissait pas la personne qu'elle demandait ? Vous l'avez déjà deviné sans doute ; c'est que monsieur Nicolas Gogo a changé de nom, et que maintenant il se fait appeler monsieur Saint-Godibert, et même de Saint-Godibert, quand cela se peut.

Et pourquoi Nicolas Gogo a-t-il changé de nom ? — Pourquoi ?... Est-il donc besoin de vous l'expliquer ? Et ne rencontrez-vous pas chaque jour dans le monde, dans la société, de ces gens qui portent un nom qui n'a jamais été le leur ; car, celui qu'ils ont reçu de leur père est commun, mesquin, ridicule ; ou, bien plus souvent encore, en changeant de nom, ils veulent faire oublier leur origine. Leurs parents étaient de petits marchands, ou de simples paysans ; quelquefois même des artisans, ou des gens à gages. Vous concevez qu'une telle origine ne peut plus convenir à des hommes qui ont amassé des écus ! et qui veulent se faufiler dans la grande compagnie ! Être fils d'un cultivateur, d'un marchand ! fi donc !... on laisse cela aux petits bourgeois, aux petits esprits, aux êtres sans capacité ; on renie son père, on renie sa famille, son pays même, si cela est nécessaire, et on prend un nom bien ronflant, bien distingué, bien sonnant à l'oreille, et on se donne de grands airs, on fait de l'embarras, on a horreur du peuple et de la canaille, on n'habite que le beau quartier, on ne fréquente jamais les petits théâtres du boulevard, et on ne comprend pas la campagne où l'on rencontre des grisettes et des gens qui portent des melons.

C'est ainsi que dans la société, monsieur Benoît devient monsieur de Saint-Amarante, monsieur Baldaquin, le chevalier de Beaugaillard, et Rousseau se transforme en monsieur de Grandpré ! etc., etc.!

Pauvre sots ! qui croient se donner bien du mérite en se donnant un nom qui emplit bien la bouche, et qui ne comprennent pas que, Nicolas, Nicodème, ou Eustache, deviennent de fort beaux nom, quand ils sont portés par de grands artistes ou des hommes de génie.

Il n'y a donc rien d'étonnant à ce que monsieur Nicolas Gogo, ayant fait fortune à Paris, ait songé à quitter un nom qui d'abord était le même que celui de son frère, le cultivateur, et qui ensuite n'avait rien de distingué et prêtait à la plaisanterie.

— Un homme qui a vingt mille francs de rente, ne peut pas... ne doit pas s'appeler Gogo, dit un jour monsieur Nicolas en s'adressant à sa femme.

— Non, certainement, monsieur ! répondit la grande femme, qui avait les mêmes prétentions que son mari. Cela me fait un mal affreux toutes les fois que je vais en compagnie et que l'on annonce : Monsieur

et madame Gogo !... ce nom-là est si bête... d'autant plus qu'on l'a mis, à ce qu'il paraît, dans une pièce donnée avec un grand succès au boulevard ; il y avait, m'a-t-on dit, un monsieur Gogo, et l'on ne cessait pas de dire dans la pièce : *Que ce monsieur Gogo est donc canaille !*

— Alors, ma chère amie, je ne m'étonne plus si, très-souvent, je vois des personnes se retourner en riant, quand on prononce mon nom !... c'est qu'elles se rappellent la pièce dont vous parlez ; raison de plus pour le quitter... c'est décidé ! je n'en veux plus ! Comment me nommerai-je ?

Cette grande question avait été débattue pendant plusieurs jours ; enfin un matin, le petit monsieur, au petit nez, que vous connaissez déjà ainsi que sa femme, puisque vous les avez vus sur le chemin de fer, s'était présenté à son épouse, et lui avait dit, en se frottant les mains :

— Je le tiens !... je l'ai !... Saint-Godibert ! je m'appelle : monsieur Saint-Godibert... hein ! qu'en dis-tu ? — Très-bien... il est fort convenable, il faut l'arrêter... je veux dire, il faut nous le rappeler — je vais aller l'écrire dans ma chambre, sur mon bureau, sur plusieurs cartes ; j'en poserai partout ; comme ça, je retiendrai très-vite mon nouveau nom — et nous allons déménager, afin que dans notre nouveau local, on ne nous connaisse que sous le titre... je veux dire le nom de Saint-Godibert.

Or, lorsque monsieur Eustache Gogo, l'homme de lettres, avait eu connaissance du changement de nom de son frère, le richard, il s'était dit de son côté :

— Ah ! Nicolas quitte son nom... pourquoi donc ne quitterais-je pas le mien, alors... moi qui veux travailler pour le théâtre, me lancer dans la littérature, j'ai bien plus de motifs que mon frère de ne pas conserver le nom de notre père qui sonne très-mal à l'oreille, et qui n'inspire aucune confiance aux libraires et aux directeurs. Quand je vais demander une lecture et qu'on me dit : Quel est votre nom ?... je suis toujours certain qu'ils se mettent à rire en l'entendant ; et en effet, je n'ai pas plutôt dit : Monsieur Gogo ! que je les vois se pincer les lèvres ! se regarder, ricaner entre eux ; c'est fort désagréable... Ah ! si j'avais déjà une grande réputation, je m'en moquerais !... ils seraient trop heureux de venir tous se mettre aux pieds de Gogo ! mais la réputation est longue à venir... J'aime mieux me faire un nom tout de suite... et un nom qui ne donne pas envie de me rire au nez quand je me nommerai... ou quand on me nommera comme l'auteur d'une pièce nouvelle.

Eustache Gogo avait eu aussi quelque peine à se déterminer pour le choix d'un nom ; se débaptiser, n'est pas une affaire aussi simple que vous pourriez le penser ; enfin, après quelques semaines de réflexion, de recherches et d'études dans le dictionnaire des hommes illustres, l'homme de lettres s'était arrêté au nom de *Mondigo*, comme très-distingué, très-gracieux et très-original.

Et lorsque le cousin Brouillard avait eu connaissance du changement de nom de ses deux parents, il n'avait pas manqué de s'écrier d'un air moqueur :

— Ah ! l'un est Godibert et l'autre Mondigo !... Allons ! je vois au moins avec plaisir qu'ils ont conservé une syllabe du nom de leur père ; l'un l'a mise devant, l'autre derrière ; c'est égal, c'est une marque de souvenir qui fait qu'on les reconnaîtra toujours pour des Gogo.

Ces changements de noms avaient eu lieu depuis plusieurs années déjà, en sorte que dans le monde, et surtout dans la nouvelle société qu'ils fréquentaient, les deux frères de Jérôme n'étaient plus connus que sous les noms de Saint-Godibert et de Mondigo. Le jeune Julien, élevé dans les principes ridicules de ses parents, n'aurait eu garde de dire que son père se nommait Gogo. Quant à Frédéric, le grand et beau brun que nous avons vu aussi en chemin de fer, et qui semblait avoir plus d'esprit que le reste de la famille, il savait très-bien le véritable nom de ses oncles, mais il se serait bien gardé de l'employer en leur parlant, car c'eût été le moyen de se faire défendre leur porte. Et comme sa tante Mondigo était jeune et jolie, et qu'il y avait quelquefois chez elle de gaies réunions d'artistes ; comme son oncle Nicolas, qui voulait singer le grand genre, donnait assez souvent de fort beaux dîners et des bals, où l'on jouait, Frédéric ne voulait pas fermer la maison de l'un ni de l'autre de ses oncles, quoique lui-même ne fût pas le dernier à rire de leurs prétentions et de leurs ridicules.

Maintenant, dira-t-on, pourquoi le cousin Brouillard n'a-t-il pas parlé à Jérôme du changement de noms de ses frères ? Est-ce dans la crainte de faire de la peine au bon cultivateur ? Ce n'est pas probable ! le monsieur au museau de renard semble éprouver trop de plaisir à lancer des mots piquants, à dire des méchancetés, pour qu'on puisse présumer que la crainte de blesser la sensibilité de Jérôme ait été sa pensée en gardant le silence sur ce chapitre. N'est-il pas plus supposable, au contraire, qu'en donnant au cultivateur la véritable adresse de chacun de ses frères sans lui dire leur changement de nom, il a pensé que cela amènerait des embarras... des cacophonies, des disputes, et que ce serait pour lui une nouvelle occasion de rire aux dépens de ses cousins ?

Quelle qu'ait été la pensée de monsieur Brouillard, nous avons vu quels événements furent la suite de son silence sur un objet si important. A présent, retournons chez monsieur Saint-Godibert, qui donne un grand dîner dans son bel appartement de la rue Saint Lazare.

XIV. — UN COUVERT A METTRE.

On est en train de dresser dans la salle à manger un couvert de vingt personnes, puis, dans le salon, on prépare les candélabres, les bougies, les tables de jeu. Dans une pièce voisine, on place sur une table des *album*, des brochures, des caricatures

Une petite femme de chambre d'une vingtaine d'années, aux yeux noirs, au nez retroussé, au teint coloré, ayant enfin un minois très-frémoustillant et des hanches rebondies qui semblent battre la mesure quand elle marche, va, vient, court d'une pièce à l'autre, et se donne beaucoup de mouvement. Elle est aidée dans ces préparatifs par un domestique qui ne paraît pas être encore très-habitué au service. C'est un garçon de vingt-cinq ans, haut en couleurs, bâti lourdement, ayant une tête normande et les cheveux taillés à la manière des marchands de salades.

Mademoiselle Fifine, c'est le nom de la femme de chambre, a fait dix tours dans la chambre avant que François, c'est le nom du domestique, ait posé une assiette sur la table.

Ensuite monsieur Saint-Godibert, à moitié habillé, va, court, passe au milieu de ses gens, regarde ce qu'on fait, donne ses ordres, change de place les hors-d'œuvre, les carafes, les salières, et, tout en agissant ainsi, trouve encore très-souvent moyen de s'approcher de mademoiselle Fifine, et de pincer, de tâter tout doucement les belles formes qui battent la mesure sous son jupon.

Puis madame Saint-Godibert, la femme forte, qui ressemble à une bédouine, se montre aussi par moments, et traverse les appartements, vêtue seulement d'un corset et d'une pile de jupons, et tenant ses deux bras croisés sur sa poitrine nue, en s'écriant :

— Ne regardez pas !... Quelle robe mettrai-je, mon bon chéri ?... Quelle robe dois-je mettre ?... Ah ! grand Dieu, que c'est embarrassant ! Ah ! vous n'avez jamais un conseil à me donner... Vous me voyez depuis une heure flotter dans l'incertitude !... et vous n'avez pas pitié de ma position... Voyons, monsieur Saint-Godibert, que me conseillez-vous ? Le satin... c'est très-cossu... le pou de soie... c'est coquet... la robe lamée... ah ! c'est très-riche...

— Ma foi, Angélique... si tu mettais... des anchois par ici... oh ! des anchois, Fifine, ce sera mieux que du beurre...

— Mais, monsieur, cela va tout déranger... les anchois sont bien là-bas...

— Vous croyez ?...

— C'est donc ainsi que vous me donnez un conseil, Saint-Godibert ?

— Mon Dieu, ma chère amie... mais je ne sais que te dire... tu as tant de goût, tu te mets si bien !...

— Madame est superbe avec sa robe lamée ! dit la femme de chambre.

— Oui, Fifine a raison... ta robe lamée te serre, te pince... tu as l'air d'une bayadère !

— Allons, puisque c'est votre avis, je le veux bien ; cependant, il me semble que ma robe de pou de soie abricot... me dessine mieux la taille... elle m'amincit encore... cela me rend toute svelte, tout élancée.

— C'est vrai !... tu as raison... il faut mettre ta robe abricot... d'ailleurs, c'est une si belle couleur... ça se marie si bien... une femme et de l'abricot... et des olives... et du thon ici... François, où est le thon ?...

Le valet regarde son maître d'un air étonné, en répondant :

— Le ton... ton quoi ?... Qu'est-ce que c'est ?... Qu'est-ce que monsieur demande ?...

— Mon Dieu, que ce valet est borné ! il ne connaît rien ! Comprend-on qu'un domestique de bonne maison vous demande ce que c'est que du thon !... Allez à la cuisine... dites à Babet de vous donner le thon...

Pendant que François s'en va à pas comptés à la cuisine, madame

Saint-Godibert, qui a fait trois pas vers sa chambre à coucher, revient bientôt en disant :

— Puisque vous le voulez, mon ami, je mettrai ma robe abricot... mais, malgré cela, en y réfléchissant... le satin est très-bien porté... j'en ai vu à beaucoup de soirées... à des femmes de notaires, d'agents de change... cela drape fort bien, le satin... c'est noble, c'est majestueux... j'aurais préféré mettre ma robe de satin... je vous assure que c'est bien plus habillé !...

— Mon Dieu, ma chère amie, mets-la !... mets-la ! je ne m'y oppose pas... Mais, alors, pourquoi donc viens-tu me demander mon avis?..

— Ah ! que vous êtes contrariant, Saint-Godibert !... que vous êtes sardonique... Allons, décidément, je mettrai ma robe lamée !... Avez-vous placé les noms des convives sur chaque couvert ?...

— Non, pas encore... je vais les mettre... Mais est-ce bon genre, de mettre d'avance les noms de ses convives aux places qu'on leur destine ?...

— Il me semble que cela se fait.

— Cela se fait... c'est-à-dire que cela s'est fait... Je ne sais pas si c'est toujours la mode.

— Pourquoi pas ?... c'est beaucoup plus commode ..

— Je ne crois pas que cela se fasse chez les ministres et chez le préfet...

— Mais il faudrait vous en assurer, alors...

— A qui demander cela, maintenant ?... Où est donc notre fils Julien ?

— Il s'habille sans doute.

— Oh ! la toilette ! il ne songe qu'à cela... Quel argent ce garçon-là dépense pour sa toilette... Croiriez-vous, madame, que pour des gants glacés seulement, il avait un mémoire de deux cent cinquante francs chez un gantier... J'ai trouvé cela l'autre jour dans sa chambre !... Deux cent cinquante francs de gants... c'est hideux, il n'a pas pu user cela à lui seul !

— Eh ! monsieur, que voulez-vous... il faut bien que notre fils se mette à la mode... François ! François !... montez à la chambre de mon fils, et dites-lui de descendre... nous avons besoin de lui.

François, qui vient de revenir avec le thon dans une coquille, s'en va avec la coquille pour faire ce qu'on vient de lui dire. Monsieur Saint-Godibert se met à crier :

— François ! François !... où donc allez-vous, brute ?

— Je vas où m'envoie madame... chercher monsieur Julien.

— Est-ce que vous avez besoin de porter le thon à la chambre de mon fils... est-ce que vous ne comprenez pas que c'est pour le dîner, ceci ?...

— Non, monsieur, je ne savais pas... Ah ! c'est ça du thon.

— Allons, posez-le sur la table et montez chez mon fils, et tâchez de vous dépêcher un peu. Il me fait bouillir, ce garçon-là, il est d'une lenteur...

— Il se dégourdira ! dit mademoiselle Fifine en espaçant les couverts.

— Tu crois, Fifine, tu crois, agaçante Fifine...

— Eh bien ! monsieur... voulez-vous finir... Si madame vous voyait...

— Elle est occupée du choix de sa robe... ce sera encore long... Le pain est-il coupé, n'est-ce pas, petite ?

— Oui, monsieur... il est là dans la corbeille.

Monsieur Saint-Godibert va tâter le pain pour s'assurer s'il est bien rassis, ainsi qu'il l'a recommandé ; car ce sont là de ces économies, ou plutôt de ces vilenies par lesquelles se trahissent toujours les parvenus qui veulent faire les grands, et qui n'ont jamais assez de véritable magnificence pour faire les choses entièrement bien. Ainsi, dans un dîner où ils font servir des mets recherchés et des primeurs, ils vous feront manger du pain rassis, et tâcheront, par une économie de quelques sous, de se rattraper sur les dépenses qu'ils sont obligés de faire pour qu'on vante leur manière de traiter.

Monsieur Nicolas Gogo était nécessairement dans cette classe de gens qui veulent porter de beaux habits, se donner de belles manières, faire enfin les personnages comme il faut, mais qui ne se débarbouillent jamais assez bien pour qu'on n'aperçoive pas encore sur leur visage quelques restes de la crasse originelle.

— Fifine !... Fifine !... venez donc m'attacher ma robe...

— J'y vais, madame...

— Voyons s'il y a des salières devant chaque couvert... quelle mode bizarre... vouloir que chacun ait sa salière, maintenant ! tout cela devient très-dispendieux !... enfin, puisque c'est bon genre... et ces verres... cette forêt de verres devant chaque convive !... c'est effrayant. Je trouve que le luxe de la table est poussé bien loin aujourd'hui !...

— Monsieur votre fils va descendre, monsieur.

— C'est bon, François... Ah! François, écoutez bien ce que je vais vous dire : Après le potage, vous verserez à chaque personne... c'est-à-dire, vous offrirez à chaque personne du madère... Vous voyez bien cette bouteille courte et carrée du haut qui est là-bas?...

— Oui, monsieur! oui; oh! je connais bien le madère! je sais ce que c'est!... c'est fameusement bon!

— Ah! vous savez que c'est bon... et où donc en avez-vous bu, puisque vous arrivez de votre Normandie, et que vous n'avez encore servi à Paris que chez moi?

Monsieur François devient pourpre; il regarde ses souliers et répond au bout de quelque temps :

— J'ai dit que c'était bon pour avoir l'air de connaître ça, de savoir ce que c'est... Comme monsieur m'a groudé tout à l'heure parce que je ne connaissais pas le thon, j'ai pensé qu'il me gronderait encore si je ne connaissais pas le madère...

— Hum!... voilà une réponse qui me semble très-normande! n'importe, j'éclaircirai cela plus tard; revenons à ce que je voulais vous dire. Vous irez donc à chaque personne avec cette bouteille, et vous direz : Désirez-vous du madère?...

— Oui, monsieur, je comprends.

— Attendez donc!... Quand on vous dira oui... non, vous n'insisterez pas, vous passerez bien vite à une autre... vous entendez?

— Oui, monsieur; je passerai bien vite à une autre.

— Enfin, quand on acceptera, vous verserez, mais vous aurez bien soin de ne jamais remplir le verre plus haut qu'aux deux tiers...

— Aux deux tiers?

— Tenez, prenez une carafe... versez-moi dans ce verre de madère... là... assez... jamais plus haut! vous êtes aux deux tiers.

— Ah! bon, monsieur! je vois la mesure maintenant!

— Mais il est bien entendu que si la personne qui tient le verre le lève avant que vous n'en soyez là, vous vous arrêterez aussitôt.

— Ah! elles ne sont pas obligées d'avaler les deux tiers?

— Eh! non, imbécile; il s'agit seulement de ménager mon vin, d'en donner le moins possible! Parbleu! on en boira encore assez.

— J'y suis, monsieur, je comprends parfaitement.

— C'est heureux.

Mademoiselle Fifine revient en regardant ses pouces et en disant :

— Madame est agrafée enfin!... Ah! Dieu! si j'avais su que François fût descendu, je l'aurais appelé, j'ai les pouces abîmés.

Le jeune Julien arrive en grande tenue de dandy, mais l'air toujours contraint et gêné devant son père.

— Arrivez donc, monsieur mon fils! que vous êtes longtemps à votre toilette! à votre âge, je m'habillais en deux minutes et sans voir clair.

— Pourquoi donc sans voir clair, mon père? vous vous leviez donc de bien bonne heure.

Monsieur Saint-Godibert, qui s'aperçoit qu'il a dit une bêtise, s'empresse de reprendre :

— Dites-moi, Julien, vous dînez assez souvent en ville, met-on les noms des convives d'avance sur la table?

— Les noms, mon père?

— Oui, les noms, pour indiquer les places.

— Ma foi, je n'ai pas fait attention!...

— Alors, monsieur, à quoi pensez-vous donc? et à quoi sert l'éducation que je vous ai fait donner? l'argent que j'ai dépensé pour vous? si vous ne remarquez pas des choses aussi essentielles, des choses aussi importantes pour quelqu'un qui va dans le beau monde!...

— Qu'y a-t-il donc, mon ami? demande madame Saint-Godibert en arrivant avec sa robe lamée dans laquelle elle ressemble à une idole du paganisme.

— Il y a que notre fils ne sait pas si on met ou si on ne met pas les noms des convives sur la table.... à son âge!... et il dîne... chez tout ce qu'il y a de mieux... à ce qu'il nous dit du moins quand il dîne dehors, ce qui lui arrive fréquemment... Ah! si nous avions là mon neveu Frédéric, comme il nous aurait dit cela tout de suite! il n'aurait pas hésité une minute. C'est un dépensier, un assez mauvais sujet, c'est vrai! mais il faut convenir qu'il a un excellent ton.... des manières de prince!... un air noble même!... il sait tout ce qui se fait dans la haute compagnie... aussi je l'ai invité... Je m'emprunte souvent de l'argent le soir pour jouer... c'est désagréable... mais il est très-utile pour les renseignements... Il voit des secrétaires d'ambassades!... des lords d'Angleterre... Oh! il est lancé... Mais monsieur mon fils court toute la journée et tous les soirs... je ne sais où... chez des grisettes, peut-être!... Si je te savais capable de fréquenter des

grisettes, je te renierais!... Ne pas savoir si on met les noms sur la table!... et il a appris le latin encore!

— Mon Dieu! ne vous emportez pas, mon père; je me rappelle maintenant qu'on les met... oui, oui, on les met...

— En es-tu bien certain?

— Oui, mon père... je me rappelle... la dernière fois que j'ai dîné chez le comte... Cornihoff... cela était ainsi.

— Le comte Cornihoff!... diable!... ce doit être un grand personnage, cela!... dit monsieur Saint-Godibert en regardant son fils d'un air plus aimable. Tu vas chez des comtes Cornihoff, et tu ne nous le dis pas?

— Ah! c'est par hasard, mon père... c'est Dernesty qui connaît ce seigneur russe, et qui m'a conduit chez lui...

— Il fallait donc nous amener ce seigneur; je l'aurais invité à dîner... j'aurais été flatté d'avoir un comte russe à ma table.

— Il n'aurait pas pu venir, mon père; il est reparti pour Saint-Pétersbourg.

— C'est fâcheux; mais monsieur Dernesty viendra, j'espère. Il est revenu d'Angleterre, n'est-ce pas?

— Oui... oh! il viendra dîner.

— Encore un jeune homme qui a un genre exquis... des façons nobles... un langage éblouissant!...

— Oui, dit madame Saint-Godibert en se regardant dans une glace du salon, oui, monsieur Dernesty est très comme il faut.. n'est-il pas marquis?

— Je ne crois pas, ma mère.

— Oh! il doit être titré, il doit être au moins chevalier... Il y a des gens qui gardent l'incognito sur leur noblesse... pour ne pas être obligés de tenir maison. Ah! si j'avais une fille, voilà le mari que je lui voudrais, n'est-ce pas, Bibi?

Bibi, qui était alors dans la salle à manger, et fort près de mademoiselle Fifine, s'en éloigne vivement, en répondant :

— Je suis de cet avis, Angélique... Pourvu que les réchauds ne s'éteignent pas sur la table comme la dernière fois?... on croit manger chaud et les plats sont froids... c'est bien désagréable... François, qu'est-ce que vous faites là-bas?

— Je débouche les bouteilles, monsieur.

— Mais n'en débouchez donc pas tant d'avance!.. à quoi bon!.. vous avez une fureur pour déboucher les bouteilles!... qu'est-ce que cela signifie? attendez donc que je vous le dise.

— Monsieur, il en faut encore une sur la table, mam'zelle Fifine vient de me le dire.

— Que ce soit la dernière.

— Oui, mon fils, reprend la grosse dame en continuant de se regarder dans la glace; monsieur Dernesty est un jeune homme que vous devriez prendre pour modèle. Il me semble que vous ne le fréquentez plus aussi souvent qu'autrefois; pourquoi cela?

— Mais pardonnez-moi, ma mère; seulement je ne pouvais pas voir Dernesty pendant qu'il était en Angleterre.

— Voyons, Julien, prenez des cartes, et écrivez vite le nom de chaque convive; car le temps se passe, on ne finit à rien, et puis la société arrivera...

Le fils de la maison va chercher des cartes, une écritoire, une plume, et il porte tout cela sur le poêle de la salle à manger. Tout en allant et venant il a rencontré aussi dans son chemin la piquante Fifine, qui se donne un mouvement continuel, et alors sa main a fait en passant une légère pression à ses attraits. La femme de chambre reçoit tout cela comme choses auxquelles elle est parfaitement accoutumée.

— Me voici prêt, mon père; les noms de vos convives, s'il vous plaît.

— Voyons, nous sommes vingt. D'abord, trois d'ici... ensuite mon frère, l'homme de lettres, et son épouse... puis le cousin Brouillard, cela fait déjà six.

— Ah! vous avez invité votre cousin Brouillard! dit Madame en haussant les épaules. Vous êtes bien bon... un homme qui a toujours l'air d'avoir envie de vous piquer... Il est méchant comme un âne, votre cousin Brouillard!

— Mais, mon Angélique, tu te trompes; d'ailleurs tu sais que j'ai assez l'habitude de l'inviter, et s'il savait que j'ai donné un grand dîner sans l'avoir... oh! il serait furieux, et il ne me le pardonnerait pas!...

— Et vous avez peur de lui... et vous l'invitez parce que vous craignez sa méchanceté, sa langue venimeuse!... dites donc cela! avouez-le donc.

Madame Saint-Godibert avait parfaitement raison. Son mari faisait des politesses au cousin Brouillard parce qu'il le craignait, et qu'il le savait capable de l'appeler Gogo devant tout le monde. Si monsieur Brouillard eût été un de ces hommes bons et bienveillants comme il s'en rencontre quelquefois, nul doute qu'on ne lui eût fait beaucoup moins de politesse.

A ce compte-là, ce serait donc tout bénéfice d'être méchant, puisque dans le monde les faveurs, les récompenses, les places, les honneurs, les hommages sont bien plus pour ceux que l'on craint que pour ceux qu'on estime !... Espérons que ces derniers trouvent dans leur cœur et dans leur conscience quelque chose qui les dédommage de l'indifférence de la foule, et de l'injustice de ceux qui sont les dispensateurs des récompenses.

— En tous cas, reprend madame Saint-Godibert, j'espère que vous ne placerez pas monsieur Brouillard à côté de moi... Je n'en veux pas !

— Sois tranquille, Angélique, tu ne l'auras pas... Julien, avez-vous écrit ces six noms ?

— Oui, mon père.

— Ah ! maintenant, votre cousin Frédéric... monsieur Dernesty, monsieur et madame Marmodin... monsieur Roquet... cela fait déjà onze...

— Et les cornichons, monsieur... Je ne vois pas de cornichons ! s'écrie François en regardant de tous côtés sur la table.

— De quoi vous mêlez-vous, nigaud ? s'il n'y en a pas c'est qu'il n'en faut point, apparemment !... Voilà six coquilles de hors-d'œuvre... c'est bien assez... beurre, olives, radis, anchois, thon... 4 beurre... N'est-ce pas, Fifine, qu'on ne sert plus de cornichons ?

— Non, monsieur, car je l'ai demandé chez la domestique de ce riche député en face... où l'on donne de superbes dîners.

— Ah ben ! dit François, en allant prendre une bouteille de vin de Champagne, placée avec les vins fins dans un panier à part, et qu'il lorgnait depuis longtemps ; chez nous, on ne dînerait pas bien sans cornichons ! Ça, et des harengs saurs, ça ne quitte pas la table !

— Taisez-vous, François, on ne vous demande pas ce qui se fait dans votre pays. Vous parlez beaucoup trop pour un domestique. Avez-vous écrit les onze noms, Julien ?

— Oui, mon père.

— Mon ami, mettez près de moi monsieur Dernesty, cela me fera plaisir.

— Mais, Angélique, être à côté de la maîtresse de la maison est toujours un honneur... une faveur, et nous avons des personnages... majeurs ! auxquels nous devons peut-être la préférence.

— Et qui donc, monsieur, qui donc ? Ce n'est pas monsieur Marmodin, j'espère... qui ne parle que de Rome et des Romains... Si vous croyez que cela m'amuse !

— C'est un savant, ma chère... on dit qu'il sera quelque jour de l'Institut.

— Quand il en sera, je consens à le mettre à mon côté, pas avant... Ah ! tenez, mettez-moi monsieur Roquet ! Il est fort aimable !... fort galant avec les dames...

— C'est impossible, Angélique ! Roquet est un homme très-agréable en société... mais nous sommes sans cérémonie avec lui !... Il faut réserver les places d'honneur pour les personnes dont on peut avoir besoin. Je vous passe Dernesty pour votre gauche, mais à droite il faut choisir avec beaucoup de soin... Ah ! nous avons monsieur Cendrillon, un capitaliste... qui a l'intention d'entreprendre un chemin de fer pour lui seul, pour se transporter de sa maison, de son département à Paris ; il a énormément de fonds ; voilà un homme à considérer.

— C'est possible ; mais je ne veux pas de lui près de moi pour dîner : cet homme-là est tellement sans façon, et puis il parle si haut ! il a une voix si forte que c'est étourdissant ! ensuite monsieur Cendrillon de bien vilains mots... Ah ! il est quelquefois très-libertin dans ses propos... Je n'aime pas cela !

— Madame, un homme qui peut se faire un chemin de fer pour lui seul a bien le droit de dire par-ci par-là quelques gaudrioles !... c'est permis aux gens riches !...

— Enfin j'en désire un autre près de moi.

— Monsieur Doguin et son épouse ; écrivez toujours, Julien, cela fait quatorze... Monsieur Doguin est employé supérieur dans les bureaux particuliers du ministre de l'intérieur !... c'est un homme qui pourrait être fort utile si on avait quelques demandes à faire... pour être député, par exemple...

— En effet, mon ami, en effet, et je ne vois pas pourquoi vous ne seriez pas député, et ensuite plus encore... Vous devez arriver à tout,

monsieur Saint-Godibert ! vous le devez... mais je ne veux pas de monsieur Doguin auprès de moi.

— Et pourquoi cela, Angélique ?

— Parce qu'il a une infirmité horrible par les pieds !... Oh ! c'est une chose que je ne puis supporter !...

— Comment ! est-ce que par hasard avec ses pieds il marche sur ceux de ses voisins ?

— Eh ! non, monsieur ! Quoi ! vous ne comprenez pas que c'est l'odorat qui est affecté d'une manière insupportable !...

— Comment ! monsieur Doguin... aurait ce désagrément... Je n'en suis jamais aperçu !

— Mettez-le à côté de vous alors, et vous m'en direz des nouvelles.

— Continuons, Julien : Monsieur Soufflat et sa fille... seize... Veux-tu Soufflat près de toi, Angélique ? tu ne diras pas qu'il n'est point aimable... quel caractère gai !... riant sans cesse ! de tout, sur tout !... On lui dirait : Soufflat, votre père vient de mourir ou votre fille est fort malade, je crois qu'il rirait ! Ah ! c'est un bien joli caractère ! et puis, électeur éligible dans son endroit.

— Où est son endroit ?

— Je ne sais pas, chère amie ; mais enfin il a un endroit où il y a eu un ballotage de voix pour le nommer député... et il paraît que cela n'a tenu qu'à un fil. Si Soufflat avait eu seulement dix voix de plus, il était nommé... Mais il paraît qu'il n'y avait que six électeurs dans le pays... C'est de monsieur Doguin que je tiens ces faits.

— C'est très-bien ; mais ne mettez pas monsieur Soufflat près de moi, il est trop gai, trop remuant, il joue avec son couteau, avec sa fourchette !... il fait semblant de laisser tomber l'assiette qu'on lui passe... tout cela me fatigue... enfin il est trop bouffon, ce monsieur.

— En ce cas, je te mettrai monsieur Villarsec... Ah ! voilà un homme du bon ton !... voilà un homme qui a des formes distinguées !... et puis un ancien attaché... à une ambassade... qui devait avoir lieu... en Chine, je crois... un homme qui a voyagé dans toutes les parties du monde... qui a ramené avec lui des nègres et des diamants bruts... Il a découvert des mines ! il est énormément riche...

— Je ne dis pas le contraire ; mais il est trop sérieux !... Il ne sourit jamais, ce monsieur ! il est sans cesse d'une gravité qui m'empêche de manger.

— Il ne me reste plus que les jeunes époux de Broussaillon... et le major Krouteberg...

— Ah ! mettez-moi le major... j'accepte le major... homme aimable... galant !... un vrai chevalier près des dames...

— Mais... le major... certainement il va dans le beau monde, malgré cela je ne vois pas trop en quoi il pourrait rendre des services, et.....

— Je veux le major ou monsieur Roquet ! arrangez-vous comme vous voudrez, mais je n'accepte que l'un ou l'autre pour ma droite...

Monsieur Saint-Godibert est fort embarrassé ! il ne sait auquel de ces deux personnages il doit faire l'honneur de le placer près de sa femme. Cependant le couvert est entièrement dressé. Il n'y a plus que les cartes à mettre et il faut se décider, car l'heure approche où la compagnie va arriver. Pour en finir et aller achever sa toilette, le maître de la maison va placer le nom du major à la droite de celui de sa femme, lorsqu'une détonation inattendue, suivie d'un arrosement qui couvre bientôt une partie de la table et des personnages qui sont auprès, vient changer toute la scène.

Depuis quelques minutes, M. François avait été s'emparer d'une de ces bouteilles dont le bouchon et le goulot, recouverts d'une capsule de plomb, intriguaient beaucoup son imagination. D'abord, il avait cru avec un simple tire-bouchon pouvoir facilement déboucher la bouteille, mais, après de vains efforts, il s'était pourtant aperçu que des fils de fer retenaient le bouchon ; alors le valet normand avait pris un couteau, et il s'était mis à farfouiller le bouchon, les fils de fer et les ficelles, et, après un long travail et au moment où il commençait à désespérer de réussir, le bouchon avait fait explosion, et la mousse pétillante s'était élancée avec d'autant plus de force, que M. François essayait maladroitement de la retenir, tantôt avec un doigt, tantôt en plaçant le goulot de la bouteille sous son aisselle.

Mᵐᵉ Saint-Godibert a poussé un cri d'effroi, son mari fait un saut, leur fils laisse tomber toutes les cartes qu'il tenait, et Mˡˡᵉ Fifine se laisse aller sur une chaise d'un air désespéré. Puis on n'entend de tous côtés que ces mots :

— Ah ! le malheureux !... le couvert est abîmé.

— Et ma robe lamée perdue...

— Il y a du vin dans les anchois !

— J'en ai plein la tête !...

— Ah ! le butor :..

— Ah ! l'animal !...

— Le couvert est à remettre entièrement !...

— Et j'étais si bien coiffée !...

— C'est épouvantable !...

Au milieu de ces cris de fureur qui s'élèvent contre lui, M. François répond en criant aussi à tue-tête :

— Est-ce que c'est ma faute !... est-ce que je peux deviner ça, moi !... est-ce que je vais me douter que vous avez des feux d'artifice dans vos bouteilles !... des fusées, des jets d'eau !... et que ça part comme un canon !... Fallait me prévenir, au moins !...

M. Saint-Godibert ne se possède plus ; dans sa fureur, ne trouvant pas sa canne sous sa main, il prend la coquille aux olives et veut la briser sur la têt de François, et, loin de retenir son mari, Angélique s'écrie :

— C'est un polisson !... il mériterait d'être fouetté jusqu'au sang !... Saint-Godibert, mettez-le nu comme un ver, et fustigez-le des pieds à la tête.

Mais Julien retient le bras de son père, qui a renversé toutes les olives sur le plancher, et Fifine fait signe à François de se sauver, ce qu'il fait aussitôt, mais en emportant avec lui la bouteille qui a causé cet orage.

— Surtout, qu'il ne reparaisse jamais devant moi ! dit M. Godibert en se mettant à quatre pattes pour ramasser les olives. Oh ! si je le revoyais... je pourrais me porter à des excès !...

— Et moi ! dit Madame, si j'apercevais ce drôle, je serais capable de le mutiler.

Fifine fait remarquer qu'on n'a pas de temps à perdre, et qu'au lieu de s'occuper de François, il vaut bien mieux remettre le couvert, tandis que Madame ira passer une autre robe et rarranger sa coiffure. Cette réflexion de la femme de chambre étant trouvée d'une grande justesse, chacun se met à l'œuvre. Le père et le fils aident Mlle Fifine ; en peu de temps, la table est débarrassée, puis on met une nappe blanche, et enfin le couvert reparaît. Le maître de la maison songe alors à mettre les cartes qui indiquent à chacun sa place. Cela lui prend encore beaucoup de temps, il tourne et retourne autour de la table en murmurant :

— Mon épouse entre Roquet... Non, le major Krouteberg et Dernesty... Moi, entre Mme Doguin et Mlle Soufflat... Non, il vaut mieux placer Mlle Soufflat près de mon fils... C'est un parti fort riche, que cette demoiselle, et, en passant une assiette, en offrant à boire, on peut être galant... Julien, vous serez très-galant avec Mlle Soufflat, que je mets à côté de vous.

— Oh ! mon père ! Mlle Soufflat est si laide ! elle a un nez d'une longueur... et qui s'en va en trompette... J'aime bien mieux Mme de Broussaillon et Mme Marmodin.

— Monsieur mon fils, il n'est pas question de savoir qui vous aimez... Vous n'épouserez pas ces deux dames qui sont déjà mariées, tandis que Mlle Soufflat est un parti de deux cent mille francs au moins... et il me semble qu'une aussi belle dot doit diminuer la longueur du nez de cette jeune personne.

— Mais, mon père...

— Silence encore une fois, monsieur ! Est-ce que vous croyez que je donne un dîner d'apparat... que je vais dépenser un argent fou, et cela sans tirer parti des politesses que je fais... Apprenez, monsieur, qu'un dîner doit toujours servir à quelque chose... je l'ai entendu dire souvent à M. Cendrillon : un dîner est un agent diplomatique très-adroit !... surtout lorsqu'il est truffé... et le mien est pétri de truffes. Vous serez donc entre Mlle Soufflat et M. Doguin... Mme Marmodin à côté de Frédéric... mon frère l'homme d'esprit près de M. Marmodin le savant... M. Cendrillon... où diable vais-je placer M. Cendrillon... un homme qui se fera un chemin de fer rien que pour lui... il lui faut une très-belle place !... Et dire que ma femme ne l'a pas voulu près d'elle !... les femmes sont quelquefois bien contrariantes... Ma foi, je le mets près de Mme de Broussaillon et de ma belle-sœur... Ah ! mon cousin Brouillard, maintenant... en voilà un qui est difficile à placer .. il est si mauvaise langue... Si je pouvais le mettre entre deux sourds . Ah ! M. de Broussaillon... il n'écoute jamais quand on lui parle .. et Soufflat... il rit sans cesse, mais je crois qu'il ne sait pas non plus pourquoi... Quel casse-tête !... je ne voudrais pas avoir souvent vingt personnes à dîner. D'abord, c'est ruineux.

Madame revient ; elle a mis sa robe de satin, et réparé le désordre que le champagne avait mis dans sa coiffure. Elle jette un coup d'œil sur l'ordre des places, et veut y apporter des changements ; mais alors son époux s'écrie. en se mouchant avec fureur :

— Ma foi, Angélique, si vous changez quelque chose à ce que j'ai fait, je vous préviens que je ne me mêle plus de rien pendant le dîner... cela ira comme ça pourra... Je ne veux pas m'être donné une peine de galérien pour qu'on vienne déranger ma besogne !...

— Calmez-vous, mon petit ! répond Angélique, et répondez-moi. Qui avez-vous invité pour la soirée ?

— Oh ! ma foi, une douzaine de personnes... Julien, avez-vous dit à votre ami, monsieur Richard, de venir ce soir ?

— Oui, mon père, il viendra. Je lui ai donné votre nouvelle adresse ; car il vous croyait encore rue des Mathurins.

— Aurons-nous des artistes... de ces musiciens qui chantent de petites choses qui font rire... avec accompagnement de piano ?

— J'en avais engagé deux ou trois, chère amie ; mais ils se sont permis de me refuser... Du reste, sois tranquille, monsieur Dixcors, ce monsieur qui fait un tas de petites drôleries... qui imite tous les animaux, et qui joue même des scènes de ventriloque, m'a promis de m'amener un de ses amis qui chante tout ce qu'on veut, et des mélodies de Chou... de Chou... ma foi, je ne sais plus de quel Chou !

— De Schubert, mon père.

— Oui, je crois que c'est cela... Choubert... Je savais bien qu'il y avait du chou.

— Avez-vous invité monsieur Ramonot ?

— Ramonot ? non, certainement... je ne l'ai pas invité !... Je m'en serais bien gardé ! Dernièrement je l'ai rencontré sur le boulevard, il avait un pauvre habit si râpé... enfin, il était fort mal mis... ma foi, j'ai vite tourné la tête pour ne pas le saluer, parce que rien ne compromet comme de saluer quelqu'un qui est mal couvert.

— Mais vous m'étonnez !... car monsieur Ramonot vient, m'a-t-on dit, par la protection de sa fille, d'obtenir une fort belle place à la préfecture de police.

— Vraiment... ah ! diable... Je le saluerai la première fois que je le rencontrerai, et de très-loin même.

— Monsieur Ramonot devait en effet avoir cette place, dit le jeune Julien ; mais l'affaire a manqué, et il ne l'a pas.

— Qu'est-ce que je disais !... un homme qui a un habit si râpé !... je ne le saluerai pas !... désormais c'est un parti pris, je veux avoir l'air de ne point le connaître.

— Mais vous ne savez donc pas que sa fille, qui est fort jolie, est courtisée par le neveu d'un pair de France, qui a juré qu'il l'épouserait peut-être !

— Le neveu d'un pair !... sapristi... on ne sait plus où on en est alors... mais décidément je le saluerai... oh ! je le saluerai ! je vois bien que j'ai fait une faute, mais c'est plus fort que moi... je ne peux pas souffrir les gens mal vêtus... quand ils m'approchent, il me semble toujours qu'ils vont m'emprunter de l'argent.

Cette conversation est interrompue par Fifine qui accourt en disant :

— Voilà monsieur Brouillard ; il n'a pas encore sonné, mais il y a cinq minutes que je l'entends frotter ses pieds au paillasson du carré. J'ai vu par une fenêtre que c'était lui, il passe toujours un quart d'heure sur le paillasson ; je crois qu'avant d'entrer il écoute et tâche d'entendre ce qu'on dit chez les personnes qu'il vient voir.

— Il en est bien capable.

— Déjà le cousin Brouillard ! quelle scie !...

— Ah ! Angélique ! prends garde... ne laisse pas échapper de ces mots-là devant le monde. ou je suis capable de me cacher sous la table !...

— C'est bien, monsieur, c'est bien ! il me semble que je sais parler ; et ce n'est pas à vous à me reprendre, vous qui dites tonnelles pour turnel, en parlant de chemin de fer, et qui l'autre jour avez dit en plein salon que les rues de Paris étaient infectées de voleurs.

— Eh bien ! madame... est-ce que cela ne se dit pas ? les rues sont infectées de voleurs... une forêt est infectée par des brigands ; j'ai toujours entendu parler comme cela.

— Non, monsieur, on doit dire infestées, j'en suis sûre, j'ai consulté monsieur Marmodin.

— Et moi, j'ai entendu mon frère, l'homme d'esprit, parler comme cela.

— S'il met de ces phrases-là dans ses pièces, ce doit être du propre !... Mais vous êtes si gonflé quand vous parlez de votre frère !...

— Madame... je ne dis pas quelle scie ! moi !... des mots de la halle...

— Taisez-vous, monsieur, vous me faites mal au cœur.

La querelle allait s'échauffer, et le jeune Julien semblait plutôt s'amuser d'entendre ses parents se disputer que de songer à les apaiser. Mais Fifine ramène le calme en disant :

— Ah! si le cousin Brouillard entend qu'on se querelle, il sera bien content.

— Fifine a raison, dit madame Saint-Godibert sa tendant en joue à son mari... Je suis une mauvaise tête... embrassez-moi, petit...

— Avec plaisir, Angélique.

— Mais c'est votre cousin qui fait que je m'oublie... Il arrive toujours avant tout le monde... et souvent lorsque le couvert n'est pas encore mis. Tout cela, c'est pour examiner, voir ce qu'on fait... fourrer son nez partout... Sous prétexte de vouloir aider, il va dans toutes les chambres... enfin, monsieur, dernièrement je l'ai surpris regardant dans une grande armoire où je mets mes robes; il l'avait ouverte, et examinait, tâtait tout... Quand je lui ai demandé ce qu'il faisait là, n'a-t-il pas eu le front de me répondre : Cousine, je cherchais vos lieux à l'anglaise... je croyais entrer dedans.

En ce moment monsieur Brouillard montre son nez à l'entrée de la salle à manger; aussitôt Nicolas Gogo et sa femme vont à lui, en s'écriant :

— Eh! c'est Brouillard, c'est ce cher cousin Brouillard!...

— Bonjour, cousin, salut, cousine.

— Que vous êtes gentil de venir de bonne heure!... il y a tant de gens qui se font attendre... mais vous jamais... c'est ce que nous disions tout à l'heure avec Saint-Godibert.

— Cousine, je suis toujours empressé de venir chez vous... c'est un si grand plaisir pour moi... et puis je me dis : si on a besoin d'aide... pour faire quelque chose... moi je serai là.

— Oh! merci, cousin, mais nous avons nos gens... nos valets... nous n'avons pas besoin de surplus.

— Voilà une olive à terre, dit M. Brouillard en se baissant pour ramasser l'olive. Il paraît que vos gens ne font pas bien attention à ce qu'ils portent. Voilà un couvert magnifique! vous avez beaucoup de monde, à ce que je vois.

— Nous serons vingt, répond monsieur Saint-Godibert en se tortillant le nez avec son mouchoir pour tâcher de le grossir.

Monsieur Dernesty qui vient d'arriver avec Frédéric est un jeune homme de vingt-huit ans. — Page 36

— Vingt, en vous comptant? — Comment en nous comptant? s'crie la grosse dame d'un air piqué; est-ce que nous ne devons pas compter pour quelque chose?... est-ce que nous sommes des zéros chez nous?

— Pardon, cousine... je n'ai pas voulu dire cela... je me serai mal exprimé... Quand je dis vingt en vous comptant, j'entendais: est-ce que vous avez invité vingt personnes à dîner?.. Voilà tout... Votre robe est charmante, cousine... ah! quelle belle étoffe!..

— N'est-ce pas?... oh! c'est ce qu'il y a de plus beau en satin.

— Mais votre jupon passe, cousine, est-ce exprès?

— Ah! mon Dieu! mon jupon passe... et je ne m'en étais pas aperçue... voilà ce que c'est que d'être pressée, de s'habiller si vite. Fifine, vous allez me relever cela. Cousin Brouillard, passez donc dans le salon avec notre fils..

— Avec grand plaisir.., ne vous gênez pas pour moi, je vous en prie... quand on a beaucoup de monde... on a tant de détails à surveiller... je sais ce que c'est... je passe au salon... A propos, vous allez donc avoir un marchand de vin dans votre maison?

— Un marchand de vin... où cela?

— Ici en bas... la boutique où l'on emménage...

— Un marchand de vin!... il viendrait un marchand de vin! an. quelle horreur! si je savais cela, je déménagerais sur-le-champ!

— Mais non, ce n'est pas possible! qui est-ce qui vous a dit cela, mon cousin?

— Dame! c'est un commissionnaire en bas; j'ai vu qu'on emménageait dans la boutique, je lui ai dit : Qui est-ce qui s'établit là ? il m'a répondu : Monsieur, je pense que c'est un marchand de vin.

— Fifine! Fifine! descendez vite vous informer au concierge, qui est-ce qui va occuper la boutique en bas... si c'est un marchand de vin ou un charcutier, ajoutez que nous donnons congé ce soir par huissier...

— Mais, madame, en ce moment, j'ai tant à faire...

— Allez, Fifine, courez sur-le-champ... je ne veux pas rester dans cette incertitude.

La femme de chambre descend, en donnant au diable le monsieur au museau de renard qui, à peine arrivé, a trouvé moyen de porter le trouble chez ses maîtres. Monsieur Saint-Godibert est allé passer son habit, madame s'est jetée sur une chaise, Julien est entré au salon rajuster sa cravate, et le cousin Brouillard regarde sous la table s'il voit encore des olives, tout en disant :

— Ma foi! le fait est que je suis comme vous... un marchand de vin me ferait déserter une maison; cela vous expose à rencontrer sans cesse des ivrognes, des gens qui se disputent... souvent même vous recevez en rentrant chez vous quelques coups de poing destinés à d'autres; c'est infiniment désagréable.

Enfin Fifine remonte toute essoufflée. Monsieur Saint-Godibert accourt avec son habit pour savoir ce qu'elle va dire.

— Il n'a jamais été question d'un marchand de vin, s'écrie la jeune femme de chambre en jetant un regard courroucé sur monsieur Brouillard. C'est un marchand de papiers peints qui va occuper la boutique... ce sera très-bien décoré, très-brillant... il y aura des papiers à vingt francs le rouleau.

— Ah! je respire! dit madame Saint-Godibert.

— Je savais bien que cela ne pouvait pas être, et que tu avait tort de t'alarmer, dit monsieur.

— Pourquoi monsieur Brouillard vient-il nous annoncer des choses qui ne sont pas? On devrait être sûr de ce que l'on dit avant de parler...

— Pardon, cousine... je vous ai dit qu'un commissionnaire m'avait répondu cela... mais moi je n'en savais pas plus. Le commissionnaire se sera trompé, voilà tout... ces gens-là aiment beaucoup les marchands de vin, ils ne sont pas comme vous, et ils pensent qu'il doit s'en établir partout...

— Passez donc au salon.

— J'y passe, cousine... Vous penserez à remonter votre jupon... votre robe fait aussi des plis dans le dos... c'est peut-être exprès, mais ce n'est pas joli... Je passe au salon... si vous avez besoin de moi, ne vous gênez pas.

Enfin monsieur Brouillard est entré dans le salon.

— Quelle peste que cet homme! dit madame Saint-Godibert, venir nous annoncer un marchand de vin au-dessous de nous!... pour mettre le désespoir dans mon cœur.

— Aussi, madame, vous êtes bien bonne d'ajouter foi à ce que dit votre cousin, qui invente sans cesse des histoires pour mettre le désordre partout.

— Fifine a raison, Angélique, tu ne devrais jamais le croire...

— Fifine, remontez mon jupon... la société va arriver : je ne veux pas avoir de plis dans le dos... Tout est prêt, j'espère?...

— Mais à propos! s'écrie la femme de chambre après avoir arrangé la robe de sa maîtresse, il faut cependant quelqu'un pour servir à table avec moi. D'abord il est impossible que seule je puisse servir vingt personnes.

— C'est vrai!... c'est physiquement impossible, dit monsieur Saint-Godibert en admirant son habit, Fifine ne peut pas se mettre en vingt!

— Vous ne voulez plus voir François... cependant il faut quelqu'un... un domestique mâle c'est très-comme il faut!...

— Sans doute... si tu demandais au concierge de monter?

— Ah! oui, le concierge! une fois je l'avais prié de me donner un petit coup de main... je ne sais plus pourquoi, il m'a répondu d'un ton impertinent : Pour qui me prenez-vous? est-ce que vous croyez que je suis un domestique? Tenez, monsieur, il faut pardonner à François... Après tout, s'il avait su ce que c'était que du vin de Champagne, il n'aurait pas touché à cette bouteille. C'est par ignorance qu'il a fait cela.

— Fifine a raison... il faut se servir encore de François... D'ailleurs nous ne trouverions pas quelqu'un sur-le-champ pour le remplacer.

— Mais au moins, Fifine, recommandez-lui de faire attention... de bien se rappeler tout ce qu'on lui a dit.

— Oh! soyez tranquille, madame, je vais l'endoctriner.

En ce moment la sonnette se fait entendre. Aussitôt les époux Saint-Godibert entrent précipitamment dans le salon, en s'écriant :

— Voilà la société... il ne faut pas qu'elle nous trouve dans la salle à manger... elle pourrait croire que nous sommes nos domestiques.

XV. — LA SOCIÉTÉ AU SALON. — AVANT LE DINER.

Un quart d'heure ne s'était pas écoulé que presque toutes les personnes invitées à dîner chez monsieur et madame Saint-Godibert étaient réunies dans le salon.

Dans ce grand monsieur sec et jaune qui conserve un air grave et réfléchi en demandant : Comment va la santé? vous avez reconnu le monsieur qui aime tant les Romains. Sa femme est assise dans un coin du salon, riant déjà et répandant la gaieté autour d'elle. A côté de madame Marmodin vient folâtrer monsieur Roquet, qui a le costume le plus *lion* qu'il soit possible de porter, puis un jeune homme assez gentil de figure et de manières, et qui rit beaucoup des observations de madame Marmodin; c'est monsieur de Broussaillon, don l'épouse, jeune et gentille aussi, est assise un peu plus loin et entourée de monsieur Julien, qui lui lance des œillades fort tendres qu'elle n'a pas l'air de remarquer; de monsieur Cendrillon, gros et grand homme de bonne mine, qui parle haut, rit trop fort, et semble aussi à son aise que s'il était chez lui; et ensuite de monsieur Doguin, dont le voisinage est redouté de chacun.

Dans une autre partie du salon, une jolie blonde, aux blanches épaules, est assise sur une causeuse, et semble écouter avec nonchalance les fadeurs que lui adresse monsieur Soufflat, petit homme de cinq pieds moins deux pouces, qui pour se grandir se tient presque constamment sur ses pointes et dans un salon semble toujours prêt à s'élancer pour faire un entrechat. Dans cette dame blonde vous avez reconnu l'épouse de monsieur Mondigo. Quant à celui-ci, il s'est emparé du major Krouteberg, auquel il raconte le plan d'une pièce qu'il est en train de faire, et qui doit avoir au moins six cents représentations consécutives.

Le major Krouteberg est un excellent homme, qui a tout ce qu'il faut pour être agréable en société; il écoute tant qu'on veut, il approuve tout ce qu'on dit, il fait des compliments à toutes les dames et joue à tous les jeux. Avec d'aussi précieuses qualités, il est impossible de ne pas être très-recherché dans le monde.

Le major, dont la figure carrée et un peu rouge a bien la bonhomie allemande, entend pour la sixième fois au moins le détail d'un dénoûment qui doit faire fondre en larmes toute une salle et assurer le succès de l'ouvrage; il fait seulement de temps à autre un signe de tête qui signifie : c'est très-bien. Puis il lâche continuellement cette phrase : Ce sera tout à fait joli.

Mondigo se contente de ces deux réponses, l'une en pantomime, l'autre très-accentuée, et il continue de couler son plan; seulement, lorsque le major a l'air un peu distrait ou reste longtemps sans lui rien dire, il s'arrête et le regarde entre les deux yeux, en s'écriant :

— Eh bien!... est-ce que vous n'approuvez pas cette scène?

Alors le major, qui a presque l'air de s'éveiller, joue à la fois de la pantomime et de la voix, et s'écrie en secouant la tête comme le magot d'une cheminée : Oh! ce sera joli! tout à fait joli.

Madame Doguin, grande et belle femme, qui a été jolie et qui l'est encore, vue d'un peu loin, s'est posée sur un fauteuil, où elle semble trôner sur la compagnie, d'abord parce que son torse, extrêmement élevé, pourrait faire croire qu'elle est assise sur plusieurs coussins, ensuite parce qu'elle promène presque continuellement ses regards autour d'elle, en jetant des sourires à droite et à gauche, comme quelqu'un qui distribue des faveurs.

Mademoiselle Soufflat chante un air, puis une romance, puis une chansonnette. — Page 57.

LA FAMILLE GOGO.

Monsieur Villarsec se tient dans un petit coin, raide et sérieux comme un soldat prussien apprenant l'exercice. Un peu plus loin, mademoiselle Soufflat, la jeune personne dont le nez a quelques points de ressemblance avec la trompe d'un éléphant, est assise sur une chaise et n'a près d'elle personne pour causer, ce qui semble allonger encore la dimension de son nez. Enfin, le cousin Brouillard va et vient, se faufile, se glisse partout où l'on cause, et surtout où l'on semble avoir l'intention de ne pas être entendu.

Cependant, les Saint-Godibert font de leur mieux pour bien recevoir leur nombreuse compagnie, et surtout pour ne point avoir l'air gauche au milieu de tout ce monde-là. Mais le mieux d'un parvenu qui veut faire le seigneur, ressemble à un déguisement de marquis porté par un paillasse. Si Nicolas Gogo et sa femme se fussent contentés d'être de bonnes gens, d'être naturels en tâchant de bien recevoir tout leur monde, on ne leur aurait pas trouvé l'air ridicule dans leur salon.

Madame Saint-Godibert court de l'un à l'autre en cherchant à se donner des grâces qui ne vont point avec sa tête de bédouine. Monsieur Roquet lui a déjà dit trois fois qu'elle avait une toilette ravissante. Elle passe et repasse devant le major Krouteberg pour qu'il lui en dise autant; mais le malheureux major est serré de si près par l'homme de lettres qu'il ne lui est pas possible de glisser un mot à la maîtresse du logis.

Madame Saint-Godibert s'approche de son mari et lui dit à l'oreille :

Votre frère est bien insupportable! quand il s'empare de quelqu'un, il ne le lâche plus!... le voilà qui parle depuis un quart d'heure au major Krouteberg... Je suis sûre qu'il lui raconte une de ses pièces, et le pauvre major n'ose pas seulement venir me dire un mot!... je suis certaine qu'il est au supplice! appelez donc votre frère...

Au lieu de répondre à sa femme, monsieur Saint-Godibert pousse un cri, en disant :

— Ah! mon Dieu! mademoiselle Soufflat est toute seule dans un coin, personne ne fait attention à elle!... c'est inconvenant! à quoi pense mon polisson de fils!... il écoute, il regarde cette petite coquette de madame Marmodin... Julien!... Julien!... mon fils!

Monsieur Julien fait semblant de ne pas entendre son père, parce qu'il se doute de ce qu'il veut lui dire, et quand il le voit s'avancer d'un côté, il se faufile bien vite dans une autre partie du salon. Monsieur Saint-Godibert fait depuis quelques minutes de vains efforts pour attraper son fils, qui semble jouer à cache-cache avec lui, mais le cousin Brouillard, qui voit tout et entend tout, parvient à arrêter Julien par le bras au moment où il va encore esquiver son père, et le retient en lui disant :

— Petit cousin, vous n'entendez donc pas votre estimable père, qui depuis longtemps vous appelle et vous cherche dans tous les coins du salon et qui a certainement quelque chose de très-intéressant à vous dire, à en juger par l'obstination qu'il met à vous poursuivre... Ah! le voici... Cousin, voilà votre fils... qui ne vous cherchait pas, à ce que je crois.

Monsieur Saint-Godibert s'avance sur son fils, en disant d'un air furibond :

— Mademoiselle Soufflat qui est toute seule dans un coin là-bas... voulez-vous bien aller tout de suite près d'elle... et faire le galant!... ou je vous retire votre pension à la fin du mois!... et nous verrons avec quoi vous achèterez des gants beurre frais!

Monsieur Julien se dirige du côté de mademoiselle Soufflat, en murmurant : — Elle est jolie, ma pension!... parlons-en!

— Qu'est-ce qu'il a dit? demande monsieur Saint-Godibert en regardant son cousin Brouillard qui se hâte de répondre :

— Il a dit : elle est jolie... parlons-en... est-ce de sa pension ou de mademoiselle Soufflat qu'il voulait parler... Vous devez le comprendre, cousin, il paraîtrait que votre fils n'est pas satisfait de ce que vous lui donnez pour sa toilette... il est pourtant fort bien mis... fort élégant, je dois en convenir!

— Pas satisfait!... je voudrais voir qu'il se plaignît!... Pas satisfait, et je lui donne quarante francs par mois, cousin... quarante francs! rien que pour sa toilette! car il est logé, nourri, éclairé chez moi... Eh bien, est-ce que vous ne trouvez pas que c'est énorme... sans ma femme il n'aurait que la moitié!...

— Mais dame, cousin, quarante francs... certainement, c'est quelque chose!... de notre temps c'eût été beaucoup... Je crois bien qu'à l'âge de votre fils vous n'aviez pas quarante francs par mois à dépenser pour vous habiller;... il est vrai que vous ne vous mettiez pas comme lui... Mais maintenant on dépense tant!... on est si coquet... je m'étonne presque de voir votre fils aussi élégant si vous ne lui donnez que cela.

— Ah! parbleu! il fait des mémoires!... il fait des dettes!

— Diable! c'est fâcheux!

— Mais je ne les paie pas!

— Alors, c'est comme s'il n'en faisait pas.

Cette conversation est interrompue par monsieur Cendrillon, qui s'approche du maître de la maison et lui tappe sur le ventre, en s'écriant : — Ah! sapristi, je sens que je dînerai bien... et vous, mon cher Saint-Godibert?

— Moi, monsieur Cendrillon, oh! je suis entièrement de votre avis... Le dîner ne sera pas mal venu!

— Monsieur, est-il dans les mêmes dispositions? dit monsieur Doguin en s'approchant.

Ceci s'adressait au cousin Brouillard, qui, sentant monsieur Doguin s'approcher, avait commencé par prendre sa tabatière et se bourrait le nez de tabac. Il répond cependant, en faisant deux pas en arrière :

— Oh! j'ai de l'appétit! mais je ne suis pas si pressé... Je sais que chez mon cousin on dîne toujours fort tard quand il y a du monde.

— Mais à l'heure de toutes les personnes qui vont à la Bourse! dit monsieur Saint-Godibert, en faisant des manières de capitaliste... six heures, six heures et demie.

— C'est bien tard! dit monsieur Cendrillon. Au reste, il est le quart passé, est-ce que vous attendez encore du monde?

— Encore monsieur Dernesty et mon neveu Frédéric...

— Ah! les deux inséparables.

— Mais quand on aura servi, nous dînerons, oh! certainement nous n'attendrons pas ces messieurs!... mon neveu fait exprès de se faire attendre... Monsieur Dernesty est aussi terrible, pour se faire désirer!

— C'est un genre, dit M. Brouillard en s'éloignant de M. Doguin.

Mme Saint-Godibert n'y tient plus; voyant que son beau-frère ne lâche point le major, elle se décide à aller se jeter au milieu de la conversation, en s'écriant :

— Eh bien, messieurs, vous êtes aimables! vous causez entre vous, au lieu de venir faire votre cour aux dames... Ah! major, je ne vous reconnais pas là...

Le pauvre major, qui est enchanté qu'on vienne le délivrer, se hâte de faire son signe de tête à M. Mondigo, et veut aller vers la superbe Angélique, mais l'homme de lettres le retient par l'anglaise de son habit, en lui disant :

— Nous n'avons plus que trois scènes, et je tiens à avoir votre avis sur mon dernier acte, que j'ai recommencé déjà quatre fois, mais que je crois fort bien de la manière dont je vous le disais...

— Oh! joli! très-joli!

— La fille est séduite par un conspirateur qui a deux épouses.

— Oh! ce sera fort joli.

— Elle empoisonne son séducteur dans une orange... c'est un dénoûment que je crois susceptible d'un grand effet...

— Oh! parfait!

— Cependant on m'a dit que dans une pièce allemande on se servait aussi d'une orange pour une scène importante, cela m'a donné l'idée de changer et d'employer un citron... Qu'en pensez-vous?

— Oh! joli! très-joli!

— Le citron est plus neuf que l'orange; mais la difficulté est de faire manger du citron à un Français... Oh! quel trait de lumière! Je transporte ma scène en Italie, où les citrons sont doux, et mon dénoûment devient tout naturel?

Le major lâche son signe de tête et se résout à quitter l'homme de lettres, qui apercevant alors monsieur Villarsec, va se poser devant lui, en disant :

— Ouk je suis enchanté d'avoir trouvé ce citron... la scène se passera en Italie ou en Provence... C'était un drame historique; j'arrangerai cela!... Mais dois-je dire citron ou limon? Voilà une chose à laquelle je n'avais pas pensé. Quel est votre avis?

Monsieur Villarsec, qui est un homme toujours raide et sérieux, regarde monsieur Mondigo d'un air presque impertinent, en lui répondant :

— Monsieur, s'il s'agit d'une limonade, je vous avoue que je ne m'y connais pas, et je vous engage à vous adresser à quelqu'un de plus expert dans cette partie.

— D'une limonade!... s'écrie Mondigo, en devenant pâle par le bout du nez, ce qui lui arrivait toujours lorsque son amour-propre était blessé. C'est de ma pièce que je vous parlais, monsieur... Ah! mais pardon, en effet, vous n'avez pas entendu le récit de mon plan et vous ne pouviez me comprendre... je vous prenais pour monsieur Krouteberg.

Avant que monsieur Villarsec ait répondu, monsieur Marmodin s'est approché de l'homme de lettres, il lui prend le bras, en s'écriant :

— Oh! je suis certain que vous serez de mon avis, Mondigo; ces dames rient et ne veulent pas me croire... Je me suis adressé à monsieur Cendrillon, qui me fait des réponses évasives...

— De quoi s'agit-il, Mondigo?

— Mademoiselle Soufflat est entrée dans le salon avec une espèce de manteau à capuchon... qui m'a rappelé le *cucullus* que portaient les Romains... et le chapeau qu'elle a ôté et mis sur le divan, doit venir du *petasus* ou de la *causia*... Nous avons encore le *galerus* et l'*apex* qui servaient aux Romains et aux Romaines dans leur toilette... mais je n'en suis que sur le *petasus* et le *cucullus*... Monsieur Cendrillon me répond *gibus*!... il ne s'agit pas de cela...

— Oh! ma foi! s'écrie monsieur Cendrillon en riant, je ne connais rien à toutes vos vieilleries latines!... parlez-moi commerce, entreprise, négociations, chemins de fer, à la bonne heure, je vous répondrai...

— Et vous serez sur la voie! s'écrie monsieur Soufflat en s'efforçant de se tenir sur ses orteils.

— Ah! bravo... la voie! ah! pas mauvais... c'est un calembour... ça me va encore, les calembours... j'en mange... Ah çà! mais... est-ce

que nous ne dînons pas ? il est sept heures moins le quart !... sapredié, mon estomac et mon ventre battent une générale soignée !...

— Monsieur Dernesty ne vient donc pas ? dit la blonde Clémence à
madame Saint-Godibert, qui était alors près d'elle.

— Oh ! il viendra... nous l'avons engagé... mais c'est un jeune
homme qui est si recherché dans le monde, il a tous les jours deux
cents visites à faire !...

— Il doit être bien fatigué le soir ! dit le cousin Brouillard, en al-
longeant son museau entre les deux belles-sœurs.

— Est-ce que vous croyez qu'il va à pied, par exemple... c'est un
jeune homme qui a cabriolet !

— Je l'ignorais ! je ne connais pas la fortune de ce monsieur...
Qu'est-ce qu'il fait ?

— Mais... rien... Oh ! c'est-à-dire si, il joue à la Bourse.

— Ah ! il joue... Est-ce que c'est un état ?

— Ah ! vous ne connaissez pas cela, vous, cousin ; mais maintenant les jeunes gens comme il faut qui ont de la fortune ne font pas
autre chose... Du moins, voilà l'opinion de monsieur Dernesty.

Le cousin fait une grimace pour toute réponse, et se rapproche de
madame Marmodin, qui s'écriait :

— Mais je ne vois pas monsieur Frédéric... Comment ! le neveu de
monsieur Saint-Godibert ne serait pas à cette réunion !

— Il va venir, dit monsieur Brouillard, on l'attend.

— Ah ! je le disais aussi : Il n'est pas possible que notre amphitryon
ait oublié un membre de sa famille !

— De sa famille... Ah ! vous croyez donc que mon cousin n'a point
d'autres parents que son neveu ?...

— Mais comme je n'en ai jamais vu d'autres, je le pensais.

Monsieur Brouillard se penche vers la jeune femme et lui souffle à
l'oreille :

— Vous ne savez donc pas qu'il y a encore un frère... lequel a une
fille... fort jolie, ma foi !...

— Ah ! vraiment !... et pourquoi donc ne les voit-on jamais ici, ni
chez monsieur Mondigo... ils sont donc brouillés avec ce frère-là ?

— Oh ! ce n'est pas cela... il y a d'autres raisons... ce frère-là n'est
pas riche... il exerce même une profession très-simple... il est cultivateur... on pourrait même dire laboureur... mais, moi, je ne comprends
pas que l'on dédaigne ces gens-là... est-ce que nos premiers pères
n'étaient point eux-mêmes des fermiers ? est-ce qu'ils ne cultivaient pas
leurs terres avec leurs enfants ?... voyez *Abraham*... *Jacob*... *La-
ban*... aussi, moi, qui ne pense pas comme mes cousins, je ne rougis
point de voir leur frère... Je suis allé lui faire une petite visite, il n'y
a pas longtemps, à ce bon Jérôme.

— Vous avez raison, monsieur Brouillard, et je vous approuve...
Oh ! mais vous m'étonnez beaucoup en me disant cela... je suis surprise que Clémence avec qui je suis assez liée, ne m'ait jamais dit un
mot de cet autre frère de son mari.

— Oh ! elle ne vaut pas mieux que les autres, la chère dame... Et
puis avouer qu'on a un frère paysan !... lorsqu'on se donne des manières de duchesse ! ça ferait mal au cœur !...

— Mon Dieu, que le monde est drôle !...

— Oh ! oui, il est même plus que drôle, le monde !... il a une foule
de vilains côtés... Après cela, ce que j'en dis, vous entendez bien que
c'est sans méchanceté... Je suis l'ami de tout le monde, moi. Oh ! si
je voulais être méchant, je pourrais en dire bien davantage !...

Monsieur Brouillard va peut-être, pendant qu'il est en train, prouver ce qu'il avance ; mais en ce moment la porte du salon s'ouvre, et
François annonce d'une voix très-enrouée :

— Monsieur Dernesty... et mon neveu Frédéric !

Toute la compagnie part d'un éclat de rire à cette nouvelle bévue
de François, et Frédéric, qui entre dans le salon, partage l'hilarité générale, et salue la société en disant :

— Mesdames et messieurs, vous ne saviez peut-être pas encore que
j'étais le neveu de monsieur... c'était une petite surprise que je vous
ménageais pour aujourd'hui.

Cependant, monsieur François, qui s'aperçoit qu'il a dit une bêtise,
rouvre la porte du salon et passe sa tête, en criant :

— Non, je me suis trompé... ce n'est pas mon neveu !... Monsieur
Frédéric est le neveu de mon bourgeois... de mon oncle... Ah ! non...
'est pas ça.

— Oh ! c'est bien, c'est bien, François, dit Frédéric en repoussant le
valet dehors, je crois que tu ne t'en tireras pas aujourd'hui, tu feras
aussi bien de t'en aller.

— Est-ce que ce drôle-là va recommencer à faire des âneries ? s'écrie
monsieur Saint-Godibert en allant de l'un à l'autre. Je ne sais pas ce
qu'il a aujourd'hui... mais c'est bien pis qu'à l'ordinaire.

Monsieur Dernesty qui vient d'arriver avec Frédéric est un jeune
homme de vingt-huit ans, d'une taille moyenne, mais bien fait de sa
personne, et portant avec beaucoup de désinvolture et de grâce une
toilette recherchée et de bon goût. La figure de ce nouveau personnage est plutôt bien que mal ; cependant, à les détailler, ses traits ne
seraient pas beaux ; son teint est jaune, ses cheveux brun clair avancent trop sur son front ; ses yeux gris sont petits, mais expriment une
grande vivacité, ils tournent et remuent sans cesse, il est très-difficile
de parvenir à les fixer... son nez est mince, sa bouche serrée : tout

cela forme cependant un ensemble assez distingué. Ajoutez-y un jargon
de petit-maître, cette assurance qui éblouit, ces petits mots piquants,
ces sarcasmes qui font toujours fureur dans un salon ; puis avec les
dames, l'art de donner à son regard une expression tendre, ou mé-
lancolique ou passionnée, suivant la circonstance ; voilà celui qu'on
nomme monsieur Dernesty.

L'arrivée des deux jeunes gens a produit un mouvement général dans
le salon. Les dames répondent à leurs saluts par de gracieux sourires,
les hommes leur serrent la main.

Après avoir adressé à la maîtresse de la maison un de ces compliments banals, qui ont été dit cent fois, mais que madame Saint-Godibert trouve ravissants, et qu'elle croit faits exprès pour elle, Dernesty,
tout en disant quelques mots à droite et à gauche, ne tarde pas à arriver près de madame Mondigo. La belle blonde répond par un mouvement de tête fort modeste au salut que vient de lui adresser le jeune
homme. Cependant celui-ci reste près de Clémence, et malgré la manière
réservée et presque froide avec laquelle ces deux personnes se sont
saluées, un observateur pourrait remarquer que la figure de madame
Mondigo s'est animée, qu'il y a maintenant une tout autre expression dans sa physionomie, et qu'elle apporte un soin tout particulier
à mettre en évidence ses jolies mains et à faire mouvoir ses doigts,
tandis que monsieur Dernesty, tout en n'ayant pas l'air d'apporter plus
d'attention sur cette dame que sur une autre, observe les divers mouvements de ses doigts avec autant de soin que s'il regardait un télé-
graphe manœuvrer.

Pendant que ceci se passe d'un côté, Frédéric s'est approché de la
vive et rieuse Francine, il lui débite sur-le-champ tout ce qui lui vient
à l'esprit. Madame Marmodin rit de tout ce que lui dit le jeune homme,
et celui-ci semble même trouver parfois qu'elle rit trop, et qu'elle
n'accorde pas assez d'attention à ses paroles.

De la place où il est, monsieur Brouillard observe tout cela, en souriant malicieusement ; puis il reporte ses regards sur l'homme de
lettres et son ami Marmodin ; en ce moment celui-ci vient de s'écrier :

— Ah çà, mais dans tout cela, mon cher Mondigo, vous n'avez pas
répondu à ma question au sujet du *petasus* et de la *causia* ; mais,
avant tout, je tiens à avoir votre avis sur le *cucullus*. Qu'est-ce que,
suivant vous, les Romains entendaient par ce mot ?

Monsieur Mondigo se gratte tour à tour le nez et l'oreille, car on
peut faire des pièces de théâtre, on peut même, à la rigueur, être
homme de lettres, et ne pas avoir poussé bien loin ses études sur le
latin... Il est donc assez embarrassé, et murmure entre ses dents :

— Ce que je pense de *cucullus*... ah ! ma foi, pardon, c'est que
justement je pensais à autre chose... *cucullus*... oui, je me rappelle...
c'est-à-dire je cherche...

— Je suis très-curieux, dit monsieur Saint-Godibert en se frottant
le menton, de savoir ce que va répondre mon frère l'homme d'esprit.

En ce moment, le cousin Brouillard lui pousse le coude, en lui disant
tout bas :

— Cousin, il me semble que ce n'est pas très-adroit de votre part
quand vous parlez de Mondigo, de dire : mon frère l'homme d'esprit,
car enfin, il semblerait, d'après cela, que vous vous regardez, vous,
comme une bête... ainsi que les autres membres de votre famille !

Monsieur Saint-Godibert presse la main de Brouillard en lui répondant : — C'est juste !... oh ! parbleu vous avez raison ! votre remarque
est très-forte... où diable avais-je la tête ?... je ne dirai plus mon frère
l'homme d'esprit... je dirai mon frère... le génie, hein ?

— Cela reviendrait au même, et puis, d'ailleurs, ce ne serait pas
juste !... car je ne crois pas que Mondigo soit un génie. . Quoiqu'il ait
fait une pièce sur un citron, à ce que j'ai entendu... appelez-le l'homme
de lettres, cela n'engage à rien...

— Très-bien... je ne dirai plus autrement : mon frère l'homme de
lettres, l'auteur.

Pendant cette conversation, monsieur Marmodin harcelait son ami
Mondigo, dont il commençait à comprendre l'embarras, et qu'il était
probablement bien aise d'humilier du poids de sa science. Monsieur
Mondigo avait beau se gratter l'oreille, en murmurant :

— *Cucullus*... cucu... Oh ! je sais ce que c'est...

— Pardieu ! moi aussi je sais ce que c'est que *cucu* ? dit monsieur
Cendrillon, en se mettant à rire à gorge déployée ; tout le monde connaît ce latin-là...

— Oh ! monsieur Cendrillon va trop loin !... oh ! il dit des choses
trop lestes !... murmure madame Saint-Godibert, en s'adressant au
major Krouteberg. S'il se lâche déjà ainsi, qu'est-ce que ce sera donc
quand il aura bu du champagne ?... Cet homme-là me fait trembler dans
une conversation !

— Comment ! répond le major en roulant ses gros yeux ; il a parlé
de son... Ah ! je n'ose répéter ce mot !

— Je vous reconnais là, major, je vous reconnais là !... vous auriez
plutôt avalé ce mot que de le lâcher.

Monsieur Dernesty, voulant mettre fin à l'embarras du mari de Clémence, s'avance tout d'un coup vers monsieur Marmodin, en lui disant :

— Eh ! mon Dieu, monsieur, c'est une plaisanterie que votre question !... et tout le monde sait bien que *cucullus* veut dire coucou.

— C'est cela ! dit monsieur Mondigo ; coucou... c'est cela, le nom
ne me venait pas...

— Et pourtant, murmure monsieur Brouillard, il aurait dû lui venir à lui plutôt qu'à tout autre !... mais c'est assez adroit à monsieur Dernesty de l'avoir aidé.

— Eh bien, messieurs, vous n'y êtes pas, s'écrie monsieur Marmodin d'un air triomphant. Ah ! je vous attendais là !... vous confondez *cucullus* par deux *l*, avec *cuculus* qui n'en prend qu'une ; le dernier mot signifie bien en effet coucou ! mais le second, dont je me servais, veut dire capuchon... capuce... et non pas coucou !...

— Dieu ! que ce monsieur est savant ! murmure monsieur Soufflat en se retenant à la cheminée pour mieux se hausser.

— Ah çà, mon ami, est-ce que votre dissertation sur les coucous ne va pas finir ? s'écrie la vive Francine en riant d'un air moqueur. Savez-vous bien qu'avec votre science, vous effrayez tout le monde !...

— Il a sans doute ses raisons pour traiter ce sujet-là ! s'écrie monsieur Brouillard en regardant le nez de mademoiselle Soufflat, laquelle regarde le jeune Julien qui s'obstine à ne pas là regarder.

— Ah ! ma foi ! je dînerais très-volontiers, s'écrie monsieur Cendrillon en se retapant sur le ventre.

Tout le monde paraissait être du même avis que monsieur Cendrillon, lorsqu'enfin la porte s'ouvre, et François paraît de nouveau une serviette sur le bras, et crie d'un air content de lui :

— Nous sommes servis ! à table, la compagnie, s'il vous plaît.

— Décidément François a quelque chose ce soir, dit Frédéric en présentant sa main à madame Marmodin, au moment où monsieur Roquet s'avançait aussi pour servir de cavalier ; mais la jeune femme a pris la main de Frédéric tout en lui disant :

— Mon Dieu ! vous êtes aujourd'hui avec moi d'une galanterie...

— Est-ce que cela vous étonne ?... ne savez-vous pas depuis long-temps que je suis votre esclave, et qu'il ne tiendrait qu'à vous que je fusse constamment à vos pieds ?...

— Vraiment ! oh ! ce serait trop fatigant pour vous ! je ne veux pas vous mettre si mal !...

— Quand donc pourrai-je vous voir ? murmure bien bas monsieur Dernesty en offrant sa main à madame Mondigo qui, sans presque remuer les lèvres, lui répond :

— Chut !... prenez garde... on pourrait entendre !...

— Est-ce que ces gens-là devinent quelque chose !...

— N'avez-vous pas vu à la manière dont je tenais mes doigts que je sortirais mardi à midi.

— Oui... en effet !... mardi... c'est bien long... pourvu qu'on me place à table près de vous.

— Oh ! il n'y a pas de danger ! ma belle-sœur vous accapare toujours !

— C'est bien amusant pour moi !

En ce moment, monsieur Roquet se présentait pour offrir sa main à la jolie blonde, mais il voit monsieur Dernesty l'emmener ; il regarde s'il y a encore une dame à conduire ; comme il touche, il aperçoit en même temps madame Doguin et mademoiselle Soufflat ; mais pendant qu'il hésite pour savoir à laquelle il donnera la préférence, l'une et l'autre sont emmenées dans la salle à manger par d'autres cavaliers.

Il ne restait plus dans la salle que le cousin Brouillard qui regardait filer tout le monde en faisant à part lui ses remarques et ses réflexions sur ce qu'il voyait et sur les mots qu'il tâchait de saisir au passage.

— Ma foi, décidément toutes les dames m'échappent ! s'écrie monsieur Roquet en regardant le cousin Brouillard, qui lui répond en se dirigeant du côté de la salle à manger :

— Je vous garantis qu'elles n'échappent pas à tout le monde. Mais allons nous mettre à table... je meurs de faim... sept heures passées... c'est pitoyable de faire dîner si tard... Je crois que c'est un calcul pour que l'appétit des convives soit passé.

Monsieur Roquet va répondre, mais ses besicles tombent, et pendant qu'il les ramasse, monsieur Brouillard est déjà dans la salle à manger.

XVI. — UN DINER D'APPARAT. — M. FRANÇOIS.

— Voyez vos noms !... cherchez vos places... dit monsieur Saint-Godibert en faisant asseoir près de lui madame Doguin et madame de Broussaillon... on trouve tout de suite son affaire.

— Je ne crois pas que ce soit bon genre, dit à demi-voix monsieur Brouillard en cherchant son nom sur chaque couvert. Où suis-je donc, cousin ? je ne peux pas me trouver... je présume pourtant que j'ai ma place...

— Par ici, cousin, entre monsieur de Broussaillon et monsieur Soufflat...

Monsieur Brouillard allonge son museau et se dirige vers sa place d'un air d'humeur, en murmurant : C'est cela... entre deux imbéciles qui n'écoutent jamais ce qu'on leur dit... et au bout de la table... la plus vilaine place !... Ils me paieront cela.

Frédéric est fort satisfait, parce qu'on l'a mis entre madame Marmodin et sa jolie tante. Celle-ci ne semble pas aussi contente, et un certain regard qui tombe sur monsieur Dernesty semble annoncer qu'elle aurait préféré d'autres voisins que son neveu et monsieur Cen-

drillon. Le petit maître a répondu au regard de la belle blonde par un coup d'œil des plus éloquents.

De son côté, monsieur Marmodin qui, malgré son amour pour les Romains, est extrêmement jaloux de sa femme, paraît fort contrarié de ce qu'elle soit placée contre le séduisant Frédéric ; comme il est vis-à-vis d'eux, de temps à autre il lance à son épouse des regards qui doivent lui dire beaucoup de choses ; mais sa femme n'a nullement l'air d'y faire attention.

A peine chacun est-il placé, que Frédéric part d'un grand éclat de rire, et ses voisines ne manquent pas de lui en demander la cause. Il leur montre François qui est alors vis-à-vis d'eux, et qui s'appuie sur le dossier de la chaise de son maître, en s'efforçant d'avoir une tenue décente, mais dont la trogne, rouge-violet, semble annoncer une situation fort peu convenable en ce moment, et qui explique les différentes bévues qu'il a déjà commises.

On doit se rappeler qu'après avoir arrosé de vin de Champagne sa maîtresse et le couvert, François s'est enfui, accablé sous le poids des malédictions de chacun. Mais, en se sauvant, le valet normand avait emporté la bouteille, cause de sa mésaventure. A peine est-il retiré dans sa chambre qu'il veut goûter ce vin qui imite les feux d'artifice ; la mousse, en s'échappant, n'avait perdu que le tiers environ du contenu de la bouteille. François s'insinue le goulot dans la bouche ; il avale d'abord une gorgée, il trouve que c'est drôle à boire ; il en prend deux autres, il trouve que c'est fort bon ; il avale de nouveau, et cette fois, il y prend tant de goût qu'il ne quitte que lorsqu'il n'y a plus rien dans la bouteille.

C'était la première fois que monsieur François buvait du vin de Champagne ; il se sent bientôt tout joyeux, tout guilleret ; il a envie de danser, de chanter, et lorsque mademoiselle Fifine arrive dans sa chambre pour le chercher, elle le trouve s'exerçant à sauter à pieds joints par-dessus son pot de chambre, et riant beaucoup parce qu'il vient de casser l'anse.

— Qu'est-ce que vous faites là, François ? dit la pimpante Fifine en regardant le valet d'un air étonné.

— Ma foi, mam'zelle, je m'amuse... je suis en train de rire....

— Il paraît que vous avez peu de regrets des sottises que vous faites... vos maîtres sont fort irrités contre vous !...

— Ah ! v'là-t-il pas un grand mal... parce que j'ai arrosé un peu la coiffure de la grosse Arabesque... si ça lui fait pousser ses cheveux, ça ne sera pas un mal !... Ils sont jolis, ses cheveux... trois petites mèches !... comme Cadet-Roussel !

— Voulez-vous vous taire, François ! si on vous entendait. . Enfin, j'ai obtenu que l'on vous pardonnât... et vous allez servir à table...

— Ah ! ça m'est égal... j'y consens... pourvu que je sois avec vous, mam'zelle Fifine...

En disant cela, monsieur François avait posé ses deux grosses mains sur le bas de la taille de Fifine, qui s'était écriée :

— Eh bien, monsieur François, qu'est-ce que vous faites là... qu'est-ce que cela signifie ?

— Ah ! voilà qui est soigné... parlez-moi de ceci !...

— Voulez-vous finir... est-ce qu'on touche là... c'est défendu !

— Bah !... défendu... et pourquoi que ce vieux grigou de bourgeois a toujours les mains là-dessus ?

— Comment, monsieur François, vous osez dire...

— Ah, pardi ! je ne l'ai pas vu, peut-être... et son fils aussi... et son neveu aussi quand il vient... et son ami aussi... Je fais comme eux, voilà tout !

Mademoiselle Fifine était parvenue à se dégager des bras de François et s'était sauvée, en s'écriant :

— Il n'est pas possible, vous êtes gris, François, vous êtes gris !.. C'est joli, pour servir à table... il faut pourtant que vous serviez...... il n'y a personne... allez à la cuisine, prendre du café... tâchez de vous remettre un peu... et songez à bien vous tenir en servant à table.

Monsieur François avait voulu suivre les instructions de la femme de chambre. Il était descendu à la cuisine ; mais là, en cherchant du café, il avait trouvé du rhum qui devait servir pour une gelée ; il avait bu la moitié de ce qui était dans la bouteille, puis, pour qu'on ne s'aperçût de rien, il avait cherché autour de lui avec quoi il pourrait remplir la bouteille. Une tasse de bouillon s'était trouvée devant lui. Profitant d'un moment d'absence de la cuisinière, il avait versé du bouillon dans la bouteille, en se disant :

Je ne sais pas trop ce que c'est... tant pis !... c'est de la même couleur, c'est le principal.

En apercevant la cuisinière qui accourait, il avait au hasard salé, poivré et sucré quelques ragoûts, en disant ;

— Je viens vous donner un coup de main.

La cuisinière s'était empressée de renvoyer ce nouvel aide qui mettait le désordre dans ses casseroles ; et c'est alors que monsieur François était allé se poster dans l'antichambre où nous avons vu comment il a annoncé Frédéric et son ami.

— Je crois que ce valet est gris, dit tout bas madame Marmodin à Frédéric.

— Je le crois aussi... mais il ne faut rien dire... ce sera amusant... il nous fera quelques scènes de sa façon !...

— Francine!... Francine!... voilà fort longtemps que je vous demande de me passer les olives! s'écrie monsieur Marmodin avec un accent de dépit très-prononcé, parce qu'il a vu Frédéric parler bas à sa femme.

Mais Francine, qui écoute fort peu son mari, lui envoie des radis, en lui disant :

— N'en mangez pas trop, cela vous fait mal!

— Elle n'entend plus ce que je lui dis! murmure le savant en se tournant vers l'homme de lettres. Oh! les femmes, les femmes! Vous rappelez-vous ce que *Tertulien* dit de ce sexe léger, Mondigo?

Mondigo, qui vient de finir son potage, se tourne vers monsieur Marmodin, en répondant :

— Vous savez que j'ai changé mon dénoûment : je finis avec un citron au lieu d'une orange... Vous me direz que c'est toujours un fruit du Midi!... mais vous verrez le parti que j'en ai tiré... Ah! je crois que vous ne connaissez pas ma pièce...

— Si fait, si fait.

— Je vous la conterai dans la soirée...

— Francine... hum... les olives!... Décidément, elle ne m'entend pas!

— François! avez-vous bientôt fini de remuer ma chaise! dit monsieur Saint-Godibert en se tournant vers son domestique. Qu'est-ce que vous faites là? allez donc servir du madère, et rappelez-vous ce que je vous ai dit!

— Oh! oui, Monsieur, je sais ma leçon.

François s'approche de chaque convive en tenant la bouteille de madère sous le bras. Il a déjà versé à deux personnes qui en ont pris peu. Lorsqu'il arrive à monsieur Cendrillon, celui-ci, au lieu de lever son verre, dit au domestique qui cesse de lui verser :

— Eh bien, va donc... pourquoi l'arrêtes-tu, mon garçon... remplis donc mon verre... oh! je suis amateur, moi!

— Non! répond François en s'éloignant. Vous aurez les deux tiers... pas davantage, c'est réglé!...

— Qu'est-ce qu'il dit donc, ce nigaud-là! s'écrie monsieur Cendrillon en riant. Saint-Godibert, votre domestique me refuse du madère... Il trouve que j'en ai assez de cela... il craint apparemment que je ne me fasse mal.

— Comment!... qu'est-ce que c'est!... s'écrie monsieur Saint-Godibert, en faisant des yeux et des signes à son domestique. François, venez donc verser du madère à monsieur Cendrillon.

— Du tout! répond François en allant à une autre personne. Ce monsieur a son compte... je me rappelle vos instructions... vous m'avez dit d'en donner le moins possible, de votre madère... et de ne jamais dépasser les deux tiers du verre... ah! est-ce vrai?

La compagnie fait une singulière figure; il y a même quelques éclats de rire qui sont mal comprimés sous des mouchoirs, tandis que monsieur Saint-Godibert, qui est devenu pourpre, s'écrie :

— Quelle brute que ce valet!... quel âne!... il entend tout de travers... Je lui ai bien recommandé, au contraire, d'en verser le plus possible! Heureusement que l'on connaît ma manière de traiter...

— Oui, oui, dit le cousin Brouillard, en tendant son verre à François; oh! nous savons à quoi nous en tenir! Allons, François, votre maître vous a dit d'en verser le plus possible!

— Ah! ouiche!... murmure François; il dit ça à présent! mais ce n'est pas ce qu'il m'a dit tantôt.

Fifine va derrière François, elle le tire par sa veste en lui disant tout bas : Taisez-vous donc, François, vous êtes gris... vous allez vous faire chasser!...

Mais François hausse les épaules, et se promène toujours avec son madère, en disant :

— Je sais ce que je fais... on m'a donné des ordres... si on me dit le contraire à présent, ça m'embrouille!

— Pour mademoiselle Soufflat!.. passez à mademoiselle Soufflat! s'écrie monsieur Saint-Godibert, qui désire qu'on n'écoute plus son valet.

— J'ai l'honneur de boire à votre santé! dit le major Krouteberg, en se tournant vers la maîtresse de la maison.

— Ah! major, je vous remercie! mais monsieur Roquet ne dit rien... Monsieur Roquet, voulez-vous quelque chose...

Monsieur Roquet, qui a aussi un petit sentiment de dépit, parce qu'on ne l'a pas placé à côté de la dame de la maison, répond en regardant en même temps un plat de poisson et un vol-au-vent :

— Madame est bien bonne... j'accepterai de ceci.

Et madame Saint-Godibert envoie aussitôt du poisson à monsieur Roquet qui désirait du vol-au-vent.

François ayant fini sa tournée de madère, est allé recommencer à se balancer après la chaise de son maître, et celui-ci n'ose rien dire, de crainte qu'il ne fasse encore quelque gaucherie. Mais le cousin Brouillard, qui est enchanté d'exploiter François, lui fait signe de loin de venir lui parler, et lorsque le domestique est près de lui, il lui dit très-haut :

— François, donnez-moi donc du pain tendre... celui-ci est rassis en diable, et je déteste le pain rassis...

— Du pain tendre!... répond François en riant : ah! pas si bête!... vous en mangeriez trop... nous n'en avons pas... Monsieur l'a défendu!

— Mon Dieu! quelle patience il faut avoir avec cet imbécile! s'écrie M. Saint-Godibert; il a entendu tout de travers, aujourd'hui! tout absolument... J'avais envie de le chasser avant dîner; j'aurais aussi bien fait!... moi, qui justement ai grondé de ce qu'on n'a pas pris du pain chaud!

— Calmez-vous, mon cher monsieur de Saint-Godibert! dit Dernesty; il est bien facile de voir que votre domestique n'a pas toute sa raison... le mieux est de rire de ses balourdises.

— Oui, dit Angélique en souriant à son voisin; M. Dernesty a parfaitement raison!... il faut rire de cela, et voilà tout!...

— Pour Mlle Soufflat!..... s'écrie l'amphitryon en servant. Mon fils, j'espère que vous veillez à ce que Mlle Soufflat ne manque de rien!...

Julien répond quelques mots qu'on n'entend pas.

— Oh! certainement, votre oncle a des intentions sur Mlle Soufflat et son fils, dit Mme Marmodin à Frédéric.

— J'en ai peur pour mon pauvre cousin!...

— Peur! mais elle est très-riche, cette demoiselle.

— Oui,... mais voyez donc ce nez... on jurerait qu'il est faux!..

— Ah! ah! que vous êtes méchant!

— Je crois qu'elle voudrait bien qu'il le fût faux... malheureusement c'est un phénomène très-vivant.

— Francine! Francine! passez-moi le sel... dit M. Marmodin d'une voix étouffée par la jalousie.

— Eh! mon Dieu, mon ami, vous avez une salière devant vous, est-ce que ce n'est pas assez? est-ce que les Romains se salaient à ce point-là?

— Je ne sais pas si François est gris, dit M. Brouillard en s'adressant à un de ses voisins... mais le fait est que c'est horrible de nous faire manger du pain de trois jours... Tiens... voilà une fricassée de poulet qui est sucrée... elle est certainement sucrée... ce n'est pas bon du tout!

— Je prends la liberté de boire à votre santé!... dit le major Krouteberg en saluant sa voisine.

— Merci mille fois, major.... Monsieur Dernesty, vous ne buvez pas...

— Pardon, ma belle voisine... mais il faut se ménager... Tous vos vins sont excellents!... vous nous traitez si bien!... on se croirait à la table d'un ministre!...

— Ah! monsieur Dernesty!

M. Saint-Godibert, qui a entendu ces mots, ne se sent pas de joie, il envoie aussitôt une assiette couverte de truffes à Dernesty en lui disant :

— Pour Mlle Soufflat...

— Ah! vous voulez que je passe ceci à Mlle Soufflat, dit Dernesty, très-bien...

— Non, non, mon cher Dernesty, je me trompais... c'est pour vous... Mlle Soufflat est servie... mais je puis lui en offrir encore... Mon fils, veillez-vous sur Mlle Soufflat?

— Oui, mon père!

— Pardieu! dit M. Cendrillon, si cette demoiselle mange tout ce qu'on lui passe, elle doit commencer à être pleine!

— Ah! mon Dieu!... qu'est-ce que M. Cendrillon vient de dire! murmure la robuste Angélique en regardant le major.

— Je n'ai pas bien entendu, répond le major... n'a-t-il pas parlé d'une petite chienne qui va être pleine!...

— Chut!... chut!... monsieur de Krouteberg! pas un mot de plus là-dessus, ou je m'évanouis!...

— Tiens! voilà une gelée qui sent un bien singulier goût! dit M. Brouillard en faisant la grimace... Mon cousin, à quoi est donc cette gelée, s'il vous plaît?

— Mais au rhum assurément, mon cousin; j'ai une cuisinière qui est un véritable cordon bleu... elle a été dans les cuisines de lord Wellington... elle fait les plats sucrés dans la perfection, elle fait les *pudings* absolument comme sur la *Tamise.*

— Alors j'ai de la peine à croire qu'elle ait fait ceci, dit M. Brouillard à ses voisins. Goûtez donc, messieurs, c'est détestable! c'est une gelée au graillon!

— Pour Mlle Soufflat! crie M. Saint-Godibert en servant de la gelée au rhum une seconde fois; mais Mlle Soufflat refuse, elle a fait comme tout le monde, elle a laissé sa gelée sur son assiette. Mme Saint-Godibert s'écrie elle-même :

— C'est extraordinaire, cela n'est pas si bon qu'à l'ordinaire!

— Pas si bon! vous êtes bien honnête, ma cousine! c'est-à-dire que cette gelée-ci était faite pour être servie sous un jambon et non pas à un entremets.

— J'ai idée que François a passé par la cuisine! dit Frédéric à ses voisines. Tenez, regardez-le! le drôle se tord à force de rire, pendant que nous goûtons à la gelée!...

En effet M. François, qui voyait chaque convive faire la grimace après avoir porté de la gelée à sa bouche, se rappelait ce qu'il avait fait dans la cuisine avec la bouteille de rhum, et il secouait de plus belle la chaise de son maître, en s'abandonnant à sa gaieté. M. Saint-Godibert avait bien envie de se lever et de chasser son valet de la salle à manger, mais cela aurait fait une scène, et comme François était dans un état à dire tout ce qui lui passait par la tête, il était plus prudent de ne point le brusquer ; c'est pourquoi le maître de la maison laissait son domestique le balancer pendant tout le dîner, et feignait de n'y point faire attention.

— Puisque la gelée est manquée, passons à cette charlotte russe, dit monsieur Saint-Godibert en servant de nouveau. Voyons, mon cher monsieur Cendrillon, à vous ceci...

— Diable! diable!... mais vous m'avez déjà tellement bourré... je ne sais pas si je pourrai...

— Comment, mon cher Cendrillon, vous, si solide à table, est-ce que cela ne va plus?...

— Ah! écoutez donc! ça entre bien... mais c'est pour sortir!... eh, eh, eh!...

Cette plaisanterie de monsieur Cendrillon paraît d'un singulier goût à la compagnie. Les dames se mordent les lèvres, et prennent un air pincé; les hommes risquent quelques oh! oh! Monsieur Mondigo regarde son voisin le savant, en lui disant :

— Si je mettais de ces mots-là dans mes pièces, je crois que la censure me les couperait. Frédéric seul rit aux éclats, et madame Marmodin a bien envie d'en faire autant.

Quant à madame Saint-Godibert, elle lève les yeux au ciel comme si elle voulait pleurer, puis elle s'écrie :

— De l'eau, major! j'ai besoin d'un verre d'eau!

XVII. — LE PÈRE SAVENAY. — LA SOIRÉE.

Au bout de quelques minutes, l'homme au chemin de fer apercevant Mlle Fifine qui tourne alors autour de la table, s'écrie :

— Si vous avez un bélître pour valet, mon cher Godibert, vous avez en revanche une suivante fort gentille, et qui a l'air de bien entendre son affaire!... Il faudra que je me fasse cadeau d'une servante comme ça, moi ; je la mettrai à toutes sauces!...

— Oui, oui, répond l'amphitryon qui, ne désirant pas que M. Cendrillon fasse aussi des plaisanteries sur Mlle Fifine, se hâte d'ajouter : Eh bien, capitaliste... et les affaires... quoi de nouveau... Vous qui êtes l'homme aux entreprises, vous en avez sans doute une en train.

— Ma foi non... pas en ce moment... je me repose... j'attends une bonne occasion... Mais à propos d'affaires, vous ne m'avez jamais parlé de ce brave homme de mon département que je vous ai adressé il y a quelque temps... le père Savenay?

— Le père Savenay?... qu'est-ce que c'est que ça... un pair de France ?

— Non, c'est un bon campagnard qui a tenu longtemps les écritures, les livres chez un maître de forges des environs de Nemours, où je demeure l'été... où j'ai beaucoup de propriétés. Il y a quelques mois, il a fait un fort joli héritage, sur lequel il était loin de s'attendre : Soixante mille francs qui lui sont arrivés tout à coup!... Pour quelqu'un qui n'a plus d'autre ambition que de finir tranquillement sa carrière, c'est une fortune. Le père Savenay a soixante ans bien sonnés, il a assez travaillé pour se reposer, et, ma foi, il donna sa démission à son maître de forges, et vint me trouver avec ses soixante mille francs, en me disant :

— Monsieur Cendrillon, vous vous entendez aux affaires, aux placements de fonds... voilà les miens, voulez-vous les prendre et m'en payer la rente, ou pouvez-vous m'indiquer un bon emploi de mon argent?

Moi, qui dans ce moment ne sais que faire des capitaux, je répondis au père Savenay :

— Mon ami, je ne prendrai pas vos fonds, parce que j'en ai déjà trop qui dorment; mais si vous voulez aller à Paris, je vous adresserai à un de mes amis, monsieur Saint-Godibert, il est banquier, mais c'est un homme solide, prudent, il prendra vos fonds, et vous en paiera la rente. Vous pourriez même rester à Paris, où, avec votre petite fortune, vous vivrez très-heureux, et où vous pourrez vous procurer mille agréments. Le bonhomme me remercia beaucoup, en s'écriant que je lui donnais une bonne idée, qu'il irait passer au moins tout l'hiver à Paris. Je lui donnai donc votre adresse avec une lettre de recommandation près de vous, et quelques jours après, il vint me dire adieu. Il avait son petit cheval, son bagage dessus, sa fortune dans son portefeuille, et il s'en allait ainsi à Paris à petites journées.

— Eh bien, mon cher monsieur Cendrillon, je puis vous certifier que je n'ai ni vu ni entendu parler de ce monsieur Savenay... venant de votre part, certes j'y eusse fait attention... je l'aurais traité avec considération... Et vous lui aviez bien donné mon adresse ici?

— Oh! très-bien... Diable!... mais vous m'étonnez... vous m'inquiétez même. Moi, quelque temps après, je suis allé faire un voyage à Lyon, puis je suis revenu ici... et ma foi j'ai tant de choses dans la tête... quand on a de gros capitaux à employer, vous comprenez... j'avais tout à fait oublié mon vieux père Savenay!...

— Je conçois cela parfaitement... Et vous dites que ce brave homme s'est mis en route pour Paris...

— Il y a deux mois environ... deux mois et quelques jours peut-être, que je l'ai vu partir de Nemours.

— Il faudrait, dit monsieur Brouillard, qu'il eût été à très-petites journées pour ne pas avoir fait dix-neuf lieues en deux mois, car il n'y a pas plus d'ici à Nemours.

— Pas même tout à fait dix-neuf lieues. Oh! il faut qu'il lui soit arrivé quelque accident en route, à ce pauvre père Savenay!...

— Il aura peut-être été volé et assassiné... On aura su qu'il avait une forte somme sur lui!... C'est très-imprudent à un vieillard de voyager à cheval avec soixante mille francs sur lui!

— C'est ce que j'avais dit au père Savenay. Mais lui, qui voit toujours tout en rose, m'a répondu en riant : Est-ce qu'avec mon costume campagnard j'ai l'air d'un richard?... Il ne m'arrivera rien, il n'y a pas de danger, et d'ailleurs j'aurai bien soin de ne voyager que pendant le jour; dès que la nuit viendra, j'entrerai ou dans une auberge ou chez quelques paysans. Et puis il est parti tout joyeux... Pauvre homme!... Sapredié, je serais désolé qu'il lui fût arrivé malheur... car c'est moi qui lui ai donné l'idée de venir à Paris!... Dès demain j'écrirai à Nemours, pour savoir si on a de ses nouvelles ; et ici je m'informerai... je ne sais pas trop où... C'est égal je ferai des démarches... que diable! un homme ne peut pas disparaître comme cela sans qu'on sache ce qu'il est devenu!...

Cette histoire avait mis fin à toutes les petites conversations particulières ; chacun lui avait prêté attention, et lorsque monsieur Cendrillon a cessé de parler, un long silence règne parmi la compagnie; il semblerait que la gaieté, que la bonne humeur des convives aient été mises en fuite depuis qu'il a été question du père Savenay.

Monsieur Saint-Godibert fait de son mieux pour ranimer la conversation. On sert le dessert, le champagne est apporté par François qui offre de le déboucher; mais auquel on défend positivement de toucher à aucune bouteille. Enfin la mousse pétillante ramène les saillies, les éclats de rire. Le major Kroutcberg lève son verre en l'air et propose la santé de la maîtresse de la maison; ce sont de ces propositions qui ne peuvent jamais éprouver de refus. Après la santé de la robuste Angélique, monsieur Saint-Godibert se hâte de porter un toast à mademoiselle Soufflat. Monsieur Brouillard murmure alors de manière à être entendu : — A propos de quoi veut-il que nous buvions à mademoiselle Soufflat!... Qu'est-ce que nous devons à cette demoiselle... est-ce à cause de son nez qu'il faut que nous lui fassions cette politesse?... Moi tout à l'heure je vais porter un toast à ma portière.

Monsieur Cendrillon ne veut pas rester en arrière, il boit à la propagation des chemins de fer, à la réussite de ses entreprises, au succès d'une carrière qu'il fait creuser et d'un puits artésien qu'il compte faire percer!

Et le cousin Brouillard dit à ses voisins : — En voilà encore un qui est sans gêne!... Il boit à ses affaires, et il nous propose un toast... Qu'est-ce que cela nous fait sa carrière et son puits!... c'est trop drôle, en vérité... messieurs, j'ai des cors aux pieds qui me font bien souffrir... je propose de boire à leur entière extirpation!

Mais avant que les personnes placées près de monsieur Brouillard aient répondu à sa proposition, madame Saint-Godibert en se levant de table a donné le signal du retour au salon.

Là, les groupes se forment de nouveau, Dernesty se retrouve près de la langoureuse Clémence; Mondigo s'empare de monsieur Doguin, dont personne ne veut, et pour cause; mais un auteur qui tient à raconter le plan de sa pièce, est capable de passer par-dessus bien des petits désagréments, et c'est ce que fait celui-ci en s'adressant à monsieur Doguin.

Le jeune Julien se sent revivre en ne se trouvant plus à côté de mademoiselle Soufflat qui, depuis le dîner, semble être à la recherche de sa respiration.

Monsieur Marmodin, enfoncé avec monsieur Villarsec dans une profonde discussion sur le café qu'il prétend avoir été connu et savouré par les Romains, sous le nom d'hypocras, ne remarque pas que le séduisant Frédéric est toujours auprès de sa femme, et qu'il semble même lui parler d'une manière très-animée.

Il est rare, en effet, qu'à l'issue d'un grand dîner toutes les têtes aient conservé leur calme, leur sang-froid ; les esprits échauffés par des vins généreux prennent leur essor et gardent moins de mesure. Le neveu de monsieur Saint-Godibert n'avait pas besoin d'avoir bu du champagne pour être audacieux près des belles ; en ce moment pourtant, il semble encore plus entreprenant que de coutume. Il regarde tendrement la jolie Francine, en lui disant :

— Comment, madame, vous ne voulez pas m'aimer!...

— Ah! ah!... voilà une singulière question !

— Très-naturelle au contraire! Je vous ai dit que je vous adorais... Il est bien juste que je vous demande du retour!

— Mais, moi, je ne vous ai pas du tout prié de m'adorer et je n'ai aucun retour à vous donner.

— Que vous êtes cruelle!... me traiter ainsi, moi qui soupire pour vous depuis si longtemps!...

— Ah! ah! mais vous soupirez toujours, vous!... c'est votre profession!... vous l'avez dit une fois. Aussi je pense que vous m'enveloppez seulement dans un soupir général!

— Que vous êtes méchante!... se moquer d'un amour si vrai! si tendre...

— Oh! mais taisez-vous, je vous en prie!... que penserait-on de moi si on vous entendait!...

— Tous ces gens-là s'occupent d'eux et nullement de nous!...

— Et mon mari qui est là-bas... qui me tuerait, et vous aussi, s'il savait quel est le sujet de notre conversation!

— Votre mari!... je lui dirais que coucou fait *cuculus* en latin, mais qu'il ne prend qu'une seule *L*, et il sera enchanté de moi, et il m'engagera à aller le voir, et je vous réponds que je profiterai de la commission.

— Non! non!... oh! je ne vous conseille pas de parler de coucou à mon mari!... je ne pense pas que ce soit un moyen de vous faire engager à venir chez nous...

— Vous ne voulez donc pas me donner quelque espérance...

— A quoi cela servirait-il?...

— Vous voulez donc être fidèle à votre mari?...

— Oh! mais voilà une question!... à quoi pensez-vous, monsieur Frédéric?

— A vous...

— Oui, en ce moment peut-être, mais demain! mais dans une heure!

— A vous toujours.

Madame Marmodin semble émue, et malgré son apparente coquetterie, elle paraît embarrassée pour répondre. Mais monsieur Brouillard qui observe tout ce qui se passe et qui a remarqué la conversation animée qui avait lieu entre Francine et Frédéric, s'approche tout doucement du mari de la jeune dame et, lui prenant le bras, lui dit :

— Monsieur Marmodin, est-ce que madame votre épouse n'avait pas une fleur dans ses cheveux?... j'avais cru lui voir une rose et je ne l'aperçois plus... aurait-elle perdu sa fleur?

Monsieur Marmodin qui, en se retournant, aperçoit le beau Frédéric parlant avec chaleur à sa femme, et celle-ci l'écoutant d'un air fort ému, se précipite aussitôt près d'eux en répondant à monsieur Brouillard :

— Oui, oui, vous avez raison... elle va perdre quelque chose... Il y a *periculum in mora*... Je crois qu'il est temps que j'arrive.

La présence du mari met naturellement fin à la conversation de Francine et de Frédéric. Après quelques mots dits au hasard à monsieur Marmodin sur des sujets qui n'ont aucun rapport à celui qu'il traitait avec sa femme, Frédéric va dans une autre partie du salon rejoindre son cousin Julien et monsieur Richard qui vient d'arriver et qui est alors en train de dire au fils de la maison :

— Diable! il paraît que vous avez eu beaucoup de monde à dîner ici?

— Mais oui...

— Et on m'invite pour le soir, moi... c'est agréable!... on voit les autres faire leur digestion.

— Écoutez donc, mon cher, si, lorsqu'on donne à dîner, il fallait inviter toutes ses connaissances, et puis encore les amis et les connaissances de son fils, alors, au lieu de traiter chez soi, je pense qu'il faudrait faire dresser une table au Champ-de-Mars ou sur la place du Carrousel.

— Vraiment! vous devenez goguenard! vous!...

— Ah! voilà ce cher Richard! dit Frédéric en allant secouer la main de celui qui vient d'arriver. Comment trouves-tu ce salon... n'est-ce pas qu'il est fort beau? étais-tu déjà venu chez mon oncle depuis qu'il habite ce logement... Il n'y a pas encore trois mois qu'il y demeure, n'est-ce pas Julien?

— Non, pas tout à fait.

— Je n'étais pas encore venu ici, répond monsieur Richard. Oui, c'est magnifique... fort élégamment décoré... Il paraît que ton oncle fait toujours de bonnes affaires!... et qu'il donne de très-beaux dîners.

— Mais oui, il va assez bien, c'est moi qui lui ai dit que maintenant il fallait recevoir, traiter, que c'était fort bon genre... Tu n'en es pas fâché, n'est-ce pas, Julien?

— Non, quand on ne me place pas à table à côté de mademoiselle Soufflat.

— Ah! mon cher, ton père a des intentions, cela se voit! Écoute donc, deux cent mille francs de dot! c'est à considérer!

— Prendrais-tu ce nez-là pour deux cent mille francs, toi?

— Hum!... je ne sais pas trop!... peut-être bien; car, après tout, on n'est pas obligé de regarder souvent le nez de sa femme. On peut se placer en biais, en côté!...

— Moi, je n'en veux pas! oh! je ne la prendrai d'aucun côté!

— Cousin, c'est pourtant bien joli, deux cent mille francs! je ferais bien des choses pour les avoir.

— Alors, mets-toi sur les rangs, épouse mademoiselle Soufflat!

— Oh! je ne veux pas me brouiller avec mon oncle! et puis on ne voudrait pas de moi! je ne suis point un riche héritier!...

— Eh bien! messieurs, de quoi est-il question? dit Dernesty, qui vient aussi de quitter Clémence, parce que le mari s'est approché, et qui va se joindre aux trois jeunes gens.

— Ah! bonsoir, Richard, cela va bien?

— Oui, très-bien... Vous voilà donc revenu d'Angleterre?

— Oui, depuis quinze jours.

— Vous n'y êtes pas resté longtemps?

— Un mois... cinq semaines environ. Nous disons donc, messieurs, que vous parliez...

— Nous parlions du nez.

— Comment, du nez?

— Oui, de celui de mademoiselle Soufflat. Comment le trouves-tu?

— Magnifique! je n'ai jamais rencontré son pareil! Ce serait à mettre au Cabinet d'histoire naturelle, si la propriétaire consentait à s'en défaire.

— Eh! messieurs, les jolies femmes ne sont pas choses aussi communes qu'on veut bien le dire!...

— Aussi sont-elles toujours très-recherchées à la Bourse!

— Elles ne rapportent pas grand'chose, cependant!...

— Hum!... il y en a qui rapportent beaucoup, je vous assure!

— Tenez, messieurs, dit Richard, plaisanterie à part, dans ce salon, il y a beaucoup de dames, pouvez-vous m'en montrer une parfaitement bien?... je vous en défie!

— Diable, Richard! vous êtes difficile! répond Dernesty; il y a ici des dames fort bien... d'abord... madame Mondigo.

— Oui... c'est une femme très-bien d'ensemble... mais trop pâle... trop blonde... Prenez ses traits les uns après les autres, il n'y en a pas un d'irréprochable!

— Je préférerais prendre le tout ensemble.

— Madame Marmodin est encore fort gentille, dit Frédéric; je gage qu'il n'y a pas un homme auquel elle ne plaise.

— Gentille... tant que vous voudrez... gentille par ses petites mines, par sa physionomie; mais ce n'est pas là une beauté!

— Oh! mais à propos de beauté! s'écrie Frédéric; dis-moi un peu, Richard, ce que tu as fait de cette jeune fille avec qui nous avons voyagé en chemin de fer en revenant d'Orléans... Ah! messieurs, j'avoue que celle-là était au-dessus de tout ce que nous voyons ici!... mais tu l'as vue aussi, Julien, c'est la jeune fille qui était assise à côté de toi, tu dois t'en souvenir?

— Si je m'en souviens, répond Julien en poussant un soupir. Oh! je ne l'ai pas oubliée... j'ai toujours son charmant visage présent à la pensée. Quelle ravissante figure... quel air décent, pudique!... j'aurais donné tout au monde pour la revoir.

— Oui, dit monsieur Richard en se caressant le menton; voilà ce qu'on peut appeler une jolie femme... une beauté!... des traits irréprochables, jeunesse, fraîcheur, taille, tournure... il y avait tout!

— Parbleu! messieurs, dit Dernesty, vous faites là un portrait qui pique considérablement ma curiosité!... c'était donc un phénix, une perle que cette jeune fille?...

— Oui, une perle fine... oh! véritable perle fine!

— Et qu'avez-vous fait de ce trésor, messieurs? il n'est pas possible qu'à vous trois vous l'ayez laissé échapper.

— Moi, j'étais en puissance de père et mère, dit Julien en soupirant, et je n'étais pas libre de mes actions... Oh! si je l'avais été!...

— Moi, dit Frédéric, j'avais eu la sottise de commencer une intrigue avec une petite femme assez drôlette qui se trouvait à ma gauche; j'étais engagé... il n'y avait plus moyen de reculer... J'ai été fait au même, ma conquête était tout simplement la maîtresse d'un coiffeur. Vous concevez que je ne l'ai pas gardée plus longtemps qu'une papillote... cette pauvre Irma!... qui s'avise d'être folle de moi, d'être sans cesse sur mes pas, de me suivre maintenant quand je sors!... Je ne sais que faire pour m'en débarrasser.

— Enfin, reprend Dernesty, c'est donc Richard qui a pu s'occuper de votre ravissante rencontre?

— Oui, messieurs, répond monsieur Richard d'un air suffisant. J'étais mon maître, moi, rien ne me gênait!... Je me suis dit : Cette jeune fille sera à moi... et j'ai réussi.

— Vraiment, Richard?... Oh! conte-nous donc cela... cette jeune fille avait un air très-honnête... comment diable as-tu fait?

— Les airs ne m'imposent pas à moi, et quand je me suis promis de posséder une femme, j'y arrive toujours!...

— Diable!... ceci me paraît fabuleux.

— Voyons, Richard, dis-nous ton aventure avec la petite du chemin de fer.

— Mon Dieu! messieurs, c'est tout simple : en quittant le débarcadère, je me suis mis à suivre la petite; puis, en marchant à côté d'elle, j'ai engagé la conversation. Elle venait à Paris pour la première fois; je me suis offert pour lui servir de guide. Après quelques façons, elle a fini par accepter mon bras; elle m'a fait terriblement trotter, par exemple; elle cherchait des parents, des oncles, des tantes!... je ne sais quoi, dont on lui avait donné l'adresse... Ah! ce qu'il y a de singulier, c'est qu'elle m'a amené dans cette maison-ci... oui, en entrant tout à l'heure en bas, j'ai reconnu la maison. Bref, je ne sais pas si c'était une histoire faite à plaisir, ou si on lui avait donné de fausses adresses, mais elle n'a pas trouvé les parents qu'elle cherchait à Paris. Alors les larmes, l'inquiétude!... on ne savait que devenir, où aller, dans cette ville qu'on ne connaissait pas, et au milieu de tout cela la nuit était venue, ce qui compliquait encore la situation. Vous comprenez que ma conduite à moi était toute tracée!... j'ai consolé, rassuré la jeune fille en lui disant: Fiez-vous à moi! j'ai une tante chez laquelle je vous conduirai, et qui vous donnera l'hospitalité et vous traitera comme son enfant. Elle accepte... d'autant plus qu'elle n'avait pas le sou... elle s'était amusée en route à donner tout l'argent qu'elle possédait à des mendiants, à des aveugles!... Je lui avais co pendant dit : Vous avez tort ! c'est imprudent ce que vous faites là... mais bah !... elle aurait eu cent écus !... je crois qu'elle les aurait donnés... mais elle n'avait qu'une vingtaine de francs.

— Pauvre petite !... achève donc.

— Après l'avoir rassurée, je la menai souper chez un traiteur... chez Duffieux, sur le boulevard du Temple, où nous avons été très-bien !...

— Elle a consenti à aller souper avec toi ?

— Je crois bien ! avec joie ! avec grand plaisir !... nous avons mangé comme quatre et bu de même !... Oh ! je me suis fendu ! un souper de vingt-cinq francs passés ! Quand nous sommes sortis de là, nous étions très-gais tous les deux ! alors j'ai conduit ma petite chez moi... toujours en lui disant que je la conduisais chez ma tante. Mais une fois là, elle a bien deviné la vérité... alors des reproches !... des grands mots : on m'a appelé monstre ! scélérat ! perfide !... mais cela s'est calmé !... et le lendemain matin elle m'appelait son chéri et son ange !... Je savais bien que cela finirait ainsi.

En écoutant ce récit, le jeune Julien fronce le sourcil, et paraît très-vexé d'apprendre que M. Richard a triomphé de la jolie voyageuse.

Frédéric secoue la tête d'un air de doute en murmurant : — Ah ! les choses se sont passées ainsi... ça m'étonne... je pensais mieux de cette petite !

— D'après ce que j'entends, dit Dernesty, votre perle n'était pas un bijou aussi précieux que vous voulez bien le dire.

— Si pardieu ! s'écrie Richard ; c'était une rose !... une véritable rose...

— Et qui a consenti comme cela tout de suite à souper... à aller avec vous.

— Dans sa situation, que vouliez-vous qu'elle fit de mieux... et puis... écoutez donc... j'avais su lui plaire, à cette petite... Vous croyez, messieurs, qu'il n'y a que vous pour faire des conquêtes... mais on a aussi ses bonnes fortunes !... on choisit même !

Dernesty se retourne en fermant un œil. Frédéric reprend :

— Eh bien, qu'en as-tu fait de ta conquête... est-ce qu'elle est toujours avec toi ?

M. Richard cherche un moment ce qu'il va dire, il se décide enfin à répondre :

— Ma foi, messieurs, s'il faut vous l'avouer... comme je ne me souciais pas de garder cette jeune fille avec moi... les convenances... et puis cela m'aurait gêné... moi, j'aime beaucoup ma liberté... le troisième jour... je suis sorti de chez moi de bonne heure... et je ne suis rentré que le soir. Alors je n'ai plus retrouvé personne ! ma jeune fille était partie... décampée... elle s'était ennuyée probablement, et elle avait pris sa volée... et depuis lors je ne l'ai pas revue !

Frédéric ne semble pas ajouter beaucoup de foi au récit du vilain jeune homme, Julien a l'air de mauvaise humeur de ce qu'il a entendu, et Dernesty s'écrie en riant :

Elle était de ce monde où les plus belles choses
Ont un pire destin ;

Et rose, elle a vécu ce que vivent les roses,
L'espace d'un matin.

— Oh ! un moment, je ne pense pas qu'elle soit morte !... Je la retrouverai un de ces jours dans quelque magasin de modes ou de nouveautés.

La conversation des jeunes gens roule bientôt sur un autre sujet. On avait parlé dans le salon de faire de la musique, et Mlle Soufflat a couru se mettre au piano, puis un monsieur qui est arrivé le soir, et qui a fait beaucoup de bruit en entrant, en saluant, en se mouchant, en s'asseyant, et qui est allé s'asseoir devant une glace, va chercher dans la salle à manger un instrument qu'il y a déposé et qui est enveloppé dans un sac de cuir. Ce monsieur joue, ou du moins croit jouer du hautbois, et M. Saint-Godibert se promène dans son salon, en criant d'un air radieux :

— Messieurs et mesdames, mademoiselle Soufflat va jouer un morceau de piano avec accompagnement de hautbois... C'est monsieur Bouchon qui l'accompagnera... c'est lui qui l'accompagne toujours dans les soirées, et il ajoute à demi-voix : C'est pour cela que je l'ai invité à venir ce soir, monsieur Soufflat m'en avait prié.

— C'est bien flatteur pour monsieur Bouchon ! dit le cousin Brouillard ; c'est son hautbois qu'on invite et pas lui.

M. Soufflat le père voltige aussi dans le salon, et toujours sur ses pointes; il court de l'un à l'autre, en disant : — Vous allez entendre ma fille avec Bouchon !... c'est parfait !... c'est ravissant ! ils s'entendent très-bien ! ils ne jouent jamais l'un sans l'autre !

— Alors, dit monsieur Brouillard, ce jeune homme-là est le bouchon de mademoiselle Soufflat... c'est une position que je n'envie pas !

Mlle Soufflat préludait au piano, M. Bouchon avait embouché son instrument, mais cela n'allait pas; il ne cessait de s'écrier :

— Donnez-moi le ton... je ne l'ai pas... il faut que j'aie le ton et que je me mette dessus... sans quoi cela n'ira pas.

En disant cela, madame Bichat passait derrière son mari et lui pinçait le bras. — Page 60.

Tout à coup, François qui venait de servir des verres d'eau sucrée dans le salon, revient en tenant une coquille à la main, et court la présenter à M. Bouchon en lui disant :

— Voilà le thon, monsieur... vous demandez le thon à toute force... le voilà... mettez-vous dessus si vous voulez.

Le joueur de hautbois est resté tout saisi en voyant la coquille et le hors-d'œuvre que lui présente François. Toute la société se met à rire de la nouvelle bévue du valet de M. Saint-Godibert, et celui-ci est obligé de se fâcher pour faire sortir du salon son domestique, qui veut absolument donner le thon à M. Bouchon, en criant :

— Voilà plusieurs fois que monsieur le demande... pourquoi n'en veut-il plus? il ne sait donc pas ce qu'il veut, ce monsieur?

Enfin, le calme étant rétabli, Mlle Soufflat joue son duo avec le hautbois. Le morceau est applaudi avec fureur par le père de la demoiselle et par M. et Mme Saint-Godibert; les autres personnes se sont occupées de tout autre chose, et le cousin Brouillard dit à demi-voix :

— J'ai entendu au café des Aveugles des duos qui ressemblaient beaucoup à celui-là.

Ensuite le cousin, qui s'est approché de l'homme de lettres, lui dit :

— Eh bien, cousin, vous allez donner une nouvelle pièce, à ce qu'on dit?

— Oui, mon cher Brouillard, un grand ouvrage très-important, en trois grands actes.

— Pensez-vous que cela ira bien ?

— Mais j'ai tout lieu de le croire !... c'est l'avis unanime de tous ceux qui connaissent ma pièce.

— Allons, tant mieux ; ça ira mieux que la dernière, alors !

— Comment ?... que voulez-vous dire ?...

— Mais il me semble que votre dernière pièce a été rudement sifflée... on n'a même pas entendu la fin ; je m'en souviens, j'y étais... ça me faisait un chagrin bien profond de vous entendre siffler comme ça ! Je me suis dit : Je n'irai plus à ses pièces, car il n'est pas heureux !

M. Mondigo, qui est devenu pourpre, répond en s'efforçant de cacher son dépit :

— Mon cousin, si vous aviez été à la seconde représentation de cette même pièce, vous eussiez été bien dédommagé, car elle a marché comme un ange... enlevée aux nues ! et on a bien vu que c'était la cabale seule qui avait sifflé à la première représentation.

— Ah ! vraiment... la seconde a bien été... Je n'irai plus qu'à vos secondes.

M. Roquet, qui jusque-là a parlé fort peu, parce qu'il trouve qu'on ne s'occupe pas de lui, et que cela le choque, s'avance alors en disant : — Mais j'ai cru remarquer, mon cher monsieur Mondigo, qu'en général, les pièces de théâtre allaient toujours fort bien à la seconde représentation... Si j'étais auteur, il me semble que je chercherais un moyen pour éviter le tumulte de la première...

— Oui, vous commenceriez par la seconde, dit M. Brouillard en ricanant... ce serait fort adroit.

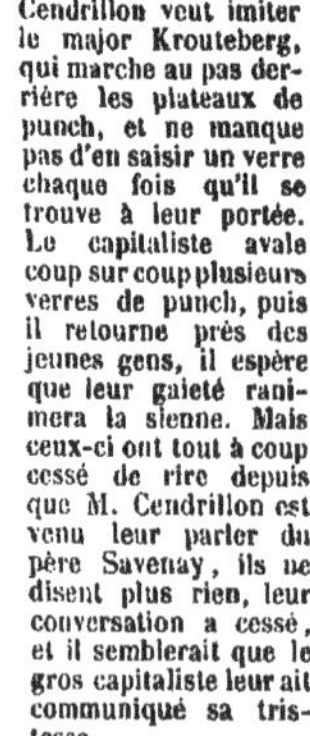

Il se met à fredonner : *les étoiles qui filent*; car c'était un recueil des chansons de *Béranger* qu'il tenait.
— Page 61.

— Chut! messieurs, silence! dit monsieur Saint-Godibert, mademoiselle Soufflat va chanter.

— Est-ce encore avec accompagnement de Bouchon? demande monsieur Brouillard.

— Non, elle va chanter solo.

Mademoiselle Soufflat chante un air, puis une romance, puis une chansonnette; elle paraît décidée à chanter toute la soirée, et son père se grimpe près de chacun, en disant d'un air enchanté :

— Hein !... j'espère qu'elle s'en donne !... D'abord une fois qu'elle est au piano il n'y a plus moyen de le lui faire quitter ! elle est infatigable!

— Mais nous ne le sommes pas, nous ! murmure monsieur Brouillard. C'est gentil ! je vais aller chercher mon chapeau alors.

Cependant la société avait pris le parti de ne plus écouter cette demoiselle, qui persistait à vouloir toujours chanter. Chacun causait de son côté. Les quatre jeunes gens qui étaient restés ensemble ne se gênaient point pour rire du concert qu'on leur donnait et du mouvement auquel se livrait monsieur Soufflat pour obtenir des claques à sa fille ; le punch qui circulait, et dont ils avaient pris chacun plusieurs verres, entretenait leur gaieté, et Frédéric disait au jeune Jullen :

— Vois comme tu seras heureux !... une femme qui chante toute la journée, que tu entendras depuis le matin jusqu'au soir !

— Et un beau-père qui a toujours l'air de vouloir danser !

— Il est impossible d'avoir une famille plus gaie.

Et les éclats de rire se succédaient presque sans interruption, lorsque monsieur Cendrillon s'approche des quatre jeunes gens, en s'écriant :

— Ah diable ! il paraît que cela va bien, par ici... Vous vous amusez... vous riez !... je voudrais bien en faire autant !... mais je ne peux pas !... je ne suis pas en train... Malgré moi, j'ai sans cesse à l'esprit le souvenir de ce brave homme... dont je vous ai parlé à dîner... l'homme aux soixante mille francs... le père Savenay, enfin !... Depuis que je sais que monsieur Saint-Godibert ne l'a pas vu, ça me tourmente... ça m'inquiète beaucoup !... A coup sûr, il faut qu'il lui soit arrivé quelque chose !... Mais je m'informerai !... Oh ! je ferai des démarches ! il faut absolument que je sache ce que ce pauvre cher homme est devenu !

Et, pour tâcher de se consoler, monsieur Cendrillon veut imiter le major Krouteberg, qui marche au pas derrière les plateaux de punch, et ne manque pas d'en saisir un verre chaque fois qu'il se trouve à leur portée. Le capitaliste avale coup sur coup plusieurs verres de punch, puis il retourne près des jeunes gens, il espère que leur gaieté ranimera la sienne. Mais ceux-ci ont tout à coup cessé de rire depuis que M. Cendrillon est venu leur parler du père Savenay, ils ne disent plus rien, leur conversation a cessé, et il semblerait que le gros capitaliste leur ait communiqué sa tristesse.

Au bout de quelques instants, les dames prennent leurs châles, leurs pelisses, leurs chapeaux ; les hommes cherchent leurs manteaux ou leurs twines, et chacun s'éclipse aussi incognito que possible.

Mademoiselle Soufflat s'apercevant qu'il ne reste presque plus personne dans le salon pour l'écouter, se décide alors à abandonner le piano et fait aussi retraite avec son père ; les Saint-Godibert l'accompagnent jusque sur l'escalier en l'accablant de compliments et de remerciments, et monsieur Bouchon, qui vient de remettre son instrument dans son étui, obtient une poignée de main de monsieur Saint-Godibert et un gracieux sourire de sa femme, accompagnée de ces mots : — Monsieur, vous nous ferez grand plaisir de venir accompagner mademoiselle Soufflat, toutes les fois qu'elle voudra bien faire de la musique chez nous.

Monsieur Bouchon, auquel on n'a offert ni un verre de punch, ni un gâteau, et qui s'attendait à mieux que cela, fait un salut assez guindé, et s'en va en se promettant de ne plus revenir.

Le cousin Brouillard, qui trouve toujours moyen de rester deux heures dans l'antichambre à chercher la vieille houppelande qui depuis dix ans lui sert de pardessus, s'en va le dernier, en disant :

— Bonsoir, cousin, bonsoir, cousine ; une autre fois tâchez que François fasse moins de bêtises. J'aimerais mieux payer un domestique un peu plus cher, et qu'il ne fît pas de gaucheries en servant :

XVIII. — LA BOUTIQUE DU POTIER.

Nous avons laissé Rose-Marie au bras de Désiré Glureau, et s'éloignant avec lui au petit jour, du Café aux pieds humides et de ses habitués.

Le nouvel inspecteur au balayage, tout en soutenant la jeune fille, lui donnait le bras avec un certain respect. Cet homme se sentait fier d'être devenu le protecteur d'une aussi jolie personne, et de la confiance qu'elle avait mise en lui ; malgré son piètre costume, quoique privé de bas et de mouchoir, il ne lui serait pas venu un seul instant la pensée d'en abuser.

Mais tout en marchant avec son nouveau protecteur, Rose-Marie semblait grelotter, ses dents claquaient, des frissons parcouraient ses membres, et il lui semblait parfois que les forces allaient lui manquer. Cependant on était seulement à la fin de septembre, et le temps n'était pas encore froid.

— Appuyez-vous sur moi, mam'zelle, dit la tête de Cosaque en se tournant vers la jeune fille ; il me semble que vous tremblez... que vous frissonnez?

— En effet, monsieur, j'ai très-froid... je ne sais pas pourquoi.

— Oh ! je le sais bien, moi, c'est d'avoir dormi comme ça en plein air... dans la rue... sur un banc de pierre... Ça n'est pas sain, surtout quand on n'y est pas habitué... et on voit bien à votre tournure que vous n'êtes pas faite à ça.

— Oh ! non, monsieur ; chez mon père j'étais si bien couchée dans ma jolie petite chambre!...

— Pourquoi donc l'avez-vous quitté, votre père ?

— Mais, monsieur, c'est lui qui a voulu que je vinsse à Paris chez mes oncles qui sont très-riches, il croyait que j'y serais plus heureuse que dans notre village, mais hier je n'ai pu trouver la demeure de mes deux oncles... on m'avait cependant donné leur adresse... Alors j'étais bien embarrassée... la nuit était venue... et je ne connais pas Paris, moi, c'était la première fois que j'y venais!... Il y avait un monsieur qui me suivait depuis longtemps... et qui était aussi avec nous dans la Voiture du chemin de fer...

— Ah! et lequel ?

— Je crois que c'est celui qui était assis à côté de vous...

— Celui qui m'a empêché de prendre du tabac, alors!... Oh! j'avais bien envie de lui donner sa danse dans la voiture... Si nous n'avions été que nous deux, je vous jure qu'il l'aurait reçue!... Enfin ce monsieur ?

— Il m'offrit son bras, il m'offrit de me conduire chez une de ses tantes qui m'aurait gardée jusqu'au lendemain. D'abord je ne voulais pas, car ce jeune homme ne m'inspirait aucune confiance... mais je ne savais que devenir! Il était déjà tard, j'étais accablée de fatigue, car j'avais déjà fait tant de chemin dans Paris!

— Oh! dame! Paris c'est grand! c'est fort grand! et puis quand on ne connaît pas, on fait souvent bien plus de chemin qu'il ne faut!... Continuez, mam'zelle...

— Sommes-nous bientôt arrivés?... mes jambes fléchissent sous moi...

— Oui, mam'zelle, oui... appuyez-vous... n'ayez pas peur, je n'ai pas l'air, mais je suis solide!

— Et bien, j'acceptai les offres de services de ce monsieur. Alors il m'emmena d'abord chez un traiteur, en me disant qu'il n'avait pas dîné.

— Oh! ça... on peut avoir faim, ce n'est pas défendu.

— Je ne voulus rien prendre, moi. Ce monsieur mangea bien longtemps, puis, quand il eut fini de souper, je vis bien à ses ⸺ ⸺, à sa démarche qu'il était gris.

— Ah! ce n'est pas bien, se griser... entre hommes, c'es ⸺ ⸺rais... ça se fait, mais quand on est avec des dames, c'est malhonnête... Quoique je ne me serve pas de mouchoir, je n'aurais pas fait ça, moi.

— Quand nous fûmes sortis de chez le traiteur, alors ce jeune homme me tint des propos indignes, il voulut m'embrasser... Je vis bien qu'il avait voulu abuser de ma bonne foi; je le repoussai, je parvins à me dégager de ses mains, et je me sauvai... Je courus au hasard... sans savoir où j'allais! j'errai longtemps dans les rues... Enfin, accablée de fatigue, je me jetai sur le banc où vous m'avez trouvée... J'entendais bien des voix près de moi, puis j'avais vu une lumière, mais je n'avais plus la force d'aller plus loin... et je m'étais endormie là... sur cette pierre où vous m'avez trouvée.

— Pauvre demoiselle! voyez-vous ce gredin de freluquet!... qui m'a empêché de prendre une prise... qui avait un air de me mépriser... et qui voulait abuser de vous!... Un vilain tout laid comme ça!... Je ne suis pas beau, moi, oh! ça, je ne suis pas beau... j'ai l'air d'un Cosaque, c'est vrai... mais, lui, ce farand... on ne sait pas à quoi il res-

semble... C'est une chenille, et une vilaine chenille, encore!... Enfin, mamzelle, consolez-vous, je vous mène chez Bichat, mon compère, qui vend de la poterie avec sa femme, et des marmites... et de la vieille faïence. Ce sont de braves gens... oh! connus!... pas capables de faire du tort à une mouche!... Ils ne sont pas riches non plus, mais ils pourront toujours bien vous loger pour quelques heures... et puis j'ai pensé que ce n'était pas prudent de vous laisser avec ces gaillards là-bas... les habitués du Café humide... Ce monsieur Féroce qui disait déjà que vous iriez avec lui, parce qu'il vous avait trouvée le premier... et les autres qui faisaient des yeux... comme des chats qui guettent un oiseau!... Je crois que j'ai bien fait de vous emmener...

— Oh! oui, monsieur... oui... je vous remercie... mais approchons-nous?... j'ai peur de ne plus pouvoir marcher...

— Nous y voilà... une petite boutique borgne... là-bas... dans la rue de la Huchette, où nous sommes... tout près de la rue de la Vieille Boucherie... si vous ne pouvez plus marcher, je vous porterai!...

— Oh ! j'irai, monsieur, j'irai jusque-là !

Le conducteur de Rose s'arrête ; on était arrivé devant une petite boutique de poterie qui ressemblait à un caveau, et dans laquelle on voyait à peine clair, quoique la porte et la fenêtre fussent constamment ouvertes. Dans un espace de dix pieds carrés à peu près, il y avait un comptoir, une espèce de vaisselier, et un amas considérable de vases, de marmites, de plats, de fourneaux, de pots de toutes les grandeurs; à peine si l'on trouvait où mettre le pied dans ce réduit tapissé de poteries, comme un berceau est garni de fleurs.

Là dedans se tenaient pourtant un petit homme d'une quarantaine d'années, gros, un peu bossu, ayant une figure qui semblait avoir été moulée sur un masque de polichinelle ; le nez et le menton se joignant presque, et les pommettes des joues sorties, saillantes, et d'un rouge violet ; mais avec tout cela, l'air guilleret, rieur, bon enfant près du beau sexe, d'une galanterie qui ne s'était jamais démentie. Puis une femme d'une cinquantaine d'années, laide, maigre, mais l'air tendre et sentimental, et qui portait constamment ses cheveux avec de longs repentirs qui lui descendaient jusque sur le cou.

Tel est le couple Bichat.

Derrière la boutique envahie par les marmites, était une pièce basse qui servait à la fois de chambre à coucher, de cuisine et de magasin aux époux Bichat, car dans cette pièce où l'on voyait un lit entouré de rideaux, et une commode assez propre, ce qui restait de place était encore occupé par la poterie ; mais là, elle servait aussi de meubles ; ainsi plusieurs marmites avec leurs couvercles, tenaient lieu de chaises, quelques pots renversés représentaient des petits bancs, dans de grands poêlons de terre, on avait mis du linge et divers effets d'habillement, et des tasses servaient à la fois de carafes, de verres, de bouteilles, d'écritoires, d'huiliers et de tabatières.

Monsieur Bichat venait d'ouvrir sa boutique, il était encore coiffé d'un bonnet de coton que recouvrait un madras et enveloppé d'une espèce de pet-en-l'air trop court pour être une robe de chambre et trop long pour être une veste; il accrochait des fourneaux, des écuelles, et des pots de chambre à sa porte lorsque le boutonnier s'arrête devant lui, en lui criant : — Hohé, Bichat ! me v'là, moi... je t'amène quelqu'un, mon compère, je suis bien aise que tu sois levé...

— Tiens, c'est Glureau!... Ah! te v'là par ici, mon vieux, est-ce que tu n'es pas encore entré en fonction ? Tiens! une jeunesse avec toi... à ton bras... ah! polisson de Glureau! à peine arrivé à Paris, est-ce que nous avons déjà fait une petite connaissance...

— Non, non! ah bien, oui! est-ce que je songe à ça, moi... mais voyons, Bichat, le plus pressé c'est de faire reposer cette demoiselle... elle tremble, elle a froid... J'ai peur qu'elle ne soit malade, ta femme est-elle levée?

— Pas encore, c'est toujours moi qui suis on l'air le premier et qui ouvre la boutique... Mon Dieu, où donc que nous allons placer ta connaissance?... c'est égal, entrez toujours, mam'zelle! Bichat n'est pas fait pour laisser du sexe en dehors de son établissement.

Le boutonnier soutient Rose-Marie, et aidé de son compère, il la porte presque dans son comptoir, car il sent que la jeune fille ne serait pas assez bien assise sur une marmite. La pauvre Rose se laisse emmener, porter, conduire, elle tremble, elle grelotte, elle n'a plus la force de se tenir.

Madame Bichat qui était éveillée, et en train d'arranger les faux repentirs qui faisaient l'ornement de sa coiffure, se met sur son séant en voyant que l'on apporte une jeune fille dans sa chambre, et dans son trouble fait tourner sa perruque et venir ses repentirs sur son nez en s'écriant :

— Qu'est-ce que c'est que ça!... une femme que l'on amène chez moi!... qu'est-ce que cela veut dire... monsieur Bichat!... lorsque vous me croyez endormie, auriez-vous l'indignité d'introduire ici de vos concubines!

— Mais non, Clara, non, ma poule! il n'est pas question de cela... c'est le compère Glureau qui nous prie de donner asile à cette jeunesse... ne te fais donc pas de mal pour rien... rarrange tes anglaises, elles tombent sur ton nez.

— C'est bon!... il n'est pas question de mes tirebouchons... c'est que je vous connais, monsieur Bichat! vous êtes d'une galanterie qui me cause bien du chagrin !

— Elle est toujours jalouse comme une levrette! murmure monsieur Bichat en se tournant vers son ami. Quand je suis aimable en servant une dame, elle me fait des scènes! mais tant pis! c'est pas ma faute, à moi! faut que je sois gentil avec la beauté! c'est mon naturel!

— Mon Dieu! madame, murmure Rose en cherchant à se lever, si je vous gêne, si ma présence ici vous est désagréable, je vais me retirer... quoique je puisse à peine marcher... ah! je voudrais bien retourner près de mon père, dans notre village!...

Le boutonnier s'empresse de faire rasseoir sa protégée, puis il raconte aux époux Bichat toute l'histoire de la jeune fille et la manière dont elle a été trouvée par monsieur Féroce, endormie près du café aux pieds humides.

Malgré sa figure de Cosaque, Désiré Glureau avait de l'entraînement, de la chaleur lorsqu'il s'intéressait à quelqu'un ; il a entremêlé sa narration de jurons et d'exclamations qui en ont encore augmenté l'effet, et lorsqu'il a fini de parler, madame Bichat saute hors de son lit, au risque de montrer, non pas ses formes, mais ses os, puis elle court prendre les mains de Rose, en s'écriant :

— Pauvre jeune fille!... pauvre petite!... la nuit dans la rue! sans savoir où coucher!... Et ce vilain bandit de perverti qui voulait l'emmener chez lui... profiter de sa malheureuse position pour la perdre! oh! gueuzards d'hommes!.. faut-il être rhinocéros!.. Monsieur Bichat, voilà où mène l'amour désordonné du beau sexe!... on ne pense qu'à les séduire, qu'à les tromper, ces pauvres femmes!...

Monsieur Bichat se cache le visage avec une écuelle dont il se sert comme d'un éventail, en répondant :

— Ah! voilà! encore des lardons à mon adresse! des pierres que Clara jette dans mon clos!... parce que j'ai l'inconvénient d'être aimable avec les dames!... comme si un homme de boutique, de commerce, ne devait pas toujours chercher à enjôler la pratique!...

— Mes enfants, c'est pas tout ça! dit Glureau, il ne s'agit pas de vos discussions de ménage... voilà une protégée que j'ai amenée chez vous... parce qu'il ne faut pas laisser une jeune fille honnête dans la rue... un malheur est bien vite arrivé ensuite... vous aurez soin de mam'zelle... moi, faut que je m'en aille, il est jour... c'est le moment où je dois commencer mes nouvelles fonctions... si je manquais pour la première fois, je pourrais perdre ma place, et ça ne me donnerait pas la facilité d'acheter des mouchoirs. Adieu, je vais à mon emploi... je viendrai vous revoir tantôt... Au plaisir, mam'zelle... je vous laisse chez de braves gens qui ne vous abandonneront pas; je suis tranquille sur vous... bon! bon! je vois que vous voulez me remercier! ça n'en vaut pas la peine.

Après avoir dit ces mots, Désiré Glureau secoue la main de son compère et sort vivement de la boutique en marchant sur un poêlon et une marmite.

— Il a cassé la queue d'un poêlon, dit Bichat d'un air consterné, et il a défoncé une marmite!

— Depuis hier, ça fait quatre objets qu'il nous brise! répond la potière qui s'occupe de s'habiller. C'est un bon garçon, mais s'il vient souvent ici il nous ruinera!... il détruira notre fonds...

— Mais où allons-nous mettre mam'zelle? dit Bichat, regarde donc comme elle est pâle, cette pauvre jeunesse!...

— Oui... oui... c'est à quoi je pense, dit Clara. Bichat, allez d'abord chez la laitière du coin, prenez de la crème en sus de notre portion ordinaire. Ce sera pour mam'zelle, je lui ferai chauffer ça avec deux sous de castonnade, et prendre bien bouillant! ce sera un velours sur l'estomac.

— J'y vais, mon épouse...

— Et ne jasez pas deux heures avec la laitière et avec les bonnes du quartier, comme vous en avez l'horrible habitude!... ou je vais faire citer toutes ces péronnelles-là chez le juge de paix, comme dérangeant un homme marié de la bonne voie...

— Ah! méchante! ah! es-tu méchante!

Et monsieur Bichat va prendre une écuelle et un petit pot, puis après avoir souri à son épouse, il s'élance dans la rue, en ayant l'air de jouer des castagnettes avec son pot et son écuelle.

Madame Bichat, ayant fini de s'habiller, s'était remise à pommader ses longues boucles à l'anglaise, et tout en se coiffant, elle regardait avec attention la jeune fille qui était assise et absorbée dans le fauteuil. La tendre Clara n'était point une méchante femme ; elle était obligeante et avait un bon cœur ; mais l'amour qu'elle éprouvait pour son mari la rendait jalouse à l'excès, et la beauté de Rose-Marie lui donnait de vagues inquiétudes ; elle n'aurait pas eu la pensée de renvoyer la jolie fille qui ne savait où aller, mais elle aurait été bien aise de pouvoir lui trouver un gîte convenable ailleurs que chez elle.

En ce moment quelqu'un entre dans la boutique de poteries ; c'est un homme de soixante et quelques années, de taille moyenne et pourvu d'un honnête embonpoint ; sa figure ronde et rose, son teint frais, ses yeux vifs, son air de bonne humeur, donnent à son aspect quelque chose qui prévient sur-le-champ en sa faveur. C'est une belle figure de vieillard sur laquelle brillent encore la santé et la gaieté d'un jeune homme de vingt-cinq ans... non pas de ceux qui sont tristes et valétudinaires, mais d'un jeune homme qui est gai et qui se porte bien.

Ce nouveau venu a une grande veste de drap vert à boutons de métal blancs, avec de grandes basques qui en font presque un habit ; un large pantalon de drap gris, de gros souliers à clous, et sur la tête un chapeau bas de forme et à larges rebords.

Le personnage vient d'entrer dans la boutique en chantant d'une petite voix claire :

> Eh non, non, non!
> Ce n'est pas là Lisette,
> Eh non, non, non!
> Ce n'est pas la Lison!

Mais il interrompt sa chanson pour crier :

— Holà! madame Bichat!... il me faut un petit pot au lait, j'ai cassé le mien hier... j'ai cassé ma petite cruche... nous allons remplacer ça... Heureusement ce n'est pas un grand malheur... elle m'avait coûté cinq sous!...

— Eh! c'est le voisin du cinquième! ce brave monsieur Savenay! dit madame Bichat en passant dans sa boutique. Comment va cette santé ce matin, père Savenay?

— Très-bien, madame Bichat. Oh! je ne suis jamais malade, moi grâce au ciel.

— Aussi vous êtes toujours gai, voisin, toujours de belle humeur.. Il n'y a guère plus de deux mois que vous êtes dans la maison; mais vous l'avez égayée comme du jour à la nuit! Si tous les locataires vous ressemblaient, ça serait bien plus agréable!... Chaque fois que j'entends chanter dans la cour, je dis : V'là monsieur Savenay qui rentre ou qui sort... Mais je suis toujours sûre que c'est vous, je reconnais votre fausset... et puis d'autant plus que vous fredonnez toujours des ariettes de Béranger... Bichat dit souvent : Il paraît que le voisin l'aime beaucoup, ce chansonnier-là.

— Oui, voisine, et je crois que j'ai ça de commun avec bien du monde... Je voudrais savoir toutes ses chansons par cœur!... mais dame, à mon âge on n'apprend plus très-facilement! C'est égal, quand on a une bonne santé, il me semble que c'est le principal et qu'on doit se moquer du reste... Voilà mon caractère, madame Bichat, et c'est fort heureux que je l'aie ainsi fait! car si j'avais été homme, à me chagriner pour les événements que le sort nous envoie... j'aurais eu belle à me tourmenter, à me désoler... Mais je me suis toujours dit : A quoi sert-il de s'attrister? est-ce que cela change notre position?... est-ce que cela nous rend ce que nous avons perdu? Non. Eh bien alors, prenons les choses comme le bon Dieu nous les donne... il sait mieux que nous ce qu'il fait, et ce qui nous paraît d'abord un malheur, devient quelquefois par la suite la cause de notre félicité. Avec ces idées-là et une santé solide, on est toujours de bonne humeur, madame Bichat... et je vais me choisir un petit pot...

— Voyez, voisin... voyez ce qui vous conviendra le mieux.

— Ah! je veux du gentil... dans les prix de quatre à six sous!

Pendant que le père Savenay examine différents petits pots, et que la marchande lui fait éloge de chacun d'eux, Rose-Marie fait entendre une espèce de gémissement en se retournant sur le vieux fauteuil sur lequel elle est assise.

— Tiens, votre mari est là... il est peut-être encore couché le paresseux! dit le vieillard, qui vient d'entendre du bruit au fond.

— Non, ce n'est pas mon mari! voisin... c'est une jeune fille qu'on vient de nous amener... que l'on a recommandée à notre pitié... une pauvre enfant arrivée d'hier à Paris, où elle croyait trouver ses parents; il paraît qu'on lui avait donné de fausses adresses... elle n'a trouvé personne, elle a passé la nuit dans la rue... et ce matin elle est toute frissonnante, toute malade... Un ami de Bichat l'a recueillie et conduite ici... cette pauvre petite, elle voudrait repartir de Paris, retourner chez son père, mais je crains bien qu'elle n'en ait pas la force. D'un autre côté, la garder ici, chez nous, c'est très-embarrassant!... nous sommes si petitement logés... Cette jeunesse ne peut pas coucher dans la même chambre que Bichat, la décence et les mœurs s'y opposent... Mon Dieu! comment donc que je vas faire!... Je ne veux pas renvoyer une jeune fille qui a l'air si honnête... mais je ne veux pas que mon mari se déshabille et se couche devant elle!... Je suis dans une position bien perplexe, voisin! Et ce polisson de Bichat qui ne revient pas... il y a plus d'un quart d'heure qu'il est sorti pour aller prendre notre lait au coin de la rue, chez la laitière, à deux pas... Mais je suis sûr qu'il fait le galant avec toutes les bonnes de la légion!... Ah! quel supplice d'avoir un homme aimable pour mari! Voisin, si c'était à recommencer, j'épouserais une bûche, je serais plus tranquille alors!

— Ne vous faites donc pas de mauvais sang, voisine, la laitière a beaucoup de monde à servir le matin, et votre mari attend son tour. Mais ce que vous me dites de cette jeune fille m'intéresse. Voulez-vous me permettre de la voir? je suis un peu médecin, moi, car à la campagne il faut savoir de tout. Et quand j'étais employé chez mon maître de forges, aux environs de Nemours, c'était toujours moi qui ordonnais les tisanes à prendre quand un ouvrier était malade, car nous n'avions pas là de docteur sous la main pour nous droguer. Je vais bien voir si cette pauvre enfant est en état de se remettre en route aujourd'hui.

— Venez, voisin, venez... Vous allez voir une jolie personne!...

Oh! ça... j'ai été bien jone à vingt ans, mais je dois avouer que cette jeunesse aurait pu rivaliser avec moi.

XIX. — LE VIEILLARD ET LA JEUNE FILLE.

Le vieillard, que chacun dans le quartier nomme déjà le bon père Savenay, suit madame Bichat et se trouve bientôt devant Rose-Marie, qui, assise dans le fauteuil, et la tête penchée sur sa poitrine, semblait assoupie, absorbée! mais chez laquelle un tremblement nerveux semblait annoncer une maladie autre que la fatigue.

Le vieillard examine la jeune fille; il lui prend la main, lui tâte le pouls. Rose se laissait faire et paraissait ne plus voir ce qui se passait devant elle.

— Cette jeune demoiselle est dans un état alarmant, dit le père Savenay. La fièvre la galope d'une force... Oh! diable!... il faudrait la coucher bien vite!... Pauvre fille!... il est impossible qu'elle se remette en voyage... de quelques jours même... elle ne serait pas maintenant en état de se tenir sur ses jambes.

— Ah! mon Dieu!... c'est bien aussi ce qu'il me semblait!... Comment donc faire... la coucher dans notre lit... Moi, si j'étais seule, ça me serait égal! je dormirais au cadran solaire... mais Bichat... où le fourrer... et envoyer cette jeunesse dans un hospice ce serait bien fâcheux... Et ce polisson de Bichat qui ne rentre pas!... Ah! le voilà, enfin.

Le potier rentrait, tenant son écuelle et son pot remplis de lait; sa femme va à lui et lui secoue le bras en lui disant :

— Vingt-cinq minutes pour aller au coin de la rue... à dix pas!... J'ai regardé au cadran solaire quand vous êtes parti... Vingt-cinq minutes!... n'êtes-vous pas honteux!

— Prends garde, Clara, tu me fais renverser la crème!...

— Ah! oui... votre crème!... parlons-en... libertin. vingt-cinq minutes...

— Est-ce qu'on voit l'heure à un cadran solaire ?

— Oui, monsieur, je sais lire dans tout, moi... Combien avez-vous dit de gaudrioles depuis que vous êtes sorti, hein ?

— J'ai attendu; la laitière servait la nouvelle bonne de l'épicier, une Picarde qui n'a pas encore l'habitude du service.

— Ah! vous avez remarqué la Picarde de l'épicier !

— Ah! bonjour, voisin Savenay... et cette chère santé!... toujours florissante ?

— Merci, monsieur Bichat, très-bonne; mais voilà une jeune fille qui n'est pas de même... Pauvre enfant, elle est intéressante... Son costume annonce quelqu'un qui habite la campagne... quelqu'un d'aisé, et vous ne lui connaissez aucun parent ici ?

— Puisque nous ne la connaissons pas elle-même!... n'est-ce pas, Clara ?

— Taisez-vous, papillon ! Ah ! on vous en donnera, des Picardes... Tiens, attrape !

En disant cela, madame Bichat passait derrière son mari et lui pinçait le bras. Celui-ci renverse alors la moitié du lait qu'il porte, en s'écriant :

— Toujours me faire des bleus ! Clara, vous abusez de ma bonté ; prenez garde que je ne monte un jour... Vous contemplez cette jeune fille, voisin; c'est mon compère Glureau qui l'a trouvée dormant sur un banc de pierre dans la rue... N'est-ce pas qu'elle ressemble à la Vénus accroupie...

— Où donc que vous avez vu des Vénus accroupies, monsieur? dit madame Bichat en débarrassant son mari des deux vases contenant le lait. Est-ce dans la Cité? est-ce quand vous allez rôder sur le quai aux Fleurs, sous prétexte de m'acheter un pot de pensées ? C'est joli de regarder une femme quand elle est accroupie... Fi donc ! on doit détourner les yeux alors et ne pas s'arrêter surtout.

— Clara, je parle d'une statue, d'un buste d'après l'antique.

— Taisez-vous ! vous êtes un parc aux cerfs...

— Comment, madame ! qu'entendez-vous par là ? s'écrie le potier, qui au mot de cerf prend un air vexé.

— J'entends que vous auriez eu autant un sérail de femmes si vous en aviez *tévu* les moyens... Mais voyons, monsieur, qu'allons-nous faire de cette jeunesse que le compère nous a amenée ? Notre voisin dit qu'elle est fort malade, et il s'y connaît; dans son pays il soignait une forge... L'envoyer à l'hospice, ça me fendrait le cœur... la garder malade chez nous... ça me semble pas possible.

— Donne-lui notre lit... tu coucheras à côté d'elle, moi je me mettrai dessous.

— Non, monsieur, vous ne vous mettrez pas dessous cette jeunesse... hum ! vous feriez le somnambule la nuit! Sybarite!...

— Mes voisins, dit le père Savenay, vous êtes trop petitement logés pour pouvoir garder chez vous cette jeune fille, et je trouve aussi que ce serait bien fâcheux de l'envoyer dans un hospice... on voit bien que ce n'est pas sa place. Mais il y a un moyen de tout arranger... quand j'ai loué au cinquième dans la maison il m'a fallu prendre ce qu'il y avait de vacant... c'était un peu grand pour moi seul, mais je ne trouvais pas autre chose et je tenais à loger dans ce quartier où par bonheur je venais de trouver de l'emploi. J'ai donc là-haut deux belles

pièces et une petite entrée, je n'occupe que l'une des deux chambres, je puis céder l'autre à cette pauvre fille, ou plutôt je lui donnerai la mienne, et je me ferai un petit lit dans celle que je n'habitais pas. Ces deux pièces ont chacune leur porte sur la petite entrée, et par conséquent chacun est chez soi et peut s'y enfermer. D'ailleurs, à mon âge je ne pense pas qu'on puisse avoir de mauvaises idées en me voyant recueillir chez moi quelqu'un de malade... et que madame Bichat voudra bien venir voir souvent, car, pour mon travail vous savez que je suis dehors toute la journée et une partie de la soirée.

— Si j'irai soigner cette petite ! s'écrie madame Bichat. Oh! mon bon voisin, à coup sûr j'irai... ah! que vous êtes bon, père Savenay !... mais cela va vous gêner, vous déranger...

— Pas du tout, cela me fera plaisir au contraire !... moi qui ai vécu dans les champs, je me trouve bien partout !...

— Oh ! on a bien raison de dire dans le quartier que vous êtes la meilleure pâte d'hommes...

— Ne nous occupons maintenant que de cette jeune fille... Nous allons la monter dans ce fauteuil à nous deux le voisin... il ne faut pas la laisser là plus longtemps.

— Et moi, dit madame Bichat, je monte aussi pour préparer le lit et coucher cette jeunesse; car ce n'est pas l'affaire d'un homme, ça; Bichat, vous direz au charcutier d'avoir l'œil sur notre magasin.

La potière est enchantée de ce que le vieux voisin veuille bien prêter sa chambre à la jolie inconnue. Le père Savenay lui donne sa clef, elle monte lestement les cinq étages, pendant que son mari et le brave homme qui, malgré ses soixante-huit ans est encore robuste et fort, enlèvent le fauteuil sur lequel Rose-Marie est étendue et la transportent doucement au dernier étage de la maison.

SUITE DU PRECEDENT.

En peu de temps Rose-Marie se trouvait dans une petite chambre bien modestement meublée, mais tenue avec ordre et propreté. Mme Bichat ayant été appeler une voisine, on avait renvoyé les deux hommes pour coucher la jeune fille qui s'était laissé faire et n'avait plus la force de prononcer une parole.

— Elle a une fièvre de cheval, dit la femme du potier en allant appeler le père Savenay qui attendait avec Bichat dans la pièce voisine ; elle s'est laissé porter, coucher, arranger sans souffler mot... on dirait presque qu'elle n'a plus sa connaissance.

Le père Savenay retourne près de Rose-Marie, il ordonne une tisane que Mme Bichat se charge de faire. Une femme qui demeure en face promet de rester près de la malade, quand la potière ne pourra pas monter, et le vieillard dit :

— Maintenant, mes enfants, nous avons fait chacun de notre mieux; il faut espérer que la Providence viendra à notre aide et s'en mêlera un peu aussi. Si cette jeune fille devient plus mal... eh ben, j'ai encore là quelques épargnes, on fera venir un médecin... mais avec du repos, des soins, une bonne tisane comme celle que j'ai ordonnée, j'espère que nous la tirerons de là.

Puis le vieillard s'en va à sa besogne; le potier redescend à sa boutique, et Mme Bichat court acheter ce qu'il faut pour la tisane de la malade; car depuis qu'elle ne craint plus de voir son mari coucher auprès de la jeune fille, la jalouse Clara éprouve un redoublement d'intérêt pour elle, et montre le plus grand zèle pour la soigner.

M. Bichat a proposé plusieurs fois à sa femme de monter au cinquième, de l'aider dans les soins qu'elle donne à la jeune malade ; mais Mme Bichat répond à son mari :

— On n'a pas besoin de vous, il est inutile que vous alliez fourrer votre nez près de cette jeunesse, restez au milieu des marmites, j'ai une voisine pour m'aider, et au besoin il y en a d'autres dans la maison qui m'ont aussi offert leurs services ; mais un homme ne doit pas être garde-malade d'une personne de l'autre sexe.

Le père Savenay était employé dans les magasins d'un parfumeur en gros ; il tenait les livres et ne quittait qu'à quatre heures pour aller dîner, après quoi il retournait et travaillait encore jusqu'à neuf heures. La maison dans laquelle il était employé était située rue Saint-André des Arts, à peu de distance de sa demeure. Aussi, au lieu d'aller à quatre heures dîner comme de coutume à l'un des modestes restaurants qui abondent dans ce quartier, le bon vieillard retourne à son logement pour savoir des nouvelles de la malade.

Rose-Marie était en proie à une fièvre violente et ses discours incohérents annonçaient qu'elle n'avait plus le libre usage de son esprit.

Dans les phrases qui lui échappaient elle prononçait souvent le nom de Jérôme, elle appelait son père à son secours, elle se croyait encore poursuivie par le jeune homme qui avait voulu l'emmener chez lui.

Mme Bichat était là, près de la malade, avec deux autres voisines, se lamentant sur l'état de la jeune fille et disant :

— Pauvre enfant !... quel malheur si elle venait à mourir ! n'avoir aucun indice sur ses parents... sur son pays... ne pouvoir avertir personne !... et en ce moment peut-être on la pleure, on la cherche, ou on la croit bien heureuse à Paris !... C'est bien imprudent de laisser une jeunesse voyager toute seule.

En arrivant chez lui, le père Savenay va bien vite près de la malade, il lui prend la main et secoue la tête en murmurant :

— Cela devait arriver ! une grosse fièvre ! le délire !... cette jeune fille a éprouvé des émotions trop violentes... des fatigues au-dessus de ses forces ; mais à son âge on doit guérir, on doit triompher de la maladie... ce sera peut-être long ! mais nous la sauverons.

Puis en passant dans l'autre pièce de son logement, le bonhomme voit un lit qu'on lui a dressé sur un lit de sangle, et il s'écrie :

Qu'est-ce que c'est que cela ?.. d'où vient ce lit ? je n'en avais pas besoin, j'aurais bien dormi sur une chaise !.. sur une paillasse par terre.

— Oui-dà ! dit madame Bichat, vous croyez qu'on vous aurait laissé coucher comme ça pour que vous deveniez malade aussi vous !.. oh ! que nenni !.. D'ailleurs, est-ce que vous pensez que l'on n'est pas bien aise de s'associer à la bonne action que vous faites... que l'on n'a pas aussi un cœur.... moi, j'ai prêté un matelas, des draps... Madame, le lit de sangle... la voisine d'au-dessous une couverture, un oreiller... et puis nous veillons la malade chacune son tour... Bichat voulait monter avec son compère Glureau qui est revenu, mais je *leur ai dit* : vous êtes de trop jeunes hommes pour voir cette petite dans son lit, on vous donnera de ses nouv°'les. Voilà comme j'ai dirigé tout ça, papa Savenay.

— C'est bien, madame Bichat, répond le bonhomme. Oh ! chez les femmes l'humanité ne m'étonne pas !... je savais bien que vous auriez pitié de cette pauvre enfant. Ah ! corbleu ! si on ne m'avait pas volé !... je serais riche... fort à mon aise, du moins... et je pourrais payer une garde pour la veiller... mais ce qui est arrivé est fini... il n'y a plus à revenir là-dessus !... nous la veillerons nous-mêmes... je vais dîner, car enfin, il faut que ceux qui ne sont pas malades prennent des forces pour aider ceux qui n'en ont plus. Ensuite, je vais à ma besogne et je reviens le plus tôt possible.

— Il a donc été volé, le père Savenay ? dit une voisine à la potière, quand le bonhomme est reparti.

— Oui, il parait qu'il a été attaqué dans une forêt et qu'on lui a pris une grosse somme ! soixante mille francs à ce qu'il dit... et que ça l'a bien gêné.

— Soixante mille francs au père Savenay... ah bah ! et d'où donc qu'il avait ça ?

— Ah ! dame, je ne sais pas !... ensuite il est possible qu'il enfle un peu la somme !...

— D'abord quand on a été volé, on dit toujours de plus qu'il n'y en avait.

— Pour rendre le malheur plus intéressant !

— C'est peut-être six cents francs qu'on lui a volés, au voisin !...

— C'est peut-être pas tant !... mais c'est égal ! c'est un brave homme, bien obligeant, bien serviable !

— Et toujours gai et de bonne humeur !

— Ce qui prouve bien qu'on ne lui a pas volé soixante mille francs ! car alors est-ce qu'il serait croyable qu'il fût encore gai comme ça !

— Non, ça serait physiquement impossible ! moi, si on me prenait seulement soixante francs je suis sûre que j'en ferais une jaunisse dont je ne guérirais jamais.

Le père Savenay parlait très-rarement de l'incident qui l'avait privé de sa fortune. La conversation des trois commères, ses voisines, prouve qu'il avait raison : en général le monde accorde peu de croyance aux malheurs d'autrui ; il croit que celui qui a été victime d'un vol ou d'un abus de confiance, augmente beaucoup le chiffre de ce qu'il a perdu, afin d'exciter plus d'intérêt. Et comme, en effet, cette tactique a été souvent employée, il s'ensuit, comme toujours, que ceux qui disent vrai ne sont pas crus plus qu'ils ne mentent.

Le soir a ramené le vieillard près de la jeune fille pour laquelle il éprouve déjà le plus vif intérêt. Aucun changement ne pouvait encore avoir eu lieu dans l'état de la malade ; une des voisines propose de passer la nuit pour la veiller, mais le père Savenay dit :

— Ne vous fatiguez pas encore, quand cela n'est pas nécessaire. Je suis habitué à peu dormir... A Nemours, je me couchais tard, car, après avoir causé, jasé avec des amis, j'avais encore à lire, à travailler ; puis au point du jour en été, à cinq heures en hiver, j'étais debout ; c'est peut-être à ce régime que je dois ma bonne santé. Or donc je vais veiller jusqu'à minuit sonné, puis à quatre heures du matin je serai debout, et je reviendrai m'établir au chevet de cet enfant. Après cela, à six ou sept heures, il sera suffisant de venir me remplacer.

Les voisines et madame Bichat se rendent aux raisons du bonhomme ; elles se retirent en se promettant toutes de revenir de grand matin savoir comment la jeune fille a passé la nuit.

Quand elles sont parties, le père Savenay se dit :

— Je ne me coucherai pas du tout, et je veillerai toute la nuit auprès de cette pauvre enfant : mais si j'avais dit aux voisines que telle était mon intention, elles n'auraient pas voulu me laisser prendre ce soin ; elles auraient veillé ce soir, demain encore... mais ensuite leur zèle se serait refroidi peut-être... il vaut donc mieux le ménager, car je crains que cette jeune fille n'en ait longtemps besoin ! il y a tant de gens qui sont sensibles, humains par moments, par foucades !... mais chez qui les bons sentiments s'éteignent aussi vite qu'ils se sont allumés.

Le vieillard va prendre sur une tablette un petit livre bien épais, bien compact, et qu'il semble regarder avec amour ; il murmure entre ses dents :

— Heureusement ils ne me l'ont pas volé ! je l'aurais bien regretté ! Je sais qu'on peut s'en procurer un pareil... mais c'est égal, je tiens à celui-là ; il m'a été donné à ma fête par ce vieux cousin dont j'ai hérité, et comme c'est tout ce qui me reste maintenant de son héritage, c'est bien juste que je tienne à ce petit volume... et puis j'aime tant ce qui est dedans.

Et le père Savenay arrange à peu de distance du lit un vieux fauteuil de bois contre une petite table, sur laquelle brûle une lampe ; il a soin que la lumière ne puisse se projeter sur le visage de la malade. Et après avoir été attiser le feu de la cheminée et regarder si la tisane est chaude, il va s'établir dans le fauteuil, ouvre son petit volume, et, doucement, bien doucement, et de manière à ce qu'on n'entende qu'un petit filet de voix presque imperceptible, il se met à fredonner : *les étoiles qui filent* ; car c'était un recueil des chansons de *Béranger* qu'il tenait dans sa main ; les œuvres de l'illustre chansonnier étaient un trésor pour le père Savenay, qui, doué d'un heureux caractère, avait toujours aimé à chanter, et chez lequel l'âge n'avait fait que fortifier ce penchant qui entretenait sa bonne humeur.

Et c'était un tableau original et touchant à la fois, de voir cette jeune fille veillée par un vieillard dont la tête grise et presque chauve dénotait la santé, la bonté et l'heureuse humeur, puis d'entendre ce vieillard murmurer d'une petite voix claire et douce :

Mon enfant, un mortel expire,
Son étoile tombe à l'instant.
Entre amis que la joie inspire,
Celui-ci buvait en chantant...

Et le père Savenay s'arrête : il tend le cou pour regarder la malade... s'assurer si elle ne demande rien, puis il se dit :

— Il y a des gens qui trouveraient peut-être mauvais que je fredonne des chansons auprès de quelqu'un qui est malade... moi je ne sais pas où est le mal... Si j'étais alité, il me semble que j'aimerais bien mieux être gardé par quelqu'un de gai que par une personne triste !... car la tristesse de ceux qui nous gardent doit nous faire penser que nous sommes malades dangereusement, et on ne guérit pas les gens en leur donnant de ces idées-là !... Cependant si cette petite était en danger, je sens bien que je ne pourrais pas chanter... mais ce délire est causé par la fièvre, la fièvre par la fatigue ! Du repos, des soins, et cela se passera !

Et le bonhomme rouvre son livre et reprend avec son petit fausset :

Encore une étoile qui file !
Qui file ! file et disparait !

Et après cette chanson le père Savenay en fredonne une autre, et la nuit s'écoule ainsi, car si par hasard, cédant au sommeil qui le gagne, le vieillard ferme un moment les yeux, il ne tarde pas à les rouvrir, et après avoir examiné sa malade, il se remet à lire son chansonnier et semble chanter avec un nouveau plaisir.

Le jour a ramené les voisines et madame Bichat, qui ne se doutent pas que le bon Savenay a veillé toute la nuit près de la malade et qui le remplacent près d'elle.

Cette journée s'écoule comme la précédente, sans amener aucun changement dans l'état de la jeune fille. Le père Savenay la veille encore, tâchant d'éloigner le sommeil de ses paupières en apprenant par cœur les chansons de *Béranger*, puis se disant de temps à autre :

— Il n'est pas possible que le ciel ne rende pas la santé à cette jeune fille si gentille !... qui parait si honnête, et qui, dans son délire, appelle toujours son père !... mais ce pauvre père ! Quel malheur de n'avoir aucun indice, aucun renseignement pour le découvrir et lui dire de venir près de sa fille... car, j'en suis certain, elle reconnaîtrait sa voix, et le bonheur qu'elle éprouverait en sachant son père près d'elle contribuerait sans doute à lui rendre la santé.

Le jour suivant, Rose-Marie semble très malade ; son délire est plus fort, sa fièvre plus violente, sa poitrine plus oppressée. Le père Savenay ne veut plus s'en rapporter à sa science ; il va lui-même chercher un médecin et l'amène près de la jeune malade.

Le docteur examine la jeune fille, il approuve presque tout ce que le vieillard a ordonné, et dit après avoir prescrit une potion nouvelle :

— Il faut que cette fièvre ait son cours ; jusqu'au neuvième jour je ne puis répondre de rien ; mais alors il faut espérer qu'il s'opérera une crise salutaire, et que la jeunesse de la malade triomphera du mal qui s'est déclaré.

— Mais si elle mourait ! s'écrie madame Bichat quand le docteur est éloigné ; ne pas même savoir quel nom déclarer... le compère Glureau le sait peut-être, lui.

— La première fois que vous verrez cet homme, dit Savenay, faites-le monter, voisine ; je lui parlerai, je l'interrogerai... nous tâcherons, avec ce qu'il nous dira, de découvrir quelque chose sur cette jeune fille.

L'inspecteur au balayage ne manquait pas de venir tous les jours s'informer de la santé de celle qu'il appelait sa protégée, et le potier ne pouvait lui dire que ce qu'il avait appris par sa femme, qui n'avait pas encore voulu qu'il allât voir la jeune fille dans son lit.

Mais l'état inquiétant de Rose-Marie ne permettant plus à madame Bichat de penser à sa jalousie, elle a dit à son mari de faire monter Glureau chez leur voisin aussitôt qu'il se présenterait.

Le galant potier a saisi cette occasion pour aller voir aussi la malade, et il ne tarde pas à monter avec son compère chez le père Savenay, qui est alors chez lui avec toutes les voisines.

L'homme à la figure de Cosaque va regarder la malade, et pousse un gros soupir, en s'écriant :

— Mon Dieu ! comme elle est déjà changée... moi qui l'ai vue si jolie, si fraîche dans la voiture !... que ça été un cri d'admiration général... Les hommes n'avaient pas assez d'yeux pour la voir... et déjà ses couleurs disparues.... ses yeux creux et cernés... ses lèvres pâles....

— Malgré cela, on voit toujours qu'elle est très-jolie ! murmure Bichat en avançant sa tête ; mais sa femme le tire par le pan de sa redingote, et le fait reculer au fond de la chambre, en lui disant :

— Votre réflexion est bien biscornue, monsieur ; retournez à vos marmites, cela vaudra mieux que de dire des indécences.

Le père Savenay s'approche du ci-devant boutonnier, et lui dit :

— Monsieur, il serait bien important de pouvoir découvrir la famille de cette jeune fille... qui d'ailleurs doit être bien inquiète de cette pauvre enfant... de grâce, dites-nous tout ce que vous savez... si cela pouvait nous mettre sur les traces...

— Qu'est-ce que vous voulez que je vous dise ? s'écrie Glureau, je ne sais rien du tout, moi ! tenez, voilà toute l'histoire : J'étais dans le convoi du chemin de fer, je venais d'Orléans, j'étais aux belles places... parce que je n'en avais pas trouvé d'autres. A Corbeil cette jeune fille monte dans la voiture avec nous, elle était gênée entre un jeune homme et un vieux poussif qui tenait quatre places à lui seul ; je lui offre mon coin... J'avais un coin ! elle le refuse, c'est fini, on ne cause plus. Nous arrivons, je vais à mes affaires, je ne m'occupe plus de cette jeunesse ; mais le lendemain au petit point du jour, j'étais sur le pont de l'Hôtel-Dieu... dans un café en plein air, avec des gaillards... dont un, monsieur Féroce, m'a déjà fait lui payer à dîner deux fois, au Petit-Véry... rue de Crussol... dans une loge de portier... Bref, c'est lui qui découvre une jeune fille endormie sur un banc de pierre ; nous approchons tous pour la regarder, et je reconnais la demoiselle du chemin de fer... Les farceurs, entre autres le jeune Féroce, voulait l'emmener avec lui ; moi je vois bien que cette pauvre enfant a peur, je lui offre mon bras et je la conduis chez le compère Bichat ; voilà tout ce que je sais !...

— Mais en route... tout en venant jusqu'ici, ne vous a-t-elle rien dit?

— Ah ! si !... elle m'a dit : J'ai bien froid !... Je lui ai répondu : C'est d'avoir dormi dans la rue... vous aurez été entre deux airs.

— Mais ensuite ?

— Elle m'a dit : J'étais si bien chez mon père, mais c'est lui qui a voulu que je vienne à Paris chez mes oncles... on m'avait donné leur adresse... mais il paraît qu'elle était mauvaise...

— Et elle n'a pas dit le nom de ses oncles ?

— Elle n'a dit aucun nom... seulement alors elle a déchiré et jeté dans la rue un petit papier ; je pense que c'étaient les adresses qu'on lui avait données.

— Ah ! tant pis... c'eût été peut-être un renseignement.

— Un jeune homme l'avait suivie, voulu emmener, insultée... enfin de ces choses qui arrivent aux femmes gentilles qui vont seules, elle s'était sauvée, puis, accablée de fatigue, s'était assise sur le banc... voilà...

— Mais sur elle, dans ses poches, n'avez-vous rien trouvé ?

— Rien qu'une petite bourse en filet qui est vide, une petite clef et un mouchoir blanc marqué d'un R, d'une M et d'un G.

— Cherchez donc une famille avec ces indices là !

— Allons, reprend le père Savenay, il faut renoncer à l'espoir de découvrir quelle est cette jeune fille, avant qu'elle puisse nous le dire elle-même ; mes amis, vous voyez qu'elle n'a plus que nous pour appui, pour famille, ce doit être une raison de plus pour que nous redoublions de soins près d'elle, et que nous fassions tous nos efforts pour la rendre à la santé.

Tout le monde est de l'avis du vieillard, chacun promet de continuer à le seconder dans la bonne œuvre qu'il a entreprise, et cette nuit une voisine reste pour veiller la malade, et pour la première fois, le bonhomme se couche tristement et sans fredonner un refrain de son charsonnier chéri.

Le terme fatal ou heureux que le médecin avait annoncé était attendu avec impatience par tous ceux qui donnaient des soins à Rose-Marie. Le neuvième jour de la maladie est arrivé, et en effet, après un accès de délire plus violent que de coutume, la malade tombe dans un profond assoupissement, puis elle semble se calmer, respirer avec plus de facilité, et un profond sommeil succède à cette dernière crise.

— Elle est sauvée ! dit le médecin qui est alors près de la jeune fille, tout danger est passé ; maintenant des soins, de la tranquillité, point d'imprudence, et dans douze ou quinze jours, cette pauvre enfant sera en état de sortir.

Ces paroles du docteur sont reçues avec une joie sincère par tous ceux qui sont là, car chacun s'intéressait vivement au sort de la jeunesse inconnue ; plus on avait fait pour elle, plus on était heureux de penser que cela n'avait pas été inutile.

Le médecin ne s'était pas trompé : après avoir dormi fort longtemps, Rose-Marie ouvre les yeux, elle est calme, elle se sent mieux ; elle regarde autour d'elle, cherchant à deviner, à se rappeler où elle peut être, et en ce moment elle entend avec surprise une petite voix frêle qui chante tout près d'elle :

> Vous vieillirez, ô ma belle maîtresse,
> Vous vieillirez, et je ne serai plus !

Car depuis qu'on avait cessé de trembler pour les jours de la jeune fille, le père Savenay s'était remis à chanter en la veillant, et alors comme il était près d'une heure du matin, le brave homme était seul près de la malade, assis dans le grand fauteuil de paille, et tenant à la main son livre chéri.

La voix du vieillard était si douce, si claire, que Rose attend qu'il ait fini sa chanson pour balbutier quelques mots. Dès qu'il l'entend parler, le bon Savenay se lève et s'approche de la malade.

— Monsieur ! où suis-je donc? murmure Rose.

— Ne vous inquiétez pas, mon enfant, on aura soin de vous !... Mais d'abord, comment vous sentez-vous ?

— Bien, monsieur... seulement ma tête est si faible !...

— Je le crois, après une maladie aussi violente... car vous avez été fort mal, ma pauvre enfant !... Mais grâce au ciel, le danger est passé, il ne faut plus que du calme, du repos... Soyez sans inquiétude, on aura bien soin de vous... un brave homme vous avait amenée chez Bichat, le potier, dont la boutique est en bas...

— Ah ! oui... je crois me rappeler.

— Chut !... ne parlez pas, les Bichat sont de bonnes gens, mais leur boutique est si petite, qu'ils ne pouvaient pas vous y garder. Moi qui demeure dans leur maison, j'ai offert cette chambre... j'en ai une autre qui me suffit. On vous a mise chez moi avec confiance... j'espère, mon enfant, que mon âge et mon caractère vous en inspireront aussi...

— Ah ! monsieur...

— Ne parlez pas !... Du reste, je ne suis pas seul à vous soigner.. madame Bichat vient vous voir fort souvent dans la journée, les voisines d'à côté, d'au-dessous, enfin presque tous les habitants de cette maison, ont voulu prendre part à cette bonne œuvre... L'humanité n'est pas une chose aussi rare que tant de gens veulent le dire !... aussi je ne suis pas, moi, du nombre de ceux qui trouvent que tout va mal... vous voilà rassurée sur votre position. Vous n'êtes pas encore en état de parler, cela vous fatiguerait, mais demain, si comme je l'espère cela va toujours mieux, nous jaserons un peu ; en attendant, vous allez boire une bonne tasse de tisane et recommencer à dormir,

Rose-Marie est vivement touchée de l'intérêt que lui témoigne le bon vieillard, et de voir que malgré son âge, c'est lui qui veille auprès d'elle ; elle veut lui adresser quelques mots pour lui peindre sa reconnaissance, il lui fait signe de se taire, et après lui avoir présenté une tasse de tisane et recommandé la plus grande tranquillité d'esprit, va de nouveau s'établir dans son fauteuil.

Et au bout de quelques minutes, la jeune malade se rendort bercée par ce refrain :

> D'une terre chérie,
> C'est un lieu désolé,
> Rendons une patrie
> Au pauvre exilé.

XX. — ON SE CONNAÎT.

Le lendemain matin, Rose-Marie, se sentant plus forte, raconta l'histoire de son voyage au père Savenay, à madame Bichat et aux voisines qui s'étaient rassemblées autour de son lit pour l'écouter.

Et en entendant prononcer le nom du village d'Avon, situé presque dans la forêt de Fontainebleau, le vieillard avait poussé une exclamation, mais on n'y avait pas fait attention, parce que l'on était tout occupé d'écouter la jeune fille.

Lorsque Rose a fini de parler, madame Bichat s'écrie :

— Maintenant que nous savons le nom de mademoiselle et l'adresse de son père, qu'est-ce qu'il faut faire, père Savenay?

— Ce qu'il faut faire, répond le vieillard, d'abord ne pas trop la fatiguer... car elle a déjà beaucoup parlé pour une convalescente ; en suite... ce soir ou demain je puis écrire à monsieur Jérôme Gogo, lui raconter ce qui est arrivé à sa fille, et lui faire savoir qu'elle est ici en sûreté, qu'elle ne court plus aucun danger, et lui donner mon adresse pour qu'il puisse venir la voir et la remmener, s'il n'y a pas moyen de découvrir ses oncles à Paris. Est-ce votre avis, mon enfant?

Rose-Marie répond d'une voix faible :

— Si mon père reçoit une lettre d'une personne inconnue, où on lui dira que je n'ai pas encore la force de lui écrire, il s'inquiétera beaucoup, il pensera que je suis bien malade, qu'on n'ose pas le lui dire, et il se fera bien du chagrin. Je préfère attendre que je sois moi-même en état de lui écrire... demain je le pourrai, j'espère, et comme cela je ne lui causerai pas un tourment inutile.

— C'est très-bien pensé, mon enfant ; attendons que vous soyez en état d'écrire. D'ailleurs, votre père n'est sans doute pas inquiet, car il ne peut pas se douter de ce qui vous est arrivé, il doit vous croire près de vos oncles. Quant à ceux-là, je vous certifie que je ferai tout mon possible pour les déterrer, et de leur côté, toutes les voisines en feront autant ; n'est-ce pas, mesdames ?

— Oui, oui, s'écrient toutes les voisines. Nous n'irons pas dans un endroit, chez une personne, sans demander si l'on connaît monsieur Nicolas et monsieur Eustache Gogo.

— Mais si vous étiez assez bon, reprend Rose, si j'osais vous adresser une prière...

— Parlez, parlez, mon enfant, dit-on de tous côtés.

— Je ne suis pas partie pour Paris, rien qu'avec ces vêtements qui me couvrent, j'avais une malle contenant mes effets ; car mon bon père ne m'avait pas laissée aller chez mes oncles comme une pauvre fille manquant de tout. Ma malle est grande et bien remplie. Je l'ai laissée au bureau du chemin de fer, en disant mon nom, pour qu'on ne la donne qu'à moi ou à quelqu'un qui viendrait de ma part.

— Dès aujourd'hui Bichat ira la réclamer ! dit la potière, je vais tout de suite l'y envoyer. — Pourquoi lui donner cette peine ? dit le père Savenay, je puis y aller en sortant de ma besogne. — Par exemple ! pour vous fatiguer encore, papa Savenay, comme si vous ne vous étiez pas déjà donné assez de peine ! Bichat est fait pour trotter ! il a des jambes de daim ! il va y aller... C'est un homme établi, il peut justifier de ses impositions, on lui remettra l'objet sans difficulté ! Ah ! je me disais bien aussi, une jeunesse si bien mise ne peut pas être venue à Paris rien qu'avec une robe, une chemise et un jupon.

Dans l'après-midi, monsieur Bichat, aidé de son ami Glureau, montait la malle dans la chambre où Rose-Marie est couchée. Elle les remercie de toutes les peines qu'ils veulent bien prendre pour elle, et l'inspecteur au balayage lui témoigne toute la joie qu'il éprouve de la voir en convalescence. Quant à Bichat, il est en train de tourner un compliment à la jeune fille, mais il n'a pas encore eu le temps de l'achever, lorsque sa femme accourt et le fait redescendre à la boutique, sous prétexte qu'on demande une grosse marmite qu'elle n'est pas assez forte pour donner.

Les forces de la malade sont lentes à revenir. Deux jours se passent encore avant que sa main puisse conduire une plume. Enfin, dès qu'elle peut écrire à son père, elle lui mande en abrégé une partie de ce qui lui est arrivé à Paris ; elle termine en lui apprenant toutes les bontés que l'on a eues pour elle dans la maison où elle a été recueillie, et lui indique avec soin la demeure du bon vieillard chez lequel elle loge et où elle attendra de ses nouvelles.

Rose-Marie ne doute pas qu'après avoir reçu sa lettre, son père ne se mette en route pour Paris. Désiré Glureau est venu s'informer de la santé de la jeune fille au moment où elle ferme sa lettre. Rose la remet à l'homme qui l'a protégée et lui dit :

— Voulez-vous avoir la bonté de mettre cela à la poste ?... c'est pour mon père, je désire qu'il la reçoive bientôt.

— Soyez tranquille, mam'zelle, répond Glureau ; mettre une lettre à la poste, il n'y a rien de si facile à Paris ! il y a des postes presque à tous les coins de rue, dans un moment elle y sera... Je voudrais avoir d'autres services à vous rendre... Mais pour ce qui est de vos oncles Gogo ! ah ! c'est étonnant ! personne ne peut les découvrir... Il y a une foule de Benoît, de Bertrand, de Bernard, mais il n'y a pas le moindre Gogo.

Toutes les voisines en disent autant ; le père Savenay lui-même n'est pas plus heureux dans ses recherches, et madame Bichat était par dire à ses commères :

— C'est une chose bien singulière que ces oncles Gogo ne se trouvent pas ! En vérité, si cette jeune fille ne paraissait pas aussi sage, aussi honnête !... on croirait que l'histoire de ses oncles n'est qu'un conte, et que c'est pour autre chose qu'elle est venue à Paris.

Depuis que la santé de Rose-Marie se rétablit, les voisines sont retournées à leur travail ou à leurs affaires et viennent bien moins souvent voir la jeune fille. Madame Bichat ne laisse pas son mari monter au cinquième, car à mesure qu'elle reprend ses couleurs, Rose retrouve cette beauté qui frappe et séduit tous ceux qui la voient, et la jalouse Clara ne veut pas exposer son mari à une si dangereuse tentation.

Le bon Savenay est presque la seule compagnie qui reste à la convalescente ; mais celle-là lui est fidèle. Aussitôt qu'il a fait sa besogne, le vieillard revient près de celle qu'il regarde comme son enfant et pour laquelle il éprouve le plus sincère attachement.

De son côté, Rose-Marie est vivement touchée des tendres soins que lui prodigue le bon vieux qui l'a recueillie, et elle ne sait comment lui en témoigner sa reconnaissance.

Un soir, pendant que le bon Savenay souffle le feu et prépare pour la jeune fille la tisane qu'elle doit encore prendre, tout en fredonnant entre ses dents le refrain du *Marquis de Carabas*, Rose-Marie, qui suit des yeux le vieillard, lui dit d'une voix émue :

— Que vous êtes bon, monsieur Savenay, et que de peine je vous cause !

— De la peine, mon enfant ? mais vous obliger est un plaisir... car vous êtes si gentille, si intéressante... Je vous regarde comme ma fille d'abord.

— Et moi, mon cher protecteur, je vous aime comme un second père... Mais c'est bien singulier... plus je vous regarde... plus il me semble que votre figure ne m'est pas inconnue, et qu'avant de vous voir ici, je vous avais déjà vu ou rencontré quelque part.

— Quant à moi, mon enfant, je n'en dirai pas autant !... Je ne vous connaissais pas avant que l'on ne vous eût amenée chez le potier d'en bas. Oh ! sans cela j'aurais bien reconnu votre jolie figure.

— C'est bien étonnant ; il me semble même que je me rappelle votre costume... que je reconnais cette veste de drap vert avec des boutons blancs... Mais où donc puis-je vous avoir vu... dans notre village, à Avon... ou à Fontainebleau, peut-être, car j'y allais très-souvent, moi...

— Cela n'est pas probable, mon enfant ; je ne suis jamais allé dans le village d'Avon, et quoique habitant de Nemours, qui n'est pas fort loin de Fontainebleau, je n'étais jamais allé non plus dans cette ville... et à moins que vous ne m'y ayez rencontré, il y a trois mois environ... quand j'y suis passé après le malheureux événement qui venait de m'arriver... mais j'y suis resté bien peu.

— Comment, monsieur Savenay, il vous est arrivé un malheur, à vous si bon, si honnête !...

— Ma chère petite, s'il suffisait d'être bon et honnête pour être à l'abri des coups du sort, tout le monde se conduirait bien, et il n'y aurait plus de méchants sur la terre. Il faut donc être honnête, par goût, par caractère, et non avec l'idée que cela vous rapportera quelque chose... Pour en revenir à mon événement, je vais vous conter cela, mon enfant... aussi bien ce récit qui vous intéressera, je n'en doute pas, puisqu'il me touche, vous fera trouver le temps moins long...

— Oh ! je vous écoute, monsieur Savenay.

Le vieillard, ayant fini d'arranger son feu, va s'asseoir dans le fauteuil, près du lit de Rose, et commence ainsi :

— Je vous dirai d'abord que je suis de Nemours, que je suis un vieux garçon, ce qui est une faute !... car en prenant de l'âge, on regrette souvent de ne point s'être créé une famille... Mais quand il est trop tard pour réparer cette faute-là, il faut bien s'en consoler ! c'est aussi ce que j'ai fait... Dieu merci, je n'ai jamais été d'humeur à me chagriner longtemps ! Par exemple, j'ai eu un peu de peine à m'habituer à m'entendre appeler *père* Savenay, moi qui n'ai jamais eu d'enfants ; mais à présent j'y suis fait, et ça me semble drôle quand on me dit Savenay tout court. Or donc, j'avais trouvé de l'occupation chez un maître de forges, aux environs de Nemours ; je tenais les écritures, et je croyais bien terminer là ma carrière. Ma place était modeste, mais bah !... à la campagne il ne faut pas beaucoup d'argent pour se trouver bien. Avec ma santé et ma gaieté, j'étais le boute-en-train de la forge et des environs ! mais il y a quelques mois une fortune inattendue m'arrive !... un vieux cousin... je dis vieux... il n'était guère plus âgé que moi ; bref, ce cousin me laisse en mourant soixante mille francs.

— Soixante mille francs !... murmure Rose-Marie, qui, en entendant prononcer cette somme, est de nouveau frappée et cherche dans ses souvenirs.

— Oui, mon enfant, soixante mille francs !... Pour moi c'était une grande fortune... et déjà je me disais : Que vais-je faire de tout cela ?... l'embarras des richesses... Je crois même qu'alors je chantais moins souvent mes refrains favoris. Au bout de six semaines, l'héritage m'était envoyé ; j'avais touché la somme chez un banquier de Nemours. J'allai avec cela chez un riche capitaliste de notre pays, monsieur Cendrillon ; drôle de nom, n'est-ce pas?... mais le nom n'y fait rien ; c'est un brave homme et pas fier ; je lui demandai conseil, ne sachant que faire de mon argent. Il ne pouvait pas s'en charger, mais il me conseilla de le porter à Paris chez un banquier... dont il me répondait... chez monsieur Saint-Godibert... c'est bien cela, Saint-Godibert, qui m'en paierait la rente. Ma foi, je trouvai le conseil bon, et je me dis : Paris est une ville fort agréable, j'y passerai l'hiver, et l'été je reviendrai à Nemours... Ah ! dame, c'était une existence de grand seigneur ! mais lorsqu'à soixante-huit ans il vous tombe une fortune, et que l'on est seul, sans enfants, il me semble qu'on a bien le droit d'en jouir... n'est-ce pas ?

— Continuez, continuez, monsieur Savenay ; si vous saviez combien votre récit m'intéresse !...

— Ah ! c'était mon mauvais génie qui m'avait soufflé tous ces projets-là... ou bien c'est que cela devait arriver. Je donnai ma démission de ma place à la ferme, et je la donnai même avec joie, car je savais que je serais remplacé par un brave homme, père d'une nombreuse famille et à qui elle était bien nécessaire pour élever ses enfants ! et sans cet événement-là, comme on ne m'aurait jamais renvoyé, il aurait bien pu attendre ma place encore longtemps... car je suis solide, moi !... et mon grand-père a été jusqu'à cent et un ans... Dites donc, ça me donne de l'espoir !... eh ! eh !...

Je ne suis qu'un vieux bonhomme
Ménétrier du hameau

Mais pour sage on me renomme,
Et je bois mon vin sans eau !

— Ah! votre aventure, monsieur Savenay, votre aventure...

— C'est juste! j'y reviens... Après avoir donné ma démission, je vendis tout mon mobilier là-bas ; car je me disais : Quand je viendrai à la campagne, je louerai un petit pied-à-terre, ça me suffira. Je ne gardai que mon cheval... Mouton, oh ! une bien bonne bête, que j'avais déjà depuis neuf ans, et qui me servait à me rendre de Nemours à la forge. Tout cela m'avait fait près de six cents francs, que je me fis donner en or pour être moins chargé. Puis, ayant dans un portefeuille soixante mille francs en billets de banque, dans une poche une lettre de monsieur Cendrillon qui me recommandait à son ami Saint-Godibert, j'attachai ma valise, mon sac de nuit sur Mouton, j'enfourchai mon cheval, et me voilà en route pour Paris...

— A cheval... vous étiez à cheval?...

— Oui, mon enfant; quelques personnes m'avaient dit : C'est imprudent, père Savenay, de voyager à cheval avec une somme aussi forte sur vous. Mais moi, je répondis : Que voulez-vous qui m'arrive? je ne voyagerai qu'en plein jour et dans un pays qui n'est pas désert. Ah! je ne me doutais pas qu'en plein jour même il ne fait pas bon traverser une forêt, et la preuve, c'est qu'en trottant sur mon petit cheval dans la forêt de Fontainebleau... je fus tout à coup attaqué, arrêté par deux hommes qui se jetèrent sur moi le pistolet à la main...

— O mon Dieu!... c'était vous!... c'était vous !...

A ces mots, prononcés avec véhémence par la jeune fille, le père Savenay relève la tête et la regarde avec surprise, en murmurant :

— C'était moi... comment, mon enfant... que voulez-vous dire par-là ?...

— Oh! je savais bien que je vous avais déjà vu ; que votre figure respectable et bonne m'avait frappée... et cette veste verte...votr

La jolie Clémence.   Page 66

mille francs dans un portefeuille... nous le lui prendrons facilement... Il y avait un des deux hommes qui tremblait, qui n'osait pas commettre ce crime ; mais l'autre finit par le décider. Moi, j'aurais bien voulu pouvoir crier au secours pour vous sauver... mais je n'osais pas... Ah! pardonnez-moi... je crois même que je n'en aurais pas eu la force.

— Oh ! chère enfant... que vous avez bien fait de garder le silence.... ces misérables vous auraient tuée s'ils avaient su avoir un témoin.

— C'est aussi ce que mon père m'a dit. Enfin... vous êtes arrivé sur votre cheval... ils ont couru sur vous... Ah ! si vous saviez ce que j'ai souffert alors, combien je tremblais pour vos jours, et comme je priais le ciel d'éloigner de ces hommes la pensée de vous faire du mal !

— Pauvre enfant... pauvre enfant !...

— Heureusement, ils ne tirent que vous voler... Quand je vous vis vous éloigner sur votre cheval... ah ! je respirai plus librement !

— Et moi donc, fichtre ! je puis dire que j'en ai eu là une venette... Et mes voleurs ?

— Ils disparurent aussitôt. Je fus encore longtemps sans oser sortir de ma cachette. Enfin après avoir bien regardé si les deux hommes n'étaient plus là, je me mis en route... mais je n'avais pas fait deux cents pas que mes pieds heurtèrent quelque chose.. c'était un petit pistolet bien joli ! bien riche...

— Qu'un des voleurs avait laissé tomber sans doute...

— Je le pris et je le portai chez nous. Mon père m'a dit de le garder avec soin, et qu'un jour peut-être il servirait à faire reconnaître les voleurs... Je l'ai là... tenez, monsieur Savenay, dans ma malle... veuillez ouvrir, et tout en dessous à gauche, vous allez le trouver.

Le père Savenay suit les indications qu'on vient de lui donner, et bientôt il tient dans sa main le pistolet, il l'examine avec curiosité et s'écrie :

— Mais voilà une arme de luxe !... c'est bien beau pour des rigauds de grande route !...

— Oh! ceux qui vous ont arrêté n'étaient pas des voleurs ordinaires; vous n'avez donc pas remarqué qu'ils portaient des bottes vernies, de beaux pantalons... des gants...

— Je n'ai rien remarqué, mon enfant, j'ai eu si peur ! j'ai été tellement saisi!.. je ne me rappelle qu'un pistolet qui me menaçait la poitrine... tandis qu'une figure de charbonnier me disait : Ton portefeuille, ou tu es mort!.. et quant à la figure!.. ah! je serais bien embarrassé pour en dire la forme!..

— Je vous assure, monsieur Savenay, que c'étaient des jeunes gens qui parlaient comme des hommes distingués... D'ailleurs, ils ont dit : Nous sommes bien déguisés, avec ces blouses, ces casquettes et le visage noirci on ne devinera jamais qui nous sommes.

— Au fait, mon enfant, la manière dont ils se sont conduits me ferait assez croire qu'ils n'avaient pas encore l'habitude de voler.

chapeau à grands bords... vous aviez tout cela quand on vous a arrêté dans la forêt.

— En effet... mais qui a pu vous dire...

— Oh! tenez, mon bon monsieur Savenay, j'avais promis à mon père de ne jamais parler de cela... mais à vous... oh ! à vous ce n'est pas la même chose!... Apprenez que j'étais dans la forêt lorsque deux hommes en blouse se sont dirigés de mon côté...

— Deux hommes ! mes deux voleurs !...

— Justement... De loin, je ne pouvais voir leurs traits, car de grandes casquettes à visières étaient posées de manière à les cacher; puis le bas du visage était tout noirci.

— Oui... oui... oh! je n'ai vu que ça aussi, moi.

— Alors, sans savoir encore ce que voulaient faire ces hommes, j'ai eu peur, je me suis cachée dans un buisson.

— Pauvre petite !...

— Ils vinrent tout près de moi. Je les écoutai se dire : il a soixante

Après que je leur eus remis mon portefeuille, je me disposais à leur donner ma bourse, puis ma valise, mais pas du tout, au lieu de cela, ils fouettent mon cheval, Mouton prend le grand trot et au bout d'une demi-heure j'étais sorti de la forêt.

— Qu'avez-vous fait alors, monsieur ?

— Ce que j'ai fait : à mon arrivé à Fontainebleau, je me suis rendu chez le maire de la ville et je lui ai conté ce qui venait de m'arriver. On prit note de ma déposition ; mais lorsqu'on vit que j'avais encore mon cheval, ma valise, ma bourse pleine d'or, je m'aperçus qu'il y avait sur toutes les physionomies une expression de doutes ; on était très-étonné que des voleurs se fussent contentés de mon portefeuille qui cependant à lui seul valait bien mieux que tout le reste. Je me souviens même qu'une personne qui se trouvait là et qui m'écoutait, me dit en secouant la tête d'un air presque moqueur : Mon brave homme, ne vous seriez-vous pas par hasard endormi sur votre cheval, et n'auriez-vous pas rêvé que l'on vous a attaqué ? Et mes soixante mille francs ! m'écriai-je ; croyez-vous, monsieur, que j'ai rêvé que j'en avais hérité ? A cela on ne me répondit rien, mais du reste on me promit de faire toutes les démarches possibles et d'envoyer même des gendarmes battre la forêt pour tâcher d'y retrouver les deux misérables qui m'avaient arrêté. On me demanda leur signalement, je ne pus que dire : ils avaient des blouses et des casquettes ; et on présuma que le coup avait été fait par deux vagabonds, par quelques repris de justice. Je restai à Fontainebleau jusqu'au lendemain, pour me reposer et me remettre de la frayeur que j'avais éprouvée, et puis pour savoir aussi si l'on aurait eu quelques nouvelles de mes voleurs. Mais le lendemain j'appris que la battue faite dans la forêt par les gendarmes n'avait amené aucune découverte. Alors je réfléchis à ce que je devais faire. Je pouvais retourner à Nemours, conter mon aventure et redemander ma place chez le maître de forges, on me l'aurait rendue ! mais je me dis : et ce pauvre homme auquel on vient de la donner... qui se trouve maintenant si heureux parce qu'il a la certitude de pouvoir élever ses enfants ; je vais donc aller lui ravir son bien-être ; le replacer dans l'embarras, dans la peine .. qui lui semblera plus amère encore parce qu'il aura connu quelques jours de joie et de bonheur ? Ma foi non, je ne ferai pas cela. J'ai six cents francs devant moi ! allons à Paris, j'y trouverai peut-être un petit emploi ; si mince qu'il soit, il me suffira, et comme ça je ne causerai de chagrin à personne. Aussitôt dit, aussitôt fait. Je remontai sur Mouton, et je vins à Paris, et voyez comme on est toujours récompensé quand on fait bien ! D'abord dès mon arrivée, je me trouvai chez le traiteur où je déjeunai près du commis d'un parfumeur en gros qui avait des écritures à faire mettre en ordre. J'avais conté mon histoire au commis, il s'intéressa à moi, me conduisit chez son patron qui me donna la place, en m'avertissant cependant qu'il n'y avait de la besogne que pour quelques mois et qu'ensuite il faudrait me pourvoir ailleurs. Mais j'acceptai toujours, je me

dis : Plus tard nous verrons. Je cherchai un logement près du magasin de mon négociant ; je louai celui-ci... je vendis ce pauvre Mouton... ah ! ça me fit de la peine, c'est vrai, mais je n'avais plus le moyen de nourrir un cheval ! J'achetai quelques meubles et j'eus encore une chambre à offrir à une pauvre jeune fille qu'on avait amenée toute malade chez le potier d'en bas, et cette jeune fille se trouve avoir été témoin du vol dont j'ai été victime... et elle a prié le bon Dieu pour que les brigands ne me fissent pas de mal... et un jour peut-être son témoignage... cette arme qu'elle a trouvée m'aideront aussi à découvrir mes voleurs !... Ah ! vous le voyez bien mon enfant, il y a dans tout cela le doigt de la Providence... on a donc raison de ne jamais se désespérer !... eh eh !

Prêtez un charme à ma
philosophie,
Pour dissiper des rêves affligeants ;
Le verre en main que chacun eu confie
Au Dieu des bonnes gens.

Les confidences que le vieillard et la jeune fille viennent de se faire ont resserré encore l'amitié qui les unissait. Maintenant ils ne sont plus étrangers l'un à l'autre, ils se connaissent et il y a un secret qui les unit ; car le bon Savenay est entièrement de l'avis du père de Rose-Marie ; il pense qu'elle ne doit parler à personne de ce qu'elle a vu dans la forêt, que cela pourrait l'exposer à mille dangers si ceux qui ont commis le crime savaient qu'elle en a été témoin et qu'elle possède une arme qui peut servir contre eux à pièce de conviction.

Il est donc bien convenu que Rose-Marie ne dira ni à Mme Bichat ni à personne où elle a déjà vu le vieillard, et celui-ci remet le petit pistolet à l'endroit où il etait placé, en disant :

— Il ne faut pas montrer cela non plus ! il faut le cacher avec soin à tous les yeux... et puisque vous pensez, mon enfant, que ceux qui m'ont volé sont des hommes de la société... eh bien, le hasard peut vous les faire rencontrer... vous pouvez voir entre leurs mains l'arme pareille à celle-ci... Enfin... on ne sait pas ce qui doit arriver ; mais le principal c'est d'être prudent et de ne poin.

Le malheureux auteur cherche à échapper à cette foule de solliciteurs qui l'obsède. — Page 67.

vous exposer en trahissant votre secret. D'ailleurs, votre père viendra sans doute bientôt à Paris, et je pense qu'il sera du même avis.

Mais plusieurs jours s'écoulent, déjà Rose-Marie peut se lever, aller et venir dans la chambre, prendre l'air à la fenêtre, et son père ne lui a pas répondu, et il n'est pas venu la voir à Paris comme elle l'espérait.

La jeune fille commence à s'inquiéter de ne point recevoir de nouvelles de Jérôme, et elle pense à retourner dans son village aussitôt que ses forces le lui permettront.

— Si cependant nous avions pu trouver ici vos oncles, dit le père Savenay, puisque votre père ne vient pas vous chercher, c'est qu'il pense sans doute que vous êtes parvenue à trouver la demeure de l'un de ses frères. Voulez-vous que j'aille de nouveau m'informer aux adresses que l'on vous avait données d'abord... Vous les rappelez-vous ?

— Je ne me rappelle, dit Rose, que de la première où je devais trouver mon oncle Nicolas Gogo ; c'était rue Saint-Lazare, numéro soixante, c'est là que je suis allée d'abord.

— Rue Saint-Lazare, soixante ! Pardieu ! voilà qui est singulier, s'écrie le vieillard, il me semble que c'est à cette adresse que je devais trouver ce monsieur Saint-Godibert chez lequel je comptais placer mes fonds.

— Vous n'avez donc pas été le voir depuis que vous êtes à Paris ?

— A quoi bon, mon enfant ? qu'aurais-je été y faire ? Lui dire : Monsieur, on m'a volé l'argent que je comptais placer chez vous ; c'était assez inutile. Mais j'ai gardé la lettre de recommandation que m'avait donnée monsieur Cendrillon pour son ami... Voyons... voyons l'adresse.

Le bon homme fouille dans la poche de sa veste, en tire une lettre encore cachetée et lit : monsieur Saint-Godibert, rue Saint-Lazare, numéro soixante.

— C'est bien dans cette maison que je devais trouver mon oncle Nicolas, dit Rose.

— Oh ! alors mon enfant, j'irai ; oui, j'irai voir ce monsieur Saint-Godibert... grâce à cette lettre il me recevra bien, j'en suis sûr, et peut-être que par lui nous saurons si votre oncle Gogo a autrefois habité dans sa maison.

La jeune fille remercie le père Savenay de la peine qu'il veut bien encore prendre pour lui être utile, et celui-ci quitte Rose-Marie en lui disant : — Vous voyez bien que notre rencontre n'est pas un effet du hasard !... La Providence arrange d'avance les choses... Espérons : grâce à moi, vous retrouverez vos oncles et moi, grâce à vous, je retrouverai peut-être mes voleurs.

XXI. — LES BILLETS D'AUTEUR.

Nous sommes rue de Vendôme, chez monsieur Mondigo, l'homme de lettres, qui n'est pas logé fastueusement, magnifiquement comme son frère, l'homme d'argent, mais qui cependant occupe à un troisième étage un appartement petit, mais bien décoré et meublé avec une certaine élégance.

La jolie Clémence est assise dans une causeuse, d'où elle se regarde dans une glace, arrangeant de temps à autre une boucle de ses blonds cheveux qui s'échappent de dessous un petit bonnet à la paysanne fort coquet, fort gracieux qu'à la coiffe très-bien, puis elle jette un coup d'œil sur sa robe, sur sa chaussure, comme pour s'assurer que rien ne manque à sa toilette.

Monsieur Mondigo va, vient d'une chambre à l'autre, court à son cabinet, regarde sur son bureau, revient dans le salon, consulte son carnet, et tout cela en s'écriant :

— N'ai-je oublié personne ?... je ne sais où donner de la tête... C'est ce soir... c'est pour ce soir ma première représentation !... Mon Dieu ! il me semble que j'avais encore quelques coupures à faire... quelques réflexions à communiquer à mon jeune premier... Mais si je vais au théâtre ce matin, je n'aurai jamais le temps de donner mes billets !... C'est cruel ! J'ai vingt personnes à voir, je ne sais par où commencer... Ah ! quel jour terrible que celui d'une première représentation !... C'est qu'il est très-important de savoir à qui on donne ses billets...

La belle blonde sourit, en disant d'un air dolent :

— Mon Dieu, mon ami, ne vous faites donc pas tant de mauvais sang... vous vous rendez malade !... vous êtes bien bon de vous donner tant de peine pour vos billets !... Pourquoi ne faites-vous pas comme tous vos confrères, qui s'en font un revenu, et qui n'ont pas alors la peine de s'en occuper ?

— Moi, vendre mes billets !... oh ! par exemple !... jamais, madame, jamais !... Je préfère avoir à ma pièce des amis... de bons amis qui applaudiront mon ouvrage !... qui, flattés d'être liés avec l'auteur, iront partout vanter, citer ma pièce, qui la feront mousser enfin parmi leurs connaissances... je crois, ma chère amie, que cela vaut mieux, que cela rapporte encore plus que d'affermer ses billets.

Madame Mondigo ne répond rien ; elle vient de voir un léger dérangement dans sa coiffure, et elle n'écoute plus son mari.

On a beaucoup crié ; on a voulu conspuer, vilipender les auteurs dramatiques parce que depuis une vingtaine d'années environ, pour se débarrasser des ennuis, des soucis, des courses, de l'incertitude et de la perte de temps qu'ils éprouvaient pour placer (ou plutôt donner) leurs billets, ils ont cédé aux propositions qui leur ont été faites dans leur intérêt, et ont affermé cette partie de leurs droits d'auteur à des gens qui en font le commerce ouvertement, c'est-à-dire qui vendent aux amateurs de spectacle les billets d'auteurs à un prix un peu au-dessous de celui que l'on paye au bureau.

D'abord ces billets que, d'après des traités, les administrations théâtrales reconnaissent aux auteurs le droit de signer lorsqu'on joue leurs pièces, sont donc parfaitement la propriété de ces derniers, qui peuvent en disposer comme bon leur semble ; ceci n'est plus une question. Cela est si bien reconnu, que plusieurs directions dramatiques ont racheté aux auteurs leurs billets ; il est des théâtres où les auteurs n'en signent aucun ; mais alors les droits sont payés en conséquence. Ceci est un marché fait de gré à gré et qui n'a jamais donné matière à contestation.

Venons aux reproches que l'on adresse aux auteurs, d'être devenus intéressés, cupides, juifs, d'avoir maintenu un esprit trop mercantile, en un mot de vouloir faire argent de tout. D'abord nous pourrions répondre que nous vivons dans un siècle où cet amour, cette soif de l'argent est devenue générale, et que les auteurs dramatiques ne sont pas plus blâmables que d'autres en cherchant à tirer parti du produit de leur travail ; eux surtout, qui sont exposés à tant de revers, et qui souvent voient s'évanouir en une soirée, en deux heures, et quelquefois moins, le fruit de deux mois de veilles et de travail.

— Mais vous n'avez exposé aucune marchandise, aucuns capitaux ! s'écrieront certaines gens. Que perdez-vous donc ? vous manquez à gagner, voilà tout.

Ce que je perds, moi auteur dramatique, lorsque ma pièce est tombée ? Mais je perds tout le temps que j'ai employé à ce travail, et ce travail qui vous semble un jeu, une misère, une futilité, parce qu'il est destiné à vous récréer dans vos moments de loisir, mais il est plus fatigant que celui de l'ouvrier, du laboureur, car il tend sans cesse les fibres qui correspondent au cerveau ; il échauffe le sang irrite les nerfs, et tient dans une agitation continuelle notre esprit... quand nous en avons !... et par cette même raison doit fatiguer bien davantage ceux qui en ont peu... (j'allais dire pas) et qui se donnent alors des peines inouïes pour faire sortir quelque chose de leur tête, dans laquelle ils ne trouvent rien.

Et puis le temps employé ou perdu à faire une pièce, n'est-ce donc rien ? Mais le temps est la seule valeur réelle, toutes les autres ne sont que des valeurs de convention. Avec de l'or, de l'argent, des diamants, avec toutes ces valeurs convenues entre les hommes, vous ne pourriez pas avoir une année, un mois, un jour de moins sur votre acte de naissance ; vous ne pourrez jamais revenir en arrière et vous faire rendre ce temps que vous aurez bien ou mal employé.

Revenons aux billets d'auteur. A Paris, il y a quelques cafés, quelques boutiques de mercière ou de coiffeurs qui en ont un dépôt. Cela ne fait aucun tort au commerce habituel de l'établissement, au contraire, cela fait venir du monde ; car il n'y a aucun mal à aller acheter un billet de spectacle, et on ne se cache pas pour demander un balcon du Vaudeville, une loge du Gymnase, ou une première galerie des Variétés.

Voulez-vous savoir maintenant pourquoi les auteurs ont pensé à se défaire de leurs billets ? Nous allons vous faire connaître quelques-unes des tribulations auxquelles ces billets donnaient lieu, et nous ne dirons que la vérité ; car en général la vérité est plus amusante que l'exagération.

Mondigo, qui fait jouer le soir une pièce nouvelle en plusieurs actes, peut disposer de trente places pour la première représentation et autant pour les deux suivantes. Mais il a reçu de ses amis et connaissances plus de cent demandes. Il a fait sa liste pour la première représentation. Il a tâché de s'arranger de manière à contenter tout le monde. Il a réservé les meilleures places pour les personnages qu'il considère, ou pour les amis sur lesquels il compte particulièrement. Il lui est même arrivé souvent de refuser une entrée de plus à son frère ou à ses neveux, afin de ne point mécontenter une personne qui a des ramifications avec des journalistes.

— Il faut cependant que j'aille à ma répétition, s'écrie Mondigo, après avoir pour la vingtième fois fait le compte de ses billets. Clémence, voilà les places que j'ai promises... j'ai écrit dessus chaque paquet le nom de la personne à laquelle il est destiné... ne vous trompez pas, chère amie...

— J'espère que j'ai une loge, moi... dit la belle Clémence sans quitter la glace des yeux.

— Oui, oui, certainement.

— De face ?

— Oui, madame, de face !

— Et au premier rang.

— Mais cela va sans dire...

— Est-ce que vous avez donné une loge à votre frère et à sa femme ?

— Mais sans doute ; je la leur ai donnée hier.

— Est-ce qu'elle est au même rang que nous ?

— Je crois que oui.

— Alors, monsieur, je n'irai pas ce soir voir votre pièce !

— Comment, Clémence !... qu'est-ce que vous dites là ! vous n'assisteriez pas au triomphe de votre mari ?... car ce sera un triomphe, j'en ai la douce espérance. Mais que penserait-on de cette indifférence de votre part ?

— Peu m'importe ce qu'on pensera, monsieur ; mais comme votre belle-sœur, madame Saint-Godibert, m'écrase sans cesse avec sa fortune, son luxe, sa toilette, ses diamants !... il est bien juste que je prenne parfois une petite revanche, et que, comme femme de l'auteur de la pièce nouvelle, j'aie une plus belle place qu'elle. C'est un honneur que je veux qu'on vous rende, monsieur ; il faut montrer de temps en temps à ces gens, qui ne reconnaissent du mérite qu'à l'argent, que l'esprit a quelquefois la préférence.

— Calmez-vous, Clémence, calmez-vous ; la loge de ma belle-sœur est au second rang et non pas au premier... je me le rappelle à présent.

— Vous en êtes certain ?

— Très-certain.

— A la bonne heure. J'irai alors.

— Ah ! voilà une place pour Dernesty... je pense qu'il va venir la chercher.

— A quoi bon lui donner une place à part?... il viendra dans notre loge, c'est bien plus naturel.

— Dans notre loge... mais elle n'est que de quatre.

— Eh bien?

— Eh bien, je croyais que vous meniez avec vous monsieur et madame Marmodin?

— Non; monsieur Marmodin trouverait moyen de parler de ses Romains au sujet de votre pièce... et puis sa femme cause toujours... remue toujours... elle parle ou rit si haut qu'elle se fait remarquer par toute la salle! J'ai préféré mener avec moi monsieur et mademoiselle Soufflat...

— Ah! comme vous voudrez, chère amie. Mais Marmodin et sa femme?

— Je leur ai donné le billet des Soufflat...

— A la bonne heure. Je cours à ma répétition, ne vous trompez pas pour les billets.

Mondigo se rend au théâtre où l'on répète sa pièce. A peine a-t-il mis le pied sous le vestibule qu'il est entouré d'acteurs, d'actrices, d'auteurs, d'employés du théâtre et d'habitués du café voisin. De tous côtés on lui demande des billets; il a gardé dix places sur lui; mais avec cela comment contenter tous ceux qui l'assiègent? Il veut conserver des billets pour les artistes qui jouent dans sa pièce; mais il y a des gens si indiscrets, si tenaces, quand ils veulent obtenir quelque chose!.. De tous côtés on lui corne aux oreilles :

— Ah! Mondigo, deux places pour ce soir.

— Vous ne pouvez pas me refuser cela à moi!...

— Vous donnez vos billets, vous, à la bonne heure! vous n'êtes pas comme les autres auteurs!.. vous êtes gentil, vous.

— Monsieur Mondigo, vous m'avez promis deux places l'autre soir.

— Ah! mon ami, il m'en faut absolument, c'est pour ma mère et ma femme... elles comptent dessus.

— Donnez-m'en à moi, et je vous chaufferai ça ferme!

Le malheureux auteur est monté sur le théâtre; il cherche à échapper à cette foule de solliciteurs qui l'obsède; mais il est poursuivi de coulisse en coulisse, il est cerné, traqué, bloqué; de guerre lasse, il donne les places qu'il a conservées à des gens qu'il connaît à peine et ne peut plus en donner aux personnes auxquelles il en avait promis. Celles-ci sont fort mécontentes de l'auteur, et se plaignent de son manque de parole; les artistes qui jouent dans la pièce lui font la mine, et le pauvre Mondigo, ne sachant plus que répondre à tous ceux qui lui demandent des billets, prend le parti de se sauver du théâtre, et revient chez lui en se disant :

— Tous ces gens-là me feront donner au diable avec mes billets.

En entrant chez lui, Mondigo demande si l'on est venu chercher les places qu'il a laissées.

Sa femme lui montre du doigt tous les petits paquets en lui répondant : — Non... il n'est venu que votre pâtissier réclamer deux places. Vous donnez donc des billets à votre pâtissier, monsieur?

— Mais pourquoi pas, s'il applaudit bien? Je sais qu'il adore le spectacle. Il m'a dit l'autre fois, pendant que je mangeais des babas dans sa boutique, qu'il avait pleuré comme un veau avec sa femme à mon dernier drame. Vous concevez qu'alors je lui ai promis deux places pour ce soir. Ah! je savais bien qu'il n'oublierait pas de les envoyer demander, celui-là... mais tous les autres qui ne viennent pas chercher leurs billets... c'est inconcevable.

Mondigo s'assied, attend, s'impatiente. Il ne voudrait pas que ses billets fussent perdus, surtout après en avoir refusé à tant de personnes qui paraissaient en désirer si ardemment.

Toutes les fois que l'on sonne à la porte, l'auteur court pour savoir si ce sont les billets que l'on envoie chercher.

Enfin, monsieur Doguin, pour lequel il avait réservé une très-bonne loge, arrive d'un air empressé, enchanté.

— Bonjour, monsieur Mondigo; Madame, je vous présente mes hommages, dit monsieur Doguin en entrant chez l'homme de lettres.

— Ah! vous voilà enfin... monsieur Doguin; arrivez donc! dit Mondigo en courant à ses petits paquets. Vous venez chercher votre loge... tenez, la voilà... loge découverte, quatre places, vous serez parfaitement!

— Eh! mon Dieu! mon cher monsieur Mondigo, nous ne pouvons plus, au contraire, profiter de votre bonne volonté. Il vient de nous arriver le parrain de ma petite, un vieux papa qui ne peut pas souffrir le spectacle, parce qu'il dit que c'est malsain, et nous sommes obligés de lui tenir compagnie. Vous nous donnerez une loge une autre fois... ah! tenez, samedi, par exemple; ce jour-là je n'ai pas de soirées, et je ne sais jamais que faire de moi.

— Mais il fallait donc me faire savoir cela ce matin au moins, monsieur Doguin.

— J'y ai pensé... et puis on est venu me déranger... ce n'est que tout à l'heure que je me suis rappelé votre loge. Vous concevez que j'ai autre chose en tête!... le parrain de ma petite est très-friand de pâté de foie gras, et je me demande où je dois me rendre pour en trouver de bons dans ce quartier...

— Pardon, monsieur Doguin, mais aujourd'hui je suis très-affairé... quand on donne une pièce nouvelle... et en trois actes...

— Ma foi, sur le boulevard ici près, je crois qu'il y a un marchand de comestibles, je vais m'y rendre. Après cela, au lieu d'un pâté... si je prenais une terrine de Nérac. Quelle est votre opinion... Préférez-vous la terrine?

— Ah! mon Dieu!.. prenez une terrine!.. prenez un pot!.. je ne sais que vous dire!..

— Allons, je vais voir cela; au revoir, monsieur Mondigo... Madame, je vous présente mes respectueuses salutations. Eh bien alors samedi vous me donnerez une loge... si cela n'arrangeait pas ma femme, je vous la renverrais.

— Oui! oui! compte dessus, imbécile! s'écria l'auteur lorsque monsieur Doguin est éloigné. Ah! combien je regrette de lui avoir gardé cette loge!... c'est extrêmement contrariant.

Il n'y a pas cinq minutes que monsieur Doguin est parti lorsque le portier monte deux lettres pour monsieur Mondigo, qui s'empresse de les décacheter.

Dans l'une on lui écrit : « Mon petit est arrivé ce matin du collège » au lieu de le mener au théâtre où l'on joue votre pièce, nous p[...] » ferons le mener aux Ombres-Chinoises, cela l'amusera davantage.

Dans l'autre il y a : « Disposez de vos billets pour aujourd'hui » mais nous comptons sur votre obligeance pour une autre fois. »

L'auteur froisse ces lettres dans sa main, en donnant au diable ceux qui les ont écrites. Il prend son chapeau, ses billets et se dispose à sortir.

— Vous sortez encore, lui dit Clémence; mais il est déjà tard, vous avez dit que vous désiriez dîner de bonne heure aujourd'hui.

— Eh! mon Dieu! il faut bien que j'aille porter mes billets... vous voyez qu'il me reste plus de douze places!

— Mais, mon ami, vous êtes déjà fatigué par vos répétitions, par toutes les courses que vous avez faites encore hier pour aller porter des billets; car les amis ne se donnent même pas la peine de venir vous en demander; il faut qu'on aille chez eux leur en offrir, et quand on trouve plus naturel d'attendre leur visite, ils vous disent au bout de quelque temps : — Vous êtes bien aimable, on a joué une pièce nouvelle de vous, et vous ne m'avez pas seulement donné un billet.

— Je sais tout cela, ma chère amie, mais il est près de quatre heures et je ne voudrais pourtant pas que ces places fussent perdues... je vais me dépêcher.

L'auteur sort et se rend à la hâte chez un ancien avoué de ses amis, qui a quinze mille francs de rente, mais qui ne mène sa femme au spectacle que quand on lui donne des billets.

— Il n'y a personne, dit le concierge à Mondigo. Monsieur et madame dînent en ville.

— Comme c'est amusant! se dit l'auteur. Allons, voyons ailleurs... Ah! chez Badoureau!... lui et sa femme vont souvent au spectacle... ça leur fera grand plaisir d'assister à ma première... pourvu qu'ils ne dînent pas en ville ceux-là.

Et Mondigo se remet en course. Il arrive chez son ami Badoureau. Là, il trouve du monde; il se présente avec l'air de quelqu'un qui est sûr de faire plaisir et offre une loge pour le soir.

— Qu'est-ce qu'on donne avec ta pièce? demande le monsieur.

— Ah! ma foi... je ne m'en souviens plus, j'y ai fait peu attention.

— Julie! cherche-moi donc le journal, que je voie ce qu'on donne ce soir avec la pièce de Mondigo.

La dame apporte le journal à son mari, qui regarde et hoche la tête, en murmurant :

— Justement deux pièces que nous connaissons, n'est-ce pas, Julie?

— Ah! c'est vrai, et qui sont ennuyeuses à mourir!

— Mon cher Mondigo, gardez votre loge, nous n'irons pas ce soir; nous aimons mieux attendre que l'on joue avec votre pièce des ouvrages que nous ne connaîtrons pas... Je vous dirai quels sont ceux que nous avons envie de voir.

L'auteur s'en va avec un air beaucoup moins gracieux qu'en entrant, et il se promet bien de ne plus offrir de billets à monsieur et madame Badoureau.

Quand il est au bas de l'escalier il se demande où il va aller porter ses billets; il a beaucoup de connaissances, mais les unes demeurent fort loin, les autres peuvent être absentes, et c'est fort désagréable de faire des courses inutiles quand on est déjà fatigué.

L'heure s'avance. Mondigo se décide à prendre un cabriolet, et se fait conduire chez un jeune commerçant qui lui a cent fois demandé des billets de spectacle. Il trouve le jeune homme, et s'empresse de lui offrir une loge pour le soir.

Le commerçant fait un bond de joie en s'écriant :

— Ah! que c'est aimable! ah! que vous êtes gentil !... quatre places... vous n'en auriez pas encore deux?

— Si, les voilà.

— C'est charmant!... je dîne avec des amis... ah! mais nous sommes huit... vous n'auriez pas encore deux places?

— Si, je puis encore vous en donner deux... les voilà?

— Vous êtes un auteur modèle!... à la bonne heure! vous donnez des billets, vous!... vous concevez que j'irai avec tous ceux avec qui je dîne.

— Ah! vous dînez en ville?...

— Non, au Palais-Royal. Nous avons rendez-vous à la Rotonde six heures, six heures et demie.

— Diable! mais ma pièce commencera à huit heures précises!

— Oh ! soyez tranquille, nous y serons ! nous dînerons vite et nous irons ensuite vous applaudir... vous soigner !... ce cher Mondigo !... Oh ! vous verrez ! nous sommes des amis ! ça ira bien ! il ne faudrait pas qu'on eût le malheur de siffler , nous rosserions les siffleurs !... nous emporterons des cannes dans cette intention.

L'auteur est obligé de calmer le zèle de son jeune ami ; mais cette fois il s'éloigne satisfait et persuadé que ses huit places seront occupées par des gens bien disposés pour lui.

Après avoir encore fait avec son cabriolet plusieurs courses inutiles, Mondigo finit par distribuer les billets qui lui restent à des gens qu'il connaît à peine ; il en donne même à son portier. Enfin il rentre chez lui harassé, ennuyé, et il trouve sur son bureau deux stalles de balcon qu'un ami lui a renvoyées en faisant dire qu'il allait le soir à un concert.

— Deux stalles de balcon ! des places superbes, et numérotées !... et elles seront donc perdues maintenant ! se dit l'homme de lettres, en cherchant dans sa tête ce qu'il en pourrait faire.

— Mon ami, le dîner est prêt depuis longtemps... il est cinq heures et demie, dit madame Mondigo.

— Eh, madame !... un moment, je suis à vous !...

— Nous ne dînons jamais si tard .. j'ai très-faim !

— Et moi donc, madame, je meurs de faim !... mais ces stalles de balcon...

— La bonne dit que tout sera mauvais.

— A qui diable les envoyer ?... Ah !.. quelle idée... monsieur et madame de Mésange... des gens très-distingués ! qui m'ont souvent répété qu'ils aimaient beaucoup les premières représentations, quand ils étaient bien placés, voilà leur affaire, ils seront dans le ravissement.

— Comment, monsieur, est-ce que vous allez encore sortir ?

— Non, non... mais envoie chercher un commissionnaire , tandis que je vais leur écrire un petit mot...

— Mais le dîner !

— C'est l'affaire d'un instant.

Mondigo court à son bureau ; il écrit un billet bien aimable, met les deux stalles dans sa lettre et la donne au commissionnaire qui vient d'arriver.

Le pauvre auteur se met à table enfin. Pendant qu'il entame son rôti, le commissionnaire revient et Mondigo dit qu'on le laisse entrer.

— Eh bien, avez-vous trouvé ? demande l'auteur.

— Oui, monsieur ; oh ! j'ai trouvé tout de suite.

— Vous avez remis ma lettre ?

— Oui , monsieur.

— Que vous a-t-on dit pour moi ?

— On m'a dit : *C'est bon !* et v'là tout.

— Ah ! on n'a pas dit autre chose ?

— C'est-à-dire, si fait ! la dame a dit comme ça au monsieur : « Ce sera peut-être bien bête sa pièce !... » et le monsieur a répondu : « Ah bah ! faut se risquer ! il y a des auteurs qui ne sont pas toujours mauvais... et... »

— C'est bon... cela suffit... Eh bien, qu'attendez-vous ?

— J'attends qu'on me paye ma commission.

— Comment ! on ne vous a pas payé où vous venez de porter ma lettre ?

— On ne m'a rien donné du tout ! monsieur pourra s'informer.

— Oh ! par exemple, c'est trop fort ! je leur envoie des billets et il faut encore que je paye le commissionnaire !...

L'auteur donne quinze sous au messager, et Clémence ne peut s'empêcher de rire en voyant la figure que fait son mari ; puis elle dit à demi-voix : — Oh ! que c'est agréable d'avoir des billets à donner et du pouvoir faire des heureux !

Quant à Mondigo, il est tellement contrarié de tout ce qui lui arrive qu'il ne peut plus manger et qu'il est même obligé de boire plusieurs verres d'eau sucrée pour faire passer ce qu'il a pris de son dîner.

Mais l'heure du spectacle est arrivée, et l'auteur oublie tous ses ennuis pour ne songer qu'à sa pièce. Il récapitule le nombre de places qu'il a données et se dit : Cela ira... s'il y avait quelques passages faibles... les amis seront là pour soutenir... pour applaudir... je compte beaucoup sur mon jeune commerçant auquel j'ai remis huit places... il parlait d'emporter des cannes pour rosser ceux qui siffleraient... en voilà du zèle !...

— Il faut partir, dit Mondigo, on ne donne qu'un petit acte devant ma pièce, et je pense, ma chère amie, que vous voulez voir le commencement.

— Oh ! certainement ; mais mademoiselle Soufflat et son père ne sont pas arrivés... je les attends, ils doivent venir me prendre.

— Allons, bon ! et je gage qu'ils se feront attendre... et Dernesty ?

— Oh ! pour lui, il nous rejoindra au spectacle, il demandera notre loge.

— A la bonne heure, il fallait faire de même pour les Soufflat, au lieu de les attendre !

— Mais, mon ami, ils m'ont dit, nous irons vous prendre... attendez-nous, est-ce que je pouvais leur répondre : non, je ne veux pas attendre... c'eût été malhonnête.

— Enfin pourvu qu'ils soient exacts... Il est déjà sept heures et demie.

— Je leur avais dit d'être ici à sept heures.

— Vous voyez comme ils sont au rendez-vous. Il y a très-loin d'ici au théâtre.

— Qu'importe ! nous prendrons une voiture assurément.

— Mais, même avec une voiture, il faut le temps d'arriver. Moi, il faut que je sois là avant qu'on ne lève la toile afin de voir comment mes acteurs sont costumés... c'est fort important !... à ma dernière pièce mon père noble s'était affublé d'un pantalon de nankin avec une redingote bleue ; il avait absolument l'air d'un maître maçon ! heureusement je suis arrivé assez à temps pour le faire changer de pantalon ! et ma pièce a réussi.

— Et sans cela vous pensez qu'elle serait tombée.

— Ma chère amie, un costume faux embrouille toutes les idées des spectateurs ; ils prennent le personnage pour ce qu'il n'est pas, et cela peut nuire beaucoup à l'ouvrage. Dieu ! que je fais de mauvais sang... bientôt huit heures moins le quart !... Menez donc des amis au spectacle... est-ce qu'ils ne devraient pas penser que j'ai besoin d'être là ?...

— Mais, mon ami, allez-vous-en seul... partez !

— Et alors s'ils ne viennent pas, vous arriverez donc toute seule au spectacle, dans votre loge ! Cela ne se peut pas, ce serait inconvenant.

— Alors patientez un peu...

— Vous ne m'empêcherez pas de dire que c'est indigne de faire attendre un auteur dont on va jouer la pièce... Ah ! que l'on est bête de mener du monde avec soi !... Si j'étais près de Soufflat en ce moment, je lui donnerais avec plaisir du pied dans le derrière pour le faire avancer... Madame, si dans trois minutes ils ne sont pas arrivés, nous partons

— Comme vous voudrez, mon ami.

Les trois minutes sont écoulées, monsieur Soufflat et sa fille ne sont pas arrivés. Mondigo dit à sa femme de mettre son chapeau et court chercher un fiacre.

Ils vont partir lorsque la sonnette se fait entendre. Ce sont ceux que l'on n'attendait plus.

— Eh ! arrivez donc ! s'écrie l'auteur. Vous êtes bien en retard.

— Bonsoir, mon cher Mondigo... Madame, je vous offre mes hommages... Figurez-vous qu'il n'y a pas de notre faute... au moment où nous allions partir, Bouchon est arrivé pour répéter avec ma fille un morceau qu'ils doivent jouer demain... Bouchon avait apporté son instrument, et vous concevez... il eût été désagréable pour lui d'être venu pour rien. Du reste ils n'ont joué leur morceau que trois fois... n'est-ce pas, ma fille ?...

— Quatre fois, papa.

— Je crois que tu te trompes, ce n'est que trois.

— Si, papa, quatre.

Mondigo pousse monsieur Soufflat et sa fille vers la porte en s'écriant :

— Trois ou quatre ! mon Dieu, qu'est-ce que ça fait !... mais partons, je vous supplie, partons !

La société monte en fiacre. Pendant tout le trajet jusqu'au théâtre, l'auteur, qui ne pense qu'à sa pièce, trouverait tout naturel qu'on en parlât. Mais monsieur Soufflat ne cause que du morceau que sa fille vient de répéter avec monsieur Bouchon, Mondigo s'écrie :

— C'est ce soir le moment fatal !

Monsieur Soufflat répond :

— Non, ce n'est que demain... mais je crois que cela ira bien ; au reste Bouchon viendra encore répéter avec ma fille demain matin.

Mondigo ne dit plus rien ; il se contente d'échanger avec sa femme un coup d'œil qui signifie :

— Comme ces gens-là sont aimables, et comme ils prennent intérêt à ma première représentation !

On est arrivé au spectacle : la pièce nouvelle n'est pas commencée ; on est dans un entr'acte. L'auteur court sur le théâtre. Madame Mondigo se place dans sa loge avec les personnes qui l'accompagnent. Au moment où mademoiselle Soufflat s'assied sur le devant de la loge, près de Clémence, un murmure se fait entendre dans la salle ; c'est le nez de cette demoiselle qui produit son effet.

Monsieur Soufflat père se hisse plus que jamais sur ses orteils et avance sa tête en dehors de la loge, en disant :

— Qu'est-ce que c'est ? qu'est-ce qu'il y a ?... une dispute... une bataille.

— Oh ! rien du tout ! répond la belle blonde en souriant.

Madame Mondigo n'est nullement fâchée de l'effet que produit sa voisine, et il est probable qu'elle ne lui a donné la préférence sur madame Marmodin, que parce qu'elle a calculé l'avantage immense qu'il y avait pour elle d'avoir à son côté le nez de mademoiselle Soufflat, au lieu de la figure agréable de Francine. Les femmes pensent à toutes ces petites choses-là.

De leur loge, qui est aux secondes découvertes de côté, monsieur et madame Saint-Godibert planent sur leur belle-sœur qui se carre dans sa première de face.

La robuste Angélique dit à son mari :

— Votre frère n'aurait donc pas pu nous donner aussi une première loge, à nous ?... Il me semble qu'il devait au moins nous mettre sur le même rang que lui...

— Il n'aura pas pu apparemment.

— Je vous dis, moi, qu'il l'a fait exprès... Ces auteurs ont tant de vanité... Il est bien content de dîner chez nous, malgré cela !

— Tu ne sais pas, bonne amie, que les auteurs n'ont pas autant de billets qu'ils voudraient... Moi je sais cela de mon frère... Je suis très-curieux de voir la pièce de mon frère !

Monsieur Saint-Godibert appuie sur ces derniers mots en regardant autour de lui pour tâcher que l'on sache qu'il est le frère de l'auteur. Sa femme fait la grimace, en murmurant :

— Vous devriez dire encore, votre frère l'homme d'esprit ! ce serait plus joli. Mais dans tout cela je ne vois pas notre fils Julien... où est-il donc fourré ? Est-ce qu'on lui aurait donné un billet de paradis ? il ne manquerait plus que cela !

— Non... tenez, Angélique, notre fils est derrière cette belle femme brune au balcon... Eh mais ! c'est mademoiselle Soufflat qui est avec son père dans la loge de ma belle-sœur ; j'irai les saluer tout à l'heure.

— Non, monsieur, je vous le défends ! Vous auriez l'air d'aller présenter vos hommages à madame Mondigo parce qu'elle est aux premières, et je ne veux pas...

— Cependant, madame...

— Je vous dis que je ne le veux pas.

Pendant que cette conversation a lieu dans cette loge, Frédéric est venu se placer derrière madame Marmodin, qui est à la première galerie avec son époux. Le savant fait remarquer à sa femme une dame fort élégante qui a un très-beau bracelet, et lui dit :

— Je gage que tu ne devines pas si c'est un *psellion* ou un *Brachionisteo*, un *Clydone* ou un *Dextrocherium* ?

La sémillante Francine détourne la tête en souriant, montrant à Frédéric des dents fort blanches et très-bien rangées, sans même songer à répondre à son mari. Mais elle dit au grand jeune homme :

— Vous venez voir la pièce de votre oncle... c'est très-bien...

— Ah ! je voudrais qu'elle fût en douze actes, qu'elle durât dix heures !

— Bah ! vraiment, vous aimez donc bien le spectacle ?

— Oui, quand je suis près de vous...

— Mais il ne faut pas tant me parler... *Croquemitaine* se fâcherait ! il fait déjà des yeux effarés parce que vous êtes là.

— Qu'est-ce que c'est que Croquemitaine ?

— Comment ! vous ne devinez pas ?...

Et l'espiègle Francine jette un petit coup d'œil du côté de son mari. Frédéric part alors d'un éclat de rire qu'il tâche d'étouffer dans son mouchoir.

Dans le couloir des secondes, le cousin Brouillard, qui vient d'arriver, se promène en regardant aux carreaux des loges et en disant :

— Tiens, il y a du monde !... C'est étonnant !... On ne sait donc pas que la pièce nouvelle est de monsieur Mondigo... Ah ! voilà les Saint-Godibert ! ils ont l'air de se quereller... Où donc est la tendre Clémence.... Je la vois aux premières en face... Qu'est-ce que c'est que ce nez qui est avec elle ?... Ah ! c'est mademoiselle Soufflat... et derrière ? oh ! parbleu ! Dernesty... Toujours Dernesty derrière ma cousine... Pauvre Mondigo ! qui fait des comédies dans lesquelles il se moque des maris trompés ! et ça se croit un homme d'esprit... A la galerie j'aperçois Frédéric près de madame Marmodin... Allons, ça va bien !... ça marche !... Heureusement le savant sait comment s'écrit coucou en latin... Et monsieur Roquet... je ne l'aperçois pas... L'ouvreuse !... l'ouvreuse !... ouvrez-moi, s'il vous plaît... je vois qu'on va commencer.

L'ouvreuse regarde le billet de M. Brouillard et lui dit :

— Monsieur, vous n'êtes pas ici, montez un étage plus haut.

— Comment, plus haut !... Mon billet est d'amphithéâtre ?

— Oui, monsieur ; c'est ici dessus.

— C'est donc une place de poulailler que mon cousin m'a donnée... de ces places qu'on donne à sa femme de ménage, à son portier !

— Monsieur, vous ne serez pas trop mal !

— Non, pas trop, mais assez ! Ah ! on m'envoie là-haut ! C'est bien, ça suffit... Je suis libre de manifester mon opinion, alors.

M. Brouillard monte à l'amphithéâtre, où il ne trouve qu'une place au dernier rang, parce qu'il y a beaucoup de monde. Il s'y met d'un air furibond, et au moment où l'on commence la pièce, se mouche quatre fois de suite, comme s'il voulait imiter le cor à piston.

Le premier acte de la pièce de Mondigo marche sans encombre, mais froidement. Au milieu d'une scène qui devait faire de l'effet, une dispute qui a lieu à l'entrée de l'orchestre, force un moment les acteurs à se taire. C'est M. Roquet qui a voulu rentrer lorsque le rideau était levé et qui trouve sa place prise ; l'individu qui s'en est emparé refuse de la lui rendre. M. Roquet va chercher un inspecteur, puis le commissaire : tout cela fait un bruit qui ne permet pas d'entendre la pièce, et nuit beaucoup à l'effet du premier acte.

Après que le rideau est tombé, Mondigo court sur le théâtre, et par le trou de la toile examine dans la salle pour y chercher tous ceux auxquels il a donné des billets ; car il ne comprend pas que son premier acte n'ait pas été plus applaudi. Il voit cependant quelques figures de connaissance. Mais M. Roquet se dispute encore ; M. Marmodin roule des yeux comme une chouette ; son frère et sa femme font la moue ; son neveu Julien paraît fort occupé d'une jolie brune qui est davant lui ; son autre neveu se penche pour parler à l'oreille de Francine, et Dernesty semble entretenir Clémence avec beaucoup de feu.

— Ils sont tous occupés de ma pièce ! se dit l'auteur, qui a la bonté de croire qu'on pense à lui. Puis il regarde dans une loge qu'il a donnée à deux de ses amis pour y conduire leurs femmes. Il y aperçoit une bonne et quatre enfants. Les places qu'il a portées à son jeune commerçant sont encore vides. Enfin, dans le coin d'une galerie, où il croit trouver le pâtissier avec sa femme, il aperçoit deux jeunes pâtronets avec leur veste blanche.

Mondigo rentre dans la coulisse peu satisfait. Son second acte commence. Pendant un monologue fort long, M. Marmodin se met à bâiller si fort que cela excite dans la salle un rire général. Bientôt un sifflet assez aigu part de l'amphithéâtre où est placé le cousin Brouillard. Au lieu de chercher à l'étouffer par des bravos, les amis baissent le nez, ou se regardent en souriant d'un air qui veut dire : — Ce n'est pas bon !... je conçois très-bien qu'on siffle.

Le second acte est ballotté par des rires et des sifflets. Mais Frédéric serait bien embarrassé pour dire quelque chose de la pièce, parce qu'il ne l'a pas écoutée ; Julien et M. Dernesty sont dans le même cas. M. Saint-Godibert, qui est très-fâché d'avoir dit tout haut que la pièce est de son frère, ne souffle pas un mot, tandis que sa femme regarde sa belle-sœur d'un air mauvais. Un enfant pleure ; un des pâtronets laisse tomber sa casquette dans le parterre.

Quant à M. Soufflat, il dit tout bas à sa fille : — Je crois que tu aurais aussi bien fait de rester chez nous à répéter ton morceau avec Bouchon.

Le troisième acte se joue au milieu d'un orage que personne ne songe à conjurer ; on baisse le rideau et on ne nomme pas l'auteur.

Au moment où il se faufile dans le couloir pour aller rechercher sa femme, Mondigo rencontre le jeune commerçant qui arrive seulement alors avec sept personnes et qui s'écrie : — Nous voilà !... nous voilà... où en est-on ?... nous allons chauffer ça !...

— Cela vient de finir ! répond Mondigo en s'éloignant rapidement ; mais pas assez vite pour échapper au cousin Brouillard qui lui crie : — Ont-ils sifflé !... s'en sont-ils donné !... j'en ai mal aux oreilles... Enfin, vous prendrez peut-être votre revanche... mais, si vous m'en croyez, vous ne ferez plus de pièces sur des sujets espagnols... ça vous porte malheur... en voilà plusieurs qui ne sont pas heureuses.

Le pauvre auteur est arrêté au peu plus loin par un des petits pâtronets, qui lui dit : — Monsieur, mon bourgeois n'a pas pu venir, mais nous nous sommes bien amusés, c'était bien gai ; nous avons reconnu l'acteur qui fait don Perdreau...

— Don Pédro, imbécile.

— Oui, monsieur, don Perdreau ; c'est une pratique, et il nous avait bien dit hier : la pièce sera égayée.

Mondigo se débarrasse de tous ces gens qui semblent se faire un jeu de son impatience, et il arrive à la loge de sa femme. Il n'y trouve plus que M. Soufflat et sa fille.

— Où donc est Clémence ? demande l'auteur.

— Le tapage qu'on faisait lui a fait mal, elle s'est sentie indisposée : elle est partie un peu avant la fin avec monsieur Dernesty, répond M. Soufflat.

— Ah ! cette pauvre Clémence !... je conçois, elle est si nerveuse ! si impressionnable. Ah ! elle devait bien souffrir... Quelle cabale ! quelle horrible cabale... Hein, qu'en dites-vous ?

M. Soufflat avance ses deux lèvres l'une contre l'autre d'un air fort douteux en balbutiant : — Hum !... hum !... quand on m'y reprendra à une première représentation !...

Peu satisfait de cette réponse, l'auteur salue et s'en va, en se disant : — Voilà bien les hommes ! les trois quarts n'ont pas d'autre opinion que celle qu'on leur fait ; incapables de savoir juger par eux-mêmes, ils attendent pour se prononcer qu'un plus hardi commence. Que son avis nous soit favorable, ils le partagent ; qu'il nous soit contraire, ils le partagent encore.

Mondigo rentre chez lui et dit : — Ma femme avait raison, j'étais un niais avec mes billets... désormais je ferai comme les autres. Quelle journée ! passer son temps à attendre ceux qui devaient venir ; faire des courses inutiles ; prendre des cabriolets, payer des commissionnaires, donner des places à des gens qui les donnent à d'autres ou arrivent à la fin, ou qui vous les renvoient, et s'entendre faire de mauvais compliments... merci, j'en ai assez.

Et maintenant comprenez-vous pourquoi les auteurs ne donnent plus de billets ? je dois cependant excepter les trois premières représentations de leurs ouvrages, pendant lesquels ils les abandonnent aux Romains du parterre, ou en donnent à ceux de leurs amis qui veulent bien se donner la peine de venir ou de les envoyer chercher.

XXII.   LE TABLEAU CACHÉ.

Dans une de ces jolies maisons que l'on a bâties depuis peu dans la rue Notre-Dame-de-Lorette, il y a au dernier étage, qui n'est pas très-élevé, un fort joli atelier de peintre. Cet atelier, assez grand pour contenir des paysages d'une dimension étendue, est décoré avec ce goût et cette originalité que les artistes, et surtout les peintres, savent apporter dans tout ce qu'ils entreprennent. Cet atelier est cependant dépourvu de luxe, et n'annonce point encore l'homme dont tous les coups de pinceau sont payés au poids de l'or ; mais en revanche, on y voit de nombreuses études, des croquis, des ébauches, et dans tout cela du talent, de la verve, de l'inspiration.

C'est là que travaille Léopold Bercourt, ce jeune homme que nous avons vu dans la forêt de Fontainebleau, où, tout en copiant des sites pittoresques, il faisait aussi le portrait de Rose-Marie. Mais, lors de leur dernière entrevue, le jeune artiste avait dit à son joli modèle qu'un mois ne s'écoulerait pas sans qu'il allât au village d'Avon, pour l'y revoir et faire connaissance avec son père. Cependant c'était plus de deux mois après cet entretien que la jeune fille avait quitté son village, et celui qu'elle espérait toujours revoir n'était pas revenu comme il l'avait promis.

Léopold avait-il, comme la plupart des jeunes gens, oublié sa promesse, loin de l'aimable enfant qui avait bien voulu lui laisser copier sa charmante figure ? Non ; il n'en était pas ainsi. Mais les évènements ne marchent pas toujours comme nous l'espérons, et la cause la plus simple suffit souvent pour déranger toute une suite de plans et de projets formés pour l'avenir.

Quatre semaines environ après son retour à Paris, et alors que le jeune peintre se disposait à partir pour Fontainebleau, il avait senti en marchant dans la rue quelque chose le frapper à la jambe, puis une douleur très-vive était survenue, puis il lui avait été impossible de poser son talon à terre et de continuer à marcher.

Léopold s'était retourné en regardant de tous côtés, cherchant à deviner d'où pouvait provenir le coup qu'il croyait avoir reçu. Mais personne alors ne passait près de lui et ne pouvait l'avoir heurté. Il n'avait pas reçu de coups, n'avait point fait de chutes, n'avait fait aucun faux pas, et pourtant se trouvait être tout à coup devenu boiteux.

Ceci est un de ces mille inconvénients auxquels notre frêle nature est soumise, et contre lesquels toutes les précautions seraient inutiles. Léopold venait d'avoir ce que l'on appelle communément le *coup de fouet*. C'est un de ces accidents qui vous surprennent au moment où vous vous y attendez le moins, quelquefois lorsque vous allez dîner en ville ou que vous vous rendez au bal. Il n'est pas dangereux, mais il est fort douloureux. Ensuite il vous cloue sur votre chaise tantôt pour quinze jours, tantôt pour un mois. Léopold ayant voulu marcher trop tôt, dans l'espérance de hâter sa guérison, l'avait au contraire retardée, et voilà pourquoi il n'avait pas paru au village d'Avon avant le départ de Rose-Marie pour la capitale.

Enfin, à peine avait-il recouvré l'usage de sa jambe, que Léopold avait pris le chemin de fer de Corbeil, puis la voiture de Fontainebleau, et de là il s'était rendu en se promenant jusqu'au village, sentant déjà son cœur battre avec violence, à la pensée de revoir bientôt son ravissant modèle.

— Elle pense peut-être que je l'ai oubliée, se disait le jeune peintre en suivant sa route. L'époque que j'avais annoncée pour mon retour est passée depuis plus d'un mois... Mais je lui dirai l'accident qui m'est arrivé et elle me croira, car elle verra dans mes yeux que je n'ai pas cesser de l'aimer et que mon seul désir est de passer mes jours avec elle.

En peu de temps, Léopold était arrivé aux premières maisons du village, alors il avait ralenti sa marche, puis se sentant tout ému, tout troublé, il s'était un moment reposé sous un arbre et avait réfléchi ainsi : — Si son père ne me recevait pas bien... s'il allait se fâcher de ce que j'ai fait connaissance avec Rose sans sa permission... Mais non, du courage ; elle m'a dit que son père est bon, qu'il l'aime tendrement. Je dirai à monsieur Jérôme que mes vues sont honorables, que mon père, qui a confiance en moi, m'a dit cent fois qu'il ne me contrarierait jamais dans le choix d'une épouse, lors même qu'elle n'aurait aucune fortune... et puis... elle sera là... elle disposera son père en ma faveur... à moins que je ne me sois trompé qu'elle ne m'aime pas... qu'elle n'ait rencontré une autre personne qui lui ait plu... Oh ! mais non, j'ai tort de m'inquiéter... Allons, présentons-nous ; mais d'abord informons-nous où est la demeure de monsieur Jérôme Gogo.

Une jeune paysanne passait ; Léopold l'aborde : Mademoiselle... connaissez-vous dans ce village Jérôme Gogo, cultivateur ?

— Oui, monsieur, je le connaissons ben... Pardi ! il est encore venu ier au soir cheux nous.

— Pourriez-vous m'indiquer sa demeure ?

— Oui, monsieur, c'est ben facile et vous n'en êtes pas loin. Tenez, enez la première ruelle à gauche, puis au bout, à l'entrée de la ande rue, vous verrez une jolie maison dont les volets sont peints n vert... elle est bien reconnaissable... gnia pas d'autres volets verts dans la rue.

— Merci, mademoiselle.

Léopold se remet en marche. Il ne tarde pas à apercevoir la maison aux volets verts, et tout en approchant ses regards se portent sur les fenêtres de cette maison. Il espère découvrir le joli profil de Rose-Marie contre les carreaux de l'une des croisées ; mais il n'y voit personne. Bientôt il est devant la porte de la maison. Elle est entr'ouverte, et une femme âgée ne tarde pas à venir regarder sur le seuil. C'est Manon qui vient un peu prendre l'air et jaser devant la porte avec quelques voisines.

— C'est ici... la maison de monsieur Jérôme Gogo ? dit Léopold d'une voix émue.

— Oui, monsieur, répond Manon en toisant le jeune homme avec curiosité.

— Monsieur Jérôme est-il chez lui ?

— Non, monsieur, not' maître est allé fumer sa grande pièce où il avait mis des pommes de terre. Il ne reviendra qu'à ce soir.

— Alors, voulez-vous bien m'introduire près de mademoiselle Rose-Marie ?... dites-lui seulement que c'est quelqu'un de Paris qui la demande... elle saura bien qui.

La servante regarde encore le jeune homme avec plus de curiosité et répond : — Mam'zelle Rose... la fille de not' maître ?

— Sans doute... Est-ce qu'elle est absente aussi ?

— Ah ! j'crois ben !... mais elle ne va pas revenir, elle !...

— Comment ! que voulez-vous dire ?

— Que mam'zelle Rose n'est plus ici, que son père l'a envoyée à Paris cheux ses oncles...

— Elle n'est plus chez son père ! il serait possible !

— Oui, monsieur, vlà quatre jours que mam'zelle est partie...

— Quatre jours... Comment ! elle allée... à Paris ?

— Oui, monsieur... cheux ses oncles Gogo !

— Et elle est partie seule... mademoiselle Rose ?

— Oh ! son père l'a accompagnée jusqu'à Fontainebleau et mise dans la voiture de Corbeil ; ensuite mam'zelle aura pris le chemin de fer... on va si vite à c't'heure !

Léopold est resté accablé par ce qu'il vient d'apprendre ; il se croyait au moment de revoir Rose-Marie, il était déjà heureux par l'espérance, et ce qu'on vient de lui dire a fait évanouir tout le bonheur qu'il se flattait de goûter. Il reste immobile devant Manon ; sa tête est retombée sur sa poitrine, il ne sait plus ni que dire ni que faire.

Manon, voyant que le jeune homme reste en silence devant elle, s'écrie au bout d'un moment :

— Mais, monsieur, tout ça ne vous empêche pas d'entrer cheux nous vous reposer, et d'y attendre le retour de notre maître à qui vous vouliez parler.

— Non, c'est inutile maintenant ! répond tristement Léopold, je n'ai plus besoin de voir monsieur Jérôme.

— Ah ! c'est différent ! Monsieur ne connaissait donc que mam'zelle, alors ?

— Oui ; c'est-à-dire... je voulais... elle devait me présenter à son père... mais puisqu'elle est partie pour Paris... Et elle ne doit pas revenir bientôt ?

— Je ne crois pas, monsieur ; pisque mam'zelle Rose est allée cheux ses oncles c'est pour y demeurer... pour s'y établir.

— S'y établir... Comment ! Est-ce qu'on va la marier ?

— Dam', monsieur, je ne sais pas, moi ! Mais si là-bas on lui trouvait un bon parti, pourquoi donc qu'on ne la marierait pas c'te jeunesse ! elle est assez jolie pour ça !

— Est-ce que c'est dans cette intention que son père l'a envoyée à Paris ?

— C'est ben possible ! Après ça je ne vous dirai pas !... mais je crois que mam'zelle s'ennuyait au village, et son père, qui l'aime tant, a pensé qu'elle s'amuserait mieux à Paris.

— Ah !... elle s'ennuyait... alors... elle ne reviendra pas !

— Au contraire, monsieur Jérôme disait encore ce matin : « Oh ! » dès que j'aurai reçu des nouvelles de ma fille, et que je saurai » chez lequel de mes frères elle demeure, je partirai pour Paris afin » d'aller l'embrasser. »

— Il n'a donc pas encore reçu de ses nouvelles depuis qu'elle est partie ?

— Pas encore, monsieur.

— Et... en partant, mademoiselle Rose n'a rien dit... pour... n'a rien laissé... dans le cas où...

— Pour !... dans le cas où !... Je ne comprenons pas ce que monsieur veut dire. Mais sans être trop curieuse, d'où donc que monsieur connaît mam'zelle Rose... il n'est jamais venu cheux nous... c'est donc à Fontainebleau... cheux madame Dumon que vous avez fait sa connaissance ?

— Oui... oui... c'est... Je vous salue, madame... si elle revenait... vous lui diriez... Oh ! mais c'est inutile, puisqu'elle ne reviendra pas.

Et le jeune peintre s'était éloigné à pas précipités, laissant la vieille Manon fort intriguée de savoir ce qu'il pouvait être, et comment il avait fait la connaissance de la fille de son maître.

Léopold avait repris le chemin de Paris, mais dans une situation d'esprit bien différente de celle où il était en entreprenant ce voyage. Il revenait sans avoir vu Rose-Marie, et ce qui le désespérait surtout, c'est qu'il ne savait pas où il pourrait la revoir. Et comme les amoureux se mettent tout de suite mille tourments en tête, surtout lorsque l'objet de leur passion n'est pas auprès d'eux pour les calmer par un sourire ou par un mot, il se disait :

— Elle ne m'aime plus !... elle ne pense plus à moi... voilà pourquoi elle a voulu aller à Paris. Elle savait bien que je reviendrais la voir... elle devait bien penser qu'un obstacle imprévu seul me pouvait retenir, mais que je tiendrais ma promesse... En s'éloignant, n'est-ce pas dire qu'elle ne veut plus me revoir !... Si du moins elle avait parlé de moi à cette servante... mais rien ! pas un mot !... on a l'air tout surpris de ma visite... on me regarde avec défiance ! Ah ! elle n'e jamais parlé de moi. J'avais tort d'espérer que cette jeune fille avait de... l'attachement pour moi ! elle a voulu aller s'amuser à Paris ! Si du moins je pouvais l'y rencontrer... mais où... chez qui ?... Ah ! je suis un fou de l'aimer... Il faut oublier cette jeune fille.

Et, en arrivant à Paris, le premier soin de Léopold avait été de courir les spectacles, les promenades, les endroits publics, dans l'espérance d'y rencontrer Rose-Marie. A tous ceux qu'il fréquentait il s'informait si l'on connaissait messieurs Gogo, et comme la jeune fille lui avait dit que l'un de ses oncles faisait des pièces de théâtre, il regardait tous les jours les affiches de spectacles et cherchait sous chaque pièce le nom de Gogo, ce qui l'aurait mis sur la voie pour trouver l'auteur. Mais rien de tout cela ne lui avait réussi, il n'avait rien appris sur la jolie fille de la forêt, et voilà pourquoi il était si triste, si rêveur dans son atelier.

Dans une espèce d'encoignure de cette pièce on aperçoit un grand rideau vert, fixe par le haut sur une tringle, et attaché en bas par des rubans se nouant sur des pitons. Ce rideau cachait le portrait de Rose-Marie. Quoique la jeune fille ne fût représentée qu'en demi-grandeur, sa figure était tellement ressemblante que pour ceux qui l'avaient vue il était impossible de ne point la reconnaître. A son retour de Fontainebleau, Léopold avait montré ce tableau à son père, qui lui avait fait compliment de l'exécution et de la beauté de son modèle. Le jeune peintre avait imaginé une histoire et fait croire qu'il avait, sans qu'elle s'en doutât, fait le portrait d'une jeune fille qu'il apercevait souvent dans la campagne. Puis, ne voulant pas que les traits charmants de Rose-Marie pussent être vus par tous ceux qui fréquentaient son atelier, il avait soigneusement caché le tableau sous un épais rideau noué à chaque coin par le bas. Lorsque des camarades, des amis ou des amateurs de peinture lui demandaient ce qui était derrière le rideau, il se contentait de répondre que c'était l'esquisse d'un tableau qu'il comptait faire, mais qu'il ne voulait pas le laisser voir, de crainte qu'on ne lui prît son idée. Cette réponse empêchait ordinairement chacun d'insister.

Mais quand il était seul, lorsqu'il n'attendait plus personne, avec quel plaisir le jeune peintre, tirant le rideau qui lui cachait les traits de Rose-Marie, allait se placer devant cette image chérie qu'il contemplait bien longtemps avec tristesse, mais avec amour ! alors il se croyait encore dans la forêt, auprès de la jeune fille, il se figurait que sa voix si douce allait vibrer à son oreille ; il lui parlait comme si elle avait pu l'entendre ; ce bonheur n'était qu'une illusion, qu'une chimère, mais il lui faisait pendant quelques instants oublier ses chagrins.

Léopold venait de tirer le rideau vert ; il était debout, et en contemplation devant l'image de Rose-Marie, il soupirait en se disant : Ne pourrai-je donc jamais la rencontrer ?... elle est à Paris... mais que fait-elle ? Si du moins je pouvais espérer qu'elle pense à moi.

Deux petits coups frappés à la porte de l'atelier obligent le jeune peintre à sortir de ses rêveries. Il se hâte de fermer, d'attacher avec soin le rideau : puis il va ouvrir la porte qui donne sur le carré et dont il a toujours soin de retirer la clef quand il veut regarder le portrait de celle qu'il aime.

— Eh ! c'est monsieur Dernesty ! s'écrie Léopold en apercevant son visiteur.

Le petit-maître qui est alors en négligé du matin, mais toujours mis avec goût, avec soin, et qui pourrait au besoin poser pour une gravure du journal des modes, entre dans l'atelier en s'écriant : — Comment ! mon cher monsieur Léopold, vous ne laissez point la clef à la porte de votre atelier, afin que l'on entre sans vous déranger... je pensais déjà que vous n'y étiez pas, ou que vous aviez avec vous un modèle que vous ne vouliez pas laisser voir... On prétend que messieurs les peintres ont quelquefois des modèles si jolis, qu'ils tâchent autant que possible de les dérober aux regards de leurs confrères.

Tout en disant ces mots, monsieur Dernesty s'est jeté sur un divan où il s'étale tout à fait à la turque.

Vous voyez que je n'étais pas avec un modèle, dit Léopold en s'asseyant, mais je lisais.... et quand je suis dans une lecture intéressante... je n'aime pas que l'on entre ici sans que je le veuille bien.

— Alors je vous ai dérangé.

— Non ; si cela m'avait dérangé, je n'aurais pas ouvert.

— Vous avez de fort jolies choses ici...

Dernesty tire son lorgnon et parcourt des yeux l'atelier. En apercevant le rideau vert, il s'écrie : Qu'est-ce qu'il y a donc de caché derrière ce rideau ?

— Oh ! ce n'est rien d'intéressant, répond Léopold d'un air indifférent. Une esquisse, qui n'est pas même terminée... je suis bien aise qu'on ne voie cela que quand j'aurai entièrement rendu mon idée.

— Ah çà, mon cher peintre, il faut que je vous apprenne ce qui m'amène chez vous... d'abord le plaisir de vous voir... cela va sans dire... vous avez du talent ! beaucoup de talent ! et vous êtes si modeste ! vous êtes même trop modeste... oh ! il faudra vous défaire de se défaut-là, je vous assure que cela nuit à tout le monde, mais surtout aux artistes !..

— Vous croyez ?..

— Ceci n'est point une plaisanterie !... comment diable ! dans ce siècle de réclames, de puffs, d'annonces ! de blagues enfin, car voilà le mot propre !.. lorsque chacun songe à se faire mousser ! comment voulez-vous qu'on vous remarque, qu'on vous connaisse, si vous restez tranquillement dans votre coin ?

— Je pensais que pour se faire connaître, le principal était de faire de bons ouvrages !

— Que vous êtes innocent !.. pour un peintre cela m'étonne ! Parbleu ! quand votre réputation sera faite, quand vous aurez un nom célèbre, soyez modeste tant que vous voudrez ! cela vous vaudra encore des compliments ; mais jusque-là faites du bruit !... de l'embarras ! mettez-vous en évidence !.. voilà comme on arrive... je disais tout cela dernièrement en parlant de vous chez madame d'Armenville, chez laquelle j'ai eu le plaisir de faire votre connaissance, mais il y a longtemps qu'on ne vous y a vu...

— J'ai été pris par la jambe, j'ai eu le coup de fouet !.. ensuite je vais peu dans le monde...

— Vous avez encore tort : il faut qu'un artiste aille beaucoup dans le monde. Oh ! pardieu, quand nous nous connaîtrons mieux, je veux vous produire, je veux vous lancer... je vais dans les plus brillantes sociétés... j'ai les plus belles connaissances... je vous présenterai partout.

Léopold se contente d'incliner la tête, les propositions de monsieur Dernesty ne semblent pas le tenter. Celui-ci, qui se donne tout à fait les airs et le ton d'un protecteur puissant, se couche à demi sur le divan et continue : — Or donc, mon jeune ami... je vous appelle ainsi parce que j'ai au moins cinq ou six ans de plus que vous et surtout une grande expérience du monde ! je veux être votre *Mécène*, et pour commencer... Ah ! d'abord on peut fumer ici, n'est-ce pas ?

— Oh ! certainement... voulez-vous des cigares ?...

— Merci, j'ai des cigarettes, j'aime mieux cela... attendez que je m'allume...

— Voici des allumettes...

— Très-bien !

Monsieur Dernesty a sorti de son étui à cigare une cigarette ambrée qu'il allume, et il reprend tout en fumant : — Nous disions donc que, pour faire connaître un peintre, il faut lui commander des portraits ou des tableaux... J'ai vu chez madame d'Armenville ce joli paysage, dans lequel vous avez représenté en pied et en demi-nature cette dame et sa sœur. J'ai trouvé cela charmant, ravissant !... Les figures sont d'une ressemblance parfaite, ce qui est fort difficile à attraper quand on ne fait pas aussi grand que nature. Ensuite les personnages sont bien placés, ils se marient bien au paysage, de sorte que ce ne sont pas seulement deux portraits, c'est un délicieux tableau, et voilà ce que j'aime. Je désirerais donc avoir le portrait d'une dame... qui m'est très-chère... dans un joli fond de campagne... en pieds... mais en petit... voyons... tenez... ah ! ma foi, à peu près comme ce jeune homme là-bas... hum ! c'est un peu petit cependant.

— Nous pourrons faire plus grand que cela, dit Léopold ; je comprends ce que vous voulez...

— Je vous avouerai que, désirant avoir l'opinion d'un de mes amis, je lui ai donné rendez-vous ce matin dans votre atelier... cela ne vous contrarie pas ?...

— Nullement ; est-ce que cet ami est peintre ?

— Non, mais il a beaucoup de goût... il connaît immensément de jolies femmes, de beautés à la mode... il pourra aussi vous faire avoir beaucoup de commandes : vous le connaissez peut-être de nom, c'est monsieur Frédéric Reyval. — Frédéric Reyval !... non, je ne pense pas l'avoir jamais rencontré...

— Le neveu de M. Saint Godibert, riche banquier... qui donne de belles soirées, qui traite fort bien, ma foi...

— Je ne le connais pas non plus.

— Oh ! vous ne connaissez personne, vous ! voilà ce que c'est que de vouloir vivre comme un ours, de ne pas aller dans le monde ! mais je vous corrigerai de ce travers. Mon cher ami, la dame que vous peindrez est charmante ! une blonde... oh ! mais un blond pur, un blond qui n'est ni jaune ni rouge !... une peau d'une blancheur éblouissante... des yeux bleus bien languissants... bien vaporeux. Je ne vous parle pas du prix de votre tableau... moi, je ne marchande jamais avec les artistes !... fi donc ! vous me direz ce que vous voudrez, et ce sera fini par là.

— Oh ! monsieur, je n'abuserai point de votre générosité.

— Mon cher, le talent est impayable !

— Irai-je chez cette dame ?

— Non pas ! diable ! c'est impossible !... elle viendra ici... elle viendra même mystérieusement... entre nous... c'est une passion qui doit rester secrète... vous comprenez... Au reste, un de ces jours je vous conterai tout cela.

— Je ne vous demande aucune confidence, monsieur, et je puis vous assurer d'avance que je sais respecter les secrets des autres.

— Oui !... mais entre jeunes gens... ces choses-là se disent... pourvu que les maris ne sachent rien !... Ah ! ah ! les pauvres maris !... Je connais une dame qui appelle le sien *Croquemitaine* ; elle est fort gentille aussi, cette petite dame-là, et quand je ne serai plus amoureux de ma blonde, il faudra que je tourne mes vues sur elle.

Un léger coup frappé à la porte de l'atelier interrompt le causeur.

— Entrez, dit Léopold, la clef est sur la porte.

— C'est sans doute Frédéric, repond Dernesty.

Mais, au lieu de Frédéric, c'est une bonne qui entre dans l'atelier. A sa vue, le jeune peintre se lève en disant : — C'est vous, Catherine; mon père serait-il indisposé?

— Non, monsieur; mais il y a chez nous un vieil ami de monsieur votre père qui désirerait bien vous voir, et qui ne peut guère monter jusqu'ici, puisqu'il a la goutte. Monsieur fait demander si vous pouvez venir un moment.

— Mon père demeure près d'ici, dans la rue Saint-Georges, me permettez-vous d'y aller... je ne serai que peu de temps absent, dit Léopold, en s'adressant à Dernesty.

— Allez, mon jeune artiste, allez, et ne vous gênez pas.. rien ne me presse!... j'ai des cigarettes plein ma poche!... Mais vous me permettrez d'attendre ici mon ami auquel j'ai donné rendez-vous!...

— Certainement, monsieur... Je vous répète que je vais me hâter.

— Encore une fois, prenez-vous le temps!... je suis très-bien sur ce divan... et je vous prie de faire vos affaires comme si je n'étais pas ici.

Léopold prend son chapeau, passe une redingote à la place de sa blouse d'atelier, puis sort avec la bonne après avoir salué Dernesty.

Le petit maître prend dans son étui une nouvelle cigarette qu'il allume et met à sa bouche. Il se couche à peu près tout de son long sur le divan, ensuite il promène ses regards dans l'atelier, en murmurant :

— C'est fort mesquin ici!... pas d'élégance! pas de *chic!* Avoir du talent et ne pas savoir faire fortune, quelle sottise! Ce pauvre garçon a, je crois, tout son esprit dans son pinceau... mais il me fera un délicieux portrait de Clémence... Ah! ah! je ris!... si Frédéric savait que c'est sa tante que je veux faire peindre... Après tout, je crois que cela lui importe peu que son oncle porte des cornes... et de son côté, il serre de près madame Marmodin... elle est gentille... hum!... Tout cela est bon pour s'amuser en attendant mieux... mais c'est à d'autres conquêtes qu'il faut viser!...

Des bruits de voix, des éclats de rire qui se font entendre dans l'escalier, attirent l'attention de Dernesty, qui écoute, puis reprend :

— Qui donc vient avec Frédéric?... j'entends sa voix et d'autres qui ne me sont pas étrangères... Holà! eh! messieurs, par ici... la porte au milieu, ouvrez et entrez.

On ouvre en effet la porte de l'atelier, et Frédéric entre avec son cousin Julien et son ami Richard. A l'entrain, au bruit que font ces messieurs, il est facile de deviner qu'ils viennent de déjeuner et qu'ils ne se sont pas ménagés.

Frédéric commence par rire en apercevant Dernesty étendu sur le divan; celui-ci en fait autant et dit enfin. — Je n'en attendais qu'un et ils viennent trois! ce n'est pas mal!

— Ça vaut mieux que de ne point venir du tout, il me semble!

— Peste! mes gaillards, vous avez vécu, à ce que je vois... De quel restaurant sortez-vous?

— Café de Paris.

— Pas mauvais! Qui est-ce qui payait?

— Ma foi, j'ai cru un moment que ce ne serait personne. C'est moi qui avais invité Julien et Richard, puis au moment de payer la carte, je m'aperçois que ma bourse est vide!... j'avais tout perdu hier au wisth... nous jouions un peu cher, cinq francs la fiche... Je me disais : me voilà gentil, car, se fiant sur moi, ces messieurs pouvaient bien être dans ma position. Mais, par un hasard providentiel, Julien s'est trouvé avoir de l'argent!... en voilà un cousin précieux... Mais il va bien ce sournois de Julien!... devant ses parents il fait le petit saint, et je commence à voir qu'il ne vaut pas mieux que nous.

Ah çà! où diable nous as-tu menés, Frédéric? dit monsieur Richard, en se laissant aller dans un vieux fauteuil.

— Ma foi, messieurs, je n'en sais rien moi-même; c'est Dernesty qui m'avait donné rendez-vous ici, j'ai dit : allons-y tous ensemble, ce sera plus gai!

— Oh! le joli groupe!... s'écrie le jeune Julien en s'arrêtant devant un petit tableau de baigneuses; c'est ravissant ceci!... quelle chair! quel coloris!

— Bon, voilà Julien qui s'arrête devant les nudités! dit Frédéric en posant à terre les jambes de Dernesty, afin de pouvoir s'asseoir aussi sur le divan. Mon petit cousin, ne regardez pas ces choses-là! baissez les yeux! cela vous donnerait de coupables pensées!...

— Nous sommes donc dans l'atelier d'un peintre! dit M. Richard, en portant ses regards tout autour de lui.

— Ah! messieurs, Richard commence à s'apercevoir qu'il est chez un peintre, ce n'est pas malheureux. Jusqu'alors, sans doute, il s'était cru un marchand de vin!...

— Ma foi, je l'aurais préféré!

— Et où donc est le maître de céans?

— Il va venir. Obligé de sortir un moment, il m'a laissé maître de son atelier... Tenez, il y a des cigares dans la boîte là-bas... à côté du buste de Bélisaire.

— Ah! s'il y avait ici des modèles! murmure le jeune Julien;

Les jeunes gens restent un moment comme frappés d'admiration. — Page 72.

par exemple celles qui ont posé pour vos baigneuses...

— Et dans le même costume, n'est-ce pas? Décidément mon cousin est un petit roué.

— Et cette Vénus... Voyez donc, Richard.

Richard se lève, et avec le jeune Saint-Godibert examine tout ce qu'il y a dans l'atelier. Dernesty et Frédéric restent à fumer sur le divan.

Arrivé devant le rideau vert, monsieur Richard s'écrie : — Qu'est-ce qu'il y a là-dessous?

— Une esquisse non achevée, à ce que m'a dit le peintre.

— Eh bien, pourquoi donc la cache-t-il avec tant de soin?..

— Amour-propre de peintre!.. il veut qu'on ne voie cela que quand ce sera fini.

— Hum!.. voilà qui me semble singulier...

— Moi, dit le jeune Julien, je présume qu'il y a là-dessous un tableau... très-osé... de ces choses qu'il ne veut pas laisser en vue, de peur de blesser de chastes regards... il a même noué par en bas le rideau avec des cordons, de crainte que le vent ne le fît se soulever.

— Le fait est, dit Frédéric en se levant, que ceci doit cacher quelque chose de curieux... ce rideau-là ressemble à un cabinet de Barbebleue!

— Oh! parbleu! nous verrons ce qu'il y a là-dessous! dit Richard en commençant à dénouer un cordon.

— Ma foi, messieurs, faites ce que vous voudrez, dit Dernesty, moi je m'en fiche... mais si le peintre se fâche!...

— On s'en fiche aussi du peintre, répond Richard, et la preuve c'est que... voilà le rideau tiré.

En disant cela, la main du jeune homme tirait avec violence le rideau, et laissait entièrement à découvert le tableau qui était derrière.

À l'aspect de cette jeune fille, assise sur un tronc d'arbre, dans une sombre forêt, les jeunes gens, qui tous quatre se sont approchés du tableau, restent un moment comme frappés d'admiration.

— Quelle ravissante créature! s'écrie Dernesty; pardieu, Richard, vous avez eu raison de tirer ce rideau... il est difficile de rencontrer une plus jolie tête... si celle-là existe, il faut que je la découvre...

— Si elle existe, dit Richard, en examinant toujours le portrait, oui, certes, cette jeune fille existe... Oh! mais je la reconnais parfaitement à présent... elle est même fort ressemblante.

— Moi aussi je la connais, cette charmante personne, dit Frédéric; je suis certain que j'ai déjà vu cette figure-là.

— Moi de même, dit Julien; cela m'a frappé sur-le-champ... mais où donc l'ai-je vue?

— Sur le chemin de fer... quand nous revenions d'Orléans, dit M. Richard; c'est la jeune personne qui était à côté de vous, Julien...

— Ah! oui... oui, c'est cela...

— C'est celle que j'aurais suivie sans ma sensible Irma, dit Frédéric.

— Comment, messieurs, vous connaissez

Léopold s'apprête à répondre quelques mots de politesse, lorsqu'en tournant la tête, il aperçoit le portrait de Rose-Marie qui est entièrement à découvert. Aussitôt son visage devient pâle, ses sourcils se rapprochent; d'aimable qu'elle était, sa physionomie prend sur-le-champ une expression sérieuse et sévère, et il regarde tour à tour chacun de ceux qui sont près de lui, en murmurant: — Pourquoi donc a-t-on tiré ce rideau... je l'avais fermé avec trop de soin pour qu'on pût douter que mon désir fût de ne point le laisser voir.

— Pardonnez à ces jeunes fous, dit Dernesty, ce sont eux qui ont voulu tirer ce rideau. Le démon de la curiosité les a poussés... Ah! mon cher ami, les hommes sont aussi curieux que les femmes quand ils s'en mêlent! Mais après tout, vous ne devez pas regretter que l'on ait vu ce mystérieux tableau, car il est ravissant, et il est difficile d'offrir un portrait de femme plus gracieux, plus séduisant que celui-là.

La figure de Léopold s'éclaircit un peu, et il répond: — Cette jeune fille vous semble bien, n'est-ce pas?

— Bien! oh! dites donc adorable!.. ravissante!...

— Et ce qu'il y a de mieux, c'est qu'elle est d'une ressemblance parfaite, dit M. Richard.

Léopold regarde Richard avec étonnement. Frédéric dit à son tour:

— Oui... ce portrait n'est pas flatté; l'original est aussi bien.

— Ah! l'original est une des plus charmantes créatures qui existent! s'écrie Julien, en dévorant des yeux l'image de la jeune fille.

Léopold est de plus en plus surpris par ce qu'il entend; il promène tour à tour ses regards sur les trois jeunes gens comme s'il voulait lire dans leur pensée, puis il murmure d'une voix altérée par l'émotion qu'il éprouve: — Comment, messieurs? est-ce que par hasard vous connaîtriez l'original de ce portrait?

— Oui, nous le connaissons, répond M. Richard, en souriant d'un air suffisant.

— J'ai tout lieu de croire que vous faites erreur, messieurs, reprend Léopold. La jeune fille dont j'ai représenté les traits dans

Monsieur François toisait le vieillard d'un air à la fois impertinent et moqueur. — Page 76.

tous les trois cette jolie fille! s'écrie Dernesty. Oh! mais je veux aussi faire sa connaissance, moi... D'après son portrait, ce doit être au moins une rosière!

— Ah! oui! s'il faut en croire Richard, ça fait une jolie rosière, dit Frédéric.

En ce moment la porte de l'atelier s'ouvre brusquement, et le jeune peintre se trouve bientôt vis-à-vis des personnes qui sont venues le visiter.

A la vue de Léopold, les jeunes gens restent un moment embarrassés; cependant Dernesty est retourné s'étendre sur le divan, et les trois autres saluent l'artiste, qui en fait autant, et n'a pas encore jeté les yeux sur le rideau vert.

— Je vous avais annoncé un amateur, et il en est venu trois, dit Dernesty; vous voyez, monsieur Léopold, que je tiens plus que je ne promets.

— Abondance de bien ne nuit pas, murmure Richard.

ce tableau n'est pas de Paris... elle ne va pas dans le monde... elle habitait avec son père dans un village... il est impossible que vous l'ayez connue...

— Pardonnez-moi, monsieur l'artiste, dit Richard d'un air moqueur. Tout ce que vous venez de dire n'empêche pas que cette jolie fillette ne soit de notre connaissance... et surtout de la mienne... car, quant à ces deux messieurs, ils se sont bien trouvés avec elle en voiture... mais voilà tout. Moi, oh! c'est fort différent.

Le jeune peintre jette sur monsieur Richard un regard dans lequel brillent déjà la jalousie et la colère; mais en considérant la laideur de ce monsieur et l'aspect désagréable de sa physionomie, il est presque honteux d'avoir pu le croire un moment son rival, et, s'efforçant de se calmer, il reprend: — Tenez, messieurs, je suis toujours persuadé que vous vous méprenez... il y a souvent plusieurs figures qui ressemblent à un portrait...

— Oui, mais on ne rencontre pas souvent une beauté comme celle-

là ! s'écrie le jeune Julien. Ah ! si je la retrouve jamais, elle ne m'é-
chappera plus !...

Léopold pince ses lèvres et lance un regard enflammé sur le jeune
homme qui vient de parler ; mais en considérant ses yeux rapetissés,
ses joues empourprées et toute la désinvolture de sa tenue, il tâche
de sourire et dit : — Je crois que ces messieurs ont bien déjeuné...
dans ce moment ils n'ont pas leur raison bien nette... et ils voient
sans doute des ressemblances qui n'existent que dans leur imagination.

— Qu'est-ce à dire, monsieur ? s'écrie Frédéric, est-ce que vous
prétendez que nous sommes gris ? Encore une fois nous connaissons
cette jeune fille... nous en sommes certains.

— Allons, messieurs ! dit Dernesty, qui s'est couché sur le divan,
est-ce que vous allez vous fâcher... vous quereller... et pourquoi ?...
Mais que diable ! tâchez donc de vous expliquer auparavant ! Moi, je
déclare que je n'ai jamais rencontré la personne qui est représentée
sur ce tableau. Mes trois amis prétendent la connaître ; vous, mon
cher Léopold, vous assurez qu'ils se trompent. Il me semble qu'il est
très-facile de savoir qui est-ce qui a raison. Dites-nous quelle est
cette jeune fille que vous avez peinte... ces messieurs diront ensuite
où ils l'ont rencontrée ; nous verrons si cela s'accorde...

Léopold hésite un moment, puis répond : — En disant à ces messieurs quelle est cette jeune fille, ce serait peut-être leur apprendre ce
qu'ils ignorent... ce qu'ils désirent savoir... ils pourront de nouveau
affirmer que c'est elle qu'ils connaissent, et cela ne me persuadera pas.

Tout ce que je puis dire, c'est que la personne dont j'ai tâché
de rendre les traits sur cette toile, habite... ou habitait un village aux
environs de Fontainebleau... C'est dans la forêt qui entoure cette
ville que j'ai eu le bonheur de la rencontrer... et pour peu que vous
connaissiez la forêt de Fontainebleau, messieurs, vous devez aussi
reconnaître ce site pittoresque et sauvage... ces rochers, ces arbres
séculaires... tout cela est pris sur les lieux mêmes... J'ai peint cette
jeune fille dans la forêt, etc.

Le bruit d'un chevalet qui tombe interrompt Léopold ; il se retourne
et aperçoit le jeune Julien, dont la figure est devenue d'une pâleur
extrême, et qui en s'appuyant tout à coup contre un chevalet vient de
le faire tomber.

— Monsieur paraît indisposé, s'écrie Léopold.

Aussitôt Frédéric, Richard et Dernesty vont à Julien qui a l'air de
chanceler, et le conduisent sur le divan. Léopold s'empresse d'ouvrir
une fenêtre et apporte un verre d'eau.

— Que diable as-tu donc ? dit Dernesty.

— Le déjeuner lui fait mal apparemment, dit Frédéric ; c'est qu'il
ne s'est pas ménagé ! il a voulu lutter avec nous.

— Oui, dit Richard, et quand on n'a pas l'habitude ! Oh ! quelle
femmelette ! moi, je déjeunerais toute la journée, je ne suis jamais
malade.

— Tenez, monsieur, dit Léopold, voulez-vous boire un verre d'eau ?...
désirez-vous du sucre dedans ?...

Julien porte autour de lui des regards incertains, inquiets, puis
un profond soupir s'échappe de sa poitrine, il repousse le verre que
lui présente Léopold, en balbutiant : — Je vous remercie... je ne
veux rien... je n'ai besoin de rien. C'est un... étourdissement qui
m'a pris... cela va se passer... c'est fini.

— Vous êtes bien pâle, cependant ?

— C'est égal, je me sens mieux... c'est mon déjeuner, peut-être...
mais c'est passé.

— C'est assez nous occuper de ce pauvre convive, reprend monsieur Richard. Revenons à l'objet qui faisait le sujet de notre conversation. D'après ce que monsieur vient de dire, si j'avais pu douter
encore de l'identité de notre personnage, je serais maintenant plus
que jamais sûr de mon fait. Votre jeune fille habite aux environs de
Fontainebleau. Précisément celle que nous connaissons est montée
en chemin de fer avec nous à Corbeil, et elle descendait de la voiture
de Fontainebleau.

— C'est vrai, dit Frédéric.

Julien ne dit rien, il ne semble pas encore remis de son indisposition.
Le jeune peintre s'écrie avec agitation : Et quand cela, messieurs ?
quelle époque à peu près l'avez-vous rencontrée sur le chemin de fer ?

— Il y a trois semaines environ, répond Frédéric.

— Oui, dit Richard, il y a en justement trois semaines hier.

Léopold ne sait plus que dire ; il réfléchit... il hésite à croire que
ces messieurs connaissent Rose-Marie.

Monsieur Richard reprend bientôt en faisant une pirouette sur ses
talons : — Eh, mon Dieu !... monsieur semble mettre à tout cela une
importance que je comprends fort peu ! surtout quand il s'agit d'une
petite coureuse comme cette jeune fille !

Léopold s'avance sur Richard, en s'écriant : — Monsieur ! retrac-
ez le mot que vous venez de prononcer ! rétractez-le sur-le-champ !...
ou vous le paierez de votre vie... car vous venez d'outrager la vertu
la plus pure !...

— Je ne rétracterai rien du tout ! répond Richard. Je sais ce que
je dis... je la connais votre vertu la plus pure... votre modèle...

— Elle a passé la nuit de son arrivée chez lui... dit à son tour
Frédéric. Elle est restée plusieurs jours dans sa chambre... n'est-ce
pas, Richard ? voilà du moins ce dont tu t'es vanté...

— Oui ! oui ! oui ! reprend monsieur Richard en renversant sa tête
en arrière. Je suis fâché si cela vous vexe, jeune artiste. Mais j'ai
possédé votre maîtresse... c'est une charmante personne !

— Vous mentez, monsieur ! vous mentez ! s'écrie Léopold en levant
sa main sur Richard. Mais Dernesty lui arrête le bras, en disant :

— Eh ! messieurs ! point de voies de fait ! de grâce !... s'il y a un
outrage de reçu, une femme accusée à tort, eh bien, on se battra ! on
tirera l'épée ou le pistolet ! mais je ne suis pas pour la boxe et la savate, moi. Voyons, avant de se tuer, je demande encore à ce que l'on
s'entende. Monsieur Léopold prétend que son joli modèle est aussi
un modèle de vertu ; Richard assure que c'est une de ces demoiselles...
comme on en voit tant, il faudrait être bien certain que c'est de la
même que vous parlez tous les deux.

— Comme je n'ai point fait mystère de ma conquête, dit Richard
je ne demande pas mieux que de dire tout ce que je sais sur cette
petite... monsieur l'artiste pourra juger si je suis bien instruit et si
c'est son modèle. La jolie fille que nous avons rencontrée sur le chemin de fer avec Frédéric et Julien était seule, n'avait aucun compagnon de route. Quand elle sortit de l'embarcadère je la suivis... je ne
tardai pas à entamer la conversation. Elle faisait d'abord un peu la
mijaurée, mais vous comprenez que l'on connaît ces manières-là !...
cela n'effraye pas. Cette petite me dit qu'elle venait à Paris pour voir
ses oncles qui s'appelaient... Oh ! un drôle de nom !... Gogo... oui,
c'est bien cela, ses oncles Nicolas et Eustache Gogo.

— Elle vous a dit cela !... murmure Léopold, en devenant à son
tour d'une extrême pâleur. Ah ! mon Dieu !... il serait donc vrai...

— Gogo ! dit tout bas Frédéric en s'approchant de son cousin :
entends-tu, Julien ?

Julien qui a conservé de son indisposition un air sombre et abattu,
fait un signe de tête en balbutiant : oui... j'ai bien entendu.

Monsieur Richard reprend : — Cette jeune fille me dit donc qu'elle
était d'un village aux environs de Fontainebleau... Avon je crois, oui,
Avon, je me le rappelle maintenant... son nom à elle était... Rose...
et quelque chose avec...

— Continuez, monsieur, je vous en supplie ! dit Léopold qui respire
à peine.

— Elle me dit donc que son père l'envoyait à Paris chez ses oncles
qu'elle ne connaissait pas, mais dont elle avait l'adresse. Je fais route
avec elle, elle me fait faire beaucoup de chemin. Du Jardin des Plantes, rue Saint-Lazare... Tu sais, Frédéric, que je t'ai dit l'autre soir
chez ton oncle Saint-Godibert, que c'était dans la maison où il demeure maintenant que ma conquête m'avait d'abord conduit. Elle demande là son oncle Gogo, le concierge la renvoie en lui répondant
qu'il ne sait pas ce qu'elle veut dire. Ma jeune fille revient à moi d'un
air désolé... puis elle se met en route pour aller chercher l'autre oncle.
Celui-là demeurait rue de Vendôme au Marais... encore une bonne
course ; là, pas plus de Gogo que dans la rue Saint-Lazare. La petite
se désole encore ou fait semblant, car vous comprenez que je com-
mençais à trouver l'histoire des oncles fort invraisemblable...

— Mais achevez donc, monsieur...

— Eh ! mon Dieu ! une minute, jeune artiste !... vous êtes d'une pétulance ! moi qui connais les femmes, je me dis : cette petite m'a fait
poser... elle n'a jamais eu d'oncle à Paris...

— Elle ne mentait pas, monsieur, elle vous avait dit la vérité...
elle a deux oncles, et ils sont dans cette ville...

— Ah ! ah ! reprend Richard en fixant Léopold : vous convenez donc
que je ne me trompe pas maintenant et que je connais l'original de ce
portrait ?

— En effet, monsieur, la jeune fille que j'ai peinte est du village
d'Avon... son père qui est cultivateur se nomme Jérôme Gogo... et il
a... depuis peu de temps envoyé sa fille à Paris, où il a deux frères
riches... et où il pensait que sa fille serait heureuse...

— Ah ! pardieu ! j'espère que tout cela s'accorde maintenant !

— Pauvre petite !... c'est notre cousine ! se dit Frédéric. Puis il regarde encore Julien et celui-ci lui fait signe qu'il a compris.

— Enfin, monsieur, que fit Rose-Marie en ne trouvant la demeure
d'aucun de ses oncles ? demande Léopold avec impatience :

— Rose-Marie ! c'est cela ! voilà bien le nom, ou les noms de la
brunette ! ... Ce qu'elle fit, monsieur, vous concevez qu'elle était assez embarrassée. La nuit était venue, elle ne connaissait pas Paris et
ne savait où aller ; mais j'étais là, moi...

— Vous deviez protéger cette jeune fille, monsieur, vous deviez la
mettre à l'abri des insultes, des outrages... c'était votre devoir.

— Ah ! ah ! ah !... vous êtes ravissant, en vérité ! avec vos devoirs !..
je devais profiter de l'occasion qui m'offrait une conquête charmante,
et c'est ce que j'ai fait. J'ai d'abord offert à souper à mon héroïne et
elle a accepté.

— Elle a consenti à souper avec vous... rien qu'avec vous ?

— Oui, monsieur, oui, rien qu'avec moi... Le souper s'est prolongé... tout en buvant du champagne, vous comprenez que je décla-
rais mon amour... quand nous sortîmes de chez le traiteur, il était
fort tard ; je dis à la petite : Je vais vous mener chez ma tante... je
la conduisis chez moi... et une fois là... parbleu, elle a fait comme
les autres ! elle a pris son parti.

Le jeune peintre cache sa tête dans ses deux mains et pendant quelques instants reste comme accablé, honteux de ce qu'il vient d'entendre. Mais tout à coup il relève son front avec fierté et allant à Richard, lui prend le bras et le lui serre avec force, en murmurant :

— Ainsi... elle est avec vous... elle est votre maîtresse maintenant?

— Non, monsieur, elle n'est plus avec moi, elle a habité trois jours mon logement... mais je ne suis pas très-constant de mon naturel... de son côté elle aime sans doute aussi le changement. Ma foi, le troisième jour, en rentrant à mon domicile, je n'y ai plus trouvé ma jolie voyageuse... depuis elle n'est pas revenue... et j'avoue que je ne l'ai pas cherchée.

— Monsieur, ce que vous venez de dire de cette jeune fille est horrible... si cela est, elle ne mérite plus que mon mépris ! mais si cela n'était pas ! si vous l'aviez indignement calomniée... ah ! j'en fais serment, monsieur, tout votre sang suffirait à peine pour la venger... et c'est moi qui me chargerais de ce soin... Tenez, monsieur, si vous n'avez voulu que me tourmenter, que vous amuser à me torturer le cœur, avouez-le maintenant... Dites-moi que Rose fut toujours honnête, sage... et je vous pardonnerai encore...

— Ah !... ah ! il est très-drôle ce monsieur !... qui ne veut pas que sa maîtresse l'ait trompé ! comme si c'était une chose si rare !

— Rose-Marie n'était point ma maîtresse, monsieur ; le hasard me l'a fait rencontrer lorsque je prenais des vues dans la forêt de Fontainebleau. Son air de décence, sa candeur, sa tenue honnête, sa manière de s'exprimer, tout m'avait prévenu en sa faveur, et lorsque je l'eus vue quelques fois, la bonne opinion que j'avais conçue d'elle ne ne fit que se fortifier encore...

— Et elle vous a servi de modèle toujours avec innocence?...

— Oui, monsieur ; elle a consenti à me laisser reproduire sur la toile sa charmante figure... Quel mal y avait-il à cela?

— Et vous étiez seuls tous deux dans la forêt?...

— Seuls... et jamais je n'eus la pensée d'abuser de mon bonheur ; jamais ma bouche ne prononça un mot qui pût faire rougir le front de Rose-Marie !

— Vous êtes un jeune homme comme on en voit peu, alors !

— Non, monsieur, mais j'aimais cette jeune fille, et je respectais sa pureté, car elle était pour moi un ange d'innocence... de candeur !... et maintenant encore, je ne puis croire qu'elle soit tombée aussi bas que vous le dites... une enfant sage, honnête, ne devient pas en un jour une fille perdue !... Oh ! mais je la retrouverai, Rose ; je saurai la vérité, et alors... je vous retrouverai aussi... et ces messieurs seront nos témoins...

— C'est bon, monsieur !... vous me trouverez quand vous voudrez !... Richard, rue Montholon, 26... je ne me cache pas... Quant à votre donzelle, tout à l'heure vous prétendiez que nous ne pouvions pas la connaître, je vous ai cependant prouvé le contraire. Parbleu ! si vous la retrouvez, elle vous dira que je n'ai pas été son amant. Les femmes nient toujours ces choses-là !

— Elle me prouvera son innocence, monsieur, et c'est alors que j'irai vous trouver.

— Monsieur, dit Frédéric, en allant à Léopold et lui tendant la main, je ne vous connaissais pas, mais ce que vous faites en ce moment suffit pour me donner le désir d'être de vos amis !... Je suis bien fou, bien étourdi, mais il ne me viendrait jamais à la pensée de calomnier une femme, de me vanter d'avoir obtenu ses faveurs, si cela n'était pas... cette conduite est celle d'un lâche, d'un misérable... Je n'accuse point Richard, je ne dis pas qu'il ait fait cela !... mais je désire aussi ardemment que vous retrouver cette jeune fille... J'ai pour cela des raisons... que je ne puis vous dire en ce moment, mais que vous apprécierez plus tard. Comptez donc sur moi pour vous seconder dans les recherches que vous pourrez faire, et soyez persuadé que si j'apprends quelque chose sur le sort de Rose-Marie je vous en ferai part.

Léopold regarde Frédéric avec étonnement, mais séduit par l'expression franche de sa physionomie, autant que par ses paroles, il prend la main que celui-ci lui offre et la presse dans la sienne, en disant :

— Merci, monsieur ; quand tout semble se réunir pour accabler une pauvre fille, c'est bien le moins qu'elle trouve en nous des défenseurs.

Monsieur Richard ne dit plus rien, tout surpris de l'action et des discours de Frédéric ; il fait une assez sotte figure et semble avoir beaucoup perdu de son aplomb.

Dernesty se lève, en s'écriant : — Il me semble que l'affaire se complique, et comme je n'y comprends plus rien, je demande la remise de la cause jusqu'à plus ample informé. Et maintenant, messieurs, partons, car il y a assez longtemps que nous occupons l'atelier de monsieur.

Léopold salue d'une manière qui n'engage personne à rester. Monsieur Richard, qui ne demande qu'à s'en aller, est le premier hors de l'atelier ; Julien le suit. Frédéric en fait autant, après avoir de nouveau donné une poignée de main au jeune peintre ; enfin, Dernesty se dirige aussi vers la porte, mais en regardant encore le portrait de Rose-Marie et en disant : Je ne sais pas ce qu'elle a fait, mais ce qu'il y a de certain c'est qu'elle est charmante.

Lorsque les quatre jeunes gens sont dans la rue, monsieur Richard dit à Frédéric : — Pourrais-je savoir quelle idée t'a passé par la tête, et à propos de quoi tu t'es fait ainsi le chevalier de cette jeune fille qui a servi de modèle à ce peintre ?

— Non ; tu ne peux pas le savoir maintenant, répond Frédéric ; c'est un secret que je ne veux pas te confier. Mais je te le répète, Richard, si tu as menti, si tu as calomnié cette pauvre petite... oh ! alors, gare à tes oreilles... Adieu, messieurs ; j'ai deux mots à dire à Julien, et je m'en vais avec lui.

En achevant ces paroles, Frédéric passe son bras sous celui de son cousin, et l'entraîne, laissant Richard et Dernesty tout stupéfaits de sa conduite.

Lorsqu'il ne peut plus être entendu par ses amis, Frédéric dit à Julien :

— D'après tout ce que nous venons d'apprendre sur la jeune fille du chemin de fer, elle est notre cousine, il n'y a pas le moindre doute. Richard et Dernesty ne peuvent point le soupçonner ; ils ne savent pas que ton père et son frère l'homme d'esprit... comme on veut bien le dire, s'appelaient autrefois Gogo avant de se nommer Saint-Godibert et Mondigo ! mais nous qui le savons, et qui ne l'avons pas encore oublié, nous savons aussi que nous avons un oncle, Jérôme le cultivateur, qui habite au village d'Avon... nous n'avons jamais été le voir, ce qui n'est pas très-bien de notre part, car on assure que c'est un fort brave homme ; mais enfin parce que nous avons négligé cet oncle, ce n'est pas une raison pour que nous ne portions aucun intérêt à sa fille, qu'il avait envoyée à Paris dans l'espoir qu'elle serait bien accueillie de ses parents... Mais quel peut donc être l'animal qui a donné à notre cousine les adresses bien exactes des deux oncles, et qui ne lui a pas dit qu'ils s'appelaient à présent Saint-Godibert et Mondigo !... enfin, n'importe !... ce n'est pas de cela qu'il s'agit !... il faut maintenant tâcher de retrouver notre cousine, savoir ce qu'elle fait, ce qu'elle est devenue.

— Sans doute ; mais comment?

— Comment?... ah ! ma foi, je n'en sais rien !... mais quand on veut bien fermement quelque chose, on en vient à bout, dit-on ; nous voulons retrouver notre cousine, nous la retrouverons... Ah ! elle est bien jolie, cette jeune Rose-Marie... Richard est horriblement laid !.. il est fat, menteur, impudent... je commence à douter très-fort qu'il ait fait la conquête de Rose !...

— Oui ; notre cousine est charmante. Quel dommage qu'elle aime ce peintre !

— Qui est-ce qui prouve cela ?.. c'est lui qui dit qu'il est amoureux d'elle, et voilà tout. Retrouvons d'abord la belle enfant, et ensuite nous verrons qui saura le mieux lui plaire. Je vais chercher de mon côté ; toi, Julien, cherche du tien, et pas un mot à tes parents avant que nous n'ayons des nouvelles de la cousine.

— C'est convenu.

— Au revoir.

Et les deux cousins se quittèrent : Frédéric pour rendre une visite à madame Marmodin et Julien pour aller s'enfermer dans sa chambre.

XXIII. — UNE VISITE INATTENDUE.

Il y avait soirée chez monsieur Saint-Godibert. La plupart des personnes qu'il avait eues à son grand dîner se trouvaient aussi là. Beaucoup étaient venues faire ce que l'on appelle la visite de digestion ; d'autres étaient les fidèles, les habitués des réunions qui avaient lieu presque chaque semaine chez le riche banquier.

Mondigo, que son frère n'appelait plus l'homme d'esprit depuis la chute de son dernier ouvrage, pérorait dans un coin du salon avec le major Krouteberg, dont il s'était emparé et qu'il tenait, tout en lui parlant, par un des boutons de son habit, comme s'il avait peur qu'en écoutant raconter le plan d'un drame, il ne cherchât à lui échapper.

Le brillant Dernesty, après être resté longtemps appuyé sur le dos d'un fauteuil, dans lequel était la langoureuse Clémence, venait de se placer à une table de jeu. Monsieur Marmodin faisait un wisth avec madame Doguin et deux jeunes gens qui, entre chaque coup, se tenaient pendant deux minutes le front appuyé et caché dans une de leurs mains, comme si la carte qu'ils allaient jouer devait décider de la destinée d'un empire ; mais on est convenu de dire que le wisth est un jeu difficile, et beaucoup de ceux qui le savent cherchent à ajouter encore cette croyance par une pantomime extrêmement expressive, et qui produit un grand effet sur les personnes qui ne connaissent pas ce jeu.

La gentille Francine causait avec ces dames, et le jeune Julien, qui se tenait debout devant elles, regardait dans une glace l'effet de sa toilette qui était fort recherchée, puis de temps à autre ses regards se portaient sur une table de bouillotte où monsieur Cendrillon, monsieur Richard, Dernesty et un autre monsieur jouaient un jeu assez cher.

Enfin le gracieux monsieur Roquet se promenait au milieu de tout le monde, allant d'une dame à une autre, faisant l'aimable avec chacune, mais revenant plus souvent vers la maîtresse du logis qui, n'ayant pas près d'elle le major Krouteberg, écoutait avec plaisir les compliments que lui adressait monsieur Roquet sur la couleur de sa robe et le bon goût de sa toque, qui lui donnait beaucoup de ressemblance avec un officier de spahis.

Monsieur Saint-Godibert regardait avec orgueil tout ce monde réuni dans son magnifique salon, et il se disait : — Comme c'est agréable d'être riche ! comme il vous vient tout de suite bonne compagnie!... Je serais préfet que je n'aurais pas plus de monde chez moi, j'en aurais peut-être moins! Ce qu'il y a de certain, c'est que la société ne saurait être plus brillante... Comme toutes ces dames sont bien mises... on fait de la toilette... on se pare pour venir à mes soirées... voilà ce qui fait honneur... Ah! Dieu! que j'ai bien fait de changer mon nom de Gogo en celui de Saint-Godibert! Si je m'appelais encore Gogo, je parie que je n'aurais pas la moitié autant de monde à mes soirées, et on ne se mettrait pas avec autant d'élégance pour y venir... Oh! j'ai du tact! je sais bien ce que je fais!... Et les hommes!... quelle tenue! presque tous des bottes vernies; c'est ravissant! Il faudra que je tâche d'avoir des journalistes à mes réunions; ils mettront ensuite dans leurs nouvelles de Paris : A la dernière soirée donnée par monsieur Saint-Godibert, tous les hommes avaient des bottes vernies et toutes les femmes des diamants! Si je lisais cela dans un journal, je ne changerais pas mon sort contre celui de ce monsieur Molière dont on vient de faire la statue!

Puis monsieur Saint-Godibert s'approche de sa femme qui lui a fait un signe.

— Que veux-tu, Angélique?

— Je crois, mon ami, qu'il serait temps de faire circuler du punch.

— Je vais aller le dire à Fifine. Chère amie, es-tu contente? notre soirée est magnifique.

— C'est ce que me disait monsieur Roquet... Je la trouve d'autant plus belle que le cousin Brouillard n'est pas venu.

— En effet, j'en suis enchanté aussi, car il se permet quelquefois de se présenter devant la société avec des bottes mal cirées!

— Mal cirées! vous pourriez dire crottées même.

— Par exemple le regrette Soufflat et sa fille!... voilà deux fois qu'ils nous manquent! cependant je les avais autorisés à amener avec eux monsieur Bouchon.

— Notre fils n'est pas assez galent, assez aimable près de mademoiselle Soufflat! je ne sais pas à quoi il pense... il rentre fort tard depuis quelque temps! j'ai su cela par le concierge, je crains qu'il ne se dérange.

— Ma chère amie, c'est bon genre de rentrer tard!... de ce côté-là nous aurions tort de le gronder. Quant à sa toilette, je suis forcé de convenir qu'elle est irréprochable!... Je remarque que depuis quelque temps il est d'une élégance!... je dois convenir qu'il se fait honneur des quarante francs que je lui donne par mois. Ah! mon Dieu, on a ouvert la porte de l'antichambre... si c'était Brouillard!...

— Oh! c'est bien son genre! il arrive au moment où l'on sert le punch, et il en boit d'une façon indécente...

— Non! grâce au ciel! ce n'est pas lui, c'est notre neveu Frédéric.

Le grand jeune homme vient en effet d'entrer dans le salon. En passant près de son cousin Julien il s'arrête et lui dit à voix basse

— Eh bien! toujours rien... nos recherches sont infructueuses?

— Mon Dieu, oui, je n'ai recueilli aucun renseignement.. et vous?

— Pas davantage! pauvre petite cousine! une si jolie figure!... Mais si d'ici à deux jours je n'apprends rien, je suis décidé à partir pour le village d'Avon; j'irai jusque chez l'oncle Jérôme et je m'informerai si sa fille est revenue près de lui.

— Vraiment... vous ferez ce voyage?

— Pourquoi pas? la cousine en vaut bien la peine, et je tiens aussi à savoir si Richard ne nous a pas menti.

— Cela sera plus difficile à savoir; car si en effet la petite a été avec lui, certes elle ne l'avouera pas.

— Oui, mais si cela n'était pas, elle pourrait peut-être le prouver. Enfin, on ne sait pas; mais avant tout il faudrait d'abord la retrouver. Je t'avoue qu'en ce moment cela me rendrait d'autant plus heureux que cela me distrairait, et ma passion pour madame Marmodin m'occuperait moins... Conçoit-on une femme gentille, spirituelle comme cette Francine!... qui ne se gêne nullement pour se moquer de son mari... qui l'appelle Croquemitaine, et qui ne le fait pas cocu!...

— Le fait est que cela est surprenant. Quoi! Frédéric, vous n'êtes pas heureux près de cette dame... je vous croyais son amant?

— Eh! mon Dieu non!... Vingt fois j'ai espéré l'être, mais je ne le suis pas. Je lui fais pourtant une cour bien assidue... je vais partout où elle va, je ne m'occupe que d'elle!... je ne parle à aucune autre femme!.. et je n'en suis pas plus avancé. On rit, on jase avec moi, on est très-aimable... mais on ne m'accorde rien. Je commence à en avoir assez! L'amour platonique ne me va pas; cela me fait l'effet de ces belles volailles de carton que l'on sert aux acteurs sur le théâtre; cela donne envie de manger, ceux qui y touchent font semblant d'avoir du plaisir, et ça ne leur en procure pas du tout. Mais elle est là, mon inhumaine!... Vois! si on ne jurerait pas que je suis heureux? elle me regarde, elle me sourit, elle me fait signe d'aller près d'elle.

— Et vous allez vous y rendre?

— Eh! mon Dieu oui!... encore un petit essai près de son cœur, mais je t'assure, cousin, que ce sera le dernier.

Et Frédéric est allé s'asseoir près de madame Marmodin qui l'accueille avec un sourire très-gracieux.

Monsieur Saint-Godibert a été un moment dans son antichambre, s'est approché de mademoiselle Fifine et l'a pincée à un endroit très-charnu, en lui disant : — Il faut faire circuler du punch, Fifine, par très-fort... et des demi-verres, je veux dire les verres pleins à moitié, c'est bien assez à la fois.

— Oui, monsieur, je sais, comme à l'ordinaire.

— Arrange cela toi-même! je ne m'en rapporte pas à François.

Monsieur rentre au salon; mademoiselle Fifine appelle François, que l'on garde toujours parce qu'elle le protége. François s'avance, il pince la femme de chambre au même endroit que son maître, si ce n'est que celui-ci s'est adressé au côté gauche et que lui va au côté droit.

Fifine, qui n'a jamais l'air de s'occuper de ce qui se passe derrière elle, dit à François : — Prenez le grand plateau, portez des verres de punch... n'en buvez pas d'abord trois ou quatre comme à votre ordinaire.

— Ah! mam'zelle, l'autre fois c'est vous qui m'avez donné exemple.

— Taisez-vous, bêta! vous ne vous formez pas du tout.

— Je fais cependant tout ce que je vois faire aux autres... encore tout à l'heure le vieux bourgeois...

— Taisez-vous donc! quand on est en maison on ne doit rien voir, entendez-vous...

— Rien voir!... ah! j'aurais bien voulu! l'autre jour que je suis entré chez madame... croyant qu'elle m'appelait... et qu'elle changeait de chemise!..

— Mais silence donc, François; si madame vous entendait c'est pour le coup que vous seriez chassé!... Tenez, on sonne, allez voir, il vient encore du monde.

François va ouvrir la porte, mais au lieu de ces personnes élégantes qui viennent aux réunions de son maître, il aperçoit un vieillard en veste à basques, gilet à fleurs comme on en porte à la campagne, chaussé avec de gros souliers et tenant une espèce de bâton à la main.

Le bonhomme a déjà ôté son chapeau à larges bords et il salue fort poliment le valet qui lui demande d'un ton assez leste ce qu'il veut :

— N'est-ce pas ici chez monsieur Saint-Godibert? dit le vieillard dont la figure fraîche et enjouée n'annonce point un homme qui se présente avec crainte et en solliciteur.

— Oui, c'est ici... est-ce que vous êtes invité à la soirée qu'il donne aujourd'hui?

En disant ces mots, monsieur François toisait le vieillard d'un air à la fois impertinent et moqueur; mais celui-ci ne semble pas y faire attention et reprend :

— Je ne viens pas pour la soirée, je viens pour parler à votre maître, je voudrais le voir... causer avec lui quelques instants.

— On ne cause pas comme ça avec mon maître... il a du monde, grande soirée... revenez une autre fois, bonhomme.

— Je n'ai pas toujours le temps de faire de longues courses, et puisque je suis ici, je vous prie de dire à votre maître que quelqu'un le demande...

— Êtes-vous entêté!... je vous répète que monsieur Saint-Godibert n'a pas le temps!... après ça, cela m'est égal... je veux bien aller lui dire... quel est votre nom!

— Mon nom... monsieur Saint-Godibert ne me connaît pas; ainsi quand je dirais mon nom, cela n'avancerait à rien!... Dites qu'un monsieur désire lui parler un moment... puisqu'il a du monde, j'aime autant ne pas entrer et lui parler ici...

— Ah! vous aimez autant!... il est charmant, le vieux papa... qui croit qu'avec sa veste de chasse et ses gros souliers je le laisserais entrer dans un salon où ils sont tous mis comme des princes! il n'y a pas de risque! c'est pour le coup que je recevrais un galop!... Ah! vous ne voulez pas dire votre nom, et vous croyez qu'on va se déranger pour venir faire la causette avec vous!... vous êtes encore bien de votre pays, mon vieux père!... enfin, c'est égal, je vas faire votre commission près de mon maître... et je gage que nous allons rire!...

M. François entre dans le salon, et cherche des yeux son maître; le voyant causer avec des dames, il n'ose pas approcher et se contente de lui faire de loin avec la main des signes qui ressemblent beaucoup à ceux exécutés par certains jeunes gens en dansant le cancan.

Mme Marmodin, qui cause alors avec M. Saint-Godibert, remarque les gestes de François, et dit en riant : — Est-ce que votre domestique va exécuter une danse grotesque dans le salon? Regardez-le donc, monsieur Saint-Godibert, il fait une foule de gestes avec ses mains.

— Est-ce que ce drôle-là serait encore gris!... je ne sais vraiment pas pourquoi je le garde... c'est-à-dire, si, je le sais bien, c'est parce que notre femme de chambre y tient... mais je crois, Dieu me pardonne, qu'il me fait des signes.

Et M. Saint-Godibert court à son valet : — Qu'est-ce que c'est donc, drôle?... que signifie cette pantomime?

— Mais, monsieur, c'était pour vous parler... je n'osais pas aller vous relancer dans les dames...

— Eh bien, que me veux-tu?

— Moi! rien du tout, mais c'est un vieux bonhomme qui vient d'arriver et qui demande à vous parler.

— Un vieux bonhomme... est-il bien couvert?

— Dame! il est couvert assez chaudement, il a un pantalon de drap, un grand gilet...

— Imbécile, je te demande s'il est élégant!... s'il est décoré...

— Oh ! non... ça m'a l'air d'un vieux campagnard... il a une veste à grandes basques.

— Il a une veste ! et il ose se présenter chez moi quand j'ai du monde ! quand j'ai la plus belle société en bottes vernies !... mets cet homme à la porte.

— Il voulait vous dire un mot là-bas, sans entrer...

— Vous allez voir que je vais quitter des capitalistes, des dames en toques, en plumes, en fleurs ! pour aller causer avec ce monsieur qui a une veste ! François, renvoyez sur-le-champ cet homme ; je ne suis visible pour ses pareils que le matin de dix heures à midi. Allez; s'il insiste, mettez-le dehors par les épaules !

François quitte le salon et retourne près du vieillard qui attendait debout dans l'antichambre.

— J'en étais bien sûr, mon bonhomme, dit le domestique. Mon maître ne veut pas vous recevoir, ni se déranger pour vous parler. Allez-vous-en ; vous reviendrez demain vers midi, et on vous recevra peut-être ; voilà tout ce que l'on peut faire pour vous.

— Mais, monsieur, si je ne peux pas revenir à cette heure-là... vous n'avez donc pas expliqué à monsieur Saint-Godibert, que c'était seulement...

— Ah ! dites donc, vieux, en voilà assez !... vous m'ennuyez à la fin... j'ai du punch à porter là dedans ! filez vite, sinon, je suis autorisé à vous jeter à la porte.

Le vieillard va quelque peine se décider à s'éloigner, lorsque M. Cendrillon, qui vient de quitter la table de bouillotte, entre dans l'antichambre pour y prendre un peu l'air, trouvant la chaleur trop forte dans le salon.

Le gros capitaliste aperçoit le vieux bonhomme qui regagnait la porte, il pousse un cri de surprise et court le saisir par le bras, en disant : — Eh ! oui, corbleu ! c'est lui !... c'est mon père Savenay !... vous n'êtes donc pas mort !... parole d'honneur, ça me fait bien plaisir de vous retrouver...

— Comment ! c'est monsieur Cendrillon ! répond le vieillard en témoignant sa joie.

— Oui... oui ! c'est moi... Ah ! j'étais bigrement inquiet de vous, allez... Mais, venez donc... venez donc que je vous présente à Saint-Godibert...

En disant ces mots, M. Cendrillon passe son bras sous celui du vieillard et l'entraîne vers la porte du salon. Le vieux Savenay essaye de résister en disant : — Oh ! non ! non !... je ne puis pas entrer là dedans, moi... il y a une grande société...

— Eh bien ! qu'est-ce que ça fait la société ?... est-ce que vous n'êtes pas un brave homme ?... le monde ne doit pas vous faire peur. Je vous certifie que tous ceux qui sont là dedans ne vous valent pas...

— Mais ma mise... je ne puis pas... on est élégant ici... et cette toilette de campagne...

— Allons donc !... qu'est-ce que cela veut dire... à votre âge on n'est pas tenu de suivre les modes, avec des cheveux blancs et une bonne figure comme la vôtre on doit pouvoir être reçu jusque chez le roi... En avant, marche !... je vais vous présenter

Le vieillard se laisse emmener. François regarde d'un air ébahi monsieur Cendrillon, tenant sous le bras la personne qu'on lui a dit de mettre à la porte, et la faisant entrer dans le salon ; mais il n'ose plus souffler mot, et bientôt le père Savenay fait son entrée dans le brillant salon de monsieur Saint-Godibert.

Monsieur Cendrillon dit, de sa voix sonore et ronflante qui force tout le monde à l'entendre : — Mon cher monsieur Saint-Godibert, permettez-moi de vous présenter un de mes bons amis...

Monsieur Saint-Godibert ouvre ses yeux aussi grands que possible en regardant l'individu qu'on lui présente. Toutes les personnes qui sont dans le salon se sont retournées et examinent le père Savenay, dont le costume leur paraît singulier pour venir en soirée, mais dont la figure respectable et franche ne permet pas au ridicule d'arriver jusqu'à lui.

Madame Saint-Godibert seule fait la grimace, et dit bas à son mari : — Monsieur Cendrillon nous présente un homme en veste... une espèce de paysan ! Ah ! ceci est par trop sans gêne !

— Chut ! Angélique, taisez-vous donc ! vous oubliez toujours que monsieur Cendrillon est millionnaire.

Et monsieur Saint-Godibert s'efforçant de se donner un air aimable, s'avance vers monsieur Cendrillon, en disant : — Ah ! monsieur est un de vos amis...

— Oui, mon cher Saint-Godibert, ce bon papa-là est la personne dont je vous ai parlé la dernière fois que j'ai dîné chez vous... celui auquel j'avais donné une lettre de recommandation pour vous... enfin ce brave père Savenay qui avait hérité de soixante mille francs et à qui j'avais conseillé de les placer chez vous...

Au nom de Savenay, la plupart des personnes qui sont là et qui se trouvaient au grand dîner de monsieur Saint-Godibert, regardent le vieillard avec plus d'intérêt ; on est curieux de savoir ce qui lui est arrivé ; de tous côtés dans le salon les conversations cessent, les parties de jeu mêmes sont interrompues ; enfin le silence a remplacé le bruit des causeries et les éclats de la gaieté.

Le vieillard, dont la présence cause ce changement, vient de tirer de sa poche une lettre et la présente à monsieur Saint-Godibert, en

disant : — Voilà la lettre que monsieur Cendrillon avait eu la bonté de me donner pour vous... Oh ! je ne l'ai pas perdue, elle ! et je comptais qu'en vous la présentant ce soir elle me donnerait accès chez vous... et vous inspirerait quelque bienveillance pour le porteur...

Monsieur Saint-Godibert prend la lettre d'un air embarrassé en répondant : — Monsieur... certainement... est-ce que c'est vous, qui... tout à l'heure... mon Dieu, si j'avais su... si vous aviez dit que vous veniez de la part de monsieur Cendrillon... je me serais empressé... mais ne sachant pas... cependant mon intention était bien d'aller savoir ce que vous aviez à me dire, et...

François qui vient de paraître à la porte du salon, crie alors à son maître : — Monsieur ! je n'ai pas pu mettre le vieux bonhomme à la porte, parce que monsieur Cendrillon l'a pris sous le bras et la fait entrer.

Monsieur Saint-Godibert devient cramoisi, et madame repousse leur domestique dans l'antichambre, tandis que son mari répond : — Mon Dieu, que j'ai un valet bête ! quelle brute que ce François ! il entend de travers tout ce qu'on lui dit !... je vous prie de croire qu'il fait erreur.

— Il n'est plus question de tout cela, s'écrie le gros capitaliste, nous n'en sommes pas sur les formes et la cérémonie !... le père Savenay s'en moque comme moi !... n'est-ce pas, mon ancien ? Mais il s'agit maintenant de savoir ce que vous êtes devenu, mon brave, depuis trois mois que vous avez quitté Nemours sur votre petit cheval... sur ce pauvre Mouton, qui ne prend jamais le galop... Comment ! vous partez avec une forte somme, et pendant si longtemps on n'entend plus parler de vous, on n'a pas de vos nouvelles... Savez-vous que j'étais fort inquiet... moi, surtout, qui vous avais conseillé ce voyage. Que diable avez-vous donc fait depuis si longtemps, père Savenay ? nous nous sommes donc bien amusé à Paris ? nous avons donc fait le jeune homme... couru les belles... eh ! eh !... fait nos petites bamboches... eh ! eh !...

Madame Saint-Godibert se mouche, tousse et remue sa chaise, en disant à monsieur Roquet : — Ah ! mon Dieu, que ce millionnaire est indécent !... Je dois être pourpre, monsieur Roquet ?

— En effet... votre nez surtout...

— C'est la faute de monsieur Cendrillon.

— Mais enfin, reprend le capitaliste, il eût toujours été plus sage, mon vieil ami, de venir d'abord mettre votre argent en sûreté ici. Ah ! vous avez des fonds à placer, et vous les laissez dormir plus de trois mois dans votre portefeuille !... vous n'êtes pas calculateur, père Savenay.

Le vieillard secoue la tête en souriant, et répond : — Si je ne suis pas venu plus tôt chez monsieur, c'est que maintenant ma visite n'avait plus le même but... Eh ! mon Dieu, mon cher monsieur Cendrillon, ces soixante mille francs dont j'avais hérité... je ne pouvais plus les confier à monsieur, puisque dans mon voyage on me les a volés !

— Volés ! s'écrie monsieur Cendrillon d'une voix émue.

— Volés ! volés !... répète-t-on de toutes parts dans le salon, et même quelques gémissements sourds semblent se mêler à ces cris arrachés par l'intérêt général ; mais au milieu de la rumeur provoquée par les paroles du vieillard, on ne fait pas attention à l'émotion de quelques personnes.

— Oui, reprend le père Savenay, oui, j'ai été volé en traversant la forêt de Fontainebleau et en plein midi, par un fort beau temps. Il est vrai que je ne rencontrais personne dans le sentier que je suivais, et que je laissais mon cheval aller à sa guise, c'est-à-dire au tout petit trot ! Mais j'étais si loin de penser qu'il y avait des voleurs dans cette forêt !... Tout à coup deux hommes sont sortis du taillis, ils ont couru à la tête de mon cheval ; ce pauvre Mouton, qui a eu je crois aussi peur que moi, s'était déjà arrêté de lui-même... quant à moi, j'avoue que j'étais tout tremblant.

— Il y avait bien de quoi, s'écrie madame Saint-Godibert, ils devaient avoir l'air effrayant ces voleurs !

— Ma foi, madame, je ne saurais vous dire quel air ils avaient !... je fus si saisi !... Je vis seulement deux hommes en blouse... chacun d'eux avait sur la tête une casquette dont la visière lui cachait les yeux... je crois que leur figure était barbouillée de noir...

— C'étaient des charbonniers, dit le major Krouteberg.

— Oh ! je ne crois pas, monsieur !... La voix qui me dit : Ton portefeuille ! bien vite, ou tu es mort !... oh ! cette voix-là tinte encore dans mes oreilles... ce n'était pas une voix de charbonnier ! Bref, je voyais à droite et à gauche le canon d'un pistolet dirigé sur moi... vous pensez bien que je ne m'amusai pas à faire résistance ! je donnai mon portefeuille dans lequel mes soixante mille francs j'allais donner aussi ma bourse et ma valise, mais les voleurs étaient satisfaits, ils ne voulaient apparemment que mon portefeuille, car ils donnèrent une claque à Mouton qui partit au grand trot, et vous pensez bien que je ne l'arrêtai pas.

— Mon pauvre ami ! comment vous avez été dépouillé ainsi ! dit monsieur Cendrillon en frappant sur l'épaule du vieillard. Ah ! les gredins !... si j'avais passé par là alors, comme j'aurais tombé dessus...

— C'est un événement très-dramatique, dit monsieur Mundigo; mis en scène ce serait plein d'intérêt.

— A coup sûr, les voleurs savaient que monsieur avait une forte somme en portefeuille, dit Frédéric, puisque c'est cela qu'ils vous ont sur-le-champ demandé. Vous aurez eu sans doute l'imprudence de le dire dans quelque auberge.

— C'est possible, monsieur, je suis assez causeur de mon naturel… et je crois me rappeler que je me suis arrêté dans un petit village qui touche à la forêt pour laisser reposer mon cheval. Là j'ai causé en effet avec l'aubergiste… je ne me souviens plus de ce que je lui ai dit… je n'ai pas remarqué s'il y avait du monde près de nous !… Enfin que voulez-vous ! si j'ai été volé c'est toujours par suite de mon entêtement ; car monsieur Cendrillon et d'autres personnes m'avaient conseillé de ne pas faire ce voyage à cheval… je n'ai pas voulu écouter les bons avis ; je me suis cru plus sage que les autres… le bon Dieu m'en a puni !… mais j'ai pris mon parti et je me suis dit : Eh bien ! c'est comme si je n'avais pas hérité.

— Pauvre homme !… quelle philosophie ! quel courage ! à son âge supporter ainsi un tel malheur !

Madame Marmodin adressait ces paroles au jeune Julien, qui était allé s'asseoir derrière elle ; puis remarquant alors l'extrême pâleur du fils de la maison et l'expression singulière de sa physionomie, elle reprend : — Mais qu'avez-vous donc, monsieur Julien? comme vous êtes pâle !… vos traits sont altérés.

— Vous croyez, madame… Ah ! c'est… ce que je viens d'entendre…

— Cela vous a fait mal, n'est-ce pas? Attaquer un pauvre vieillard, c'est affreux… mais les voleurs ne respectent personne !… Je crois, monsieur Julien, que si pareil événement vous fût arrivé, vous vous en seriez consolé moins vite que ce bonhomme.

Julien murmure quelques mots qu'il est difficile d'entendre, et il essaie de sourire ; mais sa physionomie présente alors un aspect effrayant, tant elle est décomposée ; pour se donner une contenance, il fourre dans ses dents un crayon qu'il vient de trouver dans sa poche et le mordille comme s'il voulait le briser.

Monsieur Cendrillon, qui a secoué la main du père Savenay, s'écrie : — Se consoler !… et fichtre, c'est fort bien ! mais ça ne rend pas l'argent… Il vaudrait mieux le retrouver. Avez-vous fait votre déposition?

— Oui, le même jour, aux autorités de Fontainebleau ; on a envoyé des gendarmes battre la forêt, mais mes voleurs n'y étaient plus.

— Allons, c'est une somme perdue, mon pauvre vieux !… eh bien ! qu'est-ce que vous avez fait alors? pourquoi n'êtes-vous pas revenu prendre votre place chez le maître de forges?

— Parce qu'on l'avait donnée à un pauvre père de famille que cela rendait bien heureux, et que je ne voulais pas détruire son bien-être, sa félicité !

— Hum !… quel brave homme vous faites !… en voilà-t-il un bon vieillard !… quelle pâte !… bigre !… on n'en fait plus comme ça !…

— Est-ce que l'on va longtemps s'occuper de ce vieux bonhomme? murmure madame Saint-Godibert en faisant la moue ; il me semble que nous ne donnons pas une soirée pour lui ! cela devient très-monotone ! et monsieur Cendrillon qui parle de pâte !

— Enfin, papa Savenay, qu'avez-vous fait depuis ce temps… pourquoi ne m'avez-vous pas écrit? pourquoi n'êtes-vous pas venu voir monsieur Saint-Godibert, auquel je vous avais recommandé?

— Ma foi, monsieur Cendrillon, je n'ai pas osé vous importuner… ensuite je n'avais plus de motif pour venir chez monsieur… j'avais trouvé en arrivant à Paris un petit emploi chez un commerçant, et je l'ai pris bien vite… malheureusement ce n'était qu'un travail momentané, et depuis hier la besogne que je faisais chez lui est terminée.

— Oh! soyez tranquille, papa, nous nous occuperons de vous, nous vous trouverons une place… C'est qu'il écrit et calcule fort bien, le père Savenay, et il travaille avec autant d'ardeur qu'un jeune homme…

— Ah ! dame ! je ne suis pas paresseux, et comme je me porte bien… ça va encore…

— Saint-Godibert, il faudra me placer mon protégé, entendez-vous? et pas comme surnuméraire au moins !… il a passé l'âge pour ça !

Monsieur Saint-Godibert se tire le nez, en murmurant : — Ah ! certainement… si je trouve une occasion… c'est que les places sont si rares…

— Bah ! bah ! on dit toujours cela ! mais chacun se case pourtant !

— Si cela dure encore longtemps, je vais me trouver mal ! dit madame Saint-Godibert au major ; puis tout à coup, courant à monsieur Cendrillon, elle le pousse vers la table de bouillotte, en lui disant :

— Mais allez donc jouer, monsieur Cendrillon ; tenez, il y a une place… vous qui aimez tant la bouillotte.

— Ah ! en effet, dit le grand monsieur ; j'ai d'ailleurs une revanche à demander… car tout à l'heure monsieur Dernesty m'a gagné tout mon argent… Vous allez me le rendre, n'est-ce pas?

Monsieur Dernesty ne répond que par une inclination de tête. La partie de bouillotte recommence. Monsieur Saint-Godibert voyant monsieur Cendrillon occupé, en profite pour s'éloigner du père Savenay. Frédéric, s'apercevant que le vieillard est assez embarrassé au milieu du salon, s'empresse d'aller à lui et lui présente une chaise ; mais le père Savenay remercie le grand jeune homme, en disant : Je vous suis bien obligé, monsieur, mais je vais m'éloigner ; je ne suis pas habitué à la société, moi, et je sens bien que je suis de trop ici.

— Pourquoi donc cela ? vous êtes un ami de monsieur Cendrillon, c'est une raison pour que mon oncle vous voie avec plaisir.

— Vous êtes bien honnête ; mais avant de m'éloigner il faut pourtant que je demande quelque chose à monsieur Saint-Godibert… c'est même pour cela que je suis venu ; sans quoi je ne me serais pas permis de lui faire une visite.

— Mon oncle ! crie Frédéric, en allant à monsieur Saint-Godibert qu'il ramène près du vieillard, monsieur a quelque chose à vous demander.

— Oh ! je m'occuperai… je songerai à monsieur… si cela se peut répond Saint-Godibert, en reprenant déjà son air d'importance ; mais je ne puis dire quand j'aurai trouvé.

— Ce n'est pas de moi qu'il s'agit, monsieur, répond le vieillard ; mais d'une personne à laquelle je m'intéresse beaucoup, parce qu'elle le mérite…

— Au fait, monsieur… j'ai beaucoup de monde, et je me dois à ma compagnie.

— M'y voici, monsieur : une jeune fille dont j'ai fait la connaissance… bien singulièrement ! mais ceci est une autre histoire qui serait trop longue à vous conter… — Oui, ce serait trop long…

— Cette jeune fille, qui est du village d'Avon, près de Fontainebleau, était venue pour la première fois à Paris pour trouver deux oncles, chez lesquels son père l'envoyait ; elle avait leur adresse, et pourtant, ni l'un ni l'autre n'était connu où elle espérait les trouver.

En écoutant le vieillard, Frédéric tressaille, tandis que monsieur Saint-Godibert renfonce son menton dans sa cravate, et que monsieur Richard devient tour à tour jaune, rouge et bleu. Monsieur Cendrillon qui, tout en jouant, écoute toujours ce que dit son vieil ami, s'écrie : Ah ! ah ! père Savenay, vous avez fait la connaissance d'une jeune fille… je le disais bien tout à l'heure… monsieur Dernesty, j'ai fait mon argent, tenez-vous ?

Dernesty se contente de faire un signe de tête négatif.

— Ah ça, il paraît que vous jouez à la muette, maintenant reprend le capitaliste. Continuez donc, père Savenay, votre jeune fille m'intéresse.

— Elle le mérite, mon cher monsieur ! Si bien que cette pauvre enfant n'a pas pu découvrir ses oncles à Paris. Mais… et voilà pourquoi je suis venu, l'un des deux demeurait, à ce qu'on lui avait assuré, dans cette maison… elle y est venue et a en vain demandé monsieur Nicolas Gogo… car ses oncles s'appellent Gogo.

— Gogo !… oh ! le drôle de nom !… s'écrie monsieur Cendrillon, en riant à gorge déployée.

Mais pendant que le grand monsieur rit, madame Saint-Godibert s'est laissée aller dans un fauteuil, et elle porte un flacon sous son nez en murmurant : — Ah ! le gaz me fait mal !…

— Le gaz !… dit monsieur Roquet en regardant de tous côtés dans le salon. C'est singulier !… je n'en vois pas… ah ! c'est que cela vient du dehors apparemment.

Monsieur Mondigo et son frère se sont jetés chacun un regard, où il y a presque de l'épouvante, enfin Frédéric a fait un mouvement comme pour parler ; il va ouvrir la bouche, mais son oncle Saint-Godibert l'arrête, le retient par le bras, et lui dit vite et bas à l'oreille : — Tais-toi, je t'en prie… je te prêterai ce soir les cinq cents francs que je t'avais refusés.

Quant à Julien, il a bien exprimé comme un sentiment de surprise en entendant prononcer le véritable nom de son père ; mais il retombe dans sa stupeur, continuant de baisser la tête sur sa poitrine et de se tenir derrière madame Marmodin comme s'il eût voulu éviter les regards du vieillard qui était au milieu du salon.

— Oui, les oncles de cette jeune fille se nomment Gogo, reprend le vieux Savenay, et comme monsieur Saint-Godibert demeure dans cette maison que l'on avait indiquée à cette pauvre enfant comme l'adresse de l'un d'eux, cela m'a donné l'idée de venir lui demander si, par hasard, il n'aurait connu un de ces messieurs Gogo, que nous ne pouvons découvrir nulle part. Je me suis rappelé la lettre que monsieur Cendrillon avait bien voulu me donner pour monsieur Saint-Godibert ; elle me servira de recommandation, et voilà pourquoi je suis venu ce soir déranger monsieur. Je serais bien heureux s'il pouvait nous procurer quelque renseignement qui nous mettrait sur les traces de l'un de ces messieurs Gogo, que nous cherchons en vain dans tout Paris.

— Je ne les connais pas, mon cher monsieur, répond Saint-Godibert en se mouchant pour cacher sa rougeur ; je n'en ai jamais entendu parler… je suis bien fâché de ne pouvoir vous être utile de ce côté… mais je m'occuperai de vous, monsieur Savenay… Oh ! je vous promets de faire mon possible pour vous trouver une place… un emploi… quelque chose de lucratif.

— Je vous suis obligé, monsieur. Allons, puisque vous ne pouvez pas m'aider à trouver les oncles de ma jeune fille, il ne me reste plus qu'à me retirer en vous demandant bien pardon de la liberté que j'ai prise en venant chez vous.

— Comment, vous partez déjà ! père Savenay, s'écrie monsieur Cendrillon, tandis que Saint-Godibert, enchanté de voir le vieillard s'éloigner, le conduit déjà vers la porte.

— Oui, monsieur Cendrillon, je rentre chez moi…

— Oh ! mais avant que de vous en aller, donnez-nous donc votre adresse, que je sache maintenant où vous trouver, mon vieil ami ! car j'irai vous voir, corbleu! Oh! je n'entends pas vous perdre encore!

— Vous êtes bien bon, mon cher monsieur, je demeure rue de la Huchette... tout près de la rue de la Vieille-Bouclerie, la maison du marchand de poterie.

— C'est bien, père Savenay, je ne l'oublierai pas.

— Ni moi non plus, se dit Frédéric.

— Vous aurez de mes nouvelles, reprend monsieur Cendrillon, parce que je ne veux pas qu'à votre âge vous restiez le bec dans l'eau sans avoir votre ration bien assurée.

— Loger rue de la Huchette! murmure Roquet en souriant à madame Saint-Godibert, c'est là où il y a des miasmes vénéreux.

Mais contre son attente, la maîtresse de la maison ne lui répond rien. Elle se contente de suivre des yeux le vieillard et d'attendre qu'il soit sorti de chez elle pour respirer librement.

— Messieurs, mesdames et la compagnie, j'ai bien l'honneur de vous souhaiter le bonsoir, dit le père Savenay, en saluant toute la société. Julien se tient toujours derrière madame Marmodin, et baisse la tête quand le vieillard passe près de lui. L'homme de lettres se détourne aussi comme tout honteux de sa conduite. Monsieur Saint-Godibert pousse toujours le bonhomme vers la porte, et Frédéric le suit des yeux avec intérêt.

Enfin le père Savenay est sorti du salon, mais monsieur Saint-Godibert le reconduit jusqu'à la porte qui donne sur le carré, afin d'être bien certain qu'il n'est plus chez lui.

Pendant ce temps, Frédéric s'est approché de son cousin; il lui dit tout bas : — Cette jeune fille dont parlait ce vieillard... c'est cette Rose-Marie si jolie, dont Richard dit avoir été l'amant... c'est notre cousine...

— Oui... oui... je le sais bien.

— Ton père sait bien aussi que c'est sa nièce... Mondigo le sait également, et pourtant ils ne l'ont pas dit... ils aiment mieux abandonner cette pauvre fille que d'avouer qu'ils sont les Gogo que l'on cherche! Sais-tu que cela est indigne... Eh bien! tu ne réponds pas... Bon Dieu! comme tu es pâle... défait... Est-ce que tu as peur aussi d'avouer que tu es un Gogo... toi?

— Non... ce n'est pas cela... mais l'émotion que j'éprouvais... je me suis senti mal à mon aise.

— Eh bien, sois tranquille.... je sais ce qui me reste à faire, à moi.

— Quel est donc votre projet?

— De m'assurer d'abord de tout ce qui est arrivé à ma cousine depuis qu'elle est à Paris... de savoir si Richard ne l'a pas calomniée, et dans le cas où Rose-Marie serait une jeune fille honnête, sage comme elle le paraissait, oh! alors, messieurs les Gogo, j'en suis bien désolé, mais il faudra recevoir cette jolie petite nièce et ne pas la laisser chez ce pauvre vieillard.

— Comment! vous voudriez?...

Frédéric ne répond plus à son cousin; il s'est levé et s'est approché de la table de bouillotte pour regarder son ami Richard, qui fait une singulière figure. En ce moment monsieur Cendrillon fait tout son argent.

— Tenu! s'écrie Dernesty en abattant son jeu.

— Tiens! dit le gros capitaliste, en regardant fixement Dernesty, vous ne jouez plus à la muette maintenant; la voix vous est donc revenue?

Le jeune homme ne répond rien. Monsieur Saint-Godibert rentre alors dans son salon d'un air tout joyeux, et en se frottant les mains, il fait un signe de tête à son frère et va s'asseoir près de sa femme à laquelle il dit à l'oreille : — Parti! nous en sommes débarrassés et il ne se doute de rien.

— Ah! Dieu! reprend Angélique, tout cela m'a fait une révolution... je dois avoir l'air d'un coing.

XXIV. — LE COUSIN ET LA COUSINE.

Le lendemain de cette soirée, huit heures du matin viennent à peine de sonner, lorsque Frédéric, qui s'est fait conduire en cabriolet dans la rue de la Huchette, et cherche de tous côtés une boutique de poterie, aperçoit enfin l'étalage des époux Bichat. Il fait aussitôt arrêter son milord, descend et entre dans la boutique, où se trouve alors la jalouse Clara, qui, à l'aspect d'un jeune homme élégant et joli garçon, tire et retire les longues mèches de sa perruque.

— Madame, dit Frédéric, pourriez-vous m'apprendre si c'est dans cette maison que demeure un bon vieillard de bonne mine, nommé Savenay?

— Oui, monsieur, c'est bien dans cette maison qu'il reste... au cinquième étage. Vous voudriez peut-être lui parler?

— Oui, madame... et je vais monter au cinquième.

— Vous ne le trouverez pas en ce moment; il est déjà sorti.

— Déjà...

— Oh! mais il va revenir, il est allé faire ses petites provisions du matin dans le quartier; car depuis deux jours il n'a plus de besogne, ce pauvre monsieur Savenay, et il a le temps de vaquer à tous ces petits détails de ménage... Il prétend que cela l'amuse... Mais tenez, je crois qu'il revient... on l'entend toujours avant que de le voir.

Une petite voix claire se faisait effectivement entendre dans la rue, et chantonnait :

> Les gueux, les gueux,
> Sont des gens heureux,
> Ils s'aiment entre eux,
> Vivent les gueux !

Bientôt le père Savenay passe devant la boutique; madame Bichat court l'appeler.

— Papa Savenay, voilà un monsieur qui vous demande... Gardez donc un moment ma boutique, je vas aller voir ce que fait ce polisson de Bichat, qui ne revient pas.

Sans attendre la réponse qu'on lui fera, la pétulante Clara s'élance hors de sa boutique.

Au moment où le vieillard entre, il regarde Frédéric qui lui tend la main, en lui disant : — Bonjour, monsieur Savenay... me reconnaissez-vous?

— Ma foi, monsieur, attendez donc... il me semble vous avoir vu hier chez monsieur Saint-Godibert; c'est vous qui avez eu la bonté de m'offrir une chaise.

— Oui, en effet, c'est moi qui ai été poli avec vous, et vous avez dû le remarquer, car le maître de la maison ne l'était guère...

— Oh! je ne dis pas cela, monsieur.

— Je me nomme Frédéric Reyval, je suis le neveu de monsieur Saint-Godibert, et je viens vous parler au sujet de cette jeune fille que vous avez recueillie.

— Rose-Marie, elle est là-haut, chez moi, qui travaille, qui nettoie mon petit ménage, cette chère enfant; mais demain elle veut me quitter, retourner dans son village... Et au fait puisque ses oncles sont introuvables... Si vous voulez prendre la peine de monter, monsieur... Mon Dieu! et cette madame Bichat qui nous laisse... qui abandonne sa boutique...

— Nous pouvons causer ici, monsieur Savenay, puisque nous y sommes seuls; je préfère même ne voir cette jeune fille qu'après, car il faut que vous me disiez la vérité sur tout ce qui la concerne... et je suis bien certain que vous me la direz... mais peut-être vous-même ne savez-vous que... ce qu'elle a bien voulu vous apprendre... Tenez, bon vieillard, vous êtes un honnête homme, et je puis me fier à vous. Je connais les parents de Rose-Marie... je puis lui faire trouver ces oncles qu'elle cherche en vain depuis si longtemps...

— Il serait possible, monsieur?

— Oui, je le puis, et je le ferai si cette jeune fille mérite que l'on s'intéresse à elle, et si... depuis qu'elle est à Paris, elle ne s'est pas conduite de manière à faire rougir sa famille... ainsi que quelqu'un me l'a assuré.

— Faire rougir ses parents!... elle... si douce, si sage, si honnête!... elle qui aime tant son père, et qui dans sa maladie, n'appelait, ne demandait que lui!... Oh! monsieur, ceux qui ont dit du mal de Rose-Marie sont des imposteurs!... et je vous jure qu'ils l'ont calomniée.

— Je le désire, père Savenay; mais depuis quand est-elle avec vous, comment l'avez-vous connue?... racontez-moi tout, n'omettez aucune circonstance...

Le vieillard dit à Frédéric ce qu'il sait concernant la jeune fille, et la manière dont elle a été trouvée endormie dans la rue, et amenée au point du jour, chez le potier. Le jeune homme écoute attentivement, puis il s'écrie : — S'il était vrai... pauvre petite!... si en effet elle est venue ici le lendemain même de son arrivée à Paris... Alors ce Richard est un misérable qui nous a menti... mais comment êtes-vous sûr que lorsqu'on l'a trouvée dans la rue, elle était arrivée ce même jour...?

Le retour de madame Bichat interrompt cette conversation; la marchande est suivie de son époux et de leur ami Glureau.

— Le voilà ce libertin! dit Clara en arrivant, je l'ai trouvé... il était au cabaret avec le compère Glureau... mais je lui pardonne!... je lui passe un peu de vin de temps à autre pourvu que le reste me soit conservé intact.

En apercevant l'homme à la tête de cosaque, Frédéric cherche à rappeler ses souvenirs, le père Savenay vient à son aide, en lui disant :

— Tenez, monsieur, voilà le brave homme qui a trouvé la pauvre enfant la nuit, endormie sur un banc de pierre et qui l'a conduite ici...

— Oui, sans doute que c'est moi, dit Glureau en s'avançant : est-ce que je n'ai pas bien fait?

— Connaissiez-vous déjà cette jeune fille? dit Frédéric.

— Non... si ce n'est pour avoir voyagé avec elle en chemin de fer.

— En chemin de fer!... ah! oui... je vous reconnais maintenant... c'est vous qui étiez dans le coin de la voiture... un jeune homme seul nous séparait.

— C'est vrai, j'avais le coin... ah! je vous remets à présent, monsieur! vous étiez avec ce beau fils si vilain, qui m'a empêché de prendre une prise de tabac!...

— Justement. Eh bien, dites-moi... quand avez-vous rencontré Rose-Marie?

— Quand? pardieu la nuit même qui suivit mon arrivée à Paris...

— La même nuit... vous en êtes certain?

— Est-ce que je peux me tromper! puisque je n'étais pas encore entré en fonction d'inspecteur au balayage... Cette pauvre petite!... elle s'était sauvée de votre vilain ami qui voulait l'emmener de force chez lui... elle avait couru longtemps à travers les rues... enfin épuisée de fatigue, elle s'était jetée sur le banc de pierre où je la trouvai dormant, au petit jour... sans compter qu'elle a fait une fameuse maladie de s'être endormie là...

— Ah! plus de doutes maintenant!... ce misérable Richard l'avait indignement calomniée ; ce n'était pas assez d'avoir abusé de sa position en cherchant à entraîner Rose chez lui ; n'ayant pu y réussir, il a voulu se venger, en disant qu'elle avait passé trois jours avec lui.

— Quelle horreur! dit le vieillard en joignant ses mains. Ainsi donc, au lieu d'honorer une jeune fille qui veut rester sage, un mauvais sujet croit devoir à dénigrer, la perdre de réputation!...

— Tous les mauvais sujets ne se conduisent pas ainsi, père Savenay, dit Frédéric en souriant ; même en cherchant le plaisir et les bonnes fortunes, il en est qui savent encore rendre justice au mérite et à la vertu.

— Comment ! comment ! s'écrie Glureau en retroussant ses manches, le vilain beau fils a dit que mam'zelle Rose-Marie avait été sa maîtresse ! en voilà-t-il un toupet!... oh ! que je te rencontre jamais, toi, cher ami, et je te tremperai une soupe soignée! d'autant plus que mon jeune ami Féroce m'a appris à tirer la savate et que je suis maintenant de la première force.

— Montons chez vous, père Savenay, s'écrie Frédéric, hâtons-nous ; il me tarde de voir Rose-Marie et de la conduire chez ses oncles...

— Comment, monsieur, vous savez où ils demeurent ?...

— Oui, oui... mais venez, montons chez vous.

Rose-Marie avait fini de ranger les deux chambres qui composaient le logement de son protecteur ; elle s'était assise et travaillait près de la fenêtre. La jeune fille était triste et rêveuse. Inquiète de ne point recevoir de réponse de son père, elle était décidée à repartir le lendemain pour son village, et elle comptait prier le père Savenay de l'accompagner, afin qu'il pût attester à son père ce qu'elle avait fait pendant son séjour à Paris.

Tout à coup on entre dans la chambre, c'est le père Savenay et Frédéric ; ce dernier va à Rose, la considère avec ravissement, lui prend la main qu'il presse dans la sienne et s'écrie : — Ma cousine, voulez-vous me permettre de vous embrasser?

Rose-Marie est restée toute saisie, le père Savenay lui-même regarde le jeune homme avec étonnement, et Frédéric sans s'attendre une réponse a déjà pris un baiser sur la joue rose et fraîche de sa cousine.

— Quoi, monsieur? dit le vieillard, vous êtes donc...

— Oui, papa Savenay, je suis un Gogo... mais du côté des femmes... fils de Thérèse, la sœur de votre père, ma chère cousine, qui épousa monsieur Reyval, et voilà pourquoi je me nomme Frédéric Reyval.

Rose lève timidement les yeux sur son cousin, en balbutiant : Ah ! monsieur, mon cousin... que je suis donc contente d'avoir retrouvé ma famille! car vous devez savoir où sont mes oncles, vous ?

— Oui, ma cousine, oui, certes je le sais. Mais d'abord veuillez bien me dire qui vous avait donné leur adresse à Paris?

— C'est notre cousin Brouillard, qui était venu nous voir à Avon cet été... il m'avait dit que mon oncle Nicolas demeurait rue Saint-Lazare, et mon oncle Eustache rue de Vendôme.

— Eh! vraiment il ne vous avait pas trompée!... mais ce que je ne comprends pas, c'est qu'en vous donnant l'adresse de vos oncles, il n'ait pas songé à vous dire aussi leur nom...

— Leur nom... comment, mon cousin... est-ce que mes oncles ne s'appellent plus Gogo? — Non, ma jolie cousine, et voilà pourquoi vous les cherchiez et demandiez en vain dans Paris!... à Paris il n'y a plus de Gogo! le Gogo est perdu ! anéanti, fondu, mort enfin !...

— Mort !... ô mon Dieu ! qu'est-ce que cela veut dire !

— Cela veut dire que maintenant Eustache Gogo, l'homme de lettres, se nomme Mondigo, et que Nicolas Gogo, le financier, est devenu monsieur Saint-Godibert, banquier !

— Saint-Godibert ! dit le vieux Savenay. Comment ! ce monsieur chez lequel je suis allé hier au soir et pour qui j'avais une lettre de recommandation...

— C'est Nicolas Gogo, mon oncle et le vôtre, ma cousine...

— Mais hier, quand je lui ai parlé de cette chère enfant qui cherchait ses parents, quand je lui ai demandé s'il connaissait des Gogo, il m'a répondu que non !...

— Oui, papa Savenay, oui !... et je conviens qu'au premier abord cela doit vous donner une assez mauvaise idée de lui ! mais vous avez de l'expérience ; vous devez connaître les hommes, excuser leurs faiblesses et avoir de l'indulgence pour leur vanité. Tout cela veut dire que nos deux oncles, ma chère cousine, ont trouvé que le nom de Gogo n'était pas assez sonore... ou peut-être qu'il l'était trop... Je ne dirai pas qu'ils rougissaient de leur origine un peu rustique, mais que voulez-vous ?... Il y a des gens qui se figurent que pour être considéré dans le monde, il faut se faire descendant du roi Pépin ou de Charlemagne. ..

Ensuite elle se met à genoux et prie. — Page 82.

est donc fort commun de voir des personnes changer de nom ou ajouter au leur celui d'une terre, d'une campagne qu'ils ont achetée, ou du lieu qui leur donna naissance. Ceci est une petitesse, mais n'est point un crime. Ce qui serait fort mal, ce serait ensuite de repousser, de méconnaître ses parents !... mon oncle Saint-Godibert n'eut jamais cette pensée. Mais hier, devant tout ce monde qui ne sait pas qu'il se nomme véritablement Gogo, vous concevez qu'il eût été assez embarrassé pour en convenir; il aurait fallu donner des explications... s'exposer au ridicule... La chose que les hommes redoutent le plus. Voilà pourquoi monsieur Saint-Godibert a gardé le silence! Mais repousser sa nièce, la fille de son frère... ne pas lui avouer que l'on est son oncle! allons donc ! est-ce que cela se peut!... seulement on désirait savoir ce que vous aviez fait depuis votre séjour à Paris, ma jolie cousine, et voilà pourquoi je suis venu ce matin en éclaireur... Maintenant que je sais que vous êtes aussi sage que belle, je retourne chez monsieur Saint-Godibert, je lui dis qu'il a une nièce charmante, dont il doit être fier... et il vous recevra à bras ouverts, ou sinon !... — Mais ce n'est donc pas mon oncle qui vous envoie ici, mon cousin ? dit Rose en regardant Frédéric. Celui-ci s'aperçoit qu'il a dit une bêtise, il reprend aussitôt : — Je n'ai pas attendu qu'il m'envoyât, ma cousine ; mais je sais très-bien que telle était son intention... Ah ! encore une question ! Pourquoi votre père a-t-il eu l'idée de se séparer de vous, et dans quelle intention vous envoyait-il à Paris chez vos oncles ? — Mon père venait d'essuyer un revers de fortune... il venait de perdre une somme amassée à la suite de longues années de travail. Alors, craignant que mon avenir ne fût point heureux en restant au village, il voulut absolument que je partisse pour Paris... Il pensait que ses frères me recevraient avec plaisir... Mais moi, je n'ai point d'ambition, mon cousin, et je retournerais bien volontiers dans mon village.

— Retourner au village, vous !... ce serait un meurtre, et nous ne souffrirons pas cela. Faites vos préparatifs... vos petits paquets, je retourne chez mon oncle Saint-Godibert, et avant deux heures je reviendrai vous chercher... Vous viendrez aussi, papa Savenay, vous avez recueilli ma cousine, c'est à vous de la conduire chez son oncle. — Moi, monsieur... mais hier pourtant... — Je vous dis qu'il n'est plus question d'hier !... arrangez-vous, disposez-vous, je vais revenir vous chercher.

Et Frédéric sort en courant, sans écouter les observations de la jeune fille et du vieillard. Il remonte dans son cabriolet et se fait mener rue Saint-Lazare, et tout le long du chemin il ne pense qu'à sa cousine et dit : — Jolie et sage... Ah ! canaille de Richard, tu auras affaire à moi... A propos, et ce Léopold !... ce jeune peintre qui est amoureux de Rose-Marie... irai-je lui dire que je l'ai retrouvée... que je sais qu'on l'a calomniée...? Oui, je lui dirai cela... mais je ne lui ferai pas connaître où est ma cousine... Je ne vois pas pourquoi je servirais les amours de ce monsieur... Rose est si jolie !... elle ne doit plus penser à ce jeune homme... dans le cas où elle y aurait jamais pensé... L'histoire de son portrait n'est pas très-claire... mais quand elle sera chez mon oncle, elle me l'expliquera... car alors j'irai souvent chez mon oncle !

XXV. — LA PRÉSENTATION.

Pendant que Frédéric s'était rendu chez le père Savenay, M. Saint-Godibert recevait la visite de son frère l'homme de lettres.

M. Mondigo n'était pas un méchant homme ; la vanité pouvait bien aussi lui faire faire des sottises, mais elle n'étouffait pas entièrement dans son cœur tous les bons sentiments. De retour chez lui, après la soirée de son frère, l'homme de lettres s'était promené avec agitation dans sa chambre, tandis que sa femme, qui était de fort mauvaise humeur, parce que M. Dernesty s'était à peine occupé d'elle chez M. Saint-Godibert, se déshabillait sans faire aucune attention à l'agitation de

son mari. — C'est pourtant fort embarrassant ! dit Mondigo, en s'arrêtant devant sa femme, et cela ne peut pas en rester là ! — N'est-ce pas que c'était bien ennuyeux, bien monotone ce soir chez votre frère ! dit Clémence en défaisant les agrafes de sa robe. — Vous avez entendu, comme moi, ce vieillard, ma chère amie... — Je ne sais pas ce que monsieur Dernesty avait ce soir ! mais je ne l'ai jamais vu si maussade ! — Il l'a recueillie... elle est chez lui. — Qui est-ce qui est chez lui ?... — La jeune fille. — Il y a une jeune fille chez monsieur Dernesty ?

Mondigo regarde sa femme et s'écrie : — Qui diable vous parle de monsieur Dernesty ? c'est de ce vieillard qui s'est présenté ce soir chez mon frère que je vous parle. — Ah ! que me fait ce vieux bonhomme !

Il s'arrête en attachant ses regards sur la jeune fille. — Page 88.

— Vous n'avez donc pas entendu ce qu'il a dit chez mon frère ? — Moi ! par exemple ! est ce que je me suis amusée à l'écouter ? — En ce cas, écoutez-moi, ma chère amie. Quand j'ai eu le bonheur de vous épouser, il y a sept ans, je ne vous ai point caché que je me nommais Gogo et que j'avais pris le nom de Mondigo parce qu'il était plus doux, plus euphonique, enfin, plus convenable à ma profession... — Oui, oui, je me le rappelle ; oh ! certainement, si l'on vous avait appelé monsieur Gogo, je ne vous aurais pas épousé... être madame Gogo ! oh, fi !... vous conviendrez que c'eût été odieux ! — Je ne le nie pas ; aussi ne suis-je plus que Mondigo... mon frère a fait de même en se faisant nommer Saint-Godibert. — Il a très-bien fait. — Oui : mais nous avons un autre frère... qui habite la campagne et qui se nomme toujours Gogo, lui. — Qu'est-ce que cela vous fait ? vous ne le voyez pas. — Mais ce frère a une fille de dix-sept ou dix-huit ans qui est arrivée à Paris pour voir ses oncles, et qui n'a pas pu les découvrir parce qu'elle ignore qu'ils ont changé de nom. Voilà ce qu'a dit hier au soir ce bonhomme qu'on appelle Savenay et qui a été volé de soixante mille francs. — Eh bien, monsieur, qu'est-ce que vous en voulez conclure !... est-ce que par hasard vous voudriez recevoir cette nièce chez vous ; une jeune fille de dix-huit ans qui m'appellerait sa tante !... sa tante Gogo !... Ah ! quelle horreur ! si vous faites cela, monsieur, je vous quitte, je vous abandonne, je plaide en séparation. — Mais, Clémence... — Non, monsieur, c'est fini ; pas un mot de plus sur ce sujet. Être appelée ma tante par une fille de dix-huit ans... moi qui n'en ai que vingt-cinq ! oh ! j'aimerais mieux divorcer vingt fois ! — Mais on ne divorce plus, madame... — Ça m'est égal.

Et sans vouloir écouter davantage son mari, Mme Mondigo va s'enfermer dans sa chambre, laissant l'homme de lettres qui se dit : C'est étonnant, encore une blonde, comme ma femme a le caractère entier... moi qui croyais les blondes fort douces ! Fiez-vous donc à la couleur des cheveux !

Et le lendemain matin Mondigo s'était rendu chez son frère l'homme d'argent, et il commençait à lui parler de sa nièce, et monsieur Saint-Godibert faisait déjà la grimace, et secouait la tête d'un air qui n'annonçait rien de bon, lorsque tout à coup Frédéric parut devant eux. — Ah! parbleu! je suis enchanté de vous voir réunis! s'écrie le grand jeune homme d'un air joyeux. Comme ça se trouve pour ce que j'ai à vous dire!... — Qu'avez-vous donc à nous dire, mon cher neveu? demande Mondigo. — Je viens vous parler de ma cousine. — Votre cousine... — Qu'est-ce que c'est que ça? s'écrie M. Saint-Godibert d'un air furibond. — Ça... oh! c'est une jeune fille charmante!... une de ces figures comme on en rencontre bien rarement!... un mélange de beauté, de grâce, de candeur. Au reste, mon cher oncle, vous devez vous la rappeler, elle a voyagé avec nous en chemin de fer : c'est cette jeune fille qui est montée en voiture à Corbeil; son aspect a fait sensation. — Après, monsieur; que m'importe qu'elle soit laide ou belle? — On est toujours flatté d'avoir une nièce que tout le monde admire. Ensuite, mon cher oncle, ce qui doit vous importer beaucoup, c'est que la fille de votre frère ne soit pas à Paris sans amis, sans ressources, n'ayant pour la protéger qu'un pauvre vieillard qui lui-même est sans place, tandis qu'elle a des parents riches et qui font figure dans le monde. — Taisez-vous, Frédéric, taisez-vous... pourquoi cette jeune fille a-t-elle quitté son père? qu'avait-elle besoin de venir à Paris?... le désir de s'amuser, sans doute! — Oh! vous lui faites injure! Rose-Marie n'aurait jamais quitté son père! mais celui-ci a éprouvé des malheurs, et il a pensé alors à l'avenir de sa fille; il s'est souvenu de vous, et il s'est dit : Ils pourront mieux que moi pourvoir, établir mon enfant! — Ah! oui!... des histoires!... des contes!... Frédéric, vous savez ce que je vous ai dit hier : je ne suis plus Gogo... nous ne sommes plus des Gogo... soyez muet aussi, je vais vous prêter les cinq cents francs que vous désiriez... — Gardez-les, mon oncle, je n'en veux plus. J'ai bien voulu me taire hier, parce que devant tout le monde j'ai senti qu'il fallait ménager votre vanité. Mais maintenant j'espère que vous allez faire votre devoir. — Mon devoir! qu'entendez-vous par là, impertinent? — J'entends que vous allez recevoir votre nièce chez vous... je vous préviens que sur mon cousin Mondigo, parce que vous êtes riche... tandis qu'il ne l'est pas... — Oh! sans cela! s'écrie Mondigo, c'eût été certainement avec plaisir... si toutefois ma femme y avait consenti... ce que je ne crois pas. Mais quoique je ne roule pas sur l'or comme Saint-Godibert... certainement s'il faut faire quelques sacrifices... — Il ne s'agit pas de tout cela! s'écrie Saint-Godibert en se mouchant à plusieurs reprises, ce qui chez lui annonçait toujours de la colère. Cette jeune fille ne viendra pas chez moi; elle ignore que je suis son oncle, elle ne le saura jamais... — Pardonnez-moi mon oncle... elle le sait... — Elle sait que je me nomme Gogo. — Parfaitement et le père Savenay aussi... — Et qui leur a dit cela? — Moi, il n'y a pas une demi-heure, je quitte ma cousine à l'instant.

M. Saint-Godibert se jette dans un fauteuil, il se cogne la tête contre le dos du meuble, et Mondigo qui fait des yeux effarés balbutie : — Et moi... sait-elle aussi... — Oui, mon oncle, je vous répète que je leur ai appris vos changements de noms. — C'est affreux!... c'est horrible! dit M. Saint-Godibert en faisant des sauts de carpe sur son fauteuil. On sait que je suis un Gogo!... on va me nommer Gogo devant tout le monde!... c'était bien la peine de faire fortune!... de donner des dîners!... ma femme en fera une maladie et moi aussi. Frédéric, ce que vous avez fait là est indigne!... je ne vous avancerai plus cent sous!...

Et Mondigo arpente le salon en regardant au plafond et en murmurant avec accompagnement de soupirs : — Ma femme se séparera d'avec moi, si ma nièce l'appelle sa tante!... Clémence qui à vingt-neuf ans bien sonnés a juré de n'en avoir que vingt-cinq!... et comme elle est très-blonde, on lui a dit que toute sa vie elle aurait l'air enfantin.

Frédéric laisse ses deux oncles se calmer; lorsque la première bourrasque est passée, il reprend d'un ton fort calme : — Messieurs mes oncles, voulez-vous bien prendre la peine de m'écouter et j'espère vous prouver que le mal... si mal il y a, est beaucoup moins grand que vous ne le pensez. Que monsieur Saint-Godibert reçoive sa nièce chez lui, où elle ne sera nullement déplacée, car ma cousine n'est point une grosse et lourde paysanne! c'est une jeune fille charmante, qui a de la grâce, de bonnes manières et pour le moins autant d'éducation que ma tante Angélique. Mon oncle Mondigo fera de temps à autre quelques cadeaux à sa nièce pour sa toilette, afin qu'elle ne soit pas entièrement à la charge de son frère. — Je lui donnerai cent francs toutes les fois que j'aurai un grand succès, dit Mondigo. — J'aimerais mieux pour elle quelque chose de fixe... mais n'importe, ceci n'est pas l'important. Je poursuis : mon oncle Saint-Godibert prendra chez lui Rose-Marie... c'est le nom de ma cousine... et il lui va très-bien, il prendra Rose-Marie chez lui; de plus il donnera dans ses bureaux une petite place au bonhomme Savenay... un emploi modeste... douze à quinze cents francs... et le vieillard se trouvera très-heureux... et du reste vous avez entendu monsieur Cendrillon dire que son vieil ami écrivait et calculait fort bien, et était un bon travailleur, ce ne sera donc pas de l'argent mal placé. Faites tout cela, messieurs, et je vous promets que le nom de Gogo ne sera jamais prononcé par ma jolie cousine; je vous réponds d'avance de sa discrétion et de celle du vieux Savenay. Si vous craignez que votre frère Jérôme ne divulgue votre secret en venant ici voir sa fille, eh bien! vous enverrez de temps à autre Rose-Marie voir son père, pour éviter

à celui-ci le voyage de Paris. J'ai dit, messieurs! je vous offre moyen de faire une bonne action, de vous montrer bons parents, sans que cela blesse votre vanité, il me semble que vous devez me voter des remerciements.

Monsieur Saint-Godibert se consulte, Mondigo s'écrie : — Cela me semble assez bien arrangé comme cela... le plan de Frédéric marche et se développe clairement... Frédéric, tu aurais bien charpenté une pièce... tu entends l'action... nous ferions un jour quelque chose ensemble... — Merci, mon oncle, j'aime mieux flâner; ainsi, vous approuvez... — Ma foi oui! pourvu que Rose-Marie n'appelle jamais ma femme sa tante, ni moi Gogo. — C'est convenu, et vous, monsieur de Saint-Godibert?

L'oncle au petit nez avance ses deux lèvres en murmurant : Il est certain que... si... cette jeune fille ne dit jamais que nous nous sommes nommés Gogo... si ce vieux bonhomme est discret aussi... alors... il faudra bien... cependant je veux consulter mon épouse.

— C'est inutile, mon oncle, vous ne devez pas avoir besoin de la permission de votre épouse pour recevoir chez vous votre nièce. D'ailleurs ma tante sera de votre avis; elle serait encore plus contrariée que vous d'être appelée madame Gogo!... et je vous le répète, c'est ce qui arrivera si vous refusez de donner un asile à la fille de votre frère. — Allons... eh bien! puisqu'il le faut... — Bravo! c'est arrangé! je vais chercher ma cousine, dans un moment je vous l'amène... prévenez ma tante qu'elle va avoir près d'elle une jeune fille ravissante... — Comment... tout de suite comme cela... mais... — Eh! que diable, voulez-vous attendre encore... je vais aussi vous amener le papa Savenay, vous l'installerez dans vos bureaux... — Mais hier... je lui ai dit que je ne connaissais pas ces messieurs Gogo qu'il cherchait. — Oh! soyez tranquille! j'ai arrangé tout cela... vous avez des raisons pour que dans le monde on ne sache pas votre nom, et voilà pourquoi vous lui avez répondu cela hier... Eh, mon Dieu! ce brave homme n'en demande pas davantage, et Rose-Marie fera, dira et croira tout ce qui vous fera plaisir... elle est si gentille... Je cours les chercher.

Frédéric prend cette fois un fiacre, il dit au cocher de fouetter ses rosses et il se fait de nouveau conduire rue de la Huchette. Il arrive devant la boutique des époux Bichat, mais cette fois il ne s'y arrête pas et monte bien vite au logement du vieux Savenay.

Le vieillard et la jeune fille causaient de la visite qu'ils avaient reçue le matin. Rose-Marie croyait que son cousin ne reviendrait pas la chercher; le père Savenay pensait tout le contraire. L'arrivée de Frédéric tranche la question, il entre en s'écriant : — Me voici... vous voyez que je suis exact, je vous avais dit que je reviendrais avant deux heures. Allons, ma cousine... êtes-vous prête... avez-vous fait un paquet de ce que vous avez à emporter?... Vous, père Savenay, votre canne, votre chapeau... la voiture nous attend et en route!... — Comment, il serait possible! dit Rose-Marie, vous allez me conduire chez mon oncle Nicolas Gogo... — Oui, ma jolie cousine... mais songez à vous rappeler qu'il a changé de nom... que maintenant il s'appelle monsieur Saint-Godibert... n'allez pas vous tromper, ma cousine!... ne lui donnez jamais le nom de Gogo, car alors je dois vous le dire... vous lui feriez de la peine, vous le rendriez très-malheureux... c'est une faiblesse, un enfantillage si vous voulez, mais enfin cela est ainsi; dans le monde on ne le connaît, depuis au moins douze ans, que sous le nom de Saint-Godibert et il ne veut plus être nommé autrement. — Oh! soyez tranquille, mon cousin : du moment que cela ferait de la peine à mon oncle, j'y ferai bien attention. — Ce que je viens de dire à ma cousine est également pour vous, papa Savenay. Mon oncle vous donne une place dans ses bureaux... vous serez installé dès aujourd'hui. — Quoi! monsieur votre oncle aurait la bonté... une place dans ses bureaux. — Oui certainement... ce n'est pas une place bien brillante... je ne vous promets pas mille écus... — Oh! monsieur l'emploi le plus modeste... à mon âge... il faut si peu pour vivre... — Mais il y a aussi la petite condition, papa Savenay, oubliez que monsieur Saint-Godibert s'est appelé Gogo, voilà tout ce qu'on vous demande! — Je ferai ce qui sera agréable à monsieur votre oncle. Chacun est libre de se faire appeler comme cela lui plaît, et du moment que monsieur Saint-Godibert prend sa nièce chez lui et se conduit avec elle en bon parent, il me semble qu'on n'a aucun reproche à lui adresser. — C'est fort bien dit; partons alors. Ah! mon Dieu! à qui donc cette grande malle? — C'est à moi, mon cousin.. elle contient mes effets. — Fichtre! elle est lourde. Je vois, cousine, que vous avez une garde-robe complète. — Mais vous ne pourrez pas porter cela, mon cousin, je vais chercher un commissionnaire. — C'est inutile, je descendrai fort bien votre malle jusqu'en bas... — Cela va vous fatiguer. — Je suis très-fort, ma cousine. — Vous salir. — Je me brosserai.

Déjà Frédéric a chargé la malle sur son épaule, il descend rapidement l'escalier; la jeune fille et le vieillard peuvent à peine le suivre. Enfin le cocher a placé la malle sur sa voiture. Frédéric fait monter sa cousine et le père Savenay dans le fiacre, il se place devant eux et l'on part pour la demeure de M. Saint-Godibert.

Rose-Marie est tout émue, toute tremblante en songeant qu'elle va chez son oncle et qu'elle ne connaît pas, et qu'elle demeurera chez lui. Pour la rassurer, Frédéric lui dit qu'elle sera très-heureuse, avec onsieur Saint-Godibert est fort riche, qu'il a un appartement superbe, u nombreux domestique ; qu'il reçoit beaucoup de monde et donne e grandes soirées. Bien loin de rassurer la jeune fille, tout cela lui ait craindre d'être gauche et déplacée chez son oncle, et elle ne le cache point à son cousin.

— Quand on est jolie comme vous, ma cousine, dit Frédéric, on n'est déplacée nulle part. Je vais tout de suite vous faire connaître la maison. Mon oncle n'est pas un aigle pour l'esprit · mais avec lui, pourvu que vous ayez l'air respectueux, soumis, il sera satisfait. Ma tante est dans le même genre ; seulement, comme elle est femme, vous lui adresserez de temps à autre quelques compliments sur sa toilette et sa tournure, vous serez certaine de gagner ses bonnes grâces. Ah ! il y a aussi leur fils Julien, qui est comme moi votre cousin ; celui-là parle peu... il s'ennuie chez lui et y est le moins souvent possible. C'est du reste un garçon que je crois fort doux, et qui, j'en suis sûr, sera enchanté de demeurer avec une si charmante cousine... celui-là ne vous fera pas peur, j'espère. — Oh ! non, mon cousin... s'il est comme vous, je serai bien contente de le connaître, répond Rose en souriant. — Ceci est très-flatteur pour moi, ma cousine, je ne vous fais donc pas peur ? — Non, mon cousin ; je suis déjà avec vous comme si je vous connaissais depuis longtemps... enfin il me semble... tenez... il me semble que vous êtes comme mon frère...

Frédéric secoue la tête, en disant : — Diable ! j'aurais mieux aimé autre chose. Cependant il tend la main à Rose-Marie et reprend : Merci, ma cousine... donnez-moi votre amitié... votre confiance... je veux mériter tout cela. Mais nous voici arrivés chez monsieur Saint-Godibert... ses bureaux sont au-dessous de son appartement, et ses commis ne montent jamais chez lui sans y être appelés. Maintenant vous connaissez la maison, ne tremblez pas et laissez-moi vous présenter.

Monsieur Saint-Godibert avait fait part à sa femme de la prochaine arrivée de leur nièce, qu'il était obligé de recevoir chez lui sous peine d'être connu partout pour un Gogo. La fière Angélique avait rugi, bondi de colère, elle s'était écriée : — Voilà ce que c'est que d'avoir des frères paysans ! des frères pauvres... des parents de rien du tout ! je suis bien fâchée de vous avoir épousé, monsieur.

Alors monsieur Saint-Godibert s'était redressé sur ses hanches et avait répondu avec assez d'aplomb : — Madame, ne dirait-on pas, à vous entendre, que vous étiez d'une famille de seigneurs !... votre père était bonnetier, madame, petit bonnetier dans le faubourg Saint-Antoine !... vous m'avez apporté douze mille francs de dot, qui m'ont été payés en bonnets de coton et en gilets de flanelle. Or, lorsqu'aujourd'hui j'ai amassé vingt mille francs de rente, et que je vous fais vivre comme une marquise... riche... car il y a des marquises pauvres, eh bien, madame, 'l me semble alors que loin de vous plaindre, vous devez vous trouver très-heureuse de m'avoir épousé.

Il n'y avait rien à répondre à cet argument. Madame Saint-Godibert avait gardé le silence, mais en elle-même elle s'était promis de traiter comme un nègre cette nièce qu'elle était forcée d'admettre sous son toit.

Mondigo était resté chez son frère, curieux de voir sa nièce, et afin d'éviter plus tard une présentation.

Voilà dans quelles dispositions on était chez monsieur Saint-Godibert lorsque Frédéric se présenta, tenant sa cousine par la main et suivi du père Savenay.

Il était difficile de voir une figure plus jolie, plus virginale, et une tournure plus gracieuse que celle de Rose-Marie lorsqu'elle entre dans le riche salon de son oncle ; son costume frais et piquant, qui n'est pas cependant celui d'une demoiselle de la ville, le petit bonnet enjolivé de nœuds de rubans qui est posé gentiment et un peu en arrière sur sa tête, ses jolis cheveux noirs arrondis et lissés de chaque côté de ses joues, sa chaussure mignonne et proprette, tout se réunit pour donner à sa personne un charme, un attrait auxquels il serait difficile de ne point rendre justice.

— Voilà ma cousine Rose-Marie, que j'ai l'honneur de vous présenter, dit Frédéric en saluant ses oncles d'un air semi-sérieux.

La jeune fille baisse les yeux, rougit et fait une profonde révérence.

— Elle est extrêmement jolie, dit Mondigo, qui demeure tout surpris, ne s'attendant pas à voir arriver de la campagne une personne si remarquable pour sa grâce et sa beauté.

Monsieur Saint-Godibert perd un peu de son aspect sévère en regardant Rose-Marie. Madame Saint-Godibert seule fait une moue très-prononcée : il semble que la beauté de la jeune fille la choque, et qu'elle soit encore plus contrariée de ne pas pouvoir la trouver laide. Elle jette sur Rose un regard dédaigneux et murmure à demi-voix :

— Quelle coquetterie pour une paysanne !.... qu'est-ce que ce sera donc à Paris ? — Voici monsieur Saint-Godibert... et voici monsieur Mondigo, reprend Frédéric, en désignant chacun de ses oncles à sa cousine. Celle-ci leur fait de nouvelles révérences.

Mondigo se laisse aller aux charmes que l'on éprouve près de Rose-Marie, il s'approche de sa nièce et l'embrasse sur le front, en lui disant : — Ma chère enfant... je suis bien aise de vous voir... de vous connaître... quand j'aurai un joli portrait de femme à faire dans un de mes ouvrages, certes je me rappellerai votre figure ; c'est moi qui suis votre oncle Mondigo, vous entendez, Mondigo, homme de lettres.. je ne suis pas connu autrement... vous m'appellerez toujours Mondigo, n'est-ce pas ? — Oh ! je ne l'oublierai pas, monsieur. — C'est très-bien. Il y

a ensuite ma femme... qui est toute jeune, et qui serait vexée si une grande personne comme vous l'appelait ma tante, elle croirait que cela la vieillit !... c'est une faiblesse de jolie femme qu'il faut excuser ; nous n'en serons pas moins pour vous de bons parents... Je ne vous engage pas à venir nous voir dans ce moment, parce que nous allons faire peindre chez nous. Mais plus tard... nous nous verrons... et j'ai dit à Saint-Godibert que quand vous auriez besoin d'un chapeau... de quelque colifichet pour votre toilette, cela me regarderait. Du reste, vous êtes très-bien avec ce petit bonnet... au théâtre ce serait très-piquant. Adieu, ma chère amie, jusqu'au plaisir de vous revoir.

Mondigo embrasse de nouveau sa nièce et s'éloigne après avoir salué le père Savenay.

Monsieur Saint-Godibert, ayant toussé et craché avec ce bruit qui annonce un homme riche, prend la lettre de son frère Jérôme que Rose-Marie lui présente, la parcourt d'un air dédaigneux, et dit enfin à la jeune fille qui reste tremblante devant lui : — Mademoiselle, je suis votre oncle, je n'en disconviens pas. Mais, aujourd'hui je suis monsieur Saint-Godibert, banquier... je ne veux plus être autre chose... vous l'entendez !... Si je consens à vous recevoir chez moi, c'est à condition que jamais vous ne me nommerez autrement, et surtout que vous ne direz à personne que j'ai porté un autre nom... étant petit. — Non... monsieur... — C'est bien... Monsieur est aussi plus convenable que mon oncle... C'est plus distingué... Je sais bien que je suis votre oncle, mais je préfère que vous m'appeliez monsieur. — Cela suffit, monsieur. — Et moi, je veux aussi que vous ne m'appeliez que madame ! entendez-vous, petite ! s'écrie la grosse Angélique, en prenant ses grands airs.

Rose-Marie fait une nouvelle révérence, en balbutiant : — Je n'y manquerai pas, madame. — Alors, reprend monsieur Saint-Godibert, vous pouvez demeurer avec nous... puisque votre père a jugé à propos de vous envoyer à Paris... ce qui est un peu sans façon... — Oh ! monsieur, si cela vous déplaît, je vais retourner à mon village ! s'écrie la jeune fille qui se sent le cœur tout serré par l'accueil des Saint-Godibert. Mais déjà Frédéric a fait un mouvement d'humeur en fronçant le sourcil, et monsieur Saint-Godibert, qui s'en est aperçu, se hâte de répondre d'un ton plus aimable : — Non, mon enfant !... je ne refuse pas de vous garder... vous ne manquerez de rien chez moi... je suis fort riche... et si je suis content de la manière dont vous vous serez comportée ici... eh bien, plus tard nous verrons !... nous vous ferons... un petit sort. Angélique, quelle chambre destinez-vous à Rose-Marie ? — Il y a une chambre libre en haut, à côté de celle de Fifine, je pense que ce sera suffisant pour mademoiselle.

Rose-Marie répond en s'inclinant : — Je me trouverai bien partout... madame. — Alors, Angélique, tu vas dire à Fifine de conduire Rose-Marie, et l'installer... ensuite... tu... tu feras ce que tu voudras... pour... occuper cette petite. — Oui, oui, c'est bon, cela me regarde. — Moi, je vais maintenant installer ce monsieur, que voilà, dans mes bureaux... Monsieur Savenay, vous voyez que je n'ai pas tardé à vous trouver un emploi... j'espère que mon ami Cendrillon sera content de moi... par exemple... vous savez... Frédéric a dû vous dire... ce que je viens de répéter à cette petite : je ne suis plus connu dans la banque et la finance que sous le nom de Saint-Godibert, d'après cela... si on m'appelait autrement, ce serait absolument comme si on ne m'appelait pas. — Monsieur Saint-Godibert peut être certain que je me conformerai en tout à ses désirs. — C'est bien, monsieur Savenay, votre réponse est remplie de solidité. Venez, descendez avec moi, je vais vous installer dans mes bureaux. — Et moi, je vais à mes affaires, dit Frédéric. Adieu, mon oncle et ma tante... Au revoir, ma jolie cousine.

Et le jeune homme, s'approchant de la jeune fille, lui dit à l'oreille : — Du courage, ils vous reçoivent un peu sévèrement, mais quand ils vous connaîtront, il est impossible qu'ils ne vous aiment pas.

Rose-Marie salue tristement son cousin qui s'éloigne. Mais en passant près du bon vieillard qui a été son protecteur, elle lui dit en soupirant : — Ah ! mon ami !... quel accueil ici... on ne m'a pas seulement demandé des nouvelles de mon père !

XXVI. — ROSE-MARIE CHEZ SON ONCLE.

Lorsque son mari et le vieux Savenay ne sont plus là, madame Saint-Godibert sonne sa femme de chambre ; mademoiselle Fifine arrive. Elle jette un coup d'œil en dessous sur la jeune fille qui vient d'arriver, puis elle se mord les lèvres avec dépit, parce qu'elle n'a rien pu trouver de laid chez Rose-Marie.

— Fifine, vous allez conduire cette petite dans la chambre en haut qui est à côté de la vôtre, je crois ? dit Mme Saint-Godibert. — Oui, madame, répond la femme de chambre ; à côté de la mienne... c'est-à-dire en face... parce qu'à côté c'est la chambre de François. — En face !... à côté !... qu'importe... Y a-t-il une couchette... des chaises, des meubles ? — Oui, madame, puisque monsieur avait d'abord l'intention d'y loger monsieur Julien... mais monsieur Julien n'a pas voulu de cette chambre parce qu'elle fait mansarde ; il a loué au-dessous, et il s'est acheté des meubles renaissance, qu'on se croirait à Versailles dans sa chambre. — Mon fils a beaucoup de goût ! son père trouve qu'il dépense trop ! et moi je ne conçois pas comment il s'achète tant de choses avec ce qu'on lui donne. Vous allez donc conduire cette petite dans cette chambre qui sera la sienne. Que savez-vous faire, mademoiselle ? — Madame, je sais bien coudre... faire des robes, travailler en linge et un peu broder. — C'est bon ; nous verrons tout cela... Allez... il est onze heures ; sur les deux heures, je vous permets de descendre me parler, pas avant... allez !

Rose-Marie s'incline respectueusement devant sa tante, et suit mademoiselle Fifine. Arrivés sur le carré, celle-ci aperçoit une grande malle qu'on y a déjà déposée.

— Qu'est-ce que c'est que cela ? dit la femme de chambre. — C'est à moi, mademoiselle ; cette malle renferme mes effets. — Tiens ! vous avez de quoi remplir tout cela ?... il faut la monter alors... mais certainement ce ne sera pas moi, je n'ai pas envie de m'éreinter ! j'ai déjà tant d'ouvrage dans la maison. — Mademoiselle, je ne voudrais pas non plus que vous prissiez cette peine... mais moi je ne serai pas assez forte, si j'allais demander au portier... — Ah ! ouiche !... il vous recevrait bien !... attendez, je vais appeler François. Holà ! François... monsieur François.

Le domestique normand arrive, la bouche pleine, tenant encore dans sa main un énorme morceau de croûte de pâté. Il pousse un cri d'admiration à la vue de Rose-Marie, et dans son enthousiasme, il laisse tomber sa croûte.

— Ah ! parlez-moi de ça ! voilà un brin de fille ! dit François en regardant Rose. — François, vous allez porter cette malle là-haut, dans la chambre de mademoiselle, qui va loger en face de moi. — Avec plaisir ! Est-ce que mam'zelle entre en condition avec nous ?... j'en serais content... ça me chausserait beaucoup ! — Il n'est pas question de ce qui vous chausserait ! Apprenez que mademoiselle est une parente de nos maîtres. — Ah ! pardon ! excuse ! je ne m'en serais pas douté, parce que mam'zelle est très-jolie et que nos maîtres sont vilains. — Gardez donc vos réflexions pour vous, et portez cette malle.

François prend la malle sur son dos. On monte au dernier étage de la maison. Mademoiselle Fifine ouvre une porte en disant à Rose-Marie : — Voilà votre chambre, mademoiselle.

La fille de Jérôme entre le cœur serré dans son nouveau domicile, et jette des regards craintifs autour d'elle. La pièce où elle se trouve fait mansarde, et de la fenêtre on n'aperçoit que les toits des maisons voisines. Du reste, il y a une couchette, une commode, une table, des chaises, et tout ce qui peut suffire pour une personne seule. Le papier est frais et gentil ; la chambre est propre, et pour un étudiant ou une grisette ce serait un appartement très-confortable.

Mais Rose-Marie se rappelle sa jolie petite chambre à Avon. Là, ses meubles n'étaient pas plus beaux, le papier n'était pas plus élégant ; mais elle jouissait d'une si douce liberté ; mais sa cheminée était parée de fleurs qu'elle cueillait chaque jour dans son jardin ; sa fenêtre donnait sur la campagne ; elle avait sous les yeux du gazon, du feuillage, et puis, enfin, elle était chez son père, si bon, si aimant, Et on est si bien chez son père, quand il fait toutes nos volontés.

François a déposé la malle dans la chambre ; il regarde autour de lui et dit : — C'est très-proprement meublé... c'est dommage que ça fasse tant mansarde, mam'zelle ; si vous n'êtes pas habitué à cela, je vous engage à y faire attention. En arrivant à Paris j'y ai souvent été pincé, moi !... on marche, on croit pouvoir aller tout droit... et puis paf ! une bosse à la tête !... m'en suis-je fait de ces bosses !... — Je vous remercie, monsieur, j'y ferai attention. Du reste, c'était comme ça chez monsieur Savenay. — Et mademoiselle a logé chez monsieur Savenay ? demande Fifine avec curiosité. — Oui, mademoiselle. — Il y a donc déjà quelque temps que vous êtes à Paris ? — Mais oui, mademoiselle. — Pourquoi donc n'êtes-vous pas venu tout de suite chez votre oncle, monsieur Saint-Godibert ?

Rose-Marie hésite, rougit et répond enfin : — Mon oncle sait bien pourquoi, mademoiselle.

La femme de chambre, piquée de ne recevoir que cette réponse évasive, pousse François devant elle en lui disant : — Allons, filons, détalons ! on peut avoir besoin de nous en bas.

François salue gracieusement la jeune fille, en lui disant : — Ça serait plus gentil ici si c'était frotté, si vous le désirez, mam'zelle, je viendrai frotter votre chambre. — Vous êtes bien bon, monsieur, mais cela n'est pas nécessaire... c'est très-bien ainsi. — Enfin, si vous changez d'avis, je suis là... en face... la porte à droite ; vous n'avez qu'à cogner ou appeler : François, et je viendrai tout de suite.

Mademoiselle Fifine pousse de nouveau François sur le carré, et referme avec violence la porte de Rose-Marie, en murmurant : — Que je vous voie frotter la chambre de cette mijaurée, et vous aurez affaire à moi... et je ne vous donnerai pas tous les jours, après le dîner, des petits verres de liqueurs à discrétion. — Pourquoi donc que vous ne voulez pas que je frotte cette jeune fille, puisque c'est la nièce de nos maîtres ? — Ah ! ouiche !... de ces nièces très-éloignées, qu'on loge et qu'on reçoit par commisération ! Madame m'a déjà prévenue qu'elle ne pouvait pas la souffrir, et qu'elle tâcherait qu'elle ne reste pas longtemps ici. — Voyez-vous, la vieille bédouine !... hum ! c'est égal, cette jeune fille-là... on peut dire que c'est une jolie fille... Ah ! par exemple, pour une jolie fille, voilà une jolie fille ! et un air si honnête, si décent !... — C'est bien, c'est bien !... avec son petit air, elle ne vaut peut-être pas mieux qu'un autre !... Suffit !... je saurai, moi, ce qu'elle a fait depuis qu'elle est arrivée à Paris !

Pendant que ceci se passe dans le haut de la maison, monsieur Saint-Godibert a conduit le père Savenay au rez-de-chaussée, dans ses bureaux, qui se composent de deux pièces et de son cabinet. Là il a déjà trois employés. Il s'approche de celui qui est son premier commis et lui dit : — Monsieur Boudin, voilà un nouvel employé que j'ai pris.

Monsieur Boudin et les deux autres commis froncent le sourcil, le nouvel employé n'annonçant pas un aspirant surnuméraire.

Monsieur Saint-Godibert reprend : — Voyons... à quelle partie le mettrons-nous... Monsieur Savenay, écrivez un peu devant moi, que je connaisse votre écriture.

Le vieillard prend une plume et écrit quelques lignes d'une main ferme et avec une grande netteté.

M. Boudin et les deux autres commis font une nouvelle grimace

— Pas mal ! pas mal du tout ! s'écrie Saint-Godibert. C'est étonnant, pour votre âge, vous ne tremblez pas !... Et les chiffres, voyons les chiffres...

Le vieillard pose plusieurs colonnes de chiffres et les additionne très-vite. Les commis font un nez d'une aune.

— Allons, décidément vous avez du talent ! reprend le banquier. Qu'est-ce que vous pourrez faire ici ?... Tous ces messieurs ont leur partie... pardieu ! vous ferez les courses... il y en a très-souvent à faire... n'est-ce pas, monsieur Boudin ? — Oui, monsieur, et il nous manquait quelqu'un pour cela. — Alors, voilà qui va tout seul... quand il n'y aura pas de courses à faire... eh bien, vous copierez des lettres... enfin, ces messieurs vous donneront toute la besogne dont ils ne voudront pas.

La satisfaction renaît sur le visage des commis. Monsieur Boudin prend un air malin, en disant : — Monsieur remplira les mêmes fonctions que les petits clercs chez l'avoué.

Le vieillard sourit en répondant : — Allons, soit ! je serai petit clerc, saute-ruisseau !... mon Dieu ! je serai tout ce qu'on voudra. — Vous viendrez exactement le matin à huit heures, vous ne partirez jamais qu'après cinq heures et demie, reprend M. Saint-Godibert, en se gonflant dans son gilet ; et pour cela je vous accorde six cents francs d'appointements.

Le père Savenay s'incline ; les autres commis, qui probablement sont peu rétribués, semblent trouver que cette somme est très-considérable pour un saute-ruisseau, et ils ne remarquent pas que celui auquel on donne cet emploi est un vieillard à cheveux blancs.

Quant à monsieur Saint-Godibert, il se dit : — Ma foi, après cela, si mon ami Cendrillon n'est pas content de ce que je fais pour son protégé, il sera bien difficile.

Pendant qu'un des commis installe le vieillard devant une petite table noire, placée contre la porte et fort éloignée du poêle, et lui montre une écritoire, quelques plumes et un canif dont il aura la jouissance, M. Saint-Godibert va regarder dans son cabinet, où il y a deux bureaux, et fronce le sourcil, en disant : — Monsieur mon fils n'est donc pas encore descendu au bureau. — Nous n'avons pas encore eu le plaisir de le voir aujourd'hui, répond M. Boudin. — C'est très-joli, et il est onze heures passées !... Décidément, monsieur mon fils se moque du monde ! depuis quelque temps il ne travaille plus !... il ne vient ici qu'un moment, quand il y vient !... Il se dérange ! oh ! il se dérange beaucoup ! et il faut que je mette ordre à cela !... Je conviens qu'il se met avec beaucoup d'élégance ; qu'il prend une tournure... fort distinguée ! mais je veux qu'il travaille... qu'il apprenne à gagner de l'argent.

M. Saint-Godibert n'a pas fini de parler que la porte s'ouvre et le jeune Julien paraît. Comme lorsqu'on entrait, la porte masquait le petit bureau où l'on avait placé le vieillard, Julien entre sans s'apercevoir qu'il y a un commis de plus.

— Ah ! vous voilà, monsieur mon fils ! dit le banquier. N'est-ce pas une belle heure pour venir à son bureau... Vous devenez terriblement paresseux, monsieur mon fils... vous devenez...

M. Saint-Godibert s'arrête, car il vient de considérer son fils, et, frappé de son extrême pâleur, de son air abattu, il reprend d'un ton affectueux : — Mais vous avez donc été malade... comme vous êtes défait !... il fallait le dire alors !... Quand on est malade, c'est différent !... les commis ne vont jamais à leur bureau dès qu'ils ont le plus petit accès de fièvre ! ils auraient trop peur de le communiquer à leur administration. Il faut demander le médecin. — Je vous remercie, mon père, dit Julien ; j'ai en effet été indisposé cette nuit, mais cela est passé... — A la bonne heure... Vous aurez trop bu de punch hier à ma soirée... et on le fait toujours trop sucré, malgré ma défense... c'est stupide !... Ah ! si j'avais le temps de me mêler de tout, cela irait bien mieux. Mais nous avons du nouveau dans la maison : d'abord un employé de plus... pour les courses... pour tout faire enfin... il n'est plus jeune, mais il est encore très-vert.

Julien se retourne pour voir ce nouveau commis que son père lui désigne de la main. En reconnaissant le vieillard de la veille, sa figure devient livide ; il chancelle et se laisse aller sur une chaise qui est heureusement près de lui.

— Eh bien, qu'est-ce que mon fils a donc ? s'écrie Saint-Godibert, en allant à Julien. — On dirait que monsieur Saint-Godibert fils se trouve mal, dit M. Boudin.

Mais le jeune homme, qui s'est retourné de manière à ne plus être en face du vieillard, passe sa main sur son front, en balbutiant : — Ce n'est rien... un malaise... cependant je ne suis pas en état de rester ici... Je vais remonter dans ma chambre..... je me jetterai sur mon lit..... — Oui, en effet... vous feriez bien... je suis sûr que vous avez bu trop de punch... Allons, venez, monsieur, donnez-moi le bras, car vous semblez pouvoir à peine vous soutenir.

Julien se lève et s'appuie sur le bras de son père. Mais il faut pour sortir des bureaux, qu'il passe devant le vieillard; celui-ci se lève et fait un salut respectueux au fils de son nouveau patron. Le jeune homme éprouve alors comme un tremblement nerveux.

— Vous avez la fièvre ! dit M. Saint-Godibert. — Si Monsieur le désire, j'irai chercher le médecin, dit le père Savenay. — Non, non ; c'est inutile, répond Julien d'une voix brève; puis, doublant le pas, il se hâte de sortir des bureaux. — Vous avez pris ce vieillard chez vous? demande Julien en montant l'escalier. — Sans doute ! il le fallait bien, pour faire plaisir à monsieur Cendrillou, avec qui je fais beaucoup d'affaires !... Ensuite, et c'est là ce qui m'a décidé, est-ce que votre polisson de cousin, qui a entendu ce que disait hier au soir le père Savenay de cette jeune fille qui cherchait ses oncles Gogo !... ne s'est pas avisé d'aller ce matin chez le vieillard où elle était, et là, il leur a dit que j'étais cet oncle, ce Go... Ah ! ce nom-là me fait mal à la gorge, je ne puis plus le prononcer !... Quel chenapan que ce Frédéric ! Enfin, la petite et le vieux sachant cela, j'ai dû faire des concessions... J'ai pris le père Savenay pour petit commis, et la jeune fille est chez moi... — Rose-Marie est chez vous? — Ah ! vous savez déjà qu'elle se nomme Rose-Marie? — Mais oui... Hier... ce vieillard l'a nommée... — C'est possible, je n'y ai pas fait attention. Bref, je n'ai consenti à tout cela qu'à condition que jamais le nom de Go...go... ne sortirait de leur bouche ni à l'un ni à l'autre... A la première indiscrétion je les chasse sur-le-champ. — Mais ce... vieux Monsieur... est-ce que vous avez l'intention de le recevoir quelquefois... chez vous... dans votre société ? — Par exemple ! pour qui me prenez-vous, mon fils ? est-ce que je reçois mes commis !... et ce vieux qui a l'air d'un paysan... Ne faisait-il pas un bel effet hier au soir dans mon salon... j'en avais mal au ventre. — Et... ma cousine est chez vous ? — D'abord je ne veux pas que vous l'appeliez votre cousine comme ce grand sans-cœur de Frédéric ! vous lui direz mademoiselle, c'est suffisant. Elle loge en haut... dans la pièce que vous deviez habiter... Mais qu'en ferons-nous ici... toute la journée !... Ah ! quel ennui ! que de tracas, et tout cela parce qu'on a le malheur d'avoir une famille ! Qui est-ce qui a pu inventer les familles !... — Mais, mon père... — Allez vous coucher, monsieur, et laissez-moi ruminer sur tout cela.

Monsieur Saint-Godibert va s'enfermer dans sa chambre. Là, après avoir longtemps cherché dans sa tête sans y trouver la moindre chose, il se décide à passer chez sa femme.

Rose-Marie était descendue près de sa tante à l'heure que celle-ci lui avait indiquée. Madame Saint-Godibert avait conduit la jeune fille dans une petite pièce qui tenait à son boudoir, et dans laquelle on ne faisait jamais de feu, vu qu'il n'y avait ni cheminée ni poêle, et elle lui avait donné diverses choses à coudre, en lui disant : — Vous travaillerez là !... et surtout ne vous avisez jamais de chanter en travaillant ; je déteste cela... il n'y a rien de si mauvais genre.

La jeune fille s'était inclinée sans rien dire ; mais en elle-même elle pensait bien que là elle n'aurait jamais envie de chanter. Puis sans oser prononcer un mot, elle s'était mise à travailler.

— Eh bien, dit monsieur Saint-Godibert, en entrant chez sa femme, que faites-vous de cette petite ? — Elle est là, répond madame en indiquant la petite pièce, elle travaille ; je dois convenir qu'elle coud très-bien !... j'en ai été fort surprise. — Allons, elle vous servira du moins à quelque chose. — Où la ferons-nous dîner ? — Mais... quand nous ne serons que nous... je pense qu'elle pourra dîner à notre table. Quand nous aurons du monde, elle restera dans sa chambre. — C'est entendu. Mais avez-vous pensé au plus important ?.. Si le père de votre nièce allait s'imaginer de venir la voir ici... comprenez-vous, monsieur, comme cela serait dégoûtant pour nous. — Vous avez raison, mais je vais lui dire d'écrire à son père qu'elle est ici, que ce n'est pas la peine qu'il se dérange pour venir la voir, que c'est elle qui se rendra de temps en temps près de lui. — Fort bien imaginé. Je vais l'appeler, vous allez la faire écrire tout de suite.

Madame Saint-Godibert appelle Rose-Marie. La jeune fille s'avance les yeux baissés et d'un air craintif.

— Vous savez écrire, je pense ? dit Saint-Godibert en regardant sa nièce. Celle-ci se sent presque honteuse de la question, et répond timidement : — Oui, monsieur. — Alors mettez-vous à cette table. Vous allez écrire... à votre père. — A mon père, ah ! quel bonheur... oh ! oui, mon... monsieur, vous avez raison, il faut qu'il sache que je suis chez vous... il sera tranquille. — Parbleu ! je l'espère bien... Prenez une plume... ah ! il n'y a que des plumes de fer là, et vous ne savez sans doute pas vous en servir. — Pardonnez-moi, monsieur ! répond Rose en souriant. — Ah ! ils connaissent cela dans les villages... comme la civilisation marche !

Écrivez ce que je vais vous dicter.

Rose-Marie prend la plume et attend. Saint-Godibert se gratte longtemps l'occiput et dicte enfin : « Mon père... ou mon cher

père... » vous avez le droit de mettre mon cher père. — J'ai mis cela aussi... « — Je suis enfin chez mon... chez mon oncle l'aîné.. » qui est devenu monsieur Saint-Godibert, de même que mon oncle » Eustache est devenu monsieur Mondigo. Mettez Saint-Godibert en » grosses lettres afin que cela le frappe. Soulignez Saint-Godibert... » — Cela est mis. — Vous avez souligné Saint-Godibert? — Oui, monsieur. — Très-bien. « J'ai été reçu chez lui avec la plus grande » bonté. »

Rose-Marie pousse un léger soupir, mais elle écrit et attend.

» — La plus grande bonté. C'est magnifique chez lui; il y a dans » son salon du papier à trente-six francs le rouleau... il a quatre » commis et trois domestiques... » Soulignez encore tout cela. « Il » reçoit la plus belle société de Paris !... de Paris... il me charge de » vous dire qu'il ne faut pas vous déranger pour venir me voir. » — Pourquoi donc cela, monsieur? s'écrie Rose en cessant d'écrire. — Parce que cela me convient ainsi, mademoiselle... écrivez donc toujours. « Pour venir me voir... Les voyages coûtent de l'argent, et vous » n'en avez pas de trop ; mais moi, j'irai vous voir, mon oncle me le » permettra assez souvent. » — Oh! oui, monsieur, n'est-ce pas? vous me le permettrez, dit Rose. — Certainement... quand mon épouse n'aura rien de pressé à vous faire faire. « Le permettra souvent... En » attendant, je vous embrasse et suis pour la vie votre tendre fille... » et signez. Ouf ! je crois que voilà une lettre assez purement dictée.

Rose-Marie a terminé la lettre où elle aurait voulu marquer bien des choses à son père ; mais son oncle s'empare de la feuille de papier qu'il examine, et fait un mouvement de tête en disant : — C'est que vraiment c'est fort bien écrit !... une anglaise très-jolie... c'est inconcevable qu'on apprenne à écrire partout... Si j'ai jamais de la besogne pressée au bureau, vous seriez dans le cas de me copier des lettres ! — Avec plaisir, monsieur. — Oui, dit Angélique, mais moi j'aurai toujours de l'ouvrage à lui donner... Il paraît qu'elle sait faire les robes... les corsets... et j'ai continuellement des corsages à faire élargir. — Soyez tranquille, la petite est entièrement sous vos ordres... elle doit être enchantée de pouvoir se rendre utile... — Sans doute, monsieur. — Je vais faire partir cette lettre, petite... comme nous n'avons aucun étranger aujourd'hui, vous aurez l'honneur de dîner avec nous.

Jusqu'à l'heure du dîner, la jeune fille n'a pas quitté sa chaise ni cessé de travailler. De temps à autre madame Saint-Godibert vient regarder l'ouvrage que sa nièce a fait, puis elle retourne dans sa chambre essayer une robe, ou dans son boudoir se mettre sur le visage d'un cosmétique pour la peau ; c'est ordinairement dans de semblables occupations que la superbe Angélique passe ses journées.

Mademoiselle Fifine est entrée plusieurs fois chez sa maîtresse, trouvant des prétextes pour y aller quand on ne la sonne pas. Elle a jeté des regards curieux dans la petite pièce où travaille Rose-Marie, puis elle a dit à sa maîtresse d'un air moqueur : — Ça doit être drôle, l'ouvrage fait par une demoiselle de la campagne !

Mais madame Saint-Godibert a répondu : — C'est fort bien fait.. c'est perlé... je suis forcée d'en convenir !... Cela vous dégotte joliment, Fifine.

Alors mademoiselle Fifine s'en est allée en se mordant les lèvres de colère, et dans l'antichambre elle a rencontré François qui disait : — Où donc a-t-on fourré la jeune fille si jolie... Est-ce qu'on la renferme dans une armoire?

Et mademoiselle Fifine a donné un coup de pied dans les chevilles de François, en s'écriant : — Venez encore me demander de l'anisette vous ! et vous serez bien reçu.

L'heure du dîner est arrivée ; madame Saint-Godibert a dit seulement à Rose-Marie : — Venez, mademoiselle; et la jeune fille a suivi sa tante.

Sur la table on a mis quatre couverts. Madame Saint-Godibert s'assied près de son mari puis on montre un couvert à Rose et on lui dit : — Mettez-vous là.

La pauvre petite s'assied, embarrassée, gênée et le cœur gros.

François, qui sert seul à table quand il n'y a pas d'invités, sourit très-gracieusement en apercevant Rose-Marie, et il montre un très-grand empressement à la servir.

— Il était inutile de mettre un couvert pour mon fils, dit Saint-Godibert ; il ne descendra sans doute pas dîner. — Pourquoi donc cela, cher ami? — Parce qu'il est malade... Je suis sûr qu'il a bu trop de punch hier.

Mais à peine a-t-on desservi le potage que Julien paraît. Le malaise qu'il ressentait n'a pas tenu contre le désir qu'il éprouve de revoir sa cousine, d'autant plus qu'il a reçu un petit billet de Frédéric, dans lequel celui-ci lui a mis : « Notre cousine Rose-Marie est honnête et » sage ; Richard est un calomniateur que je châtierai ; en attendant, » je vous recommande cette charmante enfant que j'ai conduite moi-» même chez vos parents. »

Les traits de Julien sont abattus ; cependant, à l'aspect de Rose, ses joues se colorent d'un rouge très-vif, et il ne peut cesser de la contempler. Il lui fait un profond salut, et la jeune fille se lève pour le lui rendre.

— Allons !... allons ! pas tant de cérémonies... dit Saint-Godibert d'un air d'humeur ; asseyez-vous, Julien. Vous n'êtes donc plus malade? — Cela va mieux, mon père. Et c'est mademoiselle qui est... qui est... — Oui, oui ; c'est cette petite qui est votre parente. Eh bien,

François, qu'est-ce que vous faites donc ?... vous changez l'assiette de mademoiselle avant la mienne !... est-ce que vous êtes fou, François? — Non, monsieur... mais je croyais que vous aviez encore un os à ronger sur la vôtre... — Un os à ronger !... Est-il possible de s'exprimer de cette façon en parlant à son maître?

On a beau gronder François, il est très-vif pour servir Rose, et très-lent pour les autres. De son côté, le fils de la maison est rempli de politesse pour sa jolie cousine, et semble, par ses attentions, vouloir la dédommager de la brusquerie que ses parents affectent avec elle.

Le dîner est fort ennuyeux ; les deux époux n'ouvrent la bouche que pour manger ou pour gronder François ; Julien est contraint et ose à peine regarder sa cousine ; celle-ci est triste et ne souffle pas un mot. Cependant monsieur Saint-Godibert a remarqué que sa nièce mangeait fort peu, et il dit bas à l'oreille de sa femme: Elle se conduit assez bien à table.

La jeune fille se sent heureuse quand on quitte la table ; elle retourne bien vite dans la petite pièce, où l'on a mis de la lumière. Julien la regarde s'éloigner sans oser l'arrêter et lui parler, quoiqu'il en ait grande envie. Mais il s'approche de son père et lui dit : — Si vous le permettez, désormais, au lieu de descendre au bureau, je travaillerai chez moi, dans ma chambre... cela m'est plus commode... je n'aurai pas besoin de quitter ma robe de chambre... — Ah ! voilà une autre idée !... Du reste, pour ce que vous faites au bureau depuis quelque temps ! ce n'est guère la peine que vous y descendiez... — Dernesty m'a dit que c'était bien meilleur genre de travailler chez soi que de se mêler à ses commis. — Ah ! alors... c'est différent. Ne descendez pas.

Le jeune homme s'éloigne, après avoir jeté encore un regard sur la petite pièce dans laquelle est sa cousine. Rose-Marie travaille jusqu'à neuf heures du soir. Alors sa tante lui dit : Vous pouvez monter à votre chambre vous coucher.

La pauvre petite se lève, salue humblement sa tante et so.. oncle et sort des appartements. À la porte de l'escalier elle trouve François qui lui présente une lumière, en lui disant : — Tenez, mam'zelle, au moins vous ne monterez pas sans voir clair, et c'est gênant quand on n'a pas encore l'habitude d'une maison.

Rose-Marie remercie François avec une voix si douce que le domestique en reste tout saisi ; puis elle prend la lumière, et monte à sa chambre mansardée.

Lorsqu'elle se retrouve enfin seule et libre de toute contrainte, la jeune fille se laisse aller sur une chaise ; puis elle pleure, elle pleure longtemps. Ensuite elle se met à genoux et prie. En se relevant elle se sent soulagée et s'écrie : Mon Dieu, vous me donnerez du courage pour supporter l'ennui que j'éprouve ici. Mon père a voulu que j'y vinsse, croyant que j'y serais heureuse... attendons, espérons... Et puis l'on me permettra de l'aller voir, et je lui dirai comment je suis ici... nous verrons alors s'il veut toujours que j'y reste. Oh ! je suis bien fâchée d'être venue à Paris !

Et il y avait encore dans le fond du cœur de la jeune fille un autre chagrin, auquel elle donnait en ce moment un souvenir.

XXVII. — PROMENADE. — RENCONTRE. — CONFIDENCE.

En sortant de chez son oncle Saint-Godibert, le premier soin de Frédéric a été de se rendre à la demeure de monsieur Richard. Il a hâte de punir les calomnies de ce monsieur ; il veut le forcer à les rétracter, à convenir qu'il a outragé sa cousine ; mais il se promet bien, malgré cela, de lui administrer une correction capable de lui ôter l'envie de se donner pour un homme à bonnes fortunes.

Le grand jeune homme est entré vivement dans la maison ; il va franchir l'escalier, lorsque le portier court après lui, en lui criant : — N'allez donc pas si vite, monsieur ; vous monteriez quatre étages pour rien. — Comment... il est sorti ? — N'allez-vous pas chez monsieur Richard ! — Sans doute... Il n'y est pas? — Non-seulement il n'y est pas, mais il ne rentrera pas puisqu'il est déménagé — Déménagé !... et depuis quand donc ? — Depuis ce matin... ma foi il n'y a pas très-longtemps. D'abord monsieur Richard s'est levé aujourd'hui au point du jour ; il a été plus d'une heure absent ; il est revenu avec une voiture à déménagement... pas très-grande, vu qu'il n'y a pas trop de meubles ; il a payé le terme qui n'est pas échu, en me disant : Je pars, je m'en vais ; des raisons majeures m'obligent à aller me loger près des fortifications. Je lui ai dit : mais où ça, monsieur... car il y en a dans bien des endroits... Est-ce que vous sortez du mur d'enceinte ? Il m'a répondu : Si ou vous le demande, vous direz que vous l'ignorez. Ensuite il a fait presser son déménagement, ah ! dame, fallait voir !... on a même cassé sa table de nuit... et il a dit : tant mieux, elle était vieille ! d'ailleurs c'est un meuble de luxe. Enfin, il est parti avec ses meubles, en me disant qu'il reviendrait dans quelques jours savoir s'il y avait des lettres pour lui. — Le lâche ! il est parti ! s'écrie Frédéric. Il s'est sauvé, parce que, hier au soir, en entendant parler de la jeune fille qui cherchait ses oncles, il a deviné que je pouvais retrouver ses traces ; que je saurais s'il avait dit la vérité !... Portier, une plume, du papier, que j'écrive un mot à monsieur Richard.

Le portier s'empresse de donner à Frédéric tout ce qu'il demande, et celui-ci écrit tout d'un jet le billet suivant : « Richard, vous êtes » un polisson et un drôle ; vous avez calomnié une jeune fille inno-» cente, et à qui je tiens de fort près ; il est de mon devoir de la venger. » Si vous n'êtes pas aussi lâche que menteur, écrivez-moi pour me » donner un rendez-vous, j'irai avec un témoin. Si vous ne me donnez » pas satisfaction, je vous préviens que chaque fois que je vous ren-» contrerai je jetterai votre chapeau à terre. »

Frédéric signe cette lettre, la donne au portier avec cinq francs et lui recommande bien de ne point oublier de la remettre à Richard aussitôt qu'il le reverra.

Après avoir terminé cette affaire, le cousin de Rose-Marie s'en retournait tout doucement chez lui, en rêvant à sa jolie cousine dont les beaux yeux, dont les grâces simples et naïves lui faisaient déjà oublier le minois piquant de madame Marmodin, lorsque sur le boulevard il se sent frappé doucement sur l'épaule, il se retourne et aperçoit Dernesty.

— A quoi diable penses-tu donc, Frédéric? tu marches sans regarder devant toi ; si tu étais auteur comme ton oncle Mondigo, je te croirais entrain de faire le plan d'un drame bien noir. — Non !... je ne fais pas de pièce, moi ! reprend Frédéric en souriant, je ne suis point lancé dans le vague ! je pense à ce qui est réel... positif. Tu te rappelles cette jolie personne dont le portrait était caché par un rideau chez le peintre où tu nous as menés? — Oui, eh bien ? — Je l'ai retrouvée. — En vérité? — N'as-tu pas entendu hier ce vieillard qui est venu chez mon oncle... qui est ami de monsieur Cendrillon... et qui a été volé de soixante mille francs dans la forêt de Fontainebleau. — Oui... oui... j'ai entendu à peu près... mais quel rapport ?... — Ce bonhomme, le père Savenay, voilà son nom, a dit ensuite qu'il venait pour s'informer près de monsieur Saint-Godibert s'il connaîtrait, par hasard, un monsieur Gogo, qui avait dû demeurer dans sa maison.., parce qu'une jeune fille, à laquelle il s'intéressait beaucoup, ne pouvait parvenir à trouver ses oncles qui portent ce nom...— Ah !... en effet... et je me souviens à présent que Richard a dit à mon jeune peintre, que la jeune fille du chemin de fer cherchait aussi des parents de ce nom... — Oui ; mais ce que tu ne sais pas, ce que je puis bien te dire, entre nous, c'est que ces messieurs Gogo sont tout bonnement mes deux oncles ! — Pas possible !... — Oui, mon cher, monsieur Saint-Godibert et monsieur Mondigo ont jugé à propos de changer de nom... Ceci est une petite fantaisie qui ne fait de mal à personne... la vanité, l'amour-propre font faire tant de sottises aux hommes... mais ces deux messieurs n'en sont pas moins les Gogo que la jeune fille cherchait... ses oncles enfin, ce qui est assez te dire qu'elle est ma cousine ! — Je ne m'étonne plus si tu as pris feu pour la défendre chez Léopold Bercourt. — Tu comprends aussi que ce matin, de très-bonne heure, je me suis rendu chez ce bon vieillard, dont j'avais retenu l'adresse... — Ah ! tu as été chez lui... — Je l'ai d'abord vu seul ; il ignorait que j'étais le cousin de sa protégée. Je me suis fait expliquer comment il l'avait connue... rencontrée, et j'ai eu des preuves... oui, des preuves, que Richard n'est qu'un misérable... un indigne menteur... car c'est en le fuyant, c'est en se sauvant seule, la nuit dans Paris, pour se soustraire à sa poursuite, que la pauvre petite a été trouvée par un brave homme qui avait voyagé avec nous en chemin de fer, et qui l'a conduite dans la maison du père Savenay, que depuis ce temps elle n'a pas quittée. — Et qu'as-tu fait alors? — Parbleu ! c'est bien simple : j'ai mené ma cousine chez mon oncle Saint-Godibert !... Ils ont fait d'abord un peu la grimace, mais ils ont fini par la garder. Maintenant elle demeure chez eux... Oh! mon cher ami, j'irai souvent voir ma tante Angélique, car ma cousine est très-jolie!... je t'assure que le portrait n'était pas flatté. — Vraiment !... mais tu piques ma curiosité !... je veux voir aussi ce prodige de grâces, de beauté !... — Veux-tu venir maintenant ?... je ne me gêne pas pour aller chez mon oncle... Viens !... tu diras que tu viens pour une affaire de banque... Ma foi, pourquoi pas ?

Dernesty a pris le bras de Frédéric, et il s'en va avec lui. Mais, tout en marchant, il lui dit :— Et ce... ce vieux bonhomme qui avait recueilli ta cousine... qu'est-ce qu'il est devenu ?... — Oh! tu penses bien que je m'en suis occupé. Il était trop juste que ce vieillard fût récompensé de sa générosité... lui qui a déjà eu le malheur d'être volé... je l'ai conduit aussi chez mon oncle le banquier, et je lui ai fait donner une place dans ses bureaux. — Dans les bureaux de ton oncle... Saint-Godibert? — Oui, une petite place ; mais il n'est pas ambitieux, ce pauvre père Savenay, il se contente de peu ! — Ainsi, il est maintenant employé chez monsieur Saint-Godibert !... — Sans doute. Je l'y ai laissé ce matin ; il sera entré sur-le-champ en fonctions.

Dernesty fait encore quelques pas avec Frédéric, puis tout à coup il s'arrête en s'écriant : — Que je suis étourdi !... je ne puis pas aller avec toi !... j'ai un rendez-vous aujourd'hui... tiens, chez ce jeune peintre... pour une séance... il faut que je te quitte... je verrai une autre fois ta charmante cousine. — Comme tu voudras ; mais puisque tu vas chez monsieur Léopold, qui a si bien pris la défense de Rose-Marie contre Richard, tu vas me faire le plaisir de dire à ce jeune homme qu'il avait raison de la défendre ; que Richard est un misérable, et que celle dont il a fait le portrait mérite toujours son estime. Tu lui diras tout cela.— Oui, oui, je le lui dirai. — N'y manque pas !... car il ne faut pas que les indignes propos de Richard puissent encore nuire à ma cousine !... — Sois tranquille... je ferai ta commission. — Au revoir donc alors, et quand tu verras Rose-Marie, tu jugeras si elle mérite qu'on s'intéresse à elle.

Les jeunes gens se sont quittés. Au lieu de se rendre chez Léopold, comme il l'avait dit, Dernesty va se promener dans une allée solitaire des Champs-Élysées, et il semble s'abandonner à de sérieuses réflexions. Quant à Frédéric, après avoir fait quelques centaines de pas, il réfléchit qu'il aurait peut-être tort de retourner le même jour voir Rose-Marie, et qu'un si grand empressement de sa part pourrait lui nuire près de son oncle et de sa tante, il se décide donc, pour elle, à être raisonnable, et à remettre sa visite au lendemain.

Mais le lendemain, dans le milieu de la journée, Frédéric ne manque pas de se rendre chez M. Saint-Godibert. Il ne s'arrête pas dans les bureaux, il monte sur-le-champ chez sa tante.

Mademoiselle Fifine sourit d'un air moqueur en voyant arriver le beau neveu; celui-ci avait aussi l'habitude de rendre hommage à cette partie de ses charmes qui donnait du provoquant à sa démarche, en appuyant dessus une main un peu familière. Mais cette fois le jeune homme ne songe pas à s'arrêter près de la femme de chambre, il entre tout de suite dans le salon, croyant y trouver sa cousine; il est fort contrarié de n'apercevoir que sa tante.

Après quelques mots dits d'un air ennuyé, Frédéric n'y tient pas et s'écrie : — Où donc est ma cousine? — Mais elle est dans l'endroit où elle travaille ! répond sèchement Mme Saint-Godibert. Vous ne pensiez pas sans doute, mon neveu, que je placerais cette petite dans mon salon... — Pourquoi donc pas, ma tante? — Parce que ce n'est pas la place d'une jeune fille... que si nous voulons bien garder cette... parente chez nous, ce n'est pas pour que les jeunes gens... les galants, les amoureux viennent rôder autour d'elle..... Ce serait joli !... si une pareille chose arrivait, nous l'aurions bien vite renvoyée dans son village.

Frédéric déchire ses gants de colère; puis au bout d'une minute il s'en va, et en passant dans l'antichambre, il ne regarde même pas Fifine qui s'écrie : — Ah ! comme on a l'air vexé !... il paraît qu'on n'était pas venu pour voir la tante !... Mais qu'est-ce que tous ces messieurs ont donc pour cette petite villageoise !... elle n'a pas plus de hanches que mon poing. Dieu ! que les hommes ont peu de goût !

Frédéric n'est pas le seul sur lequel les charmes de Rose-Marie aient produit de l'effet : le jeune Julien, qui dînait fort souvent dehors avant que sa cousine ne fût établie chez ses parents, est maintenant fort exact à l'heure des repas. Il cause peu avec Rose-Marie, parce qu'on ne le laisse jamais seul avec elle ; mais il a pour elle mille prévenances, mille attentions, et lorsque ses parents ne peuvent s'en apercevoir, il fixe sur sa cousine des regards beaucoup moins timides que de coutume.

Mais Rose-Marie quoique touchée des politesses de Julien, n'a pas pour lui cette sympathie, cette affection qu'elle a éprouvée sur-le-champ pour Frédéric ; il semble au contraire, lorsque Julien est près d'elle, qu'elle ressente comme une répulsion secrète, comme un sentiment de crainte, de terreur, qu'elle ne peut vaincre et dont cependant elle ignore la cause.

Quinze jours se sont écoulés depuis que Rose-Marie habite chez son oncle et ce temps lui a paru bien long. Passant toutes ses journées à travailler dans la petite pièce qui tient au boudoir de madame Saint-Godibert, y retournant après le dîner jusqu'au moment où on lui permet de remonter à sa chambre, la pauvre enfant ne voit que sa tante et mademoiselle Fifine. La première qui lui parle toujours d'un ton sec et dédaigneux; l'autre qui, en la regardant, affecte de lui tirer la langue et de sourire d'un air moqueur. Pendant le jour la présence de son oncle et de son cousin ne saurait l'égayer ; car l'un ne s'occupe jamais d'elle, et les attentions cachées de l'autre l'embarrassent plus qu'elles ne lui sont agréables. Ne sortant jamais, ne prenant aucune distraction, la fille de Jérôme passe donc bien tristement ses jours dans ce Paris où son père l'a envoyée avec l'espoir qu'elle y serait plus heureuse que dans son village. Aussi le seul vœu, le seul désir de Rose-Marie est de retourner près de son père, elle compte alors le supplier de la garder avec lui et de ne plus la renvoyer chez son oncle.

Déjà une fois la jeune fille a timidement prononcé le nom de son père en faisant entendre qu'elle serait heureuse d'aller l'embrasser, mais sa tante lui a répondu durement : — Rien ne presse, mademoiselle, vous avez le temps... il me paraît que vous voudriez sans cesse courir les grandes routes, mais cela n'est pas convenable. Votre père sait que vous êtes chez nous, il doit donc être fort tranquille et fort content, et il n'est pas nécessaire que vous retourniez déjà le déranger.

Rose-Marie n'a pas osé répliquer. Puis elle a prié le ciel de lui envoyer de la patience et de la résignation.

Pour expliquer ce changement de madame Saint-Godibert, qui d'abord ne voulait pas recevoir sa nièce chez elle, et qui s'oppose maintenant à ce qu'elle aille voir son père, on saura que Rose-Marie travaillait très-habilement et avec beaucoup de goût : que sa tante avait reconnu que la jeune fille lui tenait lieu de deux bonnes ouvrières, et que, par conséquent, loin de lui être onéreuse, en la gardant chez elle, c'était une économie qu'elle faisait ; monsieur Saint-Godibert avait aussi remarqué que sa nièce mangeait fort peu ; on savait par mademoiselle Fifine, qu'elle avait apporté une malle remplie d'effets ; on ne devait pas craindre d'avoir de longtemps rien à lui acheter. Or, la jeune fille ne coûtant presque rien et rapportant beaucoup par son travail, ses riches parents qui avaient la ladrerie de presque tous les parvenus, comptaient maintenant la garder chez eux le plus longtemps

possible. C'est comme cela que beaucoup de gens pratiquent la bienfaisance et la générosité.

Tandis que Rose-Marie passait des journées si tristes au premier étage, au rez-de-chaussée la présence du nouvel employé avait au contraire apporté de la gaieté. Toujours satisfait de son sort, sachant se contenter du peu qu'il gagnait, le père Savenay s'était bien vite mis au courant de la besogne qu'on lui avait donné à faire. Fallait-il sortir plusieurs fois dans la journée, il prenait gaiement son chapeau à larges bords et se mettait en marche sans murmurer ; encore aussi leste, aussi ingambe qu'un jeune homme, il mettait moins de temps qu'un autre à faire une course, parce qu'il ne flânait pas en route. Enfin monsieur Boudin et les deux employés qui d'abord avaient vu avec humeur l'admission d'un nouveau commis dans leurs bureaux, se montraient maintenant fort satisfaits de l'avoir avec eux et le traitaient même avec une bienveillance extrêmement rare dans un employé avec son inférieur.

Le père Savenay n'avait pas perdu son goût pour le chant et surtout pour son chansonnier chéri. Lorsque l'ouvrage ne pressait pas, et tout en taillant sa plume, le vieillard fredonnait un refrain de *Béranger*, cela faisait sourire les autres employés qui s'étonnaient qu'à son âge le bonhomme eût encore la voix si claire et si juste.

Mais un jour monsieur Saint-Godibert, qui s'était endormi dans son cabinet en lisant un journal, avait été réveillé par le père Savenay qui chantait gaiement :

> Zon ! flûte et nasse,
> Zon, violon,
> Zon, flûte et basse,
> Et violon, zon, zon !

Le banquier était sorti de son cabinet comme un furibond, en s'écriant : — Qui est-ce qui se permet de chanter ainsi dans mes bureaux?

SUITE DU PRÉCÉDENT.

Et le vieux père Savenay avait répondu tout tranquillement : —C'est moi, monsieur... est-ce que cela vous incommode? — Si cela m'incommode!... mais certainement, monsieur... cela m'a troublé dans... un travail important!... voilà deux heures que j'entends bourdonner à mes oreilles, et *zon, zon ! les violons*... Je ne pouvais pas croire que cela vînt de mes bureaux ; je croyais mes commis trop bien élevés pour chanter !... fi ! quel mauvais genre ! et c'est vous, père Savenay... un homme de votre âge, qui vous permettez de chanter... et des *zon zon, flûte et basse* !... — Mais, monsieur, c'est une chanson de *Béranger* !... — Qu'est-ce que cela me fait, monsieur ?... est-ce que je connais ce monsieur-là ?...—Ah ! monsieur, toute la France... toute l'Europe le connaît... le chante et même... — Monsieur, que l'Europe fasse ce qu'elle voudra !... que votre chanson soit de Béranger ou de Corneille, je suis le maître dans mes bureaux ; je ne veux pas que l'on y chante! et au premier *zon, zon* ! qui sortira de votre bouche je vous mets à la porte.

Le bon vieillard s'était incliné en silence. Depuis ce temps il ne chantait plus à son bureau, mais il s'en dédommageait chez lui le matin et le soir. Cependant le bon Savenay s'étonnait de ne jamais apercevoir Rose-Marie entrer ou sortir de la maison ; la sachant chez son oncle, et travaillant, lui, au rez-de-chaussée. il avait espéré voir quelquefois cette jeune fille à laquelle il avait voué la plus sincère affection ; il désirait surtout savoir si elle était heureuse, si ses parents la traitaient comme elle méritait de l'être. Toutes ces pensées trottaient dans la tête du vieillard, lorsqu'un matin en arrivant à son bureau le premier suivant son habitude, car les employés les moins rétribués sont toujours les plus exacts, il rencontre sous le vestibule de l'escalier François, qui tient un petit pot de crème à la main. Le domestique sourit au vieillard et lui montre le pot de crème en disant :—C'est pour la jolie petite demoiselle... que vous avez amenée un jour... leur nièce... à eux autres... car ils ne veulent pas l'appeler leur nièce, mais je sais bien que c'est leur nièce, moi. Ah! Dieu ! quelle gentille personne! et l'air si aimable, si avenante. —Vous connaissez Rose-Marie ? répond le père Savenay, ah ! tant mieux, parlez-moi de cette chère enfant, je suis heureux d'avoir de ses nouvelles, car je ne l'ai pas aperçue une seule fois depuis qu'elle est chez son oncle. — Pardi ! je le crois bien, cette pauvre jeune fille ne bouge pas de la journée d'une petite pièce dans laquelle on la fait travailler sans relâche. Après le dîner elle travaille encore jusqu'à ce qu'elle remonte se coucher... Tenez, mon vieux bonhomme, j'ai dans l'idée qu'elle s'amuse comme un oiseau qu'on déplume ! — Quoi ! vous pensez... Ah ! ce serait bien mal de ne pas la rendre heureuse; elle est si douce, si intéressante.—Moi, je fais ce que je peux pour lui rendre des petits services... par exemple je lui monte cette petite cruche de crème que je pose devant sa porte, et elle croit que c'est la laitière qui la met là... sans cela elle ne voudrait pas que je me dérange, mais si je ne lui montais pas sa crème, je connais mam'zelle Fifine, la femme de chambre, quand tout le lait serait monté là-haut, elle commencerait par boire la moitié de la cruche à la petite.—Vous aimez Rose-Marie... c'est bien, mon ami, vous êtes un bon garçon.

— Mais oui, je suis un très-bon garçon. Ecoutez, homme âgé, il ne faut pas m'en vouloir, si l'autre soir qu'il y avait du monde, j'ai voulu vous mettre à la porte, c'était par ordre de monsieur. — Oh ! je ne vous en veux nullement, mon garçon ; mais si vous pouviez me faire dire deux mots d'amitié à ma jeune amie, vous me feriez bien plaisir, car je suis sûr qu'elle aussi serait contente de me voir. — C'est bien facile... Montez par ce petit escalier... et tout en haut ; au reste, venez avec moi, je vais vous montrer la porte de sa chambre. — Vraiment, vous pensez que je puis... ne la grondera-t-on pas, si on sait que... — Pourquoi donc?... en v'là une bêtise !... Est-ce que vous pensez qu'on vous prendra pour un amoureux...

Le vieillard sourit en répondant : — Oh ! non... non... de ce côté, je ne la compromettrai pas. — D'ailleurs, à cette heure-ci les maîtres dorment encore comme des taupes qui ont des rentes. Je suis bien sûr que mam'zelle Rose-Marie est éveillée et levée de bonne heure... Venez, mon vieux, personne ne saura qu'elle a reçu une visite !

Le père Savenay suit François. Ils arrivent bientôt devant la porte de la chambre où couche Rose-Marie. Le vieillard frappe doucement. — Qui est là? demande la jeune fille. — Moi, mon enfant ; votre vieil ami, le père Savenay.

Un cri de joie se fait entendre, et la porte s'ouvre aussitôt. Le vieillard entre chez Rose-Marie, et François retourne dans sa chambre en passant des entre-chats et en disant : — Et allez donc !... ni vu ni connu les autres !... Enfoncé la Fifine, qui se couperait une oreille si l'autre pouvait entendre tout ce qui se passe dans la maison.

Rose-Marie ressent une vive joie à la vue de son vieil ami. Mais celui-ci éprouve un sentiment pénible en remarquant que déjà la jeune fille n'a plus ses vives couleurs, et l'air de santé qui brillait sur son visage, lorsqu'il l'a accompagnée chez son oncle. Il presse ses mains dans les siennes et la prie de lui confier ses peines, de lui dire comment elle se trouve chez ses parents...

Monsieur Brouillard entre, tenant Rose-Marie par la main. — Page 92.

demain, je viendrai vous chercher... A quelle heure descendez-vous d'habitude? — Jamais on ne m'a fait appeler avant neuf heures et demie. — Eh bien, à sept heures, je frapperai à votre porte, nous irons nous promener... Pourvu que je sois au bureau, huit heures et demie, cela suffit ! Jamais les autres n'arrivent qu'après. Ainsi demain matin, c'est convenu. — Quoi ! mon cher protecteur, vous voulez... mais si on le sait... si on me gronde... — Ce n'est pas un crime que nous ferons, mon enfant ; je prends tout sur moi, car je me regarde comme votre père, et avant tout, je veux que vous ne retombiez pas malade.

Rose-Marie a consenti, car au fond du cœur, elle ne demande pas mieux ; elle promet d'être prête à sortir le lendemain à sept heures. Et le père Savenay s'éloigne tout joyeux, et en descendant l'escalier, se permet, malgré la défense qu'on lui a faite, de fredonner entre ses dents :

Que tout mortel ajoute encore
Des jours heureux à ses beaux jours.

Le lendemain, le vieillard est aussi exact qu'un jeune amant. A sept heures, il heurte doucement à la porte de Rose-Marie ; celle-ci paraît coiffée d'un petit bonnet qui la rendrait plus jolie, si cela était possible. Tous deux descendent l'escalier en ayant soin de faire peu de bruit ; puis ils sont bientôt hors de la maison. Alors la jeune fille respire plus librement : elle passe son bras sous celui de son conducteur, et ils se mettent en marche en se dirigeant du côté des boulevards.

Le temps est froid, mais beau. Les deux amis se sentent heureux de se trouver ensemble, de pouvoir causer sans être gênés par la présence des sévères parents. Rose-Marie ne cache pas au bon Savenay le projet qu'elle a formé de retourner chez son père pour ne plus revenir à Paris. Le vieillard, tout en concevant l'ennui qu'éprouve la jeune fille, l'engage cependant à prendre patience, car il est persuadé que son oncle et sa tante finiront par la traiter avec plus d'amitié.

Dans le plaisir qu'ils goûtent à leur promenade du matin, le vieillard et la jeune fille trouvent que l'heure va trop vite. Mais huit heures sonnent, et ils sont à l'entrée des Champs-Elysées.

— Il faut nous en retourner, dit Rose-Marie, de peur d'être en retard. — Vous avez raison, répond Savenay, car nous pourrons, j'espère, recommencer souvent ces petites promenades qui vous feront du bien.

Et tous deux rebroussent chemin. En ce moment, un jeune homme vient devant eux. Il approche, et Rose-Marie qui a levé la tête, a senti son cœur battre bien fort en le regardant. Bientôt ce jeune homme est tout près d'eux, il s'arrête en attachant ses regards sur la jeune fille, il est devenu pâle et troublé... mais tout à coup, comme s'il fût repenti d'un moment de faiblesse, il s'est éloigné en lançant sur Rose-Marie un regard froid et presque dédaigneux.

— Mon Dieu !... mon Dieu !... mais c'est lui... c'est monsieur Léopold ! s'écrie la jeune fille.

Rose-Marie dit au bon vieillard comment ses journées se passent ; comment on la traite, et elle ne cache pas l'ennui qu'elle éprouve de sa nouvelle existence.

— Eh quoi ! dit le père Savenay, aucune distraction, aucun plaisir ! A votre âge, est-ce que l'on peut exister ainsi? Ne jamais sortir, cela est contraire à la santé. Une fleur qui ne reçoit pas d'air, s'étiole et perd vite sa fraîcheur. Une jeune fille est une fleur aussi, et je vois bien à votre figure, que vous, habituée à la vie libre des champs, vous souffrez d'être constamment dans une chambre. Il faut sortir mon enfant, et puisque vos parents craignent de se montrer avec vous... ce qui entre nous ne fait pas leur éloge, il faut sortir sans eux... par exemple, les matins avant qu'ils ne soient levés, qui vous empêche d'aller faire une petite promenade sur les boulevards?... — Oh ! mon ami, je n'aurais jamais osé sortir seule... moi qui ne connais pas Paris, j'aurais encore eu peur de me perdre. — Seule, ce n'eût pas été convenable en effet ; mais avec moi, il ne peut y avoir de mal. Ainsi, dès

Puis elle se retourne dans l'espérance que celui qui vient de passer, ne s'est pas éloigné... Mais Léopold, car c'est bien lui, a doublé le pas au contraire, et il est déjà loin de celle qui a éprouvé tant de plaisir à le revoir.

Cependant, ce plaisir se change bientôt en peine ; ce qui arrive fréquemment en amour. Rose-Marie, qui ne comprend rien à la conduite de Léopold, murmure d'une voix tremblante : — Comment... c'est lui ! et il ne me dit rien... Certainement il m'a bien reconnue... Oh ! oui... il me regardait beaucoup... et tout à coup ce regard est devenu froid... méchant... Mon Dieu ! qu'est-ce que cela veut dire ?... Qu'ai-je donc fait pour qu'il soit fâché contre moi ?

Le père Savenay, qui a fort bien vu tout ce qui vient de se passer, dit à Rose-Marie : — Qu'avez-vous, mon enfant ? vous connaissez donc ce jeune homme qui vient de passer près de vous ? — Oh, oui ! mon bon ami. — Est-ce que c'est encore un de vos cousins ? — Non, mon bon ami... mais c'est égal... j'étais si contente de le revoir... et il a l'air fâché... Vous ne m'aviez jamais parlé de ce jeune homme, ma fille... vous ne pouvez avoir fait sa connaissance à Paris. — Non, mon bon ami... c'est... oh ! tenez, je n'avais pas encore pu vous raconter cela... mais aujourd'hui je vais tout vous dire... comme j'aurais dû le dire à mon père... car je vois bien qu'on ne devrait pas avoir de secrets pour son père ! — En effet, mon enfant, cela serait mieux... mais enfin la créature n'est pas parfaite, et comme les pères ont été jeunes aussi, ils doivent être aussi indulgents... Parlez, mon enfant.

Rose-Marie raconte à son vieil ami, comment dans la forêt de Fontainebleau elle a fait la connaissance du jeune peintre ; comment ses manières honnêtes et réservées, son langage doux et poli ont gagné sa confiance ; comment elle a consenti à lui laisser faire son portrait, puis enfin tout ce qu'ils se sont dit dans ces entrevues, l'aveu que le jeune homme lui a fait de son amour, et le serment de revenir qu'il lui avait fait en la quittant.

avait presque du mépris dans ses yeux... est-ce que je mérite cela... moi qui me sentais si heureuse en le revoyant ?... Oh ! c'est bien vilain de m'avoir regardée ainsi, et d'être passé sans me parler...

Rose-Marie porte son mouchoir sur ses yeux pour cacher les larmes dont ils viennent de se remplir ; le père Savenay lui presse le bras en lui disant : — Eh bien... eh bien... enfant !... qu'est-ce que cela signifie... du chagrin, des pleurs... pour un jeune homme que vous devriez avoir oublié, puisqu'il n'a pas été chez votre père comme il vous avait juré qu'il le ferait... Allons... du courage !... un peu de fierté dans le cœur... Songez que vous méritez d'être aimée avant de donner votre amour. . — Mais, mon bon ami... puisque je l'ai donné, je ne peux pas le reprendre, moi... — Si, mon enfant... ces choses-là se reprennent... mais nous voici chez votre oncle... renfoncez vos larmes... de la patience... de la soumission... et si pourtant vous vous ennuyez trop à Paris, si vous voulez absolument retourner chez votre père.

— Oh !... non... non, mon bon ami, je crois que je m'habituerai à être chez mon oncle... je finirai par m'y faire... mais nous irons encore promener le matin, n'est-ce pas, mon ami ? — Oui, mon enfant... oui, je serai toujours à vos ordres... — Oh ! que vous êtes bon, vous !...

On était devant la maison du banquier. La jeune fille remonte bien vite à sa chambre, et le vieillard entre dans les bureaux.

XXVIII

UNE VIOLETTE DANS UN PARTERRE.

Retournons au village d'Avon, près de Jérôme, et sachons pourquoi le bon laboureur qui aime tant sa fille, ne lui a pas donné de ses nouvelles après qu'elle lui a écrit en relevant de maladie. Comme un tendre père ne peut être soupçonné d'indifférence, il nous faut rechercher la cause de la conduite de celui-ci.

Le départ de Rose-Marie avait vivement affligé Jérôme ; il lui avait fallu un grand effort de courage pour se séparer de son enfant, et si devant elle

Angélique montre à toute la société le petit pistolet trouvé par Rose-Marie. — Page 99.

Le vieillard a écouté Rose sans l'interrompre, il la regarde ensuite, et il voit bien dans ses beaux yeux qu'elle ne lui a rien caché, que cet amour est pur et honnête ; il lui répond en souriant : — Allons, mon enfant, le mal n'est pas encore bien grand ; certainement vous auriez dû conter tout cela à votre père... mais sans doute vous attendiez pour le lui dire que le jeune homme revînt ?... — Oui, mon bon ami... et il n'est pas revenu !... — Vous voyez qu'il ne faut pas croire légèrement aux paroles des jeunes gens ; il vous aura oubliée, peut-être... — Cependant, mon bon ami, je ne l'ai pas oublié, moi, car depuis ce temps j'ai toujours pensé à lui... — Ce n'est pas une raison pour qu'il en ait fait autant... le cœur de l'homme n'est pas fait absolument comme celui de la femme... quoiqu'il y ait pourtant beaucoup de ressemblance. — Mais, mon bon ami, monsieur Léopold a peut-être été à Avon depuis que je suis à Paris... — Cela se pourrait... Alors pourquoi en me rencontrant tout à l'heure, ne m'a-t-il pas dit bonjour ?... pourquoi ce regard indifférent ?... Oh ! plus encore... il y

il n'avait pas pleuré, c'est qu'il savait bien qu'en voyant couler ses larmes, sa fille ne consentirait plus à le quitter, et comme il croyait assurer à Rose un sort heureux en l'envoyant près de ses oncles, il avait dû lui cacher toute sa douleur.

Les premiers jours qui suivirent le départ de la jeune fille s'étaient passés bien tristement dans la maisonnette du laboureur ; mais en travaillant sans cesse, on trouve de la distraction à tous les chagrins. Jérôme se donnait celle-là ; ensuite en rentrant chez lui, en se reposant près de son foyer, il causait de sa fille avec Manon, il en parlait sans cesse ; il se disait : elle doit être aimée aussi là-bas... chacun l'aimait tant ici ! et Manon disait comme son maître, et appuyait sur tout ce qui pouvait le consoler.

Un jour pourtant, en revenant de son champ, Jérôme avait été tout surpris d'apprendre par sa servante, qu'un beau jeune homme, mis comme les bourgeois de la ville, était venu demander sa fille, qu'en sachant qu'elle était partie pour Paris, il avait paru bien surpris, bien désolé, puis qu'il s'était éloigné sans rien dire et sans vouloir même parler au père de celle qu'il paraissait connaître.

Le bon villageois avait fait une foule de conjectures sur cette visite ; puis il avait fini par se dire que ce jeune homme pouvait avoir vu sa fille à Fontainebleau chez les dames où elle allait travailler quelquefois ; qu'il venait peut-être de leur part savoir de ses nouvelles, et qu'apprenant son départ pour Paris, il avait jugé le but de sa visite terminé. Et Jérôme ne s'était pas plus inquiété de cette visite ; il avait trop de confiance en sa fille, pour soupçonner rien de coupable dans sa connaissance avec le jeune étranger.

Mais les jours, puis les semaines s'étaient écoulés, et Jérôme ne recevait aucune nouvelle de Paris, aucune lettre de Rose-Marie ; il se disait souvent : Si ses oncles ne l'avaient pas bien reçue, elle serait revenue près de moi.

Cependant le silence de sa fille l'étonnait et commençait même à l'inquiéter.

Jérôme aurait dû à cette époque avoir reçu la lettre que sa fille lui avait écrite en relevant de maladie, et dans laquelle elle lui donnait son adresse chez le père Savenay. Il n'en était rien pourtant, et en voici la raison.

On doit se rappeler que Désiré Glureau, l'inspecteur au balayage, s'était trouvé chez le père Savenay au moment où Rose-Marie fermait sa lettre pour son père, celle-ci la lui avait confiée, en le priant de vouloir bien la jeter à la poste, et le ci-devant boutonnier s'était chargé avec plaisir de cette commission, en disant : — Il n'y a rien de si facile ! à Paris il y a des petites postes dans tous les coins.

Mais les choses les plus faciles à faire sont souvent celles que l'on manque, parce que dans leur exécution, on ne juge pas nécessaire d'apporter beaucoup de soins.

En sortant de chez le père Savenay, Glureau avait rencontré son jeune ami, monsieur Féroce. Celui-ci, qui la veille avait gagné ce qu'il appelait de la douille, en vendant des contremarques devant le théâtre des Folies-Dramatiques, avait proposé à son nouvel ami et de le régaler d'un canon. Glureau était un bon enfant, mais il résistait difficilement à un verre de vin. Le premier canon avait été suivi d'un autre, puis d'un autre encore. Ces messieurs s'étaient passé par le gosier tout un parc d'artillerie. Alors on était venu chercher l'inspecteur au balayage, parce qu'il n'inspectait rien du tout depuis le matin.

Au moment de courir à sa besogne, Glureau avait tiré la lettre de sa poche en s'écriant : — Ah ! bigre ! j'ai oublié de jeter ça dans une boîte ! — Donne, avait dit monsieur Féroce. Va à ton affaire ! Je flanquerai ça à la poste, aussi bien que toi.

L'homme au chapeau plissé avait remis la lettre à son jeune ami. Celui-ci s'était remis à boire, jusqu'à ce qu'il fût complètement ivre. Alors, voulant allumer sa pipe, il s'était servi de la lettre qu'il roulait dans sa main, sans se souvenir d'où lui venait ce papier.

Et voilà pourquoi Jérôme n'avait pas reçu de nouvelles de sa fille. Règle générale : quand vous avez écrit une lettre de quelque importance, prenez la peine de la mettre vous-même à la poste ; car si les autres ont commis une négligence ou un oubli, vous pouvez être certain qu'ils ne vous le diront pas.

L'inquiétude de Jérôme étant devenue extrême, il allait partir pour Paris s'informer de ce que sa fille était devenue, lorsqu'enfin une lettre lui était parvenue.

C'était celle que Rose-Marie avait écrite à son père sous la dictée de son oncle Saint-Godibert.

Jérôme avait trouvé le style de cette lettre assez singulier. Il n'avait pas compris comment ses frères, Nicolas et Eustache, s'étaient transformés en Saint-Godibert et Mondigo. Mais enfin sa fille lui disait que son oncle l'avait reçue avec la plus grande bonté ; et pour lui, c'était le principal. Tranquille désormais sur le sort de Rose-Marie, il n'avait pas pris en mauvaise part la recommandation qu'on lui faisait de ne point se déranger pour aller voir sa fille, et s'était dit : — Elle viendra elle-même, cette chère enfant ; elle sera bien aise de venir faire un tour au pays, de revoir ses fleurs, son jardin !... Mais enfin elle est chez son oncle qui l'a bien reçue... on la chérit déjà, je gage ! Je puis donc maintenant être tranquille, et je n'ai pas d'inquiétudes à concevoir.

On comprend que, aussitôt cette lettre reçue, Jérôme n'avait plus songé à se rendre à Paris.

Tandis que ceci se passait au village, chez monsieur Saint-Godibert la présence de Rose-Marie causait presque une révolution.

D'abord, le fils de la maison ne dînait plus en ville, afin de dîner chaque jour avec sa cousine, si ses parents l'avaient permis ; mais madame Saint-Godibert ne souffrait pas qu'aucun homme, excepté son mari, pénétrât dans la petite pièce où Rose-Marie travaillait.

Le beau neveu faisait aussi de fréquentes visites chez son oncle ; il y allait dans la journée, il y retournait le soir ; mais on ne le recevait pas dans la chambre où était la jolie travailleuse. Frédéric se vengeait de cela en parlant toujours de sa cousine, en demandant constamment de ses nouvelles, et les réponses sèches que lui faisait sa tante n'étaient pas capables de lui clore la bouche.

Enfin, malgré la surveillance de mademoiselle Filline, et les ordres de ses maîtres, François trouvait moyen d'avoir pour la jeune fille, mille attentions, mille petits soins dont celle-ci le payait par un gracieux sourire, pour lequel le valet normand aurait rossé ses maîtres, si Rose-Marie avait paru le désirer.

Les Saint-Godibert remarquaient ce qui se passait. Monsieur disait quelquefois : — Les beaux yeux de cette petite tournent la tête à tout le monde ! je crois vraiment que si on laissait faire notre fils, il se permettrait aussi d'être amoureux de Rose-Marie ; mais nous sommes là pour le surveiller... Qu'il lorgne la jeune fille de loin tant qu'il voudra, il n'épousera jamais qu'une femme fort riche... J'ai beaucoup d'espoir dans mademoiselle Soufflat. — Penser à épouser la fille de ce... paysan ! s'écriait la grosse Angélique en haussant les épaules... il faudrait que Julien fût bien canaille !... et ce Frédéric, qui parle constamment de sa cousine... qui vient à tout moment ici dans l'espérance de la voir !... Ces jeunes gens sont fous, en vérité. — Il y aurait un moyen de mettre ordre à cela, chère amie ; ce serait de renvoyer cette petite chez son père. — Sans doute ; mais cette Rose-Marie m'est fort utile ; elle travaille comme un ange... elle arrange mes corsages de façon que j'ai une taille de guêpe. Pourquoi la renvoyer ?... il suffit que nous sachions veiller sur elle... — Soit, chère amie. Mais, depuis qu'elle est ici, nous n'avons pas donné de grandes soirées, je ne veux pas cependant que sa présence nous empêche de recevoir notre belle société ! — Cela ne doit nous gêner en rien, monsieur ; invitez votre monde, et ce jour-là Rose-Marie passera toute la soirée dans sa chambre.

Quelques jours après cette conversation, c'est grande soirée chez monsieur Saint-Godibert, qui a augmenté encore le nombre de ses invitations, parce qu'il y a longtemps qu'il n'a reçu.

Frédéric a été enchanté en recevant l'invitation de son oncle, car il est persuadé qu'il verra enfin sa cousine à la soirée.

Julien ne se flatte pas trop de cet espoir, parce qu'il voit chaque jour avec quel soin on séquestre sa cousine ; cependant il pense qu'on laissera Rose-Marie dans la pièce où elle travaille ordinairement, et, à la faveur des nombreuses occupations que la réunion donnera à ses parents, il se flatte de trouver le moment d'aller près de sa cousine.

M. Dernesty, qui est, comme de coutume, au nombre des invités, et qui n'a pas paru chez le banquier depuis sa dernière soirée, s'est décidé à s'y rendre ; et le désir de voir cette jeune fille si jolie dont Frédéric lui a tant parlé, n'est pas pour peu de chose dans sa résolution.

Quant à l'oncle Mondigo, qui n'a pas revu sa nièce depuis le jour où elle a été amenée chez son frère, il connaît trop celui-ci pour ne pas être certain que Rose-Marie ne sera pas à la soirée ; aussi l'affirme-t-il avec confiance à sa femme, qui lui a dit : — Si je savais voir votre nièce chez votre frère, je vous déclare, monsieur, que je n'irais pas ! parce que, à mon âge, je ne veux pas m'exposer à être appelée ma tante ! par une grande fille de dix-sept ans !... ce serait hideux !

Pendant toute la journée qui précède la belle réunion, Rose-Marie a aidé mademoiselle Filline dans les apprêts de la soirée. La femme de chambre ne cesse de dire d'un air moqueur : — Ah ! que ce sera beau ce soir ici !... comme il y aura du monde élégant, des femmes parées !... comme on prendra de bonnes choses... mais aussi ce sera une société choisie... on ne recevra pas tout le monde.

Mais Rose-Marie est fort indifférente à tous ces propos ; sa tante lui a déjà dit qu'elle remonterait dans sa chambre aussitôt après le dîner ; et bien loin d'en être affligée, la jeune fille a reçu cet ordre avec joie ; elle ne regrette nullement de ne point se trouver avec tout ce monde que l'on attend ; elle pense qu'au milieu de cette belle société elle serait trop embarrassée ; puis elle aime mieux être seule pour pouvoir penser tout à son aise à Léopold, que tout son espoir est de rencontrer décoré, et qui, à ce qu'elle espère, ne passera pas toujours auprès d'elle sans lui parler.

A neuf heures du soir, les salons sont éclairés ; les maîtres de la maison en grande tenue, les domestiques à leur poste. Bientôt la société arrive ; elle se compose de presque toutes les personnes que nous avons vues au grand dîner d'apparat, puis de quelques nouvelles figures qui n'étaient point venues ce jour-là.

Monsieur Soufflat est là avec sa fille, dont malheureusement le nez n'a pas diminué ; madame Doguin avec son époux, dont les pieds ont toujours la même infirmité. La sémillante Francine arrive avec son mari, qui s'occupe toujours de ce que portaient les Romains ; le major Kronteberg se présente avec cette bonhomie qui le fait bien venir de tout le monde ; monsieur Cendrillon avec son air sans-façon habituel, et monsieur Roquet qui, en prenant de l'âge, cherche encore plus à faire des conquêtes, se montre dans une toilette digne d'un lion de la nouvelle Athènes.

Enfin, le frère homme d'esprit amène sa blonde femme aux yeux langoureux. Clémence a d'un coup d'œil parcouru le salon, afin de s'assurer si elle n'avait pas de nièce à craindre, tandis que son mari s'est emparé de monsieur Doguin pour lui réciter un sujet de pièce qu'il projette.

En arrivant au salon, Julien n'est point surpris de n'y pas voir sa jolie cousine ; mais en apercevant le boudoir de sa mère éclairé ainsi que la petite pièce où travaille ordinairement Rose-Marie, il se doute bien que celle-ci n'est point en bas, et après s'en être assuré, il revient de fort mauvaise humeur dans le salon.

Dernesty ne tarde pas à arriver; ses regards, un peu incertains en entrant chez monsieur Saint-Godibert, ont bientôt repris leur aplomb habituel, et après avoir examiné toutes les femmes qui se trouvent à la soirée, il s'approche de Julien et lui dit à l'oreille : — Où donc est cette cousine si charmante dont Frédéric m'a parlé ? — On ne lui a pas permis de descendre, répond Julien. — Diable ! c'est fort contrariant ; car c'est principalement pour la voir que je suis venu... d'autant plus que je me soucie peu maintenant de revenir dans cette maison... vous devez comprendre pourquoi... — Chut !... Taisez-vous ! répond Julien, en portant des regards inquiets autour de lui; si on vous entendait !... — Oh ! parbleu ! je vous conseille de parler !... ce que je dis là ne signifie rien ! tandis que vous l'autre soir... vous me faisiez pitié... Quand on ne sait pas se tenir devant le monde, il ne faut point y venir... — Ah ! si vous saviez ce que j'ai souffert ce soir-là en reconnaissant... — Assez... assez... il ne monte pas ici, j'espère ? — Non, jamais !... — Ce n'est pas que nous puissions avoir rien à redouter, mais enfin, c'est toujours ennuyeux de se trouver... ensemble... — Ah ! si j'avais pu prévoir qu'un jour... — Assez donc ! voilà Frédéric.

Le grand jeune homme entre dans le salon; il va saluer quelques dames, et notamment madame Marmodin, qui le regarde d'un air piqué, parce que depuis quelque temps il est beaucoup moins empressé et assidu près d'elle. Frédéric cherche ensuite de tous côtés dans les appartements, puis ses lèvres se serrent, ses sourcils se rapprochent ; mais bientôt apercevant son cousin et Dernesty, il va à eux en reprenant son air de gaieté.

— Eh bien ! elle n'y est pas, dit Dernesty. — Ils lui ont dit de rester ce soir dans sa chambre là-haut, murmure Julien en soupirant. — Et moi qui n'étais venu que pour la voir, reprend Dernesty.

Frédéric se penche vers eux et leur dit à l'oreille : — Patience... vous la verrez. — Comment... elle viendra ici ce soir ? — Oui. — Pas possible ! — J'en suis sûr. — Tu iras donc la chercher dans sa chambre ? — Non, pas moi, mais quelqu'un qui remplira fort bien cet emploi... — Serait-ce ce vieillard, ce père Savenay ? demande Julien en changeant de couleur. — Ah bien oui !... c'est beaucoup mieux... c'est quelqu'un à qui j'ai eu soin d'aller conter que la fille de notre oncle Jérôme était dans cette maison, en le prévenant qu'il y avait aussi ce soir grande réception ici... car je me doutais bien qu'on ne l'avait pas invité. — Ce quelqu'un... — Silence ! le voici.

La porte du salon venait de s'ouvrir : le cousin Brouillard paraît.

Au lieu d'être tout en noir, selon sa coutume quand il vient à une grande soirée chez les Saint-Godibert, le cousin Brouillard se présente cette fois en petit costume de tous les jours : habit marron qui est loin d'être neuf, gilet qui n'est plus de mode, et pantalon noisette sans le moindre sous-pied.

Madame Saint-Godibert laisse échapper un cri étouffé en voyant entrer son cousin. Elle regarde son mari comme en voulant lui dire : Est-ce que vous avez fait la bêtise de l'inviter ?

Saint-Godibert, qui comprend parfaitement cette pantomime, dit à demi-voix : — Non, certes, je ne l'avais pas invité ! il faut que ce soit le diable qui lui ait dit que nous recevions ce soir. — Et se présenter dans cette tenue ! c'est ignoble !

Cependant monsieur Brouillard, qui savait bien trouver tout le monde, puisque Frédéric l'avait prévenu, arrive au milieu du salon, près de monsieur Saint-Godibert, en criant à tue-tête : — Eh ! bonsoir, cousin ! Ah ! sapristi ! je ne savais pas que vous aviez du monde ce soir... moi qui suis venu sans façon... Pourquoi donc ne pas me prévenir comme de coutume... Ma cousine, j'ai l'honneur de vous souhaiter le bonsoir... Est-ce que vous avez été malade ?... — Eh ! pourquoi donc aurais-je été malade, monsieur? répond Angélique avec aigreur. — C'est que vous me semblez avoir mauvaise mine ce soir... Oh ! après cela, ce ne serait pas une raison... on est journalier... on peut avoir le teint jaune et se porter très-bien.

Madame Saint-Godibert a presque une attaque de nerfs ; mais elle n'ose pas lui répliquer ; elle veut au contraire tâcher de sourire, et il lui est impossible d'en venir à bout.

— Ah ! voilà le cousin Mondigo et son estimable épouse...

Monsieur Brouillard appuie sur le mot estimable comme s'il y mettait de l'intention. Après avoir salué l'homme de lettres, ainsi et les personnes de la réunion avec lesquelles il s'est déjà trouvé quelquefois, le cousin Brouillard revient au milieu du salon, et là, ayant l'art de saisir un moment de silence, il s'écrie : — A propos... mais où est donc cette charmante personne... cette jolie petite cousine qui demeure chez vous maintenant, à ce que j'ai appris ?...

Saint-Godibert et sa femme deviennent violets. Mondigo baisse le nez. Clémence écoute avec inquiétude. Le cousin poursuit, parlant toujours très-haut. — Ah ! mon cousin Saint-Godibert, c'est un bien beau trait que vous avez fait là..... Votre modestie vous fait rougir ! mais les belles actions sont trop rares pour qu'on ne doive pas les faire connaître ! — Comment ! monsieur Saint-Godibert a fait une belle action ? dit monsieur Soufflat d'un air étonné et en se tenant sur ses orteils. — Oui, monsieur, une action très-méritoire... — Taisez-vous donc, cousin Brouillard, dit Saint-Godibert, ne parlez donc pas de cela !... — Pardonnez-moi ! Oh ! je veux en parler... Je veux dire à tout le monde que vous avez recueilli chez vous une jeune fille qui est sans fortune... que vous et votre chère épouse traitez cette jeune

fille comme votre enfant... Du reste, la petite mérite votre intérêt... D'abord elle est si jolie ! Ah ! quelle ravissante créature que cette jeune Rose-Marie ! On voit rarement tant d'attraits réunis !...

Les hommes s'approchent de monsieur Brouillard d'un air d'intérêt. Monsieur Cendrillon va taper sur le ventre à monsieur Saint-Godibert, en disant, avec sa voix de stentor : — Ah ! nous faisons de ces coups-là et nous les cachons !... c'est égal, j'aime que l'on ait un cœur généreux... Mais où donc est-elle? cette petite merveille dont parle votre cousin... vous allez nous la faire voir, j'espère...

M. Saint-Godibert balbutie des mots sans suite. Angélique s'empresse de dire : — Notre jeune parente... est dans l'appartement... que nous lui avons donné... en haut... mais elle ne peut pas se présenter encore en société... Vous comprenez qu'une jeune fille qui habitait la campagne... serait trop gauche, trop empruntée dans le monde... — Ah sacrebleu ! qu'est-ce que cela fait ! reprend monsieur Cendrillon, j'aime beaucoup les femmes gauches ! moi... les femmes timides ! Malheureusement elles deviennent chaque jour plus rares !... — Oh ! il faut nous faire voir la petite nièce... — Nous aurons d'ailleurs de l'indulgence pour elle, dit Dernesty ; mais si elle est aussi jolie que monsieur Brouillard l'affirme, je gage d'avance qu'elle n'en aura pas besoin... — C'est-à-dire, reprend monsieur Brouillard, que lorsque j'ai eu le plaisir de la voir cet été à la campagne, je suis resté stupéfait d'admiration... — Diable ! dit monsieur Roquet en se levant à son tour ; mais vous redoublez notre désir de voir cette jeune personne.

Clémence, qui n'avait pas encore pris la parole, dit avec un dépit mal déguisé : — Ces messieurs ne s'aperçoivent pas que monsieur Brouillard se moque d'eux ; qu'il leur fait un portrait dont l'original n'existe pas ! — N'existe pas, ma cousine ! répond monsieur Brouillard ; mais je pense que vous devez savoir le contraire, vous devez avoir vu votre nièce... car vous êtes la tante de cette charmante personne.

Clémence pâlit, se crispe, se mord les lèvres, et répond d'un air de dédain : — Oh ! sa tante ! quelle plaisanterie... c'est-à-dire que mon mari est son oncle, mais moi je ne lui suis rien du tout ! — Pardonnez-moi, cousine, on est toujours la tante de la nièce de son mari. Frédéric et Julien ne sont donc pas vos neveux, alors. — Oh ! des hommes... c'est bien différent. — Si vous connaissiez Rose-Marie, dit Frédéric, je suis certain que vous seriez la première à lui rendre justice... — Rose-Marie ! oh ! le joli nom ! s'écrie monsieur Roquet. — Voyons ! voyons, nous demandons à voir la petite beauté, reprend monsieur Cendrillon. N'est-ce pas, messieurs? — Oui, oui. — Comme ces messieurs sont aimables ! dit Francine en riant, ils ont l'air de nous traiter toutes comme indignes de leurs regards... une jolie figure semble être quelque chose qu'ils n'ont jamais vu ! — Vous ne pouvez pas croire cela, mesdames ! répond Frédéric, mais quand on est au milieu d'un brillant parterre, il n'est pas défendu de vouloir y mettre une fleur de plus !

Toutes les dames se laissent gagner par ce compliment. Les deux tantes seules conservent leur air refrogné. Pour arranger les choses, monsieur Cendrillon va à madame Saint-Godibert, et lui dit : — Allons, la maman, vous allez nous faire descendre la petite jeunesse, n'est-ce pas?

La grosse Angélique aurait préféré recevoir une tuile sur la tête, à être appelée la maman ; cependant elle se contient, et répond : — Il n'y a pas moyen de vous satisfaire, messieurs, car notre... protégée n'a encore que ses habillements de la campagne, et elle ne peut point se montrer avec cela dans mon salon... cela jurerait trop avec toutes ces dames. — Mais au contraire... ce serait bien plus piquant, n'est-ce pas, messieurs? — Sans doute. — Elle porte peut-être la laspissa ou le cerinum... elle est peut-être coiffée avec la calantica ou la calyptra? s'écrie monsieur Marmodin, voilà ce que je serais bien curieux de vérifier. — Allons, allons, reprend le cousin Brouillard, je vois que tout le monde désire connaître ma jeune cousine, et que ses généreux parents eux-mêmes seront flattés de la présenter à la compagnie... Eh bien ! je vais aller moi-même la chercher. — Mon cousin... c'est inutile... elle ne voudra pas descendre, crie Angélique. — Vous ne savez pas où elle loge !... dit Saint-Godibert.

Mais monsieur Brouillard ne les écoute pas, il est déjà sorti du salon en s'écriant : — Oh ! je trouverai bien...

Et dans l'antichambre, François, qui a probablement le talent d'entendre ce qui se dit dans le salon, court à monsieur Brouillard, en lui disant : — Venez, monsieur je vous conduire, moi, et vous montrer la chambre de mam'zelle Rose-Marie.

La fille de Jérôme était seule dans sa chambre mansardée; mais elle s'y ennuyait moins depuis qu'elle avait rencontré le jeune peintre d'où vient que cette rencontre, qui ne lui avait montré Léopold que froid et indifférent près d'elle, avait cependant ranimé son cœur et son courage? C'est qu'en revoyant celui qu'elle aimait, elle ne s'était plus sentie ainsi seule à Paris ; c'est qu'un secret, elle conservait l'espoir de rencontrer Léopold ; enfin, c'est qu'en amour, ce qui nous cause des pleurs, des souffrances, nous garantit aussi de l'ennui, et l'amour heureux n'a pas toujours le même privilège.

Rose-Marie travaillait à la broderie, en rêvant au jeune peintre, en cherchant toujours dans sa tête pourquoi il ne lui avait pas dit même un seul mot de politesse, lorsqu'elle entend frapper plusieurs coups à sa porte, puis une voix lui crie : — C'est moi, ma cousine, Brouillard... Veuillez m'ouvrir.

Puis la voix de François dit presque en même temps : — N'ayez pas peur, mam'zelle Rose-Marie, c'est un de vos parents qui vient vous voir.

La jeune fille a reconnu la voix de François ; elle ouvre sa porte et voit en effet auprès du domestique, le museau de renard du cousin qui est venu un jour chez son père.

Brouillard entre et salue Rose-Marie d'un air singulièrement aimable. François redescend l'escalier, en disant : — V'là mam'zelle la nièce... A présent, pour revenir en bas vous savez le chemin. — Bonsoir, ma charmante cousine, dit monsieur Brouillard ; vous ne vous attendiez pas à me voir ce soir. — En effet, mon cousin... Vous êtes donc venu chez mon oncle... Ils vous auront dit que j'étais ici... Vous êtes bien bon d'avoir pris la peine de monter pour venir me voir...

— La peine... oh ! je suis venu avec joie... ma chère petite cousine... Je vous dirai que je viens vous chercher... on vous demande, on vous désire en bas au salon... Il faut que vous y descendiez avec moi. — Comment, mon cousin, que je descende chez... monsieur Saint-Godibert lorsqu'il a ce soir beaucoup de monde... oh ! cela n'est pas possible... madame m'a bien dit, au contraire, que je resterais ce soir dans ma chambre... Et du reste, j'aime autant cela... — Madame... Qu'est-ce que c'est que cela ? — C'est... madame Saint-Godibert. — Pourquoi ne dites-vous pas ma tante ? — Parce qu'elle aime mieux que je dise madame... — C'est à pouffer de rire, en vérité. Ma petite cousine, il faut pourtant descendre avec moi. — Aller dans cette nombreuse et belle compagnie, je n'oserais pas... D'ailleurs, puisqu'on me l'a défendu... — Mais puisque je vous dis que l'on m'a envoyé vous chercher. — Quoi... madame Saint-Godibert... — Oui, les Saint-Godibert veulent que vous descendiez... Et puis, il y a encore en bas votre tante, la femme de Mondigo, qui brûle du désir de vous voir, et qui sera enchantée, celle-là, de vous entendre lui dire : Ma tante. Venez donc, petite cousine... — Si c'est l'ordre de mes parents... je dois obéir... Mais cette toilette... — Vous êtes fort bien ainsi... D'ailleurs, on est prévenu.

Pendant que monsieur Brouillard était monté, une espèce d'agitation régnait dans la grande réunion. Les dames causaient entre elles, et s'apprêtaient à critiquer et tourner en ridicule la petite campagnarde qu'on avait l'impertinence de leur annoncer comme une beauté ; les hommes, au contraire, se regardaient en souriant et se promettaient un grand plaisir à voir la jeune fille si vantée. Madame Mondigo faisait des mines, roulait des yeux et avait bien envie de s'en aller avant l'arrivée de sa nièce ; mais elle craignait que cela ne fût remarqué, et d'ailleurs, elle se flattait aussi que la petite villageoise ne pourrait l'emporter sur elle en beauté. Monsieur Saint-Godibert allait et venait, ne sachant trop que dire, et se demandant comment il devait prendre la chose ; enfin, son épouse lui disait de temps à autre : — Rassurez-monsieur, elle ne viendra pas... elle se rappellera que je lui ai dit qu'elle devait rester à sa chambre ; elle n'osera pas descendre.

Cependant la porte du salon se rouvre, tous les regards se portent de ce côté, et monsieur Brouillard entre, tenant Rose-Marie par la main, en disant : — Voilà ma jeune cousine que j'ai l'honneur de vous présenter.

Alors, il faut que la jeune fille supporte ce feu roulant de regards attachés sur elle, et qui semblent vouloir scruter, un à un, chacun de ses traits, puis faire le plus scrupuleux examen de sa personne, de sa tournure, de sa taille, et dont quelques-uns même paraissent vouloir percer jusque sous son modeste fichu.

Mais, la timidité, l'émotion, qu'éprouve en ce moment Rose-Marie, ont couvert ses joues d'un vif incarnat, et lorsqu'elle entre dans ce brillant salon avec sa toilette simple et son petit bonnet sur le sommet de la tête, sa figure est si jolie, ses yeux si doux, sa tournure si modeste, enfin toute sa personne si virginale, que l'examen est tout à son avantage.

Les hommes laissent échapper un murmure d'admiration; les femmes mêmes sont désarmées, et forcées de convenir que la jeune fille est charmante. Il n'y a que les deux tantes qui sont seules d'un autre avis.

— Ravissante !... une ange ! s'écrie monsieur Cendrillon. Ah ! fichtre ! le cousin Brouillard n'a pas blagué !... et il a fièrement bien fait d'aller chercher la jeune nièce. — C'est au-dessus de ce que tu m'avais annoncé, dit Dernesty à Frédéric.

Et celui-ci s'empresse d'aller au-devant de sa cousine... Mais déjà monsieur Brouillard a mené Rose-Marie devant madame Mondigo, en disant à la jeune fille : — Petite cousine, voici votre autre tante, qui est enchantée de faire votre connaissance.

Rose-Marie fait une profonde révérence à Clémence, et celle-ci s'empresse de lui tourner le dos.

Mais tout à coup M. Roquet, qui regardait Rose-Marie comme quelqu'un qui cherche se rappeler ses souvenirs, s'élance près d'elle en se frappant le front et en s'écriant : — Ah ! j'y suis maintenant... ah ! j'y suis... Ah ! mademoiselle que je suis donc enchanté... Oh ! certainement j'y suis !... — Mais nous n'y sommes pas du tout, nous autres, dit la rieuse Francine en regardant M. Roquet ; est-ce que vous ne pourriez pas nous y mettre un peu, monsieur, en nous faisant comprendre le motif de vos exclamations? — Voilà, belle dame, voilà... c'est que, en regardant... en admirant mademoiselle, il m'a tout de suite semblé

que ce n'était pas la première fois que j'avais le plaisir de la voir, et en effet, maintenant je me rappelle fort bien où je l'ai rencontrée, c'était dans la forêt de Fontainebleau... le jour où nous fîmes cette charmante partie... vous souvenez-vous, mesdames... avec des ânes ?...

— Oui, monsieur... vous en étiez, je m'en souviens... — Eh bien ! je vous perdis dans la forêt... vous aviez pris le mors aux dents avec vos montures. En voulant vous chercher je m'étais égaré... je ne trouvais plus mon chemin... et il m'était même arrivé un accident assez désagréable, lorsque je fis la rencontre de mademoiselle... car c'est bien vous, n'est-ce pas, mademoiselle ?...

Rose-Marie lève les yeux sur monsieur Roquet, et répond avec un charmant sourire : — Oui, monsieur... c'était moi... et je me souviens en effet de vous avoir indiqué votre chemin. — Vous vous en souvenez... Ah ! mademoiselle... je suis bien flatté... Sans l'accident désagréable qui me gênait beaucoup... certainement j'aurais cherché alors à... mais j'étais horriblement contrarié... — Ah çà, s'écrie monsieur Cendrillon en s'approchant de monsieur Roquet, quel est donc cet accident que vous ne nous dites pas... et qui vous contrariait tant?...Je suis fort curieux, moi.

Monsieur Roquet se pince les lèvres et s'efforce d'avoir l'air malin, en répondant :—Ah ! je ne puis pas vous le dire... parole d'honneur, je ne le puis pas, ce serait trop difficile à narrer devant ces dames... demandez plutôt à mademoiselle? — Comment ? dit monsieur Brouillard, ma jolie cousine le sait et vous ne pouvez pas nous le dire... voilà qui devient bizarre... alors la petite cousine nous le dira, je gage... — Je ne sais pas ce que Monsieur veut dire, répond la jeune fille d'un air surpris.

Roquet qui est alors près de Frédéric, lui dit bas à l'oreille : Il s'agit de ma culotte... fendue complétement !... ma chemise passait !... Mais ce n'était nullement la faute de votre cousine... Dieu me garde de l'en accuser.

Frédéric rit au nez de monsieur Roquet, et va conduire sa cousine sur un siège, puis il s'assied auprès d'elle et tâche, en la faisant causer, de diminuer l'embarras qu'elle éprouve en se trouvant pour la première fois au milieu d'un cercle aussi nombreux. En voyant tous les regards qui sont attachés sur elle, la jeune fille qui est rouge et confuse, dit à demi-voix à Frédéric : — J'ai eu tort de venir ici, n'est-ce pas, mon cousin ? — Non vraiment ! vous avez fort bien fait au contraire... et du reste, je vous avouerai que c'est moi qui, désolé de ne jamais vous rencontrer quand je venais ici, ai conduit toute cette affaire. — Ah ! mon cousin... madame Saint-Godibert me fait des yeux qui m'annoncent qu'elle est en colère... je serai grondée ! — Mais elle ne pourra plus autant vous séquestrer, car maintenant que l'on vous a vue, on demandera souvent de vos nouvelles !... Vous n'êtes pas faite pour passer votre vie enfermée dans une chambre sans voir personne... Oh ! s'ils avaient continué sur ce pied, je serais allé le dire à votre père !... Je suis sûr qu'ils vous rendent malheureuse... si cela est, dites-le-moi... ne me cachez rien, je suis votre cousin, je dois vous protéger.

Rose-Marie jette un doux regard sur Frédéric et lui serre tendrement la main en lui disant : — Merci !... Oh ! vous êtes bien bon pour moi... Vous voulez bien que je sois votre sœur, n'est-ce pas ?...

Frédéric va répondre lorsque madame Marmodin s'approche en lui disant d'un air moitié riant, moitié piqué : — Vous deviez chanter un duo avec moi ce soir... Il y a longtemps que le piano nous attend... Est-ce que vous n'avez pas un moment à me sacrifier, monsieur ?

Frédéric se lève aussitôt, et prenant la main de Francine, se rend avec elle près du piano.

Dernesty s'empresse de venir occuper près de Rose-Marie la place que Frédéric a laissée vacante. Il adresse à la jeune fille une foule de compliments, do nos propos galants qu'un jeune homme qui va dans le monde a toujours en masse dans sa mémoire.

Mais la belle Clémence passe près de lui, trouve moyen de lui pincer le bras sans que cela se voie, et lui dit à l'oreille : — Est-ce que vous n'aurez pas bientôt fini?... vous allez venir près de moi, ou je ne vous reverrai jamais.

Dernesty quitte Rose-Marie en lui lançant un regard fort tendre. A peine est-il éloigné, que Julien vient prendre sa place.

Mais le fils de la maison n'a pas encore eu le temps de dire quatre mots à sa jolie cousine, lorsque monsieur Saint-Godibert vient lui dire d'un ton impératif : — Mademoiselle Soufflat est seule, allez donc lui faire compagnie, monsieur, cela vaudra bien mieux.

Julien se lève d'un air de mauvaise humeur. Monsieur Cendrillon s'avance pour causer avec Rose-Marie, mais madame Saint-Godibert ne hâte d'appeler le capitaliste pour faire une partie de bouillotte. Enfin, dès qu'une personne va se mettre près de la jeune fille, les maîtres de la maison vont aussitôt la chercher pour l'occuper ailleurs.

Mais monsieur Roquet va à son tour s'asseoir près de Rose, et lorsque madame Saint-Godibert vient l'engager à faire une partie, il lui répond en souriant : — Infiniment obligé, belle dame, mais je préfère tenir compagnie à votre charmante nièce. — A votre aise, monsieur, dit la grosse Angélique d'un ton vexé. Mais monsieur Roquet y fait peu attention ; il est entièrement subjugué par les charmes de Rose-Marie.

La fille de Jérôme ne s'amuse nullement à la grande soirée de son oncle, et elle écoute à peine ce que lui dit monsieur Roquet, qui s'obstine à rester près d'elle. Ce n'est qu'après un fort long espace de temps, que le galant Roquet se décide enfin à aller faire un tour dans le salon. Madame Saint-Godibert voyant sa nièce seule dans un coin, 'approche d'elle et lui dit d'un ton fort sec : — J'espère, mademoielle, que vous allez maintenant remonter dans votre chambre.

Rose-Marie ne se fait pas répéter ces paroles; elle s'esquive lestement du salon et remonte à sa chambre en se disant : — Je m'amuse bien mieux quand je suis seule, car je puis penser à lui.

XXIX. — LA DEMANDE EN MARIAGE.

Le lendemain de cette soirée mémorable, madame Saint-Godibert et son mari n'étaient pas encore remis de la colère qu'ils avaient éprouvée our avoir été forcés de présenter leur nièce à leur société.

Quant à madame Mondigo, elle a dit en parlant à sa belle-sœur, qu'elle ne remettrait pas les pieds chez elle tant que la jeune fille y serait.

Dans le premier moment Angélique s'écrie : — Il faut renvoyer cette petite fille chez son père, et lui défendre de jamais remettre les pieds chez nous. — Oui, dit Saint-Godibert, oui, renvoyons-la !

Mais au bout d'un moment le banquier se gratte l'oreille et regarde sa femme en reprenant : — Nous aurons beau la renvoyer maintenant, nous n'empêcherons pas qu'on ne l'ait vue... et si on ne la voit plus... tous ces gens qui se sont enthousiasmés pour elle nous demanderont chaque jour ce qu'elle est devenue. Ce cousin Brouillard, qui est méchant comme un âne rouge, ne manquera pas de dire partout que nous avons renvoyé notre nièce de chez nous... que nous avons refusé d'en prendre soin... et on nous jettera une infinité de pierres ! — C'est vrai, dit Angélique, je vois que nous serons obligés de la garder... mais au moins à la première occasion qui se présentera de l'établir, il faudra nous en débarrasser... — C'est parfaitement mon avis. — Et nous ne prendrons pas celui de cette petite sournoise. — Ce serait fort superflu ! — Et je dis sournoise parce qu'avec ses yeux baissés et son air de Sainte-Nitouche, Fifine prétend qu'elle ne vaut pas mieux qu'une autre... qu'elle a des allures... et qu'elle connaît des jeunes gens à Paris !... — En vérité !... si j'en avais la preuve... oh ! alors je la chasserais publiquement de chez moi... — Ce ne sont encore que des soupçons... mais Fifine est adroite... et s'il y a quelque chose, elle le saura.

La présence d'une jolie femme est toujours le meilleur moyen d'attirer la foule dans une maison. La présentation de Rose-Marie à la soirée de son oncle a fait du bruit dans le monde... Chacun parle de la petite campagnarde; les hommes pour en faire l'éloge, les femmes pour la critiquer; ceux qui ne l'ont pas vue désirent la connaître, ceux qui l'ont aperçue à la soirée veulent la revoir encore, les visites abondent chez madame Saint-Godibert, à qui l'on parle sans cesse de sa nièce, ce qui lui donne continuellement la migraine et une humeur épouvantable.

Mais parmi ceux qui se montrent les plus empressés à revoir Rose-Marie, aucun ne peut être comparé à monsieur Roquet. Il est rare qu'un jour se passe sans qu'il vienne voir madame Saint-Godibert, et comme maintenant on ne ferme plus la porte de la petite pièce dans laquelle travaille la jeune fille, monsieur Roquet ne manque pas d'aller aussi lui présenter ses hommages; puis il revient le soir pour tâcher de la revoir encore, et lorsque la petite nièce n'est pas là il devient triste, il parle à peine et pousse des soupirs qui donnent envie à madame Saint-Godibert de le souffleter.

Rose-Marie est fort peu touchée des compliments, des doux regards et des galanteries dont l'accable monsieur Roquet. Elle pense au jeune peintre et, pour être plus libre de rêver à lui, regrette le temps où on la laissait seule, où l'on ne permettait à personne de l'approcher. Mais maintenant madame Saint-Godibert, qui présume sans doute que sa nièce ne fera pas chez elle un bien long séjour, a soin de mettre à profit sa présence et ne lui laisse pas un moment de repos. Ainsi lorsque par hasard il n'y a point à travailler à l'aiguille, on envoie la jeune fille ranger, nettoyer dans toutes les pièces de la maison; on en fait presque une femme de ménage; enfin pendant l'absence de Julien, on l'envoie avec Fifine visiter et mettre en ordre le linge du jeune homme, et mademoiselle Fifine a soin de laisser tout faire à Rose-Marie; mais ce qui la fait le plus endêver, c'est que celle-ci ne se plaint jamais et fait sans murmurer tout ce qu'on lui dit.

Quant à François, il est furieux de ce que l'on emploie Rose-Marie à tant d'ouvrages et il ne se gêne pas pour dire souvent : — Dieu merci ! ils s'en servent de leur nièce ! ils en font une couturière, une ravaudeuse, un groom, une épousseteuse !.. Patience ! ils lui feront cirer les bottes !.. et laver la vaisselle... elle doit se trouver bien heureuse ici.

Le seul désir de Rose-Marie serait de faire de nouveau une petite promenade avec le père Savenay; mais soit qu'il n'ait pas le temps, ou qu'il craigne de la déranger, depuis plusieurs jours elle ne l'a pas revu; plus d'une fois le matin, elle a ouvert la porte de son carré et s'est avancée sur l'escalier; elle meurt d'envie de descendre jusqu'au bureau pour dire bonjour à son vieil ami; mais à peine est-elle sortie de sa chambre que mademoiselle Fifine ouvre aussi la porte de la sienne comme pour la guetter. Alors Rose-Marie n'ose pas descendre et elle rentre chez elle tristement.

Enfin un matin de très-bonne heure, on frappe chez Rose-Marie, elle a reconnu la voix du vieillard qui fredonne une de ses chansons favorites, elle se hâte de lui ouvrir. — Ah ! comme il y a longtemps que vous n'êtes venu ! s'écrie Rose-Marie en revoyant son vieil ami. — C'est vrai, mon enfant, mais ce n'est pas ma faute; monsieur Saint-Godibert a grondé ses autres commis de ce qu'ils arrivaient trop tard au bureau, alors je n'osais plus aller me promener. Aujourd'hui je suis arrivé encore plus tôt parce que je voulais absolument vous voir, car j'ai bien des choses à vous dire ! — A moi, mon bon ami ? — Oui vraiment... j'ai fait une rencontre aussi moi... de qu'elqu'un... que vous connaissez... vous savez bien ce jeune homme de l'autre jour...

Rose-Marie rougit et pâlit presque en même temps, son sein se gonfle, se soulève avec précipitation, elle est si émue qu'elle peut à peine balbutier : — Comment, mon bon ami... c'est monsieur Léopold que vous avez vu... — Sans doute... — Et il vous a parlé ? — Certainement. — Mais comment cela se fait-il... il vous a donc reconnu... par quel hasard... oh ! contez-moi tout cela, je vous en prie ! — Mais, mon Dieu, je vous l'aurais déjà conté si vous vouliez me laisser parler... — Je me tais, mon ami, je me tais, mais parlez alors. — Eh bien, il paraît que l'autre matin, après vous avoir rencontrée près des Champs-Élysées, ce jeune homme ne s'était pas entièrement éloigné comme vous l'avez cru alors... les amoureux font souvent comme cela !... ils ont l'air de partir, mais ils ne s'en vont pas tout à fait ! bref, le jeune peintre nous avait probablement suivis de loin, et il nous vit entrer tous les deux dans cette maison. Depuis ce temps, désirant sans doute vous revoir encore, monsieur Léopold venait fort souvent se planter dans la rue, devant la maison... et il passait là des heures entières ; moi, plus d'une fois je l'avais aperçu, j'avais cru même remarquer qu'il me regardait... mais je ne disais rien... j'attendais... je devinais où il voulait en venir... eh ! eh ! on a été jeune aussi ;

Mais à chaque pas voir renaître
Plus de fleurs qu'on n'en peut cueillir,
Faire un doux emploi de son être,
Mes amis, ce n'est pas vieillir !

— Ah ! mon bon ami, de grâce... — Pardon... m'y voici ; hier enfin, comme je m'en allais dîner, monsieur Léopold m'a abordé, fort poliment, et m'a dit : Monsieur, je ne crois pas me tromper, j'ai eu l'honneur de vous rencontrer donnant le bras à une jeune personne... que je connais, à mademoiselle Rose-Marie du village d'Avon. Je lui répondis qu'il ne se trompait pas; alors voilà ce pauvre jeune homme qui devient tout tremblant et qui me supplie de l'entendre... je l'engage à se calmer et lui dis que je suis tout prêt à l'écouter... j'ai peut-être eu tort de lui dire cela, mon enfant? — Oh ! non !... non, vous avez bien fait, mon bon ami... et après? — Il m'a dit comment un accident l'avait empêché de retourner à Fontainebleau vers l'époque qu'il vous avait indiquée... — Il n'y a pas de sa faute, ah ! j'en étais sûre. — Puis enfin quand il s'est rendu au village d'Avon, votre servante lui a appris que vous étiez partie pour Paris et que vous deviez y rester. Alors il s'est éloigné tout chagrin et sans voir votre père. — Pauvre garçon... et puis ? — Il espérait vous retrouver à Paris, mais lui aussi cherchait des Gogo !... sans se douter qu'il n'y en avait plus... enfin... et voilà le plus affreux ! des jeunes gens sont allés à son atelier, ils se sont permis de découvrir votre portrait qui était caché, puis l'un d'eux a dit qu'il vous connaissait... il paraît que c'était le même jeune homme qui vous a suivie le premier jour de votre arrivée !... et ce misérable s'est permis de vous calomnier... de dire sur vous des choses... qui devaient vous rendre pour les honnêtes gens un objet de mépris... — O mon Dieu ! mon Dieu !... — Mais rassurez-vous, mon enfant, il ne m'a pas été difficile de prouver que l'on vous avait lâchement calomniée !... ce pauvre jeune homme! si vous aviez vu sa joie, son délire!... il sautait dans la rue... il s'est jeté à mon cou... m'a remercié mille fois de vous avoir protégée, puis s'est sauvé comme un fou, en me criant qu'il allait tuer celui qui avait mal parlé de vous... — Allons... se battre... s'il lui arrivait malheur... il fallait le retenir. — J'eus beau l'appeler, il ne m'écouta pas. J'étais fort inquiet des suites de cette affaire, quand ce matin j'ai revu monsieur Léopold... — Il n'est pas blessé ? — Il n'a pu retrouver ce méchant drôle... qui se nomme Richard, à ce qu'il paraît, et qui a déménagé sans laisser son adresse. — Oh ! tant mieux ! — Alors ce jeune peintre m'a prié, supplié... de vouloir bien me charger de vous remettre un petit billet dans lequel il vous demande pardon d'avoir pu un seul instant vous croire coupable... je n'aurais pas dû, sans doute, me charger de cette lettre... je suis un peu vieux pour être un messager d'amoureux... mais il était si pressant... le billet était tout ouvert... et ma foi... — Vous l'avez pris... oh ! merci, merci, mon bon ami. Ce pauvre jeune homme... vous lui auriez fait de la peine en le refusant... Oh ! donnez, donnez... je vais lire tout haut... car vous êtes notre confident, vous !... nous n'avons pas de secret pour vous.

Et Rose-Marie prend d'une main tremblante la lettre que lui présente le père Savenay, et elle lit d'une voix émue : — «Mademoiselle, la personne respectable qui vous remettra ce billet, vous dira combien je me repens d'avoir passé près de vous l'autre matin sans vous parler... Si vous saviez combien j'ai souffert... moi qui n'ai pas cessé un moment de penser à vous. Ah ! pardonnez-moi, et permettez-moi de vous dire que je n'aimerai jamais que vous ; alors je renaîtrai à la vie et au bonheur. »

Rose-Marie saute au cou du vieillard, en s'écriant : — Il n'aimera jamais que moi... oh ! mon bon ami, que je suis heureuse... Vous lui direz que je lui pardonne... que moi aussi je l'... Enfin je ne sais pas comment dire ça... Faut-il que je lui écrive aussi ?... — Non, non, cela ne serait pas convenable... cette réponse verbale lui suffira... Je lui ai déclaré d'ailleurs que je ne me chargerais d'aucune autre lettre... c'est assez d'une fois... mais soyez tranquille... il saura ce que vous voulez qu'il sache... il sera heureux... très-heureux... et ensuite nous verrons ce qu'il conviendra de faire pour... Ah ! mon Dieu ! et mon bureau que j'oublie... Et l'heure qui se passe... Adieu, mon enfant, adieu. — Mais vous viendrez me revoir bientôt, n'est-ce pas, mon bon ami... — Le plus tôt que je pourrai. — Et vous me donnerez... de ses nouvelles ? — Oui, oui... — Et vous lui direz que nous irons promener un de ces matins. — Oui, oui !...

Le père Savenay n'en écoute pas davantage, il se hâte de descendre l'escalier, sans remarquer que la tête de mademoiselle Fifine paraît à l'entrée de sa chambre pour observer ce qui se passe.

Rose-Marie est restée seule dans sa chambre ; mais dès cet instant, tout s'embellit à ses yeux. Pour quiconque apprend qu'il est aimé de l'objet qu'il aime, et que le sentiment qui est sa vie est partagé, il n'y a plus d'ennui, de chagrins, de contrariétés ; le bonheur qui déborde notre cœur se répand sur tout ce qui nous environne ; le réduit le plus sombre nous semble gai et commode ; les gens que nous aimions le moins nous paraissent aimables ; nous voyons tout en bien, tout en beau, tout en rose... c'est là une de ces mille métamorphoses produites par l'amour.

La jeune fille est donc descendue près de sa tante, plus leste, plus vive, plus gaie ; elle la salue avec un sourire charmant : elle se met à l'ouvrage avec une ardeur sans égale, et elle travaille encore mieux que de coutume.

Or, ce même jour, sur les quatre heures de l'après-midi, monsieur Roquet, habillé tout de noir, avec une recherche toute particulière et ayant des besicles neuves, se présente chez le banquier, et dit à mademoiselle Fifine qu'il désirerait parler à monsieur et à madame Saint-Godibert en même temps.

— Cela se trouve bien, répond la femme de chambre... monsieur vient justement de remonter de son bureau et il est dans le salon avec madame. — Alors annoncez-moi, dit Roquet, avec une importance qui fait rire mademoiselle Fifine.

Les époux Saint-Godibert disent à la femme de chambre d'introduire monsieur Roquet, et celui-ci se présente devant eux avec un sérieux et un air de gravité qui semble annoncer que sa visite a un but très-majeur.

— Bonjour, mon cher monsieur Roquet, dit le banquier. Vous désirez me parler ainsi qu'à mon épouse... nous sommes toujours charmés de vous voir... mais auriez-vous aujourd'hui quelque chose de particulier à nous raconter ?

Monsieur Roquet qui a préparé son discours avale sa salive et commence.

— Monsieur et madame... je vais aller à mon but avec la franchise d'un homme... franc... hum ! hum ! Je suis garçon, autrement dit, célibataire. J'ai sept mille francs de rentes, bien clairs et nets... et un mobilier fort beau... J'ai infiniment de linge... Jusqu'à présent, je n'avais jamais songé à me marier... quoique certainement si je l'eusse voulu... vous comprenez que je n'aurais pas manqué d'occasions... parce qu'un homme qui a sept mille francs de revenu... et qui n'est pas désagréable de sa personne... je ne dis pas cela pour me faire des compliments, mais enfin... on se connaît... et il n'est pas défendu... Je suis sûr que vous êtes de mon avis... — J'en suis, répond monsieur Saint-Godibert, qui ne devine pas encore où monsieur Roquet veut en venir. Quant à Angélique, elle répond avec impatience : — Mais arrivez donc à ce que vous voulez nous dire, monsieur Roquet.

— J'y arrive, belle dame... Je suis donc un parti fort présentable pour la fortune, le physique... et l'âge... je suis plus de la première jeunesse, si vous voulez ; mais enfin je suis d'un âge... agréable... Eh bien ! je viens aujourd'hui mettre tout cela aux pieds de votre jolie nièce... et vous demander la main de mademoiselle Rose-Marie.

Les deux époux semblent frappés d'étonnement ; ils regardent Roquet, ils se regardent ; puis enfin, monsieur Saint-Godibert dit : — La main de la petite... Comment, monsieur Roquet, vous parlez sérieusement... ce n'est pas pour plaisanter que vous nous dites cela... vous voulez épouser Rose-Marie ? — Je le désire très-sérieusement... je le désire même passionnément... — Mais avez-vous bien réfléchi, monsieur Roquet, dit Angélique, avez-vous bien pesé les conséquences de votre demande ?... — Il me semble que les conséquences seront le mariage si vous y consentez... Je ne vous cache pas que je suis amoureux de mademoiselle Rose-Marie ; mais amoureux à en perdre la raison ! J'ai déjà été amoureux assez souvent dans le cours de ma galante carrière... eh ! eh ! mais jamais de cette façon... J'ose même dire que cela ne se ressemble plus du tout !

Monsieur Saint-Godibert consulte sa femme des yeux, et dit en hésitant : Mon cher monsieur Roquet... certainement votre offre n'est point à dédaigner... mais vous avez peut-être pensé que cette jeune fille... qui se trouve notre nièce... par hasard... c'est-à-dire... enfin, je dois vous prévenir qu'elle n'a aucune fortune... et quant à moi, comme son oncle, je ne puis absolument rien faire pour elle... vu que nous avons un fils... N'est-ce pas, Angélique ? — Oui sans doute, nous avons un fils, et d'ailleurs nous sommes trop jeunes encore pour nous dépouiller pour les autres. — Je ne demande rien ! s'écrie Roquet en se redressant et rajustant ses besicles ; la possession de la charmante Rose-Marie, voilà tout ce qu'il me faut ; ensuite, avec sept mille francs de revenu... et quand on n'est plus un enfant, il me semble qu'on peut marcher ! — Certainement ! on peut même fort bien marcher, répond Saint-Godibert dont la physionomie commence à s'éclaircir ; mais, mon bon Roquet... c'est que... il faut aussi que vous sachiez... le père de Marie-Rose... qui se trouve être mon frère... éloigné... n'est pas mort. — Alors il est cultivateur au village d'Avon près de Fontainebleau. — Comment savez-vous cela ? disent les deux époux en rougissant. — C'est bien simple ; c'est mademoiselle Rose elle-même qui me l'a dit, lorsque je la rencontrai dans la forêt de Fontainebleau... Oh ! je n'avais pas perdu une seule de ses paroles... elle m'avait déjà touché au cœur. — Alors !... si vous saviez cela... nous ne vous l'apprendrons pas. Seulement il faut vous dire que son père s'appelle... Gogo... c'est un nom... qu'il a tenu à conserver, tandis que moi, et mon frère Mondigo, nous en portons d'autres... et vous concevez... nous ne voulons plus être nommés autrement... ça ne se pourrait même plus.

Monsieur Roquet va prendre la main du banquier, il la lui serre avec force, en s'écriant : — Mon cher monsieur Saint-Godibert... je serai moi-même très-flatté que les oncles de mon épouse aient des noms aussi distingués que les vôtres... faites-moi seulement épouser votre jolie nièce, et je me ferai toujours un plaisir et un devoir de me modeler sur vous en toutes choses. — Alors je n'y vois aucun obstacle ! répond Saint-Godibert en secouant la main de monsieur Roquet. — C'est-à-dire ! reprend Angélique, que vous pouvez désormais regarder cela comme une chose faite ! — Ah ! mon mi... ah ! ma chère madame de Saint-Godibert !... que je suis content !...

Et dans sa joie M. Roquet saute au cou de son futur oncle, puis il va à Madame que dans son trouble il embrasse sur le nez, ce qui ne l'empêche pas de sauter ensuite dans la chambre, en répétant : — Ah Dieu ! suis-je content !... — Mais il me semble que mademoiselle Rose-Marie aura sujet de l'être aussi ! dit Angélique en essuyant son nez sur lequel Roquet a laissé des traces de sa joie. Trouver un aussi beau parti que vous !... en vérité cette petite fille a une heureuse étoile !... est-ce qu'elle pouvait espérer cela ! Ma foi, je commence à trouver que son père a bien fait de l'envoyer à Paris, dit Saint-Godibert. — Ah ! à propos de son père ! je présume que nous aurons aussi besoin de son consentement..... Pensez-vous que je doive me rendre près de lui ? — C'est inutile ! je lui écrirai pour qu'il nous l'envoie... Parbleu ! il n'aura garde de le refuser... je lui dirai quel parti vous êtes... il sera enchanté... le pauvre homme !... émerveillé !... — Allons, vous me comblez... Quant à mademoiselle Rose-Marie... vous croyez aussi que de son côté elle me sera favorable. — Je voudrais bien voir qu'elle ne vous acceptât pas ! s'écrie Angélique. Il faudrait donc qu'elle eût perdu la tête... un mari comme vous.... jolie fortune.... homme distingué... physique superbe ! — Ah ! madame de Saint-Godibert !.... — Je vous répète qu'elle sera enchantée... Au reste, je ne sais si elle avait un pressentiment de son bonheur, mais aujourd'hui elle était d'une gaieté..... Ah ! vous lui aviez dit quelques mots ! homme séduisant ! — Non, rien du tout de la bouche, parole d'honneur... mais des yeux..... oh ! des yeux, je lui ai beaucoup parlé. — Enfin, dès ce moment, monsieur Roquet, le droit vous est acquis de lui faire votre cour. — J'en userai, belle dame. — Dînez-vous avec nous pour célébrer ce jour..... Justement nous avons monsieur Cendrillon, monsieur Dernesty et le major... — Je ne puis, j'ai un engagement..... mais je tâcherai d'être libre ce soir, pas trop tard... Ne dites rien à mademoiselle votre nièce jusque-là ; je serai flatté d'être le premier à lui déclarer mes vues... Je désire jouir de son trouble... j'aime beaucoup le trouble d'une femme... — Comme vous voudrez, cher ami ; à ce soir, alors. — A ce soir, mes futurs parents ; monsieur et madame de Saint-Godibert, je vous présente mes respectueux hommages.

Roquet s'éloigne transporté de joie.

— Il est charmant ! dit Angélique, qui a remarqué que leur futur neveu leur donnait du *de* : et il faut convenir que cette petite fille est plus heureuse qu'elle ne le mérite. — Enfin, dit Saint-Godibert, du moment que cela arrange monsieur Roquet, moi, je n'en suis pas fâché..... Ma nièce sera supérieurement établie, il ne m'en coûtera rien, mais on dira toujours que c'est grâce à nous. A propos, nous avons du monde, aujourd'hui, Rose-Marie dînera avec nous. — Oh ! puisqu'elle doit être madame Roquet, je n'y vois plus d'inconvénients.

Rose-Marie est fort surprise, quand sa tante revient près d'elle, de voir qu'elle l'aborde avec un sourire presque aimable, et lui parle d'un ton beaucoup plus doux qu'à l'ordinaire, puis enfin, en voulant lui montrer quelque chose, au lieu de lui dire sèchement : Mademoiselle, la superbe Angélique lui dit : ma nièce, ce qui ne lui était pas encore arrivé.

La jeune fille reçoit ces marques de bonté avec reconnaissance, mais son étonnement augmente encore lorsque madame Saint-Godibert lui dit : — Nous avons quelques personnes à dîner aujourd'hui, Rose, mais vous dînerez avec nous. Allez faire un peu de toilette, vous redescendrez ensuite.

Rose-Marie obéit à sa tante en se demandant d'où peut naître ce changement qui s'est opéré dans ses manières à son égard ; mais comme son cœur est bon et sensible, la jeune fille pense que ses parents sont revenus de la prévention qu'elle leur inspirait et se dit : — Mon cousin Frédéric avait raison de penser qu'ils finiraient par m'aimer.

Rose-Marie est redescendue fraîche, jolie, et plu belle encore de ses charmes que de sa simple toilette. La joie qu'elle a ressentie le matin a répandu un nouvel éclat sur ses traits ; car rien n'embellit comme le bonheur. Et en voyant sa nièce, M. Saint-Godibert va lui donner une petite tape sur le menton, en lui disant : — Allons, décidément... nous sommes très-gentille, et je conçois bien que..... oui, oui, je le conçois !

Rose-Marie ne comprend pas ce que son oncle veut dire, mais elle lui fait un charmant sourire pour lui prouver qu'elle est sensible aux marques d'amitié qu'il daigne enfin lui donner.

Monsieur Cendrillon et le major Krouteberg sont exacts à l'heure du dîner. Julien arrive bientôt et demeure tout surpris en apercevant sa gentille cousine. Il lui témoigne le plaisir qu'il éprouve de ce qu'on ne l'a pas renvoyée à sa chambre, et Rose-Marie lui répond : — Oh ! maintenant vos parents sont bien bons pour moi, et je suis bien contente, car je crois qu'ils m'aiment un peu ! — Ah ! ah ! nous allons dîner avec la jolie petite nièce ! s'écrie monsieur Cendrillon en allant tapoter le bras de Rose-Marie. Tant mieux !... J'aime les jolies femmes, moi... Ah ! bigre ! si j'avais le temps, je voudrais en avoir un sérail... mais je n'ai pas le temps !

Le major Krouteberg fait un profond salut à Rose-Marie et ouvre la bouche comme pour lui dire quelque chose d'aimable... mais apercevant Angélique qui le regarde, il va à elle, toujours avec sa bouche ouverte, et lui adresse le compliment qu'il voulait faire à sa nièce.

On n'attendait plus que Dernesty ; comme depuis quelque temps il venait fort rarement chez les Saint-Godibert, Madame, qui en faisait beaucoup de cas parce qu'il se donnait des airs de grand seigneur, avait dit à son mari de lui envoyer une invitation, et l'on comptait sur lui puisqu'il n'avait pas refusé.

Le jeune élégant arrive enfin, il s'excuse de s'être fait attendre, en prétextant de nombreuses affaires. Il adresse quelques compliments à la maîtresse de la maison, et repose agréablement ses regards sur la jolie nièce. — On ne vous voit plus, monsieur Dernesty ! dit Angélique, vous nous négligez cruellement ! c'est fort mal ! — Ce n'est nullement ma faute, belle dame... mais je suis tellement accablé d'affaires depuis quelque temps !... je n'ai pas une minute à donner à mes plaisirs. — A quelles affaires se livre donc ce monsieur? dit tout bas monsieur Cendrillon à son ami Saint-Godibert. — Mais je crois qu'il spécule sur la rente... Il joue à la Bourse... mais il joue très-bien.

Le capitaliste fait un petit mouvement de tête qui annonce du doute, en répondant : — Je ne l'ai vu qu'une fois à la Bourse... et ce qu'on m'a dit de lui... Hum !... enfin on peut se tromper... — Qu'est-ce qu'on vous a dit?... — Je n'aime pas à répéter des choses qui peuvent nuire aux gens, surtout quand je ne suis pas sûr de mon fait. Ce beau monsieur vous doit-il de l'argent? — Non. — Alors prenez que je n'ai rien dit.

L'annonce du dîner interrompt cette conversation. Le major Krouteberg, toujours chevalier fidèle de madame Saint-Godibert, s'empresse de lui offrir la main pour la conduire à la salle à manger. Julien et Dernesty s'approchent de Rose-Marie, mais monsieur Cendrillon les a prévenus ; il prend le bras de la jeune fille et le passe sous le sien en s'écriant : — Ah ! ah ! messieurs !... j'ai été plus leste que vous !...Je croyais bien pourtant que vous alliez me voler ce trésor-là.

Et le gros monsieur s'est dirigé avec Rose-Marie vers la salle à manger. Les deux jeunes gens sont restés un moment comme interdits ; Julien a changé de couleur, mais Dernesty se remet bien vite et il pousse du coude le fils de la maison, en lui disant à l'oreille : — Vous êtes une poule mouillée.

Puis il s'élance dans la salle à manger en s'écriant : — Je déclare que j'ai un appétit de chasseur.

Rose-Marie est d'abord intimidée en se trouvant à table avec des personnes qu'elle ne connaît pas ; mais monsieur Cendrillon est fort aimable avec elle, et sa gaieté, sa rondeur animent le repas. Monsieur Dernesty veut aussi être aimable, mais son esprit est railleur sans être gai. Julien regarde beaucoup sa cousine et ne comprend rien au changement qui s'est fait dans les manières de ses parents avec la jeune fille. Le major Krouteberg ne parle presque pas, mais il mange pour quatre, en approuvant seulement tout ce qu'on dit par une pantomime qui n'empêche point sa mâchoire de fonctionner.

Tout en minaudant avec Dernesty, madame Saint-Godibert lui demande des nouvelles de monsieur Richard qu'elle ne voit plus depuis longtemps. — J'ignore ce qu'il devient, madame, répond Dernesty. Je crois qu'il a déménagé, mais je ne le rencontre nulle part.

Au nom de Richard, Rose-Marie a prêté l'oreille, car il lui a rappelé cet homme dont la conduite a été si infâme à son égard. Mais comme on ne parle pas davantage de ce monsieur, elle présume qu'il ne s'agissait pas de celui avec qui Léopold voulait se battre, elle ne

peut croire que cet homme a pu être admis dans la société qui vient chez son oncle. La jeune fille ne connaît pas encore le monde, elle ne pense pas que chez des personnes honnêtes il puisse facilement se glisser des fripons.

On a quitté la table. Monsieur Cendrillon, enchanté de la tenue, de la décence de Rose-Marie, frappe sur le ventre de monsieur Saint-Godibert, en lui disant : — Sacrebleu ! mon cher ami, vous avez là une jolie petite nièce... il faudra marier cela gentiment. — J'y ai déjà songé, répond le banquier en se frottant les mains. — A propos, reprend le gros capitaliste, et mon vieil ami, mon père Savenay... vous l'avez placé dans vos bureaux, je crois? — Certainement. Je lui ai donné un emploi. — J'en suis charmé... Si j'y avais pensé plus tôt, j'aurais été bien aise de lui dire un petit mot d'amitié, à ce brave homme.

Monsieur Saint-Godibert, qui est dans un jour de belle humeur et de complaisance, répond : — Vous pouvez encore le voir, si cela vous est agréable. Ce soir, il y avait au bureau une besogne pressée, et mes commis ont dû revenir. Je vais envoyer savoir si le vieux Savenay y est encore, et alors on lui dira de monter un moment. — Ah ! par Dieu ! vous me ferez plaisir.

Pendant cette conversation, les deux jeunes gens s'étaient approchés de Rose-Marie, et lui adressaient des compliments qu'elle recevait sans aucune espèce de plaisir ; il semblait même qu'elle éprouvât un sentiment pénible en étant forcée de les écouter, ses yeux erraient dans le salon comme pour chercher quelqu'un qui vînt à son aide. Mais madame Saint-Godibert écoutait le major qui vantait la coupe de sa robe, elle ne s'occupait nullement de sa nièce.

Cependant, monsieur Saint-Godibert étant sorti du salon, monsieur Cendrillon se dirige vers les jeunes gens, en leur disant : — Allons, messieurs !... une partie d'écarté, je ne connais que ça, moi... J'ai quinze napoléons à perdre... qu'est-ce qui est mon homme?... — Je fais votre partie, dit Dernesty. — Et moi, je parie pour toi, dit Julien.

Les trois hommes s'approchent d'une table de jeu. Monsieur Cendrillon engagent la partie, et Julien qui parie pour son ami, s'assoit à côté de lui.

Monsieur Cendrillon a déjà perdu trois napoléons lorsque monsieur Saint-Godibert rentre dans le salon avec le père Savenay. Les deux jeunes gens ont tressailli. Le gros capitaliste s'écrie : — Eh ! voilà mon vieil ami... arrivez donc, vieux papa... Et cette santé est toujours bonne ?... Il a une mine superbe !

Le vieillard entre en saluant toute la compagnie. Il a fait un mouvement de surprise et de joie en apercevant Rose-Marie, qui lui adresse un doux sourire.

— Ah ! ah ! mon ancien, reprend monsieur Cendrillon, il paraît que nous connaissons ta jolie petite nièce de mon ami ! — J'ai cet honneur, monsieur Cendrillon... c'est une charmante personne... et je suis doublement heureux en la voyant ici ! — Parbleu ! elle est en bonnes mains ici... son oncle la mariera... l'établira... — C'est mon intention, répond le banquier d'un air important. — Ah ! monsieur, je vous remercie de tout ce que vous ferez pour cette chère enfant ! reprend le vieillard, elle le mérite... et cela me fait un plaisir... — Et d'où connaissez-vous la nièce de Saint-Godibert, mon vieux?

Le père Savenay se rappelle qu'il ne doit point dire que c'est la jeune fille qui cherchait ses oncles Gogo. Il hésite un moment et dit enfin, en se rapprochant de la table de jeu et d'un air mystérieux . — Si vous saviez... cette pauvre petite... dans quelle position elle s'est trouvée à cause de moi... ce n'était pas ma faute... mais enfin cela pouvait lui devenir bien fatal... — Voyons... voyons, père Savenay, contez-nous donc cela.

Le vieillard se penche sur la table et dit à demi-voix : — Elle n'en a jamais parlé à personne... son père craignait que cela ne lui fît courir des dangers si cela était su. Mais ici, entre nous, je puis bien vous conter cela.

Les deux jeunes gens sont fort troublés, et sans savoir ce que le vieillard va dire ils frémissent malgré eux. Monsieur Cendrillon reprend : — Achevez donc, père Savenay ! si c'est un mystère, nous saurons bien le garder. — Eh bien ! quand j'ai été attaqué, volé dans la forêt de Fontainebleau, mademoiselle Rose-Marie était là... par hasard... elle passait... elle a eu peur et s'est cachée heureusement... mais elle a vu mes deux voleurs... — Elle les a vus !... s'écrie Dernesty, comme cédant à un mouvement involontaire.

Le père Savenay s'est arrêté au lieu de répondre, il semble que cette voix qu'il vient d'entendre ait produit un singulier effet sur lui. Cependant cette sensation passe vite, et il reprend : — Oui, elle les a vus... mais c'est comme si elle ne les avait pas vus. Il paraît que leur figure était barbouillée de noir, et puis des casquettes cachaient leurs yeux... du reste, elle m'a dit qu'elle pensait que ce n'étaient pas des voleurs ordinaires... mais des jeunes gens déguisés... Ils étaient fort bien chaussés et gantés... — Quel dommage qu'elle n'ait pas vu leur figure ! s'écrie monsieur Saint-Godibert, elle aurait peut-être, un jour, reconnu vos voleurs.

Monsieur Cendrillon ne dit rien, il considère le jeune Julien dont la figure est devenue effrayante.

— Ne parlez pas de cela, messieurs, reprend le père Savenay. Mademoiselle Rose-Marie me gronderait si elle savait que j'ai raconté cette aventure... Mais voilà du monde qui arrive... Bonsoir, monsieur

Cendrillon... Messieurs, j'a: bien l'honneur de vous saluer... mademoiselle Rose-Marie parle avec sa tante, je ne veux pas la déranger.

Et le vieux Savenay sort du salon. Déjà plusieurs personnes y arrivaient et monsieur Saint-Godibert va faire les honneurs de chez lui.

— Eh bien ! nous ne jouons plus? reprend Dernesty, quand le vieillard est parti. — Mais il paraît que votre associé vous abandonne, dit monsieur Cendrillon en montrant Julien qui sort du salon. — Ah !... oui... il s'en va... Je crois qu'il avait un rendez-vous pour ce soir. Mais je ferai bien le jeu à moi seul.

Monsieur Cendrillon joue et ne dit plus rien ; il semble avoir hâte de terminer la partie. Il a bientôt perdu son argent. Il se lève alors et va s'asseoir dans un coin du salon. Quant à Dernesty, il fait quelques tours dans les appartements, mais il ne s'approche plus de Rose-Marie. Au bout de quelque temps il va pour sortir, lorsque Frédéric arrive. Il arrête Dernesty, en lui disant : — Où courons-nous donc ainsi ?... — Je m'éclipse, mon cher ami... j'ai un rendez-vous pour ce soir, et je ne puis y manquer ; mais je ne veux pas qu'on me voie partir... — Oh! très-bien... liberté entière... Mais, est-il vrai, comme on me l'a dit, que ma petite cousine soit ... — Oui, oui... tenez, elle est assise là-bas...

Et Dernesty part pendant que Frédéric va s'asseoir près de Rose-Marie. Celle-ci lui apprend le changement heureux de ses parents, l'amitié, la bienveillance avec laquelle ils la traitent maintenant.

— Quand je vous disais qu'ils finiraient par vous aimer ! s'écrie Frédéric ; est-ce qu'il en peut être autrement?... vous êtes si gentille, si aimable, si...Tenez, ma cousine, moi, je vous aime comme un fou. — Et moi, comme une sœur ! dit Rose en tendant sa main à Frédéric qui répond : — Allons, je vois que nous ne sortirons pas de là... j'aurais voulu mieux, pourtant ! mais, après tout, si je ne puis avoir que votre amitié, il faudra bien que je m'en contente... Ah ! mon Dieu ! voilà ma tante qui m'appelle... Que diable ! puisque je ne suis que votre frère, on devrait bien au moins me laisser causer avec vous !

Angélique a voulu éloigner son neveu de Rose-Marie, parce que monsieur Roquet vient d'arriver, beau, parfumé, tiré à quatre épingles. Après quelques mots dits à madame Saint-Godibert et à son époux, il va s'asseoir près de Rose-Marie qui est seule alors ; après avoir ajusté ses besicles sur son nez, il dit à la jeune fille : — Mademoiselle, j'ai une nouvelle bien intéressante à vous apprendre. — A moi, monsieur !... — Oui, mademoiselle... j'aime à croire que vous partagerez la joie qu'elle m'inspire ! — Si c'est quelque chose qui vous soit agreable, cela me fera plaisir aussi, monsieur. — Ah ! que vous êtes bonne... Ah... que c'est impatientant, j'ai des besicles neuves... elles ne tiennent pas, elles glissent toujours... Charmante Rose-Marie, ce que je vais vous dire, vous l'avez déjà deviné peut-être... vous avez lu dans mes yeux... va te promener ! les voilà à terre...

La jeune fille ramasse les besicles de monsieur Roquet et les lui présente en lui disant : — Je n'ai rien lu du tout, monsieur, et je ne devine pas... — Ah ! je pensais... c'est que moi... depuis ce jour où je vous ai rencontrée dans la forêt de Fontainebleau... je ne vous avais pas oubliée un instant... vous m'aviez fait une impression... et si ma culotte n'avait pas été déchirée... certainement cela aurait été plus loin... mais quand on est gêné pour marcher... on a de la peine à courir après une jolie femme. — Monsieur... quel rapport entre tout cela et cette nouvelle que vous vouliez me dire... — Ah ! pardon... j'y arrivais par un détour... oui, belle Rose-Marie, mon amour faisait un coude pour ne pas se déclarer trop brusquement... — Votre amour, monsieur... — Il est honnête et légitime, mademoiselle... En un mot, j'aspire au titre de votre époux. J'ai déclaré ce matin mes vues à monsieur et madame votre oncle qui les ont agréées et m'ont autorisé à vous en faire part, en m'annonçant qu'ils allaient écrire à monsieur votre père, et que notre mariage était une chose que je pouvais regarder comme faite.

Rose-Marie ne peut répondre ; elle écoute encore ; elle croit rêver, elle est tellement saisie de ce qu'elle vient d'entendre qu'elle n'a pas la force de parler. Monsieur Roquet qui s'aperçoit de son trouble l'interprète en sa faveur, et lui prend la main en lui disant : — Combien votre émotion me touche... ô aimable fille...combien elle ajoute à mon bonheur... quelle douce union nous allons former... comme tous les rapports y sont... comme je serai... bon ! encore par terre !.. certainement je ne garderai pas cette paire-là.

Mais pendant que monsieur Roquet ramasse ses lunettes, Rose-Marie remise un peu de sa surprise, lui dit d'un ton bien poli mais résolu : — Monsieur, je ne puis qu'être honorée de l'offre que vous voulez bien me faire... et de la bonté qui vous a fait porter vos regards sur une pauvre fille... mais je vous remercie... je ne puis accepter... je ne pense pas à me marier... — Vous ne pouvez accepter ! s'écrie Roquet, mais, belle Rose, vous êtes trop modeste... puisque c'est une chose convenue... arrangée avec vos parents... je serai votre époux... d'autant plus... Ah ! je crois qu'elles tiennent maintenant... d'autant plus que ma fortune est convenable... et je vous prends sans dot... j'ai mis les crochets derrière l'oreille... je vous prends. — Monsieur, je vous le répète, je vous remercie et me tiens pour très-honorée... mais je ne serai pas votre femme...

Monsieur Roquet commence à s'apercevoir que la jeune fille n'est point aussi enchantée qu'il l'avait cru d'abord. Après avoir en----

essayé de vaincre la résistance de Rose, le prétendant se lève et va trouver Angélique, à laquelle il dit d'un air consterné : — Votre nièce me refuse... elle ne veut pas m'épouser. — Elle vous refuse !... Ah ! voilà qui est un peu fort ! murmure madame Saint-Godibert en jetant sur la jeune fille un regard courroucé. — Je trouve aussi que c'est bien extraordinaire... mais elle refuse... — Allons donc ! c'est impossible... Au reste, nous avons dit que ce mariage nous convenait, et je vous répète qu'il se fera... est-ce qu'il est besoin de consulter ces petites filles ! — Qu'y a-t-il donc? demande monsieur Saint-Godibert en approchant de sa femme. — Il y a que cette petite péronelle de Rose-Marie a osé dire à monsieur Roquet qu'elle le remerciait et ne voulait pas se marier.

Monsieur Saint-Godibert se mouche avec emportement et s'écrie : — Ah! elle a dit cela !... tandis qu'elle devrait sauter de joie !... qu'elle devrait être folle de plaisir... mais que ceci ne vous inquiète pas, mon cher Roquet. Vous pensez bien que nous serons les maîtres... Dès demain j'écrirai à son père !... je vous promets qu'il consentira, lui... Ce mariage se fera, c'est convenu, décidé... et quant à la petite... elle dit cela ce soir... mais quand elle aura réfléchi, je gage qu'elle sera entièrement obéissante... et que même elle verra qu'il y va de son bonheur. — Vous me versez du baume dans le cœur, mon cher monsieur de Saint-Godibert... et je m'abandonne entièrement à vous. — Soyez tranquille, vous épouserez notre nièce.

Le reste de la soirée s'écoule, sans que Roquet ose reparler de son amour à Rose-Marie, il se contente de se placer près d'elle et de la regarder sans cesse ou de rajuster ses besicles.

La jeune fille est restée toute triste, toute consternée depuis qu'elle a su ce que l'on méditait pour elle. Elle voudrait bien conter cela à Frédéric, mais sa tante semble la surveiller et empêche qu'il ne lui parle.

L'heure vient où tout le monde s'éloigne. Le grand jeune homme semble surpris du triste regard que lui adresse sa cousine, il voudrait lui en demander la cause ; mais on les observe, il n'y a pas moyen ; il est forcé de partir sans en savoir davantage.

Quant à monsieur Roquet, au moment où il va dire bonsoir à Rose-Marie, Angélique lui dit : — Baisez-lui la main, mon cher Roquet, vous en avez le droit, on peut baiser la main de sa future... — Quoi, madame ! murmure Rose d'un air consterné. — Allons, monsieur Roquet, baisez donc... baisez vite !

Monsieur Roquet se décide à baiser en prenant des précautions pour que ses lunettes ne tombent pas, et il s'éloigne d'un air triomphant.

Toute la société est partie, et monsieur Saint-Godibert dit alors à sa nièce d'un air qui n'est plus aimable : — Mademoiselle! monsieur Roquet nous a fait la demande de votre main. Je vais faire demander le consentement de votre père, qui sera trop content pour le refuser. Regardez donc dès ce jour ce monsieur comme votre époux futur. — Mais, mon oncle, je n'aime pas du tout monsieur Roquet ! — Taisez-vous ! dit Angélique. Vous êtes une petite sotte ! mais vous épouserez monsieur Roquet.

Et les deux époux rentrent dans leur appartement sans vouloir écouter davantage Rose-Marie. Celle-ci remonte alors à sa chambre en pleurant et en disant : — O mon Dieu !... épouser monsieur Roquet ce serait affreux... mais heureusement mon vieil ami me protégera et il m'aidera je l'espère... il dira cela à... à tous ceux qui j'aime... et on viendra à mon secours... Oh ! je ne veux pas être madame Roquet.

XXX. — LE DOIGT DE DIEU.

Après avoir été si heureuse en recevant le billet de Léopold, en sachant que le jeune peintre l'aimait toujours, n'était-il pas cruel de se voir menacée d'épouser monsieur Roquet! Rose-Marie, qui a passé si vite du plaisir à la peine, n'a pas fermé l'œil de la nuit ; elle se lève de grand matin, elle voudrait bien pouvoir parler à son vieil ami ; elle entr'ouvre la porte, elle écoute, elle va regarder au haut de l'escalier, mais le père Savenay ne paraît pas. En revanche mademoiselle Fifine ouvre la porte presque en même temps que la jeune fille, dont elle semble épier toutes les actions, et Rose-Marie se décide à rentrer dans sa chambre sans avoir vu son vieil ami.

La journée s'écoule fort tristement pour la pauvre petite, qui ne voit que sa tante et son oncle, lesquels lui répètent à chaque instant : — Que vous êtes heureuse !... une fille qui n'a rien ! trouver un parti comme monsieur Roquet... c'est superbe ! c'est à ne pas le croire.

Rose essaye de répondre, et murmure tristement : — Mais il ne me plaît pas du tout ce monsieur-là ! .. je préfère retourner chez mon père !

Madame Saint-Godibert fait des yeux horribles et s'avance sur la jeune fille comme si elle voulait la battre, en s'écriant : — Taisez-vous, idiote !... vous épouserez monsieur Roquet ! nous ne souffrirons pas que notre nièce manque l'occasion de devenir riche... pour retomber plus tard sur nos bras... on connaît cela ! — D'ailleurs, mademoiselle, dit à son tour monsieur Saint-Godibert, votre père sera enchanté de ce mariage, je lui écrirai incessamment ; et certainement il vous ordonnera de nous obéir. — Mon père m'aime trop pour me contraindre à épouser quelqu'un contre mon gré ! — C'est ce que nous verrons ; mais à moins que Jérôme ne soit devenu stupide, il vous ordonnera d'épouser monsieur Roquet.

Rose n'ose plus rien dire, elle se contente de pleurer ; ce qui semble toucher fort peu ses parents.

Le lendemain la jeune fille est encore levée au point du jour ; elle est décidée cette fois à descendre dans les bureaux afin de conter ses chagrins au père Savenay, car elle espère qu'il pourra les dire aussi à Léopold, et que celui-ci trouvera quelque moyen pour l'arracher au malheur qui la menace.

Mais vers les sept heures et quart deux petits coups sont frappés à sa porte, elle reconnaît en même temps la voix du vieillard qui lui demande si elle est levée ; elle court ouvrir et pousse un cri de joie en se jetant dans les bras de son protecteur.

—Qu'avez-vous donc, mon enfant? vous semblez bien émue, bien agitée? dit le père Savenay en entrant dans la chambre de Rose. Celle-ci s'empresse de refermer sa porte et revient presser les mains du vieillard en lui disant : — Ah ! je suis bien malheureuse ! et je n'ai plus d'espoir qu'en vous, mon bon ami ! — Malheureuse !.. eh ! mon Dieu ! moi qui croyais au contraire que vos parents vous avaient enfin rendu justice... qu'ils vous traitaient maintenant avec bonté. — Hélas !... cette bonté à laquelle j'ai cru aussi un moment... ah ! si vous en saviez la cause? oh ! mon ami, vous me défendrez... vous me protégerez... — Mais expliquez-vous donc, mon enfant... — Eh bien ! mon oncle et ma tante veulent me marier... me faire épouser monsieur Roquet... un monsieur qui est bien laid... qui serait mon père au moins... ils disent qu'il est riche ; mais je n'en veux pas, moi, oh ! non, je ne veux pas l'épouser ; car je le déteste... — Ne 'serait-ce pas aussi parce que vous en aimez un autre, mon enfant ? — Oh ! mon bon ami, je ne sais pas si c'est cela... mais ce qu'il y a de certain c'est que je serais bien malheureuse si on me forçait à épouser monsieur Roquet... Oh ! je vous en prie, ne m'abandonnez pas... ils disent qu'ils écriront à mon père... mais ils ne diront pas que je pleure, que je souffre... que ce mariage me réduirait au désespoir.

Et Rose-Marie sanglote en se jetant au cou du vieillard ; celui-ci tâche de la consoler, de la calmer en lui disant : — Ne vous désolez donc pas ainsi, on ne peut pas vous marier sans que votre père le veuille bien... — Mais ils lui écriront que c'est un parti superbe pour moi, que je serai riche... heureuse... mon Dieu, s'il allait consentir... — Rassurez-vous... s'il le faut, d'autres personnes iront voir votre père et lui diront ce qui en est... et combien ce monsieur Roquet vous déplaît. — Oh ! oui, mon bon ami ! — Je descends au bureau, car je ne voudrais pas être en retard. Calmez-vous, mon enfant, et comptez sur moi... — Oh ! j'y compte beaucoup... et puis... si vous voyez... si par hasard vous rencontrez monsieur Léopold... vous lui direz tout cela... n'est-ce pas?... —Oui, oui... et je le rencontrerai, il n'y a pas le moindre doute. car je le vois tous les matins... avant d'entrer dans

la maison... il est toujours là dans la rue... il vient me dire bonjour et me demander de vos nouvelles... — Quoi !... il est là tous les jours... Oh ! que c'est gentil cela !...

Et Rose-Marie rougit de plaisir, elle a déjà oublié tous ses chagrins en apprenant que le jeune peintre pense sans cesse à elle ; mais bientôt elle baisse les yeux, en reprenant : — O mon bon ami, c'est que je suis sûre que monsieur Léopold aime beaucoup à vous voir. — Oui... je le crois, répond le vieillard en souriant ; oh ! je sais bien que c'est pour me voir qu'il se trouve là tous les jours. Mais à présent que vous voilà plus tranquille, je descends à mon bureau ; allons, du courage, et ne pleurez plus.

Le père Savenay s'éloigne, Rose-Marie croit entendre la porte de la chambre de Mlle Fifine qui s'ouvre doucement, puis quelqu'un qui descend l'escalier avec précaution comme si on suivait le vieillard, mais elle fait peu attention à cette circonstance ; elle est si contente de savoir que Léopold ne l'oublie pas, qu'elle ne peut plus songer à autre chose.

Rose-Marie descend chez sa tante à l'heure habituelle, elle trouve la robuste Angélique avec son époux, leur conversation semble très-animée, et Mlle Fifine, qui était avec eux, sort en regardant Rose d'un air triomphant et en murmurant : Ah ! ces saintes-nitouches... je savais bien que cela ne valait pas mieux que les autres.

— Avancez, mademoiselle ! dit Mme Saint-Godibert en jetant sur Rose-Marie des regards courroucés : ah ! ah ! nous savons maintenant pourquoi vous refusez la main de cet aimable monsieur Roquet !... c'est joli, mademoiselle, voilà une belle conduite... à votre âge... avoir des intrigues... fi ! vous devriez rougir.

La pauvre petite rougit en effet, mais c'est de douleur de s'entendre adresser de semblables reproches... elle va répondre quand son oncle s'écrie : — Taisez-vous, vous nierez en vain... nous savons tout ! grâce à Fifine dont l'adresse n'est jamais en défaut ! — Oui, reprend Mme Saint-Godibert, déjà on nous avait dit que vous aviez servi de modèle à un peintre... Fifine a entendu monsieur Dernesty dire tout bas en vous voyant : Elle est mieux que son portrait que nous avons vu chez le peintre... mais nous ne voulions pas croire cela... nous nous refusions à supposer tant de perversité sous une enveloppe de dix-sept ans... — Ah ! madame... — Taisez-vous ! Aujourd'hui nous savons qu'un jeune homme rôde sans cesse devant la maison pour tâcher de vous voir... et c'est ce vieux Savenay !... un homme déjà tout blanc ! prêter la main à de semblables intrigues... C'est inconcevable !... — Moi, cela m'a moins étonné, reprend monsieur Saint-Godibert, vu qu'au bureau je lui avais plusieurs fois entendu chanter *zon zon flûte et basse... zon zon violon !* Qu'est-ce que vous voulez attendre d'un homme de cet âge-là, qui chante des *zons zons !*... Mais il n'en chantera plus chez moi, Dieu merci ! — Quoi ! monsieur, est-ce que vous auriez renvoyé cet homme respectable ? dit Rose-Marie en joignant les mains vers son oncle. — Oui, mademoiselle.

C'est monsieur Richard qui vient d'être rossé par Désiré Gimeau. — Page 101.

Cet homme respectable qui montait le matin a votre chambre pour vous porter des billets doux de votre amoureux... C'est digne de la cour d'assises! Je l'ai chassé, mademoiselle!... il ne rentrera plus chez moi et il ne vous entretiendra plus dans votre rébellion contre vos parents. — Ah! monsieur! mais c'est affreux... le père Savenay si bon pour moi... Il ne pensait pas faire mal en venant me consoler... — Vous consoler! parce qu'on vous propose un mariage superbe!... Vous nous faites mal au cœur, mademoiselle. Au reste, votre père saura tout, et il approuvera notre conduite... — Ah! de grâce, laissez-moi retourner près de lui... — Taisez-vous... Nous voulons bien, par respect pour nous-mêmes, cacher vos écarts à ce sensible monsieur Roquet; mais songez à le regarder comme votre futur époux. Du reste, jusqu'à ce que ce mariage soit terminé, nous aurons soin de veiller sur vous de manière à ce que vous ne puissiez faire des sottises.

Rose-Marie veut répondre. On ne l'écoute pas, on lui fait signe d'entrer dans la chambre où elle travaille et où on la laisse seule. La pauvre enfant pleure; elle regrette amèrement d'avoir été cause que son vieil ami a perdu sa place, elle prie le ciel de venir à son aide et elle s'abandonnerait tout à fait au désespoir, si l'idée que Léopold s'occupe d'elle ne rendait un peu d'espérance à son cœur.

A l'heure du dîner, on fait venir la jeune nièce et elle a le plaisir d'être assise à table près de monsieur Roquet, qui a continuellement un œil sur elle et l'autre sur son assiette, et qui adresse à Rose-Marie force compliments auxquels elle ne répond rien. Mais monsieur Roquet semble prendre cela pour de la modestie et il n'en paraît pas moins satisfait.

La soirée s'écoule, pendant laquelle monsieur Roquet parle toujours à Rose, qui ne lui répond que par de gros soupirs. Et le monsieur aux besicles va dire tout bas à madame Saint-Godibert : — Je crois que le sentiment commence à venir..... elle fait déjà de petits soupirs près de moi..... C'est bon signe, n'est-ce pas? — Soyez tranquille, répond Angélique, elle en fera bien d'autres quand vous serez son mari.

Rose-Marie attendait avec la plus vive impatience le moment de remonter à sa chambre. Cet instant arrive enfin. Mais à peine est-elle entrée chez elle, qu'elle entend que l'on ferme à double tour, en dehors, la porte de sa chambre.

— Qu'est-ce que cela signifie? s'écrie Rose. — Cela signifie, répond en dehors mademoiselle Fifine, que c'est par ordre de madame votre tante et afin de vous ôter l'envie d'aller vous promener demain matin. — Prisonnière! se dit Rose en se laissant aller sur une chaise... Prisonnière!... et c'est ainsi qu'ils veulent faire mon bonheur... O mon bon père! tu n'approuveras pas cela, et ce n'est jamais par de tels moyens que tu voudrais marier ta fille!

Au bout d'une heure, on appelle doucement Rose-Marie à travers la porte; elle reconnaît la voix de François et lui dit : — Que me voulez-vous, François? — Mam'zelle, c'est que je sais qu'ils vous ont enfermée... Je trouve ça indigne, moi; et si vous voulez, j'vas prendre une hache et briser votre serrure pour que vous soyez libre. — Merci, François, merci; mais ne faites pas cela... Peu m'importe d'être enfermée... je ne songeais pas à sortir... Mais il ne faut pas, pour moi, vous mettre mal avec vos maîtres... on vous renverrait aussi. — Oh! je m'en moque, mam'zelle, et si vous le voulez... — Non, François, je vous répète que cela m'est égal d'être enfermée. — Alors, mam'zelle... c'est comme vous voudrez... Mais je suis toujours à vot service.

Et François rentre chez lui, tandis que Rose tâche de chercher dans le sommeil l'oubli de ses chagrins.

Plusieurs jours se sont écoulés de la même manière. Rose-Marie, que sa tante fait toujours travailler à force, va plusieurs fois reporter et prendre du linge dans la chambre de son cousin Julien. Mais mademoiselle Fifine est presque sans cesse sur ses talons; on voit qu'il serait impossible à la jeune fille de sortir de la maison si elle en avait conçu le projet.

Julien ne vient plus dîner chez ses parents depuis qu'il semble redouter la présence de sa cousine.

Quant à Frédéric, le concierge ayant pour consigne de lui dire qu'il n'y a personne chez son oncle, Rose-Marie ne l'a pas aperçu depuis la irée où monsieur Roquet lui a fait sa déclaration; et la jeune fille gretle de ne pas voir le seul de ses parents dans lequel elle aurait nfiance pour adoucir ses chagrins.

Mais un jour, en descendant chez sa tante, Rose-Marie croit remarquer dans la maison de ces allées et venues qui annoncent que n attend du monde. Bientôt, en effet, sa tante lui dit, d'un ton un peu moins revêche qu'à l'ordinaire : — Vous ferez aujourd'hui une grande toilette, mademoiselle, vous mettrez ce que vous avez de plus beau. Nous avons beaucoup de monde à dîner... ce jour est une solennité... — Si vous vouliez me permettre de rester dans ma chambre, madame. — Non! mademoiselle, il faut que vous soyez là, cela est indispensable... et j'espère que votre conduite, aujourd'hui sera digne de nos bontés pour vous...

Rose-Marie désirerait bien savoir quelle est cette solennité qui se prépare, et à laquelle il est indispensable qu'elle assiste; mais déjà sa tante s'est éloignée; elle se garderait bien d'interroger mademoiselle Fifine, elle se résout à obéir; elle monte tristement s'habiller, et c'est

en tremblant qu'elle redescend au salon, car un secret pressentiment lui dit que c'est encore de son mariage avec monsieur Roquet qu'il sera question ce jour-là.

Lorsque cinq heures sonnent, monsieur Roquet arrive dans sa grande tenue de cérémonie, costume noir complet, et des besicles en vermeil qui ont l'air de le gêner beaucoup; il va faire un salut respectueux à sa future tante; puis, s'avançant vers Rose-Marie, se permet de lui prendre et de lui baiser la main avant que la jeune fille ait eu le temps de la retirer.

Bientôt arrivent monsieur et madame Doguin, monsieur et madame Marmodin, le major Krouteberg, monsieur et mademoiselle Soufflat, puis le cousin Brouillard qui a mis un habit neuf, mais qui a conservé un vieux pantalon, beaucoup trop court, ce qui ne l'empêche pas de regarder tout le monde d'un air curieux comme pour demander ce qui va se passer et quel est le but du dîner qui est annoncé comme une solennité.

Bientôt arrive aussi monsieur Cendrillon, qui seul ne s'est pas mis en noir, ce qui irrite les nerfs d'Angélique, qui dit à son mari : — Pourquoi donc avez-vous invité ce Cendrillon qui ne fait pas de toilette pour venir ici? — Ma chère amie, répond Saint-Godibert, je vous ai déjà dit que quand on est millionnaire on a le droit d'être sale. Je viens de faire une belle affaire avec monsieur Cendrillon, qui va envoyer à l'Ile-Bourbon un vaisseau chargé de marchandises... Je tenais à ce qu'il fût de ce dîner. — Mais s'il apprend que vous avez renvoyé son vieux protégé, pensez-vous qu'il sera content? — Je lui dirai que le père Savenay protégeait les écarts de notre nièce, et il m'approuvera de l'avoir renvoyé.

Cependant monsieur Cendrillon est allé donner une petite tape sur la joue de Rose-Marie, qui lui sourit tristement, et qui voudrait bien lui apprendre qu'on a renvoyé son vieil ami; mais elle n'ose pas. D'ailleurs sa tante est presque toujours près d'elle, comme pour empêcher qu'elle ne cause avec personne.

Frédéric arrive aussi. Il va saluer sa jolie cousine... et ses yeux l'interrogent comme pour lui demander la cause de sa tristesse; mais Rose-Marie ne lui parle pas, sa tante est près d'elle.

Monsieur Brouillard se promène dans le salon, et va de l'un à l'autre, en disant à demi-voix : — Qu'est-ce qui se prépare donc ici?... on a un air mystérieux... un air grave... est-ce que Saint-Godibert va déposer son bilan?... pourvu que son dîner soit bon au moins... Oh! oui, quand un vilain se met en train, eh! eh! nous verrons si aujourd'hui François emplit les verres de madère... — Nous n'attendons plus que mon frère l'homme de lettres et son épouse, dit monsieur Saint-Godibert, puis M. Dernesty, qui doit venir avec eux... et mon fils Julien. Mais, ma foi, puisqu'ils sont en retard, je ne vois pas pourquoi je ne dirais pas sur-le-champ à la société ce que je désire lui annoncer... n'est-ce pas, Angélique? — Mais sans doute... vous le pouvez, cher ami, répond la grosse dame.

Monsieur Brouillard ouvre ses oreilles, ses yeux et ses narines pour mieux entendre, monsieur Soufflat monte sur un petit tabouret, tout le monde écoute; mais au moment où monsieur Saint-Godibert va parler, la porte s'ouvre, et son frère Mondigo entre dans le salon.

L'homme de lettres ne semble pas être dans son assiette ordinaire. Sa figure est décomposée, son nez blanc, ses cheveux dans un désordre qui les fait voltiger dans tous les sens, ce qui donne à sa tête quelque ressemblance avec celle de Méduse.

Cependant en apercevant la nombreuse société réunie chez son frère, il tâche de se remettre, de sourire même, mais il se hâte d'aller se placer dans un coin.

— Mon Dieu! qu'est-ce que monsieur Mondigo a donc aujourd'hui? murmure Francine à l'oreille de Frédéric. — Je ne sais, répond le grand jeune homme, mais il a une figure qui annonce une foule de choses. — Est-il possible de venir en société aussi mal peigné que cela! murmure Angélique, tandis que son mari crie de loin à son frère: — Eh bien!... et ta femme... et monsieur Dernesty... ils sont donc en arrière?

L'homme de lettres fait une singulière grimace, en répondant : — Ma femme ne viendra pas... elle est indisposée... pour longtemps... Quant à monsieur Dernesty, je n'ai pas besoin qu'il m'accompagne.

Cette réponse fait sourire les uns et chuchotter les autres! Francine et Frédéric échangent un regard; mais monsieur Saint-Godibert qui, en ce moment, s'inquiète fort peu de ce qui regarde son frère, va se placer au milieu du salon et dit : — Mesdames et messieurs, j'ai l'honneur de vous faire part du prochain mariage de ma nièce Rose-Marie avec monsieur Roquet... et c'est le repas de leurs fiançailles que nous allons célébrer aujourd'hui.

Un murmure de surprise circule dans l'assemblée, mais tandis que monsieur Roquet salue en recevant les compliments que lui adressent quelques personnes, Rose-Marie, qui est devenue tout à coup extrêmement pâle, est sur le point de perdre connaissance lorsque Francine court à elle et la soutient dans ses bras, en s'écriant : — Mais cette pauvre enfant se trouve mal... voyez donc... elle change de couleur... on dirait qu'elle veut parler et n'en a pas la force. — Ce n'est rien! c'est la joie! dit madame Saint-Godibert, ce n'est pas dangereux. — Non, ma tante! non, s'écrie Frédéric en courant offrir un flacon à sa cousine. Non, ce n'est pas la joie qui fait que ma cousine est prête à s'évanouir, c'est le chagrin, c'est la douleur qui la tuent... car cette union que vous annoncez ferait son malheur; elle déteste monsieur Roquet, je le sais... et il me semble que vous n'avez pas le droit de la forcer à contracter ce mariage. — Qu'est-ce à dire, monsieur mon neveu? Je vous trouve bien hardi de venir vous mêler de ce qui ne vous regarde pas, dit monsieur Saint-Godibert en soufflant avec colère. — Rose-Marie est ma cousine, mon oncle, et il est juste que je la protège. — Qu'est-ce que c'est... qu'est-ce qu'il y a? dit monsieur Brouillard en s'avançant; mais moi aussi, je suis le cousin de la petite... et j'ai le droit d'être consulté. — Eh bien! mon cher cousin, dit Angélique, en faisant à Brouillard un sourire des plus gracieux, est-ce que vous ne trouvez pas aussi que cette union est des plus avantageuses pour notre nièce?

Avant que monsieur Brouillard ait décidé ce qu'il veut répondre, Rose-Marie, qui a repris un peu de force, se lève en disant d'une voix altérée : — Je ne dépends que de mon père... c'est à lui seul que je veux, que je dois obéir... — Mademoiselle, nous avons son consentement! répond Saint-Godibert.

Rose se sent de nouveau accablée, elle va retomber sur sa chaise lorsqu'une voix qui lui est bien connue fait entendre ces mots : — Ce n'est pas vrai, vous n'avez reçu aucune réponse de lui... et la preuve, c'est que je viens la faire moi-même!

C'est Jérôme Gogo, qui vient d'entrer brusquement dans le salon, où sa présence inattendue cause un étonnement général.

Les étrangers regardent le laboureur avec surprise, les Saint-Godibert avec stupéfaction. Rose court se jeter dans les bras de Jérôme, en s'écriant : — Ah! mon père, quel bonheur! je savais bien que vous ne m'abandonneriez pas!...

Jérôme, qui a traversé le salon sans paraître s'inquiéter nullement des personnes qui sont là, parce qu'il ne songe qu'à sa fille, presse Rose-Marie dans ses bras et la couvre de baisers en s'écriant : — Moi t'abandonner! ma fille... mon enfant, mon trésor... et qui donc s'occupera de ton bonheur si ce n'est moi?... Ah! ne pleure plus, ma pauvre petite... ne pleure pas!... ton père ne te quittera plus, va! car il voit bien que tous ces gens-là ne savent pas t'aimer comme lui! — Eh! c'est ce cher cousin Jérôme Gogo! dit monsieur Brouillard en appuyant sur le dernier nom. — Oui, cousin, comme vous dites, c'est Jérôme Gogo, le frère de monsieur Godibet... Godibert... Montrigo... Mon... nigaud... est-ce que je sais... enfin de mes frères que voilà, et qui ont jugé convenable de quitter le nom de leur père; que sait-on s'ils n'ont pas eu raison! moi j'ai conservé pur et sans tache le nom de Gogo, ces messieurs n'en auraient peut-être pas fait autant.

L'homme de lettres ne répond rien; il semble très-occupé à se gratter le front.

— Monsieur mon frère, j'ai fait ce que j'ai voulu, répond le banquier, qui ne se sent pas de colère; j'ai voulu assurer aussi le bonheur de votre fille que vous aviez été bien heureux de m'envoyer... Si vous êtes assez niais pour ne point approuver le mariage que j'avais arrangé pour elle, vous êtes libre d'emmener mademoiselle... — Non, certainement, dit Jérôme, je n'approuve pas une union qui déplaît à ma fille. — Eh bien, débarrassez-nous de mademoiselle, s'écrie Angélique; aussi bien sa place n'est point ici... et nous ne saurions garder davantage chez nous une jeune personne qui a des intrigues... — Des intrigues! s'écrie Jérôme, dont les yeux viennent de briller d'un éclat menaçant, tandis que Rose-Marie s'est précipitée vers lui, comme pour le prier de ne point la croire coupable. Mais son père ne la laisse pas parler, il l'embrasse de nouveau en lui disant : — Tais-toi, mon enfant... oh! t'as pas besoin de te justifier!... je sais que tu n'as aucun reproche à te faire... mais ceux qui se permettent de t'accuser... ceux qui, devant tous ces messieurs et ces dames, ne craignent pas de vouloir attaquer ton honneur, ce qu'une jeune fille a de plus précieux... ah! ceux-là... c'est moi qui les ferai rougir de leur conduite! — Vraiment, monsieur Jérôme! vous le prenez sur ce ton-là, s'écrie madame Saint-Godibert; eh bien! je vous répète, moi, que votre fille a des intrigues... qu'un jeune homme qui rôdait toujours devant notre maison a remis pour elle une lettre à un vieux bonhomme, que monsieur Saint-Godibert avait eu la bonté de prendre dans ses bureaux... et que le père Savenay montait complaisamment les billets doux à mademoiselle... mais aussi on a mis le vieux commis à la porte... — A la porte... mon brave père Savenay, dit monsieur Cendrillon en s'avançant vers la grosse Angélique; allons, ce n'est pas possible, madame, et si mon vieil ami a protégé les amours de votre nièce, c'est que probablement il n'y a vu aucun mal... — Vous parlez bien! vous, monsieur, dit Jérôme en allant prendre la main du capitaliste et la lui secouant avec force; mais moi, j'ai fait mieux encore; j'ai amené avec moi ceux qui pourront faire éclater l'innocence de ma fille. — C'est très-amusant! murmure monsieur Brouillard en se frottant les mains.

Aussitôt, repoussant un peu brusquement les personnes qui se trouvent sur son passage, le laboureur court ouvrir la porte du salon; il fait un signe, et le bon père Savenay paraît avec un jeune homme dont la tenue est à la fois élégante et modeste, et que Rose Marie a reconnu sur-le-champ, car c'est Léopold Bercourt.

— Entrez... entrez sans crainte, mes amis, s'écrie Jérôme; oh!

j'avais bien pensé que votre présence serait utile ici ; c'est qu'il y a des gens qui voudraient dire du mal de ma fille... et je ne sommes pas d'humeur à le souffrir! Monsieur mon frère, je vous présente monsieur Léopold Bercourt, qui, après avoir obtenu le consentement de son père, est venu à mon village me demander la main de ma fille... et à qui je l'ai accordée... parce qu'elle l'aime, cet enfant, et puis parce que c'est un brave et digne jeune homme, qui ne rougit pas du père de celle qu'il veut épouser, et qui n'a pas craint de venir le trouver à son village, quoiqu'il ne fût qu'un laboureur. Eh bien! c'est lui qui veillait sur Rose-Marie, parce qu'il savait qu'on voulait, sans me consulter, disposer d'elle... Et morbleu! il avait bien le droit de veiller sur notre trésor. Et ce bon vieillard... que je suis si heureux de connaître... qui a jadis secouru, protégé ma fille, lorsqu'en arrivant à Paris elle ne pouvait y trouver ses oncles, parce qu'en nous de donnant leur adresse on ne nous avait pas dit qu'ils avaient changé nom... ce qui est une petite méchanceté dont je tiendrai compte au cousin Brouillard.

Ici le museau de renard se dissimule et baisse le nez en ayant l'air d'avoir laissé tomber son mouchoir.

— Eh bien! ce bon monsieur Savenay que v'là, avait-il tort de protéger l'amour honnête de ces enfants? avait-il tort de consoler cette pauvre petite, qui passait, ici, son temps à pleurer? a-t-il eu tort, enfin, de venir m'avertir de tout ce qui se tramait sans ma permission... de me dire que ma pauvre enfant était malheureuse?

Monsieur Saint-Godibert est embarrassé; il ne sait plus que dire; il ne s'attendait pas à voir arriver le père Savenay, et ce jeune homme qui aime Rose-Marie; mais Angélique est outrée de colère; elle en déchire ses bouts de manches, et s'écrie : — Que signifie tout cela... Se permettre de nous amener deux hommes... c'est inconcevable... C'était donc un coup monté... un scandale préparé.

Puis tout à coup, et comme frappée d'une idée subite, la grosse femme quitte le salon en murmurant: — Oh! nous allons voir! je n'en aurai pas le démenti!

Cependant Frédéric est allé embrasser son oncle et féliciter sa cousine. Il serre la main de Léopold, et celui-ci regarde avec amour et orgueil celle dont il est fier de posséder le cœur. Monsieur Cendrillon s'est approché du père Savenay, il lui prend la main, le loue hautement de tout ce qu'il a fait, s'engage à lui trouver un emploi, et frappe sur le ventre de Jérôme, en s'écriant : — Vous êtes un père comme je les comprends. Je n'ai jamais été assez adroit pour faire des enfants; mais, sacrebleu! si j'en avais eu, il n'aurait pas fallu qu'on les molestât!...

Pendant tout ce temps, monsieur Mondigo semble tout à fait étranger à ce qui se passe, et il ne quitte pas le coin où il s'est placé. Monsieur Roquet ne fait qu'ôter et remettre ses besicles, et il regarde tout le monde, comme pour savoir si, dans tout cela, il doit encore espérer se marier.

Le cousin Brouillard, qui seul a remarqué la brusque sortie d'Angélique, est fort impatient de la voir revenir, parce qu'il espère quelque nouvelle scène.

Cependant, déjà Jérôme a pris le bras de sa fille, et il se dirige avec elle vers la porte, en disant : — Viens, mon enfant... venez, mon gendre, et vous notre vieil ami... Maintenant que ma Rose-Marie ne peut plus être accusée d'intrigues, nous pouvons dire adieu à la compagnie et nous retirer.

Mais au moment où ces quatre personnes vont quitter le salon, madame Saint-Godibert y rentre et les arrête, en s'écriant: — Ne partez donc pas si vite, monsieur Jérôme! Avant d'emmener votre fille dont vous êtes si fier!... faites-lui donc au moins compliment de sa délicatesse... Je viens de monter à sa chambre... afin de m'assurer, si avant de nous quitter, mademoiselle n'emporterait pas, par hasard, des objets qui ne seraient point à elle... j'avais deviné juste... voilà ce que j'ai trouvé parmi les effets de votre fille... Ah! ah!... j'ai de la peine à croire pourtant qu'elle ait pu se tromper au point de penser que cela lui appartenait!...

En disant ces mots, Angélique sort de sa poche et montre à toute la société le petit pistolet trouvé par Rose-Marie dans la forêt de Fontainebleau. — Un pistolet! murmure chacun avec surprise. — Morgué! madame, votre supposition est infâme! dit Jérôme en jetant sur sa belle-sœur des regards foudroyants, oser croire que ce pistolet a été dérobé par ma fille... Mais cette arme, elle l'avait avant de venir à Paris... demandez à ce bon vieillard où elle l'a trouvée... il vous le dira lui... c'est dans la forêt de Fontainebleau, où elle fut témoin du vol dont il a été victime... ce pistolet tomba de la poche d'un des deux misérables qui l'ont dépouillé... — Oui, oui, c'est la vérité, s'écrie le père Savenay. — Je ne sais pas si mademoiselle a trouvé un pistolet dans une forêt! s'écrie madame Saint-Godibert, voilà une histoire qui me semble bien romanesque... mais en tout cas ce n'est pas celui-ci, car je déclare que ce pistolet appartient à mon fils... cette arme est assez riche pour être reconnaissable... et d'ailleurs, avant-hier encore, je l'ai vu en cherchant un livre sur les rayons de la bibliothèque de Julien, mais depuis ce temps, mademoiselle a été reporter chez mon fils du linge qu'elle avait raccommodé, et voici comment le pistolet a passé parmi ses effets.

Pendant que madame Saint-Godibert semble enchantée de ce qu'elle vient de dire. Jérôme et Rose-Marie se regardent; puis leurs yeux se portent ensuite sur le père Savenay. Ces trois personnes semblent en proie à une vive agitation et craindre de se communiquer leurs réflexions. Monsieur Cendrillon les examine comme s'il devinait leur pensée.

Léopold s'approche de madame Saint-Godibert, et lui dit : — Madame, avant d'accuser votre nièce d'une action... qu'elle est incapable de commettre, avez-vous d'abord été chez monsieur votre fils, voir s'il n'avait plus cette arme qu'il possédait ? — Non, répond Angélique; mais à quoi bon la chercher chez lui, puisque la voilà... Si mon fils était là, il vous le dirait lui-même. — Vous devez vous tromper, ma tante, s'écrie Frédéric, et comme il faut que vous rendiez vous-même justice à ma cousine, je cours visiter la chambre de Julien. — Je vais vous aider à chercher, dit monsieur Cendrillon... car j'ai dans l'idée, moi... que tout ceci va nous mettre sur la trace de...

Monsieur Cendrillon s'arrête comme s'il craignait d'en avoir trop dit; mais il court prendre Frédéric par le bras et l'entraîne, en disant : Venez, jeune homme, il faut que tout cela s'explique.

Cependant Jérôme, le vieux Savenay et Rose-Marie continuent de garder le silence; mais s'ils jettent des regards sur monsieur et madame Saint-Godibert, il y a dedans plutôt de la pitié que du courroux.

Le banquier ne sait trop ce qu'il doit penser de l'accident que sa femme a provoqué; celle-ci, toujours enchantée de ce qu'elle a fait, parce qu'elle croit avoir humilié sa nièce devant toute sa société, s'approche de chacun dans l'espérance d'être félicitée sur sa perspicacité; mais, contre son attente, au lieu de lui adresser des compliments, chacun paraît contraint et embarrassé avec elle; enfin, il règne dans le salon comme un silence mystérieux qui semble précurseur d'un grand événement.

Quelques minutes s'écoulent ainsi qui paraissent très-longues à tout le monde, et pendant lesquelles François est venu annoncer que le dîner était servi; mais personne alors ne voudrait quitter le salon avant le retour de Frédéric et de monsieur Cendrillon. Enfin ils reparaissent : le premier est pâle et a l'air consterné; le second, dont les traits ont une expression de sévérité qui ne leur est pas habituelle, tient dans l'une de ses mains un petit pistolet dont il ne laisse voir que le canon. Il le montre ainsi à la compagnie, en disant : — Le pistolet était à sa place, le voilà... et il n'est point pareil à celui trouvé par mademoiselle... Cette aimable enfant est donc pleinement justifiée... et d'ailleurs personne ici n'a pu croire un moment qu'elle ait eu la fantaisie de s'approprier ce qui ne lui appartenait pas.

Madame Saint-Godibert, qui ne croit pas s'être trompée, veut examiner le pistolet que monsieur Cendrillon tient dans sa main, elle s'approche de lui en disant : — Mais avant tout, monsieur, il faut que je vole moi-même...

Monsieur Cendrillon ne la laisse pas achever, il lui prend le bras et le lui serre avec force, en murmurant à son oreille : — Vous voulez donc faire connaître à tout le monde le déshonneur de votre fils.

La grosse femme est atterrée; elle devient pâle, verte, elle baisse ses regards vers la terre. Monsieur Cendrillon s'empresse de reprendre : — Monsieur Saint-Godibert, vous avez encore quelques affaires de famille, quelques comptes à régler avec monsieur votre frère, sa chère fille et mon vieil ami; mais cela n'amuserait pas la société, qui, d'ailleurs, a envie de se mettre à table; il faudrait prier quelqu'un de vouloir bien vous remplacer et faire les honneurs à votre place... — Ah! oui... oui, balbutie le banquier, que l'abattement subit de sa femme a glacé de terreur. Eh bien! mon cousin Brouillard, veuillez nous remplacer... on nous excusera...

Le cousin Brouillard, qui voit dans tout cela un mystère, ne sait pas trop s'il doit consentir à aller faire les honneurs de la table de monsieur Saint-Godibert. Cependant, comme il est très-gourmand, il se décide à accepter, persuadé que tôt ou tard il saura bien découvrir ce qu'on veut lui cacher.

La société se rend dans la salle à manger, conduite par monsieur Brouillard qui s'écrie : — Venez donc, mesdames et messieurs, je vais faire les honneurs... et je vous certifie que je les ferai bien... et si on ne mange pas, ce ne sera pas ma faute.

La famille Gogo est restée dans le salon avec le père Savenay, Léopold et monsieur Cendrillon. Frédéric regarde les Saint-Godibert, et semble craindre de parler; mais lorsque tout le monde est éloigné et que les portes sont refermées, monsieur Cendrillon s'avance vers le banquier, et lui faisant voir le pistolet qu'il avait jusqu'alors tenu presque caché, il lui dit : — Tenez, voici l'arme qui était chez votre fils... et voilà le pistolet que votre femme a pris dans la chambre de Rose-Marie... et qui est celui que votre nièce a ramassé dans la forêt après la fuite des voleurs; regardez.

Le banquier examine les deux pistolets et s'écrie : — Ils sont pareils... c'est absolument la même chose... qu'est-ce que cela veut dire ?... — Cela veut dire que votre fils est un des voleurs qui ont arrêté et pris soixante mille francs à mon vieil ami Savenay, dans la forêt de Fontainebleau...

Monsieur Saint-Godibert tombe sur une chaise tout en murmurant : — Non... non... ce n'est pas possible !... — Oh ! ce serait trop affreux ! s'écrie la grosse femme. Vous vous trompez, monsieur... et quelle preuve... quelle preuve... — Il est bien présumable que nous nous

trompons ! dit le vieux Savenay d'une voix tremblante. Il n'est pas possible que le fils de monsieur... — Taisez-vous, père Savenay ! reprend monsieur Cendrillon d'une voix de stentor. Lors même que vous seriez sûr que nous avons trouvé un des coupables, vous seriez capable de le nier pour ne point porter le déshonneur dans une famille; mais, j'en suis bien fâché, il faut d'abord que la vérité se fasse jour et que votre argent se retrouve, sauf à tâcher ensuite d'avoir égard aux peines des autres. Oui, je persiste dans ce que j'ai dit, car ce n'est pas sur cette arme seule que je me fonde... il y a une foule de circonstances qui m'ont frappé, d'observations que j'avais faites, et qui sont maintenant pour moi autant de traits de lumière. Oui, père Savenay, le jeune Julien fut un de vos voleurs, et voulez-vous que je vous dise quel est celui que je gagerais être son complice ! — Ah ! parlez, parlez, Monsieur ! dit Frédéric. — Eh bien ! c'est un de vos chers amis... monsieur Dernesty.

Au nom de Dernesty, Mondigo, qui jusque-là a paru toujours préoccupé, fait un bond sur sa chaise et s'élance au milieu du salon en s'écriant : — Ah ! oui, Monsieur !... ce polisson-là est capable de tout !... c'est un infâme, un misérable !... savez-vous ce qu'il m'a fait, à moi ?... oh ! je dois vous le dire... entre nous je puis avouer cela... Figurez-vous que j'étais sorti aujourd'hui pour aller lire cinq actes chez un directeur..... Pensant être retenu tard, j'avais dit à mon épouse... perfide Clémence !... j'avais dit à mon épouse : Dernesty doit venir nous prendre pour aller dîner chez mon frère, ne m'attendez pas, partez ensemble, moi je m'y rendrai de mon côté. Et j'étais parti... avec mon drame... mais un hasard... bien malheureux pour moi, veut que le directeur ne puisse pas m'entendre aujourd'hui comme c'était convenu. Il était trop tôt pour venir déjà ici ; je me dis : reportons notre drame chez moi. Je rentre ; j'avais justement une seconde clef... le portier me crie : Votre bonne est allée au Jardin des Plantes voir les singes... mais madame n'est pas sortie. Très-bien ; je monte. J'ouvre pour ne point déranger Clémence ; je pénètre dans sa chambre... et je trouve mon épouse et ce gredin de Dernesty... Quelle horreur!... les Anglais appellent cela une conversation criminelle... drôle de conversation. Je voulais tuer ce monsieur... mais j'étais si abasourdi !... je ne pouvais pas en croire mes yeux... il s'est sauvé et il a bien fait ! Quant à Clémence, je l'ai traitée comme elle le méritait... et je me séparerai d'elle... oh ! oui... je la quitterai... et pourtant ce sera bien embarrassant pour moi qui ai mes habitudes et qui aime à trouver mon dîner prêt quand je reviens d'une répétition !

Ce que monsieur Mondigo vient de raconter aurait peut-être intéressé, si en ce moment quelque chose de beaucoup plus grave n'eût occupé les esprits. Monsieur Saint-Godibert semble ne savoir que croire; sa femme examine attentivement les deux pistolets, et Jérôme presse dans ses bras sa fille comme pour remercier le ciel de lui avoir donné un enfant dont il n'a point à rougir.

Rose-Marie regarde avec bonheur Léopold, et semble lui dire : — Vous voyez bien que je suis digne de vous.

Tout à coup la porte du salon s'ouvre, c'est le jeune Julien qui entre, en disant : — Pardon, je suis un peu en retard... mais on m'a dit qu'une partie de la société était à table, et que vous étiez encore ici avec le père de ma cousine. Je venais savoir... Mais, mon Dieu, que se passe-t-il donc ?...

Le jeune homme s'arrête, car il vient de remarquer la manière singulière dont il est accueilli. A son aspect, son père et sa mère ont détourné la tête avec une espèce de terreur. Frédéric et Rose-Marie baissent tristement les yeux. Jérôme regarde avec pitié ce neveu qu'il voit pour la première fois, et le père Savenay a l'air consterné.

En apercevant le vieillard, Julien s'est troublé, il ne sait que penser. Il regarde d'un air craintif autour de lui, et rencontre le regard sévère de monsieur Cendrillon qui s'approche de lui et lui dit : — Monsieur Julien, j'ai besoin d'avoir un moment d'entretien avec vous... rien qu'avec vous... votre famille voudra bien nous laisser ensemble... — Oh! oui... oui!... dit Frédéric qui comprend l'intention de monsieur Cendrillon qui veut épargner à Julien la honte d'avouer son crime devant ses parents, et il entraîne monsieur et madame Saint-Godibert; mais pendant que chacun les suit, monsieur Cendrillon s'est approché du banquier et lui a dit tout bas : — Écoutez la conversation que je vais avoir avec votre fils, alors je suis certain que vous n'aurez plus de doute.

Tout le monde s'est éloigné laissant Julien avec monsieur Cendrillon, on a feint de refermer la porte, mais on a eu soin de se tenir à portée de tout entendre.

Le jeune homme est devenu pâle et tremblant; il ne sait pas encore ce qu'on veut lui dire; mais, comme sa conscience est depuis longtemps bourrelée de remords, il redoute toujours que son crime ne soit découvert, et son complice n'est pas là pour le rassurer.

Monsieur Cendrillon a mis un des pistolets dans sa poche. Il en présente un à Julien, en disant : — Est-ce à vous ceci ?

Julien demeure tout surpris et balbutie : — Mais sans doute... c'est à moi... ce pistolet était dans ma chambre... pourquoi l'a-t-on été prendre... je vous le dirai tout à l'heure ; mais veuillez d'abord me répondre : Est-ce que vous n'aviez pas la paire ?

Julien se trouble davantage, il hésite, enfin il murmure : — Pardonnez-moi.... j'avais la paire... mais j'ai perdu l'autre... il y a déjà longtemps...

Monsieur Cendrillon sort brusquement l'autre pistolet de sa poche et le met sous les yeux de Julien, en s'écriant : — Tenez, le voilà... on l'a retrouvé.

Julien devient livide, ses traits se décomposent, il peut à peine prononcer : — Ah !... oui... c'est l'autre... et qui donc... l'a trouvé ?... — Quelqu'un qui était dans la forêt de Fontainebleau... et qui fut témoin de votre crime lorsque vous aviez arrêté et volé mon vieil ami Savenay...

Julien se laisse d'abord aller la tête en arrière sur le dos de sa chaise, mais bientôt il tombe à genoux, courbant son front sur la terre en murmurant : — Oh ! oui... oui... c'est moi !... je suis un misérable... mais ne me perdez pas devant mes parents...

Un cri part de derrière une porte. Julien a reconnu la voix de sa mère, il se frappe le front contre le parquet, en s'écriant : — Ils écoutaient... ils savent tout... la mort, monsieur... donnez-moi une arme, que je me tue... je ne puis plus reparaître devant eux !

Monsieur Cendrillon est vivement ému lui-même par ce cri déchirant qu'il vient d'entendre ; cependant il rappelle sa fermeté, relève Julien, le fait asseoir, et reprend : — Vous êtes bien coupable, mais la mort ne répare rien... car vous vous en iriez là-bas avec le déshonneur !... Il y a donc quelque chose qui vaut mieux, c'est un repentir sincère, c'est une conduite qui efface... qui permette que l'on oublie votre vie passée : mais d'abord... le nom de votre complice ? — Dernesty. — Je l'avais deviné. Voilà pourquoi il ne parlait jamais en présence de Savenay. — Ah ! monsieur, je ne prétends pas chercher à excuser mon crime... c'est impossible... mais cependant, sans Dernesty, jamais je n'aurais eu la pensée de commettre une pareille action. J'avais beaucoup de dettes... aimant en secret le jeu... les plaisirs... Je m'étais laissé entraîner... puis, un jour, dans une partie de campagne que j'avais faite avec lui... il rencontra ce vieillard... il apprit qu'il avait soixante mille francs... et... oh ! j'aurais dû mourir plutôt que de céder à ses conseils... mais... vous savez tout... et depuis... je n'ai pas eu un jour de repos ! — Vous ne pouvez plus rester en France. Je vais faire partir un bâtiment pour Bourbon... rendez-vous au Havre... vous partirez avec ce bâtiment... Je vais écrire au capitaine. Là-bas, travaillez sans relâche, que votre conduite soit exemplaire... que jamais on n'ait le plus petit reproche à vous adresser, et dans une douzaine d'années vous pourriez revoir votre patrie. Il n'y a pas de faute qu'un vrai repentir ne puisse effacer... — Ah ! monsieur... — Allez faire vos paquets et partez à l'instant même... Vous n'avez peut-être pas d'argent ? Prenez cette bourse... votre père approuvera tout ce que je fais. Allez, et songez à mériter de revoir un jour vos parents.

Julien porte à ses lèvres une des mains de monsieur Cendrillon ; il peut à peine parler, il s'éloigne enfin en jurant d'être un jour digne de revenir dans sa patrie.

Le capitaliste n'est pas longtemps seul. Toute la famille entière revient près de lui. Monsieur et madame Saint-Godibert se jettent dans ses bras en pleurant.

— Approuvez-vous ce que j'ai fait ? demande monsieur Cendrillon. — Ah ! vous nous avez sauvé l'honneur... Mais ce misérable Dernesty ? — Oh ! je me charge de lui, dit Frédéric, je serai le vengeur de mon oncle Mondigo.

L'homme de lettres presse la main du grand jeune homme, en s'écriant : — Très-bien, Frédéric, très-bien... donne un bon coup d'épée à ce scélérat... et ensuite je verrai si je dois pardonner à mon épouse... qui peut-être fut entraînée comme Julien. — Quant à mon vieil ami Savenay... reprend monsieur Cendrillon.

Le banquier ne laisse pas celui-ci achever, il s'empresse de dire : — Dès demain je remettrai à monsieur les soixante mille francs..... qui étaient dans mon portefeuille... et j'en offrirai vingt-cinq à ma nièce pour sa dot... — Ah ! je vous remercie, monsieur, dit Léopold en s'emparant d'une main de Rose-Marie, mais mademoiselle n'a pas besoin de dot ; mon père sait que j'ai rencontré une femme dont les vertus feront mon bonheur, et dit que cela vaut mieux que de l'argent.

Jérôme presse avec amitié la main de Léopold, mais monsieur Saint-Godibert reprend d'un air humilié : — Si mon frère Jérôme me refuse, je croirai qu'il m'en veut toujours, qu'il ne m'a pas pardonné d'avoir changé de nom... et cependant il est bien vengé, car, ainsi qu'il le disait tout à l'heure, le nom de Gogo est toujours sans tache... tandis que ceux que nous avons pris...

Le banquier n'achève pas, il cache sa figure dans sa main, et Mondigo se retourne en se grattant encore le front ; mais Jérôme court à ses frères, il les presse dans ses bras et leur dit : — Tout est oublié... des frères ne doivent pas rester désunis. Nicolas, j'accepte la dot que tu offres à ma fille, et il faudra bien que ce brave garçon l'accepte aussi. Toi, Eustache, viens nous voir quelquefois, ça te distraira de tes peines... de ménage. Tâchez d'être heureux à la ville, moi, je retournerai à mon village dès que l'union de ces enfants sera bâclée. — Et si vous le permettez, père Jérôme, dit le vieux Savenay, j'irai vivre avec vous... Je n'ai plus besoin d'être commis à Paris, mais j'ai besoin d'avoir des amis près desquels je puisse finir doucement ma carrière. — Tope là ! papa Savenay ! répond Jérôme, nous causerons ensemble de ma Rose-Marie, et l'été, les jeunes mariés viendront se divertir près de nous, ainsi que mon neveu Frédéric. — Et moi donc que vous ne comptez pas ! dit monsieur Cendrillon, vous me verrez plus d'une fois à Avon, monsieur Jérôme ; en attendant, je m'invite comme témoin au mariage de cette jolie enfant, et je veux aussi lui offrir mon cadeau, moi... mais maintenant, adieu, mes braves gens... voilà de pauvres parents qui ont besoin d'être seuls, nous devons respecter leur douleur. — Et tout le monde qui est là-dans, murmure Angélique en indiquant la salle à manger. — Ne vous en inquiétez pas, madame, reprend monsieur Cendrillon, je vais aller dire à la compagnie que vous vous êtes trouvée indisposée, que votre mari ne peut vous quitter, et quand ils auront tous bien dîné, je vous réponds qu'ils s'en iront sans en demander davantage.

Jérôme part avec sa fille, Léopold et le père Savenay. Frédéric est déjà parti de son côté, monsieur Mondigo s'en va en se demandant s'il doit rentrer dîner chez lui, le père et la mère de Julien vont cacher leur douleur au fond de leur appartement. Monsieur Cendrillon se présente seul dans la salle à manger où il annonce à la société l'indisposition de madame Saint-Godibert, qui ne permet pas à son mari de la quitter.

Chacun paraît fort affligé de cette nouvelle ; mais on n'en continue pas moins de faire honneur au dîner des amphitryons.

M. Brouillard semble très-intrigué. Il adresse à M. Cendrillon une foule de questions ; celui-ci se met à dîner et se contente de lui répondre : — Monsieur, vous avez déjà mangé, permettez-moi d'en faire autant. — Mais ce bon Jérôme ? reprend le cousin Brouillard. — Tout est arrangé, il s'est raccommodé avec ses frères, puis il est parti avec sa fille. — Ainsi... décidément je n'épouse point mademoiselle Rose-Marie ? murmure M. Roquet. — Non, monsieur. Je vous engage à porter vos vues ailleurs. Cette affaire-là est finie pour vous. — Mais, mon cousin Mondigo ? reprend Brouillard. — Il est retourné près de sa femme, qui est malade. — Mais le fils de ce bon Saint-Godibert ! où donc est-il, lui... Est-ce que Julien est malade aussi !... Il y a donc épidémie sur la famille ? — Julien ! répond le capitaliste, il est parti ce matin pour le Havre ; il va voyager pour étudier le commerce... c'est une idée de son père, il devait vous apprendre cela en dînant.

On recommence à chuchotter, à faire des conjectures. Mais, ainsi que l'avait prévu M. Cendrillon, après avoir pris le café et les liqueurs, chacun songe à l'emploi qu'il fera de sa soirée et s'en va sans plus s'occuper des Saint-Godibert, parce qu'enfin il y a un vieux proverbe qui dit : *Chacun pour soi*, et que ce proverbe-là est la première loi des gens du monde.

Le lendemain matin, Frédéric arrive de bonne heure chez son oncle le banquier. Il pénètre dans sa chambre à coucher où il trouve les deux époux réunis, car rien ne réunit plus vite que le chagrin.

— Maintenant, dit le grand jeune homme en se présentant d'un air satisfait, celui qui avait perdu votre fils ne portera plus le déshonneur dans aucune famille. — Eh quoi ! s'écrie Angélique, monsieur Dernesty ?... — Je suis allé le trouver ce matin, au point du jour. J'ai pris un prétexte pour le provoquer. Je lui ai dit que mon oncle Mondigo m'avait chargé de venger son injure. Je ne sais s'il a deviné qu'un autre motif m'animait ; mais comme s'il eût craint que je ne lui dise, il a sur-le-champ accepté le combat. La Providence veillait sur moi ; Dernesty a reçu une balle dans la poitrine, il est tombé pour ne plus se relever. Je me suis approché pour entendre ses dernières paroles. Il a murmuré le nom de Julien, il regardait le ciel et semblait vouloir en dire plus... mais il n'en a pas eu la force. Le plus criminel est mort ; l'autre effacera sa faute par son repentir... Vous pourrez un jour oublier entièrement ce malheur.

M. Saint-Godibert remercie son neveu d'avoir puni celui par qui son fils a été entraîné dans le sentier du crime. Frédéric s'empresse d'aller trouver l'homme de lettres, pour lui faire savoir aussi le résultat de son duel.

M. Mondigo se jette au cou de Frédéric en apprenant qu'il a tué celui qui avait séduit sa femme ; puis il s'écrie : — Je cours pardonner à Clémence. Elle est chez une de ses tantes... je vais la chercher et je la ramène en triomphe chez moi.. Du reste, j'ai eu soin de dire qu'elle était à la campagne d'une de ses amies... parce qu'enfin je prévoyais bien que cela s'arrangerait.

Quinze jours après ces événements un mariage se célébrait dans l'église de Saint-Vincent de Paule. Chacun admirait la beauté, la grâce, l'air virginal de la jeune mariée ; et, en regardant celui auquel elle s'engageait, on disait : — Il est très-bien aussi.

Est-il besoin de nommer ces deux époux ? Léopold avait près de lui son père et sa sœur qui partageaient sa félicité. Près de Rose-Marie on apercevait la figure radieuse de Jérôme ; puis celle du père Savenay qui se sentait rajeuni de vingt ans. Frédéric était là aussi, jouissant du bonheur de ceux qu'il aimait sincèrement. Le cousin Brouillard y montrait son museau de renard, faisant ses réflexions sur l'absence des deux tantes de la mariée, et laissant échapper des plaisanteries qui prouvaient que Mondigo l'avait mis dans la confidence de l'accident qui lui était arrivé. Monsieur Cendrillon se tenait près de son vieil ami, regardant avec bonheur Rose-Marie, à laquelle, avant qu'on ne partît pour l'église, il avait passé au cou un collier orné de diamants d'un grand prix. Il avait paru trop heureux d'offrir ce présent, pour qu'il fût possible de le refuser.

L'homme de lettres est venu à la cérémonie du mariage de sa nièce.

ainsi que le banquier Saint-Godibert. Ce dernier, dont la figure est toujours triste et soucieuse, s'éloigne après que les jeunes gens sont unis ; quant à Mondigo, il reste au repas qui a lieu après. Il y chante même une chanson qu'il a faite pour la noce, et monsieur Brouillard lit entre ses dents : — Mon cousin Mondigo n'a jamais été aussi gai que depuis qu'il sait que sa femme lui en a fait porter.

Le lendemain du mariage, il a été convenu que l'on irait reconduire Jérôme à Avon, et que l'on passerait quelques jours près de lui.

Une grande calèche, qui appartient à monsieur Cendrillon, a été rendre au point du jour les jeunes mariés et leur sœur, puis Jérôme, Frédéric et le père Savenay. Enfin c'est le capitaliste qui conduit lui-même sa voiture ; et toute cette société, qui a voulu partir de grand matin afin d'être plus tôt à Avon, traverse Paris au point du jour et va quitter la ligne des boulevards, lorsqu'à l'entrée de la rue Saint-Antoine, Frédéric crie à monsieur Cendrillon d'arrêter un instant, car il vient d'apercevoir une figure de connaissance.

C'est monsieur Richard qui rentrait chez lui au sortir d'une soirée dansante et qui vient d'être rossé par un homme qui, sans respect pour sa tenue de bal, le roule et le tient couché dans le ruisseau.

Près de là sont deux individus, témoins pacifiques de cette scène qui semble les amuser beaucoup.

— C'est ce misérable Richard ! s'écrie Frédéric.

A ce nom, qui lui rappelle l'homme qui a calomnié sa femme, Léopold veut descendre de la voiture pour le châtier, Jérôme veut en faire autant, mais Rose-Marie les retient en leur faisant observer qu'un autre s'est chargé de la venger, et cet autre c'est Désiré Glureau, l'homme au chapeau à plis qui, reconnaissant dans la calèche Rose-Marie et le père Savenay, s'approche d'eux en saluant, et leur dit, pendant que Richard s'esquive : — Bien le bonjour, mam'zelle... monsieur et la compagnie... J'étais en train d'inspecter mes balayeurs... et j'allais boire le vin blanc avec Féroce et Ratmort... les deux amis qui sont là-bas, quand j'ai aperçu ce vilain freluquet qui débusquait du coin de la rue !... Il y avait longtemps que j'avais envie de lui donner une rincée... d'abord pour m'avoir empêché de priser en chemin de fer, et ensuite parce que j'ai su qu'il avait osé calomnié mam'zelle. Je l'ai accosté en lui proposant un duel à la savate... mais c'est un capon, il a voulu filer... Oh ! alors, je lui ai donné sa paye... Je vous assure qu'il s'en souviendra longtemps. — Merci, mon brave, dit Léopold, merci doublement, car vous avez jadis protégé celle qui est aujourd'hui ma femme et vous venez de châtier celui qui l'avait calomniée. Veuillez accepter ma bourse afin de fêter aussi mon bonheur. — Ah ! mam'zelle Rose-Marie est votre femme ! répond la figure de cosaque... Eh bien ! tant mieux... à la bonne heure... v'là un joli couple, au moins... J'avais pas agi par intérêt... mais j'accepte pour vous obéir... Nous nocerons un peu avec Bichat et les amis ! Salut, mesdames, messieurs, et la compagnie.

La calèche roule de nouveau, emportant à Avon toutes ces personnes dont la physionomie respire la plus douce joie, et surtout Jérôme, qui se sent si content, si fier !... quoiqu'il n'ait jamais changé de nom.

Ses frères avaient-ils le droit de l'être autant que lui ?

CHIPOLATA.

INTRODUCTION.

Nous choisirons un jour de beau temps ; c'est plus agréable pour se promener, examiner, observer et flâner ; pour regarder dans les boutiques et s'arrêter devant les étalages de marchands, pour lorgner les modistes, les lingères quand elles sont jolies ; pour marcher doucement quand on se trouve par hasard faire route près d'une dame dont la tournure est élégante et gracieuse ; pour s'arrêter et causer avec un ami que l'on rencontre, et enfin pour sa chaussure que l'on voudrait ne pas abîmer.

Entrons dans Paris par la barrière que vous voudrez...

Qu'importe, pourvu que nous soyons dans la grande ville de bruit, de boue et de fumée ! comme a dit Jean-Jacques.

Mais la grande ville a bien changé d'aspect depuis que l'auteur d'Émile a écrit cela : les petites rues s'élargissent ; les vieilles maisons font place à des constructions régulières et de bon goût ; les fenêtres à petits carreaux et à guillotine disparaissent chaque jour et sont remplacées par de belles croisées qui permettent à la lumière de pénétrer dans les maisons. Les escaliers des constructions nouvelles sont presque tous clairs et faciles à monter ; on ne risque plus de se rompre le cou lorsqu'on va voir une connaissance qui loge au quatrième étage. Enfin, au lieu de ces allées avec leurs ignobles trappes donnant dans des caves, et que trop souvent on oubliait de fermer, ce qui devait nécessairement casser le nez à ceux qui avaient le malheur de se fourvoyer dedans, nous avons maintenant des portes cochères ou tout au moins de jolies portes bâtardes, à grille, à boutons de cuivre. Nos rues sont éclairées à l'huile ou au gaz, nos cafés resplendissants de lumières et de dorures.

Certainement tout cela n'est pas trop laid pour une ville de bruit, de boue et de fumée, et je ne vois pas en quoi on pourrait regretter le bon vieux temps dont tant de gens parlent avec amour, probablement parce qu'ils ne l'ont pas connu.

Nous pourrions entrer dans Paris par la barrière de l'Étoile, cette entrée est indubitablement la plus belle ; mais en arrivant par la barrière du Trône, on est sur-le-champ dans le faubourg Saint-Antoine, et par conséquent on a plus vite sous les yeux des tableaux populaires...

Entrons par la barrière du Trône.

I. — AVANT DINER.

Maintenant tout le monde à Paris dîne tard, et les marchands plus tard encore que les employés, les commis, les rentiers et les gens qui ne savent que faire de leur temps.

Avant le dîner, chacun s'occupe de ses affaires ;

Le marchand, de son commerce ;

Le négociant, de ses spéculations ;

L'ouvrier est à son travail ;

Le commis, à son bureau ;

Le notaire, à son étude ;

L'avocat, au Palais ou dans son cabinet, écoutant les malheureux plaideurs ;

L'homme d'affaires est en course ;

Le capitaliste cherche dans les nouvelles politiques à prévoir le cours de la rente ;

Les bonnes bourgeoises s'occupent de leur ménage et de leurs enfants ;

Les grandes dames, de leur toilette et de l'emploi de leur soirée ;

Les jeunes filles étudient leur piano ou leur dessin, ou quelque langue étrangère ;

Les poëtes cherchent à rendre une belle pensée dans un beau vers ;

Les auteurs se creusent la tête pour trouver quelque sujet nouveau ;

Les artistes pensent à la gloire qu'ils voudraient acquérir ;

Quelques-uns travaillent ou étudient pour la trouver ;

D'autres se contentent de l'attendre en flânant et en fumant, qui est toujours une occupation ;

Enfin, les étudiants suivent les cours de leurs professeurs ;

Et les grisettes se hâtent pour que leur ouvrage soit terminé de bonne heure.

Ainsi chacun ici-bas a son occupation, même les personnes qui ne font rien, car j'aime à croire que celles-là pensent, réfléchissent et méditent, en attendant mieux.

Tout ce monde que vous voyez aller et venir dans les rues est ordinairement plus pressé avant dîner qu'après : le faubourg Saint-Antoine est un quartier où l'on va plutôt pour affaires que pour se promener.

Remarquez que ces personnes qui vont et viennent devant vous, en flânent point devant les boutiques et marchent droit leur chemin ; excepté quelques dames, quelques femmes de campagne, ou quelques bonnes, qui s'arrêteront devant les magasins de nouveautés pour examiner les étoffes, les autres filent sans prendre garde aux passants et quelquefois même sans faire attention aux voitures.

La boutique de l'épicier n'est pas deux minutes sans voir entrer un acheteur ; par moments la foule s'y presse, et il faut tout le sang-froid du maître, toute l'habitude des garçons pour ne point commettre de bévues et satisfaire les nombreuses pratiques qui se disent toujours pressées.

De tous côtés s'élèvent des voix de femmes (car en général dans le grand nombre de personnes qui entreront chez un épicier, les femmes seront toujours en majorité) ; on n'entend que ces phrases modulées dans différents tons :

— Ah ! servez-moi donc bien vite, je vous en prie, je suis horriblement en retard aujourd'hui...

— Et moi donc ! mon dîner ne sera jamais prêt... mais aussi on traite chez nous... cinq personnes, rien que ça... une cuisine d'enfer !

— Il me semble que vos bourgeois ont souvent du monde à dîner ?

— Ah ! ne m'en parlez pas ! c'en est dégoûtant !... avec ça que madame est si difficile !... Il lui faut du beurre d'anchois sous les beefteaks ! un luxe... que ça fait suer...

— Est-ce que c'est bon, le beurre d'anchois ?

— Fi donc ! j'aime ben mieux l'échalotte ! mais c'est une idée qu'ils ont comme ça...

— Monsieur Toulard, donnez-moi donc deux sous de cornichons, j'ai des maux de cœur aujourd'hui, que je donnerais mon existence pour je ne sais quoi...

— Vous allez vous abîmer l'estomac avec des cornichons, ma voisine.

— Tant pis, ça me réveillera ; on m'avait conseillé la graine de moutarde, mais j'aime mieux en prendre un pot à la ravigotte.

— Ah ! mon petit jeune homme, dépêchons-nous, s'il vous plaît, mon fromage de Gruyère bien vite... j'ai laissé ma soupe et mes enfants sur le feu...

Trois marmots à soigner, de l'ouvrage par-dessus la tête, un mari paresseux, ivrogne, libertin, qui me laisse tout à faire, c'est gentil, hein !...

Ah ! Dieu ! si les femmes réfléchissaient avant de se marier !

Mais vous me direz, faut ben faire une fin, nous sommes tous mortels ! donnez-moi du vieux... et qui pleure.

— Chez nous c'est différent ! dit une jeune femme mise fort pauvrement, qui tient à la main un enfant de trois ans, et en porte un plus jeune sur le bras. Nous n'avons pas le sou, nous gagnons à peine de quoi nous nourrir, mais nous nous aimons bien... Aussi venez nous voir, et vous verrez le tableau du bonheur.

— Merci ! il doit être gentil son tableau ! murmure une grosse bonne faisant des yeux très-brillants au garçon épicier, qui la sert et lui donne ce qu'elle demande, en prononçant la formule ordinaire :

Et avec ça ?

Mais laissons l'épicier continuer son commerce en grondant ses garçons parce qu'ils ne servent pas assez vite, et sa femme parce qu'elle est cinq minutes pour rendre la monnaie de cent sous.

Entrons un peu plus loin dans une boutique de mercerie.

Là, nous voyons deux demoiselles de comptoir, se tenant bien droites, ayant l'air sérieux et les yeux baissés ; leur toilette est aussi modeste que leur tenue ; leurs cheveux sont relevés et lissés en bandeau, pas une mèche ne dépasse de l'autre. On croirait que tout cela est passé à la gomme.

Point de bijoux, de collier, mais une robe très-montante, un fichu croisé avec beaucoup de soin ; ceci vous annonce sur-le-champ que cette maison est tenue sur un pied sévère ; que les demoiselles de boutique ne doivent jamais jeter les yeux du côté de la rue, ni se permettre de rire, de causer entre elles, et encore moins s'arrêter sur le seuil de la porte pour sourire aux passants.

La mercière est une dame entre deux âges... (ce qui veut dire qu'elle est plutôt vieille que jeune) ; elle a été bien jadis, elle prétend l'être encore, elle croit probablement qu'elle le sera toujours.

Elle se met avec une extrême coquetterie, elle se permet les fleurs, les rubans, les bijoux, chose qu'elle défend expressément à ses demoiselles ; elle se permet aussi de faux cheveux, quoiqu'elle n'en convienne pas.

Il y a dans sa tournure un abandon, une désinvolture que l'on pourrait peut-être excuser, si elle avait l'âge de ses demoiselles de comptoir.

Cette dame se dit veuve, elle prétend avoir été fort malheureuse avec son premier mari, ce qui ne l'empêche pas de faire tout son possible pour en trouver un second.

Elle a jeté les yeux sur un ancien militaire qui est venu un jour dans la boutique acheter des aiguilles. Car les vieux guerriers n'ayant pas toujours le moyen d'avoir une domestique, ont assez ordinairement l'habitude de recoudre eux-mêmes les boutons de leur habit, et s'en acquittent souvent mieux que nos tailleurs.

La mercière commença la connaissance en proposant au guerrier de lui recoudre elle-même le bouton qui faisait défaut.

L'ancien militaire fut sensible à cette politesse, on lui lança des œillades auxquelles on ne répondit pas du tout ; mais on remarqua aussi qu'il ne faisait aucune attention aux deux jeunes filles assises dans le comptoir en face, on lui en sut un gré infini, et on l'invita à ne point se gêner lorsqu'un des boutons de son habit viendrait à s'échapper.

Et remarquez bien qu'il ne fut question que des boutons de l'habit, et que la politesse n'alla pas plus loin.

Le guerrier revint au bout de quelques semaines, puis au bout de quelques jours, puis très-souvent.

Les deux demoiselles de boutique se dirent tout bas, que probablement la mercière cousait les boutons de manière à ce qu'ils ne tinssent pas longtemps.

Et la connaissance était faite, la veuve espérait que le vétéran se déclarerait bientôt ; mais en attendant, son humeur changeait suivant les espérances de son amour ; et lorsque le guerrier était plusieurs jours sans venir chez la mercière, celle-ci devenait grondeuse, querelleuse, et augmentait de sévérité avec ses demoiselles de boutique.

Si l'une d'elles fredonnait par hasard entre ses dents le dernier vers d'une vieille romance, la mercière s'écriait :

— Qu'est-ce que c'est, mademoiselle Ernestine ?.... Vous chantez, je crois !

— Moi, non, madame.

— Vous avez chanté.

— Oh ! je n'en ai pourtant pas envie !

Ce serait joli si on se permettait de chanter dans mon magasin ! que penseraient de ma maison les personnes qui m'honorent de leur confiance ?

— Mais madame sait bien que nous n'avons pas l'habitude...

— Je sais que si je n'y faisais pas attention, vous prendriez de singulières manières, mesdemoiselles.

L'autre soir j'ai entendu mademoiselle Honorine, en allant chez la crémière en face, elle a chanté tout haut dans la rue : Cinq sous ! cinq sous ! on aurait juré un orgue de Barbarie ! C'était tout aussi faux !

— Ah ! madame, je ne chantais pas, je comptais mon argent... vous m'aviez donné cinq sous pour acheter de la crème, je regardais si je les avais dans ma main, et voilà pourquoi je répétais cinq sous, cinq sous de crème !

— Mademoiselle, vous n'aviez pas besoin de demander de la crème sur l'air de la Grâce de Dieu !...

Ce serait joli ! que penseriez-vous d'une dame qui me demanderait une paire de gants sur l'air de la Famille de l'apothicaire, ou un écheveau de fil sur le vaudeville du Baiser au porteur ?

— Dame ! ce serait peut-être plus gai.

— Allons, c'est bien, en voilà assez, taisez-vous ; la première que j'entends chanter, je la mets au pain sec pour huit jours.

— Est-elle méchante ! disent tout bas les deux jeunes filles.

— On voit bien que son invalide n'est pas venu ici depuis plusieurs jours.

— Oh ! si on osait lui dire son fait !

Mais il entre du monde dans la boutique. Les demoiselles redeviennent silencieuses et modestes, la mercière prend un air aimable et riant pour charmer les pratiques, et on ouvre tous les cartons pour trouver des gants à une dame qui, après en avoir examiné quarante paires qu'elle ne peut pas mettre, finit pas s'en aller en disant qu'il n'y en a pas d'assez petits pour sa main.

Un ouvrier menuisier passe dans la rue, tenant des outils sous son bras ; un homme en blouse, sa casquette de loutre, posée un peu sur l'oreille, en tapageur, arrête l'ouvrier en se mettant devant lui :

— Où que tu vas comme ça, Pierre.

— Tiens, te voilà, toi, Gravouillet... tu ne travailles donc pas, tu fais donc le jeudi, toi ?

Merci ! en voilà un de bambocheur.

— Il n'est pas question si je fais le jeudi et même le vendredi, et je veux me reposer toute la semaine et ne rien faire le dimanche, en ce que ça te regarde ?

— Oh ! du tout, fais comme tu voudras...

Mais moi je vas à ma besogne, j'ai de l'ouvrage pressé chez un bourgeois, adieu.

— Minute ! puisque je te tiens entre quatre-z'yeux, faut que j'aie avec toi une explication solide et subséquente.

— Je n'ai pas le temps, tu me diras ça tantôt au cabaret du coin, là-bas ; je te dis pour le quart d'heure je suis pressé.

L'homme à la blouse se place devant le menuisier, lui barre le passage, met sa casquette de loutre encore plus sur le côté, au risque de la voir abandonner sa tête, et fronçant ses épais sourcils, s'écrie d'un air presque féroce :

— Et si tu es pressé, pourquoi donc que tu vas tous les jours passer des heures entières dans la boutique de la fruitière, ma'me Cornouillot dont tu sais bien que je fais la cour à sa fille pour le bon motif : pourquoi que tu vas là tenir des propos velimeux sur mon compte, dire que je suis un *feignant*, un mange-tout, et une foule de choses méprisantes ?

L'ouvrier devient rouge jusqu'au bout du nez ; cependant il roule de gros yeux et fait infiniment de gestes, en répondant à son camarade.

— Ah ! ben par exemple !... En voilà des propos !...

Si je tenais les ceux ou les celles qui disent de pareilles choses sur mon compte, je les traiterais comme des pas grand'chose qu'il sont !... Moi, bavarder sur un ami... Jamais ! Fi donc... J'en suis incapable ..

— Tu n'as pas été hier chez la mère Cornouillot ?

— J'y ai été, c'est possible, je ne nie pas y avoir été, mais c'était pour acheter des pommes pour mon déjeuner... On est venu à jaser de oi... c'est encore possible...

On a voulu me tirer les vers du nez à ton intention... parce qu'on sait que je te fréquente ; moi, j'ai répondu, c'est ceci... c'est ça... et puis voilà... Rien de plus, parole d'honneur...

— Et qu'est-ce que tu entends avec tes : ceci, c'est ça... des calomnies, des cancans ?

— Mais, pas du tout, Gravouillet, on m'a noirci à tes yeux... je ne suis pas capable de parler mal d'un ami... quand même !...

— Un ami !... un ami !... c'est bientôt dit !...

Enfin, j'éclaircirai ça, et si tu m'as méprisé auprès de ma bonne amie et de sa famille... suffit, je ne te dis que ça !...

L'homme en blouse s'éloigne alors, après avoir fait un geste menaçant, et l'ouvrier menuisier continue sa route au pas accéléré, en parlant tout seul comme s'il continuait de se justifier près de Gravouillet.

Nous arrivons sur les boulevards ; là, tout prend un aspect plus riant ; là, on se promène tout en allant à ses affaires...

Les boulevards du Marais ne reçoivent point une société aussi élégante, aussi fashionable que ceux qui tiennent à la Chaussée-d'Antin.

Les habitués du *Jockey-Clubs* et du *Cercle* viennent bien rarement montrer la coupe élégante de leur habit, ou le nouvel attelage de leur tilbury aux paisibles habitants de la rue du Pont-aux-Choux ; cependant le boulevard Beaumarchais a aussi ses petits-maîtres et ses grandes coquettes.

Chaque quartier a ses plaisirs, son esprit et ses mœurs.

Avant le dîner, cette partie de la capitale est surtout fréquentée par les bonnes qui promènent les enfants, et les tourlourous qui cultivent les bonnes ; par de vieux habitants du Marais, auxquels le médecin a ordonné de prendre l'air pour se donner de l'appétit, et qui varient leurs plaisirs en allant tantôt sur la Place-Royale et tantôt jusqu'à la place de la Colonne de Juillet.

Ce sont encore des dames qui vont en visite, des messieurs qui ne flânent point en marchant, des grisettes qui ne s'amusent point à regarder si on les suit, et des omnibus qui s'éloignent avec fierté, parce qu'ils sont complets.

Cependant dans cette contre-allée presque solitaire, j'aperçois une jeune dame gentille, et mise avec assez de goût, qui se promène depuis longtemps dans une espace de trente pieds carrés allant à droite, puis à gauche, laissant parfois échapper un petit mouvement d'impatience, et se détournant bien vite lorsqu'en passant près d'elle quelqu'un cherche à examiner ses traits.

Cette dame a bien l'air d'être à un rendez-vous.

Pensez-vous qu'elle attende son mari, son frère, sa mère ou sa sœur ?

Non n'est-ce pas ? elle semble attendre quelqu'un d'autre... et elle éprouve la crainte d'être aperçue par des personnes de sa connaissance, c'est pourquoi elle a mis un chapeau qui avance beaucoup sur ses yeux,

un voile qui retombe sur ce chapeau, et malgré tout cela elle se retourne quand il passe du monde près d'elle.

Enfin, un monsieur arrive ; il marche droit à cette dame, qui cette fois ne détourne pas sa tête.

Le jeune homme..... (car c'est un jeune homme qu'on attendait) semble tout essoufflé, il a couru ou au moins marché très-vite, il présente son bras à la dame gentille, mais celle-ci ne le prend pas, et le dialogue suivant s'établit entre eux :

— Il y plus d'une heure que je vous attends... C'est affreux... Je ne savais plus que faire !... De quoi avais-je l'air ?.. Se promener une heure sur le même boulevard !...

Il faut aimer bien peu une femme pour la laisser exposée à tous les désagréments d'une telle situation.

— Ah ! c'est comme cela que vous me recevez ! quand pour arriver plus vite je cours à me donner un point de côté !... ou a gagner une fluxion de poitrine.

— Vraiment, vous avez couru... Pourquoi n'avez-vous pas pris un omnibus ?

— Ah ! oui... avec toutes les correspondances ! de la rue du Bac ici, je crois qu'on change trois fois de voiture... je serais arrivé bien plus tard.

— Vous aurez été voir quelqu'un qui vous aura retenu... Voilà le fait.

— Vous êtes donc toujours injuste, jalouse !.. C'était bien la peine que je quittasse des amis qui voulaient m'emmener dîner avec eux... Il y en a un qui a reçu de son pays une dinde truffée.

— Il paraît que vous regrettez beaucoup cette partie, et qu'une dinde truffée vous plaît mieux que moi.

— Je n'ai pas dit cela.

— Mais vous le pensez.

— Vous voyez bien que non, puisque je suis venu.

— Mais vous regrettez cette dinde truffée.

— Ah ! que vous êtes insupportable !

— Allez, monsieur, je ne vous retiens pas, allez rejoindre vos bons amis.

— Ah ! c'est comme cela que vous le prenez, eh bien ! j'y vais.

— Adieu, madame.

— Bonjour, monsieur.

Et le jeune homme, rebroussant chemin, s'en retourne par où il est venu et aussi vite qu'il est venu.

La dame fait aussi quelques pas du côté opposé ; mais, après avoir marché quelques instants, elle fait comme si son pied avait tourné, et s'arrête, détourne un peu la tête ; puis s'apercevant que le jeune homme est bien réellement parti, pousse une exclamation de désespoir ou de colère, hésite un moment pour savoir si elle courra après le jeune homme, et se décide enfin à continuer son chemin de son côté ; quant au monsieur, il s'est éloigné sans se retourner une seule fois...

Ce qui ferait présumer qu'il est expressément amoureux de la dinde truffée.

Allons toujours.

Nous approchons des quartiers populeux.

La porte Saint-Martin, la porte Saint-Denis se dessinent dans l'espace.

Les piétons deviennent plus nombreux ; les voitures, les charrettes, les haquets, les cabriolets se croisent avec une rapidité quelquefois effrayante.

Quel mouvement continuel ! n'importe de quel côté vous portiez les yeux.

Quel bruit incessant retentit à vos oreilles !

Bruit de voitures, de chevaux, de marchands, de chalands, de chanteurs ambulants, de passants, d'enfants, de chiens, d'orgues, de vielles, de gens qui se disputent, qui s'appellent, qui toussent, qui crachent, qui frappent le bitume de leurs cannes ou de leurs parapluies.

Mais vous êtes dans le cœur de la grande ville, et ce moment est celui où la plupart de ses habitants sont en mouvement pour leurs affaires, leur commerce, leurs intérêts, ou leur plaisir.

Il y a une foule de passions qui font mouvoir, agir, aller, venir et parler toutes ces marionnettes que nous appelons des hommes ; mais il y a un organe plus impérieux, plus puissant que tous les autres, qui soumet le genre humain à ses lois : Quand l'estomac se fera sentir, quand il parlera avec force, vous verrez toutes ces marionnettes quitter leur travail, leurs affaires, leurs plaisirs même, pour ne songer qu'à le contenter.

Si vous êtes Parisien, ce bourdonnement continuel, ce monde, ces voitures, ces embarras à chaque coin de rue, ne sauraient vous effrayer : vous y êtes tellement habitué, que vous poursuivez votre chemin à travers tout cela, sans vous coudoyer contre personne, et choisissant encore les pavés pour ne pas mouiller vos pieds.

Si vous êtes campagnard ou habitant d'une petite ville, vous serez dans les rues de Paris, comme un homme qui n'a pas déjeuné sobrement, ou plutôt encore comme quelqu'un que l'on fait valser et qui n'en a pas l'habitude ; la tête vous tournera, le bruit vous étourdira, la quantité de monde qui va et vient sans cesse vous donnera des éblouissements ; enfin les voitures vous effrayeront, vous vous jetterez dans les passants, vous renverserez les petites boutiques ambulantes,

vous marcherez sur les pieds des dames, vous écraserez les pattes des chiens, et bien heureux encore si vous arrive; à votre destination sans autres mésaventures.

Et que serait-ce donc si, toujours avant diner, vous traversiez la Halle, cherchant avec peine votre chemin au milieu de ces provisions de tous genres, de toutes espèces qui affluent vers la capitale pour approvisionner les habitants et satisfaire ce tyran dont je vous parlais tout à l'heure : l'estomac.

Il vous faudrait entendre les femmes de la Halle épuisant tout le vocabulaire poissard avec les acheteurs qui se permettent de déprécier leurs marchandises ; puis les servantes soutenant la dispute, les maîtresses grondant leurs domestiques, et les inspecteurs criant plus fort pour rétablir la paix ! Vous vous diriez avec *Virgile* :

*Fuge littus avarum, fuge
crudeles terras !...*

Et vous auriez raison.

Mais si vous vous dirigez vers la cité, vous y trouverez les rues du vieux Paris. c'est-à-dire, des rues étroites, sombres,

leur adversaire, en venir quelquefois à des sorties virulentes, vous croyez qu'au sortir de l'audience ces deux messieurs vont aller se battre... Nullement, ils dineront peut-être ensemble, seront très-bons amis ; il est même possible qu'ils se tutoient.

On ne dispute pas qu'au Palais et à la Halle. Entrez dans un café : avant diner ils ont peu de monde.

Quelques flâneurs, de vieux habitués, des amateurs intrépides de domino, qui, après avoir achevé leur toilette, courent dès le matin au café qu'ils affectionnent ; ils arrivent quelquefois avant les journaux, et presque toujours avant que les garçons aient mis tout en ordre ; ils jettent un coup d'œil inquiet autour d'eux, passent toutes les tables, toutes les salles du café en revue.

Vous croyez peut-être qu'ils cherchent les journaux, qu'ils sont impatients de lire les nouvelles politiques, de savoir le cours de la rente, ou des détails sur la première représentation qui a eu lieu la veille à l'Opéra. Non, ce n'est pas cela qui les occupe.

Ils prennent un journal quand ils ne peuvent rien faire de mieux, ils jettent les yeux dessus sans le lire, ou le lisent sans le comprendre, mais à chaque instant leurs regards se tournent vers la porte d'entrée.

Enfin, un autre flâneur arrive ; alors leur physionomie s'anime, une certaine joie moqueuse se peint dans tous leurs traits, il semble qu'ils se soient dit :

— Voilà mon homme, ou voilà une victime.

Et en effet, ils courent à l'individu qui vient d'entrer, en lui criant de loin :

— Une partie liée en cent cinquante... J'ai une demi-heure à moi, pas plus... ça vous va-t-il ?...

Le nouveau venu hésite ; il voudrait avoir au moins le temps de regarder la lithographie

Voici une bonne qui se promène avec un tourlourou dont elle écoute les propos séducteurs. — Page 106.

boueuses ; à chaque pas des embarras, et sauf quelques grisettes gentilles qui se faufilent dans des maisons noires habitées par des étudiants, vous n'apercevrez rien qui puisse agréablement distraire vos yeux.

Voulez-vous entrer au Palais ?

Vous entendrez plaider, car on plaide toujours, on plaide sans cesse, plus les hommes sont civilisés et plus ils se disputent, c'est fort triste, mais c'est comme cela. Dans les anciens temps, les différends se vidaient à coups de poings ou par le jugement de Dieu. c'était beaucoup moins long qu'avec des avocats.

Si vous écoutez plaider, vous êtes tout surpris que les hommes chargés d'éclairer les juges se laissent emporter par la passion, la colère, l'indignation.

Quand vous entendez deux avocats s'adresser mutuellement des mots piquants, chercher à prouver la fausseté de ce que vient de dire

du *Charivari* et de chercher à deviner le calembour du *Corsaire*.

Mais le joueur de domino ne lui en laisse pas la faculté, il le pousse contre une table, le fait asseoir, tout cela avec la même promptitude que le cocher de *coucou* qui vient de trouver un *lapin*. Il demande un domino, mêle les dés et dit d'une voix caressante :

— Nous jouons la petite pièce de vingt sous... c'est seulement pour nous amuser. C'est à moi la pose.

Et tout cela sans que son adversaire ait eu le loisir de se reconnaitre

Enfin, celui-ci se décide à jouer au domino, tout en disant :

— Rien qu'une demi-heure, par exemple !...

— Oh ! pas davantage... il est neuf heures, j'ai un rendez-vous avant dix.

— Et moi, j'ai promis à ma femme de rentrer déjeuner ; elle a acheté des œufs frais pour me régaler, à la coque.

Et ces messieurs se mettent à jouer à neuf heures du matin, et à cinq heures du soir ils sont encore à la même table qu'ils n'ont pas quittée, toujours en répétant : encore une demi-heure seulement.

Et celui qui gagne a des yeux gros comme des boules de loto, tant il met d'action à son jeu, tandis que celui qui perd a la figure piteuse et murmure de temps à autre :

— Ah! mon Dieu! et ma femme qui m'attend avec des œufs à la coque!... et je boude encore!...

— Allez donc, vous mangerez vos œufs en salade... du cinq.

— Je n'en ai pas...

— Du six.

— Je boude.

— Domino.

— Ah! j'aurais bien mieux fait de les manger à la coque.

Vers le milieu de la journée, les cafés reçoivent les auteurs, les artistes, les nouvellistes, les journalistes ; on cause de la pièce de la veille, du début d'une actrice, de la paix, de la guerre, des chemins de fer ou de n'importe quoi.

Un jeune homme bien joliment cravaté, qui porte des bottes bien vernies et tient une canne de prix, se montre très-passionné pour une danseuse qui a débuté la veille ; il s'écrie avec enthousiasme :

— Quel talent! quelle vigueur, quelle souplesse et quelle grâce!...

— Elle ne m'a pas fait plaisir, dit froidement un monsieur qui est en train de verser de l'eau dans de l'absinthe, et fait bien attention pour que l'eau qu'il verse de très-haut tombe par petite quantité et à portion égale, ce qui doit lui faire obtenir une boisson opale d'un effet merveilleux pour stimuler l'appétit.

Vous auriez peut-être cru qu'en versant tout simplement votre petit verre d'absinthe dans un verre d'eau et remuant ensuite, on devrait obtenir absolument le même résultat; vous êtes dans une profonde erreur; vous ne boirez rien de bon si vous ne mettez pas cinq minutes pour faire tomber l'eau dans l'absinthe.

Je suis bien aise de vous prévenir de cela, afin que vous demandiez autre chose quand vous serez pressé.

Cependant, le jeune homme parfaitement cravaté s'est approché de ce monsieur qui fait de l'opale et lui répond :

— Comment, mon cher G..., vous dites qu'elle ne vous a pas fait plaisir... Allons donc... ce n'est pas possible... un moelleux, un vaporeux ravissant dans les poses, dans les pas...

— C'est trop moelleux... c'est mou, cela n'a pas de vigueur.

— Pas de vigueur!... Et elle reste deux minutes sur ses orteils sans se fatiguer... et vous ne trouvez pas cela ravissant.

— Ma foi, non!... j'aime mieux autre chose!

— Allons donc! vous aviez apparemment mal dîné hier... vous aviez mangé quelque chose qui vous faisait mal! Et voilà pourquoi vous trouviez mauvais ce qui est admirable.

— J'avais très-bien dîné hier, comme à mon ordinaire... Je vous dis que votre danseuse n'a pas de talent.

— Et moi, je vous répète qu'elle est adorable.

— Mon cher, vous divaguez.

— Ce n'est pas en étant malhonnête que vous prouverez que vous avez raison.

— C'est vous qui êtes un entêté.

— Ah! ne le prenez pas si haut, ou je vous ferai changer de ton!

La discussion s'échauffe, ces messieurs s'animent, les ronds de jambe de la danseuse seront peut-être la cause d'une rixe sanglante.

Des sujets plus légers encore ont souvent amené de fâcheux résultats.

Heureusement un nouveau personnage, qui vient d'entrer au café, court s'interposer entre ces messieurs ; celui-ci trouve moyen de tourner toutes les querelles en plaisanteries, et, grâce à quelques calembours qu'il improvise, bientôt ce n'est plus de la danseuse qu'il est question.

Si dans le courant de la journée vous voulez entrer dans un magasin de nouveautés, c'est l'heure de la vente, et les commis, en vous déployant les étoffes, emploieront toute leur éloquence pour vous prouver que vous ne trouverez rien de mieux ailleurs.

Vous aurez beau dire :

— Mais ce n'est pas cela que je veux!

— Vous avez bien tort, madame ; croyez-moi, prenez cela, vous en serez très-satisfaite, vous nous en ferez compliment, c'est extrêmement avantageux.

Et le chef de l'établissement se promène dans son magasin, surveillant ses commis, ayant l'œil à tout, stimulant le zèle de ses jeunes gens qui ne peuvent pas alors causer entre eux, et se communiquer leurs réflexions sur les dames qui viennent visiter le magasin.

Avant le dîner, les affaires, le commerce, l'argent qu'il faut songer à gagner, voilà la règle de conduite presque générale ; voilà pourquoi aussi on travaille dans les bureaux de ce banquier, dans les études d'avoués, de notaires, dans les ateliers, dans les boutiques, dans les échoppes, et quelquefois même en plein vent.

Les salons, séjour des jeux, des danses, des plaisirs, sont tous froids, tristes, silencieux avant le dîner.

Cet homme d'affaires traverse avec précipitation son appartement, poursuivi par sa femme, qui lui demande un cachemire dont elle a grande envie depuis longtemps. Mais le mari trouve que cela coûte trop cher; il répond sans cesse :

— Plus tard, ma bonne amie, nous verrons cela... j'ai une opération en train... si elle réussit, tu auras ton cachemire.

— Eh! monsieur, vous me répétez toujours cela! vous êtes avec moi d'une économie... je pourrais même dire d'une avarice révoltante, et puis vous aurez tous les jours huit, dix personnes à dîner! il vaudrait mieux m'acheter un cachemire.

— Ma chère amie, je sais ce que je fais, tu n'entends rien aux affaires.

Et les commis de bureau, ces vertueux et ponctuels employés, partant à heure fixe, servant d'horloge dans toutes les rues où ils passent, croyez-vous qu'ils soient bien heureux avant le dîner?

Assis devant leur bureau, taillant leur plume, ou se chauffant contre le poêle, et ne pouvant point disposer à leur gré de leur temps et de leur esprit... quand ils en ont. Mais si vous les voyiez le soir, oh! vous ne les reconnaîtriez pas, ce ne sont plus les mêmes hommes!

Et dans les théâtres!... ah! c'est là surtout que vous trouveriez du changement.

N'allez pas sur un théâtre avant le dîner, car vous perderiez toutes vos illusions. Vous verriez une salle sombre, où vos yeux auraient de la peine à distinguer les objets.

Sur la scène, où il fait plus sombre encore, au lieu de ces décorations brillantes qui vous transportent en Italie, en Suisse, dans l'intérieur d'un magnifique palais, vous verriez des portants en bois, des coulisses, qui, vues de près, semblent sales et grossièrement pelotés, des affiches collées derrière, et des montagnes en planches, dites *praticables*, sur lesquelles il n'est pas toujours prudent de s'aventurer.

Vous verriez sur la scène, au lieu de troubadours et de chevaliers, des messieurs en redingotes, en paletots, le chapeau sur la tête, qui causent entre eux, et disent des plaisanteries en attendant leur réplique ; les dames, que vous avez vues la veille, peut-être *rosière* ou *vestale*, et qui ne sont plus rien de tout cela, enveloppées dans de riches manteaux, les mains dans leurs manchons, et riant des bons mots de ces messieurs.

Voilà un faible aperçu de ce que vous verriez le matin dans les théâtres.

Je pourrais encore vous faire entrer où tant de gens jouent leur fortune, où d'autres, plus adroits, jouent celle qu'ils n'ont pas ; recevant les bénéfices quand il y en a, ne payant point quand il y a perte, manière ingénieuse de s'enrichir et de jouer à coup sûr.

Je pourrais vous promener dans la Chaussée-d'Antin, quartier des banquiers, des agents de change, des lorettes, et des rats de l'Opéra ; dans le faubourg Saint-Germain, où sont les vieux hôtels et les brillants équipages ; dans le Palais-Royal, ce séjour enchanté dont on parle dans les quatre parties du monde, parce qu'il n'a pas son pareil dans l'univers.

Mais avant dîner, le Palais-Royal ne paraît pas digne de tous les éloges que l'on a faits de lui. Pour briller, toutes ces boutiques ont besoin d'être éclairées; dans le jour, elles ne reçoivent du ciel qu'une clarté douteuse qui souvent ne pénètre pas jusqu'au fond des magasins.

Alors les galeries sont peu fréquentées, les traiteurs et les cafés sont presque déserts ; vous voyez peu de personnes arrêtées devant les étalages, les montres des boutiques ; enfin les modistes mêmes travaillent sans lever les yeux.

L'heure du dîner doit approcher; contentons-nous de pénétrer encore dans le magnifique salon d'un riche capitaliste, où déjà se réunit une société nombreuse que l'amphitryon traite ce jour-là.

Voici de jolies femmes, de superbes toilettes, c'est à qui de ces dames l'emportera pour le luxe des étoffes et la richesse des bijoux ; les hommes, dont le costume est à peu près uniforme, veulent cependant se faire remarquer ; les uns ne manquent pas de dire quelque chose de leur fortune, de l'emploi brillant qu'ils occupent; les mots : mon château, ma terre, mon influence, mon crédit, sont adroitement jetés dans la conversation.

D'autres, moins favorisés par le sort, se flattent de l'emporter par le mérite, par l'esprit, et ils se tourment beaucoup l'imagination pour en montrer, tandis que ceux qui en ont réellement, ne se donnent pas souvent la peine de déballer leur marchandise.

Avant le dîner, il règne dans cette réunion un ton froid, cérémonieux et presque sévère.

Les dames s'examinent, passent en revue toutes les parties de la toilette de chacune d'elles ; si elles échangent quelques mots, c'est avec une politesse si prétentieuse, si affectée, que cela pourrait passer pour de la diplomatie, et l'on sait d'ailleurs comment doivent se traduire ces compliments, ces politesses banales que l'on s'adresse dans le monde.

Ainsi, lorsqu'une dame dit à une autre.

Mon Dieu, ma dame, comme vous avez un chapeau délicieux, et qui vous coiffe à ravir !

Cela se traduit par :

— Vous êtes laide à faire peur, et vous mettez un chapeau qui laisse voir votre figure au lieu de la cacher !... Vous êtes parfaitement ridicule comme cela !...

Ou bien :

— Comment, madame! vous avez été malade, à ce qu'on m'a dit !... Mais en vérité, il n'y paraît pas du tout !... Vous êtes fraîche et rose ! vous avez des couleurs charmantes!

Traduction :

— Vous êtes horriblement changée ! vous me semblez vieillie de dix ans au moins ; quant à vos couleurs, ma chère dame, on sait à quoi s'en tenir sur leur naturel... Vous en mettez trop même, cela saute aux yeux.

Ou bien encore :

— J'ai appris, madame, le malheur qui vous est arrivé... La perte de monsieur votre oncle... Cela m'a vivement affectée... Un homme si aimable et qui avait tant de mérite ! Je vous prie de croire que j'ai bien pris part à vos chagrins.

Traduction :

— Cela m'est parfaitement égal que votre oncle soit mort ou non, et à vous aussi peut-être, car c'était un vieil imbécile qui bougonnait toujours, et crachait sans cesse sur les tapis ; il était tout à fait insupportable en société.

Voilà quelques-unes des traductions en usage.

Nous pourrions vous traduire une conversation tout entière, car entre gens du monde, qui se voient et ne s'aiment pas, dans une conversation entière, il n'y a souvent pas un mot de vrai ; mais nous nous en tiendrons là pour cette fois.

Chez les hommes, on rencontre ordinairement plus de vérité; mais aussi il y a moins de délicatesse dans la tournure de la phrase, excepté chez quelques-uns, qui font de la conversation de société une étude toute particulière.

Dans un salon où se trouvent réunis des personnages qui souvent se connaissent peu, il y a rarement des conversations particulières, et dans les conversations générales c'est presque toujours l'éternelle politique qui sert de sujet, et l'entretien ne tarde pas à s'animer, parce que dans la réunion la moins nombreuse, vous ne verrez jamais tous les hommes avoir la même opinion et chacun veut que la sienne soit la bonne.

Ici, nous trouvons un vieux marquis blâmant tout ce que l'on fait maintenant, et regrettant tout ce qu'on faisait autrefois.

Puis, un ancien militaire qui a fait les guerres de Napoléon, et qui ne trouve à louer que ce qui s'est fait sous l'empire ; qui ne comprend pas que l'on parle d'une autre époque que l'empire.

Puis un ex-préfet qui est devenu ennemi acharné du gouvernement depuis qu'on lui a ôté sa préfecture.

Puis, un avocat qui n'aime que la république, vante les vertus de ce bon monsieur de Robespierre, assure que la France était parfaitement heureuse sous la terreur, ne parle que de libertés, ne demande que des libertés et s'emporte, se met en fureur, voudrait écraser tous ceux qui ne sont pas de son avis, toujours par suite de son ardent amour pour la liberté. Sentiment qui, chez la plupart de nos plus fougueux réformateurs, peut se traduire par ces mots :

— Je veux que le monde ait la liberté de faire tout ce que je voudrai.

Puis, un industriel qui approuve tout ce qui s'est passé sous toutes les époques, et fait l'éloge de tous les ministres !... En voilà un qui enfonce le docteur Pangloss !

Puis un artiste qui prétend que nous devrions nous habiller comme au temps de François 1er; qui ne comprend pas les hommes sans barbe et les femmes sans fraise ; qui adore la liberté, mais qui aurait voulu vivre sous Louis XIV.

Et chacun de ces messieurs soutient son opinion avec feu, avec ténacité; personne ne veut céder un pouce de terrain à l'autre. En écoutant cette discussion qui devient à chaque instant plus vive, vous vous dites :

— Voilà des hommes que l'on a eu bien tort de réunir dans ce salon, ils ne s'entendent pas du tout, et ils finiront certainement par se quereller.

Et si vous jetez les yeux du côté des dames, où quelques jeunes gens, qui s'occupent d'autre chose que de politique, sont allés rôder en caressant leurs moustaches, en jetant un coup d'œil sur leur toilette, vous dites encore :

— Voilà des séducteurs qui perdront leur temps près des dames, car pas une ne fait attention à eux.

— C'est en vain que ce beau blondin, avec ses cheveux si artistement frisés, est venu se placer derrière la chaise d'une charmante petite femme, dont le corps aérien se perd sous les plumes, la gaze et les dentelles; celle-ci ne fait aucune attention à lui, elle ne se retourne pas une seule fois, quoiqu'une glace placée en face ait dû lui faire apercevoir ce monsieur qui se tient debout derrière elle.

— Et cette grande dame, vêtue de noir et couverte de diamants, avec quel air sévère, avec quelle retenue, elle répond à un joli garçon à moustaches, qui semble lui-même ne lui parler qu'avec le plus profond respect ! Décidément, la médisance ne trouverait point à s'exercer de ce côté.

Voilà ce que vous pourriez dire en ce moment.

Mais tout à coup, un domestique paraît à l'entrée du salon et prononce ces mots, attendus souvent avec impatience par une partie de la société :

— Monsieur est servi.

II. — APRÈS DINER.

C'est qu'en effet, l'heure du dîner est arrivée, même chez les personnes qui se mettent tard à table ; c'est que la nuit a succédé au jour, et que depuis longtemps des hommes armés d'un grand bâton, au bout duquel brille une toute petite lumière, ont passé en courant dans tous les quartiers éclairés au gaz, et au moyen de leur bâton, introduisent la lumière dans la lanterne dont la flamme s'élance d'abord avec un éclat qui vous éblouit.

Alors, tout a pris un autre aspect dans cette ville que vous avez parcourue il y a quelques heures.

Magasins, boutiques, cafés, théâtres, rues, traiteurs, salons, tout s'anime, tout semble prendre une vie nouvelle. C'est que les hommes brillent plus à la lumière qu'ils ont inventée qu'à celle qu'ils reçoivent du ciel; parce que l'une a un éclat souvent trompeur, et nous ne sommes pas tous assez beaux pour être vus au grand jour.

Maintenant, promenez-vous sur cette longue file de boulevards éclairés au gaz, et dans les rues élégantes, vivantes, populeuses, vous ne ferez point dix pas sans que la vive lumière d'une boutique, d'un magasin, d'un café, se projette sur votre visage.

N'êtes-vous pas séduit par les dorures, les peintures, les ornements de ce restaurant ? par les immenses variétés de châles, d'étoffes drapées avec art, avec grâce dans les magasins de nouveautés ? par ces colliers, ces chaînes, ces épingles, étalés dans les montres de ce bijoutier? par les bonnets, les chapeaux d'un si bon goût, puis encore par les jolis minois que vous voyez dans la boutique.

Car maintenant que tout est resplendissant de lumière, vous apercevez parfaitement ces demoiselles qui n'ont plus les yeux fixés sur leur ouvrage, comme dans la journée, et se permettent de regarder souvent du côté des carreaux, puis échangent entre elles des sourires significatifs, lorsqu'un beau monsieur est arrêté devant les vitres du magasin.

Vous pouvez maintenant parcourir Paris sans être coudoyé, bousculé, poussé par les passants. Après le dîner, on ne court plus à ses affaires; on est moins pressé, on se donne le temps, on marche à son aise, on s'arrête souvent devant les boutiques, enfin on flâne davantage. Les voitures mêmes sont plus rares, et si vous avez encore à vous garer des équipages, des omnibus et des fiacres, du moins vous ne rencontrez plus de charrettes, de porteurs d'eau, de camions, de tombereaux.

Vous voyez bien par-ci-par-là quelques femmes qui marchent très-vite, qui pressent le pas parce qu'elles sont seules; quelques grisettes qui font semblant d'avoir peur quand un monsieur les suit; mais ce sont là des exceptions, des ombres qui font ressortir la lumière d'un tableau.

Les yeux ne sont pas seuls flattés du changement qui vient de s'opérer dans Paris; après avoir admiré les galeries du Palais-Royal, qui, le soir, est vraiment devenu un séjour enchanté; après avoir parcouru rapidement cette suite de boulevards éclairés au gaz, promenade charmante et qui n'a pas sa pareille dans l'univers, retournons près des personnes que nous avons observées avant dîner, et voyons quel changement cet acte si commun, si simple, si habituel, mais si indispensable dans la vie humaine, vient d'apporter dans leur humeur et quelquefois dans leur situation.

Jetons d'abord un coup d'œil dans la boutique de cet épicier, où il y avait foule ce matin.

Maintenant les chalands ne se poussent plus devant les comptoirs; il vient encore des pratiques, mais en moins grand nombre, et elles se sont plus pressées comme dans la journée. Bien loin de là, elles causent volontiers avec l'épicier et ses garçons. Ceux-ci peuvent faire quelques agaceries aux bonnes du quartier, tout en leur pesant du sucre ou du poivre.

Le garçon épicier est éminemment séducteur, sans que cela paraisse. D'ailleurs son patron lui donne l'exemple. Quel enjôleur! quel roué! quel farceur, que cet épicier! Il a le petit mot pour rire, toujours prêt à la riposte, et son petit mot, qui est ordinairement fort croustillant, excite le gros rire de celle à qui il s'adresse.

Ces dames à tablier se pâment, elles sont obligées de s'appuyer sur un tonneau de raisiné ou une caisse de savon, en s'écriant :

— Ah! avez-vous fini!... Voulez-vous bien vous taire! Madame, faites donc taire votre mari, il nous dit des bêtises indignes... avec son air de n'y pas toucher, croirait-on qu'il est si mauvais sujet!

L'épicière, qui peut alors se carrer dans son comptoir, parce qu'on lui laisse tout le temps pour rendre la monnaie d'une pièce, se contente de sourire, en répondant nonchalamment :

— Oh! ça ne me regarde pas!... Arrangez-vous! d'ailleurs vous n'avez pas votre langue dans votre poche!...

— Ah! mesdames, qui est-ce qui connaît une bonne à placer? C'est pour la dame du troisième en face, qui a renvoyé la sienne sous le prétexte qu'elle employait trop de beurre dans ses sauces.

— Le plus souvent que j'enverrai *queuqu'un* dans une pareille *cassine*!... dit une grosse commère coiffée d'un bonnet surmonté d'un madras posé en fanchon. Je la connais votre dame du troisième!..... c'est une rogneuse de portions... des gens qui font de l'embarras, qui ont de quoi, à ce qu'on dit... car c'est pas prouvé, et qui laissent leurs domestiques mourir de faim!... Des vaniteux qui donnent tout au luxe! à la toilette! qui ont toujours une table servie avec élégance... des assiettes dorées, plats *idem*, mais rien dedans; qui changent de couverts, de couteaux à chaque service, pour manger une aile de volaille à quatre; qui coupent une pomme en huit pour vous en offrir, et font reparaître pendant quinze jours à leur dessert un restant de brioche ou de biscuit de Savoie!... Ça nourrit ses domestiques avec des os et des épluchures, et ça se plaint encore de ce qu'ils mangent trop! Fi donc! j'appelle ça des cuistres, moi! Le plus souvent que je leur enverrais un bon sujet... si j'en connaissais!

Une petite femme, vieille, maigre, assez pauvrement vêtue, qui tient sous son bras un cabas qui pourrait servir à faire des déménagements, et vient de prendre, selon sa coutume, son petit verre de cassis sur le comptoir de l'épicier, pousse alors une exclamation qui ressemble à un cri de canard et présente sa tabatière à la société en disant :

— Ah! vous avez bien raison, madame!... Jésus, mon Dieu : c'est vrai qu'il y a des maîtres qui sont bien *inconséquents* dans leur conduite et qui vous traitent leurs domestiques ni plus ni moins que si c'étaient des esclaves noirs comme de l'encre!... Est-ce que v'là pas ma nièce qui est sur l'pavé à c't'heure...

Vous savez, ma nièce... un joli sujet... une enfant que j'ai z'élevée avec une chèvre... qu'elle tétait toute la journée, que c'était touchant à voir... ni plus ni moins que la *mère Alda* dans le fameux roman de la *Cathédrale de Paris*.

— Ah! je connais votre nièce, dit l'épicier. Jolie brune! les bras un peu longs... mais c'est plus commode pour nouer ses jarretières...

— Ils sont à proportion moins longs que votre nez, ses bras! répond la vieille, qui semble piquée de la réflexion de l'épicier; mais celui-ci s'empresse de lui offrir quelques figues pour adoucir le pi-

quant de sa plaisanterie; la vieille femme en prend une poignée... qu'elle fourre dans son cabas et continue :

— Si bien donc que ma nièce, qui *va-t-avoir* dix-huit ans à la Saint-Nicaise, était entrée chez des bourgeois... un ménage, le mari, la femme, deux enfants, un chien, un chat et trois oiseaux, en v'là de l'ouvrage!... Et qu'il fallait nettoyer tout ça chaque matin...

— Comment! le mari aussi, demande l'épicier en caressant le menton de la femme.

— Voulez-vous vous taire, polisson!

Ah! par exemple... le plus souvent; est-ce que j'aurais placé ma nièce dans une maison où on aurait exigé des choses... Dieu de Dieu! une jeune fille qui est innocente comme vos pruneaux!... Enfin c'est pour vous dire qu'il y avait de la besogne.

Eh bien, sa maîtresse ne l'a-t-elle pas renvoyée sous le motif que je venais trop souvent la voir dans sa cuisine, et qu'alors les volailles n'avaient jamais qu'une cuisse... queu calomnie! moi prendre *quéque* chose chez les bourgeois de ma nièce, fi donc! et d'ailleurs est-ce que je mange! moi!... Mais je vis de rien du tout, c'est connu! J'ai *une* pauvre estomac qui répugne à la nourriture... je prends mon anisette le matin et mon petit verre de cassis le soir, v'là avec quoi je me soutiens depuis vingt ans!... aussi vrai que je suis une honnête femme.

Les cancans vont ainsi leur train chez l'épicier qui est très-aimable après dîner, parce que la vente a été bonne ; il appelle sa femme ma *biche* ou ma *chouchoutte;* celle-ci se laisse tapoter les joues, les garçons disent des douceurs aux bonnes, qui disent du mal de leurs maîtres, et tout le monde est satisfait.

Nous voilà devant la boutique de la mercière du faubourg Saint-Antoine, où nous avons aperçu ce matin mesdemoiselles Ernestine et Honorine, les yeux baissés sur leur ouvrage et n'osant pas tourner la tête pour regarder dans la rue, tandis que la mercière les grondait parce qu'elles avaient fredonné bien bas un refrain de vaudeville.

Un grand changement s'est opéré depuis le matin.

Mademoiselle Ernestine est encore au comptoir, mais au lieu de travailler, elle lit un roman.

Honorine est sur le pas de la porte, tout en ayant l'air de broder, elle chante à demi-voix la romance de *Guido :*

Hélas! il a fui comme une ombre;

et ses regards se tournent assez fréquemment vers un magasin de toile, en face, où il y a un petit commis qui, loin de fuir comme une ombre, lui fait des signes et joue une pantomime très-facile à comprendre, tout en ayant l'air de faire son déplié.

D'où vient que ce soir ces demoiselles jouissent de tant de liberté? où donc est la sévère mercière dont la parole brève et sèche inspirait la crainte et faisait fuir la gaieté?

Passons dans l'arrière-boutique, nous allons y trouver cette dame en compagnie d'un ancien militaire, c'est celui dont nous avons parlé avant dîner.

Il y avait plusieurs jours que le vieux guerrier ne s'était pas présenté chez la mercière, et celle-ci éprouvait toutes les angoisses d'un cœur qui craint d'aimer sans espoir.

Quand on a passé son printemps et même son été, ces angoisses-là doivent être bien plus vives, parce qu'on ne trouve plus rien à lire dans le chapitre des consolations.

Mais vers la fin de la journée, l'ancien militaire était venu présenter ses hommages à la marchande. On l'avait accueilli comme l'*Enfant prodigue*, on n'avait pas tué le veau gras, mais on lui avait proposé de prendre sa part d'un poulet aux olives que la cuisinière de madame accommodait avec une perfection qui faisait du bruit dans le quartier.

Le guerrier, après avoir fait quelques façons, avait accepté le dîner de la mercière, et ce jour-là, comme si elle eût deviné les sentiments de sa maîtresse, la cuisinière s'était surpassée.

Un poëte, qui connaissait bien le cœur, ou plutôt l'estomac humain a dit :

« C'est avec des dîners qu'on gouverne les hommes! »

En effet, depuis cet empereur romain qui fit sénateur son cuisinier pour le récompenser d'avoir inventé une sauce excellente, depuis *Héliogabale* et *Lucullus* qu'on aurait pu surnommer à juste titre les restaurateurs de l'empire, combien d'événements, de projets, de plans, d'intrigues, qui n'ont réussi que par le secours des dîners!... ce puissant auxiliaire dont on se sert toujours et dont on ne se lasse jamais.

Ceci prouverait aussi que les hommes sont gourmands...

Et comment ne pas le croire lorsque chaque jour nous voyons avant et même après dîner, tant de personnes arrêtées et comme en contemplation devant la boutique de *Chevet*, devant l'*Hôtel des Américains*, enfin devant les principaux magasins de comestibles !

J'ai remarqué un jour un monsieur fort bien couvert, à la figure large et rebondie, qui, à ma connaissance, est resté cinq minutes sans détourner ses yeux de dessus un magnifique homard ; et comme, fatigué d'observer ce monsieur, je l'ai laissé devant les comestibles, je ne puis dire combien de temps au juste il est resté dans cet état contemplatif.

Ce monsieur me rappela les *Palamites*.

Vous ne connaissez peut-être pas les *Palamites ?*

Je dois vous dire alors que c'étaient des moines grecs qui, dans le quatorzième siècle, se dévouèrent à la vie contemplative, et parvinrent, en regardant sans distraction leur *nombril*, à se procurer des extases et à voir la lumière pure qui part du céleste séjour. Constantinople était remplie de ces dévots, protégés par *Jean Paléologue*, et qui passaient des journées entières, immobiles sur un siège, les yeux fixés sur leur nombril, en attendant la céleste vision.

Tel gourmand qu'ait pu me paraître ce monsieur que j'ai observé devant *Chevet*, j'avoue que je conçois encore plutôt cette contemplation devant un homard ou un pâté de foie gras, que devant un nombril.

Mais tout ceci nous a fait perdre de vue la mercière et son convive, l'ancien militaire, qui, ayant trouvé le dîner délicieux, commença à comprendre qu'une retraite est bien douce lorsqu'elle est ornée de poulet aux olives, et arrosée de vins généreux ; au rôti il fut très-galant, à l'entremets il risqua une déclaration, au dessert le mariage était arrêté.

Et dans son ivresse, la mercière avait dit à ses deux demoiselles de boutique :

— Reposez-vous, vous avez assez travaillé.

Et les demoiselles avaient profité de la permission, en bénissant la cuisinière dont le talent avait amené cet heureux changement.

En suivant le faubourg Saint-Antoine, nous rencontrons deux ouvriers qui se tiennent bras dessus, bras dessous, et paraissent les meilleurs amis du monde.

C'est Pierre et Gravouillet qui s'étaient quittés ce matin en se disputant, mais le soir ils se sont retrouvés au cabaret, et Pierre a dit à Gravouillet :

— Tu es fâché, mais moi, je ne le suis pas ; tu ne peux pas te fâcher tout seul. Je paye un litre à condition que tu ne croiras plus ce qu'on dit chez les fruitières.

Gravouillet a accepté le litre ; un peu plus loin il a voulu payer le sien ; ensuite c'est Pierre qui a de nouveau régalé ; s'ils continuent ainsi ils ne pourront jamais regagner leur gîte, mais du moins l'amitié la plus vive a remplacé la colère, et tout le long du chemin on les entend répéter :

— Tu es mon ami, toi !...

— Toujours ! à la mort !

— Et les amis sont les amis !...

— C'est bien dit !

— O mon ami ! tiens, embrassons-nous.

Et ces messieurs s'arrêtent au milieu de la rue pour s'embrasser. C'est extrêmement touchant !

Arrivons aux boulevards.

Tout est illuminé, cafés, grands et petits théâtres, tréteaux, marionnettes, figures de cire, spectacles et curiosités, bateleurs, banquistes.

Tout est en mouvement, et la foule se presse devant ces Paillasses, ces Bobêches et ces grandes toiles sur lesquelles, pour vous donner un avant-goût de ce que l'on veut vous faire voir, on a peint des femmes qui ont de la barbe comme des ours véritables ; des hommes qui sont venus jusqu'à l'âge viril sans avoir un seul poil sur le corps, ce dont vous avez le droit de vous assurer ; des lions qui se laissent rosser sans se mettre en colère, et des tigres qui vous donnent une poignée de main, comme le plus intime de vos amis.

La foule admire tout cela, mais elle n'entre pas, elle reste sur le boulevard ; elle sait que les bagatelles de la porte sont infiniment plus agréables à voir que tout ce qui est sous le rideau.

Voici des bonnes qui se promènent avec des tourlourous dont elles écoutent à loisir les propos séducteurs, car le soir elles sont débarrassées de leurs marmots ; leurs bourgeois sont sortis après avoir recommandé de bien garder leurs enfants ; mais à peine les maîtres sont-ils dehors que les bonnes couchent les enfants, leur administrant le fouet quand ils se permettent de dire qu'ils n'ont pas sommeil ; puis elles courent sur le boulevard rejoindre un bon ami en pantalon garance.

Cependant ces couples, que vous voyez se glisser dans l'ombre, cherchant de préférence les allées les moins fréquentées, ne se composent pas exclusivement de bonnes avec leurs amoureux.

Après dîner, les grisettes sont moins farouches, les petites ouvrières moins sauvages, les lorettes même s'humanisent assez facilement ; le soir on ne court pas chercher ou reporter de l'ouvrage, on y va en se promenant, et c'est fort triste de se promener seule ; le bras d'un cavalier devient alors aussi agréable que nécessaire. La femme a besoin de s'appuyer sur l'homme, comme le vieillard sur la canne, comme le lierre sur l'ormeau ; comme une foule de choses que je ne nommerai pas.

En cherchant bien sur ces boulevards, je suis persuadé que nous retrouverons ce jeune homme et cette jeune dame qui, avant dîner, se sont quittés si brusquement et presque fâchés. Oui, les voilà tous deux ; ils se promènent amoureusement dans la contre-allée la plus sombre, ils se parlent bien bas et bien tendrement. Ils sont d'accord maintenant.

C'est qu'après avoir pris sa part de la dinde truffée, le jeune homme a senti l'amour renaître dans son cœur avec encore plus de violence. Alors, plein de repentir, il est retourné au rendez-vous du matin, espérant que la sympathie y ramènerait aussi sa maîtresse ; celle-ci y était venue par *hasard*, et elle a pardonné à son amant, bien heureuse encore de n'avoir eu pour rivale qu'une dinde truffée !

Quittons les boulevards.

Je ne vous proposerai point de retourner maintenant vers le quartier des Halles, quoique tout y soit aussi calme le soir que cela était bruyant le matin ; quoique la paix ait succédé aux cris, aux injures, aux querelles, et cela par une bonne raison : c'est que maintenant les Halles sont désertes et que les marchandes ont plié bagage.

Nous traverserons rapidement la Cité, dont les habitants vont chercher des promenades loin de leur quartier.

Quant au Palais, vous savez qu'on ne plaide pas le soir, et la paix y est revenue aussi parce qu'il n'y a plus personne.

N'allez pas cependant tirer de là cette triste conséquence que les hommes ne puissent être ensemble sans se quereller ! non pas vraiment ! et pour preuve du contraire, regardez chez ce traiteur, dans ce salon. Voilà des avocats qui, ce matin, plaidaient l'un contre l'autre, qui se disaient des mots piquants, qui s'adressaient des sarcasmes violents ! voyez-les trinquer ensemble en sablant le champagne, ils plaisantent eux-mêmes de ce qu'ils se sont dit à l'audience.

Croyez donc à la persuasion, à la conviction de ces avocats qui prétendent ne vouloir défendre que les causes justes. Ces messieurs font leur métier, voilà tout ! et celui qui feint le plus de conviction en défendant une mauvaise cause, est celui qui montre le plus de talent.

Tout cela prouve que les plaideurs paieront le champagne que boivent ces messieurs.

Entrons dans un café ; c'est après dîner qu'ils brillent de tout leur éclat ; d'abord parce qu'ils sont éclairés, ensuite parce que la foule y abonde. Presque toutes les tables sont occupées, et maintenant ce n'est pas comme avant dîner ; au lieu de ces physionomies froides, sérieuses et sévères qui venaient lire les journaux sans rien consommer, vous ne voyez de tous côtés que des figures de jubilation.

Ce vieux monsieur sourit à sa demi-tasse ; ces jeunes gens qui sont autour de ce bol de punch doivent avoir une conversation bien gaie, car elle est entremêlée d'éclats de rire ; là-bas est un vieux couple qui se permet le *gloria* ; ici un grand maigre qui savoure une glace.

Ces messieurs qui étaient, ce matin, sur le point de se battre pour les ronds de jambes d'une danseuse, jouent ensemble au billard leurs verres de kirsch et de rhum, le différend du matin est tout à fait oublié ; il n'est pas jusqu'aux joueurs de domino eux-mêmes, dont l'aspect ne soit devenu radieux ou goguenard. La conversation, souvent languissante le matin, est alors vive, pressée, animée.

Il y a des gens qui ont presque de l'esprit quand ils ont fait un bon repas.

Quelle vie ! quel mouvement dans ce café !

On entre, on sort, on s'assoit, on se lève ; les garçons courent du fourneau aux tables ; des tables au comptoir, et, à chaque instant, vous entendez à vos oreilles :

— Garçon !... ici !...

— Du punch !

— Une demi-tasse !

— Voilà, monsieur.

— De la bière !

— Un domino !

— *L'Audience !*

— Elle est retenue, monsieur.

— Un riz au gras !

— Les *Débats* !

— Huit sur cent !

— Qu'est-ce qui a demandé *le Messager* !

— Mettons-nous là.

— Ici ?

— Non, là ; nous serons mieux.

— Une bavaroise au lait pour monsieur !

etc., etc., etc.

Vous regardez en passant dans ces beaux magasins de nouveautés : Les commis y jouissent des douceurs de l'après-dîner ; maintenant peu de personnes viennent acheter, le chef de l'établissement est allé au spectacle, et les jeunes gens peuvent causer et rire entre eux.

Ce ne sont point ici les cancans de l'épicier et les propos des commères du quartier, ce sont les confidences que se font des apprentis commerçants, la plupart âgés de dix-huit à vingt-cinq ans, et, par conséquent, tous plus ou moins amoureux.

Qui est-ce qui n'est pas amoureux à cet âge-là ? Quel est celui qui n'a pas alors une, deux ou trois passions dans le cœur ?

Et quand on a tant de choses dans le cœur, il est assez naturel d'aimer à le dire à ses amis, à ses camarades ; puis chacun de ces messieurs prétend avoir une maîtresse très-jolie, c'est à qui renchérira sur l'éloge que l'autre a fait de la sienne.

— Ma lingère a des yeux superbes ! bleu russe.

— La mienne les a noirs, j'aime mieux cela.

— Ma maîtresse a un pied pas plus grand qu'un petit pain !

— Si c'est une flûte, c'est encore long !

— Oh ! non ! un petit pain d'un sou !

— Celle qui possède mon cœur a des dents comme des perles... et pas une de moins... les trente-deux également belles...

— Ma Dulcinée en a trente-quatre !

— Trente-quatre ! c'est pas possible ! on n'a pas trente-quatre dents.

— Ah ! cette bêtise... j'ai connu des femmes qui en avaient quarante.

— C'étaient donc des lionnes ?

— Ah ! bravo ! fameux le calembour !

— Courage, messieurs, vantez les appas de vos belles ; c'est plus galant que d'en médire.

La journée est pour le travail et l'après-dîner pour les causeries ; quant à la nuit... cela ne nous regarde pas.

Mais quel est cet individu qui passe fièrement sur le trottoir de cette rue, qui tient le milieu, ne voulant céder ni à gauche, ni à droite, qui regarde tout le monde avec un demi-sourire sur les lèvres et cet air de béatitude qui signifie :

Je suis très-heureux, je suis très-content !... j'ai ma soirée à moi, je suis mon maître maintenant ! une fois cinq heures sonnées je deviens libre comme l'air. Aussi je m'en donne ! j'en profite... je ne reste jamais chez moi le soir.

Ce monsieur est un employé, un de ceux que nous voyons passer le matin, toujours à la même heure, réglé comme un papier de musique.

Les employés, avant dîner, ne sont point à eux, ils ne s'appartiennent pas ; leur temps, leur travail, leur talent, leur écriture, leur plume même ! tout cela est au gouvernement qui les paie : jusqu'à cinq heures, ils doivent abnégation complète d'eux-mêmes.

Mais quand ils ont quitté leurs bureaux, avec quelle joie ils redeviennent libres !...

Et devez-vous vous étonner du changement notable qui s'opère alors dans cette classe nombreuse d'individus ! Et si vous les avez trouvés le matin raides, brusques, peu agréables, quelquefois même peu polis avec les personnes qui ont affaire à eux, pardonnez-leur, ceci ne doit être que la conséquence de l'ennui du travail bureaucratique.

Mais revoyez-les après dîner, et vous serez tout surpris de trouver des hommes gais, aimables, spirituels, dans ces mêmes individus que vous avez vus le matin, si ennuyés et si ennuyeux.

Maintenant aussi vous pouvez entrer au spectacle, car c'est le soir seulement qu'ils existent.

Semblables à ces coquettes surannées qui ne sont pas visibles dans le jour, parce qu'alors elles préparent, elles fardent, elles teignent ces appas avec lesquels elles espèrent vous séduire, les théâtres ne reçoivent leurs visiteurs qu'après le dîner ; mais ils déploient tous leurs prestiges, toutes leurs pompes pour séduire vos yeux, vos oreilles, charmer votre esprit et séduire votre cœur, et ils y parviennent souvent, parce qu'après le dîner la tête encore remplie des vapeurs d'un vin généreux, nous sommes bien plus enclins à nous laisser séduire.

Terminons notre promenade de l'après-midi, en retournant dans le salon de ce capitaliste où nous avons vu des hommes de tous les partis, de toutes les couleurs ; où, avant qu'on allât se mettre à table, la conversation, de grave qu'elle avait été d'abord, était devenue animée, mordante, orageuse, et pouvait faire craindre des querelles sérieuses entre ces hommes qui avaient des opinions si opposées et ne voulaient se faire mutuellement aucune concession.

Revoyez-les maintenant que le champagne a passé sur tous leurs discours ; ces messieurs sont devenus accommodants, conciliants, optimistes même.

Ce vieux marquis ne nie plus que Napoléon était un grand capitaine.

Cet ancien soldat de l'empire avoue que les Français se battent fort bien à Alger.

L'avocat commence à croire que les républicains de Rome et d'Athènes abusaient de l'ostracisme et des arènes.

L'artiste excuse la mode des habits et des chapeaux ronds : enfin il n'est pas jusqu'à l'ex-préfet qui ne se montre disposé à pardonner au gouvernement, si on lui rendait son emploi.

Et vous, mesdames, n'imitez-vous pas ces messieurs ? Il me semble que maintenant votre parole est plus douce, votre regard moins sévère.

Je vois des conversations fort animées entamées entre les jeunes gens et quelques-unes de ces fières beautés qui, avant le dîner semblaient à peine les connaître, et qui maintenant se sont humanisées.

— Qu'est-ce que tout cela prouve ? allez-vous peut-être me dire

— Cela prouve, qu'en général, les hommes sont meilleurs après dîner qu'avant. Que leur estomac étant satisfait, ils éprouvent un bien-être qui les rend plus disposés à l'indulgence. Observez ces signes *pathognomoniques*, et faites en sorte d'en tirer parti au profit de la morale.

— Mais, me direz-vous encore, et ceux qui n'ont pas de quoi dîner ?

— Ah ! c'est juste ! ceux-là ont bien le droit d'être de mauvaise humeur ! alors il faut tâcher d'arranger les choses de manière à ce que tout le monde dîne.

9 782329 170992